李春祥文集

下

元杂剧史稿

元明清文学史略

明清小说散论

书序两篇

附录

河南大学出版社
· 开封 ·

1988 年在书房

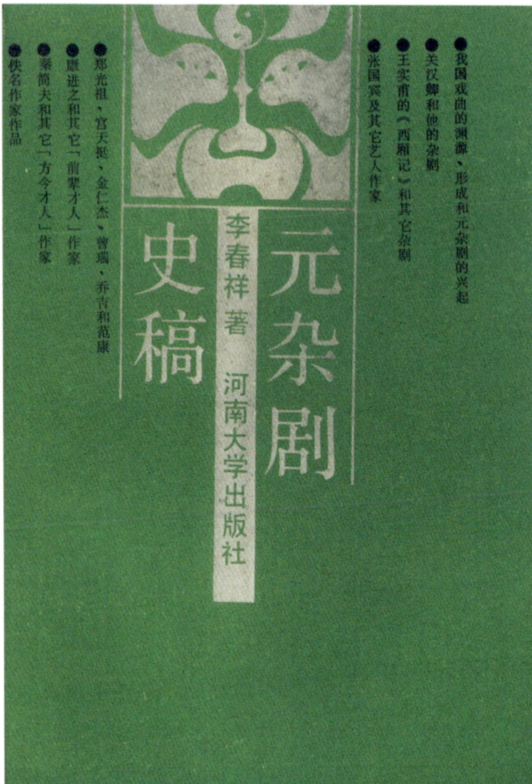

《元杂剧史稿》书影（河南大学出版社 1989 年版）

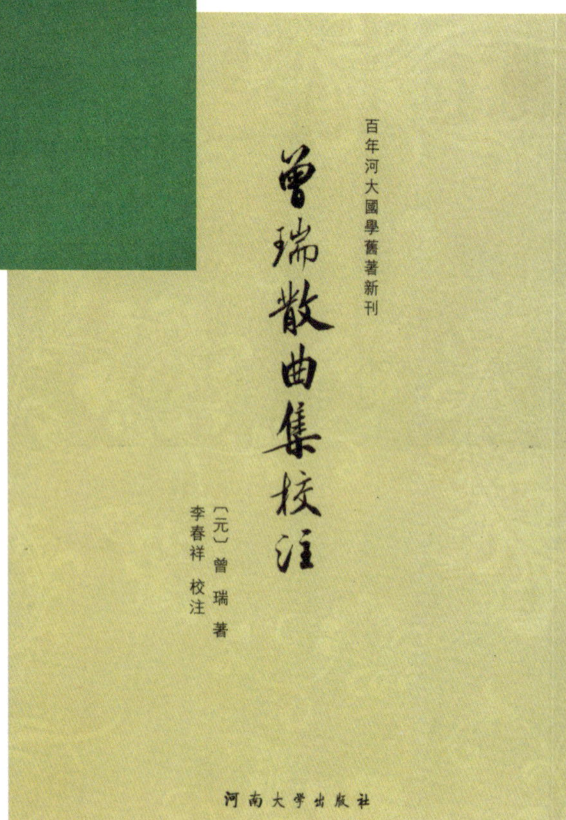

《曾瑞散曲集校注》书影（河南大学出版社 2008 年版）

目　录

元杂剧史稿

绪论……………………………………………………（395）
第一章　我国戏曲的渊源、形成和元杂剧的兴起 ……………（399）
　第一节　我国戏曲的诸因素…………………………………（403）
　第二节　我国戏曲的萌芽与发展……………………………（405）
　第三节　我国戏曲的形成……………………………………（414）
　第四节　元杂剧的兴起………………………………………（422）
第二章　元杂剧体制……………………………………………（426）
　第一节　剧本组织……………………………………………（426）
　第二节　文学因素……………………………………………（430）
　第三节　音乐结构……………………………………………（431）
　第四节　登场角色……………………………………………（434）
　第五节　舞台演出……………………………………………（436）
第三章　元杂剧的繁荣与衰微…………………………………（438）
　第一节　元杂剧的繁荣及其原因……………………………（438）
　　一　出现了大批新型的作家和优秀作品……………（439）
　　二　出现了职业性剧团和以杂剧为职业的演员……（440）
　第二节　元杂剧的衰微及其原因……………………………（443）
　　一　作家作品数量减少………………………………（443）

二　作品严重脱离社会现实生活……………………（444）
第三节　元杂剧繁荣与衰微的年代断限……………………（449）
第四章　元杂剧作家和作品……………………（455）
第一节　元杂剧作家……………………（456）
第二节　元杂剧作品……………………（460）
第五章　关汉卿和他的杂剧……………………（465）
第一节　关汉卿的生平与著作……………………（465）
第二节　关汉卿杂剧的思想内容……………………（470）
一　描写冤狱，最深广地抨击社会……………………（471）
二　揭露权豪势要罪恶，矛头指向皇帝……………………（481）
三　关心妇女，反映她们的痛苦与理想……………………（485）
四　缅怀历史英雄人物，曲折地表达时代精神……（494）
第三节　关汉卿杂剧的艺术成就……………………（501）
一　最早完备元杂剧体制……………………（502）
二　塑造了社会各阶层人物……………………（503）
三　开创了豪放风格的艺术流派……………………（504）
第六章　王实甫的《西厢记》和其他杂剧……………………（507）
第一节　王实甫的生平与著作……………………（507）
第二节　《西厢记》……………………（510）
一　《西厢记》的题材……………………（510）
二　《西厢记》的思想与人物……………………（516）
三　《西厢记》的艺术……………………（534）
四　《西厢记》的地位与影响……………………（542）
第三节　《破窑记》和《丽春堂》……………………（546）
第七章　马致远的《汉宫秋》和其他杂剧……………………（552）
第一节　马致远的生平与著作……………………（552）
第二节　《汉宫秋》……………………（553）
第三节　《荐福碑》及其他……………………（559）
第八章　白朴、郑廷玉和高文秀……………………（568）

第一节　白朴的《梧桐雨》和其他杂剧 ……………………（568）
第二节　郑廷玉的《后庭花》和其他杂剧 …………………（577）
第三节　高文秀的《双献功》和其他杂剧 …………………（580）
第九章　石君宝、尚仲贤、戴善甫、李好古、石子章和张寿卿
……………………………………………………………（585）
第一节　石君宝和石子章………………………………………（585）
一　石君宝的《秋胡戏妻》和其他杂剧 ……………（585）
二　石子章的《竹坞听琴》 ……………………………（591）
第二节　尚仲贤和李好古………………………………………（593）
一　尚仲贤的《柳毅传书》和其他杂剧 ……………（593）
二　李好古的《张生煮海》 ……………………………（595）
第三节　戴善甫和张寿卿………………………………………（596）
一　戴善甫的《风光好》 ………………………………（596）
二　张寿卿的《红梨花》 ………………………………（598）
第十章　杨显之、武汉臣、王仲文、纪君祥、孟汉卿、李行甫
和孔文卿………………………………………………（600）
第一节　杨显之、王仲文和孟汉卿 …………………………（600）
一　杨显之的《潇湘雨》和其他杂剧 ………………（600）
二　王仲文的《不认尸》 ………………………………（603）
三　孟汉卿的《魔合罗》 ………………………………（604）
第二节　武汉臣和李行甫………………………………………（606）
一　武汉臣的《生金阁》和其他杂剧 ………………（606）
二　李行甫的《灰阑记》 ………………………………（608）
第三节　纪君祥和孔文卿………………………………………（610）
一　纪君祥的《赵氏孤儿》 ……………………………（610）
二　孔文卿的《东窗事犯》 ……………………………（613）
第十一章　张国宾及其他艺人作家…………………………（616）
第一节　张国宾和他的杂剧……………………………………（616）
第二节　花李郎、红字李二和赵敬夫 ………………………（625）

一　花李郎……………………………………………………（625）
二　红字李二和赵敬夫…………………………………………（627）
第十二章　康进之和其他“前辈才人”作家　……………………（629）
第一节　康进之和李文蔚…………………………………………（629）
一　康进之的《李逵负荆》　……………………………………（629）
二　李文蔚的《燕青博鱼》和其他杂剧　………………………（631）
第二节　吴昌龄、费唐臣、王伯成和狄君厚……………………（633）
一　吴昌龄的《东坡梦》　………………………………………（633）
二　费唐臣的《贬黄州》　………………………………………（635）
三　王伯成的《贬夜郎》　………………………………………（637）
四　狄君厚的《介子推》　………………………………………（637）
第三节　李寿卿和岳伯川…………………………………………（638）
一　李寿卿的《度柳翠》和其他杂剧　…………………………（639）
二　岳伯川的《铁拐李岳》　……………………………………（641）
第四节　李直夫的《虎头牌》　…………………………………（642）
第十三章　郑光祖、宫天挺、金仁杰、曾瑞、乔吉和范康………（644）
第一节　郑光祖的《倩女离魂》和其他杂剧　…………………（644）
第二节　宫天挺的《范张鸡黍》和其他杂剧　…………………（650）
第三节　金仁杰的《追韩信》　…………………………………（653）
第四节　曾瑞的《留鞋记》　……………………………………（654）
第五节　乔吉的《两世姻缘》和其他杂剧　……………………（662）
第六节　范康的《竹叶舟》　……………………………………（666）
第十四章　秦简夫和其他“方今才人”作家　……………………（667）
第一节　秦简夫和萧德祥…………………………………………（668）
一　秦简夫的《东堂老》和其他杂剧　…………………………（668）
二　萧德祥的《杀狗劝夫》　……………………………………（671）
第二节　朱凯、王晔和杨梓　……………………………………（672）
一　朱凯的《孟良盗骨》　………………………………………（672）
二　王晔的《桃花女》　…………………………………………（673）

三　杨梓的《敬德不伏老》和其他杂剧 ……………（675）
第十五章　佚名作家作品……………………………………（678）
第一节　公案故事……………………………………（678）
第二节　爱情婚姻故事………………………………（685）
第三节　历史故事……………………………………（689）
一　战国至两汉时代…………………………………（689）
二　三国时代…………………………………………（693）
三　唐、宋时代 ………………………………………（695）
第四节　其他…………………………………………（698）
结语……………………………………………………………（700）
后记……………………………………………………………（702）
阅读与参考书目………………………………………………（704）

元明清文学史略

第一章　元代文学概述……………………………………（711）
第一节　杂剧…………………………………………（712）
一　关汉卿和他的杂剧………………………………（712）
二　王实甫的《西厢记》 ……………………………（716）
三　马致远的《汉宫秋》 ……………………………（718）
四　其他杂剧…………………………………………（719）
第二节　散曲…………………………………………（720）
第三节　南戏…………………………………………（723）
第二章　明清小说概述……………………………………（728）
第一节　明代小说……………………………………（728）
一　罗贯中的《三国演义》 …………………………（729）
二　施耐庵的《水浒传》 ……………………………（730）
三　吴承恩的《西游记》 ……………………………（732）
四　"三言二拍" ………………………………………（733）
第二节　清代小说……………………………………（735）

一　蒲松龄的《聊斋志异》 …………………… (735)
二　吴敬梓的《儒林外史》 …………………… (736)
三　曹雪芹的《红楼梦》 ……………………… (739)
第三章　明清诗文概述……………………………… (744)
第一节　明代诗文……………………………… (745)
一　明前期诗文……………………………… (745)
二　明中叶以后的诗文……………………… (748)
第二节　清代诗文……………………………… (752)
一　清初爱国诗人和诗歌流派……………… (752)
二　乾嘉时期的诗歌流派…………………… (756)
三　桐城派古文……………………………… (758)

明清小说散论

浅论貂蝉………………………………………………… (763)
“大意失荆州”
——谈关羽之死……………………………………… (774)
软弱与反抗的和谐统一
——谈《水浒传》中的林冲 ……………………… (783)
《水浒》与河南 ………………………………………… (788)
天真的姑娘　复仇的女性
——谈《窦氏》篇的窦氏形象 …………………… (806)

书序两篇

《孟县戏曲志》序 ……………………………………… (815)
《乐府诗鉴赏辞典》前言 ……………………………… (817)

附　　录

李春祥先生年谱…………………………………… 李　兵(837)
先父李春祥先生的元曲研究(代后记) ……………… 李　兵(850)

元杂剧史稿

先师李春祥教授专著《元杂剧史稿》(河南大学出版社1989年版)问世后,颇得学界好评。今按原版校勘,收入文集,聊寄后学缅怀。

绪　论

元杂剧是我国古代最早成熟的戏剧,在元代,人们又把它和散曲合称为“乐府”,文学史上则称为“元曲”。

“杂剧”一词则由来已久,至少在唐代就有杂剧之名了。唐人李德裕《李文饶文集》卷十二《第二状奉宣令更商量来奏者》有云:

> 臣德裕到镇后,差官于蛮,经历州县,一一勘寻,皆得来名,具在案牍。蛮共掠九人。成都郭下,成都、华阳两县,只有八十人。其中一人是子女锦锦。杂剧丈夫二人……馀并是寻常百姓,并非工巧。

这是李德裕奉命调查唐文宗大和三年(公元829年)十二月“南蛮陷军成都”(《旧唐书·文宗纪》)事向皇帝上奏的文字报告,其中“子女锦锦、杂剧丈夫”皆是成都府下“音乐伎巧”辖内承应之伎艺人员。“杂剧丈夫”也就是杂剧演员。由此可知,杂剧艺术起源甚早。因文字过于简略,无法推知其时表演内容和形式。

宋人杂剧或劝善惩恶,宣扬佛法,如《目连救母》杂剧(《东京梦华录》);或滑稽调笑,隐喻“鉴戒”、“谏诤”其中,所谓“大抵全以故事务为滑稽,本是鉴戒、或隐为谏诤也”(《都城纪胜》);或泛指一般歌舞戏,如吴自牧《梦粱录》谓:“向者汴京教坊大使孟角球曾做杂剧本子,葛守诚撰四十大曲,丁仙现捷才知音。”王国维结合官本杂剧所用乐曲,对这段文字作了周密考证，得出“南宋杂剧，殆多以歌曲演之”(《宋元戏曲考》)的结论，肯定宋杂剧中有歌舞戏。

与南宋对峙的金人统治下的北方，亦称宋杂剧为杂剧①，也有称杂剧为院本者②。金人称院本者则见于杜善夫《庄家不识勾阑》套曲，王实甫《丽春堂》杂剧中也有院本词一③。研究者也多承认院本是杂剧的别称。

元杂剧是综合艺术，它以歌、舞、科、白等表演故事，是代言体。在元代，或称杂剧，或称乐府，或称传奇，名称很不统一。如胡祗遹、夏庭芝、陶宗仪和《元刊杂剧三十种》的编辑者皆称“杂剧”；④燕南芝庵似称杂剧为“乐府”，其《唱论》有云：“成文章曰‘乐府’，有尾声名‘套数’，时行小令唤‘叶儿’。”此处之“乐府”与“套数”、“小令”并列，理解为所指是“杂剧”不无道理。周德清《中原音韵》中的“乐府”

---

① 《三朝北盟会编·政宣上帙》引《宣和乙巳奉使行程录》云：“自兴州九十里至咸州。未至州一里许，有幕屋数间，供帐略备，州守出迎，礼仪如制。就坐，乐作……酒三行……鸣钲击鼓，百戏出场，有大旗，狮豹……角抵，斗鸡、杂剧等。服色鲜明，颇类中原，”最后一句说明金杂剧同于宋杂剧。又《金史·礼十一》云：“新定夏使仪注：夏国使，副及参议各一，谓之使。……入界。则先具驿程腰宿之次。始至京，行者，翌日赐……至恩华馆，更衣，由宣照门入……第四日。命押宴官，赐宴百官就宴……候押宴等初盏毕，乐声尽，坐至五盏后食，六盏，七盏杂剧。”

② 夏庭芝《青楼集志》云：“唐时有传奇……宋之戏文……金则院本，杂剧合而为一，至我朝乃分院本、杂剧而为二。”陶宗仪《辍耕录》所云与此同。文字略有出入。

③ 杜善夫〔般涉调·耍孩儿〕《庄家不识勾阑》套曲云：“说道：前截儿院本《调风月》，背后么末敷演刘耍和。”又王实甫《丽春堂》杂剧第一折李圭诗云：“幼年习兵器，都夸咱武艺：也会做院本，也会唱杂剧。”

④ 胡祗遹《紫山先生大全集·赠宋氏序》云：“音乐与政通，而技剧亦随时而变。近代教坊院本之外，再变而为杂剧。”夏、陶二氏称谓已见上注。元刊本已明白标出“杂剧”名目。

就是广义的“元曲”，其所举例就是散曲、杂剧兼备①；其友人罗宗信所写序言更是把“大元乐府”与唐诗宋词并提，承认它们都是自己时代的代表文学。锺嗣成在《录鬼簿》中则称杂剧为“传奇”，称散曲为“乐府”。称谓的不统一，反映了不同研究者对元杂剧的不同理解和多方面关注。

为元人杂剧写史，应该说在元代后期就开始了。锺嗣成的《录鬼簿》初稿完成于元文宗至顺元年（公元 1330 年），修改定稿大约为元顺帝至正五年（公元 1345 年）。这是一部元人写的当代杂剧史，也是我国戏曲史的开山之作②。这本不过万字左右的论著，它不仅记载元杂剧作家作品资料宏富，精当地评价作家作品；而且更重要的是，它按时序分类排列作家，全书贯串了一条史的线索。这条史的线索，成为后来研究元杂剧史的重要依据。但从明至清，治戏史一事，似未引起研究者的足够重视，至今尚未发现戏史专著。自近代学者王国维《宋元戏曲考》出，继起者才逐渐增多。或写一个朝代和时期，或写通史，或作综合性研究。如吴梅的《中国戏曲概论》，卢冀野的《中国戏剧概论》，贺昌群的《元曲概论》，徐慕云的《中国戏剧史》，董每戡的《中国戏剧简史》，周贻白的《中国戏剧史讲座》、《中国戏剧史长编》、《中国戏曲发展史纲要》，孙楷第的《傀儡戏考原》，阿英的《元人杂剧史》，张庚、郭汉城主编的《中国戏曲通史》，任半塘的《唐戏弄》，冯沅君的《古剧说汇》，胡忌的《宋金杂剧考》，蒋星煜的《中国戏曲史钩沉》，叶长海的《中国戏剧学史稿》，吴国钦的《中国戏曲史漫话》，彭隆兴的《中国戏曲史话》等。海外学者则有唐文标的《中国古代戏

---

① 周德清《中原音韵》所举实例多为散曲，但也兼举杂剧，如《西厢记》、《岳阳楼》和《王粲登楼》等。有的研究者认为《音韵》中所说的“乐府”仅指散曲，非也。

② 见拙文《“古怪新奇”、“德业辉光”——评锺嗣成〈录鬼簿〉》（开封师院学报 1979 年 1 期）及《锺嗣成〈录鬼簿〉对戏曲史的贡献》（河北学刊 1985 年 6 期）。另见本书上卷《元杂剧论稿》第 8 页，第 42 页。

剧史》,冯明之的《中国戏剧史》等。日本汉学家则有青木正儿的《中国近世戏曲史》和《元人杂剧概说》,盐谷温亦有《元曲概说》等。

上列诸家之作,无疑地推动了我国戏曲史(包括元杂剧史)研究的深入和发展。然而,由于文献资料之不足和研究者考虑问题角度之不同,涉及元杂剧史方面的研究也还有一些分歧问题,如元杂剧之渊源、萌芽问题;元杂剧之前身或脱胎母体问题;兴衰原因及分期问题;作家作品评价问题等。此外,在某些论著中,因研究者研究对象、重点之不同,在有关元杂剧部分,或突出大作家而忽略次要作家,或涉及较多作家而又重点不够突出;尽管它们都有不少精辟见解或自成体系,但也都有一些值得补充之处。"史稿"将在前人和今人研究成果的基础上,上溯元杂剧的渊源与形成;次及兴起原因、发展阶段及概况;再以作家为纲,遵循锺嗣成《录鬼簿》对元杂剧的分期,把他们放在"史"的范围内进行论述;对佚名作家作品,则按题材分类略作介绍性说明。一方面,力求能在对史的发展粗略轮廓有所了解的前提下展现出元杂剧的基本面貌;另一方面,又希望通过对元杂剧基本面貌的把握来加深对史的理解。这是"史稿"将要努力遵循的方向。学海茫茫,是否能到达彼岸,也无暇顾及了。

第一章　我国戏曲的渊源、形成和元杂剧的兴起

元杂剧是我国古代最早成熟的戏剧，探讨古代戏曲的渊源与形成问题，在一定意义上说，也就是探讨元杂剧的渊源与形成问题。我国戏曲发展到元代，它至少是经历了由起源、萌芽、形成到成熟的发展阶段。关于我国戏曲起源的问题，学术界历来就有种种说法，诸如原始社会歌舞说①、巫觋说②、俳优说③、百戏说④、角抵说⑤、傀儡

① 张庚、郭汉城主编《中国戏曲通史》第一章《戏曲的起源》："中国戏曲的起源可以上溯到原始时代的歌舞。"或谓源于乐舞者与歌舞说略同。

② 王国维：《宋元戏曲考》，中国戏剧出版社，1957年版。

③ 我国戏曲起源于俳优，最早见于宋人洪迈《夷坚志》，《志》云："俳优侏儒，周技下之且贱者也，然亦能因戏语而箴讽时政，有合于古朦诵工谏之义，世目为杂剧者是也。"明人胡应麟《庄岳委谈》："优伶戏文，自优孟抵掌孙叔敖，实始滥觞；汉宦者傅脂粉侍中，亦后世装旦之渐也。"今之研究者主此说亦不乏其人，此说影响颇大。

④ 张月中、许秀京《我国戏曲究竟起源于何时》（载《大舞台》1984年第二期）："戏曲是通过人物形象以表演故事为中心的载歌载舞的程式化的综合舞台艺术。它与其他舞台艺术的本质区别是用代言体表演一个故事。抓住这一点就可以查出我国戏曲之源——西汉初期的民间'百戏'。"（转引自《建国以来古代文学问题讨论举要》290页）

⑤ 徐慕云：《中国戏剧史》第二章《汉魏之优人》："角抵之中，是实有唱有做，谓为非演剧之始，固不可也。"

说[①]、参军戏说[②]，以及外来说[③]等。诸家所说，既有观点的分歧，也有使用的概念不同，因而造成了观念的混乱，如对起源、萌芽甚至形成的概念，就有等同使用之嫌。试以王国维《宋元戏曲考》为例，王国维说："歌舞之兴，其始于古之巫乎？"在论述了"古之所谓巫，楚人谓之曰灵"及引王逸《楚辞章句》"训灵为神"之后又说：

> 是则灵之为职，或偃蹇以象神，或婆娑以乐神，盖后世戏剧之萌芽，已有存焉者也。
>
> 巫觋之兴，虽在上皇之世，然俳优则远在其后。……巫以乐神，而优以乐人；巫以歌舞为主，而优以调谑为主；巫以女为之，而优以男为之。……后世戏剧，当自巫、优二者出。

王国维是把戏曲之起源（即《戏曲考》使用之"兴"）和萌芽当做同一概念使用的。实际上二者并不等同，下面还要论及。

接着，王氏还论述了汉魏角抵、优伶戏谑及晋之优戏，最后得出结论说：

> 由是观之，则古之俳优，但以歌舞戏谑为事。自汉以后，则间演故事；而合歌舞以演一事者，实始于北齐。顾其事至简，与其谓之戏，不若谓之舞为当也。然后世戏剧之源，实自此始（下举代面、踏谣娘等例略）。

王氏先否定了"后世戏剧之萌芽"的巫、优，继又否定了"合歌舞

---

① 孙楷第：《傀儡戏考原》、《近世戏曲的唱演形式出自傀儡戏考》，（皆见《沧州集》上册）。

② 青木正儿：《元人杂剧概说》。中国戏剧出版社，1957年。

③ 许地山：《梵剧体例及其在汉剧上底点滴》（载《小说月报》第十七卷号外）："中国底乐舞显然是从西域传入，而戏剧又是一大部分从乐舞演进底。"

以演一事”的“踏谣娘”等剧目，最后又说这是“后世戏剧之源”。对戏曲的起源、萌芽、形成等概念的使用，显得有些混乱和矛盾。当然，提出以上问题决不是要否定王国维对我国戏曲史研究的巨大成就和贡献；相反，他的许多精辟见解，使我们至今还能获得裨益。

在这里，很有必要谈谈“什么是戏曲”的问题。对戏曲的理解，我们应该紧密结合我国古代戏曲发展实际，把问题放在一个较为单纯而又具体的范围，这样研讨问题可能会接近事实一些。我国古代戏曲是综合性表演艺术，它包含着多种审美因素和成分，诸如诗歌、音乐、舞蹈、小说、滑稽调笑以及各种伎艺表演等；但是，综合性决不是杂凑或拼盘，而是围绕某个中心、吸收多种姐妹艺术的有机结合，“是用‘俳优’或‘倡优’装扮人物而作故事表演开始，然后进而结合其他艺术构成一种综合的发展”①。

什么是戏曲？具备了哪些条件才能称得上是戏曲？从明代以来，不少研究者对这一问题都曾作过探讨，其中以明人王骥德和近人王国维的论述最为系统，最有价值，也应该受到重视，因为他们的论述是总结我国古代戏曲发展实际后而得出的结论。如王骥德《曲律·杂论第三十九上》云：

> 古之优人，第以谐谑滑稽供人主喜笑，未有并曲与白而歌舞登场如今之戏子者；又皆优人自造科套，非如今日习现存本子，使主人拣择，而日日此伎俩也。如优孟、优旃、后唐庄宗，以迨宋之靖康、绍兴，史籍所记，不过葬马、漆城、李天下、公冶长、二圣环等谐语而已。即金章宗时，董解元所为《西厢记》，亦第是一人倚弦索以唱，而间以说白。至元而始有戏剧，如今之搬演者是。

王骥德提出了歌、舞、科、白、演员登场搬演（代言体和剧场）、有

① 周贻白：《中国戏剧的形成和发展》，载中国戏剧出版社 1960 年出版《中国戏曲论集》。

现成剧本等作为成熟戏剧的重要条件，根据这些条件去衡量古之俳优、宋金杂剧、诸宫调都不能算是成熟的戏曲或不是戏曲。这些看法，符合我国戏曲发展实际，因此也很有价值。不足的是，他没有从总体上明确提出以歌舞科白等表演故事这一综合艺术的基本特点。随着戏曲创作的发展和舞台实践的提高与经验总结，人们对戏曲的特点逐渐有了更全面、更明确的认识。1909 年，王国维就在《戏曲考原》中说："戏曲者，谓以歌舞演故事也。"这是继王骥德之后，第一次以最明确简练的语言，对我国古代戏曲的基本特征所作的最好的概括。但是也还不够全面和具体。1912 年他写《宋元戏曲考》时又作了补充论述：

> 后代之戏剧，必合言语、动作、歌曲以演一故事，而后戏剧之意义始全。
>
> 元杂剧之视前代戏曲之进步，约而言之，则有二焉……每剧皆用四折，每折易一宫调，每调中之曲，必在十曲之上；其视大曲为自由，而较诸宫调为雄肆……此乐曲上之进步也。其二则由叙事体而变为代言体也。

王氏实事求是地、全面地总结了我国古代成熟戏曲元杂剧的基本特征：以歌、舞、科、白表演故事，是代言体。

王骥德和王国维对我国古代戏曲特征的论述，完全符合它的发展实际：最早成熟的元杂剧是歌舞戏，歌舞和戏剧伎艺表演是构成杂剧（乃至全部传统戏曲）的两大因素，探索元杂剧的渊源，主要还得从歌舞和戏剧表演谈起。这里需要说明的是，无论是歌、舞或戏剧表演技艺，都只能是构成戏曲的诸种因素之一。单纯的歌、舞、戏剧表演伎艺不管发展到什么程度，不仅不能称它们是"纯粹之戏曲"（王国维语），而且也不是戏曲的萌芽。我们不能把综合性艺术分解成若干因素，然后抓住其中因素之一去上溯其源，并以此代全体。我国戏曲是孕育在歌舞、俳优和百戏的土壤之中，它的萌芽应是在各种艺术或伎艺表演中脱离出来而具有独立形式特质为始。因素终归是因素,它只是戏曲的渊源;萌芽则是胚胎,它已是戏曲的雏形,二者不是量的差异,而是有着质的差别。将两个不同概念等同使用是不恰当的。下面拟分做因素、萌芽和形成三个阶段来谈。

第一节　我国戏曲的诸因素

作为综合性艺术戏曲的诸因素之一的歌舞,早在我国先秦时代就很兴盛了。或娱神、或娱人、或强调教化。最早的歌舞,则可以追溯到原始社会,《尚书·虞书·尧典》云:

> 帝曰:夔,命汝典乐,教胄子。直而温,宽而栗,刚而无虐,简而无傲。诗言志,歌永言,声依永,律和声。八音克谐,无相夺伦,神人以和。夔曰:于!予击石拊石,百兽率舞。

夔为帝舜之乐官,帝舜命夔教育"胄子",并提出了性格、品德和文化修养等方面的要求。夔的回答则反映了远古时代的先民们,在狩猎前后模仿狩猎对象或表现狩猎丰收后的喜悦。后世儒家们为了昭扬先王之德,就把这个场面附会解释为"乐感百兽,使相率而舞,则神人和可知"。使其蒙上一层神秘主义色彩。

我国社会进入到农耕发达的母系时期,先民们的歌舞所表现的内容发生了变化,《吕氏春秋·古乐》篇云:

> 昔葛天氏之乐,三人操牛尾,投足以歌八阙。一曰载民,二曰玄鸟,三曰遂草木,四曰奋五谷,五曰敬天常,六曰达帝功,七曰依帝德,八曰总万物之极。

这大概是进入农耕时期的先民们所举行的一次宗教仪式，人们向祖先（载民）和图腾（玄鸟）祈祷，祝愿草木茂盛、五谷丰收，人人敬天地、奉首领。他们拉着牛尾巴，围着牛羊唱歌跳舞。这些歌舞既娱神，同时也娱人，带有自发性质。

人类进入奴隶社会，歌舞也像生产资料一样转到奴隶主贵族手中。他们为了巩固自己的地位，就有意地命令乐官作乐来歌颂自己的功德。《吕氏春秋·古乐》篇又记云：

> 禹立……命皋陶作为夏籥九成，以昭其功。
>
> 殷汤即位，……功名大成，黔首安宁。汤乃命伊尹作为《大护》、歌《晨露》、修《九招》、《六列》，以见其善。

又《史记·殷本纪》云："帝纣……好酒淫乐……于是使师涓作新淫声，北里之舞，靡靡之乐。"

奴隶主贵族们利用歌舞为自己歌功颂德和娱乐享受，使歌舞和政治及宫廷生活发生了密切关系，教化作用被突出了。

还有一些歌舞则是为了娱神，带有浓厚的迷信色彩。《吕氏春秋·侈乐》篇说："楚之衰也，作为巫音。"巫即祭祀娱神的女人。王逸《楚辞章句》亦云："楚自南部之邑，沅湘之间，其俗信鬼而好祠，其祠必作鼓舞，以乐诸神。"

上述这些娱神、娱人或偏重教化的歌舞，它们只是作为综合性艺术戏曲诸种因素中的一种因素，而本身并不就是戏曲。

以滑稽戏谑擅长的优人，虽然出现很早，刘向《列女传·孽嬖传》谓桀曾"收倡优侏儒狎徒能为奇伟戏者，聚之于旁，造烂漫之乐"。但这些倡优是否与戏剧表演有关还很难说清楚。

春秋战国之世，那些诸侯国君们所养的优人，或"滑稽多辩"，或"善为笑言"（《史记·滑稽列传》）。如优孟、优旃、淳于髡等。但真正模仿生活中人而带有一定戏剧性表演伎艺的也只有"优孟衣冠"故事。《史记·滑稽列传》记其事云：

优孟，故楚之乐人也。长八尺，多辩，常以谈笑讽谏。……

楚相孙叔敖知其贤人也，善待之。病且死，属其子曰："我死，汝必贫困。若往见优孟，言我孙叔敖子也。"居数年，其子贫困负薪，逢优孟，与言曰："我，孙叔敖之子也。父且死时，属我贫困往见优孟。"优孟曰："若无远有所之。"即为孙叔敖衣冠，抵掌谈语。岁馀，像孙叔敖，楚王及左右不能别也。庄王置酒，优孟前为寿。庄王大惊，以为孙叔敖复生也，欲以为相。优孟曰："请归与妇计之，三日而为相。"庄王许之。三日后，优孟复来，王曰："妇言如何？"孟曰："妇言慎无为，楚相不足为也。如孙叔敖为楚相，尽忠为廉以治楚，楚王得以霸。今死，其子无立锥之地，贫困负薪以自饮食。必如孙叔敖，不如自杀。"……于是庄王谢优孟。乃召孙叔敖子，封之寝丘四百户，以奉其祀。

这是优人模仿一个死去的人的语言、动作，以戏谑手段干预政治的带有戏剧性的表演伎艺。过去有人以为这就是我国戏曲之源固不足信，但完全否认它是综合性艺术戏曲的诸种因素之一也未必合适。

第二节　我国戏曲的萌芽与发展

我国戏曲的萌芽与发展主要是在汉、唐时代。汉、唐时代是我国封建社会上升时期，文、景之治，贞观之治常常是史学家们所称的盛世。随着政治、经济、文化的发展，也带来了文学艺术的繁荣。汉代的百戏包括了歌舞、乐舞、杂技、幻术，以及带有简单故事情节表演的角抵戏等。唐代则有歌舞戏、参军戏和伎艺性很高的乐舞。这个时期，我国戏曲开始萌芽并得到初步发展。

汉安帝（刘祜）永初元年（公元 107 年），张衡《西京赋》对西京出现的、带有故事性的大型歌舞和角抵戏作了如下描述：

> 华岳峩峩，冈峦参差；神木灵草，朱实离离。总会仙倡，戏豹舞罴；白虎鼓瑟，苍龙吹篪。女娥坐而长歌，声清畅而蝼蛇；洪涯立而指挥，被毛羽之襳褷。度曲未终，云起雪飞，初若飘飘，后遂霏霏。复陆重阁，转石成雷。礔砺激而增响，磅磕象乎天威。东海黄公，赤刀粤祝，冀压白虎，卒不能救。挟邪作蛊，于是不售。

"东海黄公"之前描写的是一场大型的歌舞表演。前四句似写布景：高高的华岳山，冈峦起伏重叠，山上草木茂盛，红色的果实累累。薛综注"仙倡"以下云："仙倡，伪作假形，谓如神也。罴豹熊虎，皆为假头也。洪涯，三皇时伎人，倡家托作之。衣羽毛之衣，襳褷，毛形也。"又李善注云："女娥，娥皇、女英也。"通俗一点说，就是装扮为神、兽和女娥的艺人（倡），在作一次大型的歌舞表演。表演内容为娥皇、女英故事，指挥者是装扮洪涯的艺人。演员都化妆，有的还戴假面具。有歌有舞，高潮处还有舞台效果配合：时而阴云四起，雪花由小而大，由疏而密，由缓而紧；时而又是楼台亭阁耸立，石头滚滚，雷声隆隆。这些描写，与流传的娥皇、女英伤其丈夫帝舜之死而投江者似有不同。

"东海黄公"则是一场表演故事的角抵戏。据史书记载，角抵戏起源于战国时之秦国，《汉书·刑法志第三》记云：

> 春秋之后，灭弱吞小，并为战国，稍增讲武之礼，以为戏乐，用相夸视。而秦更名角抵，先王之礼没于淫乐中矣。

《史记·李斯列传》亦谓秦二世在甘泉"方作角抵优俳之观"。应劭云："战国之时，稍增神武之礼，以为戏乐，用相夸示，而秦更名曰角抵。角者，角才也；抵者，相抵触也。"可见角抵戏起源之早及其表演方面的特点。西汉时期，以长安为中心的角抵戏十分兴盛，据《汉书·武帝纪》："（元封）三年春，作角抵戏，三百里内皆观。"从文字上看，这次演出已经走出宫廷小圈子，而是到能容纳"三百里内"观众的大广场了。这样，《西京赋》中的"东海黄公"角抵戏的出现也就不是偶然，它已经从一般的"角才"、"抵触"、以竞技为其主要特点的百戏中，逐渐向化妆、代言、表演一定的故事情节的戏剧过渡，而成为我国古代最早的一个戏剧剧目。对这出角抵戏的评价，研究者还有不同的看法：或承认其"搬演古人物"，但又认为"所演者实仙怪之事，不得云故事也"；①或承认其"已经有了一个故事，"但又认为此戏"主要的部分乃是人与虎的搏斗，它不出角抵的竞技范围"。② 总之，他们认为这出戏还不是我国古代最早的戏剧表演和萌芽。已故戏剧史学家周贻白先生则认为此戏是我国古代戏剧之"起源"、"发端"或"开端"③，肯定了它的萌芽地位。河南南阳出土的汉代画像石刻文物中，仅以角抵而言，就有人与人斗的蚩尤戏和人与兽斗的"东海黄公"戏，这些带有故事情节的角抵戏文物的出土，说明在两汉时期角抵戏是相当盛行的。

东汉献帝末年，曹丕凭借其父曹操培植起来的实力，取代了刘姓王朝而自立为帝，中经明帝曹叡再传至少帝曹芳。这位以世袭方式做了国君的昏庸皇帝只知纵情声色，朝政大权落入司马懿父子之手。腐败的宫廷生活与保权夺权的斗争也在一些歌舞百戏中反映出来。《三国志·魏书·少帝纪四》记"大将军司马景王将谋废帝，以闻皇太后"引《世语》云：

时安东将军司马文王镇许昌，征还击维，至京师，帝于平乐观以临军过。……文王入，帝方食栗，优人云午等唱曰："青头

---

① 王国维：《宋元戏曲考》，中国戏剧出版社，1957 年版。

② 张庚、郭汉城主编：《中国戏曲通史》。

③ 分别见周贻白《中国戏剧的形成和发展》、《中国戏剧史长编》、《中国戏曲发展史纲要》。

鸡，青头鸡。”青头鸡者，鸭也。帝惧，不敢发。文王引兵入城，景王因是谋废帝。

其《废帝奏》就责备少帝：“耽淫内宠，沉漫女德，……日延小优郭怀、袁信等于建始芙蓉殿前裸袒游戏，使与保林、女尚等为乱，亲将后宫瞻观。又于广望观上，使怀、信等于观下作《辽东妖妇》，嬉亵过度，道路行人掩目。帝于观上以为宴笑。”这些倡优之人，或以隐晦曲折的嬉笑之语以干预朝政，劝皇帝扣押、镇压反对者；或以难入目之色情表演，迎合皇帝荒淫享乐之求，从不同角度反映了许昌、洛阳的曹魏宫廷生活。此外，《三国志·蜀书·许慈传》还记载了以时事为题材的优戏，其《传》记云：

许慈字仁笃……建安中，与许靖等俱自交州入蜀。时又有魏郡胡潜。……先主定蜀……慈、潜并为学士。……值庶事草创，动多疑议，慈、潜更相克伐，谤讟忿争，形于声色；书籍有无，不相通借，时寻楚挞，以相震挠。其矜己妒彼，乃至于此。先主愍其若斯，群僚大会，使倡家假为二子之容，傚其讼阋之状，酒酣乐作，以为嬉戏，初以辞义相难，终以刀杖相屈，用感切之。

这场“嬉戏”，有两个演员化妆为许、胡二人，表演他们平时的“忿争”和“楚挞”之态，其间还配合音乐，是“优孟衣冠”的发展。

南北朝时期，由于封建割据加剧，兼并战争连年不断，社会生产力遭到严重破坏，民间百戏的发展受到严重影响；即使有一些活动，其资料也多因动乱而散失，所以流传至今的东西不多。其中最值得称道者是代面、钵头和踏谣娘，这些剧目在唐代有很大发展，一些治戏史者多放在唐代论述。

隋唐是我国古代戏剧发展的重要阶段，这一时期的歌舞戏、参军戏和百戏伎艺都十分繁荣，其体制之进步，伎艺之精纯，规模之大，都值得我们重视。

公元581年,北周大丞相杨坚结束了南北朝的长期混乱局面而建立了隋朝,在政治、经济上都调整了统治政策,并设立七部乐以管理艺术和伎艺,以利于文化事业的发展。公元604年,其子杨广以阴谋手段夺得帝位,迁都洛邑,营筑西苑,广置伎乐。由于皇帝利用政权力量扶植伎艺,故其表演之精、排场之大,都是旷世罕见。如《隋书·音乐志》记云:

> 大业二年,突厥染干来朝,炀帝欲夸之。总追四方女乐,大集东都。……有舍利先来,戏于场内,须臾跳跃,激水满衢。鼋鼍鱼鳖,水人虫鱼,偏覆于地。又有大鲸鱼,喷雾翳日,倏忽化成黄龙,长七八丈,耸踊而出,名曰黄龙变。又以绳系两柱,相去十丈,遣二倡女对舞,绳上相逢,切肩而过,歌舞不辍……并二人戴竿,其上有舞,忽然腾透而换易之。又有神鳌负山,幻人吐火,千变万化,旷古莫俦。染干大骇之。……每岁正月,万国来朝,留至十五日,于端门外,建国门内,绵亘八里,列为戏场。百官起棚夹路,从昏达旦,以纵观之。至晦而罢。伎人皆衣锦绣缯彩,其歌舞者多为妇人服,鸣环佩,饰以花毦者,殆三万人。……自是每年以为常焉。

隋炀帝以其国君之权力,不惜花费巨大的民脂民膏,动员天下艺人,训练各种伎艺参加演出:或陆地,或水上,或空中;有歌有舞,有各种伎艺;其动作之惊险、水平之高、场面之大、变化之多、演出时间之长,是历史上前所未有的。突厥染干看后也竟然"大骇",叹为观止。参加演出者达三万人,简直是一次全国性的百戏大会演。

公元618年,太原留守李渊取代了隋王朝的统治而建立了唐帝国,中经贞观、开元之治,国力十分强盛,文学艺术也很繁荣。先是李渊增设九部乐,后是李世民增设十部乐,其中与戏剧有密切关系者为歌舞戏和参军戏。

先说歌舞戏。

据唐人崔令钦《教坊记》、段安节《乐府杂录》所记，唐代歌舞戏就有代面（一作大面）、钵头（一作拨头）和踏谣娘。《乐府杂录·鼓架部》记云：

> 戏有代面，始自北齐神武帝，有胆勇，善斗战，以其颜貌无威，每入阵即著面具，后乃百战百胜。戏者衣紫，腰金、执鞭也。

《旧唐书·音乐志》及《太平御览》记述此条文字略有不同，如《音乐志》云："代面出于北齐，北齐兰陵王长恭，才武而面美，常着假面以对敌。尝击周师金墉城下，勇冠三军。齐人壮之，为此舞以效其指麾击刺之容，谓之《兰陵王入阵曲》。"这是人物装扮表演技击的舞蹈，并有音乐配合。周贻白先生认为这个节目"可以作为侧重舞蹈的歌舞戏，也可以视作由舞蹈转为以故事情节为主，由演员妆扮人物，用歌唱说白以及表情动作，根据规定情境表演出来的戏剧的一种过渡形式"（《中国戏曲发展史纲要》34页）。以上分析是比较全面的。

关于鉢头。《乐府杂录·鼓架部》亦记云：

> 鉢头：昔有人父为虎所伤，遂上山寻其父尸。山有八折，故曲八叠。戏者被发，素衣，面作啼，盖遭丧之状也。

《旧唐书·音乐志》则为此戏"出西域"，儿子杀虎为父报仇，后人"为此舞以象之"。综两书所记，这一节目也至少有两人装扮，人虎相斗，虎为人杀，表演时亦有音乐配合，情况与代面略同。颇似"东海黄公"故事的发展。

踏谣娘是唐代最值得一谈的歌舞戏。关于它产生的时间、地点及表演情况，唐宋人的著述中就有分歧。《教坊记》记云：

> 踏谣娘：北齐有人姓苏，齁鼻，实不仕，而自号为郎中。嗜饮酗酒，每醉辄殴其妻。妻衔悲，诉于邻里。时人弄之。丈夫著妇

人衣，徐行入场。行歌，每一叠，傍人齐声和之云："踏谣和来，踏谣娘苦和来!"以其且步且歌，故谓之"踏谣"；以其称冤，故言苦。及其夫至，则作斗殴之状，以为笑乐。今则妇人为之，遂不呼郎中，但云"阿叔子"。调弄又加典库，全失旧旨。或呼为"谈容娘"，又非。

但《乐府杂录》记载这个醉了就打老婆的酒鬼叫苏葩，表演时是"独舞"。此外，唐人杜佑《通典》、五代后晋刘昫《旧唐书·音乐志》以及宋人李昉《太平御览》引《乐府杂录》佚文等，皆谓踏谣娘中之苏某为"河内"人，"生于隋末"。齐、周、隋末年代相继，时间上不是大问题；《教坊记》、《乐府杂录》皆不言此剧产生地点，《通典》、《旧唐书·音乐志》及《太平御览》则谓戏中女主角是河内(今河南省沁阳县)人，似较可信。

这是一出歌舞戏，它在我国古代戏曲发展史上占有很重要的地位。王国维《宋元戏曲考》认为此戏是"合歌舞以演一事"、"后世戏剧之源，实自此始"；任半塘《唐戏弄》说"《踏谣娘》为唐代全能之戏剧"、"堪称中国戏剧之已经其体而时代最早者"。他们都肯定了《踏》剧在戏剧史上的价值。除《乐府杂录》谓此剧是"独舞"外，其馀诸书谓此剧有二至三个人物，甚至还有帮腔的"旁人"参加表演，其场面一定很可观。这个戏不仅有故事情节，是代言体，而且从女主角"悲诉"、"且步且歌"、"旁人齐声和之"、"及其夫至，作斗殴状，以为笑乐"、"调弄又加典库"等可以看出，这些表演"皆非舞蹈所能表达，其有科泛之动作无疑。曰'衔怨'曰'称冤'，曰'笑乐'皆未必限在歌辞歌声之中，同时必有面容、手势、手段等之表情，亦无待言"①。关于《踏谣娘》的表演情况，唐人常非月《咏谈容娘》诗作了很好的描绘，其诗云：

① 任半塘：《唐戏弄》第三章《剧录》。

举手整花钿，翻身舞锦筵。马围行处匝，人簇看场圆。歌要齐声和，情教细语传。不知心大小，容得许多怜。

从以上可以看出，历史上的歌舞戏，优戏和一些伎艺表演（包括角抵戏），以服从表演故事情节为中心而趋向融合，向唱、做、念、打综合艺术迈出了可喜的一步，这是我国戏曲的重大发展。不知出于什么原因，在成熟的元杂剧出现以前的宋金时代，没有看到以歌舞科白表演故事的“踏谣娘”式的剧目的延续，是人们的审美情趣发生了变化，或是资料散失无考，已是难说清的问题了。

再说参军戏。

唐代盛行的参军戏是一种滑稽戏，它与前代的优戏有血缘关系。唐人段安节《乐府杂录》将其列入《俳优》一节，并记述其始末云：

开元中，黄幡绰、张野狐弄参军，始自后汉馆陶令石耽。耽有赃犯，和帝惜其才，免罪。每宴乐，即令衣白夹衫，命优伶戏弄辱之，经年乃放。后为参军，误也。开元中有李仙鹤善此戏，明皇特授韶州同正参军，以食其禄，是以陆鸿渐撰词云“韶州参军”，盖由此也。

又《太平御览》卷569《俳优》条亦记云：

石勒参军周延，为馆陶令，断官绢数万匹下狱。以入议，宥之。后每大会，使俳优著介帻，黄绢单衣。优问：“汝何官，在我辈中？”曰：“我本为馆陶令。”抖擞单衣，曰：“正坐取是，入汝辈中。”以为笑。

一云参军起至东汉和帝（公元89～105年）年间，一云起自西晋后赵石勒年间（公元319～334年）；一云馆陶令石耽，一云馆陶令周延。二书虽有歧异，但都谓参军戏是取材真人真事，目的是讽诫贪赃官员。

关于参军的表演，最初阶段可能主要是戏谑嘲弄，后来则伴以歌唱，有歌有舞。唐人范摅《云溪友议》云：

> 元慎廉问浙东……乃有俳优周季南、季崇，及妻刘采春，自淮甸而来，善弄陆参军，歌声彻云。……元公赠采春诗曰："新妆巧样画双娥，幔裹恒州透额罗。正面偷输光滑笏，缓行轻踏皱纹靴。言词雅措风流足，举止低徊秀媚多。更有恼人肠断处，选词能唱望夫歌。"《望夫歌》者，即《啰唝》之曲也。采春所唱一百二十首，皆当代才子所作。其词五、六、七言，皆可和矣。词云："不喜秦淮水，生憎江上船。载儿夫婿去，经岁又经年。"……采春一唱是曲，闺妇行人莫不涟洏。

装扮表演陆参军的演员是女性，她要化妆，表演时有念白和配合内容、表情达意的动作，歌唱所占比重较大，也最感动人，闺妇行人听了都流泪不止。任半塘先生认为唐代参军戏"是古俳优发展之最高阶段，科白并重，有时并合歌舞"、"乃谓真正戏剧"①；青木正儿也十分重视参军戏，认为它是我国戏曲之始："歌舞之稍具戏剧的性质者，虽然从汉代以来文献上就略微有些记载，但是配称为戏曲的东西，却要从唐代的参军戏开始。"②如果这里的"开始"与"起源"或"萌芽"同义，其时间就推得太迟了。

参军戏自唐中叶以后的变化发展，王国维有一段扼要概括："参军之戏，本演石耽或周延故事。又《云溪友议》谓：'周季南等弄陆参军、歌声彻云'，则似为歌舞剧。然至唐中叶以后，所谓参军者，不必演石耽或周延；凡一切假官，皆谓之参军。《因话录》所谓'女优弄假官戏，其绿衣秉简者谓之参军桩'是也。由是参军一色，遂为角色之主。其与之相对者，谓之苍鹘。李义山《骄儿诗》：'忽复学参军，按

---

① 任半塘：《唐戏弄》第二章《辨体》。

② 青木正儿：《元人杂剧概说》，中国戏剧出版社，1957年版。

声唤苍鹘。'《五代史·吴世家》所记足以证之。"①

王氏的论述十分重要,它简直是参军戏的发展史。所谓"角色之主"云云,是把陶宗仪等关于参军、苍鹘的论述更加具体和明确了。参军戏有两个与后世行当相类似的角色,它们不必是表演戏弄贪官或以科白为主,而是可以表演思妇之情和伴以歌唱,表演内容比较自如和形式相当稳定。这一重大发展对我国后世戏剧的出现产生了不可估计的影响。张庚先生在论及参军戏对我国戏曲发展的重要性时说:"它把隋唐以来的歌唱艺术和滑稽戏结合起来,使得中国戏曲形式粗具了规模,而宋代'杂剧'的多种形式中,戏曲这一种形式就是在它的基础上更加发扬光大起来的。"②

从以上可以看出,汉代的角抵戏"东海黄公",唐代的代面、钵头、踏谣娘和参军戏,它们对宋金杂剧院本都提供了良好的艺术借鉴,表明我国戏曲至汉唐时代有了重大的发展。

第三节　我国戏曲的形成

从公元960年赵匡胤建立北宋王朝始,中经金灭北宋及南宋与金南北对峙,一直到公元1279年忽必烈统一全中国止,这一历史阶段,特别是宋金对立时代,是我国戏剧发展史上一个极其重要的时代——我国古代戏曲在这时形成了。从时间和地域上看,无论是北宋或南宋,以及金人统治下的北中国;从戏曲本身和其他百戏看,也无论是杂剧、戏文、院本、诸宫调、讲史、小说以及百戏伎艺,都为元杂剧的产生打下了良好的基础。

赵匡胤统一全国,结束了五代十国以来的长期分裂割据局面,社

① 王国维:《宋元戏曲考》,中国戏剧出版社,1957年版。

② 张庚:《试论戏曲的起源和形成》,载1963年1月《新建设》。

会呈现出一片政治稳定和经济繁荣景象。特别是帝都东京（今河南省开封市）又更为突出。此前，五代时的梁、晋、汉、周都先后在这里建都，史家就称誉其“华夷幅辏，水陆会通……工商外至，络绎无穷”①。历代统治者的长期经营，使这里的政治、经济、文化基础都很雄厚。赵宋统一王朝的建立，更有重大发展。太祖赵匡胤“削平诸国，除藩镇留州之法，而粟帛钱币咸集王畿；严守令劝农之条，而稻粱桑枲务尽地力”②。太宗赵光义继其余荫，实行“轻赋薄敛之制”而达到“国用殷实”。③真宗赵恒则“自景德以来”就被史家誉为“四方无事，百姓康乐，户口蕃庶，田野日辟”④。至徽宗赵佶时代，尽管内外矛盾重重，整个社会已经腐朽衰败，而东京因是帝都所在，却能一直繁荣不衰。北宋末年人孟元老曾描述东京当时繁华的情景：

> 以其人烟浩穰，添十数万众不加多，减之不觉少。所谓花阵酒池，香山药海。别有幽房小巷，燕馆歌楼，举之万数，不欲繁碎。⑤

统治者满足于帝辇之下的虚假繁荣景象，沉溺于声色歌舞生活。靡风所及，帝都东京到处都是花天酒地、莺歌燕舞、奢侈享乐：“垂髫之童，但习歌舞；斑白之老，不识干戈。时节相次，各有观赏。……新声巧笑于柳陌花衢，按管调弦于茶房酒肆。……集四海之奇珍，皆归市易；会寰区之异味，悉在庖厨。花光满路，何限春游；箫鼓喧空，几家夜宴。伎巧则惊人耳目，侈奢则长人精神。”⑥其豪华富庶，奢侈纵情，极尽物质生活与精神生活之享受，达到了当时条件的最高水平。

正是由于帝都是政治、经济、文化的中心，这里都市生活也特别

---

① 《五代会要》卷26《城郭》。

②③④ 皆见《宋史·食货志》。

⑤ 孟元老：《东京梦华录》卷五《民俗》。

⑥ 孟元老：《梦华录序》。

繁华。各种各样的商业和饮食服务行业，其规模之大、伎艺之精、分工之细、服务态度之好、营业时间之长，都值得称道。大交易如东角楼街巷之“彩帛交易”，其处所“屋宇雄壮，门面广阔”，令人“望之森然”。而“每一交易，动即千万”。就是这位颇见过大世面的孟元老也有“骇人闻见”之感①。小买卖如一些卖胡饼的小吃店，也竟是“每家有五十馀炉”同时制烤胡饼，②可见顾客之多，生意之兴隆。仁和殿、会仙楼等处，则“常有百十分厅馆”③，可以同时接待众多顾客。饮食店里，“都人侈重，百端呼索，或热或冷，或温或整，或绝冷、精浇、膘浇之类。人人索唤不同”④。那些服务人员，似乎都经过严格的职业训练，他们伎艺出众，服务态度良好：“行菜者左手叉三碗，右臂自手至肩驮叠约二十碗。散下尽合各人呼索，不容差错。一有差错，坐客白之主人，必加叱骂，或罚工价，甚者逐之。”⑤在管理方面，颇有点“现代化”味道。那些茶房酒店，“勾肆饮食……夜市至三更尽，才五更又复开张。如要闹去处，通宵不绝”⑥。其营业时间，长至一天二十小时左右，或昼夜不停，简直是我国古代都市的“夜总会”。

随着城市经济的繁荣，市民队伍的壮大，适应市民需要的戏曲艺术和百戏伎艺也得到空前发展，如东京的元宵之夜，《东京梦华录》有过具体的描绘：

> 正月十五日元宵，大内前自岁前冬至后，开封府绞缚山棚，立木正对宣德楼，游人已集御街两廊下。奇术异能，歌舞百戏，鳞鳞切切，乐声嘈杂十馀里。⑦

---

① 孟元老：《东京梦华录》卷二《东角楼街巷》。

② 孟元老：《东京梦华录》卷四《饼店》。

③ 孟元老：《东京梦华录》卷四《会仙酒楼》。

④ 孟元老：《东京梦华录》《食店》条。

⑤ 孟元老：《东京梦华录》《食店》条。

⑥ 孟元老：《东京梦华录》卷三《马行街铺席》。

⑦ 孟元老：《东京梦华录》卷五《元宵》。

什么击丸蹴踘、踏索上竿、吞铁剑、吐五色水、猴呈百戏、鱼跳刀门、使唤蜂蝶、追呼蝼蚁,不一而足。乐棚内外,教坊、钧容直、露台弟子等官办、军办或民间剧团还“更互”表演杂剧。从皇帝到老百姓,都在各自规定的场所尽情欣赏。“三门”外的木牌上还大书“宣和与民同乐”。反映了徽宗时代皇帝与臣民们同时“欢度”元宵节的情景。

据《东京梦华录》所记,那些官办、军办和民间班子,他们常和其他百戏伎艺交互演出,如该书卷七《驾登宝津楼诸军呈百戏》条记载,诸军就表演了“爆仗”、“抱锣”、“硬鬼”、“舞判”、“七圣刀”、“歇帐”、“抹跄”、“板落”、“引马”、“仰手射”、“拖绣球”、“立马”、“跳马”、“倒立”、“镫里藏身”等各种伎艺,其中还插入了“诸军邀队杂剧一段”、“露台弟子杂剧一段”。可见杂剧一项也是他们表演的节目之一。在东角楼的桑家瓦子、中瓦和里瓦,就有演出杂剧和其他伎艺的“大小勾栏五十馀座”,而中瓦子、莲花棚、牡丹棚、里瓦子、夜叉棚、象棚等竟然“可容数千人”。瓦子之多,规模之大,都足以说明当时杂剧和百戏伎艺的繁荣。在各种伎艺中,与戏曲有密切关系者就有小说、讲史、诸宫调、说诨话、舞旋、小唱、影戏等讲唱艺术和表演伎艺,它们都为元杂剧的出现打下了良好的基础。

《东京梦华录》一书中,提及杂剧表演者就有《京瓦伎艺》、《元宵》、《驾登宝津楼诸军呈百戏》、《中元节》、《宰执亲王宗室百官入内上寿》及《下赦》诸条目。其中中元节记述尤为详尽。

> 七月十五日中元节。先数日,市井卖试器靴鞋、幞头帽子、全犀假带、五彩衣服,以纸糊架子盘游出卖。潘楼并州东西瓦子亦如七夕。耍闹处亦卖果食种果生花之类,及印卖《尊胜目连经》。又以竹竿斫成三脚,高三五尺,上织灯窝之状。谓之“盂兰盆”。挂搭衣服冥钱在上焚之。构肆乐人。自过七夕。便般《目

连救母》杂剧。直至十五日止。观者增倍。①

这段文字具体记述了北宋东京中元节的民间习俗:制办冥间需要的衣、帽、鞋、带及花果等祭祀供物;印卖《尊胜目连经》经文;扎焚"盂兰盆"盆架……在这些活动中,人们对孝顺有罪之母的佛门弟子目连救母故事特感兴趣。因此,杂剧《目连救母》也就特别受到人们的欢迎。这个戏从七月八日晚演至十五日晚,"观者增倍"。是一剧反复上演,还是连台本演出?如果是前者,说明这个戏很有吸引观众的力量;如果是后者,则说明这个戏已具有相当大的规模。不管是属于哪种情况,又都说明北宋末期,在东京演出的杂剧,标志着我国古代戏曲已经形成和逐渐趋向成熟。

如上所述,北宋东京杂剧的繁荣是与帝都的政治、经济、文化等优越地位密切相关的。赵宋统治者为了满足宫廷享乐,就从全国征召乐工伎艺之人入京。据《文献通考》及《宋史·乐志》等书记载,宋初就有教坊四部,广置乐工伎艺之人,其后平荆南,得乐工 32 人;平西川,得 139 人;平江南,得 16 人;平太原,得 19 人;馀藩臣所贡者 83 人;又太宗藩邸有 71 人。这三百几十名乐工中,肯定有一部分杂剧艺人在内。如果加上原"教坊四部"中的杂剧艺人,其数字一定不会很小。据《东京梦华录》不完全统计,仅徽宗时期有名字可考的著名杂剧艺人就有丁先现、丁都赛、薛子大、薛子小、杨总惜、王团子、张七圣、张翠盖、张成、俏枝儿、周寿奴、称心、萧住儿、崔上寿、榾柮儿、鳖脚刘乔、侯伯朝、孟景初、王振喜等 19 人,而实际人数当然会更多一些。杂剧艺人之多表明,北宋东京的杂剧艺术已经很繁荣了。

公元 1126 年 9 月,对内文治不修、武功不备,对外屈辱求和、妥协投降的北宋朝廷,在金兵多次打击下败灭了,北宋的最后两个皇帝徽、钦二宗也做了金人的俘虏。在国不可一日无君的情况下,徽宗第九子康王赵构于次年在南京(今河南商丘)即位,改元建炎,史称南

① 孟元老:《东京梦华录》卷八《中元节》。

宋。高宗本人也和乃父乃祖一样为苟且偷生之徒，而非中兴之主，在金人步步紧逼，屈辱求和以延残喘也不可得的情况下，终于于建炎三年仓惶逃往临安（今浙江杭州）。从此，北中国完全沦入金人统治者之手，形成了一百馀年与南宋的对峙局面。

南宋时的临安，其“山水明秀，民物康阜”，胜过北宋首都东京“十倍”①。其繁荣盛况，侈奢豪华，只要略举数例足见一斑：

> 今中兴行都已百馀年，其户口蕃息，仅百万馀家者。城之南西北三处，各数十里，人烟生聚，市井坊陌，数日经行不尽，各可比外路一小小州郡，足见行都繁盛。②
>
> 街市点灯：庆元间，……巷陌爪扎，欢门挂灯，南至龙山，北至北新桥，四十里灯光不绝。城内外有百万人家，前街后巷，僻巷亦然。挂灯或用玉珊，或用罗帛，或纸灯，或装故事，你我相赛。③
>
> 混补年：诸路士人比之寻常十倍……每士到京，须带一仆，一万人试，则有十万人仆，计二十万人，都州北权歇。④
>
> 杭州人烟稠密，城内外不下数十万户，百十万口。每日街市食米，除府第、官舍、宅舍、富室，及诸司有该奉人外，细民所食，每日城内不下一二千馀石，皆需之铺家。⑤

杭州，这座具有吴越文化历史传统的城市，工商业一直就很繁荣，市民力量也比较强大，他们对社会生活也有相当要求，加上“直把杭州作汴州”的赵宋统治者的到来，他们纵情声色，各种各样的百戏

---

① 灌圃耐得翁：《都城纪胜序》。

② 灌圃耐得翁：《都城纪胜·坊院》。

③ 西湖老人：《繁胜录·街市点灯》。

④ 西湖老人：《繁盛录·混补年》。

⑤ 吴自牧：《梦粱录》卷十六《米铺》。

伎艺在他们的认可下，就更加繁荣。其中关于北宋杂剧随着政治中心南移的情况，周贻白先生《南宋杂剧的舞台人物形象》一文认为："宋高宗赵构南渡，1127 年建都临安，当时属于金人统治之下的淮河以北地区的一部分人民，多向淮河以南迁移；特别是一些瓦子勾栏中的艺人，多数都麇集在南渡后临时首都——临安。因而北宋杂剧这一体制，便在临安生了根，由是构成南宋时期的所谓官本体制。"①这番论述颇有道理。

关于北宋杂剧体制，孟元老虽无具体记述，但南宋人灌圃耐得翁《都城纪胜》、吴自牧《梦粱录》诸书，都追述了北宋时东京"有孟角球曾撰杂剧本子"、剧本体制、角色及其分工等。下面还要具体谈及。

南宋临安的杂剧，虽然也常常与参军戏等滑稽戏、歌舞戏、"大曲舞"、"弹玉琵琶"、"打玉方响"等乐舞交互配合演出；②但是，它在众多姊妹艺术中却是群芳之首，独占鳌头，从《都城纪胜》和《梦粱录》诸书都认为百戏伎艺，"唯以杂戏为正色"，加上《武林旧事》所录官本杂剧段数凡 280 个剧目看，足见从北宋到南宋，杂剧艺术有了很大进步与发展。

大约在北宋末年或南宋初年，在浙江温州一带还流行着一种地方戏名曰"温州杂剧"或"永嘉杂剧"，它对元南戏和明清传奇有直接影响。

与南宋王朝对峙的金人统治下的中国北方，除了宋杂剧继续流行之外，还出现了与宋杂剧体制略同的院本。因为它们经常同时同台演出，人们就把它们当成一而二、二而一的艺术。杜善夫的"前截儿院本《调风月》，背后么末敷演刘耍和"③，陶宗仪的"院本、杂剧、其实一也。国朝、院本、杂剧，始厘而二之"，④夏庭芝的"金则院本、杂

① 周贻白：《中国戏曲论集》，中国戏剧出版社 1960 年版。

② 吴自牧：《梦粱录》卷三《宰执亲王南班百官入内上寿赐宴》。

③ 杜善夫：〔般涉调·耍孩儿〕《庄家不识勾阑》。

④ 陶宗仪：《南村辍耕录》。

剧合而为一，至我朝，乃分院本、杂剧而为二”等文献资料，[①]就最好地说明了二者的关系。

金院本继承宋杂剧，二者体制略同。宋杂剧体制是：

> 杂剧中末尼为长，每一场四人或五人。先做寻常熟事一段，名曰艳段；次做正杂剧，通名两段。末泥色主张，引戏色分付，副净色发乔，副末色打诨。或添一人，名曰装孤。……大抵全以故事，务在滑稽。唱念应对通编。此本是鉴戒，又隐于谏诤……又有杂扮，或曰杂班，又名经元子，又谓之拔和，即杂剧之后散段也。[②]

金院本体制与宋杂戏略同：

> 院本始作，凡五人：一曰副净，古谓参军；一曰副末，古谓苍鹘，以末可扑净，如鹘能击禽鸡也；一曰引戏；一曰末尼；一曰孤。……院本大率不过谑浪调笑。[③]

从角色名目、人数和表演内容等方向看，二者确有“其实一也”之处。1958 年 4 月，河南省偃师县酒流沟水库西岸发掘宋墓时，出土的三块宋杂剧雕砖；1959 年 1 月，山西省侯马市郊发掘金墓时，出土的五个金院本戏俑，可以看出二者的一脉相承关系。

宋杂剧和金院本都没有作品流传下来，前者存目 280 种，后者存目 690 种。其中院本中的“院么”（**见《辍耕录》卷 25《院本名目》**）或“么末”，研究者多认为它就是北杂剧的前身，元杂剧就是在院本基础上吸收其他姊妹艺术兴起来的。

---

①③ 夏庭芝：《青楼集志》。

② 吴自牧：《梦粱录》卷二十《妓乐》。

第四节　元杂剧的兴起

任何一种文艺的兴起，都有其必然的社会条件和自身条件，前者是外因，它对文艺的内容起着制约和决定作用；后者是内因，它更能深刻地反映出自身发展的必然。我国文学史上的楚骚、汉赋、唐诗、宋词、元曲和明清小说，都是两方面结合的产物。

杂剧兴起的元朝，是我国历史上一个十分重要的封建王朝。这个较为后进的蒙古族，凭借武力的征服，实现了全国大统一，建立了以蒙古贵族为主体，并联合其他民族上层分子组成的封建地主阶级政权。由于深刻的社会和历史原因，这个政权建立以后，也像历史上以汉族为主体建立的政权一样，对其他民族实行不平等政策。在这个政权统治之下，国内民族矛盾空前尖锐，阶级矛盾也十分激烈。其特点是阶级矛盾往往交织着民族矛盾，民族压迫也常常掩盖着阶级压迫。他们把各族人民分为四等：一是蒙古人，二是色目人（包括畏兀儿、回回、钦察等三十馀种民族），三是汉人（包括女真、契丹、高丽、勃海及北方的汉人），四是南人（原南宋政权统治下的南方人民）。四种人的政治待遇、法律宽严都表现出民族歧视和民族压迫特点。他们规定，各级官吏，“其长则蒙古人为之，而汉人南人贰焉”①；又：“各道廉访司，必择蒙古人为使；或阙，则以色目世臣子孙为之，其次参以色目、汉人。”②他们还规定：“诸蒙古人与汉人争，殴汉人，汉人勿还报，许诉于有司”③；“诸蒙古人因争及乘醉殴死汉人者，断罚出

---

① 《元史·百官一》。

② 《元史·成宗本纪》。

③ 《元史·刑法四·斗殴》。

征，并全征烧埋银。”①政治使用、执法宽严都带有浓厚的民族不平等色彩。正是在这样高压政策下，以汉族为主的广大江南人民，对蒙古统治者进行了英勇不屈的反抗斗争，据刑部尚书崔彧于至元二十年(公元1283年)上疏，仅“江南盗贼，相挺而起”者就有二百馀起。他虽然指出是“民不聊生，激而起变”②。但是，这些最下等的“南人”之所以起来反抗，又是与他们不甘忍受蒙古贵族实行民族高压政策有关的。

然而，不可否认的是，蒙古贵族统治者为了缓和社会矛盾、发展生产和巩固政权，他们也采取了一些比较开明的措施：政治上重用一些汉族知识分子中的有才之士以充实政权组织，如刘秉忠、许衡、姚枢等人就辅佐元世祖建立各种具体制度。经济上则重视恢复和发展农业生产，如招集逃亡，鼓励开荒，军民屯田，减租税；禁止占民田为牧地，限制抑良为奴；编辑《农桑辑要》，推广先进生产技术；赈济灾民，兴修水利等。此外，还重视发展手工业，沟通南北大运河，繁荣内外贸易，以及从多方面学习汉民族传统文化等。在一系列开明措施之后，社会政治趋向稳定，经济也日渐繁荣，出现了所谓“自世祖混一之后，天下治平者只七十年”的局面③。这个评价虽有一定道理，但是太过誉了。这里且不说世祖时代和成宗时代有所不同，就以他们的某些开明措施而言，也带有相当程度的欺骗性质，比如重用汉族知识分子，那只是其中的上层人物，而广大中下层知识分子还是备受压抑。元初流传的“九儒十丐”之说，尽管有的研究者并不相信，认为那是宋朝遗民的过甚之词。其实，我们只要举出两件事就可以说明它的真实性：一是统治者停止科举考试近八十年之久，堵塞知识分子走入仕途；二是元杂剧中出现大量的“儒人不如人”的牢骚感叹，这正是知识分子社会地位低下不平之鸣的反映。另外，还有巧取豪夺、霸人

① 《元史·刑法四·杀伤》。

② 《元史》卷173《崔彧传》。

③ 叶子奇：《草木子·克谨篇》。

妻女、夺人财物的权豪势要横行不法，逼人倾家荡产的高利贷，以及众多的贪官污吏等。因此，在有元一代，人民的反抗民族压迫和阶级压迫之斗争从来就没有停止过。元杂剧正是植根在这样的社会土壤中，表现出这个时代人们的悲愤不平、怀疑不满、压抑之感、兴亡之感、怀念、避世、怨恨、苦闷、追求等等。

以上社会条件是元杂剧兴起的社会因素，而决定元杂剧能够兴起的则是它本身发展的成熟，是前辈剧作家和艺人们辛勤创造和积累的必然结果。目前，由于资料的缺乏，我们还不能从具体作品中论证元杂剧的前身或脱胎母体是什么，因此研究者对这一问题的看法就不可避免地带来一些分歧，使我们对元杂剧的形成过程不甚清楚。元人胡祗遹《紫山先生大全集·赠宋氏序》谓："乐音与政通，而伎剧亦随时尚而变。近代教坊院本之外，再变而为杂剧。"认为元杂剧由金院本演变而来。另一元人陶宗仪《南村辍耕录·院本名目》从唐之传奇、宋之戏曲、唱诨、词说，金之院本、杂剧、诸宫调，一直说到"院本、杂剧，其实一也。国朝、院本、杂剧，始厘而二之"，并举出"教坊色长魏、武、刘三人"对杂剧、院本发展革新的贡献（夏伯和《青楼集志》亦有类似文字），但由于没有杂剧、院本流传下来，陶氏的叙述还不能给我留下具体印象。明人王骥德在叙述我国戏剧成熟时，虽然也列举古之优戏、宋之杂剧、金之诸宫调等，但其目的既不是论证戏剧的发展，更不是论证它们是元杂剧和明传奇的前身或脱胎母体。对这一问题作出正面说明的首推王国维。他在《宋元戏曲考·元杂剧之渊源》一章中说：

> 由前数章之说，则宋金之所谓杂剧院本者，其中有滑稽戏，有正杂剧，有杂班，又有种种技艺游戏。其所用之曲，有大曲，有法曲，有诸宫调，有词，其名虽同，而其实颇异。至成一定之体段，用一定之曲调，而百馀年间无敢逾越者，则元杂剧是也。元杂剧之视前代戏曲之进步，约而言之，则有二焉。宋杂剧中用大曲者几半……其次序不容颠倒，而字句不容增减，格律至严……

其用诸宫调者，则不拘于一曲……移宫换韵，转变至多，故于雄肆之处，稍有欠焉。元杂剧则不然，每剧皆用四折，每折易一宫调……其视大曲为自由，而较诸宫调为雄肆。且于〔正宫〕之〔端正好〕、〔货郎儿〕……皆字句不拘，可以增损，此乐曲上之进步也。其二则由叙事体而变为代言体也。

王氏论述，虽未明确说出元杂剧之脱胎母体，但他却是把宋之大曲、宋金杂剧院本、诸宫调当做元杂剧之前身来进行史的考察的。具体说来，王氏的观点是：元杂剧是从宋金杂剧、院本以及诸宫调脱胎而来。这一观点，对后世治戏史者有很大影响。目前具有一些代表性的看法是：或谓元杂剧的前身是诸宫调①，或谓是院本②，或谓是诸宫调和院本相结合的产物③。这些看法尽管都没有超出王氏《宋元戏曲考》的范围，但是他们在强调王氏所概括内容的某一部分或两部分时，其论证却比王氏具体和深入。应该说，这是在王说基础上的重要进展。由于没有具体作品相印证，个人以为王氏的看法仍然具有科学价值。

---

① 郑振铎：《关汉卿——我国十三世纪的伟大戏剧家》（载《戏剧报》1958年第6期，又载《关汉卿戏曲集》卷首）："在北中国流行的杂剧……它是从一种流行于中国中部和北部的叙事歌曲，即既讲且唱'诸宫调'发展起来的。"又刘知渐、鲜述文《胡祗遹诗文中的元初戏曲史料》（载《河北学刊》1985年第5期）："在元初，杂剧刚刚由诸宫调演变而来。"

② 张庚、郭汉城主编《中国戏曲通史》认为"元杂剧直接从金院本里脱胎出来"（见该书74页）。

③ 夏传才《燕赵和元曲的源流》（载《河北学刊》1985年第4期）"元杂剧是金院本和诸宫调两者结合的产物"。

第二章　元杂剧体制

任何一种文学的兴起和繁荣，并在文学史上有着不可代替的地位，这不仅因为它的思想和艺术取得了相当高或较高的成就，而且从体制上看，它也有各自不可代替的特殊"规律"，使创作者有所借鉴或遵循，研究者也可凭借这些带有规律性的东西探索其艺术成就和社会价值，如古体诗作法、近体诗格律、词律等。元杂剧是一种新兴的文学，它也有自己独特的体制，弄清其体制方面一些带有规律性的现象，对研究元杂剧会有帮助。

我们所说的体制，犹如说体裁或格局，主要是讲形式或样式问题。作为综合性艺术的元杂剧的体制，也主要是指其形式或样式的某些特点或一些带有规律性现象，诸如剧本组织、文学因素、音乐结构、登场角色、舞台演出等。现就这些体制问题分述如次。

第一节　剧本组织

元杂剧剧本由折、楔子和题目正名组成，其中题目正名不是剧本有机组成部分。

元杂剧以折为单位，折是剧本的情节段落，以一剧四折为通例，超过四折为变体，如关汉卿的《五侯宴》、白朴的《东墙记》、纪君祥的

《赵氏孤儿》和刘唐卿的《降桑椹》等皆为五折，以上四剧皆有剧本流传。张时起的《赛花月秋千记》（曹本《录鬼簿》）、李文蔚的《金水题红怨》（孟本《录鬼簿》）皆六折（二剧已佚）。王实甫的《西厢记》五本二十折、杨景贤的《西游记》六本二十四折，如将各本分开，仍不违一本四折通例。从现存元人杂剧作品看，尚未发现一剧不足四折者。

一剧四折为通例形成的原因，研究者有不同的看法：或谓来源于宋金杂剧院本之四段①，即艳段、正杂剧两段，外加杂扮；或谓四段“与演出时间有关系”、符合“概括地反映生活中的矛盾冲突的发展过程”②。这两种看法都有一定道理，但都不够全面。是不是可以这样说，宋金杂剧院本一剧四段从剧本结构上对元杂剧有影响，但杂剧院本首尾两段与正杂剧并不连贯，不是正杂剧的有机组成部分，与元杂剧的一剧四折连贯有所不同。考虑到杂剧院本演出时常和其他伎艺在一起而并非纯粹的戏剧表演等特点，以及编剧和演出都需要精炼，集中和中心突出等客观要求，后一种看法也有它的合理成分。

元代杂剧是否分折，由于通行本《元曲选》等与《元刊杂剧三十种》有所不同而使研究者发生了疑问。《元刊杂剧三十种》为元代坊间刊刻本，自然是当时体制，而这个本子就不分折，不少作品中出现的“一折了”只是剧中的一小段，这是研究者多同意的看法；而《元曲选》为明人刊刻，编者在编辑过程中的“参伍校订”③是否“妄加笔削”很难使人尽信，故“近人有疑北曲不分折者”。④

元人杂剧是分折的。《录鬼簿》注《秋千记》云“六折”，注《黄粱梦》云“第一折马致远，第二折李时中，第三折花李郎学士，第四折红

---

① 见赵景深《读曲小记·元剧结构的成因》、青木正儿《元人杂剧概说》、盐谷温《元曲概说》。邓绍基《元杂剧的形成及繁荣的原因》（载《河北学刊》1985 年第 4 期）。

② 徐扶明：《元代杂剧艺术》第五章《折子》。

③ 臧晋叔：《元曲选序》。

④ 见孙楷第《沧州集》下册《元曲新考》。

字李二”；又汪勉之小传亦云“鲍吉甫所编《曹娥泣江》，内有先生两折”。又《中原音韵·定格》举例〔仙吕金盏儿〕“据胡床”曲后评曰：“此是《岳阳楼》头折中词也。”证之《元曲选》本《岳阳楼》剧第一折曲文，唯文字略有不同。

楔子又名楔儿，是元杂剧四折之外的一个小段落。王国维《宋元戏曲考》云：“‘楔，櫼也。’今木工于两木间有不固处，则斫木札入之，谓之楔子。”

楔子多用来交待故事和连贯情节。孙楷第先生云：“楔子之设，乃所以补套曲之不足，其用仅次于套曲。”①可见其地位之重要。

一般多将楔子放在剧前，大约相当于现代戏之序幕；也有放在折与折之间，则相当于现代戏之过场戏。

有人做过统计，除《西厢记》、《西游记》不计外，在现存元人杂剧约为150种作品中，有楔子者为102种，其中有9种为一剧二楔子。

元杂剧中的楔子有以下几个特点：

①篇幅短小。除说白科诨外，一楔子只用一二支曲子；

②使用宫调多为〔仙吕端正好〕或〔赏花时〕或连〔幺篇〕或〔忆王孙〕，或用〔越调金蕉叶〕，或用〔双调新水令〕等；

③除主角外，次要角色也可唱楔子中的曲文。

楔子的形成，有说来之于“致语”，徐扶明先生《元代杂剧艺术》不同意此说，其中最重要的理由即“致语”是可以与正戏分开的“独立单位”，而楔子则是元杂剧中的“有机组成部分，四折一楔子，融成一体”。元杂剧形成一本四折之体制后，因四折不能很好表现剧中必须表现的内容，故增设楔子“以补套曲之不足”，这恐怕是最重要的原因。

目前对楔子的位置，研究者尚有不同看法，有少数作品在矛盾冲突解决之后还出现了几支曲子，或以为这是放置全剧最后的楔子，其说见孙楷第先生《沧州集》和赵景深先生《读曲小记》；或以为这是套

---

① 皆见孙楷第《沧州集》下册《元曲新考》。

曲后的“增曲”，其说见徐扶明先生《元代杂剧艺术》。

题目正名多出现在元杂剧剧本结束之后，《古杂剧》中之《切鲙旦》等则将其放在开头。通常是用四句或两句对偶句以概括全剧剧情，末句四字或三字为本剧剧名、如关汉卿的《调风月》题目正名为：“双莺燕暗争春，诈妮子调风月”；马致远的《陈抟高卧》题目正名为：“识真主汴梁卖课，念故知征贤敕佐；寅宾馆天使遮留，西华山陈抟高卧”。

关于题目正名的研究，有以下一些争论：

一是题目正名的含义。

周妙中先生《关于元曲的三个问题》一文在列举许多实例之后说：“题目正名分明是一个东西，是‘题目’的‘正名’，而不是‘题目’与‘正名’。所以要在题目之下加‘正名’二字是对‘简称’而言。因为元曲的题目很长，至短也有十几个字，说起来写起来都不方便，所以许多人为便利起见，只用题目的最后一句甚至末句中的一部分。”①

胡仲实先生不同意这个看法，他在《“题目正名”考》一文中说：“题目，是元人勾栏中的专门术语，有模样的意思。附于杂剧篇末的题目，实为剧情简介，是写在海报上用作宣传的东西”，“元人杂剧中的真正剧名，则是题目中之正名。正者，定也。正名即是定名。”“元人杂剧中的正名，大抵是杂剧艺人抄完题目后，才正式圈定的一个剧名。”②

周说似更切合实际一些。

二是题目正名的位置。

现存元人杂剧的题目正名，或放剧后，或放剧前：最早的《元刊杂剧三十种》，除八种无题目正名外，其馀二十二种或作“题目正名”、或作“题目”、或作“正名”，皆放置剧后；而明刊本《古杂剧》、《柳枝

① 周妙中：《关于元曲的三个问题》（载《文学遗产》增刊二辑）。

② 胡仲实：《“题目正名”考》（载《戏曲研究》1981 年第四辑）。

集》等则多放置剧前，这就产生了题目正名的位置问题。或以为“题目正名应该放在正戏开始之前，‘报幕’式地向观众介绍剧情提要，使观众预先对即将演出的剧目内容有所了解”（《元代杂剧艺术》）。这个看法有一定道理。

第二节　文学因素

元杂剧的文学因素，主要是指构成剧本的文学要素而言。元杂剧剧本的文学要素，包括唱词与宾白两大部分。

元杂剧是歌唱艺术，唱词是剧本的主体。徐渭《南词叙录》云：“唱为主，白为宾，故曰宾白。”有说有唱，明显地受到说唱文学影响。

从文学结构上说，元杂剧一折就是一个情节段落，从音乐上说，则是一套歌曲或唱词。

曲以抒情，白以叙事。这是就二者的主要分工而言。唱词不仅抒发人物情怀，刻画人物心理活动，不少唱词还能担负说理任务。白也不完全是叙事，也常用于刻画人物性格和揭示戏剧冲突。一些公案戏里就表现得比较突出。

杂剧的唱词有一些与诗词不同的声律。诗词是讲平上去入四声的，杂剧唱词则是“平分阴阳，入派三声”。平仄互叶。一折戏只能用一个宫调，一韵到底。定格之外，可以加衬字。

宾白是人物自白和相互对话之谓，和唱词相比较而有宾主之分。姜南《抱璞简记》云：“北曲中有全宾全白，两人对说曰宾，一人自说曰白。”宾白以其表现形式和作用不同而分成若干类，王骥德《曲律》云：“宾白亦曰说白。有定场白，初出场时，以四六句者是也。有对口白，各人散语是也。”

现存元杂剧宾白运用情况，按其性质和范围，略可分为两类：一是有韵的诗白。这类诗白多用于人物的上下场，或两句或四句，或对仗或不对仗:一般皆一人念诵,少数是两人承接念诵,多用于科诨。其大致类别有定场诗、下场诗、对口诗白等。二是无韵的散白。这类宾白形式比较多样,常见的就有独白、对白、带白、插白、旁白等。

从明清以来,对元杂剧的宾白的研究是有争论的。明人臧晋叔提出元剧宾白"鄙俚蹈袭",是"演剧时伶人为之";①王骥德也认为元剧宾白"猥鄙俚亵,不似文人口吻"②,封建文人的传统偏见,都提出了宾白的作者和评价问题。清人李渔和近人王国维都提出了"曲白相生"、"臧说之不足信"。③ 那些谓元剧宾白猥鄙俚亵的言论,正好暴露了他们轻视元剧宾白通俗化和群众化的偏见。

第三节　音乐结构

音乐结构主要是指元杂剧的宫调曲牌及其运用问题。

宫调就是音组,或称调门。其作用是限制管色(音色)之高低,犹今之 C 调、D 调之类。

宫调来源于唐宋燕乐二十八调,燕南芝庵《唱论》记载元曲为十七宫调。在杂剧中实用为九宫调,即正宫、中吕宫、南吕宫、仙吕宫、黄钟宫、大石调、双调、商调、越调。

---

① 臧晋叔:《元曲选序》。

② 王骥德:《曲律·杂论第三十九》上。

③ 李渔:《闲情偶寄·词曲部·宾白第四》云:"故知宾白一道,当与曲文等视。有最得意之曲文,即当有最得意之宾白。但使笔酣墨饱,其势自能相生。"王国维《宋元戏曲考·元剧之结构》批评臧氏之说"颇难通"之后提出:"元剧之词,大抵曲白相生;苟不兼作白,则曲亦无从作,此最易明白之理也。……至《元刊杂剧三十种》,则有曲无白者诚多;然其与《元曲选》复出者,字句亦略相同,而有曲白相生之妙。……且周宪王时代,去元未远,观其所自刊杂剧,曲白俱全;则元剧亦当如此。愈以知臧说之不足信矣。"

由于调门不同，在表现感情方面也有不同，《唱论》记述十七宫调特点云：

仙吕宫唱，清新绵邈；南吕宫唱，感叹伤悲；中吕宫唱，高下闪赚；黄钟宫唱，富贵缠绵；正宫唱，惆怅雄壮；道宫唱，飘逸清幽；大石唱，风流酝藉；小石唱，旖旎妩媚；高平唱，涤物滉漾；般涉唱，拾掇坑堑；歇指唱，急并虚歇；商角唱，悲伤宛转；双调唱，健捷激袅；商调唱，凄怆怨慕；角调唱，呜咽悠扬；宫调唱，典雅沉重；越调唱，陶写冷笑。

由于文字过于简略和曲牌唱法失传，根据现存元杂剧作品宫调的使用，其表现感情与《唱论》所说并不尽相符。

曲牌就是曲谱，剧作家倚声填词，组成套曲。一套曲即一折，只能用一个宫调的曲牌。据《中原音韵》统计，元杂剧曲牌共计 335 支。其中出于唐宋词者 75 支，出于诸宫调者 28 支，出于大曲者 11 支①。现存元人杂剧作品实用 282 支。②

剧作家写戏时都按一定格式联套，有一定规律可循。近人蔡莹《元剧联套述例》（**商务印书馆 1933 年版**）根据 119 种作品探索其联套规律，因此书已不易寻觅，故简录其要如下：

元剧率用四折，间附楔子。楔子多置于首折之前。多用〔仙吕赏花时〕，或连〔么篇〕；亦用〔仙吕端正好〕，或连〔么篇〕；偶用〔仙吕忆王孙〕、〔越调金蕉叶〕。（例皆略，下同。）

首折每用〔仙吕宫〕，〔仙吕〕首章，多用〔点绛唇〕，〔点绛唇〕后，例用〔八声甘州〕、〔混江龙〕，〔混江龙〕后，常用〔油葫芦〕、〔天下乐〕，〔天下乐〕后，又多续用〔那吒令〕、〔鹊踏枝〕、

---

① 王国维：《宋元戏曲考》。

② 周贻白：《中国戏剧史长编》第四章《元代杂剧》。

〔寄生草〕。两曲或三曲迎互循环者〔金盏儿〕、〔后庭花〕、〔醉中天〕。前后累用者〔金盏儿〕,连用者〔村里迓鼓〕,〔元和令〕,〔上马娇〕。〔六么序〕必连〔么篇〕,〔后庭花〕多带〔青哥儿〕。末章例用[尾煞]、〔赚煞尾〕、〔尾声〕。成套最短者,用曲七章……最长者用十七章。

次折常用〔南吕宫〕。〔南吕〕首章,例用〔一枝花〕,连接他曲者,有〔隔尾〕,借宫有〔九转货郎儿〕。前后累用者〔牧羊关〕,连用者〔骂玉郎〕、〔感皇恩〕、〔采茶歌〕。〔哭皇天〕必带〔乌夜啼〕,末章或用〔煞〕,自〔三煞〕至〔一煞〕不等。末章例用〔煞尾〕、〔尾声〕、〔收尾〕、〔黄钟尾〕。最短者用曲七章……最长者用十五章。

次折亦时用〔正宫〕。〔端正好〕后例用〔滚绣球〕。两曲迎互循环者〔滚绣球〕、〔倘秀才〕。用〔小梁州〕者,必连〔么篇〕。〔脱布衫〕常带〔小梁州〕,章末或用〔煞〕,自〔六煞〕至〔一煞〕不等。末章例用〔尾声〕、〔收尾〕、〔煞尾〕、〔黄钟尾〕、〔啄木儿煞〕。成套最短者,用曲三章……最长者用曲二十三章。

三折多用〔中吕宫〕。〔中吕〕首章,例用〔粉蝶儿〕,〔粉蝶儿〕后,多用〔醉春风〕。〔上小楼〕多连〔么篇〕,〔十二月〕必带〔尧民歌〕,〔快活三〕或带〔朝天子〕,借〔般涉尾〕者,必先用〔耍孩儿〕。末章例用〔尾声〕、〔煞尾〕、〔啄木儿煞〕。最短者用曲七章……最长者用二十六章。

四折多用〔双调〕。〔双调〕首章多用〔新水令〕,亦用〔五供养〕。〔新水令〕后,大率用〔驻马听〕、〔沉醉东风〕、〔步步娇〕诸牌。〔雁儿落〕常带〔得胜令〕,〔沽美酒〕常带〔太平令〕。〔侧砖儿〕常带〔竹枝歌〕,〔甜水令〕常带〔折桂令〕。〔川拨棹〕、〔七弟兄〕、〔梅花酒〕、〔收江南〕常连用。末章或用〔收尾〕、〔鸳鸯煞〕、〔离亭宴煞〕、〔离亭宴带歇指煞〕。最短者用曲五章……最长者用二十章。

各折通用者,为〔黄钟宫〕、〔越调〕、〔商调〕、〔大石调〕。

> 〔黄钟〕首章，例用〔醉花阴〕，〔醉花阴〕后，例用〔喜迁莺〕，〔喜迁莺〕后，例用〔出队子〕，〔出队子〕后，〔刮地风〕。借〔中吕〕者，〔山坡羊〕，借〔双调〕者〔侧砖儿〕、〔水仙子〕、〔竹枝歌〕。末章例用〔随尾〕、〔尾声〕。最短者，用曲七章……最长者用十四章。越调首章，例用〔斗鹌鹑〕，〔斗鹌鹑〕后，例用〔紫花儿序〕，〔紫花儿序〕后，多用〔小桃红〕。〔麻郎儿〕必连〔么篇〕，〔秃厮儿〕多带〔圣药王〕。末章例用〔收尾〕、〔尾声〕。最短者用曲八章……最长者用十七章。〔商调〕首章，率用〔集贤宾〕，〔集贤宾〕后率用〔逍遥乐〕，前后屡用者〔醋葫芦〕。借〔仙吕〕者，〔后庭花〕、〔青歌儿〕、〔柳叶儿〕。借〔双调〕者〔雁儿落〕、〔得胜令〕。借〔中吕〕者〔山坡羊〕。借〔正宫〕者〔小梁州〕。末章例用〔随煞尾〕、〔浪里来煞〕。最短者用曲八章……最长者用十八章。〔大石调〕首章，或用〔念奴娇〕，或用〔六国朝〕，前后屡用者〔归塞北〕。末章例用〔尾声〕、〔随煞尾〕、〔玉翼蝉煞〕。最短者用曲九章，最长者用十二章。两折或同用一宫调。

元杂剧的联套，受到唐宋大曲、宋金鼓子词、转踏、唱赚、诸宫调等影响。

第四节　登场角色

角色又名行当，是传统戏曲演员专业分工的类别。

传统戏曲有角色由来已久。王国维《古剧脚色考》以唐代参军戏中的参军和苍鹘为我国最早出现的古剧角色。宋金杂剧院本，则增为四至五人：曰末尼、引戏、副净、副末、孤。

元杂剧的角色和其本身一样受到宋金杂剧院本的影响，而又有所发展。夏庭芝《青楼集志》云：

> 唐时有传奇……宋之戏文……金则院本、杂剧合而为一。至我朝乃分院本、杂剧而为二。院本始作，凡五人：一曰副净……一曰副末……一曰引戏，一曰末尼，一曰孤。……杂剧则有旦、末。旦本女人为之，名妆旦色；末本男子为之，名末尼。其馀供观者，悉为之外脚。有驾头、闺怨、鸨儿、花旦、披秉、破衫儿、绿林、公吏、神仙道化、家长里短之类。

不能说这些分类就很科学，如驾头、闺怨、绿林、神仙道化等“外角”名目，就涉及剧本内容或性质，而不是单纯的角色分类。《青楼集志》最可贵的是，它明确地肯定了元杂剧以旦、末两类角色为主，其他角色也则统称之为“外脚”，即主要角色之外的角色。若结合现存元杂剧进行研究，上述的分类是符合实际的。

元杂剧角色可分为四大类：

一曰旦。旦是扮演妇女的角色。女主角叫正旦，正旦主唱的剧本叫旦本。其馀如外旦、老旦、大旦、小旦、贴旦、花旦等皆旦之“外角”。

二曰末。末是扮演男子的角色。正末主唱的剧本叫末本。其馀如外末、付末、冲末、小末等皆末之“外角”。

三曰净。丑亦归此类。由唐之参军演化而来。王国维《古剧脚色考》云：“余疑净即参军之促音，参与净为双声，军与净似叠韵，参军之为净，犹勃提之为披，郝屡之为邹也。”元杂剧中之净，或扮演反面人物，或扮演滑稽可笑角色。有副净、净和丑等。

四曰杂。指以上三类之外的登场角色。他们或“表其人在剧中之地位”，或“表其品性之善恶”，或“表其气质之刚柔”，[①]其称谓和性别、年龄、职业、社会地位及特定身份有关。如皇帝称驾、官员称孤、老年男子称孛老、老年妇女称卜儿、男孩称俫、女孩称旦俫、惯匪惯犯

① 王国维：《古剧脚色考》。

称邦老、男鬼魂称魂子、女鬼魂称魂旦、农家女孩称禾旦、病者称患子、秀才或士子称细酸等。角色的多样化,表明剧本反映生活内容的丰富、广阔,古剧角色远远不够作家使用。这些角色的称谓,多受到宋金杂剧院本的影响。①

第五节　舞台演出

元杂剧是舞台艺术,它的传播主要途径不是通过案头阅读而是舞台演出。传统的歌舞伎艺、说唱艺术和戏剧表演对元杂剧的舞台演出,都产生了很大影响。

一个角色主唱是元杂剧演出的一个重要特点。不管有多少角色上场,而主唱的只能是正旦或正末(楔子或个别剧中次要角色唱曲例外),其他角色只有科白和科诨。这种演唱形式源于宋金说唱艺术,如鼓子词、转踏、唱赚及诸宫调等,其中尤以诸宫调影响为最大。一个角色主唱有利于突出主要人物,同时也带来其他局限:地位重要的次要人物得不到应有的刻画,舞台气氛单调等。

虚实结合,以虚为主,是元杂剧舞台演出的又一重要特点。由于古代舞台设置较简单、分场形式演出等原因,所以在表演方面就形成了一套虚实结合,以虚为主的舞台处理方法。在不到八米见方的舞台上②,虽然也有极其简单的布景或道具使用以显示人物、事件的具体情境;但是,整个剧情的进程,其时间和空间的发展变化,具体景物

---

① 周密《武林旧事·官本杂剧段数》和陶宗仪《辍耕录·院本名目》中有些剧目名称可能与元杂剧中的角色名目有直接联系,如孤、酸、撅徕、卜儿、禾、邦老等。参见胡忌《宋金杂剧考》。

② 山西省临汾县东羊村东岳庙,现存元代舞台一座。台坐南向北,方形,东西宽 7.15 米,南北深 7.5 米。

和场面的描写，却不是通过布景装置来表现，而是主要依靠演员的虚拟表演所创造的气氛来表现。这种虚拟手法也被称之为“动作暗示法”，其特点是间接地表现对象（或动物、或人物、或景物），动作具有美的价值，有助于以景显情、情景交融和刻画人物。在传统戏中，这种手法一直被继承下来。

元杂剧表演艺术的又一特点就是程式化。所谓程式化，就是根据舞台艺术的特点和规律，把生活中的语言、动作提炼加工为唱念艺术和身段表演，并和音乐节奏相配合，成为形式上，技术上的规范和表现手段。诸如唱腔板式、音乐旋律，以及动作、台步等，这些程式化的表演艺术，受到传统的说唱艺术和歌舞百戏等的影响，同时也被后世的传统戏继承下来。

此外，和舞台演出有关的还有化妆、服饰（又名穿关）、砌末（即小型道具）以及效果等。

第三章　元杂剧的繁荣与衰微

在我国古代文学史上，在不同的历史时期，总会出现自己时代的代表文学，它们具有超越前人成就，后人也难以为继的历史地位和社会、艺术价值。一个时代过去了，它们逐渐走向衰落，另一种新的文学体裁又成为自己时代文学的代表。文学发展的历史，就像一条永不竭流的长河一样如此延续、向前。无论是楚骚、汉赋、唐诗、宋词，它们也都经过一段由繁荣到衰微的历程，曾经是自己时代的代表文学元杂剧也不例外，它也同样有过自己的繁荣与衰微的阶段。一部元人杂剧史，它既是自己时代历史的组成部分，同时又是杂剧作家从事戏剧活动及其所产生的社会影响的历史，它的繁荣与衰微的主要表现和原因是什么？怎样根据其繁荣与衰微的阶段性来进行分期？分几期比较合适？每期的年代断限在什么时间？等等，这些都是我们需要探索和回答的问题。

第一节　元杂剧的繁荣及其原因

我国古代戏曲在经历了一个漫长的历史进程之后，到元代发展成熟，并出现了空前的繁荣，它的主要标志是：

一　出现了大批新型的作家和优秀作品

任何一个时代文学的繁荣，都是以出现优秀作家及其作品为主要标志的。屈原、宋玉之与楚骚，贾谊、枚乘、司马相如之与汉赋，王、杨、卢、骆、李、杜、元、白以及杜牧、李商隐之与唐诗，二晏、欧阳修、柳永、苏轼、李清照、辛弃疾、周邦彦、姜夔之与宋词等，二千年间都是以这些优秀作家及其作品而带来了一个时代的文学繁荣。元杂剧的繁荣也是这样，《录鬼簿》卷上所列关汉卿等五十馀位作家及三百多个剧目正是元杂剧繁荣的主要标志。值得提出来的是，这些杂剧作家，与上列那些作家相比较，却有一些明显的不同：他们"门第卑微，职位不振，"[①]社会地位低下。如高文秀"府学生员"，张国宾"教坊勾管"，鲍天祐"簿书之役"，萧德祥"以医为业"，其馀入仕途者或为"江浙行省务官"（马致远、戴善甫、尚仲贤），或为"平江路吏"（姚守中），或为"合淝县尹"（李宽甫），或为"陶金千户"（王廷秀），或为"书院山长"（宫天挺），位至高者亦不过是"武昌万户"（史九散仙），而其人其作也还有些问题[②]。这是一群未入仕途或入仕而"职位不振"之人，一群社会地位低下之人。他们或组织书会，与志同道合者编写剧本（马致远、李时中、花李郎、红字李二合作写《黄粱梦》，鲍吉甫、汪勉之合作写《曹娥泣江》），或结交杂剧演员（如关汉卿与珠帘秀、白仁甫与天然秀等），有的剧作者本人就是艺人（如赵文殷、张国宾、花李郎等）。还有那个写了"天下夺魁"之作的王实甫，他的行踪也多在风月营、莺花寨、翠红乡等歌儿舞女居处之地；被"伶伦辈称郑老先生"

---

① 锺嗣成《录鬼簿序》。

② 史九散敦仙或作史九散人、史九敬先，或谓为丞相史天泽次子史樟，或谓为九山书会捷讥，曾作《董秀英花月东墙记》，可见其人其作皆无定论。参见张大复《寒山堂南曲谱》、严敦易《元剧斟疑·庄周梦》条、庄一拂《古典戏曲存目汇考·史樟》条。

的郑德辉也和王实甫有类似之处,他和歌儿舞女们交往密切,以此受到她们的敬重。这些杂剧作家以其戏剧活动为自己的终生事业或职业,演员和观众通过舞台实践与评价剧作也在不同程度上参与了作家的创作活动,这一切又与历史上的诗人词人有所不同。杂剧艺术是舞台艺术,元代制订的轻视文人的特殊政策,逼使他们成为这个时代的新型作家。杂剧艺术这一新型的文艺体裁,也正是通过这些新型的作家与演员的密切合作,使其从内容到形式都日趋完善与成熟,从而产生了大量优秀作品。据《录鬼簿》、《录鬼簿续编》及《太和正音谱》等书记载,元代有名字可考的杂剧作家就有九十馀人,作品约有五百馀种,其中优秀作家作品所占比重较大。

二　出现了职业性剧团和以杂剧为职业的演员

元杂剧是舞台艺术,它的传播主要是通过演员的舞台演出;演员是否职业化和有无职业性剧团,以及他们艺术水平的高低,是衡量杂剧繁荣与否的又一重要标志。根据《东京梦华录》、《都城纪胜》、《梦粱录》、《武林旧事》等书记载,早在宋代的东京、临安等地的勾栏瓦子,就有较大规模的杂剧演出和各色艺人的伎艺表演。从设有"乐棚"和表演规模看,有些节目显然不是一人或两三人所能胜任,他们必须根据演出需要组织职业性剧团。如果说,北宋东京搬演《目连救母》杂剧可以连续演出七八个晚上而没有明确记载有社团组织的话,那末,到南宋时期,各种职业性剧团就陆续出现了,如"蹴鞠打球社"、"川弩射弓社"、"小女童像生叫声社"等(《都城纪胜·社会》条)。值得提出来的是,在《都城纪胜》和《梦粱录》诸书中,都说"传学教坊十三部,唯以杂剧为正色"、"孟角球曾撰杂剧本子"。这就是说,人们十分重视杂剧和有了作家从事剧本创作,这是宋代杂剧向前发展的一个重要标志。什么时候出现了杂剧社团?《武林旧事》卷三《社会》条记云:

二月八日为桐川张王生辰,震山行宫朝拜极盛,百戏竞集,如绯绿社：杂剧；齐云社：蹴球；遏云社：唱赚……

这个注云“杂剧”的绯绿社，显然是个杂剧艺人的社团组织。它的规模大小虽不得而知，但该书卷四《杂剧色》下有“德寿宫”10人、“衙前”22人、“前教坊”2人、“前钧容直”2人、“和顾”32人。又同书《杂剧三甲》下有“刘景长一甲八人”、“潘良贤一甲五人”等可供参考。

元代的杂剧剧团是以演戏为职业的。他们虽然有比较固定的演出场所①，但更多的时候还是冲州撞府，寻衣觅食，见于文物或文字资料的就有“大行散乐忠都秀”剧团（山西赵城县明应王庙壁画），“尧都大行散乐人张德好”剧团（山西省万荣县孤山风伯雨师庙石柱刻字）、“东平散乐王金榜”剧团（《宦门子弟错立身》）、“梁园末尼蓝采和剧团”（《蓝采和》）等。这些剧团的规模有多大？《蓝采和》一剧也为我们提供了点滴资料。作品第二折写蓝采和被迫承应“唤官身”时发牢骚说：“我正是：养家二十口，独自落便宜。罢、罢，我去官身走一遭去。”

这个剧团大约有二十来人。但同折写蓝采和在官厅被迫出家而“悟醒”又唱曲云：“再不将百十口火伴相将领，从今后十二瑶台独自行。”

剧团的人数到底是“二十口”还是“百十口”？同一作品、同一人物，为什么说的数字相差这样大？“百十口”中之“百”字，是否是“二”字因形似而讹写？冯沅君先生根据《元曲选》和《永乐大典戏文三种》各场所需演员统计后得出结论说：“元剧每场需要的专门演员既然这样少，那末就将奏乐的及其他执事人合起来计算，总不会超过三十人。若果只演人物较少的剧本，十馀人也可应付。《蓝采和》所谓‘百十口火伴’，十之七八是夸大之辞。”②这个论断，合乎情理。

据《青楼集》及其他零星资料统计，元代有姓名可考的杂剧演员

---

① 佚名《蓝采和》杂剧第一折正末蓝采和唱〔混江龙〕曲云：“试看我行针步线，俺在这梁园城一交却又早二十年。”可见其有固定的演出场所。

② 冯沅君：《古剧说汇·路歧考：剧团的人数》。

约有八十来人①。他们多是职业演员。职业剧团与职业演员的出现,把杂剧艺术推向了繁荣的高峰。

杂剧在元代繁荣的原因可以归结为外因和内因两个方面。外部原因主要包括政治、经济、文化等;内部原则是指杂剧这一艺术形式的完美与成熟。在杂剧繁荣的元世祖时期,政治比较稳定,文化政策则是宽严相济而以宽为主②,这就为杂剧的编撰和演出创造了良好的社会气氛;而城市商品经济的繁荣与农村农业生产的发展,则为杂剧的繁荣提供了必不可少的物质条件与群众条件③;还有宋金以来所积累的文化学术思想、文艺思潮及流传故事等,都对元杂剧的繁荣起了不可忽视的作用。当然,上列诸方面也只是就其外部原因而言,而元杂剧繁荣的最根本原因还是本身发展的成熟。作为一种歌唱艺术,元杂剧是歌舞结合,唱白相间,而以歌唱为主,其他表演艺术为辅。一剧四折、一人主唱的体制,无论是剧本或舞台演出,又都具有结构谨严、重点突出的特点。四折戏用四个不同宫调,音乐上的变化与剧情变化相适应,可以很好地表达主唱人物的思想感情。而这一切既是传统表演伎艺的继承与发展,同时也是舞台艺术的高度综合。在元代,杂剧和其他文学艺术形式相比较,它最具有表现广阔社会生活的能力和完美的艺术形式,它表明,杂剧艺术成熟了。元初胡祗遹《赠宋氏序》看到了"近代教坊院本之外,再变而为杂剧"的这一飞跃

---

① 参见拙文《元代的杂剧演员》,载《戏曲艺术》[河南]1982 年第 2 期,另见本书上卷《元杂剧论稿》第 300 页。

② 元代法律虽较苛严,但在具体执行时是宽严结合而以宽为主,没有明清时代那样多的文字狱。参见拙文《试论元剧的繁荣》,载《河南师范大学学报》1982 年第 5 期,另见本书上卷《元杂剧论稿》第 19 页。

③ 过去谈及元代杂剧繁荣的社会原因时多强调了城市经济繁荣的一面,这也确实是最重要的一面;据目前山西陆续发现的金元戏戏曲文物多在农村寺庙这一事实,似应该补充农村农业生产的发展,也为元杂剧的繁荣提供了良好的物质条件的另一重要原因。

发展①,后来的夏庭芝记述了“内而京师,外而郡邑,皆有所谓构栏”在演出杂剧②。还有那些“色艺表表在人耳目”的著名杂剧演员③,以及“门第卑微,职位不振”的杂剧作家,他们对杂剧的繁荣也都起了不可估量的作用。

第二节　元杂剧的衰微及其原因

元代杂剧,在经历了一段时期的繁荣之后,便逐渐由停滞而衰微下来。衰微的主要表现是什么?什么原因?什么时候衰微的?

从王国维《宋元戏曲考》开始,一般研究者多是根据《录鬼簿》所记“前辈已死名公才人,有所编传奇行于世者”自关汉卿以下56人为元杂剧的繁荣时期,或称“最盛时期”;而将“方今已亡名公才人,余相知者,为之作传,以〔凌波曲〕吊之”和“方今才人相知者,纪其姓名行实并所编”自宫天挺以下24人为衰微时期。这样划分大体合理,唯其年代断限尚有讨论馀地,这将留在后面探讨。

元杂剧的衰微,其主要表现有两个方面:

一　作家作品数量减少

据曹本《录鬼簿》统计,元代前期作家56人,写剧348种,占有名字可考的元代杂剧作家总数及作品数70%;后期作家29人,写剧104种,作家作品数仅占30%。如果从1271年蒙古建国号“大元”算起,至世祖至元三十一年(公元1294年)止为前期年代断限,前后不过二十馀年;而后期则从成宗元贞元年(公元1295年)起,至顺帝至

---

① 《紫山先生大全集》卷八《赠宋氏序》。

②③ 夏庭芝:《青楼集志》。

正二十八年(公元1368年)则为七十四年,从两期时间的长短和作家作品数量略作比较,说明后期杂剧大大衰微了。

二　作品严重脱离社会现实生活

从前后两期作家作品相比较,我们不难发现二者有很大差别:前期作家关汉卿、王实甫、马致远、白朴、石君宝、杨显之、高文秀、纪君祥、康进之、石子章、李直夫、李行道、孟汉卿等人,写了大量敢于面对现实的作品,揭露了社会的黑暗腐朽与不平,表达了被统治、受迫害人民各种方式的反抗和理想。其中有揭露司法吏治黑暗的公案戏,有反映妇女问题的爱情戏和妓女生活戏,有歌颂农民起义英雄的水浒戏,有表现民族情感与爱国思想的"民族问题"戏,以及选取不同时代历史题材以借古喻今的历史戏,等等。而后期作家中则只有少数人写了一些较好作品,流传至今的有宫大用的《范张鸡黍》、郑德辉的《倩女离魂》、曾瑞卿的《留鞋记》、乔吉的《两世姻缘》、王晔的《桃花女》等。不少作家之作充斥着封建说教或思想、艺术都很平庸,如秦简夫、杨梓等人的《剪发待宾》、《霍光鬼谏》等就充满了庸俗、说教气味,我们再也看不到前期作品中那种"大江东去浪千叠,引着这数十人,驾着这小舟一叶"(《单刀会》)的凌云豪气和"晓来谁染霜林醉,总是离人泪"(《西厢记》)的绮丽缠绵艺术韵味了。这又从另一个侧面说明元杂剧确已衰微。

元杂剧衰微也与其繁荣一样,有着外部和内部两个方面的原因。

就外部原因来说,对元杂剧衰微产生重大影响的、主要并不是政治或经济等方面发生什么质的变化;而是蒙古贵族统治的统治手段越来越周密。具体地说,就是他们的尊儒崇儒政策对广大汉儒和剧作家产生了消极的影响。从征服战争到实现大统一之后的有元一代,统治者对汉儒的认识和使用虽然有一个发展变化过程,但从总体上说,他们由使用一部分汉儒为其统治政权服务,到轻视汉儒,而后又重用汉儒、尊儒崇儒。早在太祖之世,就曾"立燕京等十路征收课税使，凡长贰悉用士人，如陈时可、赵昉等皆宽厚长者”①；太宗九年秋八月，“命术虎乃、刘中试诸路儒士，中选者除本贯议事官，得四千三十人”②，元世祖忽必烈统一全中国，更是大胆地重用了一批真才实学的汉人，《元史·百官志》：

> 世祖即位，登用老成，大新制作，立朝仪，造郡邑，遂命刘秉中、许衡酌古今之宜，定内外之官。其总政务者曰中书省，秉兵柄者曰枢密院，司黜陟者曰御史台。

这一批汉族儒生，帮助元世祖建立起一整套完整的政治体制和各种具体制度，为后来出现的“至元盛世”打下了良好的政体基础。

然而，就是这位曾经重用过汉儒的忽必烈，他于至元二十六年却说：“汉人唯课赋吟诗，将何用焉。”③这一态度的变化，是因为个别汉族儒生对他不忠而引起他的反感、疑惧呢④？或者是有其他更为复杂的原因？中统三年，中书平章政事王文统，这个曾经帮助忽必烈建立“规模法度”的文职大臣，竟然参与了江淮大都督李璮的叛乱，这很有可能引起忽必烈对汉儒的猜疑；以至从至元初年丞相史天泽、翰林学士承旨王鹗，到至元二十一年丞相火鲁火孙、留梦炎等人，多次言及“科举取士”而皆“未施行”⑤。那些被目之为“唯课赋吟诗”的大批汉族儒生，被堵塞了由科举入仕之阶，其社会地位就每况愈下，以

---

① 《元史·耶律楚材列传》。

② 《元史·太宗本纪》。

③ 《续通鉴》世祖至元二十六年。

④ 《元史》:《世祖本纪》、《李璮列传》、《王文统列传》。

⑤ 《元史·选举志》。

至元初有“九儒十丐”之说①。

世祖之后，成宗是一个“守成”皇帝，政治上没有多大作为。到仁宗之世，这位被史学家誉为“聪明恭俭，通求儒术，妙悟释典”的皇帝，他总结了历代统治者的统治之术，悟出了一套较为完整的统治道理：

> 明心见性，儒教为深；修身治国，儒道为切。儒者可尚，以能维持三纲五常之道也。②

作为当时社会的最高统治者，他很容易地把自己的认识和意志变为现实的政策。崇佛敬道，本是蒙古贵族祖先的传统，喇嘛教首领八思巴被尊为“帝师”、“国师”，并被“授以玉印”，其“所制蒙古新字”，世祖诏颁“凡有玺书颁降者，并用蒙古新字，仍各以其国字副之”，又升号曰“大宝法王”③，可见其尊遇之隆。国师膽巴，历世祖、成宗两朝，仁宗皇庆年间，还追号为“大觉普惠广照无上膽巴帝师”④，亦见其礼遇之恩隆，以至死后，还被“加号”。总之，从《元典章》及《元史》等有关文献资料中，还保留了元代统治者尊崇佛道的大量事迹⑤。对于汉儒及儒学的尊崇，自成宗以降，亦是有加无已。据《元史·选举志》记载：

> 成宗大德十年春二月，增生员廪膳，通前三十员为六十员。
> 武宗至大二年，定伴读员四十人
> 成宗大德大年冬十二月，始定国子生……十年冬闰十二月，

---

① 郑思肖《心史·大义略序》：“韃法：一官、二吏、三僧、四道、五医、六工、七猎、八民、九儒、十丐，各有所统辖。”谢枋得《叠山集·送方伯载归三山序》：“滑稽之雄，以儒为戏曰：“我大元制典：人有十等：一官二吏，先之者贵之也；七匠八娼九儒十丐，后之者贱之也。吾人岂在娼之下丐之上者乎？”

② 《仁宗本纪》。

③④ 《元史·释老列传》。

⑤ 《元典章·礼部·释道》、《元史·释老列传》等。

国子学定蒙古、色目、汉人生员二百人……

武宗至大四年秋闰七月，定生员额三百人。

仁宗延祐二年秋八月，增置生员百人，陪堂生二十人，用集贤学士赵孟頫、礼部尚书元明善等所议国子学贡试之法更定之。

这些措施还只是从教化上提高汉儒和儒学的地位，还不足以充分体现仁宗的意志或认识。他还采取了一些突破祖宗“遗训”的行动，把选拔汉儒参加政权建设工作制度化、尊崇儒家和儒学的认识加以神化：皇庆二年，他采纳了中书省臣的奏议，下诏恢复科举，考试内容为《大学》、《论语》、《孟子》、《中庸》、《尚书》、《周易》、《春秋》等儒学经典①，在同年六月，还“以宋儒周敦颐、程颢、颢弟颐、张载、邵雍、司马光、朱熹、张栻、吕祖谦，及故中书左丞许衡从祀孔子庙廷”②。对死去汉儒的尊崇、顶礼，当然是为了让活着的汉儒为他效劳。“士运中否，士失其业”的时代的结束③，汉族儒生通过科举考试走入官场的新时代也就从这时开始，加以考试内容又都是对三纲五常的阐释与运用，一大批儒生也就淡忘或削弱了与统治者的对抗情绪，他们不必再像前辈作家那样去“嘲风弄月”以“留连光景”④，而是梦想着早日实现“步蟾宫平地上青霄，脚平登禹门一道”的得意生涯⑤。儒家思想的宣扬与提倡，中下层知识分子也同样受到影响，后期杂剧充满了儒家头巾气，是与统治者实行尊儒崇儒政策有密切关系的。

元杂剧衰微的内部原因则是自身的衰微，是体制问题。具体说来，主要是一剧四折的剧本组织形式和一角色主唱的表演形式。

元杂剧一剧四折的体例，从文学继承关系上看，它受到宋金杂剧

① 《元史·选举志》。

② 《元史·仁宗本纪》。

③④ 邾经：《青楼集序》。

⑤ 乔吉《金钱记》第四折韩飞卿中状元后唱〔双调新水令〕曲文。

院本影响而又比它们进步与合理。宋金杂剧院本还不是纯粹的戏剧,宋杂剧中的“艳段”、“正杂剧”和“杂扮”,并不是一个有机统一体。正杂剧是主戏;艳段犹如话本的“得胜头回”,或诗经中“兴”的运用;杂扮则是正戏结束后之“饶戏”,是迎合农村观众的滑稽调笑节目。故《都城纪胜》云:“杂扮或名杂旺……乃杂剧之散段。在京师时,村人罕得入城,遂撰此端,多是借装山东、河北村人,以资笑。”金院本与宋杂剧体制略同,不赘举。

元杂剧在此基础上作了合理的改进,以一剧四折表演一个完整故事,这基本上符合事物矛盾的发生、发展、高潮和解决的规律,它可以给观众一个完整的印象,是元杂剧体制方面的一大特点;然而,不可否认的是,正是这一特点,同时又带来了它的弱点:

一剧四折不能充分展开矛盾冲突和反映复杂丰富的社会生活。因为生活的进程、事物的发展变化,并不都像剧作家在剧本中安排那样有适当的比例,也不是按照剧作家安排的途径进行;矛盾的发生发展也常常曲折多变;高潮的到来以及出现许多反复等都各有其不同,一剧四折的体制就很难承担某些故事的复杂表达。那些一剧五折或六折和一剧两楔子的作品,恐怕就是在“不得已”的情况下突破一剧四折体例的。

元杂剧一剧一角色主唱的体制,显然比宋金杂剧院本进步,因无作品流传,我们尚无法弄清楚它们的具体情形。从《都城纪胜》等书记载看,在末尼、引戏、副净、副末、装孤等五个角色中,担任表演的主要角色应是副末和副净。由于内容多系滑稽调笑,表演也常带有即兴成分,主要人物并不突出。元杂剧一剧一角色主唱能够很好地发挥工于歌唱的演员的特长,如赛帘秀“声遏行云”;王玉梅“声韵清圆”;朱锦绣“歌声坠梁尘”;赵真真“有绕梁之声”;米里哈“歌喉清宛”等。[①] 就演出效果来说,主要人物和事件也能比较鲜明地突出出来。与一剧四折为通例的体制一样,这一特点也同时带来了它的弱

① 皆见《青楼集》。

点，诸如主角之外的其他角色得不到应有的刻画、其他角色不能在舞台上充分发挥作用，以及舞台气氛单调、沉闷等。

元代后期，在民间小戏基础上发展起来的戏文，它以其篇幅宏伟、音韵唱腔的变化、上场角色皆可歌唱等体制上的优势，逐渐为剧作家和广大观众所接受，元文宗（公元 1328 ~ 1332 年在位）天历年间所刻戏文就有 130 馀种①，杂剧作家萧德祥还兼写“南曲戏文”②。元杂剧与之相比较，其弱点也就表现得相当突出了，所以，它的衰微的主要原因是自身的衰微。到明代就被在南戏基础上发展起来的传奇取代了一个时代代表文学的地位。

第三节　元杂剧繁荣与衰微的年代断限

探索元杂剧繁荣与衰微的年代断限，也就是探索它在自己的历史进程中所经历的阶段性，探索其史的发展规律。更具体一点说，也就是探索它的分期问题。

元杂剧在这一历史时期繁荣了，而在另一时期又衰微下来，人们对繁荣的盛况，一般说来还比较容易有所感受；而衰微却不是突然发生，开始也并不那样明显，它有个逐渐变化过程，这就为我们研究其分期和各期年代断限带来了一定的困难。当然，这不是说就不可能对它进行研究了。元杂剧发展的历史既然是元代历史的组成部分，又是杂剧创作活动及其所产生的社会影响的历史，我们就可以结合历史发展和作家创作实际，根据元人和离元代较近的明人留下的文献资料，对它进行较为切合实际的探索。

目前对元杂剧分期的争论主要有两个问题：一是分几期问题；二

---

① 钮少雅：《汇纂元谱南曲九宫正始》。

② 锺嗣成：《录鬼簿》。

是各期年代断限问题。就现在发现的材料可知，元人锺嗣成写的当代杂剧史《录鬼簿》，是第一部对元杂剧发展阶段进行了具有戏史价值分类的著作；而明确提出对元杂剧分期和各期年代断限的则是我国近代学者王国维，他的《宋元戏曲考》主要根据《录鬼簿》对元杂剧作家的分类序列而把时间具体化，提出了元杂剧分期的"三期说"。该书《元剧之时地》有云：

> 至有元一代之杂剧，可分为三期：一、蒙古时代：此自太宗取中原以后，至至元一统之初。《录鬼簿》卷上所录之作者五十七人，大都在此期中……其人皆北方人也。二、一统时代：则自至元后至至顺、后至元间，《录鬼簿》所谓"已亡名公才人，与余相知或不相知者"是也。其人则南方为多，否则北人而侨寓南方者也。三、至正时代：《录鬼簿》所谓"方今才人"是也。

自此之后，中外一些治戏史者在论及元杂剧的分期问题时，或据《录鬼簿》，或据《宋元戏曲考》；或将元杂剧分为三期，或分为两期；分三期者各期具体年代略有异同，分两期者则是将二、三期（或中、后期）合并为一期。直至目前，仍未取得统一认识。①

这里有一个颇值得注意的问题：为什么无论是"三期说"或"两期说"他们的主要立论根据都是来之于《录鬼簿》，而结论却又是如此不同？《录鬼簿》对元杂剧的分期到底是三期或两期？作者是根据什么原则进行分期的？以什么时间作为分期的界限？这些问题都很

---

① 自王国维《宋元戏曲考》分元杂剧为三期之后，日本汉学家青木正儿《元人杂剧概说》、李修生《元杂剧的分期》（《光明日报·文学遗产》1983.1.25）等亦主"三期说"，唯各期断限年代略有不同。郑振铎《插图本中国文学史》、中国社会科学院文学所编《中国文学史》、北大游国恩等编《中国文学史》、张庚、郭汉城主编《中国戏曲通史》等皆主"两期说"。其主要立论根据或为《录鬼簿》，或参考《宋元戏曲考》。

值得探讨。

首先需要提出来的是,《录鬼簿》没有明白地从文字上划分元杂剧的分期,而只是作者以自我为中心,以“前辈”和“方今”将曲家(主要是元杂剧作家)分类排列,为他们写小传、记载作品名目、评论作者及其作品。而“前辈”和“方今”本身就是时间概念,书中对作家的分类排列也就贯穿了一条史的线索,因此,研究《录鬼簿》对作家的分类自然地涉及元杂剧的分期问题。

其次,《录鬼簿》的不同版本有不同的作家分类。许多研究者谈及元杂剧的分期问题时,总是根据某一版本的作家分类序列、作家由北而南的变化和贾仲名所补吊曲,从不同角度对分期问题进行探讨,而很少注意到不同版本有分期的不同。

最后还有一点:无论是“三期说”或“两期说”,其根据都是按三期分类的《录鬼簿》版本,后者只是把“三期说”的二、三期合并为一期,他们都没有注意到元末明初人贾仲名增补的天一阁蓝抄本《录鬼簿》将元杂剧作家按两期分类这一事实。这个分类符合锺嗣成原意,如学术界认为“现存比较最接近于锺嗣成原著的一种珍贵的古本”《说集》本《录鬼簿序》云:

> 余因暇日,缅怀故人,门第卑微,职位不振,高才博识,俱有可录,岁月糜久,湮没无闻,遂传其本末,吊以乐章。复以别乎此者,①叙其称名,述其所作。

以上一段文字就含有明确的时间概念:“吊以乐章”前数语,指的是“方今”已死未死作家;“复以别乎此者”以下,则是锺氏“不得预几席之末”的“前辈已死名公才人”。前者有锺氏的父执前辈、邻居学人、同窗好友、曲坛知己等;后者则是锺氏不仅不及结识,而材料的获

---

① “复以别乎此者”句曹楝亭本作“复以前乎此者”。

得也是来自第三者,是“友人陆仲良得之于克斋先生吴公”之手[①]。《录鬼簿》对元杂剧作家的按期分类,与作者序言所提示的安排完全吻合。

当然,如果要再分得细一些,也可以分为三期或四期。一种文学形式或现象的历史进程,总会有兴起(产生)、发展、繁荣和衰微,或者是兴起、繁荣和衰微,甚而还可能会出现几次曲折(如唐代诗歌)。不过,我们主要是从繁荣和衰微着眼来探讨其分期,没有必要再分得那样细致了。

在承认“两期说”较为合理的前提下,对各期年代的断限也需要作一些说明的。一般研究者多主张元成宗元贞、大德年间(公元1295~1307年)为前期的下断限[②],其主要根据是《录鬼簿》中贾仲名所补吊曲多有歌颂元贞、大德“盛世”的文字和史学家对这个时代的肯定。这里似乎有两个问题应该作出回答:

1. 元人锺嗣成于文宗至顺元年(公元1330年)写成初稿的《录鬼簿》,从无一词歌颂元贞、大德“盛世”;而晚于锺氏的贾仲名于明成祖永乐二十年(公元1422年)增补此书时却能歌颂元贞、大德,且没有任何文字说明获得了锺氏未见的材料,实在令人困惑不解。

2. 从历史上看,元成宗时代虽然有过一些政宽刑轻和薄赋轻徭、发展生产等措施,但从总的趋向上看,成宗在位的十三年,其社会政治、经济等方面已开始停滞,并逐步走向衰微。过去的史学家曾赞其为“善守成者”,大概还不是一个败家子皇帝。而史学家同时又指出:“惟其末年,连岁寝疾,凡国家政事,内则决于宫壶,外则委于宰臣;然其不致于废坠者,则以去世祖为未远,成宪具在故也。”[③]不管怎样委婉曲折,一个平庸无能、政事日废的皇帝形象不是也活灵活现于纸上

---

① 锺嗣成:《录鬼簿》。

② 笔者过去也赞同这个三期年代断限,1983年第五期《河南师范大学学报》发表拙文《锺嗣成〈录鬼簿〉划分元杂剧为“两期说”》修正了这一看法。

③ 《元史·成宗本纪》。

了吗？事实也正是这样，在他统治的十三年间，政治上矛盾重重，一位世袭的安西王阿难答仗恃先人汗马功劳，不时向朝廷要权要钱，弄得这位皇帝穷于应付。大德十一年春，成宗驾崩，久蓄异谋的阿难答竟伙同诸王明里铁木儿、左丞相阿忽台等乘机篡权，辅成皇后伯要真氏称制。五月，诸人皆被赐死。可见矛盾斗争的尖锐、激烈。再加上不断的天灾人祸，不时出现的人民起义和内部叛乱，以及权豪势要等的横行不法，并由此而引起的社会矛盾的加剧，这些都说明，成宗时代的政治形势是不稳定的，矛盾是激烈的。在经济方面，同样也并没有呈现出盛世的繁荣，大德二年（成宗即位的第四年）就已经入不敷出，寅吃卯粮。他询问完泽丞相等曰："每岁天下金银钞币所入几何？诸王驸马赐与及一切营运所出几何？其会计以闻。"看来他是要查账了。完泽不敢隐瞒实际情况，就如实回奏曰："岁入之数，金一万九千两，银六万两，钞三百六十万锭，然犹不足于用，又于至元钞中借三十万锭矣。至今敢以节用为请。"①这一切都从各方面说明，旧史学家所称赞的"元之治以至元、大德为首者"②，是需要进行具体分析的。他们之所以歌颂成宗，把他和世祖并提，主要是成宗"善于守成"。应该说，这本身就是一种甘于停滞不前的保守思想，是不足引以为训的。成宗以后，社会矛盾日益激化，人民起义此伏彼起，终于在1368年被朱元璋灭亡。从以上可以看出，自成宗至顺帝亡国，很明显地表现出元朝前后两大阶段的变化发展。

从元杂剧的成就和发展方面看，前期和后期也有明显的差别：关、王、白、马等大家都生活在前期；那些"方今"已死和未死的名公才人如宫天挺、郑光祖、曾瑞卿、萧德祥等人虽也略有佳作，但是，与那些"前辈已死名公才人"的作品相比较，他们也是大为逊色的。

综合上述，元杂剧的前后两期年代断限似可作以下划分：前期自世祖至元八年（公元1271年）建国号为"大元"、至至元三十一年（公

① 《元史·成宗本纪》。

② 《元史·食货志》。

元 1294 年)，后期自成宗元贞元年(公元 1295 年)、至顺帝至正二十八年(公元 1368 年)。当然，这既不排除"至元盛世"的杂剧对金院本、蒙古灭金亡宋之间的杂剧的继承关系，也不排除在金元之际可能出现的杂剧的繁荣，但这已不是研究元杂剧分期问题的范畴，而是应该列入"北杂剧"或金元杂剧的研究范畴了。

第四章　元杂剧作家和作品

王国维在《宋元戏曲考序》中，把元曲和楚骚、汉赋、唐诗、宋词并称为"一代之文学"后接着又说：

> 独元人之曲，为时既近，托体稍卑，故两朝史志与《四库》集部，均不著于录；后世硕儒，皆鄙弃不复道。而为此学者，大率不学之徒；即有一二学子，以馀力及此，亦未有能观其会通，窥其奥窔者。遂使一代文献，郁堙沈晦者，且数百年……

王氏对元曲体裁，对过去研究元曲者之评价不一定就很公正，但他指出这"一代文献"被埋没数百年却是事实。与楚骚、汉赋、唐诗、宋词并提的元曲，在文学史上，也确实没有受到应有的重视，文献之"郁堙沈晦"，对我们今天的研究造成了相当大的困难。比如说，元杂剧的作家队伍、活动年代与地域，和创作有关的经历遭遇，为人知晓的作品及其流传等情况……我们都很难全面而又具体地一一指实。当然，我们还是要根据现有材料，对这些问题进行探索。

第一节　元杂剧作家

元代到底有多少作家？直到目前为止，恐怕还不能说有个精确的统计数字。推其原因，一是元杂剧作家多是“门第卑微，职位不振”者①，他们受到社会冷漠，被人遗忘：作家之名不见于史传，许多无名氏作家剧目或作品流存就是最好的说明。二是元杂剧作家的具体活动时代、生平事迹都极少有资料流传下来，特别是元明之际的作家是划在元代或是明代，研究者认识也很不统一。三是记载元杂剧作家事迹最集中的《录鬼簿》，对“方今”一类作家立传又常和散曲作家混在一起，再加上不同版本的《录鬼簿》所记载作家人数不尽相同，因此也造成统计数字的混乱。以上便是元杂剧作家人数难于精确统计的原因。

最早记载元杂剧作家人数的是元人锺嗣成的《录鬼簿》，试以曹楝亭刊本为根据，以著录剧目为准则，其记载有名字可考的作家为80人。明初朱权《太和正音谱》记载为76人，其中赵文殷（一作赵明镜、赵文敬），张国宾（一作张酷贫），红字李二、花李郎四人被列入“不入群英”的“娼夫作家”；与《录鬼簿》对照，缺李时中、汪勉之、屈子敬、陆登善、萧德祥、朱凯、王晔、王仲元等八人，增补范冰壶、施均美、黄德润、沈珙之四人。近人马廉《录鬼簿新校注》又在二书基础上增补李致远一人，从而使有名字可考的元杂剧作家增至85人。邵增祺《元明北杂剧总目考略》录元代杂剧作家88人（元末明初作家未统计在内），较为准确。庄一拂《古典戏曲存目汇考》统计最为完备，计元杂剧作家97人。据《考略》其中前期作家57人，他们是关汉卿、高文秀、郑廷玉、白朴、庾吉甫、王实甫、马致远、李文蔚、李直夫、吴昌龄、

① 锺嗣成：《录鬼簿序》。

武汉臣、王仲文、李寿卿、尚仲贤、石君宝、杨显之、纪君祥、于伯渊、红字李二、戴善甫、花李郎、张国宾、王廷秀、张时起、费唐臣、赵子祥、姚守中、李好古、赵文敬、李取进、杨梓、赵天锡、梁进之、王伯成、孙仲章、赵明道、赵公辅、李子中、岳伯川、康进之、顾仲清、石子章、刘唐卿、汪泽民、侯克中、史九敬仙、孟汉卿、李宽甫、李潜夫、费君祥、陈宁甫、陆显之、狄君厚、孔文卿、张寿卿、彭伯成、李时中等；后期作家31人，他们是宫天挺、郑光祖、金仁杰、范康、曾瑞、沈和、鲍天祐、陈以仁、范居中、施惠、黄天泽、沈拱、赵良弼、乔吉、睢景臣、周文质、吴弘道、秦简夫、赵善庆、汪勉之、屈恭之、萧德祥、陆登善、朱凯、王晔、王仲元、孙子羽、张鸣善、锺嗣成、陈肃、杨酷叶等，以关汉卿、王实甫、马致远、白朴、石君宝、郑光祖等人成就为最大。

从地域方面看，前期作家56人中，除孟汉卿为安徽亳州（今亳县）人（按：赵子祥诸本《录鬼簿》皆不言其籍贯。孙楷第先生《元曲家考略》考证赵为安徽宣城人）外，其馀全为北方人。其中大都20人，河北11人，山西8人，山东8人，河南6人，陕西1人（皆据曹本，下同）；后期作家24人，其中约一半为杭州人。前后两期作家，分别集中于大都和杭州。

元代前期，统治者实施了休养生息政策，从而带来了政治的稳定和经济的恢复与发展，作为全国政治、经济和文化中心帝都大都，人才荟萃，杂剧作家云集于此也是很自然之事；成宗以降，政治黑暗腐败，经济衰微枯竭，昔日的中心就不那么能引起剧作家们的注目了。而本来就是山明水秀、民康物阜的鱼米之乡的杭州，这个早在南宋时就已出现了“唯以杂剧为正色”的戏剧繁荣局面的文化胜地①，对剧作家们却具有更大的吸引力：前期著名作家关汉卿、白朴、马致远、尚仲贤、戴善甫等人，或在杭州短暂寓居，或在杭州较长宦游；年岁较大、较早由北而南的后期作家宫天挺、郑光祖、曾瑞卿，以及稍晚一些

① 灌圃耐得翁《都城纪胜·瓦舍众伎》：“散乐，传学教坊十三部，唯以杂剧为正色。”

的乔吉、赵良弼等人，或则寓居于杭，或则宦游于杭。杭州也就成了人才荟萃的中心，从而带来了后期杂剧在杭州的繁荣。郑光祖、乔吉等人皆写剧十种以上，沈和甫、鲍天祐、秦简夫、赵善庆、屈子敬、萧德祥等人皆写剧五种以上，与关、王、白、马、高、庾等前期大家相比较，无论从数量上或质量上，当然都还有一定距离；但在整个剧坛已呈现出一片衰颓景象之时，这些较为有名的作家及其作品，也算是为有元一代之杂剧增添了一些光彩。

从作家出身社会阶层看，多数属于中下层知识分子，他们或"门第卑微"，或"职位不振"，如关汉卿"太医院户"（据《说集》本、天一阁蓝格钞本《录鬼簿》），高文秀"府学生员"，张时起"东平府学生"，赵文殷"教坊色长"，张国宾"教坊勾管"，宫天挺"钓台书院山长"，鲍天祐"簿书之役"，施惠"以坐贾为业"，周文质"俯就路吏"，赵善庆"阴阳学正"，萧德祥"以医为业"，其馀如花李郎、红字李二则为教坊中艺人，他们多是门第不高的"卑微"者。另外一些作家虽亦入仕，但仕途并不得意，如写剧十种以上的马致远、尚仲贤、庾吉甫、李文蔚、李寿卿、郑光祖等人，或为"江浙行省务官"或为"中山府判"，或为"瑞昌县尹"，或为"县丞"，或为"路吏"等。这些人"以其有用之才"，而不得不"寓之于声歌之末"①，他们虽跻身官场，亦多为"职位不振"之人。马致远等人作品中那些牢骚不平就很有代表性。

杂剧作家的职业、身份和社会地位，使他们的交游也带来一些特点。从社会阶层看，曲坛文人之间的交往较多，如关汉卿与杨显之、梁进之、费君祥；锺嗣成与宫天挺、金仁杰、鲍天祐、赵良弼、周文质；吴仁卿与陆仲良；汪勉之与鲍天祐；范居中之与施惠、黄德润、沈珙之等。由于杂剧是舞台艺术，它要变为观众所接受的艺术还必须通过杂剧艺人的舞台演出才能实现，因此，这种职业或事业上的共同点又常常把剧作家和演员联系在一起，如关汉卿之与朱帘秀；乔吉与李芝仪；锺嗣成与王玉梅等。以上诸人之交往，不少是与戏剧活动有关

① 胡侍：《真珠船》卷四。

系:他们或讨论、修改剧本(如关汉卿与杨显之),或合作写剧(马致远与花李郎等人、施惠与范居中等),或交流创作经验(锺嗣成与曾瑞、鲍天祐等)。这些活动,对剧本创作质量的提高和取得良好的舞台效果,都起着促进作用。

由于剧作家们的社会地位低下,其交游又多是社会中下层人物,他们就有可能对维护上层特权利益的种种不合理现实采取批判态度,在自己的作品中反映中下层人民的痛苦生活,表达他们的愿望与理想,成为这个时代受压迫人民的代言人。特别是那些为饱受凌辱的风尘妓女、追求爱情婚姻自由的男女青年而呼喊,为惨遭权豪势要及一切邪恶势力迫害的无辜者而抗争的剧作家,他们更是唱出了自己时代的最强音:

> 我想一百二十行,门门都好着衣吃饭,偏俺这一门,却是谁人制下的?忒低微也呵!(《金线池》)
>
> 愿普天下有情的都成了眷属。(《西厢记》)
>
> 若是俺到官时,和您去对情词,使不着国戚皇亲,玉叶金枝,便是龙孙帝子,打杀人要吃官司。(《蝴蝶梦》)
>
> 从今后把金牌势剑从头摆,将滥官污吏都杀坏,与天子分忧,万民除害。(《窦娥冤》)

剧作家对妓女制度的合理性表示了极大的怀疑,对青年男女自由相爱、自主结合寄托了美好的愿望,对仗势欺人的特权阶层进行了义正词严的指责,对清廉政治表现了无限的向往……这一切,都达到了这个时代一个剧作家所能够达到的思想高度。

第二节　元杂剧作品

元代到底有多少杂剧作品，这与元代杂剧作家情况一样，至今也还不能得出较为精确的统计数字。推其原因，一是刊印困难，作品随着时间的转移而散失：如乔吉之散曲集〔梧叶儿〕《题西湖》百篇，尽管有“名公为之序”，而“四十年”未能刊出；①由刊印散曲之困难而推及刊印杂剧，其情况大致相同。二是剧作家对自己作品之流传不甚重视，刊印和上演比较混乱，作品亦因之散失：如锺嗣成之杂剧，就因为“传之于人，每不遗稿，故未能就编”，外地随意上演，作者也不介意；久而久之，遂造成“近者不知，人皆易之”的混乱情况②，作品也因此而散失，作家的著作权也被剥夺。三是一剧重复列目，造成统计上的混乱。如天一阁本《录鬼簿》李寿卿目下录《远波亭》和《吕无双》二种，前剧题目正名为“吕无双远波亭”，后剧题目正名为“辜负吕无双，吕无双远波亭”；二剧显系重复列目。四是剧作家跨越元、明两代，因不易确定其写剧时代而造成统计上的不准确。如谷子敬、丁野夫、郛仲谊等人都经历元、明两朝，我们就很难将其剧作的写作时代指实。以上是不能将元杂剧作品数字统计精确的主要原因。

据曹楝亭刊本《录鬼簿》统计，元杂剧作品为452种。《太和正音谱·群英所编杂剧》标目为“元五百三十五”种，而实际上所录剧目为427种(其中还加上“娼夫”作家四人之作十一种)；又“古今无名氏杂剧一百一十本”，其中如《气英布》、《孟良盗骨》、《勘头巾》、《杀狗劝夫》、《霍光鬼谏》、《留鞋记》等十馀种，确知为元代有名字可考的作家所作外，其馀近百种到底是元无名氏的作品，还是明人作品就

---

① 锺嗣成《录鬼簿》卷下乔吉甫小传。

② 朱凯：《录鬼簿后序》。

很难说清楚了。今人庄一拂《古典戏曲存目汇考》记载有名字可考的元人杂剧为536种，又附元明佚名作家作品419种，合计为955种，其中元人杂剧大约为六百至七百种。

元杂剧作品题材包罗宏富，绚丽多彩，适合广大市民观众的要求。为了更好地从多方面研究作品，有必要对作品题材进行必要的分类。在杂剧风行的元代，就有人对其题材进行分类了，如夏伯和(庭芝)《青楼集志》就列举了杂剧中"有驾头、闺怨、鸨儿、花旦、披秉、破衫儿、绿林、公吏、神仙道化、家长里短"等名目。这些分类常常和角色分类分工混在一起，如驾头、闺怨、花旦之类，但仍然是一种可贵的尝试。明人朱权《太和正音谱》则明确写出"杂剧十二科"标目，其目曰神仙道化、隐居乐道(注云"又曰'林泉丘壑'")、披袍秉笏(注云"即君臣杂剧")、忠臣烈士、孝义廉节、叱奸骂谗、逐臣孤子、钹刀赶棒(注云"即脱膊杂剧")、风花雪月、悲欢离合、烟花粉黛(注云"即花旦杂剧")、神头鬼面(注云"即神佛杂剧")。朱权的分类比夏伯和具体，但类与类之间仍然有内容很难严格区分之处，如神仙道化与神头鬼面，披袍秉笏与忠臣烈士，风花雪月与隐居乐道等，就很难截然画出一条清晰的界限。不过，朱氏已经注意到以比较严格的题材内容来进行分类了。

清人姚燮《今乐考证》据也是园钱曾所藏古今无名氏杂剧121种，并按题材内容及所属时代分为12类：其中春秋故事10种、西汉故事5种、东汉故事8种、三国故事21种、六朝故事1种、唐代故事12种、五代故事6种、宋代故事9种、杂传故事20种、释氏故事2种、神仙故事16种、水浒故事8种，又附明代故事3种，并说明"右剧有明代事，当不尽系元人作，姑以类从，附元剧后"。姚氏比较严格地把历史故事和流传故事划分为两种类型，对研究者颇有参考价值。

值得提出来的是，我国古代戏剧史家对元杂剧题材的分类也为一些外国学者所接受，如日本汉学家青木正儿就采用《太和正音谱》的分类，并对各类作品还作了解释；又将《青楼集志》提到的杂剧分类列出驾头杂剧、闺怨杂剧、花旦杂剧、绿林杂剧和软末尼五种，对其中的“花旦杂剧”和“软末尼”作了较具体的阐述①。另一日本汉学家盐谷温则认为《太和正音谱》所分十二科的名目，“其区别也不大十分清楚”②，故在介绍法人拔尊分元杂剧题材为七类、森槐南则分为四类之后又提出了自己的分类：他根据《元曲选》把元杂剧题材分为史剧、风俗剧、风情剧、道释神怪剧四种③。

一般地说，作品题材分类的主要目的，是把丰富、纷繁的题材内容系统化和单一化，以便于从不同角度进行多方面的综合研究。困难之处则是分类体例很难周严，许多研究者都是按题材主要特质进行分类，不便单独分类的则归入“其他”一类，这种作法比较妥当。从现存作品可以看出，元杂剧作品题材范围十分宽广和多样化，诸如爱情婚姻、审案断狱、隐居乐道、神仙度脱、家庭伦理、民族矛盾与融合等，莫不应有尽有。

元杂剧作品中的主要人物或主角，也与前代文学有很大的不同。在我国古代文学史上，许多以描写人物为主的叙事性文学作品或史传文学作品，其主人公多为帝王将相才子佳人，像《孔雀东南飞》中那位小吏之妻刘兰芝、《木兰辞》中那位劳动妇女成了主人公的作品就不多见，唐传奇中有一些侠客、妓女也占有一定位置。从宋代起，随着城市商业的发达，白话体说唱文学也应运兴起，由于它的主要观众或读者是城市中居民，编写者和说唱者很自然地满足这些人的要求，更多地反映他们的生活，于是，一些社会下层人物（主要指城市居民中的下层）也就更多地成了作品的主人公。元杂剧在继承前代文学的基础上有了长足的发展：过去在文学作品中几乎是占垄断地位的帝王将相、才子佳人，在元杂剧中虽然仍有一定位置；但更多的社会下层人物却理直气壮地登上了舞台，为自己或他人的合法利益而进行抗争，诸如妓女、丫鬟、工匠、屠户、艺人、农妇、灾民、穷书生、农家

① 青木正儿：《元人杂剧概说》（隋树森先生译）第二章。

② 盐谷温：《元曲概说》（隋树森先生译）第五章。

③ 同上书第九章。

女、童养媳、梁山好汉、草泽英雄等皆应有尽有。与唐宋传奇、话本小说中的主人公相比较,无论从下层人物社会阶层的广泛性、人物在作品中地位的重要性,以及剧中人物的比例等方面来说,元杂剧都发生了根本的变化,对后代文学产生了很大影响。

元杂剧作品风格真实地反映了自己时代的社会风尚和艺术情趣。由于作家的文化教养、个人生活经历、艺术爱好等的不同,在他们的作品中就表现出种种不同的艺术风格。其曲文或质朴自然,或华丽而富有文采,或典雅而清丽,千姿百态,各具特色。

对于元杂剧艺术风格的研究,元人的戏曲论著已经涉及这方面的问题了。锺嗣成《录鬼簿》为"方今"一类作家写小传时就谈到了这方面的内容,如谓金仁杰"所述虽不骈丽,而其大概多有可取",言其曲文质朴本色;谓赵良弼"所编《梨花雨》,其辞甚丽",言其曲文华丽优美;谓周文质"资性工巧,文笔新奇",言其曲文才情横溢而有文采等。

明初人朱权的《太和正音谱》,是从曲文上评论元杂剧艺术风格涉及面最广的一部著作,其中《古今群英乐府格势》标目对"元一百八十七人"的曲文作了具体评价。在 187 人中,有杂剧作家 50 馀人①。朱氏的评语,不少是内容空泛的虚比浮词,有的甚至与其人其作并不吻合;但是,仍有两点值得肯定:

一、是对如此众多的元曲作家(散曲作家亦在内)之曲文艺术特色进行了大胆的评论,为我们研究元代和明初文坛审美观念提供了丰富的资料;

二、是对某些作家曲文的评论能一矢中的,表现了独到的艺术见解,在一定意义上,这些评论成了后人研究元杂剧艺术风格的重要根据。试以马致远、王实甫、关汉卿三人为例予以说明:

马东篱之词如朝阳鸣凤。其词典雅清丽……宜列群英之

① 这五十馀人不包括朱权所称"俱是杰作"的杂剧作家。

上。

王实甫之词如花间美人。铺叙委婉……极有佳句,若玉环之出浴华清,绿珠之采莲洛浦。

关汉卿之词如琼筵醉客。观其词语,乃可上可下之才,盖所以取者,初为杂剧之始,故卓以前列。

马致远之曲文清丽脱俗,王实甫之曲文浓艳优美,朱权对他们十分推崇。尤其是对马致远的评价,更是一反传统①,将他名列“群英之上”。对于关汉卿,则评其曲文“如琼筵醉客”,意为关氏之作,乃随性之所至,完全不受礼法约束。这一点,皇室文人当然是不大欣赏的,故从“词语”角度谓关氏为“可上可下之才”,也就是中等水平。这是一种落后而又顽固的传统偏见。但是,我们仍然要赞许朱权,他对关氏曲文“如琼筵醉客”的评论,对我们认识关剧艺术风格提供了可贵的参考。

在有元一代,元曲形成了豪放、文采、清丽三大艺术流派或风格,关汉卿、王实甫和马致远则是这些风格的开创者,朱权对他们三人的评论具有很重要的参考价值。

---

① 周德清《中原音韵》、锺嗣成《录鬼簿》排列诸家名次时皆是关汉卿列其首,几乎已成惯例;而朱权独推崇马致远,首列其名,既违反传统看法,又不符合二人成就的实际。

第五章　关汉卿和他的杂剧

第一节　关汉卿的生平与著作

关汉卿是我国古代伟大的戏剧家，元杂剧奠基者，具有世界影响的文化名人。

由于封建士大夫们对戏曲作家及其作品的轻视，世界知名的关汉卿其名不见经传，无史可考。和许多早期戏剧家一样，他们的生平与著作，都有一些我们至今还弄不清楚的问题。就关汉卿来说，先人们虽然也为我们留下一些片片段段的资料，但从总的方面来说，这些资料或互有矛盾，或语焉不详，使我们仍有“模糊关汉卿”之感。

最早记载关汉卿有关事迹的文字资料，是元人锺嗣成的《录鬼簿》，其关氏小传有云：“关汉卿，大都人。太医院尹。号已斋叟。”

比锺氏晚一点的元人熊自得《析津志·名宦传》亦云：

> 关一斋，字汉卿，燕人。生而倜傥，博学能文，滑稽多智，蕴藉风流，为一时之冠。

又清人编修的《祁州志》卷八《杂说》亦云：

关汉卿故里。汉卿，元时祁之伍仁村人也。高才博学，而艰于遇。因取《会真记》作《西厢》以寄愤。脱稿未完而死，棺中每作哭啼之声。状元董君章往吊，异之。乃检遗稿，得《西厢记》十六出，曰“所以哭者为此耳，若为子续之”。携去，而哭声遂息。续后四出，以行于世。此言虽云无稽，然伍仁寺旁有高基一所，相传为汉卿故宅，而《北西厢》中方言多其乡土语，至今竖子庸夫犹能道其遗事。故特将记之，以俟博考。

又清人邵远平在《元史类编·文翰》类亦记云：“关汉卿，解州人，工乐府，著北曲六十种。”

以上四条资料，涉及关汉卿的名字、籍贯、经历、为人，以及有争议作品的著作权等问题。这里先就其名字、籍贯、经历有关歧异略作说明。

先说关汉卿的名字。

《录鬼簿》谓关汉卿号已斋叟，而不言汉卿是字或是名。锺氏在本书中为其他作家写小传时，或以其字标目，如庾吉甫名天锡；或以其名标目，如张时起字才英，可见没有一个统一的体例原则。汉卿是关氏之名或字的问题，到熊自得指出“关一斋，字汉卿”之后才算解决。此外，还有已斋、一斋、巳斋、己斋等不同文字记载，或系音近形近而误抄误刻，或系关氏本来就有几个名字，这些问题无关宏旨。

再说关汉卿的籍贯。

上列材料涉及关氏籍贯的有大都、燕、祁州和解州四个地方，前三者皆不出北京或河北范围，研究者也无大分歧；持解州说者，或谓关氏“祖籍解州，或者曾经客居解州”①；或谓“祖籍河东”②（一指山西）。常林炎先生到祁州（今河北省安国县）伍仁村作了实地考察，

---

① 罗忼烈：《论关汉卿的年代问题》（载中华书局 1982 年出版《两小山斋论文集》）。

② 王雪樵《杂记二则》：《为“关汉卿祖籍河东”说援一例》（载《戏曲研究》第 8 期）。

并结合大量文字资料互为佐证，最后得出结论：

> 关汉卿，祁州伍仁村人。祖籍解州，重要的戏剧活动在大都。最后回到伍仁村故里，便终于此。①

最后说关汉卿的经历。主要是考察关是否作过“太医院尹”的问题。

曹楝亭刊本《录鬼簿》谓关氏官“太医院尹”；《析津志》又将关氏列入《名宦传》；蒋一葵《尧山堂外纪》又以肯定口气谓关氏“金末为太医院尹，金亡不仕”；王国维《宋元戏曲考》则认为“汉卿生于金代，仕元，为太医院尹”。做官时代与蒋氏说法不同。以上诸说，主要都是以《录鬼簿》所记“太医院尹”为依据的。关氏是否官“太医院尹”也就成了研究者所关心的问题。

考之金、元两朝，皆无“太医院尹”官职；退一步说，“尹”就算是太医院的长官吧，而关氏留存至今的作品，又看不出仕金或仕元的可靠证据；相反，在元人著述中，倒是有赞扬关氏为“不屑仕进”者②，解决这一问题，还得从最早的文字资料来源《录鬼簿》说起。

随便对照几种不同版本《录鬼簿》有关对关氏小传的记载，就会发现小传中的“院尹”作“院户”者竟有《说集》本、天一阁蓝格抄本和孟称舜《酹江集》刻本。“院尹”、“院户”中之“尹”、“户”二字显系形近而误。金元二代既无“太医院尹”官职，而元代确有“医户”之名，它是区别职业的户籍名称。只要在太医院“籍内”，就可以蠲免一些税赋和劳役，《元典章》卷三十二《医学》类“免医人部役”、“医户免差经事”等条目就有这方面的文字资料。关汉卿或父祖辈有可能是医生。这一点并不奇怪，后期杂剧作家萧德祥不也是“以医为业”吗？萧就不一定是“医官”。《录鬼簿》中确有一个做“医官”的，那就是“前辈”作家李取进（一作李进取）。据曹楝亭刊本云：“李进取，大名

---

① 《河北师范学院学报》1985 第 4 期《关汉卿故里考察》，可供参考。

② 邾经：《青楼集序》。

人。官医大夫。”

尽管诸本《录鬼簿》文字不尽相同，但至少有两种版本都注明李曾“官医大夫”之职[①]。由此可见，锺嗣成对元代的医官、医户或仅“以医为业”的医生是分得清清楚楚的。关汉卿家庭应是元代户籍类别中的“医户”一类。

还有关汉卿的时代也是一个分歧比较大的问题之一。

孙楷第先生《关汉卿行年考》[②]，根据邾经《青楼集序》、贯云石《阳春白雪序》、周德清《中原音韵序》等资料推断，谓关氏“其生当在蒙古乃马真后称制元年与海迷失后称制三年之间（公元1241～1250年），其卒年在延祐七年以后，泰定元年以前”。也就是说，关氏卒年大约在1320～1323年之间。

赵万里先生《关汉卿史料新得》[③]，据《永乐大典》引《析津志·名宦传》及《元史·史天倪传》等材料推断，谓关汉卿约“生于1210年左右，死于1280年左右”。

蔡美彪先生《关于关汉卿的生平》[④]，据《说集》本《青楼集》、关氏“创作中的女真风俗语言”等材料，谓关氏“并不是什么‘金源遗老’，但他仍然是和杜、白一样生于金末，由金入元”，而卒年“当在元世祖至元后期之后，成宗大德前期之前”。

以上关于关汉卿生卒年的推测，孙说似太过晚，赵说又似过早，蔡说虽然比较接近事实，但卒年似又太靠后了一些。关氏由金入元，从事戏曲活动主要在世祖至元时期。

关汉卿的交游多为元杂剧作家、散曲作家或杂剧演员及歌儿舞女。据《录鬼簿》记载，杨显之与他是“莫逆交”，他们经常在一起讨

---

① 天一阁蓝格钞本作“医大夫”、曹楝亭本作“官医大夫”；《说集》本、孟称舜本皆作“医士”。

② 1954年3月15日《光明日报·文学遗产》（并见《沧州集》下册）。

③ 《戏剧论丛》1957年第二辑。

④ 《戏剧论丛》1957年第三辑。

论创作，修改“文辞”，杨以是有“杨补丁”之诨名；梁进之与他是“世交”好友，费君祥、王和卿等人也与他有交往①。从他的散曲中还可以看出，他与那个被誉为“杂剧为当今独步”的演员朱帘秀有深厚的交情②，联系到好友杨显之与另一杂剧演员顺时秀的交往情况③，他和杨显之等人很可能经常出入勾栏和歌楼舞榭，过着玩世不恭放浪形骸的生活，有时甚至也“躬践排场，面敷粉墨……偶倡优而不辞”④。看来，关汉卿不仅编剧，同时他有可能参加导演和粉墨登场，这样广泛的与社会下层人民接触和深入舞台实践，使得他的剧作就更加具有浓厚的下层社会生活气息和本色当行。

关汉卿的主要戏曲活动虽然是在大都，但从流传下来的作品中仍然可以看出，他还有过一段游历生活：“我是个锦阵花营都帅头，曾玩府游州。”⑤有名的《杭州景》套曲，把宋亡之后的杭州的繁华、景物的秀丽都写得淋漓尽致，至少说明他在杭州有过一段较长时间的游历。在《不伏老》套曲中他又透露了游历中原的消息：“我玩的是梁园月，饮的是东京酒，赏的是洛阳花，攀的是章台柳。”除后句“章台柳”是泛指烟花生活之外，其馀三句都是今河南地名。证之《救风尘》、《调风月》、《绯衣梦》、《鲁斋郎》、《蝴蝶梦》等剧作也完全可信。广泛的游历与交游，扩大了他的生活视野，丰富了他的创作素材。

关汉卿的创作十分宏富。根据现有材料，已知作剧 66 种，今存 18 种，其中争论较大的有《尉迟恭单鞭夺槊》和《山神庙裴度还带》两种；另有几种虽有争议，但可以肯定为关氏所作；现存作品有《关张双赴西蜀梦》、《闺怨佳人拜月亭》、《钱大尹智宠谢天香》、《杜蕊娘智赏金线池》、《望江亭中秋切鲙旦》、《赵盼儿风月救风尘》、《邓夫人苦痛

---

① 锺嗣成《录鬼簿》、陶宗仪《南村辍耕录》。

② 关汉卿写有《南吕一枝花》赠朱帘秀套曲。

③ 见天一阁蓝格钞本《录鬼簿・杨显之》条。

④ 臧晋叔：《元曲选序二》。

⑤ 关汉卿：《南吕一枝花》不伏老套曲。

哭存孝》、《关大王独赴单刀会》、《温太真玉镜台》、《钱大尹智勘绯衣梦》、《诈妮子调风月》、《感天动地窦娥冤》、《状元堂陈母教子》、《包待制三勘蝴蝶梦》、《刘夫人庆赏五侯宴》、《包待制智斩鲁斋郎》等16种。此外,《唐明皇哭香囊》、《风流孔目春衫记》、《孟良盗骨》等三种存有残曲。现存散曲有小令57首、套数14套、残套2。代表作有《窦娥冤》、《救风尘》、《单刀会》、《拜月亭》、《望江亭》、《蝴蝶梦》、《鲁斋郎》等。

第二节　关汉卿杂剧的思想内容

对于一个多产的剧作家的作品进行综合性探讨,首先碰到的就是作品分类问题。目前的一些论著,对关剧的分类大致有以下几种情况:

或以《窦娥冤》单独标目,另一些较重要作品又引一类,未列入者则放在艺术特色和成就之中。

或分为三大类:分三类者又有两种归类的不同。一是分为写男女婚姻纠纷、写社会黑暗不平、写历史人物故事,一是分为历史剧、社会剧、风情剧。

或分为五大类:悲剧、悲喜剧、历史故事剧、爱情剧、抗暴剧。

或干脆不分类,在“几部重要的杂剧作品”中分别论述一些代表作。

这些分类的主要根据或是作品的成就,或是作品的思想内容,或是作品题材的性质、历史时代等;也有按戏剧类型分为悲、喜剧者。探讨关氏剧作的思想内容,既要考虑其作品的代表性,同时也要考虑作品所涉及的社会生活与提出的社会问题。

一　描写冤狱，最深广地抨击社会

什么是冤狱？一般地说，冤狱是指根据当时的法律，不该判刑或判刑不当的枉法案件。在封建社会，冤狱主要是执法者的贪赃枉法或昏庸无能所造成。当然，除此之外，也有各种政治、朋党斗争的挟私报复、为谋求私利的阴谋陷害，以及断案者的偶然失误等复杂原因。元代吏治黑暗，社会秩序混乱，在历史上颇为有名。一些清醒的现实主义剧作家对此都有深切的感受，关汉卿、杨显之、王仲文、孙仲章、李行道、孟汉卿等人，都从不同方面选取题材编写剧本，为受迫害、遭冤枉的人伸张正义，把锐利的笔锋投向了封建统治阶级及其邪恶势力。以关汉卿为例，他就写了《双提尸冤报汴河冤》、《屈勘宣华妃》、《邓夫人苦痛哭存孝》和《窦娥冤》等四个剧作。前二剧虽已佚失，但从题目上还是可以看出，作者写的是两个冤屈故事；流传下来的后二剧，则是写了不同社会阶层的正直、善良人物的含冤负屈，其中《窦娥冤》又特别突出。

《窦娥冤》写了一个冤狱平反的故事。这个故事的主人公窦娥形象曾经受到某些流传故事的影响。一些研究者多举"东海孝妇"故事追溯其原型，祝肇年先生《〈窦娥冤〉故事源流漫述》一文将其来源推早了四百馀年①。这不能不说是研究《窦娥冤》的一次很大进展。

最早记载"东海孝妇"故事的是汉宣帝时刘向的《说苑》，其卷五《贵德》篇记云：

> 丞相西平侯于定国者，东海下邳人也。其父号为于公，为县狱吏决曹掾。决曹平，法未尝有所冤。……东海郡中，为于公立生祠。东海有孝妇，无子少寡，养其姑甚谨，其姑欲嫁之，终不肯。其姑告邻人曰："孝妇养我甚谨，我哀其无子，守寡日久，我

① 《戏曲研究》第六辑。

> 老累丁壮奈何！”其后母自经死。母女告吏曰：“孝妇杀我母。”吏捕孝妇，孝妇辞不杀姑，吏欲毒治，孝妇自诬服，具狱以上府。于公以为养姑十年以孝闻，此不杀姑也。太守不听，数争不能得，于是于公辞疾去吏。太守竟杀孝妇，郡中枯旱三年。后太守至，卜求其故，于公曰：“孝妇不当死，前太守强杀之，咎当在此。”于是杀牛祭孝妇冢，太守以下自至焉，天立大雨，岁丰熟，郡中以此益敬重于公。

以后的《汉书·于定国传》、《后汉书》的《霍谞传》、《孟尝传》，或记载“东海孝妇”故事、或提及这一故事、或记载类似故事①。而这一故事的最早原型却是西汉刘安《淮南子》卷六《览冥训》记载的“庶女”故事，其记云：

> 昔者师旷奏《白雪》之音，而神物为之下降……庶女叫天，雷电下击；景公台陨，支体伤折，海水大出。

东汉人许慎注《淮南子》文已佚，唐人李善注《昭明文选·诣建平王上书》“庶女告天，振风袭于齐台”句却引已佚的许注《淮南子》文云：

> 庶女，齐之少寡，无子养姑，姑无男有女，女利母财而杀母，以诬告寡妇，妇不能自解，故冤告天。

孝妇受冤，引起上天变异，后来的“东海孝妇”故事与此有直接的

---

① 《于定国传》、《霍谞传》皆记“东海孝妇”故事。《孟尝传》则记“上虞李妇”之小姑“加鸩其母，列讼于庭，……尝先知枉状，备言之于太守，太守不为理。……妇竟冤死。自是郡中连旱二年……后太守殷丹到官……即刑讼女而祭妇墓，天应澍雨，谷稼以登”。

血缘关系。

六朝至唐宋时期、"孝妇"受冤故事与《窦娥冤》有关情节的冤狱故事不断在民间流传，其中影响较大者有干宝《搜神记》和王绍《孝子传》。《搜神记》记"孝妇"故事云：

> 汉时，东海孝妇养姑甚谨，姑曰："妇养我勤苦，我已老，何惜馀年，久累年少。"遂自缢死。其女告官云："妇杀我母。"官收系之，栲掠毒治，孝妇不堪苦楚，自诬服之。……自后郡中枯旱，三年不雨。……长老传云："孝妇名周青。青将死，车载十丈竹竿，以悬五幡，立誓于众曰："青若有罪，愿死、血当顺下；青若枉死，血当逆流。"既行刑已，其血青黄幡缘竹而上，极标，又缘幡而下云。

东海孝妇的名字叫周青，周青临刑前发下"血当逆流"十丈竹竿之上以明其冤的誓言，以及誓言变为现实等情节，这是孝妇故事的重要发展。王绍《孝子传》所记其事的民间色彩较为浓厚，新增了周青有母和未婚夫，因未婚夫有病而先过门侍奉公婆，公婆皆自杀等情节①。这些流传故事对关汉卿创作《窦娥冤》不无启发。

"孝妇"故事最早搬上舞台，可能是王实甫《东海郡于公高门》杂剧②，以后写过同名杂剧者还有梁进之和王仲元，以上三剧皆不传。王的年代或略早于关，或与关同时；梁与关为"世交"朋辈，二人所作，很有可能早于关氏。《窦》剧出现了肃政廉访使，而此官的设置是在世祖至元后期。据《元史·百官志》记载，元初设提刑按察司，世祖至元二十八年始改按察司为肃政廉访司，《窦》剧应作于此后，是关氏晚年之作。

"庶女"故事和"东海孝妇"故事的流传，从孝妇的孤苦、被诬杀、

---

① 参见祝肇年《〈窦娥冤〉故事源流漫述》引文。

② 天一阁蓝格钞本、曹楝亭《录鬼簿》皆谓王实甫曾作《于公高门》杂剧。

冤情使天地变异等方面对《窦娥冤》产生了很大影响。然而,关汉卿毕竟不是着意去敷演这一流传故事,而是更加看重黑暗腐败的现实和含冤负屈的市井小民,剧本涉及社会生活的广度,作者认识生活的深度,都超过了流传故事和元代同类主题的其他公案戏。

《窦娥冤》主要写了一个市井寡妇含冤而死,死后鬼魂复仇的故事。窦娥为什么含冤而死?死后为什么出现了鬼魂复仇?我们怎样评价?

先从窦娥的身世和生活遭遇说起。

窦娥出生在一个穷苦知识分子家庭。在统治者轻视儒生的元代,这个家庭很有一定的代表性。其父窦天章"幼习儒业,饱有文章,争奈时运不通,功名未遂"。于是就离开祖籍"京兆","流落在这楚州居住"。窦娥三岁丧母,从此就随父飘零,其父衣食无着,只好靠借债度日。当她七岁时,父亲还不起高利贷,被迫将她"送与"债主蔡婆婆做童养媳抵债。之后,父亲就上京应考,十三年音信杳无。孤苦的身世,很足以说明她自幼就是一个不幸者。还算不错,孀居的婆母在她十七岁时就做主与她圆房成亲,看来苦日子也算熬过来了。谁料到天有不测风云,婚后二年,又"不幸丈夫亡化"。从此,与婆母相依为命,物质生活清淡简朴,精神生活孤寂无聊,她几乎成了槁木死灰之人。

然而,人毕竟还是人;一个正常的人,她总是会有人的感情。窦娥也并不例外,她也有一个正常的人的愁苦,在无人时节,她也常常发出"命好苦也"的自叹。花前月下,触景伤情,她也自觉或不自觉地吐露了内心深处的秘密:

满腹闲愁,数年禁受,天知否?天若是知我情由,怕不待和天瘦。

则问那黄昏白昼,两般儿忘餐废寝几时休?大都来昨宵梦里,和着这今日心头。催人泪的是锦烂熳花枝横绣闼,断人肠的是剔团圞月色挂妆楼,长则是急煎煎按不住意中焦,闷沉沉展不彻眉尖皱，越觉的情怀冗冗，心绪悠悠。

那“催人泪”的花枝、“断人肠”的明月，为什么如此折磨人？这“意中焦”、“眉尖皱”的日子又“几时是了”？她虽然没有能够从现实生活中找到答案，但是她对现实生活的无情却产生了怀疑：“莫不是八字儿该载着一世忧”？“莫不是前世里烧香不到头”？她不怨天，不尤人，只怪自己的命不好，怪自己“前世”敬神不诚。她愿意听凭“命运”安排，对生活不再有任何过奢的要求：“我将这婆侍养，我将这服孝守，我言词须应口。”她只想对活着的婆母尽孝，为死去的丈夫守节。在严重的封建礼教约束下，窦娥刚刚萌发出来的一个正常人的愁苦之情，很快就被“节”、“孝”观念压了下去。这个社会是如此冷酷，如此不合理！

这样一个对生活没有过高要求，更不妨碍和不伤害别人，只求尽孝守节，平安了此一生的市井寡妇，一个非常安分的市井寡妇，邪恶势力也竟然欺负到家门里，一步步把她逼到冤死的绝境。关汉卿对黑暗混乱的社会现实作了典型的概括，让一个企图杀人赖债的无赖赛卢医和蔡婆婆发生纠葛，从而把地痞流氓张驴儿父子“合理地”引进窦娥家门。在光天化日之下，就在楚州郊野，这个开生药铺还兼作医生的赛卢医竟敢铤而走险，社会秩序是何等混乱！张驴儿父子无意中救了蔡婆之命，又强迫蔡婆招赘他父子，地痞流氓又是何等横行不法！软弱的蔡婆只得一一应从，悲剧就从这里开始。

窦娥毕竟不是任何流传故事中的“孝妇”，她不仅没有顺从婆母的许诺，而且还责备婆母答应招赘的不是：“俺家里又不是没有饭吃，没有衣穿；又不是少欠钱债，被人催逼不过。况你年纪高大，六十以外的人，怎生又招丈夫那？”窦娥的责问很有道理，她虽有贞节观念，但她的贞节观念还没有上升到“饿死事小，失节事大”的高度，她把吃饭穿衣放在了生活中的首位。她严厉地拒绝了张驴儿父子的无理纠缠，而无力将这一对恶棍赶出家门；尤其是婆母，还对他父子俩低声下气央求：

我如今拼的好酒饭，养你爷儿两个在家，待我慢慢的劝化俺媳妇儿，待他有个回心转意，再作区处。

口气可怜可悯！公理不张，善良软弱者遭受欺凌，社会秩序黑暗混乱已到了善良者无法生活，甚至也是无法生存的地步。

在这里，我们不禁要提出一个问题：荒郊野外，软弱的蔡婆，面对张驴儿父子的威逼，她不敢反抗，也无法反抗，被迫把两条豺狼引进了家，这是情有可原；但张驴儿父子既进了蔡家的门，这已是在城里，为什么那个“气性最大不好惹”的窦娥，很有点反抗精神的窦娥，也不能把此事告到官府？

也许我们可以作出一个明确的回答：官府不能为善良百姓做主，告官也无益。这样的回答，未免有点简单化了。这时的窦娥，恐怕对官府还没有这样的认识，有下面事实可证：当后来的张驴儿“自药死亲爷”，就以尸讹诈、要威胁与她成亲，否则就要告到官府时，她就理直气壮、毫不犹豫地回答：“我又不曾药死你老子，情愿和你见官去来。”很明显她对官府抱有幻想，认为那些“明如镜，清似水”的老爷们会根据事实秉公断案。联系到这些，是不是可以从另一方面探讨窦娥未告官的原因：一是顺从婆母，做事不能让婆母太难堪。婆母口口声声说张驴儿父子“有活命之恩”，总是“思量”报答。她拒绝亲事，婆母仍面许要“好酒好饭”养活其父子在家，要好好“劝化”儿媳“回心转意”。其用心显然不是敌对的，窦娥不好做得过分。二是未想到张驴儿那样凶狠。他们父子住在她家，她只觉得：“我这寡妇人家，凡事也要避些嫌疑。……非亲非眷的一家儿同住，岂不惹外人谈议。”她根本没有料到后来的人命事件。以上两点，恐怕比较符合窦娥的实际认识。

然而，一个不谙世事、不真正认识官府的市井弱女子，当邪恶势力逼到她无路可走时，她也毫无畏惧地走上公堂，这不仅表现了她对官府抱有不切实际的幻想，更重要的是表现了她坚信自己无罪的刚正品质。她哪里知道,自己以为能照人们“肝胆虚实”的官老爷们,多是贪婪昏庸、草菅人命之徒。张驴儿作为“原告”跪倒在公堂之下,那个“父母官”楚州太守桃杌竟然也跟着对跪,并毫不掩饰地宣告:“但来告状的,就是我衣食父母。”这时的窦娥,不知有什么想法。也许她以为这位“父母官”“和善可亲”,也许以为这是公堂打官司的“规矩”……总之,她还没有来得及有什么表示而审讯就开始了。她针对张驴儿瞎编乱造的诬陷之词,如实地陈述了事件的原委,其中包括张家和蔡家的关系、张氏父子住到蔡家根由以及羊肚儿汤等情节。一个稍微尊重事实和法律的审案者,就应该审问张驴儿:是否救过蔡婆婆?蔡氏婆媳是否招赘他父子?何人为证?以及羊肚儿汤等情节。另外,还应该传讯赛卢医和查清毒药性质及来源。可是桃杌并未抓住这些重要问题或线索,而是偏听偏信张驴儿的一番强词夺理的狡辩和恶意挑拨:

> 大人详情:他自姓蔡,我自姓张。他婆婆不招俺父亲接脚,他养我父子两个在家做什么?这媳妇年纪儿虽小,极是个赖骨顽皮,不怕打的。

桃杌相信了,被激怒了,于是大声下令:“人是贱虫,不打不招。左右,与我选大棍子打着!”

是非混淆,善恶颠倒,在那暗无天日的封建社会,无情棍棒总是打无罪之人。如狼似虎的行杖者又是那样心毒手狠,“大棍子”下处“一道血,一层皮”。坚强的窦娥并没有屈服,这位信奉“但来告状的,就是我衣食父母”的做官哲学的太守,同时还是视老百姓为“贱虫”的封建暴君,眼看把窦娥打得“肉都飞,血淋漓”也得不到断案的供词,又下令要打蔡婆,对于那个真正的杀人罪犯张驴儿却不管不问。这是一个人妖颠倒的社会!“怕连累婆婆”,窦娥“屈招”了。尽管她有孝的观念,但更多的还是表现了这个市井寡妇的善良品德和牺牲精神。

这里有一个颇值得人们深思的问题：楚州太守桃杌虽然是一个贪官，贪官审理案件，总是要贪赃枉法，这已是一般常识问题；而审理窦娥一案，他并没有接受贿赂，却仍然枉法将窦娥判斩。不贪赃而枉法，是司法制度本身的问题。在元代，像张驴儿父子这一类“泼皮凶顽”是属于“权豪势要”型人物①，官府对他们多加袒护或偏听偏信；对普通老百姓，官府则视为“贱虫”，动辄就滥施刑法。正是这样，窦娥才含冤负屈，有冤莫白。

窦娥冤死了。她临刑前发下的三桩誓愿，诚然表现了作者有“天人感应”的观念，让她的冤情化成一种超人力量去感天动地；但是，“三誓”还有比这更重要的含义，它更多的还是表现了受迫害人民对是非颠倒、公理不申的黑暗社会的强烈抗议与愤懑不平之情。“这都是官吏每无心正法，使百姓有口难言”。窦娥的控诉对元代官府的揭露具有重要的历史价值。

窦娥的冤死一案，暴露了元代社会政治、经济、道德等方面的重要社会问题，诸如司法吏治黑暗、社会秩序混乱、邪恶势力横行不法、节孝观念对人们的束缚、高利贷剥削，以及知识分子的穷困等。其中最主要的是司法吏治问题。与其他同时代作家相比较，关汉卿比他们站得高，对这个问题观察很深透。在描写贪官污吏的公案戏中，他突破了“贪官污吏必然贪赃枉法”的模式，从更深的层次向人们展示了一件不容置辩的事实：由于司法吏治的黑暗腐败，官与民的对立，官不把民当成“人”而看做“贱虫”，尽管没有接受贿赂，他们也可以严刑逼供，草菅人命，从而造成冤案。这不是官吏个人品质问题而是制度问题。“衙门从古向南开，就中无个不冤哉”。作者通过窦娥的感受，再次把笔锋指向了制造冤案的司法制度。

窦娥含冤而死了。人死不能复生，这是人所共知的常识问题。

---

① 《元典章》三十九《刑部》卷之一《迁徙·豪霸凶徒迁徙》条云：“据诸人言告，一等权富豪霸之家，内有曾充军官吏者，亦有曾充军役杂职者，亦有泼皮凶顽，皆非良善……”

伟大的戏剧家关汉卿并没有写到这里就停下了笔,世事的不公平和人们的愿望逼使这位有责任感的作家还要写下去:无辜之人不能白死,杀人罪犯不能法外逍遥,企图杀人赖债、后又私卖毒药致人于死的不法之徒也不能一走了事,草菅人命的滥官也不能升官晋级……于是乎第四折的窦娥鬼魂复仇、清官窦天章平反冤狱等情节,也就很自然地出现在舞台上。

又是鬼魂、又是清官,前者象征受迫害人民坚不可摧的复仇意志,后者代表公正无私的封建王法。在平反冤狱过程中,捧着"势剑金牌"的清官窦天章,因"要紧人犯"赛卢医已于"三年前在逃"而无法使杀人犯张驴儿折服,急得直喊女儿鬼魂"自来折辩"。窦娥鬼魂随即上堂折证,动手打人,两相比较,更突出了鬼魂的超人力量。

然而,从作者创作的主观意图来说,他是要把二者结合起来以表达一种理想:即"匹妇"志不可轻侮,"王家法不使民冤"。这是一种严格的封建法治理想。这一理想主要从以下两方面来表现出来:

一是窦天章断案量刑得当。张驴儿"毒杀亲爷,奸占寡妇",罪大恶极,凌迟处死;赛卢医企图杀人赖债,但未造成严重后果,卖毒药与张驴儿是被逼迫,故"发烟瘴地面,永远充军";桃杌及其有关此案吏役"刑名违错"而没有贪赃枉法,"各杖一百,永不叙用"。

二是窦天章断案是维护封建王法。作为肃政廉访使,他的职责就是"随处审囚刷卷,体察滥官污吏",维护封建王法的尊严。对其亲属犯罪,他也毫不留情。在不了解女儿案情真相时就曾严厉责备女儿"犯了十恶大罪"。要将她"罚在阴山,永为饿鬼"。这次"改正文卷",为女儿平反,也不是出于父女之情,而是要显示"王家法不使民冤"的封建王法的公正,目的是维护封建王法。

在封建社会,鬼魂复仇,清官执法,这是人们在现实中遭受冤枉、有冤莫白,而又希望伸张正义的一种幻想。我们应理解它产生的背景和意义,给予它恰当的评价:这种幻想虽然很不实际,但它却表达了一种死不屈服的抗争精神。至于封建王法,它则是一定历史条件下产生、赖以维持社会正常秩序,对任何人都有约束力的文字法则。

封建社会的王法，当然首先要维护封建统治者的利益；但对那些枉法者和以“法外之法”迫害百姓的滥官污吏来说，它又会产生一定的制约作用。有“可依之法”和严格执法，是社会文明和进步的表现。

从流传的“孝妇”（“庶女”也是孝妇）故事到《窦娥冤》，可以看到它们之间的类似情节和相通的人道主义思想，后者对前者确有不可否认的继承关系。然而，关汉卿毕竟是一个生活在元代、敢于直面人生的伟大戏曲家，在《窦娥冤》里，他化用而不照搬流传故事，继承其民主性精华而又不受其束缚。他将流传故事融化于对黑暗现实社会生活的透视中，从人物塑造与关系安排、矛盾冲突与解决等方面，表现了比流传故事更深厚、更强烈，也更具有批判精神的人道主义思想，从而使这部作品“列之于世界大悲剧”之林“亦无愧色”①。明人叶宪祖及其门人袁于令，据此写成了《金锁记》传奇。

与《窦娥冤》同属冤案性质的作品，还有历史故事剧《邓夫人苦痛哭存孝》。作品事本《五代史·义儿传》，并采用民间传说。大意为李存信、康君立“妒能害贤”，为谋取镇守潞州职务，以花言巧语打动天下兵马大元帅李克用，进谗言说存孝谋反，并假传李克用之名将李存孝车裂而死。存孝之妻邓夫人申其冤枉，克用杀存信、君立为存孝报仇。

存孝冤死的主要原因是“妒能害贤”的奸小李存信、康君立的设计陷害。他们先是假传李克用之命要存孝恢复原名安敬思，接着就向李克用报告说存孝恢复原名是要谋反，又趁李克用酒醉假传命令将存孝车裂而死。一连串的阴谋诡计，终于造成冤案。“英雄屈死黄泉下，忠心孝义下场头”。功臣受屈，忠良衔冤，在一片愤懑不平的悲剧气氛中，蕴藏着作者对政治理想的寄托。这个戏虽然没有描写官吏审案，而只写了奸小暗施阴谋诡计致忠良于冤死，但它却从另一个侧面揭示了善良者衔冤负屈的社会原因，李存孝作为一个历史英雄人物，下面还要谈及。

---

① 王国维：《宋元戏曲考》。中国戏剧出版社，1957 年出版。

二　揭露权豪势要罪恶，矛头指向皇帝

元杂剧中出现中的“权豪势要”，是元代社会的一个特权阶层：他们为官不执法，为民不守法；有的人虽无官职，但是却有权势。他们欺压官府，荼毒百姓和一切软弱无能者。这些人出身社会阶层复杂：“内有曾充官吏者，亦有曾充军役杂职者，亦有泼皮凶顽，皆非良善。”①这些人“权移官府，威行乡井，淫暴贪虐”②，无恶不作，在现存的约为150元人杂剧中，有11种杂剧写了权豪势要的罪恶③。其中关汉卿就写了《蝴蝶梦》、《鲁斋郎》和《望江亭》3种。

三个戏的权豪势要身份、地位和罪恶虽然各有不同，但他们却有一个共同点：就是都与皇帝关系密切，受到皇帝的庇护和纵容。关汉卿敢于触犯这个“禁区”，是颇有一点胆识的。

《蝴蝶梦》写中牟县平民王老汉被权豪势要葛彪无故打死，王的三个儿子又打死葛彪，中牟县将此案送包公审理。在公堂上，王氏弟兄三人及其母皆争相承认自己是凶手。包公一再逼迫，王母乃以自己亲生之子交出“抵罪”。包公被“母贤子孝”行为所感动，而以与此案无关的偷马贼赵顽驴代其子替葛彪“偿命”。

这个以王母为主角的故事曾受到《列女传》中“齐义母”故事影响④，但主要方面还是取材于现实生活：权豪势要仗势欺人、为非作歹，受迫害人民奋起反抗，决不屈服。这应该是创作《蝴蝶梦》的主要

---

① 《元典章》三十九《刑部》卷之一《迁徙·豪霸凶徒迁徙》条云：“据诸人言告，一等权富豪霸之家，内有曾充军官吏者，亦有曾充军役杂职者，亦有泼皮凶顽，皆非良善……”

② 《元史·刑法》四《杂犯》。

③ 除关汉卿写了三种描写权豪势要杂剧之外，尚有高文秀的《双献功》，郑廷玉的《金凤钗》，李文蔚的《燕青博鱼》，武汉臣的《生金阁》，无名氏的《黄花峪》、《谢金吾》、《延安府》和《陈州粜米》等八种。

④ 刘向《列女传》“齐义母”故事。

社会基础。

《蝴蝶梦》是一个包公戏，这个戏有两点非常突出：一是歌颂普通农村妇女的贤德，二是写包公并没有严格执法。

王母是剧中的主角，她深明大义，敢于抗争。葛彪打死她的丈夫，还倚仗皇亲势力，蛮不讲理，她毫无惧色，据理警告："若是俺到官时，和您去对情词，使不着国戚皇亲，玉叶金枝。便是他龙孙帝子，打杀人要吃官司。"她的三个儿子打死葛彪，她就指着葛彪尸体责备其罪有应得：

> 想当时你可也不三思，似这般逞凶撒泼干行止，无过恃着你有权势有金赀。则道是长街上装好汉，谁想你血泊内也停尸。正是"将军着痛箭，还似射人时"。

这里寓含了人们可以接受的生活真理：法律面前，人人平等；杀人偿命，欠债还钱。葛彪打死王老汉，其子为报父仇而将葛彪打死，这是理所当然。

"这开封府王条清正，不比那中牟县官吏糊涂。"她对包公审案抱着很大幻想，她据实据理申诉案情：

> 那厮将人欺侮，打死咱家丈夫。
> 那厮每情理难容，俺孩儿杀人可恕。

既符合事实，又很有道理，包公却听不进去，还是动刑拷打，硬逼着她交出一个儿子为葛彪"偿命"。她几番揶揄包公"葫芦提"，又说包公"官官相为"、"枉……坐黄堂、带虎符……"幻想破灭了。

在包公的逼迫下，她交出自己亲生的儿子为葛彪"偿命"，使丈夫前妻的两个儿子得到保全。包公感于她的"义行"才李代桃僵，让一个偷马贼赵顽驴做了替死鬼。

包公审理此案，没有严格执法。按照元代法律规定："诸人杀其父，子殴之死者，不坐。应于杀父者之家征烧埋银五十两。”[1]剧中的包公并没有根据法律进行审断，只是在“母贤子孝”的感召下，才糊里糊涂让一偷马贼替死。包公为什么要这样做？剧中没有明确写出。但我们还是可以看到，打死王老汉的葛彪是皇亲，有宫廷势力和皇帝作后台，包公不敢得罪最高统治者。葛彪敢于平白无故地打死平民和包公没有严格执法表明，《蝴蝶梦》的矛头指向了皇帝。

与“齐义母”故事相比较，这个戏有两点明显的不同：

1.“齐义母”故事仅记其“有人斗死道者”。斗者死者不知其谁，斗的原因不明；《蝴蝶梦》剧则明白写出先是权豪势要葛彪无故打死平民王老汉，王老汉的三个儿子又将葛彪打死。写出了案件当事人身份和案情经过，它远远超出了流传故事偏重赞扬“义行”的范围，而具有强烈的时代色彩和政治色彩。

2.“齐义母”故事断案为齐宣王。作为一个诸侯国君，他的意旨就是法律，怎样断案都算“合理”，不必有任何顾忌；《蝴蝶梦》中的包公是清官，清官必须严明刚正、秉公执法。包公不敢根据法律明白宣判王氏的三个儿子无罪，先是用刑拷打，后是感于义行另找替死鬼。这就是说，皇亲葛彪之命必偿，王氏之子还是有“罪”，只是让一个与本案无关之人代受。作品中虽无宫廷人物出场，但从包公的枉断此案还是透露了宫廷势力的压力。对人们理想中的清官包公的某些暴露，也就提出了司法吏治的问题。

《鲁斋郎》也是一本公案戏，主要写权豪势要鲁斋郎先后霸占银匠李四和郑州六案孔目张珪妻子，包公用计“智斩鲁斋郎”。

张珪是剧中的主角，他对权豪势要的迫害没有进行反抗，而是消极逃避；作品十分突出地揭露了鲁斋郎的种种罪恶。

鲁斋郎以修整银壶为名给银匠李四银子，又请李喝酒，然后就“理直气壮”地强夺其妻，并对李进行公开威胁：“你不拣那个大衙门里告我去。”一个小小银匠，自然没有反抗力量。可是，另一个自诩在

---

① 《元史·刑法志》。

社会上还颇有点“名儿”的郑州六案孔目、一个想为李四打抱不平的张珪，当他听说是鲁斋郎强夺了李四妻子时，竟然就吓得魂不附体，连忙掩口对李四说：“哎哟，唬杀我也！早是在我这里，若在别处，性命也送了你的。”

鲁斋郎是什么人？竟然会把这个平素以坑人讹人为职业的官府吏员吓到如此程度！熟谙官场的张珪虽然深知鲁底细，但是由于极端的惧怕而不敢具体说出，只是含糊其辞地告诉李四：

> 被论人有势权，原告人无门下，你便不良会可跳塔轮铡，那一个官司敢把勾头押，题起他名儿也怕。
>
> 说那个鲁斋郎胆有天来大，他为臣不守法，将官府敢欺压，将妻女敢夺拿，将百姓敢蹅踏，赤紧的他官职大的忒稀诧。

“权移官府……淫暴贪虐”，正是这一特权阶层人物罪恶行径的概括。圆滑世故的张珪只告诉李四一些现象：鲁斋郎胆大包天，他无论怎样为非作歹，官府也无可奈何。就中底细，张珪虽不敢说破，但从后来包公上奏皇帝时说鲁“犯法百端”却可以看出，他是一个罪恶累累而一般官府又无法惩治的特权阶层人物。

就是这个鲁斋郎，在一次偶然机会，竟欺负到张家坟院里，要张珪把自己的妻子送上门去：“几曾见夫主婚，妻招婿；今日个妻嫁人，夫做媒！”真是：是可忍孰不可忍。他的妻子要他“拣个大衙门”告状，他忙向妻子解释说：“他便要我张珪的头，不怕我不就送去与他；如今只要你做个夫人，也还算是好的。”鲁斋郎就这样毫不费力地又霸占了张珪的妻子。一气之下，张珪出家做了道士。

鲁斋郎到底是什么人？他为什么会有这样大的权势？他上场时自称：“小官鲁斋郎是也。随朝数载，谢圣恩可怜，除授今职。”“斋郎”似乎是官名，其实不是。在宋代，专为皇帝祭祀宗庙社稷时的执事人员叫斋郎，根本不是职官，关汉卿顺手拈来，只是要他和皇帝攀上点关系。张珪既不敢说破底细，也不敢有丝毫反抗行为，因为皇帝是鲁的后台。刚直不阿、清正廉明的包公已经掌握了他的罪证而不敢明正其罪，却只能偷笔减画，将罪犯名字写作“鱼齐即”；待皇帝“御笔亲判了斩字”，才又添笔加画，改为“鲁斋郎”，并立即杀了。

皇帝“宣鲁斋郎”一事，无意中暴露了鲁斋郎与皇帝的关系——鲁是皇帝的近臣。受到皇帝信任的包公，虽然已经掌握了鲁的大量罪证，但也不能公开绳之以法，而只能定计“智斩”，可见其权势之大。鲁的“犯法百端”不受法律制裁，难道不是皇帝纵容庇护造成的么？当那个欺软怕硬的张珪听说包公已杀了鲁斋郎之后竟然唱出：“今日个天理竟如何，黎庶尽讴歌”；“再不言宋天子英明甚，只说他包龙图智慧多”。毫不隐晦地贬低皇帝。

《望江亭》主要写权豪势要杨衙内，为抢夺有夫之妇谭记儿“做小夫人”，就向皇帝诬奏谭的丈夫潭州守白士中“贪花恋酒”，“不理公事”。皇帝偏听偏信杨的“妄奏”之言，赐杨以文书、势剑、金牌等前往潭州杀白。谭记儿巧扮切鲙渔妇，智赚文书、势剑和金牌，使杨失去杀人凭证。湖南巡抚又“奉圣人的命”来潭州查办杨“妄奏不实”之罪，将杨“问成杂犯，杖八十，削职归田”。

这个杨衙内能够在皇帝面前捏造地方官罪名，皇帝竟然信之不疑，并据此定人死罪，杨大概是皇帝的亲近之臣。皇帝如此偏听偏信，其昏聩糊涂也够严重。巡抚的判词谓：“杨衙内倚势挟权，害良民罪已多年。”他“倚”的谁的“势”？“挟”的谁给他的“权”？作者虽没有明白说破，但明眼人一看也就知其所指，令人寻味。他与鲁斋郎“犯法百端”一样都是罪恶累累而受到庇护。皇帝虽然没有出场，但批判的矛头仍是指向了皇帝。

三　关心妇女，反映她们的痛苦与理想

在我国封建社会，妇女受到的压迫是最深的，除了君权、神权之外，还有夫权也是套在她们脖子上的一条沉重的精神枷锁，所谓“三从”、“四德”、“七出”，“饿死事小，失节事大”等违反人性的礼教道德

和清规戒律，都是迫害妇女的镣铐。随着男性越来越成为社会和家庭的中心，妇女就处于被支配的地位，她们不仅受到封建礼教的严酷约束，而且还常常受到社会的欺凌和一些人的蹂躏。前者多表现为男女婚姻上的不平等（一夫多妻）、受礼教道德压迫特别严重；后者则表现为罪恶的娼妓制度。关汉卿长期生活在下层人民中，对那些歌儿舞女、丫鬟、童养媳、寡妇，乃至追求爱情婚姻自由的小姐的各种不幸，都怀着深切的同情，写出了她们的痛苦、反抗和追求，表达了她们合理的生活理想，对丑恶的封建社会充满了批判精神。

关汉卿现存的作品，以妇女为主角的就有 12 种，其中有 7 种是描写不同类型妇女的爱情婚姻生活，它们是《拜月亭》、《调风月》、《谢天香》、《金线池》、《救风尘》、《绯衣梦》和《望江亭》。这些作品或写妓女从良、或写寡妇再嫁、或写指腹为婚、或写自由结合，其间又都受到各种封建势力的阻挠和迫害，经过曲折过程终于团圆。下面就这类作品分两点来谈：

（一）揭露妓女制度罪恶，赞扬妓女智慧，尊重妓女人格

关汉卿写了较多反映妓女生活的作品，据《录鬼簿》著目就有《三负心》、《复落娼》、《惜春堂》、《救风尘》、《金线池》和《谢天香》等六种，其中后三种今存。从剧目之多可以看出关氏对社会底层妇女的关注。在关氏笔下，妓女首先是鸨儿觅钱的工具。即使亲如母女，妓女也同样要遭受折磨，稍不如意，非打即骂，苦不堪言，如《金线池》中的杜蕊娘，因受其生母的凌逼而满腹怨恨：

> 我是他亲生的女，又不是买来的奴，遮莫拷的我皮肉烂，炼的我骨髓枯……

她和书生韩辅臣相好，母亲却嫌韩贫穷而“不肯许这门亲事”，把韩赶出家门，她对卖笑生涯怀疑、埋怨：

> 我想一百二十行，门门都好着衣吃饭，偏俺这一门，却是谁

人制下的？忒低微也呵！

她以“年纪大了”为理由请求其母允许出嫁，而母亲竟然要“拿镊子来镊了”她“鬓边的白发”去接客“觅钱”。母女关系被破坏，人性受到极大扭曲。作者对这些受凌辱和压迫的社会底层妇女充满了人道主义的同情，它已触及妓女制度本身的问题了。

一个妓女，除了被鸨儿当做觅钱工具之外，还经常受到官府的压迫与凌辱。官府可以以“唤官身”之名随意召唤妓女去陪侍达官贵人和王孙公子，稍不如意，就会受到责罚。如杜蕊娘曾两次被“唤官身”：先是济南府尹以“唤官身”之名被叫去侍候其“同窗好友”韩辅臣；杜不理韩，又是府尹以“失误官身”之罪强迫杜就范，虽然，府尹并非出于恶意，但其手段却暴露了官府使用政权力量对妓女的统治与压迫。

另一妓女谢天香受到官府的凌辱更带有浓厚的悲剧色彩。谢和词人柳永相好，柳赴京参加考试，念念不忘于谢，其“同堂故友”开封府尹钱可为促使柳于“功名上用心”和成全其婚事，先以“唤官身”之名对谢进行刁难；续又恶作剧地娶谢做“小夫人”而“智宠”，最后说破前因使二人团圆。虽为喜剧结局，却充满了很浓的悲剧气氛，如谢被娶入府中，与姬妾掷色子为戏，钱府尹悄悄将手杖放谢肩上，谢未看清是谁，就骂了声“臭驴蹄”，回头见是府尹，吓得连忙跪下，府尹以“盆中色子为题”逼谢作诗，谢作诗曰：“一把低微骨，置君掌握中；料应嫌点涴，抛掷任东风。”

谢被府尹娶为小夫人：“整三年有名无实，本是个见交风月耆卿伴，教我做遥受恩情大尹妻。”满腹幽怨，全在诗中。无论是钱府尹的“智宠”，或是她与柳永的团圆，都无法抹掉其悲剧色彩。

然而，关汉卿毕竟是一个伟大的现实主义作家，一个人道主义思想家，他的可贵之处是：不仅写出了妓女们的痛苦和揭露了妓女制度的罪恶；同时还写出了这些生活在社会底层的妇女们的过人智慧与独立人格，在她们身上，闪现着人道主义思想光辉——妓女是人，她们的人格应该受到尊重。

赵盼儿是《救风尘》中一个不寻常的妓女，一个很有些侠义色彩的风尘人物。她不是为自己合理的生活去奋斗，而是为了他人跳出苦海去承担风险。她的烟花姐妹宋引章，被官僚子弟周舍骗娶到家后就“朝打暮骂”，百般虐待，“眼看无那活的人”。她见义勇为，挺身而出，从开封前往郑州搭救。临行前她分析了彼此条件，定出了办法。周舍喜新厌旧，贪财好色；自己姿色过人，熟谙风月场生涯，于是确定使用美人计，把周舍一步步引入圈套：

> 我着这粉脸儿搭救你女骷髅，割舍的一不做二不休，拼了个由他咒也波咒。不是我说大口，怎出得我这烟月手。
>
> 那厮爱女娘的心见的便似驴共狗，卖弄他玲珑剔透……可不是一场风月我着那汉一时休。

第一步是诱逼周舍休离宋引章，使宋脱离魔爪合法化：

> 我到那里，三言两句，肯写休书，万事俱休；若是不肯写休书，我将他掐一掐，拈一拈，搂一搂，抱一抱，着那厮通身酥，遍体麻。将他鼻凹儿抹上一块砂糖，着那厮舔又舔不着，吃又吃不着。

这位“自小上花台，做子弟”的花花公子周舍，也不是轻易就上当的窝囊废：他先是不相信赵来意；继又在赵逼他写休书时要赵“说下个誓者”；知道上当就立即追赶；赶上后周骗过休书就“咬碎”毁掉，耍无赖不成就扭二人去官府……

但是，他万万没有料到，赵盼儿安排了与宋有婚姻之约的安秀实前来告状了：“我安秀实聘下宋引章，被郑州周舍强夺为妻，乞大人做主咱。”与周舍之父有同僚之谊的郑州太守在事实面前也只好比较公正地断案：“周舍杖六十，与民一体当差。宋引章仍归安秀才为妻。”

社会下层妇女的智慧战胜了花花公子的狡猾,正义战胜了邪恶。

关汉卿颂扬了妓女的英风侠骨,同时还十分尊重她们的人格。韩辅臣被杜蕊娘之母赶出家门之后,二十多天未去杜家,引起杜的怀疑与不满,尤其是杜母造谣挑拨,说韩"如今又缠上一个粉头",她又羞、又恨、又气:

> 东洋海洗不尽脸上羞,西华山遮不了身边丑,大力鬼顿不开眉上锁,巨灵神劈不断腹中愁。……

韩辅臣前来陪话,她责问韩:"这的是母亲故折鸳鸯偶,须不是咱设下恶机谋,怎将咱平空抛落他人后?今日个何劳你贵脚儿又到咱家走!"韩下跪,她不理睬:"那个要你下跪?"韩请她责打,她又拒绝:"既你无情呵,休想我指甲儿汤着你皮肉。"石府尹出钱叫韩设宴请众姊妹代为赔情,她仍旧拒绝与韩和好。……

杜蕊娘为什么表现如此这般的"傲慢"?她不是曾经以妓女生涯"忒低微"而不满吗?是的,她确实对这种非人生活不满,这种不满就是一种不平之鸣,就有要求平等的合理内核。在没有办法跳出苦海时,她认为妓女也是人,应该得到与其他人的同等待遇。谣传韩辅臣对她不忠实,她非常气恼,觉得受到极大羞辱:"若是他果然离了我家,又去踹别家的门,久以后我在这街上行走,教我怎生见人那!"她比较客观地认识自己:"我立的其身正,倚仗着我花枝般模样,愁什么锦片也似前程。"个人品德、容貌无瑕可指,她的人格应该受到尊重。作者反复细腻地描写并肯定她的"傲慢",表明他很尊重妓女的人格,要为她们扬眉吐气。

(二)揭露封建社会对妇女的迫害,表达妇女对爱情婚姻的合理追求

如果说,关汉卿在描写妓女生活的作品中,对妓女制度进行了深刻的批判的话,那末,在另外一些描写妇女生活的作品里,则是更多地表达了她们对爱情婚姻的合理追求。作品主人公或为富贵之家的千金小姐,或为官员中的丫鬟,或为再嫁寡妇。她们为了追求和维护自己合理的爱情婚姻生活,就对一切阻碍和破坏自己幸福的封建势力,进行了不同形式的抗争,并取得了最后的胜利。

《拜月亭》中的王瑞兰是金国尚书之女,她和汉族书生蒋世隆自由相爱、自主结合,经过曲折,终于团圆。

一个尚书之家的千金小姐,怎么会与一个不相识的穷书生结合呢？还得先从故事背景说起。

公元1211年,成吉思汗亲自率领蒙古军队伐金,金国尚书王镇奉命往前方察看军情。1215年,金之首都中都陷落,朝廷南迁汴梁,王尚书之女瑞兰与其母随着广大人群逃难,一路上兵荒马乱,房倒屋塌。瑞兰母女随着逃难人群“出的中都城子来,当日天色又昏暗,刮着大风,下着大雨,早是赶不上大队,又被哨马赶上”。母女二人被乱兵冲散。在无可奈何的情况下,这位金国尚书的千金小姐也顾不得家庭门第和礼教道德,只好和一个陌生的秀才蒋世隆结伴同行。在那战乱年月,“有儿夫的不虏掠,无家长的落便宜”,孤身妇女十分危险。他们商定了权宜之计:“不问时权做兄妹,问着后道做夫妻”,在共患难的生活中他们自主地结为夫妇。王是女真人,是少数民族;蒋是汉人,他们相爱结合,不仅突破了二人社会地位悬殊的等级观念,而且也突破了不同民族的种族界限,表现了两个民族的青年男女,在患难相共中走向融合,这样的爱情与婚姻很值得肯定。

王瑞兰和蒋世隆的结合具有比较坚实的思想和感情基础,他们结合之前有一段建立爱情的过程。作品尽管宾白脱漏不全,但我们还是可以从一些提示性的说白描写中看出一些迹象,如一折中的“(正末云了)、(正旦寻思了)、(正旦随正末行科)、(外末共正末厮认了)、(正旦做住了)、(做扶着正末科,做寻思科)”,二折中的“(正旦便扶正末上了)、(正末卧地做住了)、(店家云了)、(正旦做寻思科)”等。与那些郎才女貌、一见倾心的爱情相比较,这种有爱情的婚姻更具有积极的社会意义。

正是由于瑞兰与世隆结合有比较坚实的爱情基础,所以当父亲强迫拆散她与世隆的夫妻关系时,她就当面责备其父“这般狠心”,并嘱咐世隆“来寻觅夷门街巷”相访,又向世隆表明心迹:“我宁可独自孤孀,怕他大抑勒我则寻个家长,那话儿便休想。”对封建家长进行了面对面的抗争。关汉卿赞扬一个女真族青年女子对她父亲的背叛和肯定她与一个汉族书生自由结合表明,各族人民反对封建礼教道德、反对门阀婚姻制度,追求自由爱情、自主婚姻的一致性。这对增加各族人民之间的相互了解、促进民族团结与融合都具有积极意义。

还值得一提的是:王尚书拆散女儿婚姻不仅因为两家门第不相当,而且还因为蒋世隆是个文人。这是某些重武轻文的统治者的极大偏见:“提着个秀才便不喜。”瑞兰一语揭开了父亲的秘密。许亲文、武两状元,王尚书就是以武状元配自己的亲生女。当事实真相未暴露时,瑞兰还对义妹瑞莲深表委曲:“你贪着个断简残篇,恭俭温良的缱绻;我贪着个轻弓短箭,粗豪勇猛恶因缘。”由此可见,自由爱情不仅与封建门阀观念发生矛盾,而且还与落后愚昧的世俗偏见发生矛盾。

传奇《幽闺记》明显地受到关剧《拜月亭》的影响。

《调风月》则是写的另外一种类型的爱情婚姻故事。女主角燕燕是一个女真官员家里的得力丫鬟,她是女真人。一个少数民族出身的丫鬟作了剧本的主角,其本身就是对传统偏见的冲击,具有特别的社会意义。

这个出身社会下层的婢女,她与小千户的自由相爱是与摆脱奴隶身份的要求紧密地结合在一起的。因此,她把一切希望都寄托在小千户身上。当她发现小千户并不忠实于自己的爱情时,她是那样恼恨和痛悔,几乎用了各种手段进行报复。作者对这个女真族出身的奴婢的同情和对小千户的谴责,表现了各族人民在思想道德方面的逐渐融合。

这个剧本还保留了一些古代东北地区女真人的生活习俗,如小千户与莺莺结婚时包括男女宾客的穿戴打扮:

> 官人石碾连珠，满腰背无瑕玉兔鹘；夫人每是依时按序，细挽绒全套绣衣服，包髻是缨络大真珠，额花是秋色玲珑玉。
>
> 他是不曾惯傅粉施朱，包髻不仰不合……你看三插花枝，颤嵬嵬稳当扶疏。

其中提到的珠、玉兔鹘、绣衣服、包髻等皆是有史可稽的，如《金史·舆服志》：

> 金人之常服四：带、巾、盘领衣、乌皮靴。其束带曰吐鹘。
>
> 巾之制，以皂罗若纱为之……贵显者于方顶，循十字缝饰以珠，其中必贯以大者，谓之顶珠。
>
> 吐鹘，玉为上，金次之。
>
> 妇人服襜裙，多以黑紫，上编绣全枝花……年老者以皂纱笼髻如巾状。

关汉卿由金入元，对金人生活习俗比较熟悉，作品中的描写颇有史料价值。

《望江亭》中的谭记儿是一个再嫁寡妇，未再婚时，作为一个正常人，她也有一个正常人的痛苦：

> 我为甚一声长叹，玉容寂寞泪阑干。则这花枝里外，竹影中间，气吁的片片飞花纷似雨，泪洒的珊珊翠竹染成斑。我想着香闺少女，但生的嫩色娇颜。都只爱朝云暮雨，那个肯凤只鸾单。这愁烦，恰便似海来深，可兀的无边岸。怎守得三贞九烈，敢早着了钻懒帮闲。

像写窦娥的孀居生活一样，关汉卿很善于描写寡妇内心的痛苦。谭记儿面对“似雨”的遍地落花和泪染“成斑”的翠竹，联想到“香闺少女”对幸福生活的追求，而自己却有解不开的“愁烦”：“我想做妇人的，没了丈夫，身无所主。好苦人也呵！”

作为学士李希颜的夫人，谭记儿也受到封建礼教的严重约束。然而，无情的现实生活又逼使她不能不做多方面的考虑：如果要去守那“三贞九烈”，就有可能受到社会上那些“钻懒帮闲”的缠扰。关氏笔下的另一寡妇窦娥就是最好的实例。谭记儿要另找出路——要跟随邻居白道姑出家。

这位“幼年间便舍俗出家”，但并没有完全忘记尘俗，并有心要把谭说与自己侄儿白士中为妻的白道姑，却一再对她进行劝阻，要她“早早嫁一个丈夫”。谭记儿也到底不是要恪守“三贞九烈”之人，在白道姑的开导下，她大胆而又主动地提出了对未来丈夫的条件：“若有似俺男儿知重我的，便嫁他去也罢。”

谭记儿对“知重”作了自我解释，她对白道姑说出了对白士中的要求：“姑姑也，非是我要拿班，只怕他将咱轻慢……我、我、我，背王孙去不还；只愿他，肯、肯、肯，做一心人不转关。”她要求白士中要爱情专一，要尊重她的人格，理解她的处境。尊重和理解，这些包含着要求男女人格平等的合理因素，闪烁着人道主义思想光辉。

《绯衣梦》有钱大尹断案，也可以说是公案戏，但这桩公案由婚姻纠纷引起，作品从一些新的侧面描写了比一般清官断案更有意义的社会生活。

剧中女主人公王闰香出生在“半州王员外”之家，是一个富有之家的小姐。她未出世之前，就被父亲与另一富户李十万家“指腹成亲”。后来李家“穷乏”，王父就单方面送银赠鞋“悔了亲事”。李子庆安无意中在王家后花园得见闰香，闰香约他晚上来后花园取金银财物以作聘礼，引出了贼人裴炎杀人劫物、李庆安受冤入狱等情。

从婚姻方面说，这个作品有两点颇值得注意：

一是婚姻形式。王、李两家指腹定亲，其实质仍是父母包办。这种联姻形式不用说未出世的当事人不可能做主，就是双方家长又何尝不是隔布袋买猫，完全听从“命运”安排。它的盲目性表现了封建婚姻的落后性。

二是保留了某些生活习俗。王“半州”单方面悔亲，就派人送给李家“十两银子，一双鞋儿。踏断了线脚儿，便罢了这亲事”。这决不具有法律效力的形式，却是约定俗成的风俗。

当然，王闰香主动资助李庆安完婚，从反对嫌贫爱富和忠于婚约方面说，她是一个善良单纯的姑娘。她批评看不起李庆安的丫鬟梅香“休将人取次看”；她安慰人穷志短的李庆安不要“忧愁染病患”。她认为“富贵天之数，兴衰有往还”。虽有宿命论思想，但还不失为得体之词。

从艺术和史料价值方面看，《绯衣梦》对古都汴梁的描绘，也远远超过任何一部元杂剧作品，如第三折茶三婆上场诗：

> 船临汴水休摇棹，马到夷门懒赠鞭；看了大海休夸水，除了梁园总是天。

又唱〔越调·斗鹌鹑〕曲云：

> 俺这里锦片似夷门，天官般帝城；辏集人烟，骈阗市井；丰稔时年，太平光景。你道是风光好，四海宁，休说那四百座军州，不如这八十里汴京。

古都汴京，民阜物丰，都市繁华，对游人具有很大吸引力，作者怀着自豪之情去描绘它，歌颂它，使人有身临其境之感。

四　缅怀历史英雄人物，曲折地表现时代精神

关汉卿还写了一些以历史上的英雄人物和流传故事为题材的作品，流传至今者尚有《单刀会》、《双赴梦》和《哭存孝》等三种。

尽管这些作品中的主要人物都是历史上的真实人物，主要事件也有史实根据。然而，作为一个现实感和社会责任感都很强烈的剧

作家，他决不会抛开现实而简单地去再现历史；相反，而是面对现实，根据自己的时代感受对历史事件和人物作出新的认识。在艺术加工过程中，或增删情节，或削弱、加强人物身上某些东西，从而曲折地表现了作家生活的某些时代精神。

《单刀会》取材于三国历史故事、关羽、鲁肃、乔公、司马徽、周仓等皆历史上的真实人物。主要写东吴鲁肃以庆贺西蜀“近退曹兵，玄德称主于汉中”之名，邀请荆州守将关羽过江赴筵，阴谋夺取荆州；关羽单刀赴会并平安返回的故事。这是吴、蜀争夺荆州的一次重大矛盾冲突，关羽赴会之前，两个集团已经出现了多次摩擦。《三国志·吴书·吴主传》云：

> 十九年五月……是岁刘备定蜀。权以备已得益州，令诸葛瑾从求荆州诸郡。备不许，曰：“吾方图凉州，凉州定，乃尽以荆州与吴耳。”权曰：“此假而不反，而欲以虚辞引岁。”遂置南三郡长史，关羽尽逐之。权大怒，乃遣吕蒙督鲜于丹、徐忠、孙规等兵二万取长沙、零陵、桂阳三郡，使鲁肃以万人屯巴丘以御关羽。……会曹公入汉中，备惧失益州，使使求和。权令诸葛瑾报，更寻盟好，遂分荆州长沙、江夏、桂阳以东属权，南郡、零陵、武陵以西属备。

这次争夺荆州，刘备未占便宜。又《吴书·鲁肃传》记其事云：

> 备既定益州，权求长沙、零、桂，备不承旨，权遣吕蒙率众进取。备闻，自还公安，遣羽争三郡。肃往益阳，与羽相拒。肃邀羽相见，各驻兵马百步上，但诸将军单刀俱会。肃因责数羽曰：“国家区区本以土地借卿家者，卿家军败远来，无以为资故也。今已得益州，既无奉还之意，但求三郡，又不从命……”语未究竟，坐有一人曰：“夫土地者，惟德所在耳，何常之有！”肃厉声呵之，辞色甚切。羽操刀起谓曰：“此自国家事，是人何知！”目使之

去。备随割湘水为界，于是罢军。

据正史所记，这次相会是双方“诸将军单刀俱会”，而“单刀”并非关羽一个人；会中对话，关羽尚未置一词，就被“坐有一人”（应是周仓）代为答驳，只是当鲁肃发怒时，关羽才以“此自国家事，是人何知”二语使鲁肃摆脱难堪之境，并“目使之去”以缓和气氛，其结果则是刘备“割湘水为界”，关羽形象并不突出，西蜀也未占便宜。

元至治（公元 1321 ~ 1323 年）年间刊印的《三国志平语》亦有《关公单刀会》故事，以其时代不一定早于关氏杂剧，故不录。

在《单刀会》杂剧中，虽然保留了以争夺荆州为背景的刀会情节，参与其事的历史人物关羽、鲁肃、周仓等也都粉墨登场；然而，关汉卿并没有把历史上的刀会故事简单化，而是利用这一事件却又改变了结局和增添了重要情节，突出了“汉家刘姓”的正统地位和关羽维护正统的正义立场，在民族压迫十分深重的元代，不管从作家的艺术构思或剧本演出的效果看，都具有特殊的社会意义。

剧本一、二折关羽并未出场，但仍然收到了维护“汉家刘姓”正统地位的效果。乔国老与司马徽虽系历史人物，但史书上没有为之列传，而只是在他人传记中被附带提及①。乔是东吴孙权之兄孙策之岳父，孙策虽死，但在东吴仍受到恩遇和尊重；司马徽则是身居东吴土地的隐士，他们都是孙权的臣民。然而，在孙、刘争夺荆州的冲突中，他们却有点“女生外向”，站在了维护刘备的立场，为冲突的主要对手关羽作义务宣传，完全是“长他人之志气，灭自己之威风”。乔国老自称：“咱本是汉国臣僚”，立场十分鲜明。在商议夺取荆州的会上，他直言向孙权建议“据微臣愚见，那荆州不可取”。这里除了希望过“兵器改为农器用，征旗不动酒旗摇”的和平生活之外，他认为刘备

---

① 乔公即桥公，史志无传。仅《三国志·周瑜传》略有涉及：“策欲取荆州，以瑜为中护军，领江夏太守，从攻皖，拔之。时得桥公两女，皆国色也。策自纳大桥，瑜纳小桥。”司马徽亦未单独列传，事见《三国志·庞统传》。

集团应该占有荆州："咱合与他汉上九州。想当日曹操本来取咱东吴，生被那弟兄每挡住。"也就是说，赤壁之战，刘备集团协助东吴打败了曹操，理应分享胜利果实。孙权、鲁肃等人坚持己见，全不把刘备集团放在眼里。乔国老则不厌其烦地渲染荆州守将关羽的"勇烈威风"，夺关斩将的历史，警告他们不要像曹操逼关羽那样，"临了也则落的一场谈笑"的可悲下场。

隐士司马徽是一个并未忘怀现实的高人。他与刘备相见，就觉得刘"有高皇之气"，马上把刘备与其先祖刘邦联系起来。也许出于一种充满希望的预感，他又把"门生寇封"送于刘备为义子，随刘去建功立业。当鲁肃邀他参加向关羽索取荆州筵会作陪客时，他也像乔国老一样极力渲染关羽的勇猛，赞扬黄忠、马超、赵云、张飞的武艺超群和诸葛亮的足智多谋，警告鲁肃"是必挂口儿则休提着那荆州"。并拒绝参加筵会。

乔国老、司马徽参与商议夺取荆州，历史上并无记载。

剧本三、四折关羽登场了。对读者或观众来说，他是人未出场而已先声夺人。出场之后他连唱曲文四支，追述汉高祖创业艰难，汉献帝"无靠无挨"造成了混乱，三人结义与三谒诸葛，以及刘备"称君道寡"，形成"鼎足三分汉家邦"局面。人物的深沉感受蕴涵着丰富的时代精神，与乔国老对乱世的感受有很多相似之处，表现了维护"汉家刘姓"的正统立场。

鲁肃邀请关羽赴会，阴谋夺取荆州，关羽看得很清楚："安排下打凤捞龙，准备着天罗地网。那里是待客筵席，则是个杀人的战场。"他决不示弱："既然他谨谨相邀，我与你亲身便往。"身经百战、英勇无敌的关羽早已成竹在胸，胜算在握："交他每鞠躬鞠躬送的我来船上。"

正面的唇枪舌剑开始，明钞本写关羽与鲁肃相互有几次责难，鲁肃还直接提出"这荆州是俺的"。关羽则义正词严地提出质问：

> 想着俺汉高皇图王霸业，汉光武秉正除邪，汉献帝将董卓诛，汉皇叔把温侯灭，俺哥哥合情受汉家基业。则你这东吴国的

孙权和俺刘家却是甚枝叶？请你个不克已先生自说。

在筵会上，他总是争取主动，对鲁肃步步进逼，有礼有兵，文武兼用："来，来，来，好生的送我到船上者，咱慢慢的相别。"几乎是以命令口气挟持鲁肃就范。与历史记载的刀会故事很不一样，关羽取得了胜利。在过江的船上，他还带着自豪口气嘲笑鲁肃："承管待……多承谢……正欢娱有甚进退，且谈笑不分明夜。说与你两件事先生记者：'百忙里称不了老兄心，急且里倒不了俺汉家节。'"突出"汉家刘姓"的正统地位和关羽维护这一正统的严正立场，蕴涵着反对蒙古贵族统治者的深厚民族感情。剧本三折《训子》、四折《刀会》长期在舞台上演出，民间广为流传，后来罗贯中的《三国演义》就是根据杂剧并参采史乘而写成了《关云长单刀赴会》一回。

《双赴梦》又名《西蜀梦》，主要写关羽、张飞死后鬼魂向刘备托梦，请求报仇雪恨。故事来源已不可考。关羽战死荆州、张飞为报兄仇被部将刺杀等情节则有史可证。《三国志·蜀书》关羽、刘备等人传记皆记载其事。建安二十四年（公元 219 年），曹操、孙权联合攻羽，羽兵败危急，刘封、孟达、糜芳、傅士仁等皆坐观不救，孙权"遣将逆击羽，斩羽及子平于临沮"。糜、傅投东吴，孟投曹魏，刘封被赐死，张飞事则见本传。史书记其事云："先主伐吴，飞当率兵万人，自阆中会江州。临发，其帐下将张达、范彊杀飞，持其首，顺流而奔孙权。"

《西蜀梦》共四折，宾白全无，主要剧情如下：

西蜀皇帝刘备派使臣宣召关羽和张飞，始知关羽兵败被杀，张飞也被部下杀害。使臣极其悲愤，要"杀的那东吴家死尸骸堰住江心水"，为二人报仇（以上一折）。西蜀丞相诸葛亮夜观天象，预测"东吴国一员骁将，砍折掩西蜀家两条金梁"。接着果然得到凶讯，十分痛惜（以上二折）。张飞、关羽鬼魂于途中相遇，互诉"丧身灾祸"，同往成都托梦兄长刘备，要求出兵报仇（以上三折）。张飞、关羽鬼魂来到宫廷，适值重阳，又是刘备生日，今昔对比，悲惨不堪，"痛泪交流"。临别时更是叮咛嘱咐，请求出兵捉杀仇人报仇雪恨（以上四折）。

关、张之死，是西蜀的一大悲剧，诸葛亮看得十分清楚："再靠谁挟人捉将，再靠谁展土开疆！"全剧充满了悲愤不平之情和强烈的复仇精神。张飞对张达："我本意待侑他，谁想他兴心坏我。"二人之死皆是中了他人之计：

> 俺哥哥丹凤之具，兄弟虎豹头，中他人机彀，死的来不如个虾蟹泥鳅！

关、张鬼魂，强烈要求复仇：

> 刘封那厮于礼如何，把那厮碎剐割。糜竺糜芳，帐下张达，显见的东吴躲。……托梦与哥哥：军临汉上马嘶风，尸堰满江心血流波。
>
> 烧贼半堆柴，支起九鼎镬，把那厮四肢梢一节节钢刀剉，亏图了肠肚鸡鸭剁……
>
> 活拿住糜芳共糜竺①，阆州里张达槛车内囚。杵尖上排定四颗头，腔子内血向成都闹市里流，强如与俺一千小盏黄封头祭奠酒。

关、张鬼魂双双赴梦或到西蜀托梦，其根本目的就是要求刘备出兵征借讨东吴，捉拿仇人，千刀万剐，祭奠他二人英灵。关汉卿由金入元，经历了蒙古贵族征服战争之苦，剧中铺写关、张鬼魂托梦等情节，无论是正史或晚于杂剧刊行的平话皆无记述，这是作者的加工改造，它曲折地反映了人们对征服者的屠杀、对叛徒卖主求荣的切齿痛恨和强烈的复仇精神，这一切又是与元初的时代特点有密切关系的。晚出的《三国演义》小说七十七回写刘备思念关羽，关羽鬼魂托梦云："愿兄起兵，以雪弟恨"；又八十五回写关、张鬼魂托梦云："上帝以臣

---

① 糜竺与关羽之死无关。事见《三国志·糜竺传》。

二人生平不失信义,皆敕令为神。哥哥与弟弟聚会不远矣。"明显地受到杂剧的影响。

《哭存孝》主要写五代后唐勇将李存孝受谗冤死,其妻邓夫人哭祭亡灵的故事。大意谓存孝本名安敬思,被李克用收为义子,改名李存孝。因立战功,克用原答应令其守潞州,后为李存信、康君立所谗而被派往邢州。存信、君立又假传克用之命,要存孝复其原姓名安敬思,然后又诬告存孝意欲谋反。存孝随义母刘夫人前往申辩。存信、君立又乘克用酒醉之机,假传命令将存孝车裂而死。邓夫人哭诉其冤,克用车裂二人以祭存孝亡灵。

剧本所写虽然多有史实根据,但与史实也不尽相符。《孤本元明杂剧·哭存孝》提要就曾指出:"此本所记事迹,大半与正史相符,惟将李存孝附梁通燕伐晋诸事,讳而不言,又将康君立之死及存信之畏罪,加以粉饰,谓存信与君立亦皆车裂,为存孝复仇,非事实耳。"

关氏讳言存孝背叛义父李克用事,又增添车裂存信、君立等重要情节,主要意图在于使存孝形象完美和对奸小进行惩罚,全剧充满了愤懑不平之气和强烈的复仇精神。李存孝武艺高强,累立战功,而受封甚微;李存信、康君立"不会开弓蹬弩"、"不会厮杀相持"、只是"会舞"、"会唱",却受到优厚封赏:"无功劳的倒与他一座好城池。"幽州节度使李克用昏聩糊涂,偏听偏信,是非不分:"割股的倒做了生忿,杀爹娘的无徒说他孝顺,不辨清浑",这是一个是非颠倒的世界。

难能可贵的是,关氏没有仅仅停留在对世事不平现象的揭露上,而是进一步触动了封建君臣关系的某些实质性问题:"太平不用俺旧将军,半纸功名百战身,转头高冢卧麒麟。"自古以来的"鸟尽弓藏"事件又在不同历史条件下再次出现。重用奸小必然要屈陷忠良,这恐怕是带有一定规律性的社会现象了:"英雄屈死黄泉下,忠心孝义下场头。"作者对李存孝的冤死充满了无比的悲愤和沉痛的惋惜之情。

历史上的李存信,亦为克用养子,"材勇不及存孝",又"不为之下,由是交恶"。他与康君立狼狈为奸,诬"存孝有二心",终致存孝于死地。后惧罪病卒。康君立则因存孝死后还非议其人,被李克用“酖杀”。关氏在剧中对二人大加挞伐,把他们写成一对阴险狠毒而带有些无赖气味的小人:他俩害怕被朱温“杀坏”而不敢去守邢州,却向李克用说是怕“坏了阿妈的名声”;李存孝提出要论功劳分封守地,李存信却回答说“都是一般好地面,谁和你论什么功劳”。他为了支开刘夫人而伪称李哑子“围场中落马”,又乘李克用酒醉而假传其命令车裂李存孝。……作者怀着对二人的无比愤怒,骂他们是“双尾蝎”和“两头蛇”,最后将其“剖腹剜心”、“五裂”而死,为存孝“雪冤”报仇。

如果说,《单刀会》和《双赴梦》二剧,作者是怀着民族情感去改造历史故事的话;那么,《哭存孝》则是主要从黑暗现实社会出发去缅怀历史英雄人物,以表达其历史评价和对现实的批判。无论是前者还是后者,又都或显或隐地透露出一种时代精神。

第三节　关汉卿杂剧的艺术成就

元末明初贾仲名增补《录鬼簿》挽关汉卿《凌波仙》有云:

> 珠玑语唾自然流,金玉词源即便有,玲珑肺腑天生就。风月情,忒惯熟,姓名香,四大神州。驱梨园领袖,总编修师首,捻杂剧班头。

贾氏高度地评价了关汉卿其人其作的成就、地位和影响。其实,作为一个戏曲家的关汉卿,早在贾仲名之前,就已经在文坛上享有极高声誉了。锺嗣成写《录鬼簿》时就曾记下了以下文坛故实:

> 高文秀:东平府学生员,早卒,都下人号“小汉卿”。

> 沈和甫：钱塘人。……以南北调和腔，自和甫始……江西称为“蛮子汉卿”者是也。

高文秀是元代前期作家，写了三十馀个剧本，人们就以“多产”似关氏而寿不永取其名为“小汉卿”；沈和甫是元代后期作家，南方人，始以“南北调和腔”，人们就以其“创始”贡献似关氏而取其名为“蛮子关汉卿”。这就是说，在有元一代，人们就把关汉卿作为评价曲家高下的一条重要准绳了。从戏曲史发展的角度看，关氏在完备杂剧的体制、塑造人物和开拓艺术流派等方面，其功绩都不可磨灭。

一　最早完备元杂剧体制

关汉卿以其毕生精力从事杂剧创作，并参加了演出实践活动，写了六十几个剧本，使杂剧艺术体制趋于完备。这一功绩，元代的戏曲研究者早已经指出来了，元人周德清在《中原音韵自序》中云：

> 乐府之盛、之备、之难，莫如今时。……其备，则自关、郑、白、马一制新作，韵共守自然之音，字能通天下之语，字畅语俊，韵促音调。……

明人王骥德《曲律》云：

> 作北曲者，如王、马、关、郑辈，创法甚严。终元之世，沿守惟谨，无敢逾越。

周氏之“备”，是指杂剧体制的完备，形式的成熟与完善；王氏之“创法”，则是指作家以体制为楷模的整个创作。元杂剧一剧四折，或加楔子或不加楔子，一角色主唱，一套曲一韵到底等主要特点的完备，关、马、郑、白等大家都作出了自己的贡献；但关氏“初为杂剧之始”[①]，创作杂剧又最多，从现在流传的作品看，还可以发现他在完备杂剧体制中的某些探索历程，如《五侯宴》一剧五折一楔子；《单刀会》（元刊本）第四折〔离亭宴带歇指煞〕后〔沽美酒〕、〔太平令〕二曲由净扮周仓主唱；《蝴蝶梦》第三折〔尾煞〕后〔端正好〕、〔滚绣球〕二曲由丑扮王三主唱；《望江亭》第三折〔收尾〕后〔马鞍儿〕一曲由净扮杨衙内及丑扮张千、李稍三人接唱后又“（众合唱）”。这些“变体”杂剧在早期作家笔下，应是杂剧体制尚未完全定型时的现象，杨显之也有类似的“变体”之作[②]，关汉卿晚年写的《窦娥冤》则是杂剧体制趋于完备时的作品了。

二　塑造了社会各阶层人物

在关汉卿现存的十几种作品中，有姓名的正式登场人物就有七十馀人。从人物数字上看，他超过了任何一个元代杂剧作家。

这些人物出身社会阶层十分广泛：有朝廷官员，有地方官员，有各种吏役；官员中有文有武，有好有坏；吏役则多是吃“衙门饭”的“刁蹬”之徒[③]，一批特别作恶者。此外，有不第书生、再嫁寡妇、风尘妓女、农村贫婆、丫鬟、工匠、茶博士、童养媳。还有大小财主、地痞流氓、权豪势要、妓院虔婆，等等。人物社会阶层的广泛也就必然带来作品反映社会生活的广泛：农村、市井、公堂、朝廷……活动到社会各个领域；忠臣烈士、孝义廉节、烟花粉黛、悲欢离合[④]……涉及了多方面的主题。这些方面，他同样超过了任何一个元代杂剧作家。

如果从作品主角的社会地位看，关汉卿现存的十六种作品中，出

---

① 朱权：《太和正音谱》。

② 杨显之《潇湘雨》四折搽旦赵氏唱〔醉太平〕曲。

③ 《鲁斋郎》一折〔仙吕·点绛唇〕曲。

④ 朱权：《太和正音谱》。

身下层社会者七人:她们是谢天香、杜蕊娘、赵盼儿、窦娥、燕燕、王婆婆、王李氏;出身富贵人家或统治阶级者七人:他们是温峤、谭记儿、邓夫人、王闰香、陈母、刘夫人、张珪。此外,还有关羽、张飞等历史英雄人物。下层社会人物登上舞台与统治阶级人物平分秋色,在元杂剧中虽然不是关剧独有的现象,但我们试作一比较就可以发现,关汉卿的眼睛却更多地关注下层社会人物则是事实。

不管是主角或非主角,也不管是正面人物或反面人物,或者倾向性并不怎么明显的人物,他们也多是形象鲜明,各具特点,其中有坚强善良的窦娥,精细倔强的燕燕,侠义机智的赵盼儿,胆识过人的谭记儿,气性高傲的杜蕊娘,聪慧多情的谢天香,软弱善良的蔡婆婆,坚强贤德的王婆婆,胆识过人、大义凛然的关羽,嫉恶如仇、悲愤壮烈的张飞;还有锺情而又有点放刁的韩辅臣,欺软怕硬的张珪,笃于友情而又恶作剧的钱大尹等。作者对这些人物或歌颂、或同情、或惋惜。反面人物有贪婪凶残的张驴儿,不要脸皮、草菅人命的楚州太守,权豪势要鲁斋郎,泼皮凶顽裴炎等。这些形象大大地丰富了我国文学史的人物画廊,对一个古代戏曲家来说,关汉卿在塑造人物方面的贡献也是最值得称道的。

三　开创了豪放风格的艺术流派

文学是语言的艺术,探讨文学作家作品的艺术风格,主要是探讨其语言风格。关于元曲艺术风格的区分,多有本色、文采、清丽诸派之说。对于“本色”,也有称“本色当行”或“豪放派”者。前人评论本色流派,又常与文采流派等同使用,谓“全带脂粉”的《西厢记》亦是“本色”楷模①。其实,所谓“本色”,用在戏曲评论上,就是人物语言

---

① 王骥德《曲律・杂论第三十九上》:“《西厢》组艳,《琵琶》修质,其体固然。何元朗并訾之,以为‘《西厢》全带脂粉,《琵琶》专寻学问,殊寡本色。’夫本色尚有胜二氏者哉?过矣!”可见王氏以豪放、文采皆是“本色”。

符合自然特色。语言质朴可称本色，语言艳丽亦可称本色，因其人物身份、地位、性格不同，而所用语言也就各异，关键是要符合人物语言的自然特色。根据关剧语言艺术特点，我们称他为豪放派。

早在元代，贯云石在《阳春白雪序》中就评论关氏作品语言风格了。贯《序》把关氏和庾吉甫并提，说他们“造语妖娇，却如小女临怀，使人不忍对殢”。《阳春白雪》是散曲选集，其评论自然也是就关氏散曲语言而说的，关氏现存的一些涉及男女之情的散曲，也确有一种冶艳、羞怯的儿女情态，但所评论的是散曲语言风格，而不是杂剧语言风格。

真正涉及关剧语言风格评价的是明初朱权的《太和正音谱》。朱氏从皇室文人的正统观念出发，说“关汉卿之词如琼筵醉客”。所谓“琼筵醉客”，无非说关剧语言不遵守什么“规范”之意。他大概没有想到，这个评价倒有助于我们认识和理解关剧语言豪放不羁的艺术风格。

就现存十几种作品为例，无论是写男女风情故事，或是写审案断狱故事、堂前教子故事，以及各种各样的申冤复仇；也无论是悲剧或喜剧，豪放不羁的特点都是很突出的，如审案断狱：

孩儿每万千死罪犯公徒，那厮每情理难容，俺孩儿杀人可恕。俺穷滴滴寒贱为黎庶，告爷爷与孩儿每做主……（《**蝴蝶梦**》）

如男女风情：

只愿的南京有俺亲娘，我宁可独自孤孀。怕他大抑勒我则寻个家长，那话儿便休想。（《**拜月亭**》）

我当初倚大呵妆儇主婚，怎知我嫉妒呵特故里破亲。你这厮外相儿通疏就里村。你今日，结婚姻，喒就肯罢论。（《**救风尘**》）

如堂前教子：

俺孩儿一样登科赴选场，则是你那学艺广，把群儒一扫尽伏降。(《陈母教子》)

我每日哭啼啼守住望乡台，急煎煎把仇人等待，慢腾腾昏地里走，足律律旋风中来，则被这雾锁云埋，撺掇的鬼魂快。(《窦娥冤》)

君王索怀痛忧，报了仇也快活。除了刘封，槛车里囚着三个。并无喜况敲金蹬，有甚心情和凯歌。若是将贼臣破，君王将咱祭奠，也不用道场镔钴。(《西蜀梦》)

主唱这些曲文的人物，或为农村贫妇，或为贵族小姐，或为风尘名妓，或为家庭主母，或为冤死鬼魂，或为忠烈鬼雄。所表现人物的思想感情虽有明显的不同：或沉重，或怨恨，或轻佻，或矜持，或愤懑，或痛快淋漓，但所具的悲壮豪放、深沉豪放、轻佻豪放的艺术风格则是相同的。如果把其他作家写的男女风情等相同题材作品作一比较，这一特点显得尤为突出。

与关剧艺术风格相同的还有他的友人杨显之，以及前期作家高文秀、纪君祥、李直夫、康进之、李行道、孟汉卿、王仲文、武汉臣、李文蔚、张国宾，后期作家曾瑞卿、秦简夫、萧德祥等豪放派，从史的角度看，关汉卿是这一杂剧艺术流派的开创者。

第六章　王实甫的《西厢记》和其他杂剧

第一节　王实甫的生平与著作

王实甫是我国元代最优秀的杂剧作家，其生平事迹不可确考。他的名字、籍贯、生卒年代，以及《西厢记》的著作权，都一直是研究中有争论的问题。

元人锺嗣成的《录鬼簿》，最早明确地记载了王实甫的名字、籍贯和剧目，天一阁蓝格钞本《录鬼簿》记王实甫小传云："德名信，大都人。"

又著录剧目《西厢记》等十二种①。这是我们今天能看到的虽较简单、但是却很明白记载元杂剧作家王实甫的文字资料了。

籍贯、剧目文字都很清楚，唯有"德名信"发生了问题。有位研究者从苏天爵《滋溪文稿》卷二十《元故资政大夫中书左丞知纪筵事王公行状》中，发现了王德信其人之名，即《行状》中王结之父。认为这个王德信就是王实甫，"天一阁本《录鬼簿》'德名'乃'名德'二字误

① 据中华书局1960年影印本。郑振铎、马廉等钞本则改作"王实甫，名德信，大都人"。

倒。”其籍贯则是易州定兴①。有的研究者还据此进一步作出推断，认为王实甫于元顺帝至元二年(公元1336年)尚在人世。②

其实，“德名”不一定就是“名德”之误倒，也可能理解为王实甫又字德、名信；即使退一步说，王实甫就是又名德信，而《行状》中的王德信也不一定就是曲家王实甫，因为他没有任何片言只语提及此“德信”有曲文创作。既为死者撰写《行状》，又兼及还活着的父母主要事迹及其为人，如果这个人还同时是个有名的曲家，撰写《行状》者岂能一字不提！另一方面，为王实甫写小传、录剧目的锺嗣成，于大德七年(公元1303年)已与另一曲家睢景臣结识，如果此时王实甫还活着，甚至还是“既有相当丰富的生活经验与一定的学术造诣”的“四十多岁”之人③，为什么锺氏对他很不了解，而将他列入“前辈已死名公才人”一类？是不是这时的王实甫已经不在人世，或者是即使活着也不能参加戏曲活动，否则，锺嗣成对他不会一无所知。对这一矛盾现象恐怕只有一个较为合理的解释：即使王实甫又名王德信，也与《行状》中那个王德信不是同一人。王实甫从事戏曲活动的主要年代是元世祖忽必烈时期。

最早明确地提出王实甫年代的是王国维，他在《曲录》中说：

> 实父所作《丽春堂》杂剧谱金完颜某事，而剧末云：“早先声把烟尘扫荡，从今后四方、八荒、万邦、齐仰，贺当今皇上，”以颂祷金皇作结。则此剧之作尚在金世。实父亦由金入元者矣。

王国维推断王实甫“由金入元”是可信的。根据《丽春堂》杂剧歌颂金源圣主和描写金人生活习俗等，都可以证明他是这一时期的杂剧作家。

王实甫的生平事迹，虽然没有很具体的材料流传下来，但从他的

---

① 孙楷第：《元曲家考略·王实甫》。

②③ 冯沅君：《王实甫生平探索》(《文学研究》1957.2)。

〔商调·集贤宾〕《退隐》套曲中,也可约略推知其大概情况。他早年曾混迹官场,退隐后还感到惭愧和心有余悸:"想着那红尘黄阁昔年羞,到如今白发青衫此地游、""退一步乾坤大,饶一着万事休,怕虎狼恶图谋。"他至少活了六十岁:"百年期六分甘到手,数干支周遍又从头。"退隐之后,生活比较富裕:春理"丝桐",夏品"鲜鱼鲜藕",秋尝"香蟹",冬赏雪梅,真是"潇洒傲王侯"。结合贾仲名补《凌波仙》挽词,他大约还经常出入"风月营"、"莺花寨"、"翠红乡"之中,与歌伎演员等人为伍。接触舞台演出实际,了解下层人物思想感情,这对他的创作有很大帮助。

据今所知,王实甫作杂剧十四种,今存《西厢记》、《破窑记》、《丽春堂》三种;《芙蓉亭》、《贩茶船》二种有佚曲传世。散曲存小令一首、套数二套和二残套。以《西厢记》最为著名,被誉为"天下夺魁"之作①。

关于《西厢记》的作者或续作者,一直是研究中争论比较多的问题之一。归纳起来,大致有以下五种:

1. 王实甫作。锺嗣成《录鬼簿》、朱权《太和正音谱》、贾仲名补《凌波仙》挽词等。

2. 关汉卿作。王世贞《曲藻》、毛西河《西厢记考证》等。

3. 王作关续。王世贞《曲藻》、徐士范刻本《西厢记序》、张深之《正北西厢秘本》题名。

4. 关作王续。都穆《南濠诗话》等。

5. 关作董续。《祁州志》②(乾隆二十一年刊印)。

据元人到明初人记载,《西厢记》应为王实甫作。而续书之说,主

---

① 贾仲名补王实甫《凌波仙》吊词。

② 《祁州志》卷八记云:"关汉卿故里。汉卿元时祁之伍仁村人也。高才博学而艰于遇。因取《会真记》作《西厢》以寄愤。脱稿未完而死,棺中每作啼哭之声。状元董君章往吊,异之。乃检遗稿,得《西厢记》十六出,曰:所以哭者为此耳!今为子续之。'携去,而哭声遂息。续后四出,以行于世。"

要是从《西厢记》第五本与前四本风格不同引起，这是对作品艺术风格评价的不同见解问题，还不足以动摇王实甫对《西厢记》的著作权。

第二节 《西厢记》

《西厢记》主要写了崔莺莺和张珙的爱情婚姻故事，由于故事的长期流传，人物、主题的变化发展，以及艺术上的巨大成就等，下面拟分四个方面进行探索。

一 《西厢记》的题材

崔、张的爱情故事最早见于唐人元稹的传奇小说《莺莺传》。在王实甫写《西厢记》之前，莺莺故事就一直通过小说、诗歌、说唱文学等形式广泛流传，从主题、人物、情节、语言等方面，为《西厢记》提供了良好的题材基础。

《莺莺传》主要写了崔莺莺与张生的一段恋爱故事，大意谓张生游蒲州、住普救寺，与姨母“崔氏妇”相遇。时逢乱兵骚扰，因张之保护，崔氏一家“遂不及于难”。姨母感其德，因“饰馔以命张”。由此与表妹崔莺莺相识，并百计追求，得婢女红娘相助，莺莺冲破礼教束缚，二人私相结合。张生后去长安应试，以莺莺为“尤物”和“妖孽”而抛弃了她。

据宋人王性之《辨传奇莺莺事》①、近人陈寅恪《元白诗笺证稿·读〈莺莺传〉》等考证，这个故事带有很大成分的自传性质。作者元稹早年曾与表妹崔氏相爱，私下结合之后却将她抛弃而另娶了尚书仆射韦夏卿之女韦丛。元稹为了替自己的负心薄行辩护，一方面虽

① 王性之：《辨传奇莺莺事》（载宋赵德麟《侯鲭录》卷五）。

然写了莺莺的美丽多情,既受封建礼教束缚又能冲破这种束缚,并主动、大胆地与之结合;但在抛弃莺莺之后,却又诬蔑莺莺是“不妖其身,必妖于人”的“尤物”,是与历史上导致殷纣王、周幽王“溃其众,屠其身”的“女子”相类似的“妖孽”。另一方面,又极力美化以自己生活经历为“模特儿”写成的张生,称赞他二十三岁“未尝近女色”;肯定他追求莺莺时的至诚和懂得礼教。甚至他与莺莺的结合也是莺莺更为主动,水到渠成。总之,他没有任何不是可指责。小说没有明写他抛弃莺莺的具体背景,但从“张生俄以文调及期……当去之夕,不复自言其情,愁叹于崔氏之侧”时,莺莺就产生了所怕的预感:“已阴知将诀。”这是不是暗示出张生追求功名富贵远远超过了对爱情的追求?参加考试,就预示了爱情的不祥结局。作为封建社会的一个知识分子,读书应考,做官显亲扬名,也不是什么非分之想;问题是在对待个人私生活方面(包括爱情、婚姻道德),他也应该是正派之人。他大约带着一种炫耀成分私自公开了他与莺莺的隐秘,而朋友们“莫不耸异之”,似在促使其有始有终。他却振振有词,诬莺莺为“尤物”,又发了一通“女人祸水”的谬论,以作为抛弃莺莺的理论根据。奇怪的是,作者不仅没有谴责张生的负心行为,反而制造舆论,赞扬“张为善补过者”。这样,他不仅没有法律责任,连道义上的责任也没有了。

作为小说,《莺莺传》里尽管充满了维护负心薄情者的讨厌说教,然而它却无法掩盖作品形象所显示的客观价值:青年男女追求自由爱情受到肯定,男子“始乱终弃”的负心行为被强为辩解,女子的不幸命运值得同情。这大概是我国中唐时代青年写男女爱情生活的一个重要侧面,一个女子受到社会不公正待遇的一个侧面,也是作者预想不到的社会后果。

莺莺、张生爱情故事流传到宋代发生了变化,力量壮大起来的市民阶层已经很不满意这个故事内容的陈腐说教和形式的比较单一,他们开始把它“播之声乐,形之管弦”,如秦观和毛滂都用“调笑转踏”歌咏这一故事。“转踏”是北宋的一种歌舞表演,它主要“以一诗一词咏一故事。诗共八句，四句为一韵；词用调笑令，故‘称调笑转踏’[①]，词首二字与诗末二字相叠，有宛转传递的意思”。如秦观“调笑踏转”咏《崔莺莺》。诗曰：

崔家有女名莺莺，未识春风先有情。河桥兵变依萧寺，怨红愁绿见张生。张生一见春情重，明月拂墙花影动。夜半红娘拥抱来，脉脉惊魂若春梦。

曲子：

春梦，神仙洞，冉冉拂墙花树动。西厢待月知谁共，更觉玉人情重。红娘深夜行云送，困亸钗横金凤。

毛滂咏《莺莺》诗曰：

春风户外花萧萧，绿窗绣屏阿母娇。白玉郎君恃恩力，尊前心醉双翠翘。西厢月冷濛花雾，落霞零乱墙东树。此夜灵犀已暗通，玉环寄恨人何处？

曲子：

何处？长安路。不记墙东花拂树。瑶琴处罢霓裳谱，依旧月窗风户。薄情年少如飞絮，梦逐玉环西去。

二人不同点是：秦观只写到莺莺、张生幽会；毛滂却写到幽会之后张生离去、莺莺“玉环寄恨”的相思之苦。二人的共同点则是都否定了元稹对莺莺的侮辱之笔，否定了张生对莺莺“始乱终弃”的结局，

---

① 刘永济：《宋代歌舞剧曲录要·总论》。

这对后来写崔、张团圆的作品开拓了一条新的道路，在故事的发展史上有重大影响。

赵令畤〔商调·蝶恋花〕鼓子词《会真记》是以说唱相间形式传播崔、张爱情故事。“说”的部分是散文，基本上是删节概括《莺莺传》文字；“唱”的部分是韵文，是他所作的十二首〔蝶恋花〕词。

鼓子词完整地演唱了崔、张爱情故事，保留了爱情的悲剧结局，否定了张生对莺莺的诋毁之语和“女人祸水”的说教，否定了“时人”谓张生“为善补过者”的文过饰非之词，对莺莺的不幸遭遇则充满了同情：

> 弃掷前欢俱未忍，岂料盟言，徒顿无凭准。地久天长终有尽，绵绵不是无情恨。

此外，南宋时期还流传过《莺莺传》话本、《莺莺六幺》大曲①，金院本有《红娘子》，宋元南戏有《张珙西厢记》，可惜作品都没有流传下来。

无论是秦观、毛滂的“调笑转踏”，或是赵令畤的〔商调·蝶恋花〕鼓子词，从最严格的意义上说，他们所歌咏的崔、张故事，都没有增加什么新的东西，只是否定了原来故事中封建糟粕，为后来的再创作启开了思路。在这方面取得创造性成就的是金人董解元的《西厢记·诸宫调》。据孟元老《东京梦华录》、灌圃耐得翁《都城纪胜》及王灼《碧鸡漫志》等书记载，它是流行于宋金时代的一种讲唱文学。王国维解释诸宫调说：“诸宫调者，小说之支流，而被之以乐曲者也。”其联套方式，“每宫调中，多或十馀曲，少或一二曲，即易他宫调，合若干宫调以咏一事，故谓之诸宫调”。② 所谓“小说之支流”，主要是指它具备了小说有人物、有情节和故事等基本要素；“被之以乐曲，”则

① 郑振铎：《中国俗文学史》。

② 王国维：《宋元戏曲考》。

是指它的演唱形式，配合音乐，以唱为主。

《西厢记诸宫调》的作者董解元是“金章宗（公元 1189 ~ 1208 年）时人”。① “解元”并非作者的名字，而是对读书人的一种尊称。因此，作者的真实名字和生地事迹皆不可考。

金章宗时代，是金朝盛世，他是在有“小尧舜”之誉的世宗之后即位的，在位十九年中，“宇内小康，乃正礼乐，修刑法，定官制，典章文物粲然成一代治规”②。董解元生活在这样承平之世，他的深切感受也在诸宫调〔仙吕调 · 醉落魄缠令〕引辞中表现出来：

> 吾皇德化，喜遇太平多暇，干戈倒载闲兵甲。这世为人，白甚不欢洽，秦楼谢馆鸳鸯幄，风流稍是有声价。

又〔整金冠〕曲云：

> 携一壶儿酒，戴一枝儿花。醉时歌，狂时舞，醒时罢。每日价疏散不曾看家。放二四不拘束。尽人团剥。

又〔般涉调 · 太平赚〕曲云：

> 俺平生情性好疏狂，疏狂的情性难拘束。一回家想么，诗魔多爱选多情曲。比前贤乐府不中听，在诸宫调里却着数。一个个旖旎风流济楚，不比其馀。

这些曲子表现了作家放荡不羁、蔑视封建礼法的“浪子”性格。董解元正是具备了这样的主观条件，才有可能以新的是非标准和道德观去改造崔、张故事，并赋予它以新的艺术生命。

---

① 锺嗣成：《录鬼簿》。

② 《金史 · 章宗本纪》。

《西厢记诸宫调》成功地改造了传统故事的情节和结局:其一,传统故事以“寺警”为契机,因张生对崔氏全家有活命之恩,莺莺才有“待月西厢下”之约;诸宫调则改在“寺警”之前,二人已有“月下联吟”,一是出于“报恩”,一是出于对自由爱情的追求。其二,传统故事写崔、张二人结合之后,张又抛弃了莺莺,爱情是悲剧结局;诸宫调则是在二人爱情遭到破坏时双双出走,最后“美满团圆”。

《西厢记诸宫调》还令人信服地改变了人物性格。张生在《莺莺传》里是一个负心的薄行文人,在诸宫调中却变成一个忠于爱情的志诚君子;莺莺在小说中是十分软弱的,她预感到将被张生抛弃而又无能为力:“阴知将诀”时还对张说:“始乱之,终弃之,固其宜也,愚不感恨。”诸宫调里的崔莺莺,由于矛盾冲突性质的改变,她甚至要以生命来维护所追求的自由爱情了。小说中的老夫人,原是一个无关紧要的人物,莺莺、张生幽会之前,她的出现不过是起了个交代崔、张二家亲属关系和导引二人相识的作用,二人婚姻是否成功她没有任何责任;诸宫调里的老夫人则是一个左右男女主人公爱情与婚姻大事的封建家长,直接影响着矛盾冲突的发展,“她治家严肃,朝野知名”(卷一),女儿受到严格管束。她对张生两次许婚而又两次赖婚,成了莺莺、张生追求自由爱情的对立面。跟她站在一起的,还有一个新增加的人物郑恒,郑凭着贵族出身的财势和与崔的亲戚关系,而与莺莺订婚,以后又造谣破坏莺莺和张生的婚姻关系,他和老夫人都是封建礼教道德的代表。

红娘在小说中曾经帮助过张生追求莺莺,二人能够私自结合,她起了相当作用;在诸宫调中,由于矛盾冲突性质的变化和戏剧情节的曲折的发展,红娘的地位大大加强了,她被写成一个极有正义感和智慧的下层劳动人民,对王实甫创作《西厢记》塑造红娘形象打下了坚实基础。

“寺警”之难,小说中只写了张生“与蒲将之党有善,请吏护之”,崔氏全家才平安无事,没有出现另外与此事有关系之人;诸宫调为了使情节发展更为合理,新增加了和尚法聪其人,这是一个武艺出众而又具有侠肝义胆的“削了发的金刚”。在提供张生与莺莺结合,借银与张生向老夫人求婚,献计叫崔、张找白马将军成全婚事等方面,都起到积极的促进作用。

总之,《西厢记诸宫调》对小说《莺莺传》的情节,故事结局和人物性格等方面,都进行了创新的改造,把原来维护封建礼教、诋毁妇女的主题,变为歌颂才子佳人追求自由爱情的主题:“从古至今,自是佳人合配才子”,“君瑞、莺莺美满团圆”,集中表达了作者这一进步的爱情理想。

此外,《西厢记诸宫调》对人物的心理刻画,景物描写,夸张渲染手法的运用、诗词俗曲方言等的巧妙融合方面,也超过了流传的说唱文学,为元杂剧《西厢记》的出现起了桥梁作用。

当然,《西厢记诸宫调》在思想和艺术方面都还有种种不足,才子佳人相爱的狭隘性、张生某些时候不必要的软弱与退缩,莺莺“赖简”的过火行为,“寺警”之危篇幅过长等,这些弱点在王实甫《西厢记》中已经得到克服。

二 《西厢记》的思想与人物

《西厢记》通过崔、张爱情故事的描写,批判了封建礼教和门阀婚姻制度,歌颂了青年男女的自由爱情,表达了“愿普天下有情的都成了眷属”的爱情理想。在元代不少以爱情婚姻故事为题材的作品中,进步作家都从不同的角度表达了青年男女这一具有普遍意义的理想和要求。

《拜月亭》第三折爱情女主人公瑞兰唱云:“愿天下心厮爱的夫妇永无分离。教俺两口儿早得团圆。”

《墙头马上》第四折爱情女主人公李千金唱云:“愿普天下姻眷皆完聚。”

《张生煮海》第四折爱情女主人公龙女琼莲唱云:“愿普天下旷夫、怨女,便休教间阻,至诚的一个个皆如所欲。”

这些男女主人公，或与心爱之人已经私下结合，甚至生儿育女，但受到封建家长的阻挠破坏而被活活分开；或是男女双方一见倾心，并定终身之约，但又担心封建家长阻挠，而被迫采取了进攻的方式；她们的具体处境与生活道路虽然不尽相同，但是却有一个共同的心愿："团圆"、"完聚"、"皆如所欲"。一句话，就是要求爱情婚姻的自由和美满，反对封建家长的无理干涉。《西厢记》表现的爱情理想就是这一社会思潮的产物，作品中的主要人物，或维护封建礼教门阀婚姻制度，或追求自由爱情和自主婚姻，她们都在其中充当某方面的角色。

女主人公崔莺莺是官僚家庭出身的小姐，一个富有反叛精神的女性。在董解元笔下，虽然也是一个叛逆者，但与王《西厢》比较，确有较多的不同。除了缺少一些重要细节或某些细节描写的不恰当之外，其中最大的弱点是没有写出莺莺未遇到张生之前，就是一个青春开始觉醒的叛逆者，没有写出她对生活环境的不满而孕育着的内在要求。这不是量的差异，而是质的区别，是作家所生活时代及其生活认识程度的不同所导致的差别。王实甫笔下的崔莺莺，她深沉、含蓄，既有外在的凝重，又有内在的激情。封建家庭的教养，既在她身上打下了明显的阶级烙印，同时也启迪她在生活中追求一些新的东西。由于封建制度本身的不合理，对金丝笼般的富贵不自由的生活表示了不满，这种不满是她走向叛逆的内在基因，一种礼教压制不了的精神力量。未遇张生时，她对那窒息人的生活环境就表现了深沉的不满：

可正是人值残春蒲郡东，门掩重关萧寺中；花落水流红，闲愁万种，无语怨东风。

"闲愁"、"无语"埋怨东风，是一种只可意会而又难于言传的闺怨之情。"残春"时节，目睹落花流水，深感青春难再，好景不长，它曲曲折折地表现了莺莺青春的觉醒。当然，这里更多的还是带有一种无可奈何之情的伤感,而不是对窒息人的生活环境的强烈反抗。

青春之火开始燃烧是佛殿逢张生之时。她看见了张生,并没有回避,而是手持鲜花,谈笑自若:

> 他那里尽人调戏,亸着香肩,只将花笑撚。

"尽人调戏",表明她对张生的态度,张生对她的观察也就无所顾忌了:"则见他宫样眉儿新月偃,斜侵入鬓云边。"连莺莺的双眉细弯而长,"斜侵入鬓云"也看得清清楚楚,真是在"调戏"了。莺莺对此似乎浑然不觉,她若无其事地对红娘说:"你觑:寂寂僧房人不到,满阶苔衬落花红。"她似乎在说:春天快完了呵!寂寞呵!伤春惜春之情,自觉不觉地溢于言表。她是向张生吐露心迹。

如果说:这些表现还不足以探索莺莺此时的隐秘心理,那么,紧接着还写了莺莺的一个细节:

> (红云:)姐姐,那壁有人,咱家去来。(旦回顾觑末下)

莺莺如果无意,径自下殿回去便了,为什么又要"回顾觑末"呢?不仅如此,这时的莺莺:

> 且休题眼角儿留情处,则这脚踪儿将心事传:慢俄延,投至到栊门儿前面,刚那了一步远。

她对张生"眼角儿留情",脚底传"心事"。虽被红娘催逼离开佛殿,但又不肯急走,对张生恋恋不舍。莺莺的这些表现,不仅违背了"非礼勿视"等封建教条,而且也与她的特殊身份不合:父亲刚死,热孝在身,又在父母包办之下与郑恒定过婚约。不管从哪方面说,此时此刻她仍谈情说爱,于"礼"或"理"都是不合的。从这里也可以看出,她所追求的自由爱情,一开始就具有和封建礼教、婚姻制度相对抗的性质，这是二人一见倾心之始。

而董解元笔下的崔莺莺，“惊艳”之前既未出场，也无“闲愁万种，无语怨东风”的伤感；佛殿上与张生相逢，既无红娘催促回去，更无“临去秋波那一转”的眼底留情，而是“佳人见生，羞婉而入”。是她自己在礼教重压之下含羞离去的。总之，还看不出她有鲜明的追求自由爱情的内在要求。在莺莺形象发展史上，王实甫笔下的人物是一次质的飞跃。

当然，莺莺心事进一步透露是张生对红娘说了一番“自报家门”的傻话之后，红娘不仅当面抢白张生一顿，而且回去后又如实告诉莺莺，还说：“世上有这等傻角！”莺莺不仅没有生气，她反而笑着回答红娘：“休对夫人说！”明知就里而有意回护，张生在她心上已经占有了一定位置。

如果说，以上表现还是出于单方面的相思，双方还没有机会以片言只语互通情愫；那么，在后花园烧香，她和张生月下联吟，就是一方以诗求爱，一方答诗定情了。一直胡思乱想的张生，听见了红娘代莺莺的祝告和莺莺的烦恼，他察言观色，很理解莺莺的痛苦：“小姐倚栏长叹，似有动情之意。”于是，就大胆吟诗挑逗：

月色溶溶夜，花阴寂寂春；如何临皓魄，不见月中人？

这位相国小姐不仅没有生气，反而在红娘告诉她吟诗之人就是“那二十三岁不曾娶妻的傻角”时说：“好清新之诗！”对诗的赞扬表明了对吟诗者的倾慕。不仅如此，她还大胆地依韵做一首：

兰闺久寂寞，无事度芳春；料得行吟者，应怜长叹人。

她希望吟诗挑逗之人，同情她的遭遇和处境，表示接受了对方的爱情。我们可以看出，莺莺对张生的情爱，一开始就表现了相当程度的主动性。张生撞将出来，莺莺并不感到唐突，也不回避躲闪，而是

"陪着笑脸儿相迎"。又是红娘的催促,又是"莺回顾下"。青春之火燃烧得更旺了。

做佛事之夜,张生"扭捏着身子儿百般做作,来往向人前卖弄俊俏,"莺莺都一一看在眼里:"那生忙了一夜";张生同样无心礼佛而有意调情,他也很注意莺莺的一举一动:"那小姐好生顾盼小子。"一次超度先人亡灵的道场,竟成了一对青年男女眉来眼去调情的场所,这是对宗教神灵和祖先的亵渎,什么神权,"慎终追远",在追求自由爱情的青年男女面前都变得一文不值了。从这以后,莺莺更是深深地陷入情网之中不能自拔,无处诉说,无法排解:"自见了张生,神魂荡漾,情思不快,茶饭少进。"

她想起月下联吟,面对红娘的监视、母亲的"拘系",她烦恼、痛苦:

> 昨宵个锦囊佳制明勾引,今日个玉堂人物难亲近。这些时睡又不安,坐又不宁,我欲待登临不快,闲行又闷。每日价情思睡昏昏。
>
> 红娘啊……但出闺门,影儿般不离身……这些时直恁般提防着人;小梅香服侍的勤,老夫人拘系的紧,则怕俺女孩儿折了气分。
>
> 吟得句儿匀,念得字儿真,咏月新诗,煞强如织锦回文。谁肯把针儿将线引,向东邻通个殷勤。

她直言不讳地承认了张生吟诗是"明勾引"也就是承认了自己愿意"上勾"接受了张生的爱情。可是,母亲素日的严肃"拘系"红娘的"行监坐守",她既没有可能"亲近"玉堂人物,也没有人能够将针引线,向张生"通个殷勤",她只好"每日价情思睡昏昏"了。

正在这个时候,一件意外的事情发生了,乱兵首领孙飞虎兵围普救寺,指名索要莺莺为妻,否则,"僧俗寸斩,不留一个"。这突如其来的打击,目标又是对着莺莺的。她提出三条退兵之策:一是献身"贼汉”，二是献尸“全身”，三是悬赏求计：“不拣何人，建立功勋，杀退贼军，扫荡妖氛。倒赔家门，情愿与英雄，结婚姻，成秦晋。”这时的莺莺，并不知道张生会有退兵之计，她的建议，充满了一个封建贵族家庭出身的千金小姐少有的献身精神。

张生的一封书信，请来白马将军杜确解了普救寺之围，他们之间的婚姻关系合法化了：“当日所望无成，谁想以一缄书倒为了媒证。”（**二本三折〔粉蝶儿〕**）红娘看得很清楚：“我比及到得夫人那里，夫人道‘张生，你来了也，饮几杯酒，去卧房和莺莺做亲去”（**二本三折**）；张生想得很美满：“我相思为她，她相思为我，从今后两下些相思都较可。”（**二本四折〔乔木查〕**）莺莺更是认为姻缘成就，万事大吉。

红娘、张生和莺莺到底年轻，对社会阅历太浅，他们想得太天真了。老夫人虽不是过河拆桥、翻脸不认人，而当众许亲却是事出无奈，一种权宜之计。这位出身大家，“食前方丈，从者数百”，而又“治家严肃，有冰霜之操”的相国夫人，她怎么肯轻易放弃女儿莺莺与娘家侄儿郑恒的婚约呢？在酒筵上她宣布：“小姐近前，拜了哥哥者。”把二人本来应该是夫妻关系改变为兄妹关系。莺莺也顾不得什么礼法，对母亲口出不逊之言：

> 谁承望这即即世世老婆婆，着莺莺做妹妹拜哥哥。
>
> 老夫人转关儿没定夺，哑谜儿怎猜破：黑阁落甜话儿将人和，请将来着人不快活。
>
> 老夫人谎到天来大，当日成也是恁个母亲，今日败也是恁个萧何。（**皆见二本四折**）

老夫人的赖婚，对莺莺是一次沉重的打击。然而，她与张生已经燃烧起来的青春之火不仅扑灭不了，反而在母亲许婚诺言的东风紧刮下更熊熊燃烧起来。她决心为追求自由爱情迈开大步，付出代价：

> 这的是俺娘的机变，非干是妾身脱空；若由得我呵，乞求得

效鸾凤。(**二本五折〔东原乐〕**)

这是她在张生窗下听琴,张生埋怨她"说谎",她在窗外做的自我剖白。红娘转告她,说张生要回去,她紧忙要红娘转告张生:"是必着他住一程儿"、"好共歹不着你落空。"她已下定决心以身相许。后来的私相结合虽然离不开红娘的帮助,但是,如果没有自己的内在要求,那也很难顺利成功的。

莺莺既然决心以身相许,为什么后来又发生了"闹简"和"赖简"之事?二者是不是有很大的矛盾?

先说"闹简"。

> 自那日听琴之后,闻说张生有病,我如今着红娘去书院里,看他说什么。

这是"闹简"事件的背景:莺莺听琴动情,下决心要以身相许,听说张生有病,就立即派红娘前往探望。她对张生是有情的。红娘从张生处持简帖回来,发现莺莺心烦意乱,情绪不稳:"则见她钗亸玉钗横,鬌偏云乱挽。日高犹目不明眸,畅好是懒、懒。半晌抬身,几回搔耳,一声长叹。"根据她们的长期相处,她担心"小姐有许多假处",拿不定小姐的性子,故将简帖"放在妆盒儿上",十分小心谨慎。但是,即使如此,还是触怒了莺莺,她大骂红娘是"小贱人",并申言要"告过夫人,打断你这个小贱人下截来",理由是"戏弄"了我这个"相国小姐"。这就是"闹简"的谜底。

既然曾经公开表示:"若由得我呵,乞求得效鸾凤。"那时候并没有想到"相国小姐"身份;为什么看到心爱之人一封求爱书信又要大发雷霆,忽然想起"相国小姐"身份来?正是因为她是"相国小姐",家庭教养、母亲管束,她在心烦意乱之时就很容易对丫头随意发点脾气。当红娘针锋相对时,她也立即鸣金收兵,说是"我逗你耍来"。这时的莺莺比较清醒了,又是问"张生近日如何",又是解释她与张生

“只是兄妹之情”，又是写回书“着他下次休是这般……”前后对照，这确是“有些假意儿，”一个“相国小姐”所有的“假意儿”。

再说“赖简”：

待月西厢下，迎风户半开；隔墙花影动。疑是玉人来。

这是莺莺写给张生，“着他下次休这般”的回书。从回书中是怎么也看不出她要教训张生的。可是，张生应约跳墙，她却大喊“有贼”，并要把张生“扯到夫人那里去”严加究治，不认账了！莺莺的“变卦”与上次“闹简”相同，还是“相国小姐”身份起着重要作用。试想想，张生不顾及红娘还在花园的“跳墙搂旦”行为，岂不有损这位“相国小姐”的尊严！在此时此地，她决不能接受：先是装出不认识张生而大喊“有贼”，继而是认出张生后又板起面孔将他教训一顿。一位“相国小姐”很难有其他更好的选择。反之，如果不是由于张生行为的粗野，莺莺至少是要向他“通过殷勤”，谈谈心里话的。否则，在“赖简”的次日，她就写了“谨奉新诗可当媒”的情诗，约张生幽会的行为就不可理解了。

由此可知，不管是“闹简”还是“赖简”，都是莺莺在追求自由爱情过程中的小小曲折，这些曲折的发生又与她的家庭出身、封建文化教养和个人身份有密切关系。

莺莺与张生自主结合，是她投向封建礼教最厉害的一枪，而封建卫道者老夫人却并不因此罢手，成全他们的婚事。她对张生提出：“俺三辈儿不招白衣女婿”，要张生立即上京应考求官：“得官呵，来见我；驳落呵，休来见我。”张生和莺莺都不能拒绝。这个完婚条件是苛刻的：“却告了相思回避，破题儿又早别离。”莺莺又陷入了痛苦的离愁别恨之中。在“长亭送别”的宴席上，她眼所见，耳所闻，味所觉，心所想，无一不饱含着深深的离愁别恨。她与母亲提出的完婚条件相对立：“张生，此一行得官不得官，疾早便回来；”她嘱咐张生一路保重身体：“到京师服水土，趁程途节饮食。……荒村雨露宜眠早，野店风霜要起迟；”她叮咛张生不要始乱终弃：“你休忧文齐福不齐，我则怕你停妻再娶妻。……此一节君须记：若见了那异乡花草、再休似此处栖迟。”她承担着封建社会加在青年女子身上的精神重压，封建礼教、门阀婚姻制度与自由爱情、自主婚姻的矛盾更深化了。

张生上京应考，莺莺又承担了令人肠断的离愁别恨之苦，她灵魂离体，梦逐张生，对张生诉说衷肠：

> 想人生最苦离别，可怜见千里关山，独自跋涉。似这般割肚牵肠，到不如义断恩绝。……不恋豪杰，不羡骄奢；自愿的生则同衾，死则同穴。（**四本四折〔折桂令〕**）

这不仅表现了莺莺自张生走后的痛苦，而且还再次重申了她的生活观：功名富贵不值得留恋，恩爱夫妻的爱情更有价值。

半年之久，未得张生音讯，思念张生，“腰肢瘦损”，烦恼煞人：

> 虽离了我眼前，却在心上有；不甫能离了心上，又早眉头。忘了时依然还又，恶思量无了无休。大都来一寸眉峰，怎当他许多颦皱。新愁近来接着旧愁，厮混了难分新旧。旧愁似太行山隐隐，新愁似天堑水悠悠。（**五本一折〔集贤宾〕**）

张生书信到来，她读着信，同时想着张生也同样受着相思之苦的折磨：

> 我这里开时和泪开，他那里修时和泪修，多管阁着笔尖儿未写早泪先流，寄来的书泪点儿兀自有。我将这新痕把旧痕湮透，正是一重愁翻做两重愁。（**五本一折〔醋芦葫〕**）

她抑制着内心痛苦，寄回书时附上汗衫、裹肚、袜子、瑶琴、玉簪、斑管以表深情：“对学士叮咛说缘由，是必休忘旧。”尽管张生“志诚”

老实，但她的精神重压却并未解除。

由于郑恒的造谣离间，说张生考中状元，已招赘卫尚书家。老夫人又再次悔婚，要把莺莺许配郑恒。张生授官回来，她满腹委屈说不出口："不见时准备着千言万语，得相逢都变做短叹长吁。……将腹中愁恰待申诉，及至相逢一句也无。"（五本四折〔沉醉东风〕）郑恒的阴谋被揭穿，误会消除，二人终于团圆。

男主人公张生，在董解元的笔下，虽然也是一个封建阶级的叛逆者，但与王《西厢》比较，却有很大的不同。前者笔下的张生在追求自由爱情过程中有不必要的自我夸饰、不应该的软弱动摇、过多的"才子"气质；后者笔下的张生，与许多封建贵族家庭出身的青年一样，他从小受到封建主义教育，遵循着读书、应考、做官、显亲的生活道路；但由于父母去世较早，没有那么严格的家庭管束，他的言行就有可能在一定程度上摆脱礼教道德束缚。在追求爱情过程中，他执著专一而又有些书呆子气，志诚而近乎痴傻，红娘就讥笑他是"傻角"。

他去京师应考，无意中在普救寺遇见了莺莺，由于莺莺的美丽和眼底留情，青春觉醒之火也在他身上点燃起来：

> 颠不剌的见了万千，似这般可喜娘的庞儿罕曾见，则着人眼花撩乱口难言，魂灵儿飞在半天。

他又惊又喜，神魂颠倒，惊叹这样的奇遇：谁想着寺中遇神仙。他带着一些"调戏"意味尽情偷看莺莺。

> 我见他宜嗔宜喜春风面，偏、宜帖翠花钿。
>
> 则见他宫样眉儿新月偃，斜侵入鬓云边。未语人前先腼腆，樱桃红绽，玉粳白露，半晌恰方言。
>
> 恰便是呖呖莺声花外啭，行一步可人怜。

莺莺的打扮、体貌、语言、行动、神情……他都看得清清楚楚。对一个陌生的青年女子如此“调戏”，真有点像好色的“登徒子”。其实，他不过是在追求爱情过程中表现得有些呆头呆脑的“傻角”。

由于“莺莺眼角儿留情”，他就决定“不往京师应举”。爱情比功名富贵更有价值。

留在蒲州，不去京师应举，他追求莺莺，付出了很大的代价。他先人拜礼部尚书，自己“学成满腹文章”，正要“上朝取应”以“遂大志”。因遇莺莺而改变志向，不要功名富贵了，这个代价确实不小。为了追求莺莺，想要住进普救寺，他又对法本长老编造谎言：“小生无意求官，有心待听讲。”无意求官是事实，有心听讲就不是由衷之言。这一次，他倒没有表现出“傻角”气。

他向红娘表白自己“年方二十三岁……并不曾娶妻”，又于月下吟诗“勾引”莺莺，可见他追求爱情的诚挚与执著，莺莺的和韵传递出来了可喜的信息：“他把那新诗和得忒应声，一字字，诉衷情，堪听。”在“和诗”的鼓舞下，他竟然采取了有点冒失的行动：“我撞出去，看他说什么。”

也许在他意料之中，多情的莺莺也竟然灵犀一点：“陪着笑脸儿相迎。”由原来的眼底传情发展到表露于外的感情交流，以“笑脸”迎接他了。如果没有“不做美的红娘”催促莺莺回去，他们是有可能来一番相互了解的谈话的。不是吗？莺莺临走时又是“（回顾）”又是“眼角儿传情”。彼此心心相印：“口不言心自省。”

做佛事的晚上，他又是拈香，又是点灯，又是祷告：

> 惟愿存在的人间寿高，亡化的天上逍遥。为曾、祖、父先灵，礼佛、法、僧三宝，焚名香暗中祷告：只愿得红娘休劣，夫人休焦，犬儿休恶！佛啰，早成就了幽期密约。

前面的祝愿倒也还识大体，没有离谱；后面的祝愿就与做佛事背道而驰，他想的竟然全是与“慎终追远”、超度先人亡灵毫不相干的风月情事。岂不是对神权和礼教的莫大讽刺。

“张君瑞闹道场”可以说是早有预谋，他要求崔家为先相国做佛事的搭一分斋就暴露出来了：

(末背问聪云：)那小姐明日来么？(聪云：)他父母的勾当，如何不来，(末背云：)这五千钱使得有些下落者。

人间天上，看莺莺强如做道场。软玉温香，休道是相亲傍，若能够汤他一汤，到与人消灾障。

追荐先人、尽人子之心是借口；“看莺莺”、甚至希望“软玉温香”才是他的真正目的。抱着这样的动机去烧香磕头，只能是对神灵和先人的亵渎。

“白马解围”，使他与莺莺的爱情合法化；而老夫人的赖婚，使爱情又受到挫折。他在宴席上理直气壮而又很有分寸地质问老夫人，并拒绝了她的“金帛相酬”之许：

前者贼寇相迫，夫人所言：“能退贼者，以莺莺妻之。”小生挺身而出，作书于杜将军，庶几得免夫人之祸。今日命小生赴宴，将谓有喜庆之期；不知夫人何见，以兄妹之礼相待？小生非图哺啜而来，此事果若不谐，小生即当告退。

既然夫人不与，小生何慕金帛之色……则今日便索告辞。

他掩饰着内心的极大痛苦，说了一番颇为冠冕堂皇的话，而实际上，如果婚姻绝望，他甚至想到以身殉情。他不计身份地跪在红娘面前求计，甚至要解下腰带自杀。其用情之深可以想见。

在红娘的帮助下，他弹的《凤求凰》曲，竟使莺莺感动地说出：“非是妾身脱空，若由得我呵，乞求得效鸾凤。”真是至诚通神。莺莺还叫红娘转告他：“是必着他再住一程儿”，“好共夕不着你落空。”以后又传书寄柬，虽然受到莺莺“假意儿”的训斥，但仍然百折不回地追求莺莺，终于在红娘帮助下与莺莺自由结合。

老夫人是莺莺与张生爱情纠葛中的一个重要人物。在董解元笔下，她虽然也严守礼教，看重门第，但从总的方面说来，还是比较通情达理：对女儿和张生相爱及其私下结合，她都没有令人很过不去的言行。在王实甫的《西厢记》中，这个形象有了很大发展变化。她成了维护封建礼教门阀婚姻制度的代表人物，一个阻拦和破坏女儿与张生相爱的封建家长。

她一上场，就流露出一种今非昔比的感伤情调：

> 我想先夫在日，食前方丈，从者数百；今日至亲则这三四口儿，好伤感人也呵！

这个曾经是相国之家的贵族没落了，而贵族家庭所遵奉的礼教道德，家门规范还是在老夫人脑子里顽固地保留着。她爱自己的女儿，但又严格地按照封建道德标准管束女儿的行动。在“好生困人”的“暮春天气”，她吩咐红娘陪女儿去佛殿“闲散心要一回”，不能说对女儿不关心；可是，这也有个前提：“佛殿上没人烧香”，她是不愿让女儿见到陌生人——尤其是陌生男人的。这样的防嫌，发展到后来愈来愈严重：“夫人怕女孩儿春心荡，怪黄莺儿作对，怨粉蝶儿成双。”

孙飞虎兵围普救寺，指名索要莺莺为妻，全家陷入一片慌乱之中。作为一家之长的老夫人更是急得六神无主，心乱如麻：“老身年六十岁，不为寿夭。奈孩儿年少，未得从夫，却如之奈何！”

在危难之中，她最关心的还是自己的女儿。可女儿提出“献身全家”之计时，她就把相国家谱看得更重要了。在万般无奈的情况下，她选择了女儿提出的“许婚求计”之策：“但有退兵之策的，倒赔房奁，断送莺莺与他为妻。”在老夫人看来，这“虽不是门当户对，也强如陷于贼中”。贼退身安，她表面上没有忘记“建退兵之策”的张生，先是谦逊地说“恐小女有辱君子”，继是热情地请张生“来家中书院里安歇”，最后则对张生说：“到明日略备草酌，着红娘来请，你是必来一会，别有商议。”

好个“别有商议”！还商议什么呢？当着僧俗大众许婚，如无其他变故，择日成亲才是正理，“别有商议”云云已经流露出“别有”变卦了。

这位善于“转关儿”的老夫人，果然在酬谢张生的宴会上公开了内心的秘密：“小姐近前，拜了哥哥者！”

两句话引起了连锁反应：“（末背云：）呀，声息不好了也！（旦云：）呀，俺娘变卦也！（红云：）这相思又索害也。”张生吃惊，莺莺埋怨，红娘叹息。这一顿酒席的场面，其尴尬沉闷气氛可想而知。张生质问老夫人，为何“以兄妹之礼相待”？她诚挚而又婉转地回答张生说：“先生纵有活我之恩，奈小姐先相国在日，曾许下老身侄儿郑恒。即日有书赴京唤去了，未见来。如若此子至，其实将如之何？莫若多以金帛相酬，先生拣豪门贵宅之女，别为之求，先生台意若何？”这一番话，有情有理，几乎无懈可击。她没有忘记张生的活人之恩，又直诉不能允婚的原委，又提出补救的办法，而且还用了商量的口气。甚至当张生拒绝了“金帛相酬”，提出“则今日便索告辞”之时，她还是好言抚慰：“红娘扶将哥哥去书房中歇息，到明日咱别有话说。”并没有把话说绝，路堵死。从后来她再没有提起此事看，这些话当然也就成了纯是敷衍场面之辞，对于婚事，她认为没有“别话”可说了。

她的赖婚，其主要原因有三：一是先相国在世时莺莺已经定婚许人，不能违背；二是许婚的对象是自己娘家侄儿郑恒，亲上做亲；三是郑之先人官拜礼部尚书，门第相当。一句话，封建婚姻制度、家世利益和门第观念深深地渗透在她的言行中。她后来对女儿的“拘系”，被迫许亲时又提出“三辈不招白衣女婿”，郑恒造谣争婚，她又依婚约将女儿许与郑恒……这一系列事件，无一不与这三方面有密切关系，她是一个典型的封建礼教维护者，一个很保守的封建家长。

《西厢记》里的红娘也是一个很重要的人物。她不是追求自由爱情的当事者，她的地位是卑下的。但是，她却是崔、张爱情发展中不仅不可缺少，而且还起了很大作用的人物。如果从社会效果看，她对人们的影响，甚至比剧中所有人物都更广泛和深刻。红娘这个名字，在我们社会生活中几乎成了穿针引线、成全男女婚姻的代名词。

在《莺莺传》里，尽管元稹文过饰非，自我解脱，诋毁莺莺，但是，却比较客观地描写了红娘的热情和富有正义感，写出了她在促使莺莺、张生结合中的作用，这个人物身上所具有的闪光思想，还没有被封建卫道者元稹所能完全埋没。董解元在流传故事基础上有所增饰，王实甫在《西厢记》里把这个人物写得更丰满和光彩照人，她热情大胆、见义勇为并富有斗争智慧。她在生活上侍候莺莺，是丫鬟；而个人身份则是属于这个家庭的家长老夫人的奴婢，一切行动要听老夫人的指挥和管束，因此，她又是秉承老夫人旨意，对莺莺要"行监坐守"的监护人。佛殿逢张生，她催促莺莺说："姐姐，那壁有人，咱家去来。"月下联吟，她已觉察到莺莺对张生有些情意，就冷冷地说了一句："你两个是好做一首。"张生冒失地撞将出来，她又催促莺莺说："姐姐，有人，咱家去来，怕夫人嗔着。"与前次不同的是，她打出了夫人的旗帜，迫使莺莺回去，意思是说，不是我要干涉你的好事，而是老夫人要我管你，她委婉而曲折地交了这个"底"。莺莺对这并不理解，反而责怪她跟梢：

> 红娘呵，我则索搭伏定鲛綃枕头儿上盹，但出闺门，影儿般不离身。

她在这里才把话说明："不干红娘事，老夫人着我跟着姐姐来。"她同情莺莺，与莺莺的关系更近了。

从"寺警"到"赖婚"，她看出了正义是在莺莺、张生一边，而背信弃义的则是老夫人。为了促使他们爱情的成功，她三番五次地为他们传书送柬，又及时把双方思念对方之情作了如实透露，以促进他们相互了解和增进感情。她对张生说：

> 俺小姐至今脂粉未曾施，念到有一千番张殿试。

又对莺莺说张生：

张生近间、面颜，瘦得来实难看。不思量茶饭，怕见动弹；晓夜将佳期盼，废寝忘餐。黄昏清旦，望东墙淹泪眼。

即使这样，她还没有被二人完全信赖和理解，张生说她办事“不用心”，莺莺的“假意儿”作怪还骂她“小贱人”，她感到委屈而又不屈服，当面顶撞莺莺：

分明是你过犯，没来由把我摧残；使别人颠到恶心烦。你不惯？谁曾惯？

姐姐休闹，比及你对夫人说呵，我将这简帖儿去夫人行出首去来。

直到莺莺当面认输，说是：“我逗你耍来。”她才罢手。但背地里还是对小姐的“假意儿”不满：

你用心儿拨雨撩云，我好意儿传书寄柬。不肯搜自己狂为，则待要觅别人破绽。……“张生是兄妹之礼，焉敢如此！”对人前巧语花言；——没人处便想张生，——背地里愁眉泪眼。

她对莺莺的剖析是准确而深刻的。莺莺当着众人，“巧语花言”，一本正经；背着人则是“拨雨撩云”，“愁眉泪眼”。

莺莺与张生的自由结合成功，她承担了被“打死”的风险；二人自由结合之事的暴露，她又理直气壮地对老夫人进行指责和陈说利害关系：她指责老夫人言而无信和对待张生不当，既不肯履行许婚诺言，又未打发张生离去，“使怨女旷夫，各相早晚窥视”。开始说的，“乃夫人之过也”也就很有说服力。接着，她又向老夫人分析将此事扬出去的后果：

> 目下老夫人若不息其事，一来辱没相国家谱；二来……使至官司，夫人亦得治家不严之罪。……莫若恕其小过，成就大事，㨼之以去其污，岂不为长便乎？

原来怒气冲冲的老夫人也只好回答："这小贱人也道的是。"屈服了，在真理和正义面前屈服了。

第五本中的红娘，她先是以理开导前来争婚的郑恒："当日孙飞虎将半万贼兵来时……若不是那生呵，那里得俺一家儿来？今日太平无事，却来争亲；倘被贼人虏去呵，哥哥如何争？"合情合理之言，郑恒根本听不进去，一味地胡搅蛮缠，大骂张生是"穷酸饿醋"，自己是"身里出身的根脚，又是亲上做亲，况兼他父命"。接着红娘也毫不客气地当面回敬："君瑞是君子清贫，郑恒是小人浊民"、"君瑞是个'肖'字这壁着个'立人'，你是个'木寸''马户''尸巾'。"她对郑恒的争婚采取了针锋相对的态度，又对郑恒的造谣导致的老夫人的悔婚作了劝解："（红见夫人云：）张生不曾与人家做女婿，都是郑恒谎，等他两个对证。"她自始至终维护着莺莺、张生已经自由结合的爱情。

普救寺的住持和尚法本，是研究者很少涉及的人物。其实，崔、张爱情故事之所以反映了出家人的某些生活侧面，那是与法本这样人物的活动分不开的。

据老夫人介绍，普救寺是崔相国"修造"，是武则天的"香火院"，法本长老则是崔相国的"剃度"和尚（即代替崔相国出家修行）。由于这个特殊的身份，他必须经常与官府中人及其家属来往，因而培养了他善于察言观色和八面玲珑的待人接物本领，即：不得罪一切自认为不应该得罪之人。如果把他放在崔、张爱情故事中进行分析，他也是《西厢记》中不可缺少的人物：

①他是普救寺住持，为崔、张提供了活动场所。

②他谎称与张生有亲，瞒过了"治家严肃"的老夫人，使张生能赴斋参与超度崔相国的佛事活动，有机会进一步与莺莺眉目传情，并演出了一场闹剧。

③“寺警”之变，莺莺献计，老夫人批准，他代替老夫人当众宣布：“两廊僧俗，但有退兵之策的，倒陪房奁，断送莺莺与他为妻。”是许婚事件的见证人。

④设计用激将法激惠明送书，使白马将军及时来普救寺解围，崔、张爱情合法化。

⑤“长亭送别”时，老夫人重提要“张生”争揣一个状元回来的完婚条件，张生也夸下“觑官如拾芥的”海口，他既说了“夫人主见不差”，又说了“张生不是落后的人”。双方都讨好，谁也不得罪。告别时还对张说：“贪僧准备买登科录看，做亲的茶饭少不得贫僧的。”预示高中、团圆。说话极为得体。

⑥郑恒造谣挑拨，老夫人悔婚，并“不肯去接”得官回来的张生；他独自一人去十里长亭迎接，又对老夫人说张生“如何敢忘了夫人”之类的好话，庆贺张生、莺莺团圆。

法本形象出现表明，在金元时代，一些宗教信徒并不那样虔诚地信奉宗教教义，儿女尘俗之事对他们更有吸引力，因为他们也有七情六欲。如“闹道场”这出闹剧，就把这一群本应该破除酒色财气的出家人的“思凡”情态，淋漓尽致地表现出来。“（众僧见旦发科）”：

> 大师年纪老，法座上也凝眺；举名的班首真呆傍，觑着法聪头做金磬敲。
>
> 老的小的，村的俏的，没颠没倒，胜似闹元宵。稔色人儿，可意冤家，怕人知道，看时节泪眼偷瞧。
>
> 哭声似莺啭乔林，泪珠儿似露滴花梢。大师也难学，把一个发慈悲的脸儿来朦着。击磬的头陀懊恼，添香的行者心焦。烛影风摇，香霭云飘；贪看莺莺，烛灭香消。

一切宣扬佛法无边、超度亡灵的庄严的佛事活动，竟被这一群六根并不清静的出家人搅乱了，什么大师、班首、头陀、行者，大大小小的和尚与执事僧人，谁也没有按规矩认真坚守岗位，为死者虔诚祈祷;而是"没颠没倒,胜似闹元宵、""贪看莺莺,烛灭香消"。一片乌烟瘴气,亡灵怎么能够升天?与其说是向佛祈祷"早成了幽期密约"的张生闹了道场,还不如说是一群不遵守佛规的佛门弟子"凡心"未退。这群与官府家属经常打交道的佛门弟子,他们的"凡心"比起那些深山老林的苦行僧来说是重得多的。因此,以法本长老为代表的这群佛门弟子形象的出现,对我们认识金元时代的社会生活开阔了视野,也是崔、张爱情故事的一个组成部分。

三 《西厢记》的艺术

提起《西厢记》的艺术,人们就很容易想起贾仲名增补的吊王实甫《凌波仙》挽词,其中有句云:

> 作词章,风韵美,士林中,等辈伏低。新杂剧,旧传奇,《西厢记》,天下夺魁。

贾仲名(公元 1343 ~ 1422 年)是元末明初的戏曲家,他增补了锺嗣成的《录鬼簿》①,又写杂剧十四种。他对王实甫的评价表明,在元末明初,一些人就把《西厢记》当做"天下夺魁"之作了。

这是过誉吗?不是的。比贾仲名更早的元代戏曲音韵学家周德清,他以北曲演唱中获得成功的曲子为范例,为写作北曲者编写了一部在音韵方面可做准绳的书叫《中原音韵》。他在序言里以《西厢记》一本三折〔麻郎儿 · 幺篇〕"忽听、一声、猛惊"为"六字三韵"实例,说明作乐府用韵"之难"。以后又在《作词十法》中重举此例,并同时又举二本五折〔麻郎儿 · 幺篇〕"本宫、始终、不同"例予以说明。后又引"今宵欢庆,软弱莺莺可曾惯经"全曲,作为〔仙吕 · 四边净〕

---

① 见浦汉明《天一阁蓝格钞本〈录鬼簿〉及〈续篇〉作者刍议》,载《青海民族学院学报》1986 年第 2 期。

的"定格"范例。以上说明,早在周德清写《中原音韵》的时代(周为南宋末年人。其《中原音韵》后序写于 1324 年,贾仲名此时尚未出世),《西厢记》就已经获得了文坛的好评。明清以降,或谓《西厢记》为"千古绝技"①、为北曲"压卷"之作②、为"戏文之祖"③、为"美不胜收"等等④。其所以获得如此崇高的评价,主要是与它的艺术成就分不开的,下面拟分三方面来说:

(一)塑造人物

小说、戏剧等一切叙事文学作品,都是把塑造人物作为头等的重要任务;只有塑造出鲜明、生动和各具性格的人物形象,才有可能充分地表现主题,真实地反映社会现实生活。《西厢记》对封建礼教、门阀婚姻制度的批判,对青年男女追求自由爱情的颂扬,就是通过塑造人物形象、描写他们之间的矛盾冲突表现出来的。

《西厢记》塑造了代表两个方面社会力量的人物:一是以老夫人、郑恒为代表的封建礼教、门阀婚姻制度的维护者;二是以莺莺、张生、红娘为代表的对自由爱情的执著追求者和热情支持者,其他如法本、惠明和杜确等人物,也都在不同时间和事件中起着不同作用。

与其他元代杂剧相比较,《西厢记》的篇幅宏大,上场的几个角色都能演唱曲文,因而能够更充分地塑造众多的人物形象。除爱情主人公莺莺和张生之外,其馀如老夫人、红娘、法本、惠明、郑恒等,也都有其鲜明的个性。在一部剧作中塑造出如此众多的人物形象,几乎是独一无二的。

王实甫在塑造人物形象的时候运用了多种手法,如肖像描写、心理描写、细节描写、环境描写、动作表情描写,以及人物之间展开正面冲突等。描写手法的多样化,带来了人物形象更大程度的真实感和立体感,

---

① 王骥德:《曲律》。

② 王世贞《曲藻》、张琦《衡曲麈谈》。

③ 姚燮《今乐考证》引胡应麟语。

④ 李调元:《雨村曲话》。

使观众或读者感到他们是活生生的、真实可信的人物。无论是莺莺或张生,还是出场不多的郑恒和惠明,也都能收到这样的艺术效果。

王实甫的《西厢记》,是在董解元的《西厢记诸宫调》基础上写成的,在塑造人物形象方面与诸宫调相比较,它有重大的发展与创造。如董解元笔下的崔莺莺,未与张生相遇前就没有“闲愁万种,无语怨东风”那种表现青春觉醒的描写;佛殿上与张生相遇,红娘催逼离殿时也无“回顾觑末”这一重要的“眼底传情”的细节;“拷红”之后,老夫人征求她对婚事的意见,她竟然有失身份地“猛吐了舌尖儿背背地笑”;老夫人赖婚,她无计可施,就“解裙带掷于梁”……其他如张生、老夫人等人物,也都有些不合情理的描写:“寺警”时张生对前来求计退贼的法本说:“夫人与我无恩,崔相与我无旧。素不往还,救之何益?”近似要挟;郑恒造谣骗婚已被揭穿,他又对老夫人说:“郑公,贤相也,稍蒙见知。吾与其子争一妇人,似涉非礼。”既与前言“崔相与我无旧”相矛盾,又与他执著追求爱情“志诚种”性格不合,等等。又如“治家严肃,朝野知名”的老夫人怀疑莺莺与张生“私成暗约”,并亲自前往书房“捉奸”,拷问红娘后对莺莺说:“事已如此,未审汝本意如何似？愿则以汝妻生,不愿则从今断绝”;对张生说:“今欲以莺莺妻君,聊以报,可乎?”这些描写,与老夫人的封建家长身份都不甚符合。王实甫在董解元《西厢记诸宫调》基础上,使原来的人物形象更加完整丰满,性格统一和蕴涵的社会意义更深刻。

(二)编撰结构

戏剧结构,主要是指剧本情节关目的安排组织而言,也是剧本的布局问题。中外戏剧家和理论家都十分重视戏剧结构,亚里士多德指出,古希腊戏剧有布局、性格、文词、思想、布景、歌曲六个基本成分,而“六个成分里,最重要的是布局”。[①] 我国古代戏剧家李渔更是明确提出“结构第一”的观点。[②] 由此可见结构对戏剧艺术的重要性。

---

① 亚里士多德:《诗学》第六章。

② 李渔:《闲情偶记》。

《西厢记》情节单纯，结构严谨。全剧主要写了崔、张爱情故事，从他们一见钟情、私订终身，被迫分离到最后团圆。从情节结构上看，并无枝蔓横生、头绪纷繁之弊，即如“寺警”，它也是促使崔、张爱情合法化和激发红娘正义感的重要契机：惠明送书则是将崔、张生活的普救寺更加世俗化，并和前面“闹道场”相呼应，都不是可有可无或游离于情节主线之外的关目。一剧五本二十一折的鸿篇巨制，其情节竟如此单纯、结构竟如此谨严，在我国古代戏曲中，也是不可多见的佳作。

《西厢记》的情节故事首尾连贯，前呼后应，浑然一体。无论事件或人物，照应埋伏，决不虚设。如一本楔子写老夫人上场就交代，女儿莺莺“老相公在日，曾许下老身之侄、郑尚书之子郑恒为妻”。这一包办婚姻和男方当事人郑恒就在一些关键时刻，出现在崔、张爱情纠葛中。老夫人赖婚，就以“小姐先相国在日，曾许下老身侄儿郑恒”为理由；郑恒造谣，老夫人悔婚，她对郑恒说：“你拣个吉日良辰，依着姑父的言语，依旧入来做女婿者。”张生衣锦荣归，揭穿郑恒谎言，郑“触树身死”，崔、张团圆。封建婚姻制度的维护者一直是自由爱情的最大障碍，她几乎与崔、张爱情相终始。莺莺的弟弟欢郎在剧中是一个无关宏旨的人物，他被提到三次，有两次是正式出场。一次是老夫人上场时自我介绍时说：“这一个小厮儿，唤作欢郎”，与后面说的“今日至亲则三四口儿”相对照，知道他是莺莺的弟弟；二次是“寺警”，莺莺献计提出“五便”，其中之一是“欢郎年小未成人”，欢郎还说“俺啊，打什么不紧”，仍是小孩口吻，主要是描写莺莺的精神境界；三次是“拷红”前，欢郎向本已怀疑莺莺、张生“莫不做下来了”的老夫人告密：“前日晚夕，奶奶睡了，我见姐姐和红娘烧香，半晌不回来。”又奉命去传唤红娘：“奶奶知道你和姐姐去花园里去，如今要打你哩。”完全是小孩口气，却证实了老夫人的怀疑，又天真地把老夫人传唤她的秘密也泄露了。从而促使了矛盾冲突的爆发。从情节结构上看，真是做到了人物有交代，事件有着落。

《西厢记》的戏剧冲突的展开，情节的发展，不仅是单纯而不贫乏,连贯而不平淡,而且还是层层波澜、变故迭起,产生了一波未平、一波又起、后浪推前浪、浪浪不断的艺术效果。全剧围绕莺莺、张生对自由爱情的执著追求和老夫人的百般阻拦破坏而引起的矛盾冲突,使情节一步一步向前发展。从二人一见钟情,中经月下联吟、闹道场,到"寺警"时老夫人当众许婚,其中充满了相思相爱之苦,但终于取得了爱情的合法化。正如莺莺所想:"我相思为他,他相思为我,从今后两下里相思都较可。"老夫人赖婚,矛盾冲突激化了。这对莺莺、张生的爱情来说,是一次很大的变故:

(末背云:)呀,声息不好了也!(旦云:)呀,俺娘变了卦也!

张生震惊、莺莺埋怨。如果说老夫人过去对他们自由爱情的干涉主要还是采取了防嫌的手段的话,而这一次却是背信弃义地亲自出面破坏了。赖婚,既是戏剧冲突的一次高潮,同时也是情节进展的一次大变故、大波澜。所产生的后果,大概是老夫人预料不到的。由于有了这块当众许婚的挡箭牌,他们二人对自由爱情的执著追求也就更大胆了。宴席之上,莺莺埋怨母亲"转关心没定夺"、"谎到天来大";张生则以"小生量窄"为借口而拒绝饮酒,又当面质问老夫人为何"以兄妹之礼相待"。还有曾经奉命对莺莺"行监坐守"的红娘也背叛主子,主动为张生出谋献策,要张生弹琴以打动莺莺,并收到了良好的效果。莺莺在琴声感动之下也竟然情不自禁地表示:"若由得我呵,乞求得效鸾凤。"正是在红娘的帮助下,经过"闹简"、"赖简"到"酬简",他们自由自主地结合。"拷红"一场,双方矛盾再次激化,顽固地维护封建礼教的老夫人为了弄清事实,先是威胁红娘:"若不实说呵,我直打死你这个贱人!"红娘说出事情真相之后,她不是不想告到官府:"经官呵,玷辱家门。"她考虑得很周到,但决不在张生面前表示软弱。她当面训斥张生:"我待送你去官司里去来,恐辱没了俺家谱。"于是被迫许了婚事,但又提出"俺三辈儿不招白衣女婿"的条件,迫使二人分离,这是又一次矛盾冲突的高潮,也是全剧的高潮。

莺莺、张生被迫分离，受尽离别相思之苦。郑恒造谣争婚，老夫人悔婚，张生得官回来，郑恒羞愤自杀，二人美满团圆，再次出现高潮而结束。人们对《西厢记》的这个结尾一直是有不同看法的。其实，如果从情节结构上作些考察，就可以看出它是前四本的必然发展：从主要矛盾方面说，莺莺曾被父母包办与郑恒定婚，而她又与张生自由自主地结合，这种结合又为封建家长所承认。包办婚姻与自由婚姻的矛盾没有解决，因此，郑恒出场争婚，是情节发展的必然，郑的自杀则是谣言被揭露后两种力量较量的结果。从次要矛盾方面来说，"长亭送别"时，莺莺所担心张生的"停妻再娶妻"，对张生并不完全放心的矛盾，也只有通过张生对爱情的忠贞行为——得官后回来完婚才算解决，自由爱情战胜了封建礼教，实现了"愿普天下有情的都成了眷属"的理想。

（三）锤炼语言

朱权《太和正音谱·古今群英乐府格势》评元人曲云：

> 王实甫之词如花间美人。铺叙委婉，深得骚人之趣。极有佳句，若玉环之出浴华清，绿珠之采莲洛浦。

"如花间美人"，是朱权评论王作语言的核心，以下数语皆是对这一句话所作的比喻或解释。结合王实甫现存三种杂剧曲文作些比较研究，就会发现这个评语主要是对《西厢记》曲文而言的。

花已经够美了，再有美人在其中，真可谓美之极矣。朱权的评语，抓住了《西厢记》曲文的艺术特色，描写一对文化教养相当高的才子佳人的爱情，用了华丽而富有文采的语言，完全符合人物身份与口吻，也可以算得上是"当行"。作为戏剧语言，《西厢记》的语言具有刻画人物性格和舞台演出当行等特点，二者常常是紧密结合，前者又更为重要。长期出入"风月营"、"莺花寨"、"翠红乡"的王实甫，对表现剧中人物思想性格和使作品适合舞台演出方面，对语言的锤炼与使用，都是下了很大功夫的。如一本三折写莺莺与红娘月夜烧香，张生潜入墙角偷看：

> (旦云:)取香来。(末云:)听小姐祝告什么。(旦云:)此一炷香,愿化去先人,早生天界。此一炷香,愿堂中老母,身安无事。此一炷香……(做不语科)(红云:)姐姐不祝这炷香,我替姐姐祝告:愿俺姐姐早寻一个姐夫,拖带红娘咱!(旦再拜云:)心中无限伤心事,尽在深深两拜中。(长吁科)(末云:)小姐倚栏长叹,似有动情之意。

接着二人联吟：

> 我且高吟一绝,看他说甚的。……(旦云:)有人墙角吟诗。(红云:)这声音便是那二十三岁不曾娶妻的那傻角。(旦云:)好清新之诗!我依韵做一首。(红云:)你两个是好做一首。……(末云:)好应酬得快也呵!
>
> 我拽起罗衫欲行。(旦做见科)他陪着笑脸相迎。不做美的红娘忒浅情,便做道"谨依来命。"……
>
> (红云:)姐姐!有人,咱家去来,怕夫人嗔着。(莺回顾下)

人物有莺莺、张生和红娘;事件有烧香、联吟、再遇;语言有说白、唱词和表科范的提示性说明。无论是哪方面文字,都能恰当地表现人物思想性格、心理状态乃至声容笑貌,并推动剧情发展。莺莺祝告、"不语"、"长吁"、赞张生之诗、和韵、"笑脸"、"回顾",既深沉含蓄,而又热情大胆;尤其是红娘催她回去,她欲走不愿、不走又不行,"回顾"一句潜台词,就把她对张生已经产生了相爱之情、欲求进一步接触了解的急切心情,表现得淋漓尽致。张生潜入花园墙角,目的是要"饱看"莺莺,因此对莺莺的一言一行乃至叹一口气,他都十分注意,并采取进一步行动。他偷听莺莺的祝告、分析莺莺的心理,在作出"小姐倚栏长叹,似有动情之意"的判断后,就吟诗挑逗。莺莺和韵，表示了对他求爱的满意回答。他更加大胆了："我撞出去，看她说甚么。"一种志诚而又有点轻率鲁莽之态，就活灵活现地表现出来。至于红娘，她既奉命对莺莺"行监坐守"，但同时又对莺莺的苦闷表示同情和一定程度支持她和张生的相爱。她俏皮地开莺莺的玩笑，她知道莺莺能够谅解这是一种关切之情；她催促对张生"笑脸儿相迎"的莺莺回去，说是"怕夫人嗔着"。这不是恶意的挟制，而是善意的提醒。她的泼辣、爽朗性格得到了很好的表现。

这一折戏的情节虽较简单，矛盾冲突也并不激烈，但对崔、张二人追求自由爱情的发展和深化，红娘对他们爱情的理解与支持，也都起到了促进作用。

《西厢记》还有大量以民间语言为基础，经过提炼加工，而成为一种富有生活气息的语言，如一本三折写老夫人："夫人怕女孩春心荡，怪黄莺儿作对，怨粉蝶儿成双。"

二本一折写莺莺：

> 昨宵个锦囊佳制明勾引，今日个玉堂人物难亲近。这些时坐又不安，睡又不稳，我欲待登临又不快，闲行又闷。每日价情思睡昏昏。

三本二折写红娘：

> 分明是你过犯，没来由把我摧残，使别人颠倒恶心烦。你不惯，谁曾惯？

这些"语语明白如画"的曲文①，很好地刻画了人物性格、揭示出人物心理活动，突出了人物的鲜明个性，并对戏剧冲突的进一步展开起到了促进作用。

---

① 王国维：《宋元戏曲考》。

《西厢记》还善于熔化前人诗词佳句名句，为表现人物思想性格服务，如一本四折〔鸳鸯煞〕“多情却被无情恼”，就是用苏轼《蝶恋花》春景词中原句，来写张生“闹道场”之后一种无可奈何的心情；二本一折〔八声甘州〕“雨打梨花深闭门”，则用秦观《忆王孙》词原句，以写莺莺“闹道场”之后的相思之苦。三本四折〔圣药王〕几乎全是吟咏苏轼《春夜》①，其曲文云：

> 果若你有心，他有心，昨日秋千院宇夜深沉。花有阴，月有阴，“春宵一刻值千金”。何须“诗对会家吟”？

这是张生接到红娘送来“谨奉新诗可当媒”的“药方”之后，红娘知道了“药方”的内容，看到了张生的高兴，想起了莺莺昨宵的“假意儿”和张生的窝囊废像，讥笑他们与其今日再约幽会，何不昨宵成就。吟咏苏轼词句，而与苏诗原意不合。作者除了别具匠心的艺术构思之外，对语言的锤炼，是颇下了一番功夫的。

总之，被誉为“辞家之雄”的王实甫②，在以《西厢记》为代表的杂剧创作中，他铸造了“如花间美人”般的华丽优美的语言，开拓了元代杂剧文采派的风格流派，对后来的言情戏剧产生了巨大影响。

四 《西厢记》的地位与影响

从戏剧发展史上看，《西厢记》又是一部金元时代文人创作杂剧的早期作品之一。元杂剧以一剧四折、一角色主唱等主要特点为通例，而《西厢记》与此体制却多有不合。全剧五本二十一折，上场人物莺莺、张生、红娘和惠明皆主唱一折或一折以上曲文；同一折中还有

---

① 苏轼《春夜》诗：“春宵一刻值千金，花有清香月有阴。歌馆楼台声细细，秋千院落夜沉沉。”

② 何良俊：《曲论》。

两个或三个人物分唱，如四本四折，五本四折等。这种情况，是杂剧体制定型后的突破，还是未定型的早期之作？研究者是有不同看法的。就原则上讲，不合定型体制的作品，早期和晚期都有可能出现。[①] 以《西厢记》来说，它应当是杂剧未定型时期的产物，其主要根据有以下三点：

1. 王实甫是由金入元的前期作家，锺嗣成《录鬼簿》将他列入"前辈已死名公才人"一类，他不可能活到后期如杨景贤写《西游记》那个时代。他的另一种杂剧《丽春堂》，王国维、戴不凡等皆以为写成于金源时期。[②]

2. 元人周德清《中原音韵》以关、郑、白、马为"乐府之备"的主要标志而不及王，但举例时却举了《西厢记》曲文。这说明《西厢记》体制虽不"备"而名句却值得人们学习。

3. 戴不凡曾列举《西厢记》中"不合律"例多起以及张生正授河中府尹后自称是"三品职"又与《金史·百官志》相符等[③]，说明王氏在金代写成《西厢记》。

如果说："元曲四大家"对元杂剧体制之完备作出了巨大贡献，关汉卿是元杂剧奠基者，而《西厢记》是否可以说是杂剧体制未完备以前的奠基作品之一呢？董解元以曲牌联套形式把崔、张爱情故事写成了叙事体文学诸宫调，可谓功在竹帛；而王实甫又在董氏诸宫调基础上进行再创造，把以叙事体为主的讲唱文学写成了代言体戏剧，则更将名垂不朽。明人徐复祚称二人之作为"双璧"[④]，只是从两者的继承关系着眼；如果从戏剧史的角度去评价二人之作，毫无疑问，王实甫的《西厢记》又占有更重要的位置。

《西厢记》的影响，主要有两个方面：一是文学方面，一是社会生

---

① 元末明初杨景贤的《西游记》杂剧为六本二十四折。

②③ 见王国维《曲律》、戴不凡《王实甫年代新探》(《戴不凡戏曲研究论文集》)。

④ 徐复祚：《曲论》。

活方面。前者如仿作、改作、评注、移植等,如郑光祖《㑇梅香》等为仿作;陆采有《南西厢》、李日华有《南调西厢记》等为改作;明清以来评注《西厢记》者不下几十种,如《新编校正西厢记》(今存残页)、金台岳家重刻本《新刊奇妙全相注释西厢记五卷》、毗陵徐世范刊本《重刻元本题评音释西厢记二卷》、金圣叹《第六才子书》等。至于各地方剧种的移植改编,更是不胜枚举。

提起《西厢记》对社会生活的影响,我们首先不能不想起宫大用的《范张鸡黍》杂剧。那个依靠窃夺他人"万言长策"得官,而胸中实无点墨的王仲略,别人问起"读书的《春秋》",他就回答说:"小生不曾读《春秋》,敢是《西厢记》?"这里且不说王的浅薄无知,而他的胡诌却道出了人们把《西厢记》比作《春秋》的事实。明清以来,或称《西厢记》为《小春秋》①、《崔氏春秋》②、《关氏春秋》③、《游戏春秋》等④。这些称谓或以大小相喻,或突出剧中女主角,或突出相传中的作者,只有《游戏春秋》的说法别具一格,它是以赞赏作品曲文和某些关目为出发点,其赞赏文曰:

> 有斥《西厢》为淫书、情书者,其然与否?余如游夏于鲁史焉,惟美为文章,则余敢赞辞无他。即红娘之拒张生折,夫人于包含辩护之中,有义正词严之概。平心论之,允称"游戏春秋"。

这位作者既不为《西厢》被诋毁为"淫书"作一言以辨,又板起封建卫道者面孔去评论作品中某些关目,其观点实不足取,但他还是承

---

① 《雍熙乐府》卷十九《摘翠百咏小春秋》为百首歌咏《西厢》故事的散曲,又名《西厢百咏》。

② 李开先:《词谑》。

③ 黄鹄山人张雄飞《董解元西厢记序》:"《关氏春秋》世所故有,余既校而刻之矣,而'董记'号为最古,尤不可少者。"……(见《古本董解元西厢记》)。

④ 任讷《曲海扬波》卷三引刘豁安语。

认《西厢》可以称作《春秋》这一客观事实。

《西厢记》对社会生活的影响,明人李开先还记述了一则趣闻:

> 一贡士过关,把关指挥止之曰:"据汝举止,不似读书人。"因问治何经,答以《春秋》;复问《春秋》首句,答以"春王正月"。指挥骂曰:"《春秋》首句乃'游艺中原'尚然不知,果是作伪要冒渡关津者。"责十下而遣之。①

这位迂腐的儒生受到把关指挥的责打,其罪名竟是不知道《西厢记》乃当时的《春秋》经典。在这个城市里的下级交通指挥官的心目中,他是把《西厢记》看做儒家经典,甚至要取代儒家经典,由此可见其影响人心之大之深。

《西厢记》对社会生活的影响,还表现为封建卫道者对它的仇视和恐惧等方面,他们攻击《西厢记》是"邪书"②、"是诲淫之甚者";③咒骂作者书未写完就"忽然扑地,嚼舌而死"④,死后又被打入阿鼻地狱永远受苦。⑤ 其他还有什么《续西厢》、《翻西厢》、《新西厢》、《不了缘》等各种形式的篡改和歪曲原著之作,以达到消除或削弱《西厢记》传播反封建思想的目的。

然而,无论是攻击咒骂、或是篡改歪曲,也并没有阻止得了人们对《西厢记》的喜爱和赞扬。明代卓越的思想家李贽就提出《西厢》、《水浒》"皆古今至文"以反抗封建传统;⑥清代伟大的文学家曹雪芹,通过他笔下的人物贾宝玉和林黛玉阅读《西厢》、《还魂》等进步作品

---

① 李开先:《词谑》。

② 王晓传辑录《元明清三代禁毁小说戏曲史料》(1958 年作家出版社出版):《娄水沙溪里黄侃孝直功过格参订,凡不淫之类十一》。

③ 同上书《翼化堂条约》。

④ 梁恭辰:《劝戒录四编》卷四。

⑤ 顾公燮:《消夏闲记摘钞》卷下《陈眉公学问人品》。

⑥ 李贽《童心说》。

以表达对美好理想的追求;[①]五四时期,反封建浪潮汹涌澎湃,革命文学的先驱人物之一郭沫若就高度评价《西厢记》的划时代意义,称赞它是"有生命的人性战胜了无生命的礼教底凯旋歌、纪念塔"[②],把《西厢记》的思想提到歌颂人性的高度,以反对束缚人性的封建传统。这一切表明,在不同历史时期,人们总是要吸取《西厢记》中的民主性精华,为自己的进步主张与合理追求服务的。

建国以来,在党的"双百"方针指导下,《西厢记》研究呈现出蓬勃气象,新的校注本和各种研究论著不断出现。尤其近十年来,在大力建设物质文明的同时又加强精神文明建设,《西厢记》研究已从书本延展至文物,崔、张爱情故事发生的地点普救寺,在山西省、运城地区和永济县党政领导的重视下,成立了专门机构以修复这座"普天下佛寺无过普救"的宝刹[③]。据了解,"普救寺修复工程的总体规划……总占地面积 64.4 亩,全寺院外围墙总长 930 米,总建筑面积 4183 平方米。……前后建设周期计划四年时间"[④]。我们期待这一规划的实现。

第三节 《破窑记》和《丽春堂》

《破窑记》和《丽春堂》是王实甫留存下来的另外两部剧作。从题材上看,它们都有一定史实根据,但又并非去再现历史,而更多的

---

① 曹雪芹:《红楼梦》。

② 郭沫若:《〈西厢记〉艺术上的批判与其作者的性格》(载 1979 年人民文学出版社出版《文艺论集》)。

③ 董解元《西厢记诸宫调》卷一〔商调·玉抱肚〕。

④ 普救寺修复工程筹建工作资料专辑,《西厢》1985 年第四期裴洁《修复普救寺初步规划简要说明》。

是表现了作者对历史人物的看法。

《破窑记》写吕蒙正变泰发迹故事。大意谓吕未发迹时，与寇准同住洛阳破窑中。刘员外之女月娥在彩楼上掷绣球招亲，二人前往祝贺。月娥将绣球掷吕怀中。刘员外嫌吕贫穷欲赖婚，月娥坚执不从。其父怒逐月娥，月娥与吕住破窑中。吕每日去白马寺就斋，刘员外为激怒吕进取功名，乃咐咐寺中长老饭后鸣钟；又打破窑中锅碗等物，使吕不得温饱。再暗中助银寇准，让其进京应考。吕状元及第，授本处县令。返家时两试其妻，妻子很忠于爱情。刘员外前来庆贺、月娥、蒙正皆不相认，寇准说明原委，父女夫妇团圆。

据《宋史》记载，吕为河南人，寇为陕西人，二人并无同住洛阳城外破瓦窑读书之事；彩楼招亲，更属子虚乌有。吕父龟图，“太平兴国二年擢进士第一，授将作监丞，通判升州”。……吕父“多内庞，与妻刘氏不睦，并蒙正出之，颇沧踬窘乏”①……生活上可能不宽裕，但尚不至沦为住破瓦窑、就食寺庙，吕之穷困落泊，多是来自民间传说。如宋叶梦得《避暑录话》：“吕文穆公父龟图，与其母不睦，并文穆逐出之，羁旅于外，衣食殆不给。龙门山利涉院僧识其为贵人，延至寺中，为凿山岩为龛，居之。文穆处其间九年，乃出从秋试，一举为廷试第一”。又宋吴处厚《青箱杂记》记载同吕于此读书者有温仲舒，另一人名不传。

王实甫主要根据流传故事加以增饰铺排，以刘月娥为主角，戏剧情节围绕着她的婚姻大事展开。通过她的婚姻遭遇，我们不仅看到了在金元时代的中原地区富贵人家还有抛绣球招亲的习俗；而且还看到了出生在这样家庭的青年女子的婚姻理想及其可贵品格。“父母之命，媒妁之言”当然不是自主的婚姻方式，而认为“姻缘是天之所定”就要“凭天匹配”，恐怕也不是真正尊重了婚姻当事人的自主权。这种婚姻形式，表面上尊重了青年女子的选择权利，但那茫茫人海之中，她并不能对选中之人有所了解，因此抛绣球招亲带有很大程度的

---

① 《宋史·吕蒙正列传》。

盲目性和偶然性。这仍然是一种落后的婚姻形式。王实甫的高明之处在于他没有按照“姻缘天之所定”的路子去思考问题;相反,他倒是借用了这落后的婚姻形式,来表达一种进步的婚姻理想。丫头梅香要她把绣球抛与身着“锦绣衣服”的富家公子,不要抛与“那等穷酸饿醋的人”。她列举古人傅说、韩信、姜太公等人为例,总结出“寒门生将相”的道理。为了表达自己的婚姻理想,她嘱咐绣球:

> 绣球儿你寻一个心慈善性温良,有志气好文章……夫妻相待贫和富有何妨。……休打着那无恩情轻薄子,你寻一个知敬重画眉郎。

她对男方的要求不是物质财富,而是有志气、有才学、性情温和、尊重人。绣球打中吕蒙正,有“万百贯家缘”的父亲当然不承认这门亲事,她据理力争,不怕饥寒之苦的威胁,针锋相对地作了回答:

> 者莫他烧地权为炕,凿壁借偷光,一任教无底砂锅漏了饭汤;者莫是结就蜘蛛网、土炕芦席草房,那里有绣帏罗帐。您孩儿顺心处便是天堂。

不管吕蒙正如何穷困,只要本人心甘情愿,破瓦窑也是天堂。这就是刘月娥对父亲的回答。

吕上京应考求官,她当然也希望丈夫能够蟾宫折桂:“若得官呵,你为义夫,妾为节妇。”这乃是人之常情;而可贵的是她还有另外的思想准备:“你若提着一个瓦罐还家来,我可也不怨你。”她看重的是夫妻恩情,而不是富贵荣华。吕得官还家,先是改换了衣服,见到月娥就说:“我如今落薄了,不曾得官。”她毫不犹豫地回答:“便落薄何如!但得个身安乐,还家重完聚,问什么官不官,便待怎的。”

轻视功名富贵而看重夫妻感情,这是王实甫在《西厢记》中早已表现出来的一种进步婚姻观。男女爱情,夫妻恩爱不是政治、经济的附属物，在封建门阀婚姻制度之下，这种思想十分难能可贵。她表达了青年男女要求冲破封建罗网的束缚，要求不受干涉地过两相情愿的恩爱夫妻生活。在一些优秀的元杂剧中，也同样地表达了这样的进步思想，如《拜月亭》、《墙头马上》等。由此可见描写爱情婚姻问题作品的普遍社会意义。

由于吕蒙正不是主唱角色，剧中写他的变泰发迹故事并不突出，刘月娥抛绣球时对"寒门生将相"的感叹，寇准的"世间休把儒相弃，守寒窗终有峥嵘日"的断语，大概是作者对穷困儒生的一种精神慰藉，而不是作品所要表达的主旨。

另外，剧本第一折〔仙吕〕套本是正旦主唱，而中间却插入大净、二净分唱〔金字经〕曲文。从内容上看虽系科诨，但剧情并不游离。这大约也是杂剧体制未定型的例证。

《丽春堂》主要写金国右丞相、正受管军元帅完颜乐善与右副统军使李圭因蕤宾节射柳、打双陆游戏引起冲突，后释怨会饮丽春堂的故事。作品颂扬了武艺高强、为国家立过汗马功劳而又度量宏大的高级官员，揶揄了以声色歌舞得官而又心术不正的庸才，赞扬了内部团结。

剧中提到"破虏平戎，灭辽取宋，中原统，建四十里金镛，率万国来朝贡"（一折〔仙吕·点绛唇〕）、"则俺那仁慈的明圣主，掌一统锦华夷"（二折〔红绣鞋〕）。略可推断事件发生在金人入侵中原、赵宋王朝南迁之后。

剧中人物执宴官徒单克宁见于《金史》卷九十二，其《列传》略云：

> 徒单克宁本名习显，其先金源县人……后从置猛安于山东，遂占籍莱州。……善骑射，有勇略……克宁改益都尹，兼山东路兵马都总管、行军都统。……迁枢密副使，兼知大兴府事……（大定）十九年，拜右丞相，徙封谭国公。克宁辞曰："臣无功，不明国家大事，更内外重任，当自愧。乞归田里，以尽馀年。"上曰：

“朕念众人之功无出卿右者，卿慎重得大臣体，毋复多让。”……二十一年，左丞相守道为尚书令，克宁于左丞相，徙封定国公。

奇怪的是，《丽春堂》杂剧中的徒单克宁上场的说白，几乎与正史记载全同：

老夫完颜女真人氏，小字徒单克宁，祖居莱州人也。幼年善骑射，有勇略，曾为山东路兵马都总管行军都统，后迁枢密院副使，兼知大兴府事，官拜右丞相。老夫受恩甚厚，以年老乞归田里。圣人言曰：“联念众臣之功，无出卿右者，今拜左丞相之职……”

两者文字几乎完全相同，这就带来了“谁抄谁”的问题。根据一般情况进行分析，修史书的作者不会去直抄剧本中人物的说白；而写剧本的王实甫，也不会和不可能直抄《金史》中人物本传文字①。已故戏曲理论家戴不凡先生对此做过一种推测，他认为：“王实甫本来就是金朝人（元初或许就活着，但已经是晚年了）。所以他对金朝这位名臣感到很大兴趣，所以对徒单克宁的身世叙写和史实毫发不爽。”②这个推测颇有见地，它可以启发读者认真思考。除此之外，是不是还有另一种可能，撰写《金史·徒单克宁本传》所依据的原始材料和王实甫写《春丽堂》中徒单克宁所依据的原始材料是同出一源的，他们都曾照抄史料文字，以致造成不谋而合？

剧中的主角完颜乐善是女真人，于史无考。他自称“幼年跟随郎主，南征北讨，东荡西除”，立下汗马功劳。李圭也是女真人，是虚构人物，他以“会做院本”、“会唱杂剧”得官，毫无安邦治国本领。他们

---

① 《金史》修成于元顺帝至正四年（公元1344年），王实甫决不可能活到《金史》修成之后去抄录徒单克宁本传文字。

② 戴不凡：《王实甫年代新探》。

的矛盾冲突及其解决，反映了时治时乱的政治形势，树立了评价封建官员的政治、道德标准，从一个侧面再现了这个民族的官场生活。

作品还真实地保留了女真人的一些生活习俗，如蕤宾节射柳为戏在《金史》中就有记载，该书卷三十五《礼八·拜天》云：

> 凡重五日"拜天"礼毕，插柳球场，为两行，当射者以尊卑序，各以帕识其枝，去地约数寸，削其皮而白之。先以一人驰马前导，后驰马以无羽横簇箭射之，既断柳，又以手接而驰去者，为上。断而不能接去者，次之。或断其青处，及中而不能断，与不能中者，为负。

又金世宗大定三年五月亦记云："以重五，幸广乐园射柳，命皇太子、亲王、百官皆射，胜者赐物有差。"

这就是作品所写射柳为戏的具体说明。此外，剧中还选用了〔风流体〕、〔搅筝琶〕等金人乐曲，更加重了作品浓厚的民族色彩。

第七章　马致远的《汉宫秋》和其他杂剧

第一节　马致远的生平与著作

与关汉卿、王实甫一样，作为"元曲四大家"之一的马致远，正史不录，其生平事迹也不可确考。据《录鬼簿》马致远小传云："大都人，号东篱。任江浙行省务官。"

这里只记载了他的籍贯、名号和官职，其馀则一无所知。该书李时中剧目《开坛阐教黄粱梦》下则注云："第一折马致远，第二折李时中，第三折花李郎学士，第四折红字李二。"据此又知他曾与民间艺人合作编剧，可能度过一段与社会下层人物为友的生活。

马致远的生平事迹，虽然没有直接的文字资料记述，可是，他留存下来的一些作品中，却或显或隐地透露了他在人生旅途中的际遇和追求的轨迹。青少年时代，他对功名富贵非常向往，认为学优而仕是正理："叹寒儒，谩读书，读书须索题桥柱"（〔双调·拨不断〕）；他曾向统治者献诗以求干谒："且念鲰生自年幼，写诗曾献上龙楼"（〔黄钟·女冠子〕残套）。他的追求可能遇到阻力，以致不时发出"困煞中原一布衣……登楼意，恨无上天梯"之叹（〔南吕·金字经〕）。在"这壁拦住贤路，那壁又挡住仕途"的黑暗现实社会，他不知经过了几多曲折奋斗，终于做了一个从五品的"江浙行省务官"吏员。从一些作品进行推测，他的仕途生涯也并不如意，也许五十岁以前就退隐林下了："绿鬓衰，朱颜改，羞把尘容画麟台。故园风景依然在。三顷田，五亩宅，归去来。"(〔南吕·四块玉〕《恬退》)"两鬓皤，中年过，图甚区区苦张罗。人间宠辱都参破。种春风二顷田，远红尘千丈波，倒大来闲快活。"(〔南吕·四块玉〕《叹世》)对于"龙楼凤阁"的官场生活，他的感情比较复杂："九重天，二十年，龙楼凤阁都曾见，绿水青山任自然。旧时王谢堂前燕，再不复海棠庭院。"(〔双调·拨不断〕)或是夸耀、留恋"二十年"的"龙楼凤阁"生活？或是将"龙楼凤阁"与"绿水青山"作对比？或是为失去"旧时王谢"豪华而叹惋？作者思想深处的隐秘，恐怕决不是单纯不变的。作品中的"二十年"，很可能是他仕途生涯时间的概括，他对这段经历有颇深的感受："世事饱谙多，二十年漂泊生涯。"(〔大石调·青杏子〕《悟迷》套)一切都是空虚梦幻，无论英雄豪杰、帝王将相，到头来，"纵荒坟横断碑，不辨龙蛇"(〔双调·夜行船〕《秋思》)。他经历了"半世蹉跎"，把"人间宠辱都参破"之后，就没有再入仕途，而是以退隐方式进行消极的反抗，并与民间艺人合作写剧。据今所知，他写杂剧15种，今存《江州司马青衫泪》、《半夜雷轰荐福碑》、《太华山陈抟高卧》、《破幽梦孤雁汉宫秋》、《吕洞宾三醉岳阳楼》、《马丹阳三度任风子》、《开坛阐教黄粱梦》等七种；《刘阮误入桃源洞》一种存有残曲；《风雪骑驴孟浩然》、《冻吟诗踏雪寻梅》、《吕太后彘戚夫人》、《王祖师三度马丹阳》、《孟朝云风雪岁寒亭》、《吕蒙正风雪斋后钟》等六种全佚。散曲流传至今者有小令115篇，套数16套和残套7种，以杂剧《汉宫秋》最为有名。

第二节　《汉宫秋》

《汉宫秋》取材于历史上的昭君和亲故事，这个故事既见于正史，又为历代文人吟咏，并在民间广泛流传。迨马致远将故事搬上舞台之前，故事已流传一千年了。在流传过程中，对昭君和亲事件反对者有之，赞成者有之，同情者有之，借题发挥、利用故事表达个人对现实社会批评者亦有之。这是不同时代的作家们的古为今用，从不同方面、不同程度地反映了那个社会的时代精神。

正史记载昭君和亲故事的有《汉书·元帝纪》、《汉书·匈奴传》和《后汉书·南匈奴传》，以上各篇的共同点都是记昭君为元帝后宫宫女。为表示与匈奴呼韩邪单于友好，元帝将昭君赐予单于。昭君到匈奴后生子育女。单于死，其前妻之子复株累若鞮单于复妻昭君。除此之外，《南匈奴传》则增加了"昭君入宫数载，不得见御，积悲怨，乃请掖庭令求行"等情节。

《汉书》作者班固生于光武帝建武八年（公元32年），卒于和帝永元四年（公元92年）。距昭君和亲事（元帝竟宁元年，即公元前33年）约为120馀年，许多事尚不能详记；而《后汉书》的作者范晔为南朝宋人，他生于晋安帝隆安二年（公元398年），卒于宋少帝元嘉二十二年（公元445年）距昭君和亲事件已四百年，但他却能写得如此有声有色。可以推想范氏受到民间故事影响。

再看看影响较大的流传故事和一些诗歌。

晋人葛洪《西京杂记》记云：

> 元帝后宫既多，不得常见，乃使画工图形，案图召幸之。宫人皆赂画工……独王嫱不肯，遂不得见。匈奴入朝，求美人为阏氏，于是上案图，以昭君行。及去，召见，貌为后宫第一……帝悔之，而名籍已定，帝重信于外国，故不复更人。乃案穷其事，画工皆弃市，籍其家资皆巨万。画工有杜陵毛延寿……安陵陈敞，新丰刘白、龚宽……同日弃市。

故事表现了对昭君的同情、对皇帝的讥讽、对贪污索贿者的痛恨。它摆脱了正史记载的束缚，赋予了故事更多的民间色彩。这则故事为《汉宫秋》提供了必要的人物和情节依据。

唐宋以来，昭君和亲故事广泛地被诗人作为题咏题材，由于种种复杂的社会、历史原因，诗人们不再仅仅从昭君个人角度哀其不幸或怜其远嫁，也不再仅仅斥责画师和讥讽皇帝，而把笔触投向造成昭君不幸的民族矛盾与和亲政策，唐代诗人宋之问的《王昭君》诗就涉及了民族矛盾问题，其诗云：

> 非君惜鸾殿，非妾妒娥眉。薄命由骄虏，无情是画师……（此诗或谓沈佺期作）

明确表示反对和亲政策，并指责统治者无能的有唐代诗人戎昱，他毫不客气地指出"汉家青史上，计拙是和亲"之非，又批评"社稷依明主，安危托妇人"的反常（《咏史》）。另一唐代诗人徐夤在《明妃》诗中也表达了类似观点："不用牵心恨画工，帝家无策及边戎。香魂若得升明月，夜夜还应照汉宫。"

唐代诗人中，也有赞扬和亲政策者，如张仲素《王明君》诗云：

> 仙娥今下嫁，骄子自同和。剑戟归田尽，牛羊绕塞多。

这些对昭君和亲故事的不同态度，曲折地反映了唐代诗人对时战时和的"边塞"问题的不同看法。

到宋代，封建王朝中各政治集团的明争暗斗，一些大臣们的宠辱得失；少数民族政权与赵宋王朝经常的刀枪厮杀，各种各样复杂矛盾所凝聚的情绪，也常常通过吟咏昭君和亲故事表现出来。如改革家王安石的"君不见咫尺长门闭阿娇，人生失意无南北"（《明妃曲》）所表达的对仁宗皇帝不支持其主张的失望情绪；苏轼的"古来人事尽如此，反复纵横安可知"（《昭君村》）所表达的对个人仕途坎坷的感慨不平；李纲的"宁辞玉质配胡虏，但恨拙谋辞汉家"（《明妃曲》）所表达的对宋王朝的妥协投降政策的不满，等等。

上述唐宋诗人之作有一个共同特点，那就是反映昭君个人悲怨成分逐渐减少，民族意识逐渐加强，诗人多以自己主观情绪渗透作品之中，时代色彩也愈来愈浓厚。

马致远之前，金、元之间还有一些以昭君和亲故事为题材之作，如金人王元节的《青冢》、金末元初人元好问的《玉楼春》词（“惊沙猎猎风成阵”首）、耶律楚材的《过青冢用先君文献公韵》、《过青冢次贾抟霄韵》二首以及杨奂的《酬昭君怨》等，这些作品对昭君的不幸寄予了深厚的同情，对昏庸无能的统治者进行了辛辣的讽刺。早于马致远的关汉卿曾写过《汉元帝哭昭君》杂剧，其剧虽不传，但观其剧名也是一个悲剧故事。或与马致远同时的吴昌龄也写过《月夜走昭君》、张时起写过《昭君出塞》，二剧皆佚失。

马致远的《汉宫秋》既不是敷演正史记载的昭君和亲事件，也不是把流传民间的昭君和亲故事原封不动地搬上舞台，而是从自己的时代感受和对昭君和亲事件的认识的再创作。它突破了历史的局限，对流传的昭君和亲事件背景、方式、人物身份及其结局等，都做了符合时代要求的处理，其中有些处理可以说是马致远的创造。其大意谓番王呼韩邪单于遣使进贡，欲请汉朝公主为婚。汉元帝以“后宫寂寞”，乃派中大夫毛延寿为“选择使”，刷选宫女，“将选中者各图形一轴送来”，以便“按图临幸”。毛延寿选美女时向王昭君索取贿赂。王“全然不肯”。毛将其图上“点些破绽”，元帝将王“发入冷宫”。一夜自弹琵琶消遣，被元帝发现其美。问其情由，始知毛索贿不遂报复昭君等情，乃下令“拿毛延寿斩首报来”。毛闻讯，携图逃至番王处，挑拨番王指名要昭君和亲。此时番王正因求婚不遂而有“起兵南侵”之意，一见毛所献图，就派使者指名索取昭君：“若不肯与，不日南侵，江山难保。”汉朝文武大臣都无力御侮，力主昭君和亲。元帝痛苦无奈，昭君挺身而出，为报元帝“厚恩”和“得息刀兵”而“情愿和番”。却在番、汉交界之处投江自杀。番王绑送毛还汉朝。元帝夜梦昭君，被雁叫声惊醒，将毛处斩。

作品一方面鞭挞了民族败类的“忘恩咬主”（《汉宫秋》二折），揭露了外敌的恃强凌弱，谴责了文武大臣的胆怯无用，暴露了皇帝的昏庸无能；另一方面也歌颂了一个妇女的崇高民族气节。第四折写元帝对昭君的思念，更多地渗透了作者凄凉失望之情。

与正史记载或流传的昭君和亲故事相比较，《汉宫秋》在以下几方面都有所不同：

1. 和亲背景不同：正史记载昭君和亲时，汉朝和匈奴和睦共处，双方都无心也无力量打仗，和亲带来了双方五十馀年的和平与安宁；《汉》剧写昭君和亲则是匈奴强大，汉朝衰弱。

2. 和亲方式不同：正史记载昭君和亲是出自元帝的赐予；《汉》剧写昭君和亲则是出于被武力所胁迫，带有民族压迫性质。

3. 毛延寿身份不同：史书并无毛延寿其人其事的记载，流传故事中的毛延寿则是画师，是索贿不遂而陷害昭君的一般坏人；《汉》剧中的毛延寿则是"中大夫"，既是贪官，又是变节投敌、挑起事端的民族败类。人物身份的改变，更深刻地揭露了统治阶级的腐朽和民族矛盾的社会背景。

4. 和亲结局不同：正史记载昭君和亲去到番邦生子育女，并"从胡俗"为两代单于阏氏；《汉》剧则写昭君未去番邦而投江自杀，歌颂了民族气节。

《汉》剧对正史和流传故事的改变，主要应从作者所生活的时代去寻求回答。马致远生活在民族矛盾深重的元代，歌颂民族气节、反对民族压迫是一种可贵的时代精神，作者创造性地处理了这一历史故事，应该得到充分的肯定。

从明代到近代，人们对《汉》剧都作了很高的评价，臧晋叔《元曲选》将它列为第一。焦循《剧说》亦云：

> 王昭君事，见《汉书》。《西京杂记》有诛画工事。元、明以来，作昭君杂剧者有四家，马东篱《汉宫秋》一剧，可称绝调，臧晋叔《元曲选》取为第一，良非虚美。

《汉宫秋》曲词之美，历来都被评论者所称道，梁廷楠举一折〔混江龙〕、〔赚煞〕为例，评之为"写景、写情，当行出色，元曲中第一义也"。王国维《宋元戏曲考》亦举其三折〔梅花酒〕、〔收江南〕、〔鸳鸯煞〕例，誉之为"写景之工者"。至于剧本未落大团圆俗套而有悲剧性质，王国维与刘大杰等亦给予了充分肯定①。

从1961年以来，史学界的研究者对《汉宫秋》的评价提出了异说，认为剧作者把皇帝写成"情种"、"画师是败类，王昭君是封建专制主义最驯服的奴才，匈奴人是汉王朝最凶恶的敌人，而昭君出塞则是中国历史上涂不掉的屈辱的印记"②。所以认定《汉宫秋》缺乏历史真实。这位研究者所说的真实是指历史史实的真相，是史学家的态度和眼光；我们所理解的"真实"是指作品中的艺术真实，即经过典型化的生活真实。两个不同领域的研究者不能把自己的观点强加给另一领域的研究者，否则将会造成混乱，理论上既说不清楚，实践中也会产生消极影响。像为曹操翻案而要否定《三国演义》就是很好的实例。

《汉宫秋》对后世戏剧有很大影响，明杂剧有陈与郊《昭君出塞》一折③，不言其死，不言其嫁，其中〔北双调·新水令〕、〔北雁儿落带得胜令〕袭用《汉宫秋》曲文；明传奇有佚名的《和戎记》基本上袭用《汉宫秋》情节而略有增饰④。清人尤侗《吊琵琶》杂剧前三折全本《汉宫秋》情节，第四折写蔡文姬祭奠昭君，并为正史记载昭君和亲事辨诬，她的奠词有云：

---

① 王国维《宋元戏曲考·元剧之文章》："明以后，传奇无非喜剧，而元则有悲剧在其中。就其存者言之：如《汉宫秋》、《梧桐雨》……《张千替杀妻》等，初无所谓先离后合，始困终亨之事也。"刘大杰《中国文学发展史》在谈到《汉宫秋》和《梧桐雨》时说："至于他们在结构上，写成悲剧，而未落那种大团圆的旧套，这是比较可取的。"

② 翦伯赞：《从西汉的和亲政策说到昭君出塞》（见《光明日报》1961年2月5日）。

③ 见《盛明杂剧》。

④ 见《古本戏曲丛刊二集》。

> 昭君,你投水而亡,生为汉妃,死为汉鬼。后人乃云先嫁单于,复为株累单于妇,父子聚麀,岂不点污清白乎!①

不仅如此,她还责备修史书者"怎将汉宫人扭入《匈奴传》"。联系到作者仕途坎坷等情况,这些矫枉过正的愤激之言是可以理解的。

第三节 《荐福碑》及其他

马致远除了《汉宫秋》之外,流传至今的杂剧还有《荐福碑》、《青衫泪》、《黄粱梦》、《任风子》、《岳阳楼》和《陈抟高卧》六种;另有《刘阮误入桃源洞》仅存一支残曲。

这些作品或写神仙度脱,或写隐居乐道,或写失意文人的坎坷生活。从作品的思想情调看,《荐福碑》的写成时间可能较早,《青衫泪》可能是仕途失意时所作,其馀诸作可能是归隐之后写成。

《荐福碑》写书生张镐历尽磨难终于得官的故事。大意谓穷教学张镐得朋友范仲淹三封投人书信,又带走他的"万言长策"。第一封信投黄员外,黄当夜患"急心疼"而死;第二封信投刘士林,信未至而刘已亡。张灰心丧气,不再去投第三封信。路上遇馆东张浩。此时范已举荐张镐为官,镐不在,却被馆东冒名顶替,走马上任。馆东派仆人杀镐,仆人将镐放走回报,馆东又欲杀仆人灭口。后为扬州太守宋公序捉拿归案。张镐逃脱后投宿荐福寺,寺中长老拟将寺内颜真卿所书"荐福碑"拓下以作进京路费。不料当夜碑被龙神轰毁,镐几欲自杀,适遇范仲淹得救。范带镐进京应试,中了状元。此时宋也将张浩等人带到京城。杀张浩,镐娶宋女,官吉阳县令。

---

① 见《杂剧三集》。

故事来源于宋人笔记《冷斋夜话》和《续墨客挥犀》。剧中人物和事件则多随意点染、张冠李戴，借以抒发胸中块垒。《曲海总目提要》辨其本事云：

> 事有根据，但碑本欧阳询书，今作颜真卿。打碑本范仲淹事，今作寺僧。其张镐姓名，及触龙神以致雷击，又有张浩以姓名相同，冒认之官，且谋杀镐，俱凭空造出。宋公序即宋庠之字，亦是随意点入。

张镐流落潞州长子县张家庄以教书糊口，其生活之穷困，前途之渺茫，使他几失声痛哭：

> 常言道七贫七富，我便是阮籍般依旧哭穷途。我住着半间儿草舍，再谁承望三顾茅庐。则我这饭甑有尘生计拙，越越的门庭无径旧游疏。既有这上天梯，可怎生不着我这青霄步。我可便望兰堂画阁，划地着我瓮牖桑枢。

一个具有"高才大德，博学广文"之人，竟然穷困到几乎衣食无着的地步。天章阁学士范仲淹来此相访，并问他为什么不进取功名富贵，他认为现实社会是非颠倒，贤愚不分，入仕十分困难：

> 这壁拦住贤路，那壁又挡住仕途，如今这越聪明越受聪明苦，越痴呆越享了痴呆福，越糊突（涂）越有了糊突（涂）富，则这有银的陶令不休官，无钱的子张学干禄。

他埋怨那些鼓励人们读书上进的"总是虚"的"前贤语"；后悔"去这六经中枉下了死工夫"；感叹自己"少年已被儒冠误"……"读书无用"，士人沦落，与作者的一些抒情散曲相对照，张镐身上渗透了自己的思想感情。清人梁廷楠评此曲为："愤世嫉俗之言。……至此，不泣数行下者，几希矣。”

张镐两次投人不着，决定再回长子县张家庄龙神庙避雨，掷珓不利，他借题发挥，大骂龙神是“披甲的曲蟮，带甲的泥鳅”，骂它“戏弄”了“国家白衣卿相”，并题诗一首云：“雨旸时若在仁君，鼎鼐调和有大臣。同舍若能知此事，谩将香火赛龙神。”他要打碎龙王爷的祭享衣钵，当然就惹起了龙神的恼怒。奇怪的是，这个龙神决定要报复张镐时，竟然是以居高临下的统治者或决策者的口气狠狠地说：“你本是儒人，我着你今后不如人。”是否超出凡人和龙神对骂的寓意，观众和读者可以自己去体会。元代的“九儒十丐”之说，恐怕不是个别知识分子杜撰出来的等级差别。还有，龙神轰碎“荐福碑”文，绝了张镐出路，他更是怒不可遏，要与龙神势不两立：

> 把似你便逞头角欺负俺这秀才，把似你便有牙爪近取那澹台。周处也曾除三害，我若得那魏征剑来，我可也敢驱上斩龙台。

凡人张镐，一介书生，竟然和神龙有这样尖锐的矛盾，他竟要仿效魏征、周处，要斩除神龙而后快。这是不是元代穷途末路的儒生对统治者的强烈不满情绪的曲折流露？

张镐的“万言长策”受到皇帝重视，被授予吉阳县令官职，这已经够理想化了；见了皇帝，“日不移影，对策百篇”，皇帝欢喜，竟把他“加为头名状元”，更令人难以设想。元代知识分子政治上受压抑，经济上很贫困，锺嗣成所说的元代曲家“门第卑微，职位不振”大概符合当时大部分下层知识分子实际，《金凤钗》、《罗李郎》、《忍字记》、《灰阑记》、《合同文字》、《王粲登楼》等作品中透露出来的儒生生活，是可以作为《荐福碑》的佐证的。

《荐福碑》更多地抒发了作者对功名富贵的强烈追求，追求不得的苦恼和得官后的喜悦，把它放在马致远青少年时代是比较合适的。

《青衫泪》写白居易贬官复官故事，其中贯穿了与妓女裴兴奴相爱、失散与团圆的爱情线索。事本白氏《琵琶行》诗。剧中的贾岛、孟浩然、元稹等虽是历史上的真人，但他们与剧中所写之事并无关涉。《曲海总目提要》辨其本事最详："谓白居易、裴兴奴江州相遇，其事不实。因居易《琵琶行》'江州司马青衫湿'，故以为名也。"其人物关系与主要事实也与史实不合："按居易与稹最善，然居易在江州，稹亦方贬官，无采访江南之事。居易由中书舍人贬，非为侍郎，亦未尝为吏部也。贾岛虽同时，颇少赠答。孟浩然，开元天宝时人，相去悬绝矣。盖因乐天《琵琶行》，有'老大嫁做商人妇'，及'商人重利'买茶等语，遂求其人以实之，借名于裴兴奴也。……洪迈之论，以为易官其地，岂有唤商妇至船与客饮酒之事，盖系假托，此则竟谓夺之以归，更失官箴矣。"《提要》的作者太拘泥于史实的真实；洪迈之论则颇多道学气味。但他们的议论都表明，马致远写白居易这段故事，仍是渗透了作者仕途坎坷失意的思想感情。

剧中言居易贬官原因是皇帝以"文臣中多尚浮华，各以诗酒相胜，不肯尽心守职，中间白居易、刘禹锡、柳宗元等，尤以做诗做文误却政事"之罪名，"将白居易贬江州司马"。……查检《旧唐书·白居易列传》也确有这段公案：

> （元和）十年（公元 815 年）七月，盗杀宰相武元衡，居易首上疏论其冤，急请捕贼以雪国耻。宰相以宫官非谏职，不当先谏官言事。会有素恶居易者，掎摭居易，言浮华无行，其母因看花堕井而死，而居易作《赏花》及《新井》诗，甚伤名教，不宜置彼周行。执政方恶其言事，奏贬为江表刺史。诏出，中书舍人王涯上疏论之，言居易所犯状迹，不宜治郡，追诏授江州司马。

这段史料大概就是剧本写白居易被贬江州司马之所本。

奇怪的是，居易贬官，本人没有发什么牢骚反而作了些"自我批评"，说什么："目今主上图治心切，不尚浮藻，将某左迁江州司马，刻日走马上任。别事都罢，只是近日与裴兴奴相伴颇洽……须索与他说一声。”而身居风尘的妓女裴兴奴，却居然为心上人白居易打抱不平：“人说白侍郎吟诗吃酒，误了政事。前人也有这等的。”不仅如此，她还以李白风流韵事为例，把矛头曲折地指向了执政者：

> 只那长安市李谪仙，他向酒里卧酒里眠，尚古自得贵妃捧砚，常走马在五凤楼前。偏教他江州迭配三千里，可不道吏部文章二百年，甚些的纳士招贤！

昔日的诗人李白受到尊重，今天的诗人白居易却被贬责。“纳士招贤”不过一句好听的空话而已。从李白和白居易都喜诗酒而遭遇不同看来，玄宗皇帝比宪宗皇帝宽宏大量得多。矛头对准“当今”需要有足够的胆识，这大概是作者要通过裴兴奴之口，以白居易遭贬事借题发挥来倾吐自己胸中块垒吧！

白居易复官，一是元稹说他“无罪远谪”，二是皇帝“惜他才华”，恢复了侍郎之职。功名富贵，花好月圆，男女主人公应该是高兴和满足了。而裴兴奴却偏偏又说了几句调皮话：“俺只道他是个诗措大酒游花，却元来也会治国平天下。”她为知识分子申诉委屈，为他们扬眉吐气。这更多地表现了作者的生活理想和追求，而不是元代社会的生活真实。

以上二剧，无论是穷困书生张镐以“万言长策”而得状元，或是被贬官员白居易赖友人保奏而复职，这些都不是元代社会知识分子可能有的真正出路，而更多的是表现了作者的生活理想与追求。出路在哪里？马致远继续通过他的作品对生活真谛寻求解答。从现存的《岳阳楼》、《任风子》、《陈抟高卧》、《黄粱梦》等杂剧可以看出，他的答案有二：一是入仙得道，终成正果；二是隐居乐道，甘老山林。前者以《岳》、《任》、《黄》三剧为代表，后者以《陈》剧为代表。

《岳》、《任》、《黄》三剧都是写的神仙度脱故事。或度脱书生，或度脱草木成精的茶馆老板，或度脱“稍有些水陆田庄”的市井小民。这些作品的共同基调则是对功名富贵、酒色财气和人我是非的否定，更多地表现了作者逃避现实的思想感情。

在三个度脱剧中,《岳》、《任》二剧思想、艺术无多可取之处:或充斥着仙家说教,关目平淡无奇;或赞扬灭绝人性行为,肯定出家人摔杀亲生儿子。这是神仙度脱剧的失败之笔。

《黄粱梦》与前二剧不尽相同,它更多地表现了下层市民的思想,此剧的合作者花李郎、红字李二都是当时的民间艺人。剧本本事非出一源,它摭取了《异闻集·吕翁》和唐人传奇《枕中记》等的人物和故事,张冠李戴,随意点染,前人评之为"空中楼阁"①,倒也道出了剧本作家们不拘泥于流传故事的创造精神。

和其他神仙度脱剧一样,《黄粱梦》也写了仙人钟离权对纷攘人世的厌弃,对"物外自由身"(剧本一折)的仙家生活的宣扬:

> 当日个曾逢关尹,至今遗下五千文。大刚来玄虚为本,清净为门。虽然是草舍茅庵一道士,伴着这清风明月两闲人。也不道甚的秋、甚的春,甚的汉、甚的秦。长则是习疏狂、耽懒散、佯装钝,把些个人间富贵,都做了眼底浮云。

然而,作者没有把注意力仅仅集中在神仙度脱方面,而是更多地涉及封建社会的黑暗官场和封建官僚的家庭丑闻。书生吕岩应举得官,拜兵马大元帅,又招赘在高太尉府中,可谓享尽了人间富贵荣华。这样的人理当清廉自守以报国家。可是,他奉命出征吴元济,却收了吴的三斗珍珠和一提黄金后卖阵而回。他的妻子又趁他离家之时与魏尚书的儿子通奸。整个统治阶级的黑暗腐朽,又都通过幻想中的梦境形式暴露出来。

以上三个作品,无论是《岳阳楼》中的郭马儿,《任风子》中的任屠,或是《黄粱梦》中的吕岩,尽管他们各自的身份和遭遇不同,但在被度脱得道的过程中,又都经过了酒色财气、功名富贵、人我是非的

---

① 梁廷楠:《曲话》。

困惑与缠绕的艰难甚至是痛苦的历程:郭马儿被逼着杀妻、任屠休妻摔子、吕岩的一双儿女被强盗摔杀……这种对正常人性的种种扭曲,是作者在寻求生活真谛时所产生的不可克服的内心矛盾的曲折表现。到本不存在的仙境去寻求解脱的希望破灭了。

人称“马神仙”的马致远的神仙度脱杂剧开了元代描写这类题材之风气,诸如李寿卿的《度柳翠》、岳伯川的《铁拐李岳》、范康的《竹叶舟》,以及元末明初谷子敬的《城南柳》、杨景贤的《刘行首》、贾仲名的《升仙梦》和《金童玉女》等,莫不受到影响。而这些剧的流行,与元代统治者提倡全真教有密切关系。

《陈抟高卧》是马致远追求隐居乐道生活的代表作品。陈抟是历史人物,《宋史》本传记其生平事较详。他是五代至宋初的隐士。早年读书,“颇以诗名”。后唐长兴年间(公元930~933年)“举进士不第,遂不求禄仕,以山水为乐”。先隐居武当山二十馀年,后移居华山,“每寝处,多百馀日不起”。后周世宗好黄白术,显德三年,召抟入宫问其术,他说:“陛下为四海之主,当以致治为念,奈何留意黄白之事乎?”封为谏议大夫,抟“固辞不受”。太平兴国(公元976~983年)入朝,宋太宗“待之甚厚”,后誉之曰:“抟独善其身,不干势利,所谓方外之士也。”①又“下诏希夷先生”。端拱二年(公元989年)卒。宋人刘斧《青琐高议·希夷先生传》亦详记其事。

马致远选取了一个历史上有文才、考试不第后归隐、善长睡的“独善其身”的人物,作为剧本的主人公很有深意。陈抟身上有作者自己的影子,讴歌陈抟也就是肯定了自己追求的理想。

当然,在创作过程中,作者决不是去照搬人物的历史传记,而是结合自己的时代感受,在人物身上渗透了能够表达个人理想的时代精神。

剧中的陈抟虽是隐士,但他并未忘怀现实。他望见中原地带“旺气非常”,就从太华山来到汴梁竹桥边卖卦,寻找“真命治世”之主。

---

① 《宋史·隐逸列传》。

一见赵玄朗(即赵匡胤)弟兄前来求卦,他马上就当面喊出:“你君臣每元来在这搭儿相随定,这五代史里胡厮杀不曾住程。休则管埋名隐姓,却教谁救那苦恹恹天下生灵!”他把赵及其义弟郑恩领至僻静酒肆,又是呼“陛下”,又是称“太平天子”,又为赵、郑二人分析天下形势,说什么“陛下欲知兴龙之地,莫如汴梁”。接着又把汴梁在军事上的地理优势,如数家珍般地和盘托出:完全不像一个隐士的口吻,而倒像卧龙岗上向刘备纵谈天下形势的孔明。

天下混乱,希望有“治世”之主出来,这虽是作者政治理想的寄托,但是作者自己并不想建功立业:

> 我往常读书求进身,学剑随时混,文能匡社稷,武可定乾坤,豪气凌云。……
>
> 从逢着那买卦的潜龙帝王,饶了个算命的开国功臣,便即时拂袖归山隐。全不管人间甲子,单则守洞里庚申。……

党继恩奉圣命前来相请,他一再表示自己乃“物外之人,无心名利”。最后被逼不过,随党进了京城:“道人非为苍生起,只是报圣主招贤意。”他不是为了功名富贵而来的。

皇帝劝他做官,他不仅一再表示拒绝,而且还说了些颇有点“犯上”之嫌的难听话:“贫道山野懒人,不愿为官。”“虽然道:‘臣事君以忠,君使臣以礼’,哎,这便是死无葬身之地。”

陈抟超脱而又不能摆脱,入世而又不入仕,前者表明作者与社会现实、人民大众还有一定联系;后者则表明作者与统治阶级又保持了距离。这一人生哲学和处世态度,恐怕是更和马致远这种类型知识分子的人生追求相吻合。

马致远的杂剧在艺术风格上有一个显著的特点,就是曲文充满了浓烈的抒情性。一般地说,作为代言体的戏剧,主要应该通过剧中人物、故事和戏剧冲突及其结果的描写,来表现作品的倾向,而不是蓄意地要抒发自己的思想感情。马致远的作品则不然,无论《汉宫秋》、《荐福碑》、《青衫泪》，或者是一些神仙度脱剧，都常常渗透作者主观的思想情感。有时在个别作品中，甚至脱离人物身份和具体环境作一些几乎是随意性的抒发，如《任风子》二折写归道后的任屠的内心追求：

> 高山流水知音许，古木苍烟入画图。学列子乘风，子房归道，陶令休官，范蠡归湖。

这里不仅有对道家列子的仰慕，而且更多的是对功成身退或保持气节归隐的仕途中人的颂扬。一个杀猪的屠户，一个市井小民，怎么能产生那种归隐高士或失意文人的思想情感呢？很显然，这是作者自我感情的抒发，与《汉宫秋》、《荐福碑》、《青衫泪》、《黄粱梦》、《陈抟高卧》等作品相比较，这种抒情不能算是成功之笔。

马致远的剧作，文词典雅清丽，有独特的艺术风格。明清以来，一直得到高度评价，有的研究者甚至贬低关汉卿和王实甫，将他名列元人第一，给予他“群英之上”的崇高地位①。这显然是一种偏见。但是也不可否认，从他现存杂剧所取得的成就看，马氏作为“元曲四大家”之一还是说得过去的。

---

① 朱权：《太和正音谱》。

第八章 白朴、郑廷玉和高文秀

在前期杂剧作家中，白朴、郑廷玉和高文秀的年代都较早，剧本也较多，又都有其成功之作，故将他们列在一起，再分别论述。

第一节 白朴的《梧桐雨》和其他杂剧

白朴字太素，号兰谷，原名恒，字仁甫。祖籍河曲隩州（今山西省曲沃县）人。金哀宗正大三年（公元 1226 年）生于河南开封，约卒于元成宗大德十年（公元 1306 年）或略后。

白朴父白华，金贞祐三年（公元 1215 年）进士，入翰林，仕至枢密院判官、右司郎中。华有诗名，与诗人元好问世交，过从甚密。人称"元白为中州世契，两家子弟，每举长庆故事，以诗文相往来"①。金哀宗天兴元年（公元 1232 年），蒙古兵围开封，哀宗出走。次年春，京城变乱，白朴"苍皇失母"②，和姐姐随元好问去山东，先后住聊城和冠氏，并从好问读书。以后又返太原，从父习进士业。先后寓居或游历过真定、汴京、九江、汉江、杭州等地，最后定居在南京。

世祖中统二年（公元 1261 年），中书右丞相史天泽将白朴"力荐

①② 见王博文：《天籁集序》。

之于朝",朴"再三逊谢"①。时年三十六岁。世祖至元十七年(公元1280年),白朴已经是五十五岁之人了,监察师巨源也推荐白朴入仕,仍被白氏婉言谢绝②。六十六岁以后,作者行踪无可确考。八十一岁(成宗大德十年)时有〔水龙吟〕("短亭休唱《阳关》首")之作,研究者认为这是白朴留下的最晚的文字③。他大约卒于这一年或略后。

白朴的交游多为诗文曲作家,其中杂剧作家有侯克中、李文蔚、史九散人等;散曲作家有奥敦周卿、卢挚等;诗文作家有胡衹遹、王恽、王博文、王思廉、王利用等。大诗人元好问则是他的父执前辈,对他的学业有很大影响。

战争带来的国难、家难对白朴的刺激很深,友人王博文说他:"自幼经丧乱,苍皇失母,便有山川满目之叹。逮亡国,恒郁郁不乐,以故放浪形骸。期于适意。"④在元代,他始终"洁身自守,身居于遗民之列"⑤。他的一些作品常常流露出的沧桑之感、禾黍之悲与个人身世有密切关系。

白朴的作品,计有杂剧十六种,今存《唐明皇秋夜梧桐雨》、《董秀英花月东墙记》、《鸳鸯简墙头马上》三种;另两种《韩翠蘋御水流红叶》、《李克用箭射双雕》有残曲传世。散曲有小令37首,套数4套。还有词集《天籁集》,今存。以杂剧《梧桐雨》和《墙头马上》最为有名。是"元曲四大家"之一。

《梧桐雨》写李隆基与杨玉环的故事。在白朴写成杂剧之前,这

---

①④ 见王博文:《天籁集序》。

② 白朴〔沁园春〕词《序》题云:"监察师巨源,将辟予为政,因读嵇康《与山涛书》,有契于予心者,就谱以词以谢。"

③ 王文才:《白朴戏曲集校注·白朴年谱》,人民文学出版社1984年版。对白氏〔水龙吟〕"丙午秋到维扬,途中值雨甚快然"按语云:"其令人注目处,在'鸳鸯只影,红绶双衔,玉簪中断';'情缘未了,谁教重赋,春风人面'诸句,必非漫为绮语。盖悲亡妾旧游,故八十老翁亦有情词,不足为怪。"

⑤ 王文才:《白朴戏曲集校注·前言》。

个故事就长期通过各种形式广为流传，如白居易的《长恨歌》、陈鸿的《长恨歌传》、郑处诲的《明皇杂录》、郑綮的《开天传信记》、乐史的《杨太真外传》等诗歌、小说和笔记；还有金院本《击梧桐》、宋元南戏《马践杨妃》。在元代，李杨故事更是热门题材，戏剧、说唱文学和散曲等都有传世之作。杂剧有关汉卿的《唐明皇哭香囊》，庾吉甫的《杨太真华清宫》、《杨太真霓裳怨》，岳伯川的《罗光远梦断杨贵妃》；诸宫调则有王伯成的《天宝遗事》；关汉卿、马致远、卢挚等人都写有以李杨故事为题材的散曲。此外，新旧《唐书》和《资治通鉴》等正史也有或详或略的记载。白朴写过两本以李杨故事为题材的作品：即《唐明皇游月宫》和《唐明皇秋夜梧桐雨》。

《梧桐雨》主要写唐明皇李隆基和妃子杨玉环的悲剧故事。大意谓唐明皇将儿子寿王之妃杨玉环纳为妃子，沉溺声色，国势日衰。又重用失误军机的边将安禄山，杨玉环还认安为义子。安做渔阳节度使后日日操练兵马，以讨伐宰相杨国忠为名起兵叛乱。长安城中文武不能抵敌，李隆基被迫幸蜀，太子李亨"统兵杀贼"。行至马嵬坡，护驾将士逼杀杨玉环。叛乱平复，李亨即帝位，明皇"退居西宫养老，每日只是思念妃子"。一夜梦杨玉环相邀赴筵，又被窗外雨滴梧桐声惊醒。追思往事，凄凉伤感，埋怨梧桐不已。

由于男女主人公的特殊身份和产生悲剧的特殊背景，这一对皇帝、妃子之间的宫廷生活也就变得复杂起来：一方面，作品既如实地揭露了李隆基的父纳子妃、重用死罪边将、纵情声色、朝政不振和杨玉环私通安禄山的丑闻；另一方面又着力描写他们"愿世世姻缘注定"、"永为夫妇"的盟誓，以及李在杨死后的苦苦思念所表现的真挚情感。作品内容的纷繁复杂也就带来了人们对主题思想理解的分歧：或谓讽喻政治，或谓歌颂爱情，或谓抒发沧桑之叹。前两种看法主要是从作品的部分描写分析其客观意义；后一种看法则是从总体上去把握作家所倾吐的思想情感，这个看法似乎更符合作品实际。

如果坚持讽喻政治说，作品中写李杨于七月七日的盟誓、杨玉环死后李对杨的画像所倾诉的痛苦就很难理解：

(做看真容科，唱)险些把我气冲倒，身漫靠，把太真妃放声高叫。叫不应，雨泪嚎咷。……

妃子呵。常记得千秋节华清宫宴乐。七夕会长生殿乞巧，誓愿学连理枝比翼鸟，谁想你乘彩凤返丹霄，命夭！

李隆基梦中见到杨玉环，又被雨滴梧桐之声惊醒，他十分气恼，甚至要砍倒梧桐树，“把泼枝叶做柴烧”。感情竟如此之强烈！

如果坚持歌颂爱情说，同样也有很多难于理解的描写：唐明皇将寿王妃纳为己有，自己杜撰了一点缘由：“去年八月中秋，梦游月宫，见嫦娥之貌，人间少有。昨寿邸杨妃，绝类嫦娥，已命为女道士；既而取入宫中，策为贵妃”，这完全是自欺欺人之辞，怎么也掩盖不了“父纳子妃”这一铁的丑恶事实。

再有杨玉环与安禄山的私通，作品也并未完全掩饰或回避：

(安禄山云)……叵耐杨国忠这厮，好生无礼，在圣人前奏准，着我做渔阳节度使……别的都罢，只是我与贵妃有些私事，一旦远离，怎生放的下心。

不管现在通行的《元曲选》怎样删改这段丑事，①也无法否定安禄山与杨玉环之间“有些私事”不能告人；杨玉环自己也承认，安禄山经常“出入宫掖”，很懂得“奉承人意”。个中情况，可以想见。其兄

---

① 孟称舜《酹江集》本《梧桐雨》与《元曲选》本《梧桐雨》不同，前本一折杨玉环云：

近日边庭送一番将来，名安禄山。此人猾黠能奉承人意，又能胡旋舞。圣人赐与妾为义子，出入宫掖。不期此人乘我醉后私通，醒来不敢明言，日久情密。我哥哥杨国忠看出破绽来，奏准天子，封他为渔阳节度使，送上边庭。妾心中怀想，不能再见，好是烦恼人也……

杨国忠“看出破绽”，便将安“送上边庭”，以免出乖露丑。而杨玉环竟因此“好是烦恼”。安禄山起兵叛变，提出要“抢了贵妃，夺了唐朝天下……平生愿足”。两人几乎是心心相印。

当然，以上分析并不是否定《梧桐雨》没有歌颂爱情和讽喻政治，而是说明无论坚持前者或坚持后者，都有一些无法自圆其说的矛盾。正是在对作品进行了全面分析的基础上，有的研究者提出：“白朴在这个剧中，是要借李、杨故事抒发他的一种在词作中反复表现过的‘沧桑之叹’。”①个人以为，这个看法是可以接受的。试举一例：

> 隐隐天涯，剩水残山五六搭；萧萧林下，坏垣破屋两三家。秦川远树雾昏花，灞桥衰柳风潇洒。煞不如碧窗纱，晨光闪烁鸳鸯瓦。

这是写唐明皇、杨玉环、杨国忠等人西行奔蜀，刚刚离开京城长安所见之景。一水一山，一垣一屋，一花一木，无不充满了肃杀、凄凉和破败景象，与“自幼经丧乱，苍皇失母，便有山川满目之叹”完全吻合。

《梧桐雨》的抒情性非常强，尤其是第四折写唐明皇对杨玉环的思念，回想往日的欢乐，面对眼前的人事变幻与暮秋景物，难免不发生沧桑之叹，与马致远写《汉宫秋》的心情相类似，更多地渗透着作家的主观思想情感。

李杨故事从唐代的《长恨歌》、《长恨歌传》到清代的《长生殿》，中经千年之久的流传，白朴《梧桐雨》实起了承先启后的作用。在明代，传奇就有戴应鳌的《钿盒记》、吾邱瑞与单本皆有《合钗记》；杂剧则有徐复祚、王湘和佚名的同名剧本《梧桐雨》，汪道昆的《唐明皇七夕长生殿》，叶宪祖的《鸳鸯寺冥勘陈玄礼》；清代除了洪昇的《长生殿》之外，还有唐英的《长生殿补阙》，许逸的《蓬壶院》等。

---

① 么书仪《山川满目泪沾衣——白朴〈梧桐雨〉的时代特征》，《戏曲研究》1982年第6期。

《墙头马上》是一本优秀的爱情剧，主要写李千金与裴少俊的爱情故事。大意谓裴尚书之子裴少俊奉命去洛阳买花，骑马路过李总管家花园，李之女李千金与少俊眉目传情，彼此传书送柬，约定夜间相会。晚上被嬷嬷闯破，放她两人私逃。李在裴家后花园住了七年，生下一子一女，偶被裴尚书发觉。裴对李大讲"聘则为妻，奔者为妾"之礼，又要李把玉簪磨成细针，用游丝系瓶汲水，如瓶坠钗折，则要将李赶出，并逼少俊写了休书。李被迫回家，不久少俊中了状元前来认亲，李不肯相认，裴尚书也来赔罪，亦遭到拒绝。最后在子女哀求下才言归于好，一家团圆。

这是一个传统故事，最早写这个故事的是白居易的《井底引银瓶》诗。从诗前小引所标"止淫奔"和诗的结尾"寄言"可以看出，作者主观上是要总结青年男女爱情中的沉痛教训和维护封建礼教道德。然而，由于封建礼教道德本身的不合理，所以诗人在吟咏过程中，却又充满了对女主人公叛逆行为的肯定和悲剧命运的同情。作者肯定了二人的自由相爱与自主结合，表现了女主人公被逐离和有家难归的痛苦。作者最后又通过女主人公之口，对天真无知的少女提出了劝诫："寄言痴小人家女，慎勿将身轻许人。"这首乐府诗情态逼真，凄楚动人，人们多为这个没有留下名字的女主人公洒下同情之泪。宋金以来，这个动人的故事被搬上舞台，一直演唱不衰。宋官本杂剧有《裴少俊伊州》，作品虽未留传下来，但是却第一次有了男主人公的名字。金院本则有《鸳鸯简》和《墙头马(上)》，作品亦未传世，它表明这个故事仍在舞台上演出。宋元戏文则有《裴少俊墙头马上》，部分残曲不仅保留了男主人公洛阳游宴，女主人公花园伤春，以及结合、私奔等情节；而且还透露了与《井底引银瓶》诗和白朴杂剧的不同内容。据钱南扬先生《宋元戏文辑佚》中所辑残曲，二人分离似因男主人公奉父母之命去祭祀祖墓，时间是九月九日重阳节，地点不会太远，"拚三朝便回归"。据《东京梦华录·重阳》所记，略可推断宋代中原地带有九月重阳至十月初一祭祀祖墓的习俗。《九宫正始》谓这些残曲多出自"元传奇"，可能是晚于白朴之作。从内容上看，它和《井底引银瓶》诗和《墙头马上》杂剧是不尽相同的。佚名《曲海总目提要》提及白氏《墙头马上》时曾说："明时有人改作南曲，增饰成剧，情节亦稍添，而名不改。"不知是否与钱辑戏文残曲有关。因此，白朴之前现存的完整的流传故事，可能只有《井底引银瓶》诗。这个故事把矛头指向了封建家长，暴露了封建礼教的罪恶。

流传故事尽管写了这一对男女青年的自由相爱与自主结合，他们在一起共同生活了"五六年"，但是到底被封建家长拆散了。而封建家长姓甚名谁、社会职业和地位等却只字未提，整个事件的背景也很不清楚。杂剧不仅明确地交代了双方家长名姓、社会政治地位及其在子女婚姻事件中的纠葛；而且或明或暗但又是有迹可寻的，把男女主人公都不知晓的一场家长议婚，有意和他们生活的时代政治联系在一起，写出了统治阶级成员的婚姻，如果不是在当事人自由相爱、自己做主的情况下缔结，那就总是一种"政治行为"（恩格斯语），婚姻也总是带有政治性质。决定婚姻进程的家长和当事人，都将受到政治因素的影响或制约。

杂剧中的李千金与裴少俊的婚姻，是从一场双方家长议而未成、当事人并不知晓的政治联姻拉开序幕的。裴父行俭是历史人物。杂剧写他于高宗仪凤三年（公元678年）任工部尚书，子少俊"十岁吟诗应口，才貌双全"。行俭官职虽与史书记载略有不同，但基本情况还不失其真实。李父世杰自称"乃李广之后，当今皇上之族"，官任"京兆留守"。经查证，这位掌握很大权力的皇室子孙却史无可考，他大约是作者虚构的人物。高宗时代，朝野人士对武则天干预朝政是否合法展开了激烈的争论，在政治上形成了一场尖锐的矛盾斗争。剧本中的李世杰也被卷入其中，受到当权者的排挤和打击。他"讽谏则天"被"谪降洛阳总管"，旋又被"左司家勾唤"，还在继续吃官司，政治上很倒霉。其女千金深通文墨，精于女工，容貌出众，志量过人，是一个才貌双全而又有胆有识的姑娘。李家显赫之时，在双方子女都不知晓的情况下，家长之间曾经"议结婚姻"：一家是工部尚书，一家是京兆留守，倒也门当户对；尤其是对裴尚书来说，能和一个"皇上之族”而又官居要位的家庭联姻，其家世利益、个人前途也就有了可靠后台，他当然希望联姻成功。然而，这场婚事并未议成：“讽谏”遭贬，“官路相左”透露了此中消息。是两家政见不合，还是裴家怕受连累？不管怎样，这场议而未成的婚姻，从议婚到“都不提起”，政治因素都起了重要作用。裴尚书在与李家联姻事件中有明显的政治追求。他后来逼离李千金，辱骂李是“娼优酒肆之家”、是“淫妇”，并要将其“送到官司，依律施行”；又威逼其子写休书，使李夫妻分离，母子分离。这一切，除了有维护封建礼教原因之外，尚书门第、儿子“前程”等政治因素仍然起了重要作用，他时刻也没有忘记自己“家世的利益”（恩格斯语）。

随着李世杰的病逝，李家倒霉的政治色彩也逐渐被人们遗忘，裴、李和好已具备了客观条件。于是，裴尚书带着全家人“牵羊担酒”前往李家“陪话”，承认了自己过去的“不是”。这一行为也仍然蕴藏着政治目的。在“陪话”中，他说李与其子的结合是“暗合姻缘”，大概是对李的廉价安抚和自我解嘲，掩盖不了这场婚姻矛盾的政治实质。裴尚书在处理儿子婚姻事件上，自始至终、或明或暗地表现了一个封建官僚的政治追求。

和流传故事中的女主人公是一个悲剧人物相比较，杂剧中的女主人公李千金则是一个争取自由爱情的胜利者，一个对自己言行充满自信感的叛逆人物。和许多进步爱情作品中的主人公一样，她和裴生相爱是自由自主和一见倾心的。这就和父母命、媒妁言的封建包办婚姻制度相对立。这些看似轻率的相爱却包含了对封建礼教的叛逆和亵渎。当他们的好事被老嬷嬷无意撞破，李千金主动提出私奔，以维护刚刚获得的爱情幸福。“聘曰妻，奔是妾”（《礼记·内则》）的封建教条，对她完全失去了约束力。

在裴家后花园生活的七年，她既有获得爱情幸福的欢乐，又有爱情得不到公开的痛苦。她只好“感叹咨嗟”，盼望早日“得离书舍”，正大光明地“成就了一天锦绣风月”。

自由爱情与封建礼教的矛盾不可能长期掩盖下去，与裴父的不期而遇终于使矛盾公开化。面对公公的盘问、训斥、辱骂、刁难，她敢于正视现实，不回避矛盾。公公得寸进尺，甚至辱骂，她再也不能忍受这样的屈辱，终于针锋相对，当面顶撞。面对瓶坠簪折的刁难，夫妻、母子将被拆散的打击，裴生又在家长压力下写下了休书，她几乎是孤立无援地向封建家长进行了有理有节而又毫不退让的抗争。

最后，公婆全家要求言归于好。面对软弱而又志诚的裴生和自认“不是”的裴父，她痛快淋漓地历数其过失，以倾吐胸中的不平之气。她质问得很有道理，使裴尚书这位封建家长无言以答，李千金胜利了，白朴讴歌了女主人公的胜利。

可以看出，流传故事写了自由爱情与封建礼教的矛盾，女主人公是悲剧人物；杂剧在继承流传故事基础上有重要发展。在自由爱情与封建礼教矛盾冲突中，还渗透了礼教维护者的政治要求，在关键时刻，政治因素总是起着重要作用，矛盾冲突远比流传故事丰富、复杂。女主人公经过一番痛苦曲折过程，最后终于取得反封建礼教的胜利，表达了那个时代争取爱情自由、婚姻自主的妇女所要表达的“愿普天下姻眷皆完聚”的共同理想，开拓和深化了作品的反封建主题。

白朴的另一本爱情剧《东墙记》，现存本子是否是白氏原作一直是有争议的问题。有的研究者认为现存本子蹈袭、剽窃《西厢记》甚为明显，《东墙记》“几乎是《西厢记》的摹本”，白、王皆“并时名手”，白朴“固不至于如此无聊”，因此，说这个本子是白氏原作“完全不可靠”①；有的研究者也承认现存《东墙记》“在流传、演出过程中，确实为后人改动过，但不能因此就断定它不是白朴的原作”，正如《西厢记》在流传过程中也被人改动过，而并没有人否定其不是王实甫的作品的道理相同。从白朴年代早于王实甫这一事实进行推断，认为两者的关系应该是：“白朴可能是受董解元说唱文学《西厢记诸宫调》的影响并与之抗衡、争胜而创作《东墙记》的；王实甫是在董解元《西厢记诸宫调》的基础上，借鉴了白朴的杂剧《东墙记》而创作《西厢

① 严敦易：《元剧斟疑 · 东墙记》。

记》的。"①这个看法颇为新颖。

《东墙记》主要写董秀英与马文甫的爱情故事，全剧五折，内容包括《听琴》、《寄柬》、《佳期》、《逼试》和《捷报》等。无论就思想、人物、语言等方面看，比《墙头马上》都很逊色。是原作本来面貌，还是后来改坏了，尚待进一步考证。

《东墙记》在杂剧体制上有自己的特点，它打破了一剧四折、一角色主唱、主唱角色必须是正旦或正末的约定俗成的规矩，剧本是一剧五折，冲末代替正末、上场角色正旦、冲末、梅香等都主唱部分或大部分曲文，在元杂剧中，它与《西厢记》很相类似。

朱权《太和正音谱》评其作品（包括散曲）"如鹏抟九霄"；何良俊《四友斋丛说》则谓白词"颇简淡"；王国维《宋元戏曲考》谓白词"高华雄浑，情深文明"，都从不同角度评价了白朴作品多样化艺术风格。

第二节　郑廷玉的《后庭花》和其他杂剧

郑廷玉，生平事迹及生卒年皆不可考，据《录鬼簿》记载，仅知其为彰德（今河南安阳）人。作杂剧 23 种，其数量之多，仅次于关汉卿和高文秀。流传至今者有《楚昭公疏者下船》、《布袋和尚忍字记》、《宋上皇御断金凤钗》、《包龙图智勘后庭花》和《看钱奴买冤家债主》五种，另一种《崔府君断冤家债主》尚有争论，散曲仅有残曲一支传世。以《后庭花》和《看钱奴》最为有名。

《后庭花》是一本公案戏，主要写包公审理两起人命案的故事。大意谓皇帝赐王翠鸾母女侍候赵廉访使，妻张氏妒之，密令家人王庆杀母女二人。庆命另一家人李顺动手。李妻张氏与庆通奸。庆与张设计使顺放走翠鸾母女，又以顺"违误了官司"之罪逼其休妻。顺欲

① 胡世厚：《论白朴的杂剧〈东墙记〉》，《吉林大学学报》1982 年第 1 期。

上告，庆杀顺投尸井中。翠鸾母女逃出被巡街士兵冲散。翠鸾投店住宿，因逼奸不从被店小二击杀，并以桃符镇其尸投井。秀才刘天义应考宿店，与翠鸾鬼魂唱和〔后庭花〕词，鸾母叩门索女，以词为证告到开封府。赵廉访使因不见翠鸾母女下落，亦将王庆送开封府，“一桩问做两桩事”。包公派公人访察并取得证据。廉访使下断，将王庆、张氏、店小二处斩。

这个戏揭露了元代社会秩序的混乱和官府的不执法，触及了司法吏治问题。王庆和店小二皆因奸情而杀害无辜者，包公审理王庆一案又明知廉访使夫人“违条犯法”而不敢追究。在审问王庆过程中，始终没有追查案情原委，王庆也没有交代任何可资定罪的口供，包公向赵廉访使汇报案情时，也只说了王庆因奸杀人的罪名：“告相公自知会，这都是王庆把词因起，他共李顺浑家奸情密，教平人正中拖刀计。把儿夫杀在黄泉内，强吓了休离。”杀人案的主谋廉访使夫人却在包公审理此案的保护伞下逍遥法外了。事后，包公得到了“剖决精明”的考评和“三级高升”的破格提拔。一场人命官司，就以主谋者未受任何惩罚而了结。在司法吏治黑暗的元代社会，“糊突包待制”故事流传于民间①，这大概是人们对“为政不得罪于巨室”的官场哲学和“官官相维”的官场现象的曲折批判，结合阅读关汉卿那本也是写包公断案的《蝴蝶梦》杂剧，很有助于人们加深对封建社会官僚政治的认识。

在元、明之际，有“后庭花”故事的南戏流传②；明人沈璟作《桃符记》传奇亦敷演这个故事，由此可见此剧产生的社会影响。

《看钱奴》是郑廷玉写的一个讽刺喜剧，主要写由穷变富的贾仁

---

① 《录鬼簿·江泽民》有《糊突包待制》剧目，作品已佚；高文秀《遇上皇》三折赵元唱〔二煞〕曲云：“饮酒如李太白，糊突似包待制。”二例皆说明元代有“包公糊涂”故事流传。

② 吕天成《曲品·新传奇品·桃符》云：“即《后庭花》剧而敷衍之者。……闻旧亦有南戏，今不存。”

的为富不仁和周荣甫的否极泰来的故事。尽管作品受到《搜神记》“张车子”故事某些影响[①]，全剧又贯穿了“贫与富前定不能移”的宿命论说教，然而由于作者对现实生活中的贫富悬殊、善恶对立感受深切，因此，宗教迷信的说教也并不能掩盖作品现实主义光辉成就。

作者把这一充满宿命论色彩的故事放在贫富悬殊的社会现实环境中去描写，因而人物的活动始终没有真正离开活生生的现实生活、富有的：“有万贯家财，鸦飞不过的田产物业。油磨房、解典库、金银珠翠、绫罗缎匹，不知其数”；贫穷的：“身上无衣，肚里无食”、卖儿卖女，只求活命。正是在这个特定背景之下，那个由穷变富的贾仁的一切言行才更具有讽刺意义。

贾仁不是剧中主唱的主角，但由于作者运用了较长篇幅的宾白，为这一非主角而又很重要的人物创造了活动的广阔天地，因而他的言行心态也就毫无掩饰地暴露出来。第二折“买子”他竟倒向卖子的穷秀才周甫荣索要“恩养钱”，经过门馆先生陈德甫的好说歹说，才给了“买个泥娃娃儿也买不的”两贯钞；第三折“说病”、“遗嘱”，写了他和养子贾长寿的一连串对话，把他买鸭挝油、狗舔指头一气成病、死后嘱其子马槽发送以及借斧断尸等，这些描写入木三分地刻画了贾仁的刻薄和悭吝，明人徐复祚的《一文钱》杂剧、清人吴敬梓的《儒林外史》小说等讽刺作品，莫不受到《看钱奴》的影响。法人裘利安和英人佚名皆有此剧译本。

郑廷玉的其他杂剧还有歌颂弟兄情深、子孝妻贤的《疏者下船》，有表现知识分子穷途末路的《金凤钗》，有宣扬神佛度脱而同时又讽刺悭吝之徒的《忍字记》。

---

① 干宝：《搜神记》卷十。

第三节 高文秀的《双献功》和其他杂剧

高文秀，生平事迹不可考，《录鬼簿》记载他为“东平府学生员”，为山东东平人。又说他“早卒。都下人号‘小汉卿’”。大概在大都很有一些影响，人们才以“驱梨园领袖”的关汉卿取其名号。所作杂剧有32种，今存者有《黑旋风双献功》、《好酒赵元遇上皇》、《刘玄德独赴襄阳会》、《须贾大夫谇范叔》等四种；另一种《周瑜谒鲁肃》有残曲流传，现存《保成功径赴渑池会》多以为佚名作者所作。散曲有套数两套传世。以《双献功》最为有名。

《双献功》主要写李逵用计智救孙孔目的故事。大意谓宋江结拜兄弟郓城县孙孔目欲去泰安烧香，宋派李逵做孙的“护臂”。孙妻郭念儿与白衙内有奸，于路途中白拐郭而去。孙告状，坐堂官正是白，白将孙打入死囚牢。李逵假扮庄家探监，以蒙汗药将牢子麻醉救孙出狱。接着又杀了奸夫淫妇，以头献功。

李逵是剧本的主角，与后来的《水浒传》小说很不一样，他不仅武艺高强，见义勇为，而且还很善于用计，可谓智勇双全。他自告奋勇保护孙孔目去泰安烧香，为了掩护自己的梁山英雄身份，他改名换姓，乔装打扮；孙孔目被下牢狱，他就扮做往牢里送饭的“庄家后生”前往探监；为了麻痹牢子，他不拉铃索而用砖头敲门，又称监狱是牢子的“家里”；又编造与孙认识是孙“劝农”时住在他家；又巧妙地放蒙汗药将牢子麻醉后救出孙孔目，最后还别有风趣地杀了奸夫淫妇。这表明，李逵故事在流传过程中比现在看到的《水浒传》中的李逵形象要丰满得多。

剧本对社会秩序混乱，权豪势要仗势欺人的揭露也颇有意义：一个县政府的孔目外出烧香，竟也要请武艺高强的人作“护臂”以保护人身安全；权豪势要不仅拐走政府吏员妻子，而且还可以借“衙门”坐堂,任意迫害无罪之人。……

作者还比较熟悉农村生活,第三折写李逵扮做庄家后生前往探监与牢子的一段对话,既风趣而又富有生活真实感,他向牢子诉说庄家之苦是:

> 俺家里要打水浇畦。(带云:)打罢那水,浇罢那畦,俺娘道:“呆厮,你还不往田里去。”(唱:)我又索与他压耙扶犁。……我家里还待要打柴刈苇,织履编席、倒杼翻机。俺做庄家忒老实,俺可不也谎诈不虚脾。

这些描写都十分逼真感人。

对高文秀来说,《双献功》的成功又决不是偶然的,其中特别是对李逵形象的塑造说明作家具有丰富的创作经验和深厚的生活基础。高氏生在山东,对流传的水浒故事很熟悉,因而他能写出成功的水浒戏,而且还写得很多。与其他能写水浒戏的元代杂剧相比较,他可以称得上是写水浒戏的专家。据《录鬼簿》记载,以李逵为主的水浒戏就有八种。虽然,这些作品中的绝大多数都没有流传下来,但从一些剧目的题目正名中也还可以推知其基本内容,如《黑旋风诗酒丽春园》、《黑旋风斗鸡会》、《黑旋风穷风月》、《黑旋风乔教学》、《黑旋风借尸还魂》等。从这些剧目中可以想见这位梁山英雄蔑视封建礼法,戏弄神鬼和轻慢腐儒的多方面活动,其中某些情节小说《水浒传》中有所保留,有些情节则迷失无考。

高文秀还留存有几种历史剧或历史故事剧,这些作品或本史实而兼采民间传说,如《谇范叔》、《襄阳会》;或史有其人而实无其事,作者信手拈来加以铺排敷演,以表达对社会现实生活的看法,如《遇上皇》。由于作者并没有为古而古,所以在一些作品中还不时透露出现实社会的生活气息。《谇范叔》和《遇上皇》都有这样的特点。

《谇范叔》主要写范雎与须贾的一段恩怨故事。事本《史记·范雎列传》,杂剧与史书所记无大出入。大意谓战国时魏人范雎从中大夫须贾出使齐国，齐国中大夫驺衍爱范之才设筵款待范而不及须，又赠范千金被范拒绝。须贾回魏，以范“必以魏之阴事告齐”告于丞相魏齐，魏齐对范严刑拷打几死。须又命将范抛进厕坑。范苏醒后得须之老院公救助逃至秦国，并改名为张禄，作了秦国丞相。须奉命入秦庆贺新任丞相，适遇风雪，又不得入相府。范乃敝衣见须，须赠以绨袍，并云欲见丞相张禄，范许以通其关节。及见，始知张禄即范雎，乃惶恐谢罪。范亦如己之受罪责须。老院公等为之求情，范亦念绨袍之赠尚有故人之情，遂放其还国。

这个故事总结了历史经验：执政者必须宽宏大量、尊重事实；切不可捕风捉影，“挟冤记仇”（作品一折）。须贾由看重范雎、怀疑范雎到最后迫害范雎，范被迫逃亡他邦，须贾本人亦受其辱，这个教训十分深刻。

也许是由于元代特殊的社会背景，作品中还出现了与情节并不十分合拍的曲文，范雎去秦国取得相位，可谓功成名就，而他在敝服见须贾时又竟然抒发了“读书误人”和“儒人不如人”的感慨：

> 人道是文章好济贫，偏我被儒冠误此身，到今日越无求进。我本待学儒人到不如人。昨日周，今日秦……可着我有家难奔。

高文秀的生平事迹虽然不详，但从类似的借他人酒杯以浇自己块垒的曲文中，我们似乎有理由把这位极有才华而寿不永的多产作家的“府学生员”身份联系起来，这样也许会对“九儒十丐”的不正常的元代社会看得更清楚一些。

《谇范叔》之后，明代有佚名的《范雎绨袍记》戏文和顾觉宇及佚名的同名《绨袍记》传奇。

他的另一作品《遇上皇》是一个历史故事剧，剧中的主角赵元是作者虚构的人物，而另外几个重要人物如宋太祖、楚昭辅、石守信和赵光普则是历史人物，所演故事完全是子虚乌有。大意谓闲汉赵元嗜酒，岳父母及妻子相劝不听。本处官员臧府尹欲娶元妻，他们逼令赵元将妻休离。臧府尹又派元往西京河南府送公文,按规定误期三日处斩。赵元途遇大风雪,“不觉的违了半月期程”,乃去路旁酒店饮酒。适遇宋太祖、楚昭辅、石守信三人扮秀才微行亦在酒店。三人因无酒钱被店主厮打,赵元代为付钱。问其缘由,元备述其苦。太祖于臂膊上写信,保其不死,又加封东京府尹之职。赵元到京辞官,太祖下命捉拿臧府尹及赵元之岳母父和妻子三人,给了他们应得的惩罚。

作品中的赵元是一个没有正当职业,身上又散发出元代知识分子失意苦闷气味的“闲汉”形象,从剧中描写可知,他大概出生农村,生活贫苦,自称是“受饥寒田舍郎”。以后还当过“射粮军”①,常充地方杂役。由于不会营运生理,经常遭到妻子、丈人丈母这“一窝狼”的凌辱;地方官也对他明枪暗箭,派他承应要命的苦差,还逼使他与妻子休离。

其实,赵元并不是无一技之长的“闲汉”,相反,他是有较多的谋生手段的能人,丈人骂他不会“做什么生理”时他与丈人斗口说:“者末为经纪做货郎,使牛做豆将田耩,搽灰抹粉学搬唱,剃头削发为和尚。”

赵元既然“诸般生理都做的”,为什么又没有正当职业呢?剧本对这一问题没有明写,而只是一再写他有难言的愁闷:

> 若不是这几杯酒,怎生解的我心间愁闷!
> 岂不闻俗语常言:“酒解愁肠!”
> 教我断消愁解闷瓮头香……情愿去云阳闹市伸着脖项。

他有什么愁闷,剧中也未明写。不过,联系到他在家里家外都受人欺侮等情况看,这大概与他的社会政治、经济地位低下有密切关系。

---

① 《金史》卷四十四《兵制》:“诸路所募射粮军,五年一籍,三十以下、十七以上强壮者,皆刺其口(面或颊),所以兼充杂役者也。”郑廷玉时代比较早,有可能将金兵制中的某些东西顺手拈来,以写没有正当职业的地方杂役之人。

然而，赵元与一般失意之人并不相同，在他身上有浓厚的正派知识分子气质：他不愿做官，害怕“龙争虎斗”的官场风险；他尊重秀才，与素不相识的秀才敬酒；他同情寒士，为付不起酒钱的“穷酸”代付酒钱……这一切，恐怕更多地表现了这位多才的“府学生员”作家主体意识的特殊旨趣。把握住这一点，可能有助于理解赵元形象所蕴涵的社会时代精神——失意知识分子愁闷通过多种形式的发泄。

此外，剧中的泼妇刘月仙、滥官臧府尹、不讲理的刘二公夫妇等人物，也都各具有其他同类型人物的不同特点。

《襄阳会》杂糅史实与流传故事，主要写刘备在争夺天下过程中得到人助和神助等情，表达了作者对仁君的歌颂。

第九章　石君宝、尚仲贤、戴善甫、李好古、石子章和张寿卿

这六位作家，他们都有以男女爱情婚姻故事为题材的作品传世。作品的男主角或为少爷公子，或为不第秀才，或为政府官员；女主角或为妓女，或为民女，或为龙女，或为说唱艺人。作品从不同方面和不同程度表现了反封建民主思想。其中以石君宝的成就为最大。

第一节　石君宝和石子章

一　石君宝的《秋胡戏妻》和其他杂剧

石君宝，平阳（今山西省临汾市）人，生平事迹不可考。所作杂剧十种，今存《鲁大夫秋胡戏妻》、《李亚仙诗酒曲江池》、《诸宫调风月紫云亭》三种，以《秋胡戏妻》最为有名。

《秋胡戏妻》取材于流传故事，故事最早见于汉刘向的《列女传》。大意谓鲁人秋胡，娶妻五日而游宦，五年还家。遇一采桑女于郊。乃遗黄金而戏之，妇不受。至家问其妻，曰采桑未还。既还，乃向所戏之妇，大惭。妇责之，遂赴水而死。

这是一个以生命抗议丈夫对爱情不忠的悲剧故事。谴责薄情、

负心，赞扬坚贞、壮烈，有一定社会意义。

晋人葛洪《西京杂记》卷六对这个故事又作了复述。唐代有《秋胡变文》，因首尾皆缺，不能窥知前因后果。从残存变文看，略知秋胡婚后去胜山游学。三年后，仕魏为左相，六年后回家探母。至家，有戏妻、妻“泣泪交流”等情。估计仍有可能是悲剧结局。

石君宝在流传故事基础上进行了可贵的再创造，他把原来的悲剧结局故事改变为经过调解团圆，表现了作家对妇女的深厚同情。

作品十分成功地塑造了罗梅英这个典型人物。她有见识、有志气、识大体。她对自己所处社会地位的认识，对婚姻对象的选择，对爱情的责任感等，都表现出不同凡俗的看法。虽然，她也懂得，经济上不能独立的妇女，婚姻是与自己终身的“衣食”紧紧连在一起的道理：“也则为俺妇人家一世儿都是裙带头这个衣食分。”但是，她在选择婚姻对象的时候，却并不是以经济条件为转移，而是更看重彼此的情投意合，看重将来的发展：“男女成人，父娘教训，当年分，结下婚姻，则要的厮敬爱相和顺。”

在男尊女卑的封建社会，罗梅英对婚姻的要求是男女双方彼此相敬相爱，和睦共处。这里包含着男女平等的思想因素。正是在这样认识的基础上，她选择了家道“穷苦艰难”的穷书生秋胡作丈夫。尽管有人说三道四，劝她“拣取一个财主，好吃好穿，一生受用”；她不仅没有理会这样的劝告，而且反责怪劝告者说的“是甚的言语”，讥笑其“腹内无珠”，目光短浅。她公开宣言：

> 至如他釜有蛛丝甑有尘，这的是我命运。想着那古来的将相出寒门，则俺这夫妻现受着虀盐困，就似他那蛟龙未得风雷信。你看他是白屋客，我道他是黄阁臣。自从他那问亲时一见了我心先顺，咱人这贫无本富无根。

“心先顺”者，对于被“问亲”的青年女子来说，正是“情投意合”之谓也。她并不以秋胡的眼前穷困而感到委屈，而以“古来的将相出寒门”自慰自勉。这种摆脱以财富作为择婚条件的婚姻观是值得肯定的。

结婚三日，秋胡被迫去当兵。从此，梅英“与人家缝联补绽，洗衣刮裳，养蚕择茧”，养活婆母，挑起了生活的重担，一直过了十年。村里财主李大户见色起歹意，又是造谣说秋胡已“吃豆腐泻死”，又是以逼迫梅英父母还债相要挟要强娶梅英；而父母迫于情势和贪利也逼她嫁与李大户。面对内外而来的胁迫，她丝毫也没有退让。她责怪父母“葫芦提没见识”，大骂李大户“驴马村夫为仇气”。对罗梅英来说，这是含辛茹苦的十年，是难熬的十年。在这样的艰难条件下，她的遭遇跟赵五娘相类似，不过，她比赵五娘还多了一种邪恶势力的胁迫，能够在这样困难条件下生活过来，也就显得更加难能可贵。

不幸的是，她去桑园采桑，却遇到了彼此已不相识的丈夫秋胡的调戏。她大骂秋胡是“沐猴冠冕，牛马襟裾”、“伤风败俗”；咒他“地灭天诛”、“吃万剐的遭刑律”。

秋胡还家，她认出桑园中的轻薄无赖竟是自己盼望多年不归的丈夫，真是又气又恼，又是责问，又是痛骂：

> 谁着你戏弄人家妻儿，迤逗人家婆娘？据着你那愚滥荒唐，你怎消的那乌靴象简，紫绶金章？你博的个享富贵朝中栋梁，你可不辱没杀受贫穷堂上糟糠！我捱尽凄凉，熬尽情肠，怎知道为一夜的情肠，却教我受了那半世儿凄凉！

她逼着丈夫索要休书。在婆母以死相要挟的情况下，她被迫认了秋胡：“则是俺那婆娘家不气长。”这已经不是罗梅英个人的妥协与否的问题，而是封建社会中妇女们的不平等地位所决定的一种解决矛盾的方法。不可想象，罗梅英拿到休书后，是回娘家，或是再嫁，或是像传统故事那样赴水而死。在元代，人们也许已经很不满意她的悲剧结局了。剧本的结尾有一段罗梅英的唱词，大概能说明作者也有这样的意图：

非是我假乖张，做出这乔模样，也则要整顿我妻纲，不比那秦氏罗敷，单说得他一会儿夫婿的谎。

“整顿妻纲”，就是要为妇女扬眉吐气。在历史上，也流传过类似的故事，美女秦罗敷采桑城南，就曾经大夸夫婿显贵以拒绝“使君”之挑逗。在罗梅英看来，那样做法就未免太便宜“伤风败俗”之徒了。

与许多杂剧作家一样，石君宝也触及了元代轻视儒生的社会问题。历史上流传的秋胡故事，或写新婚后游学，或写游宦；而杂剧却写秋胡婚后当兵，作者也就借题发挥，大吐其胸中不平之气：

他守青灯受苦辛，吃黄齑挨穷困。指望他玉堂金马做朝臣，原来这秀才每当正军。我想着儒人颠倒不如人，早难道文章好立身。

《宦门子弟错立身》第五出〔那吒令〕曲文提到《秋胡戏妻》传奇，大约是元代的戏文；元明之间佚名杂剧有《采桑戏妻》存目，①这些作品都有可能受到石氏杂剧影响。

石君宝还有两本爱情题材的剧作。一是《曲江池》，一是《紫云庭》。

《曲江池》取材于唐人白行简的传奇小说《李娃传》。作者为了把这位风尘妓女写得更加完整，反封建民主思想更加强烈，就对《李娃传》进行了加工改造，删去了李娃参与鸨儿同谋欺骗郑元和等情节；突出了郑氏父子之间的矛盾冲突；妓女钟情、鸨儿无情、封建家长绝情等都得到了充分的表现，使这一传统故事的格调更高。

风尘妓女李娃与官家子弟郑元和真心相爱，两年之后，郑之金银

---

① 庄一拂《古典戏曲存目汇考》从《读书楼目录》中录出此目，将其列入“元明阙名作品”。

花尽，鸨儿将其赶逐出门，郑流落街头以唱挽歌讨生活；李则不茶不饭，也不再接客觅钱。她和母亲矛盾非常突出：

俺娘钱亲钞紧，女心里憎恶娘亲近，娘爱的女不顺，娘爱的郎君个个村，女爱的却无银。

身为洛阳府尹的郑公弼，对其子的堕落不是设法挽救，而是绝情地将他打死，并抛尸于野外不顾而去。在郑元和生命受到严重威胁的时候，是她坚决顶住了鸨儿对元和再次的赶逐。她理直气壮地要与元和同生共死：

我和他埋时一处埋，生时一处生，任凭你恶叉白赖寻争竞。常拼个同归青冢抛金缕，更休想重上红楼理玉筝。非是我夸清正，只为他星前月下，亲曾设海誓山盟。

她把自己二十年来的积蓄拿出来赎了身子，帮助元和养伤、读书、求取功名，从而赢得了元和对她的感激："当时不得佳人力，险作穷途一饿夫。"

元和对李娃的感激之情越深，而对其父亲怨恨之情也越重。他以下属之礼参见其父，但不承认父子关系，经李多方劝说，甚至要以自杀相威胁，终于促成父子全家团圆。

在这里，我们看到了夫妻之间的深厚感情力量大大超越了父子之间的"天性"的力量，儒家们所宣扬的"君要臣死，臣不得不死；父要子亡，子不得不亡"那一套腐朽落后的伦常观念对进步作家已经失去约束力了。

或与石君宝同时的高文秀也写过同题材的《郑元和风雪打瓦罐》杂剧，今佚；明初朱有炖有《李亚先花酒曲江池》杂剧，徐霖有《绣襦记》传奇，这些名人之作，都受到《曲江池》杂剧的影响。

《紫云庭》写了一个女真官员之子灵春马和一个勾栏汉族姑娘韩

楚兰的爱情故事。由于宾白过于简略，曲文也有佚失。仅知他们的爱情经过了一番曲折后才团聚。

很值得一谈的是，韩楚兰与灵春马相爱，既打破了贵贱差别的等级界限，同时也打破了民族界限，这表明，在蒙古贵族实行民族压迫的元代，各族人民总是希望和睦团结的。

他们的爱情受到各自的家长的干涉：楚兰之母是看重钱，要的是眼前利益；灵春之父看重的是功名富贵，要的是长远利益。一个说唱诸宫调的艺人和封建官员都有各自的出发点，但他们又不约而同地反对自己的子女与对方结合。楚兰说她的母亲："未见钱罗呀冬雪严霜降，得了钞罗应春风和气生。"楚兰埋怨灵春马的父亲："更做你是开封府同知，却不取招平人无罪，却便硬监押莽迭配。"楚兰之母是看钱说话；灵春马之父则干脆利用手中权力把儿子禁闭起来，把楚兰一家赶走。他们的爱情受到极大挫折。

韩楚兰与灵春马的结合过程，剧中写得不甚清楚。很可能是灵春马摆脱了父家的束缚，重新找到了楚兰，并参加了这个闯江湖的艺人班子：

> 早是你不合将堂上双亲躲，你却待改换你家门小可。这李亚仙若劝你个郑元和……若还俺娘知咱这暗私奔倒毒似那倒宅计，若还恁爷见你这诸宫调更狠如那唱挽歌。
>
> 他为我堕落文章，生缠得携手同行不断肠，直这般学成说唱。

一个女真官员的公子，为了追求爱情，竟然放弃了读书、应考、做官的生活道路，成为一个说唱诸宫调的艺人。爱情力量战胜了功名利禄对人们的诱惑。可能是一次应"唤官身"的机会，灵春马之父成全了他们的婚事："却教俺芰荷香里再成双。"

二　石子章的《竹坞听琴》

石子章，大都人，生平事迹不可确考。王国维和孙楷第先生均以石与元遗山同时①。元好问生于1190年，卒于1257年。石氏略小于元氏，大约生于1190年以后。所作杂剧二种，今存《秦脩然竹坞听琴》一种，另一种《黄桂娘秋夜竹窗雨》有残曲流传。散曲有套数一套传世。贾仲名评其为人"疏狂放浪"②，大约也是"门第卑微"或"职位不振"的失意文人③。观其《竹坞听琴》的某些曲子也可得到说明④。

《竹坞听琴》主要写尼姑郑彩鸾与书生秦脩然的爱情故事。郑、秦二人皆出身官宦之家，在他们未出世之前，双方家长就指腹定婚了。后来二人父母皆亡，天各一方，彼此不曾相见。一次偶然的政治措施彩鸾被迫遁入空门。不知出于什么原因，朝廷突然规定："不论官宦百姓人家，但是女孩儿到二十以外，都要出嫁与人。限定一月之外，违者问罪。"有了婚约的郑彩鸾，既无法找到未婚夫秦脩然，又不愿随意嫁人，为了图个"干净"而被迫出了家。

然而，郑彩鸾毕竟是有七情六欲的青春女子。如果她真的是六根清净，又怎么会在夜深人静之时独自弹琴以解"心闷"呢？秦脩然无意闯入庵观，她就不禁脱口而出："一个好秀才也。"可见其凡心炽热。当秦说出自己籍贯和姓名之后，她又迫不及待地问秦是否"认的那指腹成亲郑彩鸾"。可见其急于证实自己所要寻找和等待的意中

---

① 王国维《宋元戏曲考》、孙楷第《元曲家考略》皆举石和金代诗人元遗山有交往为证，说明石的年代较早，可信。

② 贾仲名挽石子章〔凌波仙〕曲。

③ 锺嗣成：《录鬼簿序》。

④ 《竹坞听琴》一折写郑彩鸾出家修行时的思想活动完全是失意文人口吻，是作者倾吐的牢骚不平之气。

人。从此他们夜来明去，她也再不想“蓬莱阆苑”、“茶炉经卷”，而是与秦“并香肩月下星前，共指三生说誓言”。正常的爱情生活比青灯黄卷、晨钟暮鼓的世外仙境对青春女子更有吸引力。她由此及彼，甚至推想一般出家人的“戒色”多是虚伪：“人说道‘出家的都待要断尘情’，我道来都是些假、假！”看来，她是决心要与仙家分手了。

应该承认，她和秦翛然的相爱仍是自由结合的，“指腹成亲”不过是为自由爱情罩上一层合法的面纱而已。双方父母很早去世，二人又不曾见面，更谈不上有什么感情。他们在庵观相遇，完全是彼此看上了对方的容貌，是一见钟情：彩鸾赞秦“一个好秀才也”；秦赞彩鸾“一个好姑姑也”。这是他们相爱的基础。即使如此，这种方式的爱情还是具有进步意义。

彩鸾和秦的爱情并没有得到顺利发展，他们也遇到了自己家长和有家长权威之人的干涉。虽然，这种干涉是出自好意而非存心破坏，甚至干涉过程还带有喜剧性质，但是，对于爱情男女主人公来说也造成了惊恐和痛苦。秦翛然的父挚郑州府尹梁公弼得知秦与道姑私下往来之事，担心“堕落”了秦的“功名”，就吩咐老嬷嬷编造了“庵里道姑她是个鬼怪”的鬼话驱秦上京应考。同时又到庵观访郑，旁敲侧击地暗示秦翛然之事；又出于好心邀请郑去“衙门左右”的白云观做主持。梁府尹的做法和“智宠谢天香”的钱大尹很相似，而《听琴》的喜剧性似乎更强一些，也更亲切、动人一些。

秦翛然得官回来，梁府尹要安排在白云观待客，一场带有喜剧性的冲突在对话中展开。彩鸾不答应在观中摆酒待客时说：“这的是祝寿的道院，外观不雅，荤了锅灶。”

梁府尹则含沙射影地进一步紧逼：“便荤（谐“婚”字）了有谁知道！”

彩鸾仍是不肯。梁叫新科状元秦翛然与彩鸾相见，接着就要与秦“回私宅中饮酒”。喜剧性场面也就跟着出现：

（正旦扯正末衣服科，云：）相公在这里坐坐不妨事。（梁尹云:)这里是祝寿的道院,外观不雅。(正旦云:)有谁知道?(梁尹云:)荤了你那锅灶,做的个亵渎么?(正旦云:)外边有一个小锅儿哩。

这个戏安排矛盾冲突很奇巧,秦与郑结合又出现了郑的师父老道姑的饶舌。她对彩鸾还俗结婚很不满意,声言要将郑告到道录司。正当他们吵闹时,梁府尹出面求情,又一个喜剧场面出现:原来这老道姑正是梁府尹多年失散的妻子!两代官员与两代道姑团圆,世俗的夫妻情谊战胜了虚无的道家的修炼:"但则要捉对儿云期雨约,便是俺师徒每全真了道。"

第二节　尚仲贤和李好古

尚仲贤和李好古都以写人神爱情故事剧而知名,现分别略述:

一　尚仲贤的《柳毅传书》和其他杂剧

尚仲贤,真定(今河北省正定县)人。生平事迹不可考,仅知其做过"江浙行省务官"。所作杂剧十种,今存《尉迟恭三奇槊》、《洞庭湖柳毅传书》、《汉高皇濯足气英布》三种;《海神庙王魁负桂英》、《陶渊明归去来兮》、《凤凰坡越娘背灯》三种只存残曲。其中,以《柳毅传书》最为有名。

《柳毅传书》取材唐人李朝威的《柳毅传》传奇小说,小说录自唐人陈翰编的《异闻集》，题名《柳毅》。金代有《柳毅传书》诸宫调①，宋官本杂剧段数有《柳毅大圣乐》②，宋元戏文有《柳毅洞庭龙女》③，杂剧与传奇小说情节无大出入。

这是一个神话故事剧，通过神与神、神与人之间的婚姻纠葛的描写，曲折地反映了人世婚姻的一些矛盾冲突，表现了对妇女所受苦难的同情和对虐待狂的惩罚。

龙女三娘受到丈夫泾河小龙的虐待，其公公泾河老龙又对其子偏袒、纵容，责罚三娘去泾河岸边牧羊。这是现实生活中丈夫虐待妻子、公婆虐待媳妇的曲折反映。而柳毅冒险送柬、洞庭火龙吞食泾河小龙、三娘与柳毅结合，同样是曲曲折折地反映了人际关系中恩恩怨怨的生活现实。

继尚仲贤之后，明代有周侍御的《传书记》④黄维辑的《龙绡记》，许自昌的《桔浦记》传奇⑤；清代则有何镛的《乘龙佳话》传奇。

尚仲贤的另外两种杂剧都是以历史人物和传说故事为题材。《三夺槊》中的高祖（李渊）、秦王（李世民）、尉迟恭、刘文静、秦叔宝、徐茂公、李建成、李元吉等皆历史真人。在"玄武门之变"中，李世民射死李建成、尉迟恭杀死李元吉。而在《三夺槊》剧中则写尉迟恭与李元吉是在比武时将李杀死。这些情节虽多采自民间传说，但也有作者寓意。

---

① 《董解元西厢记》卷一在"比前贤乐府不中听，在诸宫调里却着数"后〔柘枝令〕曲，具数诸宫调题目云："也不是《崔韬逢雌虎》，也不是《郑子遇妖孤》，也不是《井底引银瓶》，也不是《双女夺夫》。也不是《离魂倩女》，也不是《谒浆崔护》，也不是《双渐豫章城》，也不是《柳毅传书》。"以上皆金代流行的诸宫调题目。

② 周密：《武林旧事·官本杂剧段数》。

③ 徐渭：《南词叙录·宋元旧篇》。

④ 吕天成《曲品》、黄说仲《龙绡》云："此柳毅传书事。……旧有《传书记》，近有姑苏周侍御亦撰此。"

⑤ 祁彪佳：《远山堂曲品》。

唐高祖听信建成、元吉谗言，要将功臣尉迟恭问斩，大臣刘文静为之申辩和鸣不平：

> 想当日背暗投明归大唐，却须是真栋梁……比及武官砌垒个元戎将，文官争揣个头厅相，知他是几个死？知他是几处伤？今日太平也都指望请官赏，铲地胡罗惹斩在云阳。

他埋怨高祖"信谗言佞语损忠良"、"贵人多忘"。尉迟恭也埋怨高祖："你今日太平也不用俺旧将军……如今面南称尊，便撇在三限里不俫问。"在"鸟尺弓藏、兔死狗烹"的封建社会，这样的不平之鸣很有普遍意义。

《气英布》中的英布、随何、刘邦、张良、曹参、周勃、樊哙等亦皆历史人物。随何说英布背楚归汉、刘邦"踞床洗，而召布入见。布大怒，悔来，欲自杀"等①，剧中情节与史实皆符。

作品对刘邦轻视儒生，以后又玩弄权术而"礼贤下士"写得很具体。随何之能言善辩、张良之运筹帷幄、樊哙之被丑化也显示出作者再现历史人物和发挥艺术创造之功力。

二　李好古的《张生煮海》

李好古籍贯、生平皆不可确考，或说保定（今河北保定市）人，或说西平（今河南西平县）人，或说东平（今山东东平县）人。所作杂剧三种，今存《沙门岛张生煮海》一种。散曲存套数一套。

《张生煮海》也是一个神话故事剧，写人神之间的爱情。和《柳毅传书》的不同之处是：男女主人公邂逅相遇就一见倾心：一个说"好一个秀才也"；一个说"好一个女子也"。彼此都为对方的容貌所吸引。另外，他们之间的感情发展也特别迅速：一个问："小娘子不弃小

① 《史记·黥布列传》。

生贫寒，肯与小生为妻么？”一个马上回答：“我见秀才聪明智慧，丰标俊雅，一心愿与你为妻，则是有父母在堂。等我问了时，你到八月十五日，中秋节届，前来我家，招你为婿。”问得直率，答得爽快，毫无扭捏作态的表现。

就一般情况而言，他们之间的结合并没有什么阻力，只是龙女琼莲透露了一句“父母在堂”不能自己做主的话，于是乎张羽便主动发起攻势，要煮干海水逼使龙王献出女儿与之成亲。正是在这个意义上，《煮海》一剧有它的独创性。

结合作者〔双调·新水令〕《春情》套中所写男女之情，我们完全有理由说李好古在《煮海》一剧里表达了一种进步的爱情理想。琼莲与张羽结合并同登仙境时唱出：“愿普天下旷夫、怨女，便休教间阻，至诚的一个个皆如所欲。”

与《西厢记》、《拜月亭》、《墙头马上》等作品所表达的爱情理想相比较，不难发现《煮海》和这些作品表达了同一类型的民主思想潮流，即：青年男女对自由爱情和自主婚姻的强烈要求。

第三节　戴善甫和张寿卿

一　戴善甫的《风光好》

戴善甫一作戴善夫，真定（今河北省正定县）人，曾任“江浙行省务官”，其馀事迹不详。所作杂剧五种，今存《陶学士醉写风光好》一种，另一种《柳耆卿诗酒翫江楼》①仅存残曲，其馀三种皆不传。

《风光好》主要写翰林学士陶谷与金陵名妓秦弱兰的一段风流故

---

①　庄一拂：《古典戏曲存目汇考》。

事。陶谷是历史人物，历仕后汉、后周和宋太祖朝，其立身行事为人，都有可议之处①。但正史所记，尚未涉及个人私生活；而宋人笔记小说中的陶谷，则成了一个丧失原则的伪君子，一个闹出外交丑闻的小人。宋皇都风月主人《绿窗新话·陶奉使犯驿卒女》载其事甚详。杂剧取材民间流传故事，个别人名略有改动，又增加了钱俶主持亲事等情节。

在封建社会，有权有势的官员娶个色艺俱佳的妓女本是生活中的常见现象，而《风光好》把陶谷与秦弱兰的结合放在一次外交斗争的背景下就具有了不同于一般男女风情作品的新内容。它在一定意义上暴露了封建官僚灵魂的丑恶，反映了外交斗争的复杂性。

北宋朝廷的翰林学士陶谷，被派往南唐劝降，南唐君主以“抱疾不朝”为借口，将近两月不接见使者。身负重任的陶谷不是去想方法打通渠道，而是独居无聊，写下暗含“独眠孤馆”的文字，给南唐大臣们以可乘之机，他们定下了“美人计”。陶谷一方面公开表示厌恶声色之乐，严厉地拒绝了名妓秦弱兰的挑逗；另一方面却又和秦弱兰改妆后的驿吏孀妇私通，并订下了终身之盟。可笑的是，在南唐大臣们设下的公开筵会上，秦弱兰当场说了事情的经过，他也敢于抵死不认，大骂“泼烟花赃诬人”。最后确实无可置辩，只好承认外交使命的失败：“我本意来说他，反被他算了我”，落了个“羞归大宋，耻向汴梁”的有家难奔、有国难投的下场。

如果从男女风情角度来看《风光好》，我们又可以看到妓女社会地位之低下、生活之痛苦、人身之不自由。秦弱兰身为金陵名妓，除了为鸨儿当做觅钱工具外，还不时地承应官府的“唤官身”。升州太守韩熙载要她充当“色情间谍”，把宋朝大使陶谷拖下水，她当然要努力去完成任务。官府的逼迫和陶谷的假道学使她左右为难，担心受到罪责。酒筵之上，韩逼她向陶敬酒，唱曲子助兴；而陶却板起面孔，说什么“大丈夫饮酒，焉用妇人为”、“一生不听音乐，但听了音乐，昏

---

① 《宋史·陶谷列传》。

睡三日”;她去敬酒,还遭到陶的责骂:“泼贱人靠后,小官一生不吃妇人手内饮食”,她被夹在矛盾之中:

> 太守见我退后来早台意怒,学士见我向前去早恶心烦。好教我左右没是处,来往做人难。

韩太守一计不成又生一计,要她扮做驿吏之孀妇,把陶拖下水。她潜心与陶周旋,终于完成任务。

秦弱兰如此苦心孤诣地充当“色情间谍”,一方面是官府驱使,她不得不从;另一方面也有她自己的追求:“我把那段疋绫罗不希望,我本不乐作娼,则向那烟花簿上勾抹了我的名儿胜如赏。”她追求的是摆脱低贱的妓女生涯,包含着摆脱奴役的民主思想。

二　张寿卿的《红梨花》

张寿卿,东平(今山东东平县)人,曾做过“浙江省掾吏”,其馀事迹不可考。所作杂剧《谢金莲诗酒红梨花》一种,今存。

《红梨花》主要写秀才赵汝州与名妓谢金莲的爱情故事。与石子章的《竹坞听琴》相比较,虽然两剧男女主人公身份各异:一是没落王孙公子与出身官宦家庭的道姑,一是靠友人周济才能上京应考的穷秀才与社会地位低下的上厅行首。但作品中很多情节却颇相同:诸如两剧的男主人公所投靠的地方官为促使他们不要堕落功名,都是先派人以现身说法方式说女主人公是鬼;又以劝农为名不再与他们相见,只留赠白银两锭、春衣一套和全副鞍马一匹;他们得官归来也都以为所爱对象是鬼,后经地方官说明原委,男女主人公方得团圆。这里很难说谁抄袭谁,因为作家们的时代先后都无具体资料可考。类似这样的情节经常在舞台上出现,是否说明男女青年的爱情,总是要受到象征封建家长权力的社会力量的干预和功名利禄的约束。从两个剧中的地方官总是能主宰男女主人公命运这一点上看,这个推论恐怕是有一定道理的。

这个作品有一点很值得重视，妓女谢金莲一再夸赞秀才，或称其能文会武、知书识礼、前途无量；或攀古比今，赞其功不可朽：

> 秀才每从来我羡他，提起来偏喜恰，攻书学剑是生涯。秀才每受辛苦十载寒窗下，久后他显才能一举登科甲。秀才每习礼仪、学问答……
>
> （梅香，你那里知道秀才每事，听我和你说咱。）唱：……有吴融八韵赋自古无人压，有杜甫五言诗盖世人惊讶，有李白一封书吓的那南蛮怕。你只说秀才无路上云霄，却不道文官把笔定天下。

这是不是这位“浙江省掾吏”的借题发挥，只有请读者自己去理解了。

第十章　杨显之、武汉臣、王仲文、纪君祥、孟汉卿、李行甫和孔文卿

以上诸人或写家庭变故，多涉及清官良吏断狱，为受冤受害者平反昭雪；或写历史流传故事，缅怀历史人物，抒发复仇思想。

第一节　杨显之、王仲文和孟汉卿

一　杨显之的《潇湘雨》和其他杂剧

杨显之，大都人。与关汉卿为“莫逆之交”，常与关研讨剧作，外号“杨补丁”。贾仲名〔凌波仙〕挽词称其为“前辈老先生”，又有“王元鼎师叔敬，顺时秀伯父称”等语。可知他的年辈很高，在当时文坛和剧坛都享有盛名。所作杂剧八种，今存《临江驿潇湘秋夜雨》和《郑孔目风雪酷寒亭》两种。

《潇湘雨》主要写了一个家庭的婚姻变故，提出了妇女问题。

儒生崔通与失散父亲的张翠鸾结婚。为了谋取秦川县令又娶了主考官之女，并把前来找他的原配妻子翠鸾定罪为“逃奴”，杖责一顿之后刺配沙门岛。为了消除后患，他还吩咐解子：“一路上则要死的，不要活的”，心肠非常毒狠。这个悲剧事件在一次偶然机会中发生了

变化:翠鸾竟与失散多年、官至肃政廉访使的父亲相遇。为了出气报仇,她亲自领人抓了崔通和主考官之女。当时,生杀大权在握,怎样处置迫害过自己的仇人:“若杀了崔通,难道好教孩儿又招一个!”这样做当然为礼教所不容。于是乎只好把主考官之女当做替罪羊,将其“打做梅香”,当下人使用,再重新与崔通“成亲”。

在庆贺筵席上,作为胜利者的翠鸾也并不平静:“把背飞鸟纽回成交颈鸳,隔墙花攀将做并蒂莲”,心中也感到有些别扭。她直率地告诉崔通:“也非俺只记欢娱不记冤,到底是女孩儿的心肠十分样软。”所谓“心软”也就是软弱的代名词。在男女不平等的封建社会的礼教压力下,她和崔通的矛盾,或是以义断恩绝、另行改嫁的方式解决;或是以对方认错、言归于好的妥协方式解决。翠鸾选择了后者。与罗梅英发出的“则是俺那婆娘家不气长”的感叹相类似,张翠鸾也同样提出了妇女受礼教压迫的问题。

宋元南戏有《崔君瑞江天暮雪》,其人名、人物关系不尽相同,男主人公停妻再娶,以“逃婢”之罪加其原配等情节与《潇湘雨》略同①。元南戏亦有《临江驿》。

《酷寒亭》是杨显之写的另外一个家庭变故剧,有的研究者认为此剧故事“既非故实,也不像是剧作者笔端所创造。或竟系真人真事,是当时流传远近的一桩事件,剧作者遂取以为题材。”②这个推断颇有道理。据赵景深先生统计,元剧作家提到《酷寒亭》中人物或事件的就有关汉卿的《鲁斋郎》三折〔么篇〕、马致远《青衫泪》三折〔拨不断〕、石君宝《曲江池》三折〔尧民歌〕、李文蔚《燕青博鱼》一折〔六国朝〕、萧德祥《杀狗劝夫》二折〔滚绣球〕、秦简夫《东堂老》二折〔三煞〕和无名氏《货郎旦》一折〔鹊踏枝〕等七种③。此外,艺人作家花李郎亦作《像生栾子酷寒亭》一种,今佚。

---

① 徐渭:《南词叙录 · 宋元旧篇》。

② 严敦易:《元剧斟疑 · 酷寒亭》。

③ 赵景深:《中国戏曲初考 · 元曲时代先后考》。

《酷寒亭》主要写了郑州府把笔司吏郑嵩因娶妓女萧娥而带来的悲剧故事,其主旨在于劝诫。

郑嵩本有妻室儿女,他又迷上官妓萧娥,妻子因此气死,萧娥也就被娶进家门。这个淫荡成性的娼妓,不同一般青楼女子,她对郑嵩前妻留下的子女百般虐待,对他们非打即骂,让其受饥寒;而自己却和奸夫高成饮酒作乐。人们责备郑嵩:"这厮掌刑法做令史,觅钱来养娇娥,送的他人离财散家缘破。"更是痛骂萧娥虐待郑前妻子女:

> 把孩儿风流罪犯寻些个,吊着脚腕又不敢将脚尖那。当日纷纷雪片席来大,衣服向身上剥,井水向阶下泼,肐膝儿精砖上过。

为了达到劝诫目的,剧中充满了对萧娥的痛骂,骂萧是"送旧迎新泼弟子"、是"搅蛆扒"、"泼烟花"。赵用甚至还向街坊邻居公开宣传:

> 劝君休要求娼妓,便是丧门逢太岁。送的他人离财散家业破,郑孔目便是傍州例。

《酷寒亭》还保留了元初奴隶制残余史料,第三折开酒店的张保本是江西人氏,"因为兵马嚷乱,遭驱被掳,来到回回马合麻沙宣差衙里……为奴作婢",后来主人给了"一张从良文书",因无盘缠还乡,只好在郑州城外开个小酒店度日。"有个官人"喝酒不给钱,反而盘查张的根底,问张"是什么人"。张一口气口答:"也不是回回人,也不是达达人,也不是汉儿人","是个从良自在人"。由以上可知,张保从江西被俘虏到郑州为奴;"从良"以后还要受到"官人"的敲诈和盘问;他不敢高攀达达人或回回人,也不愿说自己是"汉儿人",而只说是"从良自在人"。这些描写,有珍贵的史料价值。

杨显之很爱用民间故事题材写剧,如《刘泉进瓜》、《黑旋风乔断案》、《丑驸马射金钱》、《蒲鲁忽刘屠大拜门》、《借通县跳神师婆旦》等。

二 王仲文的《不认尸》

王仲文，大都人。贾仲名〔凌波仙〕挽词有“仲文踪迹在金华”之句，或以为“金华盖京华之误”①；或以为作者“曾寄居金华”②。后者似较可信。贾氏既知王为大都人，似不必重复说王“踪迹在京华”；相反，王如果曾在金华寓居，挽词“在金华”云云才有根据。所作杂剧十种，今存《救孝子贤母不认尸》一种。另一种《诸葛亮秋风五丈原》存有残曲。

《不认尸》主要写了一件冤案平反的故事。作品赞扬贤母李氏“善觑”亡妾康氏之子，而以亲生子“当军”服役；康氏之子横遭冤枉，又是她在公堂之上据理力争，最后终使冤案平反，康氏之子得救，真正的罪犯伏法。

李氏很像关汉卿《蝴蝶梦》中的王母，她们不仅义行可嘉，而且都懂得法律。王母在公堂之上为儿子因报父仇打死葛彪时说：“那厮每情理难容，俺孩儿杀人可恕”；李氏在公堂上要求检验自己认为不是儿媳的尸体时说得更为具体，简直就像从封建法典上抄下来一样：

> 则合将艳醋儿泼得来匀匀的润，则合将粗纸儿搭得来款款的温。为甚来行凶？为甚来起衅？是那个主谋？是那个见人？依文案本，遍体通身，洗垢寻痕。若是初检时不曾审问，怕只怕那再检日怎支分。

令史等官员昏庸无能，马虎从事，企图草草了此一案，就以“六月天道”无法检尸为借口，硬要把尸体火化。李氏坚决反对，并提出了一个既科学而又很合理的办法：“你道是难以检覆，照觑尸亲，许令烧

---

① 孙楷第：《元曲家考略·王仲文》。

② 赵景深：《元人杂剧钩沉·诸葛亮秋风五丈原》作者简介。

焚；我只道不如生殡，且留着别冤屈辨清浑。”

然而，官府老爷们根本听不进去，一味的严刑逼供，李氏对他们进行了面对面的抗争，并公开申言要上告他们的非法行为：

> 你要我数说您大小诸官府，一划的木笏司糊突，并无聪明正直的心腹，尽都是那绷扒吊拷的招伏，把囚人百般拴住，打的来登时命卒。哎哟，这便是您做下的个死工夫。
>
> 磨勘成的文状才难动，罗织就的词因到底虚。官人每枉请着皇家禄，都只是捉生替死，屈陷无辜。
>
> 你休道俺泼婆婆无告处，也须有清耿耿的赛龙图，大踏步直走到中都路。你看我磕着头写状呈都省，洒着泪啣冤挝怨鼓，（令史云：）你告呵告着谁？（正旦唱：）单告着你这开封府：令史每偏向，官长每模糊。

元杂剧中的公案戏，受冤者呼冤叫屈者有之，埋怨天地鬼神不公者有之；然而，像李氏这样虽然也寄托希望于上级清官，但她竟然敢于指名要控告公堂上的政府官员则不多见。正是在这一点上，《不认尸》具有不同于元代其他公案戏的社会价值。

三　孟汉卿的《魔合罗》

孟汉卿，亳州（今安徽省亳县）人。生平事迹不可考，所作杂剧《张鼎智勘魔合罗》一种。

《魔合罗》是一本公案戏，主要写良吏张鼎平反一桩冤案的故事。或谓张鼎为元代历史人物，曾任鄂州总管府达鲁花赤并参知政事，疑不确。《世祖本纪》记载以张鼎为阿里海牙“属吏”，而阿里海牙本传根本没有张鼎其人；又阿里海牙历仕武宗、仁宗、文宗三世，时间远在孟汉卿之后，故推知两个张鼎非一人。

《魔合罗》主要写坏人李文道谋财害命，杀兄夺嫂，其嫂刘玉娘不从，反被诬为“合毒药杀死亲夫”，官府贪赃枉法，酷打成招，判刘死刑。河南府六案都孔目张鼎重新审理此案，罪犯伏法，冤案平反。

《魔合罗》颂扬了良吏张鼎关心民命和斗争智慧，表达了作者的进步政治理想。张鼎发现刘玉娘一案案情不明，就询问审理此案的萧令史：应有的物证与重要的人证“都无”，“可怎生便杀了这妇人”？在萧令史的挑拨下，府吏责成他三天问成此案，问不成就要他“替刘玉娘偿命”。他冒着生命危险接受了重审此案的重任，抓住与此案有关系的“送信人”为突破口，装神弄鬼，顺藤摸瓜，终于抓住了真正的杀人凶犯李文道。又略使了“些儿见识”，让其父子之间反啮互咬，取得了定案证据，刘玉娘终于得救，罪犯李文道伏法。

《魔合罗》还揭露了元代司法吏治的黑暗腐败和官府的无能。如河南府所属的县府公堂，审案时居然出现了官司的一方公开向问官行贿；而主审此案的萧令史也公然讨价索取；官司问完，县令和令史又公然在堂上分赃……官场成了商场和交易所。新来的府尹没有详细调查案情，就轻率地将证据不足之人判斩；他对原来审断此案的贪官污吏也从轻发落，对贪赃枉法的罪行一字不提，只说“本处官吏不才，杖一百永不叙用”。这个惩罚未免太轻了。

《魔合罗》很善于描写剧中的道具，这个剧的主要道具就是“魔合罗”，一种宋元之间流行于民间的土木雕塑神像。据《东京梦华录》、《梦粱录》和《武林旧事》诸书记载，七月七日夕，妇女、小孩多用它来“乞巧”。据此剧所写，作品中的魔合罗神像是一个雕塑的观音大士。作者抓住剧中送信人高山送给刘玉娘孩子玩的魔合罗大作文章，又是把玩、又是乞求、又是责怪，这些表面的装神弄鬼，是在掩盖张鼎找到送信人的线索。“魔合罗”这个名字在剧出现二十馀次，对刻画人物、推动剧情发展和解决矛盾都起了重要作用。

第二节 武汉臣和李行甫

武汉臣、李行甫都写有包公戏，武氏同时还长于写家庭纠纷戏。

一 武汉臣的《生金阁》和其他杂剧

武汉臣，济南人，生平事迹不可考。所作杂剧十种，今存《包待制智赚生金阁》和《散家财天赐老生儿》两种。其中《生金阁》是否为武氏所作尚有争议，今定为武氏所作。

《生金阁》是一本包公戏，主要写包公“智赚”牵涉两条人命案的罪证宝物“生金阁”的故事。作品赞扬了包公的智慧，揭露了权豪势要的罪恶，同时也涉及元代某一部分儒生的处境和出路问题。

作品中的权豪势要庞衙内特别贪婪和凶残，他和秀才郭成在酒店对话时夸耀家中金银财宝所列的一些名目，就从一个侧面说明他掠夺财富之多，经济上占有极大优势；他随便“写个帖儿”就可以叫“令场贡主”“大大的”与郭成“一个官儿”；又在一天之内杀害两条人命而有恃无恐，这说明他的凶恶毒狠和政治上有极大势力。包公面对这个穷凶极恶而有实权的特权人物采用了“请筵”、“赛宝”、“留宝”等手段“智赚”出重要物证；又安排了李幼奴和福童前来当面对质，并取得了足资定案的口供，最后才以迅雷不及掩耳的方式宣判：

> 庞衙内倚势挟权，混赖生金阁儿，强逼良人妇李氏为妻，擅杀秀才郭成，又推嬷嬷井中身死……押赴市曹斩首示众。

剧中的秀才郭成，是元杂剧中一个较为特殊的知识分子。作为一般的悲剧或失意的主人公，知识分子在剧中多是值得同情的人物；

而郭成却并不那么使人同情，相反，他的一言一行，总令人感到不那么舒服。他主动向庞衙内献宝求官，又主动要妻子“拜谢”庞衙内；庞衙内见色起意，邀他们夫妇住到家里，并大摆筵席盛情款待，他简直是受宠若惊，连连表示感谢不已。像这样希图通过投靠权势以换取功名富贵之人，在任何时候都很难赢得人们的同情。他的悲剧结局，在一定程度上是咎由自取，自食其果。联系到元代停止科举考试八十年，知识分子失去入仕之阶，一些人以投靠权势来打通做官之路恐怕有一定代表性。

武汉臣的另一本杂剧《老生儿》主要写了一个财主家的纠纷，涉及财产再分配问题。刘员外行善得子，刘引孙笃厚得财，张郎贪财受到谴责，在肯定封建社会处理血缘关系的正常道德的同时也宣扬了善恶报应思想。

武汉臣还十分抑商重儒。刘员外本是经商起家，积攒了十万贯以上家财。他晚年无子，自认是过去做买卖“瞒心昧己，使心用倖，做下了许多冤业”的报应；侄儿引孙要借钱做买卖，他一再告诫侄儿：“则待经商寻些资本，则不如依本分教些村学”、“我道那读书的志气豪，为商的度量小。……你便苦志争似那勤学，为商的小钱番做大钱，读书的把白衣换做紫袍。则这的将来量较，可不做官的比那做客的妆么，有一日功名成就人争羡，抵多少买卖归来汗未消，便见的个低高。”这恐怕更多的是在倾吐作者的心声。

对于金钱的魔力，作者也有很深的感受：

> 哎，钱也！我为你呵也曾痛杀杀将俺父母来离，也曾急煎煎将俺那妻子来抛；哎，钱也！我为你呵那搭儿里不到，几曾惮半点勤劳！遮莫他虎啸风崒律律的高山直走上三千遍，那龙喷浪滚的长江也经过有二百遭。我提起来魄散魂消。

作者不一定有“金钱万恶”的明确观念，但从对人物的如实描写中却可以看到金钱对人们个性的束缚。与郑廷玉的《看钱奴》相比较:一个是写了财主嗜钱如命、至死不悟;一个则是分散家财、顿然觉醒,两部作品从不同角度展示了金钱对人们生活的不同影响。

二　李行甫的《灰阑记》

李行甫,名潜夫,一作李行道,绛州(今山西省侯马市)人。生平事迹不可考。所作杂剧《包待制智赚灰阑记》("智赚"一作"智勘")一种。贾仲名〔凌波仙〕挽词有云:"绛州高隐李公潜,养素读书门镇掩,青山绿水白云占。"他大约也是个不求闻名于当时的高人。

《灰阑记》也是一本较好的包公戏。主要写包公"智勘"马员外家妻妾争夺孩子和家财、并涉及人命案的故事。关于此剧的题材,过去有人把它和犹太所罗门故事联系起来。① 其实,古代交通不发达,各国文化交流也并不是想象中那么容易;倒是"可能因各地人民生活、思想中有共同的因素为基础,因此产生同一类型的传说"是一种比较可信的说法②。汉末应劭《风俗通义》记载黄霸故事云:

> 前汉时颍川有富室兄弟同居,其妇俱怀妊。长妇胎伤匿之。弟妇生男,夺为己子,论争三年不决。郡守黄霸使人抱儿于庭中,乃令娣姒竞取之。既而长妇持之甚猛,弟妇恐有所伤,情极凄怆。霸乃叱长妇曰:"汝贪家财,固欲得儿,宁虑或有所伤乎?此事审矣。"即还弟妇儿,长妇乃服罪。

霸为汉武帝时人,历仕武帝、昭帝、宣帝三朝,官至丞相,宣帝甘露三年(公元51年)卒。他"少学律令"、"为人明察内敏","召以为廷尉正,数决疑狱,庭中称平"。官颍川太守八年,"以外宽内明得吏

---

① 赵景深:《中国小说丛考·所罗门与包拯》。

② 邵曾祺:《元明北杂剧总目考略·李潜夫》。

民心……诏为天下第一”①。是一个能干的封建官员。

虽然，黄霸审断二妇争子案史无记载，是来自民间故事传说；但它却表达了人们对这位“明察内敏”的好官在解决民事纠纷中充分显示才能的向往。这个故事才是《灰阑记》本事的来源。在没有确凿证据的情况下，不必把中外的故事硬拉在一起，这样会更妥当一些。

《灰阑记》中的女主角张海棠虽出身“七辈”的科举之家，因“家业凋零”而沦为妓女。这一背景的勾勒，展示了元代知识分子因受歧视而没落的残酷现实。其兄长张林因不满妹妹“辱门败户”而出走，她也嫁与当地财主马员外做妾。

一般地说，小妻倚仗自己年轻貌美得到丈夫宠爱而欺压大妇是生活中常见之事；而《灰》剧中的描写恰好相反。这位马家的大娘子不仅与郑州衙门的赵令史通奸，而且还要谋死丈夫、嫁祸于人，赖子夺产。于是张海棠的悲剧发生了：明明是大娘子做主，要张海棠把头面首饰送与其兄张林做盘缠，而她回过头来硬说张把东西“都与奸夫拿去”；明明是大娘子投放毒药毒死丈夫，而她反诬告张“养着奸夫，同谋设计”，将丈夫“药杀”；寿郎明明是张海棠所生之子，而她却花钱买通接生婆与邻居街房，“当厅硬证”，硬说自己生了寿郎。而奸夫赵令史又居然是主审此案的官员。扭曲作直，滥施刑法，打得张海棠“一杖子起一层皮”。正是在“吃不过这棍棒临逼”的情况下，她只好屈招：“是妾身药杀了丈夫，强夺他孩儿，混赖他家私来。”

包公见了郑州申文，不禁发出疑问：

> 我老夫想来，药死丈夫，恶妇人也，常有这事，只是强夺正妻所生之子，是儿子怎么好强夺的？况奸夫又无指实，恐其中或有冤枉。……

这一问问得好，强夺别人之子，违悖人之常情，“是儿子怎么好强

---

① 班固：《汉书·循吏传第五十九》。

夺的”。捉奸要捉双,这也是审断奸情案的起码要求,“况奸夫又无指实”。他很自然地得出“恐其中或有冤枉”的结论。于是,他立即“暗地着人吊取原告,并干证人等到来,以凭覆勘”。同时他先向张海棠那里了解案情,接着就以孩子是谁所养为突破口:大娘子一口咬定孩子是她所养,被她用钱收买过的街坊邻居和接生婆还是“当厅硬证”,复审仍是不利于张海棠。包公计上心来:“此一桩则除是恁般……”乃设下“灰阑拽子”之计。命二人将阑中孩子拽出,谁拽出孩子就判断是谁所养。大娘子用力拽出了孩子,而张海棠“两番三次,不用一些气力拽那孩儿”,她向包公申诉:“妾身自嫁马员外,生下这孩儿……不知受了多少辛苦,方才抬举的他五岁。不争为这孩儿,两家硬夺,中间必有损伤,孩儿幼小,倘或扭折他胳膊,爷爷就打死妇人,也不敢用力拽他出这灰阑外来。”这一番陈诉,不仅有理,而且更合情。正是后者使包公在一定范围内离开了法律条文去对案情进行判断:“律意虽远,人情可推”,大娘子“外相温柔心毒狠”,张海棠“亲者原来则是亲”。他从张宁肯输掉官司也不愿“损伤”亲生儿子的行为中审出了真伪,终使好人得救,坏人伏法。“这‘灰阑记’传扬得四海皆知”,作者歌颂了包公“智勘”的成功。

第三节　纪君祥和孔文卿

一　纪君祥的《赵氏孤儿》

纪君祥一作纪天祥,大都人。与李寿卿、郑廷玉同时,生平事迹不可考。所作杂剧六种,今存《赵氏孤儿大报仇》一种;另一种《陈文图悟道松阴梦》只有残曲流传。

《赵氏孤儿大报仇》一作《冤报冤赵氏孤儿》或《赵氏孤儿冤报

冤》，简名《赵氏孤儿》。元刊本为四折，明刊本《元曲选》将第四折再分为两折，因而为五折。剧本事据史实，也采用民间流传故事。《左传》文公六年、七年，宣公二年，成公八年曾记载春秋时，晋臣赵盾与晋国国君矛盾，甚至激化为君臣之间的相互格杀的事件。此外，《国语》卷十一《晋语》五《襄公》、《公羊传》卷十五《宣公》、《说苑》卷六《复恩》、《新序》卷七《节士》等书也记载了这一故事，主要内容皆未超出《左传》范围。《史记》中的《晋世家》、《赵世家》和《韩世家》等篇记载此事，与《左传》记载相比较，不仅有文字详略之不同，而且还有人物多少及其关系、矛盾性质及其解决等方面的不同。大体说来，《左传》记载赵氏家族被杀为景公十三年（公元前 587 年），主要是君臣不合；而《赵世家》等篇把此事往前推至景公三年（公元前 597 年），是大臣之间的矛盾冲突。司寇屠岸贾借灵公被杀事（杀灵公的赵穿是赵盾从父昆弟之子），诬赵盾是“以臣弑君”的“贼首”，在景公的默许下“擅与诸将攻赵氏于下宫，杀赵朔、赵同、赵婴齐，皆灭其族”。其中屠岸贾是《左传》中没有的人物。另外，则有程婴、公孙杵臼、韩厥等救孤、抚孤，以及诛杀屠岸贾、仍“灭其族”等文字。杂剧主要根据《史记》、略采《左传》而进行加工创造，突出了正义力量、牺牲精神与凶残邪恶势力的矛盾斗争，表达了“冤报冤”的复仇思想。

《赵氏孤儿》五折一楔子（据《元曲选》）。一折正末扮韩厥，韩放孤自杀；二、三折正末扮公孙杵臼，程婴与其商量救孤之策：一献子、一献身，孤儿脱险，改名程勃；四、五折正末扮程勃。二十年后，程婴画图对程勃讲明其身世，勃悲痛万分，立誓报仇，终于在上卿魏绛帮助下杀了屠岸贾。

剧本写屠岸贾杀害赵盾全家三百馀口是以“文武不和”为借口的。联系上下文意看，则暴露了他要独揽朝政大权的图谋：“俺灵公在位……其信任的只有一文一武，文者是赵盾，武者即某矣。俺二人文武不和，常有伤害赵盾之心。”也许是为了突出屠与赵的矛盾，昏庸国君灵公被摆到了次要位置。为了“剪草除根，萌芽不发”，屠岸贾就“诈传灵公的命”，还要除掉赵盾之子、晋国驸马赵朔及其妻晋公主所生下的遗腹子“赵氏孤儿”。一场杀孤与救孤、正义与邪恶的斗争也就不可避免。草泽医人程婴、下将军韩厥、罢职官员公孙杵臼，一个个舍生忘死，奋起救护孤儿，其中尤以程婴最为突出：他冒着生命危险从宫中带出孤儿，公主自缢而死；又以大义感动把守宫门的韩厥放孤儿出宫，韩厥也自刎而亡。屠岸贾张挂榜文宣布：“要将晋国内半岁之下、一月之上小孩儿每……不问是孤儿不是孤儿”，他都要“亲手剁做三段”。为了救护孤儿和晋国的小儿，他又把孤儿送公孙杵臼处，要以自己亲生儿子代替孤儿，并请公孙杵臼去出首。最后在公孙杵臼的说服下，孤儿仍由他抚养，他的儿子则送与公孙臼杵以代孤儿……作品揭露了邪恶势力的残暴狠毒，歌颂了正义战胜邪恶的种种斗争和他们那种勇于自我牺牲的崇高精神。

无论是元刊本或明刊本，剧中表现的复仇思想都很强烈：赵朔死前对公主的嘱咐、公孙杵臼死前对程婴的寄托、长大成人并已知自己身世的“赵氏孤儿”对养父程婴的表白，都莫不表现出一种强烈的复仇精神，与题目正名中昭示的“冤报冤”、“大报仇”精神完全一致，这种精神是与元初社会矛盾斗争息息相通的。

剧本是否反映“民族思想”或“怀念宋室”等一直是有争论的问题。从总体上说，这个作品决不是写民族矛盾、表现“民族思想”或“怀念宋室”则是可以肯定的；但是，结合宋末元初人们把“救孤存赵”，往往象征性地和赵宋王朝连在一起的事实看①，是否可以说作品与“民族思想”或“怀念宋室”有一定联系呢？公孙杵臼唱出“凭着赵家枝叶千年永”（元刊本二折及明刊本二折同）；“你急切里老不的形容，正好替赵

---

① 吴自牧《梦粱录》卷十四《忠节祠》记云：“祚德庙，在车桥西青莲寺南……其神忠义。因以本州沦陷之久，庙廷存废不可知，降旨就杭建庙……以表忠节。程婴封忠济王，杵臼封忠祐王，韩厥封忠利王。”又爱国宋臣文天祥曾写诗赞扬具有民族气节的另一宋臣家铉翁，将其喻为“存赵”的程婴，其诗云：“廷争堂堂负直声，飘零沙漠若有情。程婴存赵真公志，奈有忠良壮此行。”又《元曲章》四十一《刑部三·谋反》节《乱言平民作反》条，记术八剌诬告平民小甲谋反，说小甲扬言“汉儿皇帝出世也，赵官家来也”。可见宋末元初不少人以“赵姓”影指宋朝。

家出力做先锋”、“老宰辅,你若存的赵氏孤儿,当名标青史,万古留芳”(明刊本)……观众听到这些弦外之音的唱词或说白,是很容易和赵宋王朝连在一起的。这至少算得上有点“时代精神”吧。

《赵氏孤儿》产生了很大了很大社会影响,元佚名作家有南戏《赵氏孤儿报冤记》,明徐元有《八义记》传奇、佚名有《接缨记》传奇、李槃有《赵宣孟》杂剧,清灵皐轩有《节义谱》传奇,近代的京剧和地方戏演出《赵氏孤儿》则不胜枚举。

在国外,《赵氏孤儿》是最早被翻译成外文广为流传的作品之一。十八世纪前半纪,就有法文译本《中国志》;以后又有据法文译本的英译本、德译本和俄译本。与此同时,还有英文的《中国孤儿》、意大利文《中国英雄》、法文《中国孤儿》等。由此可见其深远影响。

二 孔文卿的《东窗事犯》

孔文卿,平阳(今山西省临汾市)人,生平事迹不可考。贾仲名吊孔氏〔凌波仙〕曲有“先生准拟圣门孙,析住平易(疑为“阳”误)一叶分。”大约是孔子的后人。所作杂剧,仅知有《地藏王证东窗事犯》一种;另有《禄山谋反》套曲亦传为孔作。

《东窗事犯》只有元刊本。由于不同版本《录鬼簿》于此目下注文不同,因而引起了元代有几种《东窗事犯》剧本和现存《东窗事犯》为谁作的争论。《元明北杂剧总目考略》对此剧有关问题的辨析简要地归纳以下几点:1.“西湖旧本”为杭州人所编,作者姓名不详,是元代早期作品;2.杨驹儿、孔文卿、金仁杰皆写过《东窗事犯》杂剧;3.现存《东窗事犯》剧本“暂定”为孔文卿所作。以上看法,比较可信。

岳飞抗金有功反被诬而死,史书多有记载:陷害岳飞的奸臣秦桧受到冥报则多来自民间传说,“西湖旧本”《东窗事犯》(佚)很可能就是孔文卿所采用的主要题材之一①。

剧本着力描写了忠臣含冤的悲愤，并在一定程度上揭示了冤案的复杂背景，对这一重大的历史事件作了形象的总结。南宋偏安一隅，金人不时以兵相加，朝廷大臣和战不一。从双方力量对比看，上以高宗为首，下有秦桧等一般无耻之徒，他们占有绝对优势，这些人宁肯受辱以求和，也要保全自己富贵；而岳飞等一般忠义之士则“以恢复为己任，不肯附和议”。再加上金兀术又遗书秦桧：“必杀飞，始可和。”就这样，一个抗金有功的名将竟以“莫须有”之罪衔冤而死②。误国卖国的罪魁祸首秦桧，却一再得到高宗的重用，他两度为相，前后凡十九年③。世事之不平竟至于此。

《东窗事犯》的岳飞志在“复夺东京”，精忠报国。而朝廷却日“宣十三次”，召回京城，“送下大理寺问罪”，诬他“谋反”。岳飞悲愤万分，只是呼天叫地，力言冤枉：“非是岳飞造反，皇天可表！皇天可表，岳飞忠孝！”他还提出：“既是我谋反，那里积草屯粮？谁见来？”尽管他的质问有理，可是谁也懒得作出正面的回答。他太天真了！他既埋怨皇帝、又后悔自己的作为。他以为天下太平，武将无用，所以自己才“披枷带锁”：“陛下信用奸臣贼子，将俺功臣亏损。‘太平不用旧将军’，信有之。”这并不符合事实，当时的南宋王朝一直受到金人的威胁，又何来“太平”？这位背上刺有“尽忠报国”四字的岳武穆，在战场上是一位“文武全器”的好统帅④，可是他不懂得政治斗争。试问：失地收复，徽、钦二帝迎回，那位当今皇帝高宗将何以自处？是与父兄让位，还是再来一场宫廷厮杀？秦桧制造的冤狱当然得到了高宗的默许和支持。他在朝廷内部斗争中是一个被人暗算的失败者，一个充满历史必然的悲剧人物。在衔冤莫白的情况下，他一连数说了自己不该做的大事：

---

① 贾仲名挽孔文卿〔凌波仙〕词有“捻《东窗事犯》，是西湖旧本”句，推知在孔作之前已有同名剧本，孔氏并据此写剧。

②④ 脱脱：《宋史·岳飞列传》。

③ 脱脱：《宋史·奸臣三·秦桧列传》。

> 我不合扶持的帝业兴,我不合保护的山河壮,我不合整顿的地老天荒。
>
> 我不合扶立一人为帝,教万民失望;我不合于家为国,无明夜将烟尘扫荡……
>
> 我不合降戚方揭寨施心亮,我不合捉李成贼到中军帐,我不合破金国扶立的高宗旺!

两次明确提出不该为当今皇帝出力,甚至对“破金国”的正义行为也作自我否定。这说明他大概意识到自己的蒙冤负屈与当今皇帝的某种联系。可惜太迟了!

“不合扶立一人为帝,教万民失望。”他看到了当今皇帝与“万民”的矛盾。“万民”希望收复失地以雪国耻,而皇帝却纵容奸臣谋害收复失地的有功之人。他“扶立”这样的人“为帝”,当然要使“万民失望”了。应该说,这是作者对这一历史事件所作的形象而深刻的总结。

过去的史学家多有以岳飞受金牌之召为“愚忠”,这看法在作品中也被反映出来。剧本第三折写屈死的岳飞领着岳云、张宪向“高宗太上皇托梦”,申诉冤枉,希望高宗为他报仇:

> 想微臣挟人捉将一旦休,只落的披枷带锁遭重囚,臣想统三军永远长春,不想半路里拔着短筹。
>
> 陛下索趁逐,替微臣报冤仇……
>
> 想微臣志未酬,除秦桧一命休……把那禽兽剐割肌肉、号令签头,豁不尽心上忧。
>
> 忠臣难出贼臣彀,陛下宣的文武公卿讲究,用刀斧将秦桧市曹中诛,唤俺这屈死冤奠盏酒。

难申的冤屈、强烈的复仇愿望,对忠奸斗争历史教训的总结,都是那样炽热深沉和充满了悲剧色彩。

第十一章　张国宾及其他艺人作家

天一阁《录鬼簿》记载元代艺人杂剧作家有赵敬夫、张国宾、花李郎和红字李二共四人，录剧目十五种。其中只有张国宾有完整剧本流传下来，他是元代艺人作家中的最幸运者。

第一节　张国宾和他的杂剧

曹楝亭刻本《录鬼簿》记张国宾（原“宾”字作“宝”）有云：“大都人，即喜时营教坊勾管。”并录剧目三种：《汉高祖衣锦还乡》、《薛仁贵衣锦还乡》、《相国寺公孙汗衫记》。其生平事迹则不可考。

由于不同版本《录鬼簿》记载张氏的文字不同，再加上明清曲家的记载又出现各种各样的歧异，除张氏籍贯为“大都人”之外，对张氏其人其作皆多有异说。他的名字叫张国宾、张国宝或张国瑶？经考证，应叫张国宾。“喜时营”是张的“艺名”还是教坊名？经考证，应是教坊名。而“教坊勾管”则是“教坊管勾”之误，详见《元史·百官志》。还有作品的记载，也有三种、四种、五种的不同说法，经考证，应是四种。除上列三种外，还有《严子陵垂钓七里滩》一种。从《合汗衫》中称开封为南京（金亡北宋后曾迁都开封为南京）及元代礼部教坊司设置教坊管勾在世祖时代等材料看，他大约是由金入元，从事戏曲活动主要时间在世祖至元时期。

《合汗衫》主要写了张员外一家行善施恩反遭人暗算,因一件汗衫复合而得报冤仇的故事。作品从现实生活取材而同时又受到流传故事的影响。《太平广记·报应》类有三则故事描写了类似情节。《陈义郎》中的周茂方忘恩负义,杀夫夺妻,后因一件“血迹衫子”诱发案情,使受冤者得报冤仇。另两篇《崔尉子》和《李文敏》,皆以烧破衫子之出现而暴露了杀人案情,终使凶犯伏法,受冤者得以报冤仇。张国宾可能会受到这些流传故事中某些情节的启发,但他主要从现实生活取材,既没有因袭流传故事的具体情节,也没有宣扬流传故事中的“报应”思想,更没有像个别流传故事中那样,让受害者去承担不应承担的“以不早自陈,断合从坐,其子哀请而免”的折磨①。和流传故事相比较,杂剧的思想似更健康得多。这大概是社会现实生活已经提供了较前代更多的“非报应”的东西,生活在艺人中的社会下层作家对此有更多的感受所致。

《合汗衫》提供了谨慎结交、不能妄信荒诞之言的沉痛教训。张员外父子救起被大雪冻倒的陈虎,又赠以银子和衣服,在他们不知陈虎底细以前,这种对穷困之人的同情心是非常可贵的。而张孝友则太老实,他看陈虎是“一条好大汉”,就向父母提出认陈做兄弟,以便“早晚索钱”时做个“护臂”。其父以陈“生的有些恶相”相劝阻,孝友偏偏听不进去,几次说什么自己“眼里偏识得这些好人”,硬把陈留在家中。陈一朝得势,便先摆起“二员外”架子,夺走张员外周济江湖好汉赵兴孙的银子和衣服;接着又对孝友之妻打坏主意:“一心只看上我那嫂嫂”;最后又编造谎言,骗取孝友夫妇随同外出烧香求神,在路上把孝友推下黄河,并霸占了孝友之妻李玉娥。……这一切,都是交友不慎所带来的沉痛教训。

从作者的主观意图看,张国宾是根据一定的社会道德观去臧否作品中的人物的:陈虎本是匪人,张员外父子救他于饥寒交迫之中;

① 《太平广记》卷一百二十一《崔尉子》。

他却杀夫夺妻,恩将仇报,最终受到严惩。赵兴孙行侠仗义,恩怨分明,令人崇敬。对张员外一家,则是充满了赞扬、惋惜与同情:他们乐善好施,宽厚待人,但又有点不分良莠,几乎是施仁爱于自认不是坏人的一切人。尤其是一家之主的张员外,他的优柔寡断又是全家遭祸的重要原因:他先是看到陈虎"生的有些恶相",但又未能阻止儿子与陈"认义"为兄弟,并将其留在家中;继又发现陈抢夺赠予赵兴孙之银与衣服是为人心"狠",但又未能驱使陈离去,而只以"怨亲不怨疏"等好言安抚了结;对陈虎骗取儿子去徐州求神问卜,他明知是"好唬庄家"的"谎诈"之言,但又未能说服儿子不要前往,以致儿子被推入黄河,媳妇被霸占……最后在巧合中才遇难呈祥,全家团圆。真是"善有善报,恶有恶报",表现了作者善善恶恶的是非观和道德观。

从作品展现的社会风貌看,作者还十分熟悉元代社会市井生活,尤其是对市井下层人民的穷困生活更是写得逼真动人。第三折写张员外老俩口行乞苦况:"我绕着他后巷前街,叫化些剩汤和这残菜,我受尽了些雪压波风筛","我如今无铺无盖教我冷难换,肯分的雪又紧风偏大,到晚来可便不敢番身拳成做一块。"……从这些具有真情实感的描写中,我们可以感受到作者的脉搏与穷苦百姓的脉搏在同时跳动,他是站在人民之中为人民说话了。

张国宾的另一作品《薛仁贵》则是一个历史故事剧,主要写唐代名将薛仁贵"三箭定天山"前前后后的有关故事传说。剧中的薛仁贵、张士贵、徐茂功、杜如晦、葛苏文等都是历史人物,薛仁贵"三箭定天山"也是历史事实。但是,杂剧并不是去复重历史,它也并没有拘泥于史实的真实,而是更多地广采民间故事传说,根据作家的艺术构思去进行加工创造,把那些供阅读和说唱的流传故事搬上舞台,对后世戏曲产生了很大影响。

据现存资料可知,至少在宋人李昉辑《太平广记》之前,薛仁贵故事就在民间流传了。《广记》191 卷载《薛仁贵》故事一则,记有薛仁贵随唐太宗征辽东和威震突厥等情节。宋金以来,薛仁贵故事一直流传经久不衰,《永乐大典》卷五四二二《辽》字条所辑《唐太宗征辽》

和《薛仁贵征辽事略》大概是这个时期说话人说话的文字记录。其《事略》开篇诗有云：

> 三皇五帝夏、商、周，秦汉三分吴、魏、刘；晋、宋、齐、梁、南北史，隋、唐、五代、宋、金收。

这一段说话人的套语，透露了《事略》产生的时代信息，它大约出现在宋、金之末或元代初年。《事略》内容多本史实，同时也保留了更多的民间传说特点。杂剧《薛仁贵》即使不是直接受其影响，但至少可以说二者的故事渊源有共同之处。《曲海总目提要·薛仁贵》略云：

> 薛仁贵，小字驴哥，绛州龙门镇大黄庄人。父母皆业农，仁贵独好武，不习耕作。一日辞父母，别妻柳氏，投总管张士贵为义军，从征高丽。常服白袍，以三箭定天山。士贵冒功为己有，相争不已。军师英国公徐勣，令总管与白袍小将，于辕门外百步悬金钱校射，士贵不能中，而仁贵三发三中。于是逐士贵，而以仁贵功奏闻。授天下都元帅，衣锦还乡，奉旨以徐勣女嫁仁贵，与柳氏并封夫人。

薛仁贵投张士贵为部下、征高丽、三箭定天山等皆有史实根据，但杂剧与史书记载并不完全相合，尤其是剧中所谓张士贵冒薛之功更非事实，而是根据民间传说加以演绎。考之《旧唐书·薛仁贵列传》，薛仁贵“三箭定天山”乃是征九姓突厥而非高丽，时间是唐高宗显庆三年（公元658年）：“时九姓（突厥）有众十馀万，会骁将数十人迎来挑战。仁贵发三矢，射杀三人，自（疑“其”误）馀一时下马请降。……军中歌曰：‘将军三箭定天山，战士长歌入汉关。’九姓自此衰弱，不复更为边患。”再说，这次天山之战的天山是在新疆而不是高丽，因此，剧中所写与历史记载有很大出入。至于说张士贵冒薛之功，更是子虚乌有。据《旧唐书·张士贵列传》记载，张本绿林豪杰，隋末曾"聚众为盗,攻剽城邑",参加农民起义。高祖李渊"降书招怀之……释右光禄大夫。累有战功。赐爵新野县公。……寻入为右武侯将军。……后累迁左领军大将军,改封虢国公,显庆初卒,赠荆州都督,陪葬昭陵。"以上记载张氏出身、经历及卒年都很具体。他既于"显庆初"死去,就不一定有可能参与显庆三年征九姓突厥之战;即使参与这次战争,史书上也并无图赖薛仁贵功劳之事。作为唐代名将,张士贵还是唐初开国功臣。据《旧唐书·太宗本纪》记载,武德九年(公元626年)发生唐高祖李渊诸子争夺继承权的"玄武门之变"。他和长孙无忌、尉迟敬德、房玄龄、杜如晦、宇文士及、高士廉、秦叔宝等,参与李世民先发制人射杀皇太子建成和齐王元吉的活动,可见他与薛仁贵的关系应该说也是正常的,薛后来被提拔重用,说明这位曾经是薛的上司没有压抑人才,当然更说不上图赖薛之功劳。不知什么原因,这样一个为人正直而又对唐之开国有过大功之人,在流传故事中却变了形样。据《薛仁贵征辽事略》记载,薛与张见面时就受到打击,张以薛的名字犯讳,就下令将薛"推出教场"斩首,因程咬金搭救获免;薛打败莫离支,张又独占功劳,王孙谔抱打不平,张对薛解释说:"数次不荐足下,非不待荐,恐帝重用,尔必离我,怎奈何老拙也!以此留公保我。若平辽,毕其功奏帝未晚。仁贵曰:'馀功皆不要,若逢莫离支,我一戟两箭建功,恁时肯奏仁贵么?'张士贵自与仁贵结为心交。"

张士贵编了一些花言巧语来掩盖自己的心术不正,与杂剧的基调是一致的。是《事略》影响杂剧,或是杂剧影响《事略》,现在还说不清楚,而杂剧中的张士贵千方百计地要图赖薛之功劳却是事实。下面是张在不同场合的自我表白:

如今薛仁贵三箭定了天山,杀退了摩利支,本都是他的功劳。那个看见,我则是赖了他的。

我是个总管的官,堪上功劳簿;那仁贵不过是马前卒,怎么上的功劳簿。

这个政治无赖为了图赖薛仁贵的功劳，不惜采取种种可鄙可笑手段去压制和打击薛仁贵：或以无人作证而侥幸冒功；或凭借上级地位而仗势冒功。更有甚者，竟污薛仁贵“到高丽地面，就生了一身疥疮，每日则是挠痒”，“则去捕蚂蚱、摸螃蟹，掏促蜘，几曾会什么厮杀来”！他把薛仁贵说得如此无聊和低能，与《事略》中的张士贵相比较，他没有使用任何花言巧语以作掩饰，就是要强赖薛仁贵之功。民间色彩愈来愈浓厚了。

打败了摩利支，张、薛二人在军帐前争功不已，军师英国公徐茂功提出要二人比箭以“定夺”功劳归谁。仁贵当即满口同意，而张士贵却说出一堆无赖话：

> 你如今着我与薛仁贵射这金钱垛子……当初上凌烟阁的，都不曾会射这垛子。薛仁贵，你则平心着：我的功劳，你要赖了我的，又着我射垛子，你先射去。

薛仁贵三箭皆中红心，他又说薛的射法和他的射法“一般”，又说他的垛子太远，又说弓不好使，结果是箭箭不中的。徐茂功“奉圣人的命”当即宣布：“张士贵混赖薛仁贵的功劳，按军令本当斩首。姑免项上一刀，打为庶民百姓。”“本当斩首”有“军令”为据，“姑免项上一刀”则没有说出理由，是否是“刑不上大夫”在起作用，作者没有明确交待，只是把这个政治无赖开除了军籍。

在元代，人们对冒官冒功的政治骗子十分痛恨，一般的都要严加惩罚。法律规定：“诸冒名入仕者，杖六十七，夺所受命，追俸发原籍”，“诸作以军功受举入仕者，罢之，仍夺所受命。”①“诈以军功”入仕尚不允许，明目张胆地混赖他人功劳当然应受到惩罚。元杂剧中还有一些作品也写到类似情节，《荐福碑》中财主张浩图赖了秀才张

---

① 《元史·刑法四》。

镐之官,又在途中欲谋杀张镐以灭口。终以“诈图官爵,杀坏平人”之罪受到了“明正典刑”的惩罚。《衣袄车》中的黄轸图赖狄青军功,又欲谋杀知情人刘庆以灭口,最后也落了个“推转杀坏”的可耻下场。这些剧作家和张国宾一样,他们都痛恨奸诈邪恶,而赞扬忠诚老实。在那“为善的受贫穷命更短,造恶的享富贵又寿延”①、“贤和愚无分辨”“好和歹没条道”的是非颠倒的黑暗社会②,张国宾选取流传中薛仁贵故事为题材是值得肯定的。

剧中的薛仁贵虽不是主唱角色,但他在剧作中的地位却是十分重要的。在他身上,寄托了那个时代劳动人民的进步生活理想:摆脱贫困,立功报国。薛仁贵不安心农家生活而要投军以求改换门庭,这种变泰发迹思想是对多灾多难农村生活的厌弃和对美好生活的追求,是劳动人民朴素的生活观念,它洋溢着一种积极向上的奋发精神。他要求父母允许他投军时说:

> 今当国家用人之际,要得扫除夷虏,肃靖边疆,凭着您孩儿学成武艺,智勇双全,若在两阵之间,怕不马到成功。但博得一官半职,回来改换家门,也与父母添些光彩。

他不是幻想什么达官赏识或贵人提拔,而是要凭自己的本事去创功立业,对前途充满了信心。这是一切不劳而获的寄生阶级所不可能有的生活信念。他把个人、家庭和国家利益结合在一起了。

在封建社会,平头百姓要想做官大致有两条路可走:有文才的凭着胸中之才,参加科举考试,步入仕途,个别人则是献上什么“万言长策”,被皇帝看中后破格录用;有武艺的就靠自己的一刀一枪,血战沙场,杀敌立功,博取个封妻荫子。张国宾生活的元初,科举制度废置,

---

① 《窦娥冤》第三折。

② 元无名氏散曲〔中吕·朝天子〕《志感》“不读书有权”、“不读书最高”二首。

“士无入仕之阶,或习刀笔以为吏胥,或执仆役以事官僚,或作技巧贩鬻以为工匠商贾”①。元剧作家常常发出“儒人不如人”的感叹,就是这一倒退落后现实的反映。现在我们还不能肯定地说张国宾就是对元初统治者鄙儒轻文采取了批评态度;但是,作者的《合汗衫》是否可以给我们一些启发:作品中的肯定人物张员外开解典铺,儿子张孝友继承其业,孙子陈豹是武状元,赵兴孙是商人而又兼江湖好汉……或是商人,或是武士,没有一个以儒为业之人。未流传下来的《严子陵垂钓七里滩》是歌颂不与统治者效力的隐者;另一本《歌大风高祖还乡》则是敷演“以马上得天下”的刘邦的片断生活。作者没有写文士们的春风得意、打马游街,御赐琼林筵之类,因为现实社会没有提供这类题材。平头百姓的出路在哪里?像薛仁贵那样凭着“十八般武艺”和“满腹兵书”去博取功名富贵当然是好事。然而,作者也看到了这条道路并不平坦,薛仁贵“过海平辽,五十四件大功”,“三箭定天山”打败了朝廷大臣们视之为“猛虎当途”的危险敌人葛苏文……这样多的军功皆被总管张士贵混赖,难怪他对“圣明天子”也有微词:“枉了唐天子这般神圣,也还上明不知下暗哩。”“上明不知下暗”恐怕是作者讽喻政治的画龙点睛之笔。

从作品展现的社会风光看,张国宾还十分熟悉元代农村生活,这不仅表现为青年农民薛仁贵的变泰发迹理想的追求,而且也表现为对农村日常生活的生动描写,如寒食节扫墓的热闹景象和饮食的质朴风俗:

> 正值着日暖风微,一家家上坟准备,准备些节下茶食:菜馒头、瓢漏粉,鸡豚狗彘。这的是甚所乔为,直吃的恁般沙势!
>
> 今日正百五寒食,上坟的都是同乡共里,吃酒用瓦钵和这磁杯。

---

① 《元史·选举一》。

还有薛仁贵和伴哥的一问一答也写得很有特色。他们本是儿时的同村伙伴，现在是一个做官了，一个仍旧是农民，互相已不认识；一个坐在马上喝着“兀那厮”，一个跪在地下应着“小人也”。薛仁贵地位的变化也带来了思想感情的变化，他和伴哥之间已经挖下一条难以逾越的鸿沟了。

抱着“改换家门”目的的薛仁贵，这时最关心的是家中父母，而这位老实农民一见官员下乡，担心的却是“敛科税”。作者十分真实地写出了此时此境不同人物的不同心理状态。尤其是伴哥对少年时代和薛驴哥孩提生活的具体回忆更是活灵活现，生动感人：

> 俺两个也曾麦场上拾谷穗，也曾树梢上摘青梨，也曾倒骑牛背品腔笛，也曾偷的那生瓜来连皮吃。

拾谷穗、摘青梨、倒骑牛背、偷吃生瓜……这一连串农村少年生活写得多么逼真和生动。在以农村生活为题材的同类元杂剧中，可以说张国宾把它“写绝了”！我们能不能说，这些描写包含有作者对自己儿时生活的回忆成分？回答应该是肯定的。一个生长在城市的剧作家，或者是虽然生长在农村，但与农民生活保持有很大距离的富贵人家子弟，他们无论如何也是写不出农村少年儿时生活的真情实感的。此外，薛仁贵的父亲，一个老年农民，他面对贵官、小姐和得了官的儿子，那种惊喜之情也是写得活灵活现：他又是述说此前的灵鹊晚噪、喜蛛挂檐、眼跳不止、灯花乱爆等种种喜兆；又是夸耀“勇烈之夫”的儿子、“糟糠之妇”的柳氏、“宰相之家”的小姐……语语从肺腑中自然流出，洋溢着浓厚的农村生活气息。这同样也凝结了作者的真情实感。

薛仁贵三箭定天山、张士贵赖功故事长期在民间流传，元末明初无名氏的《飞刀对箭》杂剧和明成化年间的《新刊全相薛仁贵跨海征辽故事》说唱词话，都以不同方式把这一故事继续搬上舞台或讲台。在故事的流传方面，张国宾的《薛仁贵》杂剧起了承前启后作用。

综观以上可以看出，这位艺人杂剧作家，其生平事迹虽然不甚清楚；但从他现存的两种杂剧中，我们还是可以推想其生活经历和思想品德。他出生在农村，生活很贫苦，略有文化知识，喜爱杂剧艺术；后入城市，因有一定文化和精于杂剧艺术而做了“教坊管勾”。由于他植根于农村和市井生活，和社会下层人民保持有密切联系，常常从他们的角度来观察和评价社会生活，因而对贫苦百姓怀有深切的同情，对贫而有志、凭本事博取功名富贵者予以赞扬，对富而好施者给予肯定，对忘恩负义、夺人之功者给予鞭笞。他有鲜明的善恶是非道德观和进步的历史观，在元代杂剧史上，他应该占有一席地位。

第二节　花李郎、红字李二和赵敬夫

一　花李郎

天一阁本《录鬼簿》记花李郎云“刘耍和婿”，并录剧目《勘吉平》、《酷寒亭》、《钉一钉》三种，曹楝亭刊《录鬼簿》尚有《莽张飞大闹相府院》一种；又与马致远等人合作编写《黄粱梦》一种，他写了其中的第三折。对这位艺人杂剧作家的有关情况，我们能见到的主要资料大概就是这些了。

花李郎是姓花还是姓李？严敦易《元剧斟疑》考订说：“他的本姓，可能是姓‘李’，并不是‘花’。”这个推断可信。他的作品流传至今者除《黄粱梦》第三折外，《勘吉平》和《钉一钉》二种尚有残曲。

《黄粱梦》是花李郎与马致远、李时中、红字李二等人合写的一本神仙道化戏，主要写钟离权奉东华帝君之命度化吕岩的故事。第三折前写吕岩梦中官拜兵马大元帅，并招赘高太尉府中。后奉命征讨吴元济，“到的阵面上，卖了一阵”，接受敌人珍珠黄金回家，发现妻子与人私通,怒欲杀妻,被老院公劝止。此时受贿事败露,吕被充军,妻幸灾乐祸,吕休了妻子,带着一双儿女,被押送充军途程。第三折主要写吕岩带子女在路上受尽风雪之苦,解差怜而将吕释放。吕和一双儿女被冻倒在地,为樵夫救起,并指点路途。

本折由正末扮钟离权幻化的樵夫主唱,极力描写吕岩及其子女在风大雪紧"冻人天气"下的困苦和对仙家法力的宣扬,表现了"凡夫俗子"在"位列仙班"过程中所受的种种磨难。其写雪景:"风吹羊角,雪翦鹅毛,飞六出海山白,冻一壶天地老";写吕岩及其子女苦况:"我则见冻剥剥一行老小,战钦钦四体频摇,这一个骨耸着肩,那一个拳联着脚,正扬风搅雪天道。"……宣扬仙家法力更是不遗馀力:

> 那先生两支手摇山岳,一对眼瞅邪妖,剑挥星斗,胸卷江涛。……他则是个活神道,也曾跨苍鸾亲把玉皇朝。

不仅如此,作者还有意地将仙凡对比,扬仙抑凡:"那先生自舞自歌,吃的是仙酒仙桃,住的是草舍茅庵,强如龙楼凤阁。"全折戏都不离劝化吕岩省悟,"休迷了正道",早登仙班。从文词上看,曲家对作者的"风月才纯"之誉是不为过分的。①

《勘吉平》一剧仅存三只残曲(见《元人杂剧钩沉》)。《后汉书·耿弇传》记耿之曾孙纪与吉平(原作丕)、韦晃等参加谋害曹操的政变,事未成而被杀。具体情节可参见《三国志平话》和《三国演义》第二十三回,杂剧是以《平话》材料作为基础来进行创作的。

《钉一钉》仅存一只残曲,本事无可考。

另一本《酷寒亭》与杨显之的《酷寒亭》剧名相同,有的研究者以为现存的《酷寒亭》"或即是花李郎原作,误题杨氏,而'李代桃僵'"②。这一论断,还有待进一步具体充实证据。

---

① 贾仲名挽花李郎〔凌波仙〕词云:"花李郎风月才纯。"

② 严敦易:《元剧斟疑·酷寒亭》。

二　红字李二和赵敬夫

曹楝亭刻本《录鬼簿》记红字李二云："京兆人。教坊刘要和婿。"录杂剧剧目三种：《病杨雄》、《板踏儿黑旋风》和《折担儿武松打虎》。天一阁本尚有《全火儿张弘》、《窄袖儿武松》二种；又与马致远等剧作家合作编写《黄粱梦》一种，作者写了其中的最后一折。

这一折主要写吕岩及其子女投一老婆婆家，婆婆之子是一杀人不眨眼的强盗，先摔死了吕的一双儿女，接着又杀吕岩，吕于梦中惊醒。钟离权述其本末，吕"省悟"，"同归大道，位列仙班"。

《黄粱梦》全剧旨在对神仙道化的宣扬，对酒色财气和人我是非的否定，而在具体描写过程中，这一群"元贞书会"的剧作家并没有真正忘怀现实①：高太尉招新拜兵马大元帅吕岩为婿，这是新老贵族通过联姻方式进行的一次政治勾结；而吕岩的受贿卖阵则暴露了封建社会上层统治者的腐败。奇巧的是，正当吕岩对敌卖阵，"三斗珍珠，一提黄金"到手的时候，他的妻子却在家里与魏尚书之子私通。这个高级军人的家庭丑闻又暴露出封建上层统治集团的腐朽。

如果说，《黄粱梦》的前三折是以仙家的眼光去否定功名富贵、暴露官场丑恶的话；而红字李二写的第四折则是进一步去否定封建官僚政治，表现了仙家与官家的对立。那位由钟离权幻化的"强盗"在酒后就发出了这样的豪言：

> 寻思来那快活，这半月多遇几个滥官员经过，打劫下些金银段匹绫罗。昨日共那几个，今日共这一火，从不曾离了侧坐。仰天的大笑呵呵，将那泼醅酒瀌瀌连糟咽，杀人剑樏樏带血磨，常则是烂醉无何。

① 贾仲名挽李时中〔凌波仙〕词云："元贞书会李时中、马致远、花李郎、红字公，四高贤合捻《黄粱梦》。"

原来,这位以“邦老”面目出现的仙家,他要打击的竟是“滥官员”!“带血”磨剑,“连糟”饮酒,成群结伙,打劫财物。这哪里是忘怀人我是非的仙家行径,完全是专与官府作对的绿林好汉所过的生涯。从这些描写可以看出,唐人沈既济《枕中记》提供的故事情节,远远不足以作为剧作家选取题材的对象了。

从留存剧目看,红字李二还是一个仅次于高文秀的写水浒戏的杂剧作家,张弘(疑是张横音近而讹,或者是流传故事中一人有二名)、杨雄、武松、李逵故事都有他的剧作。其中《窄袖儿武松》、《板踏儿黑旋风》还可能保留了不见于今传武松、李逵故事的情节。可惜以上四剧皆佚失,以致我们今天对那被人称道的“李二文风”毫无所知了①。

赵敬夫或作赵文殷、赵文敬、赵文毅、赵文英、赵明敬等,以上不同可能是音近或形近而出现的差异,名字的讹传也说明这位“教坊色长”并不被社会重视。他的生平不可考,所作杂剧有《渡孟津武王伐纣》、《宦门子弟错立身》和《张果老度脱哑观音》三种。以上三剧虽全佚,但从其题目中有历史故事、当代艺人故事和神话传说看,取材还是比较广泛,并有多方面的表现才能。

---

① 贾仲名挽红字李二〔凌波仙〕词云:“梁山泊壮士《病杨雄》、《板达儿》掐搜黑旋风。打虎的英俊天生勇,《窄袖儿》猛武松,是京兆红字李二文风。”很有可能是称赞作者写水浒戏所表现出来的豪放风格。

第十二章　康进之和其他“前辈才人”作家

本章所讲康进之等九位作家，或写水浒故事，或写历史人物，或写神仙度脱；他们虽不能和关、王、马等大家相比，而其作品却也多有可取之处，有的作品在元杂剧中还具有独自的特色，如康进之的《李逵负荆》和李直夫的《虎头牌》等。

第一节　康进之和李文蔚

一　康进之的《李逵负荆》

康进之，一云陈进之。棣州（今山东惠明）人。生平事迹不可考。所作杂剧二种，今存《梁山泊李逵负荆》一种。散曲存套数一套。

《李逵负荆》主要写梁山附近的杏花庄酒店主人王林之女，被冒充宋江和鲁智深的歹徒抢走。李逵闻知此事，与宋、鲁引起一场误会。经过当面对证，真相大白，捉住歹徒，误会消除，兄弟重归于好。

作品成功地塑造了嫉恶如仇、知过能改的梁山英雄李逵形象。他爱义军的根据地梁山，甚至爱梁山的一草一木，一山一水；他更爱人民利益，即使是梁山头领侵犯了人民利益，他也要与之进行生死斗争。他把维护梁山义军威信和维护人民利益看成是统一的。如果有人无缘无故诋毁梁山义军或侵扰人民,他都将火冒三丈,拔刀而起;如果自己错了,又能马上认错,承认自己"一时间没见识",请求责罚。这是一个很讨人喜爱的英雄人物。

他和宋江、鲁智深的矛盾冲突,是由一场误会引起的:杏花庄酒店主人王林,说自己的女儿"被一个贼汉夺将去了"。不料"贼汉"二字触犯了李逵的忌讳,他马上质问王林:"你道是贼汉,是我夺了你的女孩儿来?""你说的是,万事皆休;说的不是,我不道的饶你哩。"甚至要动手打人,放火烧房。王林详细地诉说自称宋江和鲁智深的强人夺走女儿的经过,并拿出他们留下的"红绢搭膊"作证物。李逵不能不相信这是事实,他毫不怀疑宋江干了坏事。

回到梁山,他"摩拳擦掌"、"怒气如雷",决心撕破脸面,要和平素极其尊重的宋江弄个水落石出:"可不道他是谁,我是谁",要和宋江"见个高低"。在聚义堂上见了宋江,也不唱喏施礼,也不发话问好,就满口"新郎""娇客"地冷嘲热讽,要宋江带"压寨的夫人"出来,对他"拜两拜",他还"有些零碎金银……送与嫂嫂做拜见钱"。接着又把鲁智深也带上:"俺哥哥要娶妻,这秃厮会做媒。"聚义堂上之人都摸不着头脑,宋江说:"这厮胡言乱语的,有什么说话?""有什么事,何不就明对我说?""既然不好对我说,你就对学究哥哥根(跟)前说波!"鲁智深也说:"你看这厮,到山下去噇了多少酒,醉的来似踹不杀的老鼠一般,知他支支的说什么哩。"他对宋、鲁的话一点也听不进去,拔出板斧,就要砍倒"替天行道"的杏黄旗。他不能容忍"梁山泊有天无日",让山寨头领为非作歹;他受不了群众的责备,说"梁山泊水不甜人不义"。他以生命作代价和宋、鲁打赌,决心要他们去王林那里对质。当他发现自己弄错了时,又马上负荆请罪,承认"不是",要宋江"打几下"以示惩罚。这一切都表现出他是多么天真和直率。

作品还深刻地揭示了梁山义军和人民群众的血肉关系,提出了梁山义军队伍内部建设的原则问题。一个酒店老板对自称是宋江、鲁智深的人,居然唤出十八岁的女儿向他们"递钟酒儿"以表敬意;见了李逵又敢于直言不讳地揭发女儿被宋、鲁所抢等事实；知道李逵和宋、鲁以头打赌，李逵生命难保，又火速赶上梁山送信救人……这些描写反映了人民和梁山义军的鱼水关系。而李逵用生命和宋、鲁打赌则表明：梁山义军内部应有严明纪律和决不允许侵犯人民利益。今天阅读这个作品，还可以看到它的积极意义。

晚出的《水浒传》（一百二十回本）小说第七十三回无疑受到杂剧的影响，唯歹徒姓名不同，情节也略有出入。

二　李文蔚的《燕青博鱼》和其他杂剧

李文蔚，真定（今河北正定）人，曾任江州路瑞昌县尹，与白朴交友，其他事迹不可确考。所作杂剧十二种，今存《同乐院燕青博鱼》、《张子房圯桥进履》和《破苻坚蒋神灵应》三种。以《燕青博鱼》为代表。另有散曲〔双调·新水令〕《春日闺思》套曲，一说为元末人汤式所作。

《燕青博鱼》主要写梁山义军执行纪律、燕青违纪受责流落汴梁后的一系列故事。剧本肯定了义军纪律严明、英雄头领除暴安良和对坏人的惩罚。重阳节到，梁山义军放假一月，燕青误期十日当斩。众头领求情，被脊杖六十逐下梁山，燕青一气之下瞎了双目。宋江教他下山医治，愈后再回梁山。燕青到汴梁遇燕顺，顺治愈其眼，二人结为兄弟。燕顺上了梁山，燕青以“博鱼”维持生活。顺之兄燕和为人忠厚志诚，其嫂王腊梅与杨衙内通奸。青双目失明时曾遭杨衙内殴打，现又被他踢了“博鱼”担子。老账新账一齐算，青将杨痛打一顿。燕和与燕青结为兄弟。中秋之夜，杨衙内和王腊梅幽会，燕青与燕和同去捉奸，杨逃走后反而带人捉了燕青、燕和，并将其下入死囚牢。燕青、燕和逃出牢狱，燕顺也奉命下山营救。三人捉住了杨衙内和王腊梅，将其押送梁山治罪。宋江宣判“将二人分尸断首”。

《曲海总目提要》谓此剧“借用《水浒传》燕青等，其事则凭空捏造，绝无可据”。这里有两点需要略作辨析：一是杂剧与小说的时间问题。杂剧出现在前，小说成书在后，因而不可能是杂剧“借用《水浒传》燕青等”；二是题材有无继承问题。王季思先生从元好问《续夷坚志》王献可故事中，发现了二者描写“博鱼”“颇多类似”的情节①，这说明李文蔚熟悉流传故事，并在杂剧创作中很好地加以利用。

关于此剧的关目结构，研究者也多有批评，如严敦易先生《元剧斟疑》就谓此剧“关目结构上脱落矛盾之处甚多”、“似乎颇有理由致疑他与原本已有若干的距离或变动”。这些批评有一定道理。从关目结构上看，剧本不能算是成功之作，但是，从丰富燕青故事和水浒故事内容方面看，剧本却具有其他作品不能取代的价值。剧中所写，除“博鱼”情节有“王献故事”可资借鉴外，其馀任何燕青故事都无燕青违纪受责、双目失明后去汴梁求医，以及和杨衙内发生冲突等情节。这些描写，无论是作者自己创造或是来自民间传说，都是可贵的文献史料。联系到作者另一本已佚杂剧《燕青射雁》，可以看出他对燕青故事颇有兴趣。

此外，作品还保留了流行于宋元民间又名“关朴”的赌博习俗，以及元代人们不喜欢使用“昏钞”等社会风气的资料，对研究民俗学很有参考价值。

作者留存的另外两种作品都是历史故事剧。《圯桥进履》主要写张良故事。剧中的张良、韩信、萧何、灌婴、陆贾、申阳、钟离昧等皆是历史人物。此剧仅存赵琦美钞校内府本，原书前端缺四页半，无法窥知其所缺内容。有的研究者据后附穿关有“李斯、蒙恬二人议捕张良开始”。② 此说可供参考。剧本情节、结构多有不合处，内容亦未超出史实范围。《孤本元明杂剧·提要》谓此剧“为拉杂凑集所成”。

《蒋神灵应》也是历史故事剧，主要写谢玄淝水之战破苻坚的故事。其事亦本史实，剧中的谢玄、谢安、苻坚、苻融、王猛、桓冲等皆是历史人物。有关剧本作者、情节和评价，《孤本元明杂剧·提要》所云可供参考：

---

① 《玉轮轩曲论·翠叶庵读曲琐记·燕青博鱼》。

② 严敦易：《元剧斟疑·圯桥进履》。

原标《破苻坚蒋神灵应》，即《录鬼簿》之《谢玄破苻坚》。明抄本。亦元李文蔚撰。记秦苻坚大举攻晋，苻融谏阻不听。晋谢安举其侄谢玄为帅，谢石副之。玄等祷于钟山蒋神之庙，遂尔出兵。蒋神显灵于八公山，将满山草木，皆变为晋兵，遂大破苻坚。其事本《晋书》而增饰之。曲文平平，末折亦寥寥数曲。通体少俊语，惟关目比之《圯桥进履》，较为串贯耳。

第二节　吴昌龄、费唐臣、王伯成和狄君厚

以上诸人都写了以历史人物为中心的故事剧。从时代上看，上起春秋，下迄唐、宋；人物则有介子推、李白和苏轼，其中写苏轼故事的就有三种。

一　吴昌龄的《东坡梦》

吴昌龄，西京（今山西大同）人，生平事迹不可考。所作杂剧十一种，现存《花间四友东坡梦》一种，另一种《张天师断风花雪月》是否为吴作尚有争议，多数研究者以为是无名氏所作。散曲存〔正宫·端正好〕《美妓》套数一套。

《东坡梦》主要写宋人苏轼被贬官黄州，途经庐山，与故友佛印（俗姓名字叫谢甫）的一段颇有趣味的故事。苏轼、佛印皆历史人物，二人也很友好。据苏轼《次元长老韵》诗注云：“佛印禅师，法名了元，饶州人。公久与之游。时住持润州金山寺。公赴杭过润，为留数月。”①杂剧所写二人相会地点虽然不同，但写二人交往却是史实。

① 宋·蔡正孙《诗林广记后集》卷三。

作品写了苏轼嘱咐名妓白牡丹去"魔障"佛印，促使佛印还俗，与他"同登仕途"，未能成功；苏轼醉卧，佛印遣花间四友桃、柳、竹、梅前往诱惑，庐山松神恐上帝"责罪"，从苏轼梦中赶走四友。佛印升座、众人参禅，白牡丹省悟出家，苏轼亦折服，甚至还提出"从今忏悔，情愿拜为佛家弟子"。佛印讲破"色空"，取笑苏轼："笑杀东坡也忏悔春心荡，枉有盖世文章，还向我佛印禅师听一会讲。"

这是一场俗家的入世观和佛家的出世观的矛盾冲突，结果是佛家的出世观取得了胜利。作品中保留了宋元以来"说参请"习俗，充满了人生哲理精神。吴自牧《梦粱录》记"说参请"云："说参请者，谓宾主参禅悟道等事，有宝庵、管庵、喜然和尚等。"①多是僧人师徒之间或僧俗之间的说法、问难斗智一类内容，常能启迪人们的智慧，如苏轼访佛印，要行者通报，行者往返传话一段：

> （东坡云：）借你口中言，传俺心间事：……你道"眉山一块铁，特地来相谒"。……（正末云：）"急急上堂来，炉中火正热。"（行者云：）着手，他便是铁，我师父是火，架起炉来烧他娘！老官，我师父着我烧你哩。……（东坡云：）再进去说："我铁千金重，恐汝不能挈。"……（行者云：）……（正末云：）"我有八金钢，将汝碎为屑。"……（东坡云：）……我铁类顽铜，恐汝不能爇。……（正末云：）"将你铸成钟，众僧打不歇。"……（东坡云：）"铸得钟成时，禅师当已灭。"……（正末云：）"大道本无成，大道本无灭，心地自然明，何必叨叨说。"

加上后面白牡丹、红梅、翠竹、夭桃、嫩柳、行者等的相继问禅和佛印的答难，杂剧简直是一篇元代"说参请"的宝贵资料。

杂剧还保存了一些关于王安石与苏轼闹矛盾的故事传说，诸如以"太湖石摧其一角"事，二人竟在皇帝面前互相攻击、讥讽；还有苏轼续

---

① 《梦粱录》卷二十《小说讲经史》。

菊花诗、赋〔满庭芳〕词嘲笑、戏弄王安石等。上述传说在费唐臣《苏子瞻风雪贬黄州》、无名氏《苏子瞻醉写赤壁赋》等剧作中亦有保留。

二　费唐臣的《贬黄州》

费唐臣，大都人，杂剧作家费君祥之子，在“前辈”作家中行辈较晚，生平事迹不可考。所作杂剧三种，今存《苏子瞻风雪贬黄州》一种。

《贬黄州》主要写苏轼贬官黄州的一段生活，与《东坡梦》本事同出一源而又更近于史实。如果说，《东坡梦》中之苏轼是一次以“笔赋〔满庭芳〕”词，犯了“嘲戏大臣之妻”之罪遭贬而并无政治性质的事件的话；那么，《贬黄州》则是一桩有史可稽的文字狱，完全是一次政治陷害。剧中王安石、苏轼不仅是历史人物，卷入这场政治斗争旋涡中的李定、张方平等亦是历史上的真人。御史李定罗织苏轼“讪上”之罪，《宋史·苏轼列传》和《李定列传》皆有记载。杂剧写李定上奏苏轼之罪云：

> 今有翰林学士苏轼……志大言浮，离经畔道，论新法而毁时相，托吟咏而谤讪朝廷，实有无君之罪，难逭欺上之诛。且如题《古桧》云：“根到九泉无屈处，世间惟有蛰龙知。”陛下飞龙在天，轼以为不知己，而求地下之蛰龙，非不臣而何？陛下发钱本以业贫民，轼则曰：“赢得儿童语音好，一年强半在城中”；陛下明法以课郡吏，轼则云：“读书万卷不读律，致君尧舜终无术”；陛下兴水利，轼则曰：“造物若知明主意，应教斥卤变桑田”；陛下议盐铁，轼则曰：“岂是闻韶解忘味，迩来三月食无盐。”如此之类尚多，伏望圣明早加显戮，以息怨谤。

真是“欲加之罪，何患无辞”。神宗皇帝闻听此奏当然大怒，并马上下令“着廷尉司拿问”。这一桩历史上有名的“乌台诗案”也就算罗织成功，苏轼由翰林学士被“谪黄州团练副使”。

杂剧以正末扮苏轼主唱全剧,发泄了对朝廷不公、仕途险恶、世风浇薄、忠臣义士遭贬遭困的愤懑不平之气,表达了作者对黑暗混乱政治的不满和对恬适生活的追求。苏轼向皇帝面奏:

> 臣蒙知遇,欲竭愚忠,见王安石一心变乱成法,臣上万言书谏诤,今日反受贬谪。兀的不屈死忠臣之士呵!

他列举了周公、孔子、曾参、屈原、司马相如、贾谊、李白、杜甫、韩愈等先贤的遭困遭贬的人世不公,又指责执政者是"当途虎狼"。同情和支持苏轼的退职官员马正卿,更是说得很尖锐:"大人今远赴炎方,朝廷公道何在?后世史官,必有纪录。"既是质问,又是预言,有如画龙点睛,把矛头指向了朝廷。

作品还勾勒了依附权贵的势利小人的可憎嘴脸,并给予这种人以应得的惩罚。黄州杨太守投靠王安石,对贬黄州的苏轼"薪水不给",企图困死苏轼。苏轼前往谒见,他闭门不纳;见面之后,又是训斥,又是责打看门的祗候,使苏轼受尽羞辱。当他得知苏轼被宣回朝,又厚着面皮前往饯行谢罪,说什么"下官才力短浅,数年以来,多有欠恭之罪;又奉台阁风旨,因此相见远阔。大人海涵,恕罪恕罪。"他既自称"才力短浅",又把责任推在朝廷身上。苏轼宽宏大量,认为此是"炎凉趋避,亦时势之自然",并不介意;而皇帝却并不饶恕他"怀奸结党,妒贤戕害"的恶行,终将其"削去官职",打为庶民百姓。这个势利小人终于受到惩罚。

作者把王安石写得过于气量狭窄,有时甚至还有点狠毒。他对政见不同的苏轼再三进行"报复",甚至要"置之死地"。这与史实记载并不相符。宋元以来,流传故事中对王安石多有贬责,如《警世通言》中的《拗相公饮恨半山堂》(《京本通俗小说》亦有《拗相公》,两篇个别文字略有出入)、元佚名作家的《苏子瞻罪写赤壁赋》等,对王安石都是采取了批评和否定态度。"变法"没有给人民群众带来实际好处恐怕是一个很重要原因。

三 王伯成的《贬夜郎》

王伯成，涿州(今河北涿县)人。贾仲名补〔凌波仙〕挽词有“马致远忘年友，张仁卿莫逆交”之句。他大约略晚于马致远，是“前辈”中的后辈作家。生平事迹不可考。所作杂剧二种，今存《李太白贬夜郎》一种；《天宝遗事》诸宫调本已散佚不全，今人朱禧已辑成册(天津古籍出版社1986年版)，又凌景埏、谢伯阳亦辑有《诸宫调两种》(齐鲁书社1988年版)，散曲今存小令二首，套数三套。

《贬夜郎》主要写唐代大诗人李白生活中的几件大事：应诏见唐明皇，奉命写“吓蛮书”、“写词”(大概是《清平调》三章)、“娘娘捧砚”、“央”高力士“脱靴”、因得罪杨妃而被贬放、落水死。杂剧所写，多采自新、旧《唐书》和流传故事，唯“贬放”一事与史实记载不符。《新唐书·李白列传》谓李白曾做永王璘幕府僚佐，璘谋反被杀而受株连，“有诏长流夜郎”。杂剧的这一改变，表现了作者对李白被加以依附叛王之名的有意洗刷和对杨玉环、安禄山种种丑行和罪行的揭露，李白骂杨玉环和安禄山：

> 你心知腹知，宫中子母，村里夫妻，觑得俺唐明皇颠倒如儿戏。
>
> 没遭罹李翰林，忒昏沉杨贵妃，见如今凤帏中搂抱着肥儿睡……

元剧作家写李白故事的还有郑光祖的《李太白醉写秦楼月》；明佚名作家有《李太白醉写定夷书》；清剧作家蒋士铨有《采石矶》等。

四 狄君厚的《介子推》

狄君厚，平阳(今山西临汾市)人。生平事迹不可考。所作杂剧《晋文公火烧介子推》一种。

介子推是历史人物，事见《史记·晋世家》。主要记介从重耳出亡，重耳为晋君，是为文公。文公对诸人皆有封赏而独忘子推，“推不言禄，禄亦不及”，乃偕母隐居绵上（今山西省介休东南），“至死不复见”。“于是文公环绵上山中而封之，以为介推田，号曰介山”。杂剧所写，中间穿插重耳出走原因、献公无道、骊姬阴险等情节。剧本既有史实可本，同时更广采民间传说。

杂剧对统治阶级为争夺君位而残害骨肉的罪恶行为表现了强烈的不满，晋献公、骊姬及其子奚齐都遭到了介子推的指责：“今日父子无义慈情分，兄弟丧恭友心怀，则为五教不明生仇恨，致令得四时失序降民灾。”文公封赏不及子推，子推隐居不出又放火烧山，以致子推母子被焚而死。作者通过樵夫之口对晋文公进行谴责：“做皇帝一投放水，一投放火，那的是你天子重贤臣！”“不争你个晋文公烈火把功臣尽，枉惹着万万载朝廷议论。常想赵盾捧车轮，也不似你个当今帝主狠。”我们不了解狄君厚的生平与经历和他对元朝统治者态度，不能随意猜测他骂的“当今帝主”所指为谁；但从贯穿作品中的批评国君的基调却可以看出，作者对心狠无情的国君是很不满意的。正是在这一点上，杂剧才具有了较高的社会价值。

写介子推故事的有明人卢鹤江的《禁烟记》（见吕天成《曲品》等），清人宋廷槐有《介山记》等。

第三节　李寿卿和岳伯川

李、岳二人都写过神仙度脱剧。以现存剧目看，李作杂剧较多，题材也较宽广；岳作杂剧虽较少，但二人在元明都享有一定声名。

一　李寿卿的《度柳翠》和其他杂剧

李寿卿，太原人，曹本《录鬼簿》记他曾做“将士郎，官县丞”。贾仲名补〔凌波仙〕挽词赞作者有云：“南华庄老《叹骷髅》，船子《秋莲梦》里游。《月明三度临岐柳》，播阎浮四百州。姓名香赢得青楼。”和许多剧作家一样，他也受到歌儿舞女的推崇。所作杂剧十种，今存《月明三度临歧柳》（存本一作《月明和尚度柳翠》）、《说专诸伍员吹箫》二种。另一种《鼓盆歌庄子叹骷髅》存曲词一折，散曲存小令一首。

《度柳翠》写观音菩萨派月明尊者度脱杭州名妓柳翠的故事。据研究者考证，这个故事在南宋时已经流传，《古今小说》中的《月明和尚度柳翠》可能就是这一故事的最早渊源。与许多度脱剧一样，被度脱者本是仙界中的人或物，因事贬下红尘，后被仙人指引度脱重归仙班。在度脱过程中，让被度脱者经历种种曲折或折磨，并插入一些参禅问禅活动以宣扬佛家学说。剧中的柳翠原本南海观音净瓶中的柳枝，因其“枝叶上偶污微尘”而被罚往人世化作风尘匪妓”。三十年后才被月明尊者点化度脱，“返本还原”。柳翠本是仙家之物，而非一般凡夫俗子；她在“返本还原”过程中没有受到多大磨难，只不过是从意念上斩断情根。月明和尚、柳翠、长老、行者等人的问禅说禅，除了对佛家的虚无思想作了多方面宣扬之外，最可贵的还表达了妓女们对摆脱奴役地位的要求。柳翠出家烧掉了“当官身”的衣服，并念偈云：“五漏作形骸，半生全不悟。脱却驴马身，正果天堂路。”这恐怕是作者“姓名香赢得青楼”的重要原因。

《伍员吹箫》是作者写的一本历史故事剧，主要写伍员全家被楚平公（史书称楚平王）杀害，他逃到吴国借兵报仇的故事。剧中的伍员、伍奢、伍尚、楚平公、费无忌、芊建、养由基、鲊诸等皆是历史人物；

伍员全家被杀，后领兵入楚鞭打平王尸首，终于报仇等也都符合史实[1]。唯浣纱女故事无考，大约来源于民间传说，现存《伍子胥变文》记载了这一情节。

作者通过这一历史故事，抒发了忠良遭害、英雄落泊的不平之气，表达了对昏君奸臣的痛恨之情；而伍员的恩仇得报，又特别突出了对舍命救忠良的浣纱女和渔父的颂扬。有的研究者称赞此剧具体“反映了《孟子》中‘君视臣如草芥，则臣视君如寇仇’的早期民主思想”，很有道理。[2]

元杂剧作家写伍员故事的还有高文秀的《伍子胥弃子走樊城》，郑廷玉的《采石渡渔父辞剑》、《楚昭公疏者下船》，吴昌龄的《浣纱女抱石投江》，佚名的《浣纱女》《申包胥兴兵完楚》等；明佚名作者有《伍子胥鞭伏柳盗跖》、《十八国临潼斗宝》、《伍子胥力伏十虎将》等。除以上杂剧外，明人传奇以伍员故事为题材者尚有沈采的《临潼记》、许自昌的《临潼会》、佚名的《举鼎记》等。伍员故事之所以成为“热门”，恐怕与人们的艺术审美情趣有密切关系：世事不平要求倾吐，恩仇分明又是我国封建社会一种传统美德。这个故事出现在舞台上历代不衰，是有其深刻的社会历史原因的。

李寿卿的《鼓盆歌庄子叹骷髅》还残存曲子一折，邵曾祺先生考证本剧包括三个故事：一是庄子不受庄王征聘，见《庄子·秋水篇》；二是庄子鼓盆而歌的故事，见《庄子·至乐篇》；三是庄子叹骷髅故事，见《庄子·至乐篇》。三段故事都是宣扬庄子“齐死生，无是非，消极出世的思想”[3]。

以庄子故事为题材的杂剧还有史九散人的《破莺燕蜂蝶庄周梦》（一作《花间四友庄周梦》），明代佚名作者的《庄周半世蝴蝶梦》等。

---

① 《史记·吴太伯世家》及《伍子胥列传》等篇皆记其事。

②③ 邵曾祺：《元明北杂剧考略·李寿卿》。

二　岳伯川的《铁拐李岳》

岳伯川,济南人,或作镇江人。生平事迹不可考。所作杂剧二种,今存《吕洞宾度铁拐李岳》一种,另一种《罗公远梦斩杨贵妃》存曲词一折。贾仲名补〔凌波仙〕挽词赞岳"玉京燕赵名驰"。他是元代剧坛较有影响的剧作家之一。

《铁拐李岳》题材来源于民间传说,写仙人吕洞宾度脱岳寿的故事。作品的主要社会价值是对黑暗官场的揭露,而不是对仙家思想和法力的宣扬。官府的吏员们,虽然"名分轻薄,俸钱些小";但是,他们倚仗着"笞、杖、徒、流、绞"诸种刑律,贪赃枉法,坑害百姓。比如郑州孔目岳寿,他自称"平日不曾扭曲作直",钦差大臣韩琦也夸他是个"能吏"。然而就是这样一个比较正派的吏员,当吕洞宾幻化的"出家人"触犯了他尊严的时候,他先是威胁:"敢把你拖到官司便下牢";后是吊拷:"把这厮高高吊起来,等我吃了饭,慢慢的问他。"据他的心腹弟兄张千的夸耀:"但着一个清官来,俺哥哥着他坐一年便一年,着他坐二年便二年。若不要他坐呵,只一鹏就鹏的去了。"这样一个自夸清正、并受到上司好评的吏员,也是如此胡作非为、目无法纪。岳寿的把持官府、私设公堂、吊拷平人是元代吏治的缩影,对照关汉卿《鲁斋郎》中那个受到权豪势要欺凌的另一个郑州孔目张珪的行径,问题就暴露得十分清楚。时遇寒食,张珪领着妻子上坟,发出一番出自肺腑的感叹可为岳寿其人的注脚:

> 则俺这令史当权,案房里面关文卷,但有半点儿牵连,那刁蹬无良善。
>
> 休想肯与人方便,衠一片害人心,勒揩了些养家缘。……冒支国俸,滥取人钱,那里管爷娘冻馁,妻子熬煎……
>
> 只待置下庄房买下田,家私积有数千。那里管三亲六眷尽埋怨。逼的人卖了银头面,我戴着金头面;送的人典了旧宅院,

我住着新宅院……

张珪在剧中是被写成值得同情的人物,他对自己行径的回顾恐怕不在于炫耀,而是多少有点自咎之情。这些并不怎么坏的"能吏"尚且如此作恶,像《灰阑记》、《神奴儿》等剧中的令史就更是"恶吏"的典型。对照上述几种作品,更能看出岳寿形象的社会价值。

作品的关目很富于戏剧性,矛盾冲突也很有特色,如吊拷吕洞宾、岳寿借尸还魂等都会收到很好的舞台效果。

传说中的铁拐李,在明人吴天泰的《东游记》中名列八仙之首,该书第一回即云:"话说八仙者,铁拐、钟离、洞宾、果老、蓝采和、何仙姑、韩湘子、曹国舅,而铁拐李生其首也。铁拐姓李,名玄,铁拐乃其后假身别名也。"①指引他修道成仙的则是太上老君。不知是杂剧故事的衍变,或者是小说另有所本。

第四节　李直夫的《虎头牌》

李直夫,女真人,住德兴府(今河北怀来)。人称"蒲察李五"。曾官湖南宪使(**据孙楷第《元曲家考略》**)。所作杂剧十三种,今存《武元皇帝虎头牌》一种,另一种《郑伯道弃子留侄》存有残曲。

《虎头牌》是女真作家写女真人故事的一个较优秀的杂剧。明人何良俊《曲论》云:"《虎头牌》是武元皇帝事。金武元皇未正位时,其叔饯之出镇。"金太祖阿骨打庙号是"应乾兴运昭德定功仁明庄孝大圣武元皇帝"。据何氏之言,杂剧中之山寿马就是阿骨打,严敦易《元剧斟疑》辨析甚详,何氏之说不足信。但严氏以为《虎头牌》"根本是元制,并非金制"而否定此剧乃写金人事则与事实不符。《金史·百

---

① 上海古籍出版社1986年《四游记·东游记》。

官志》云："虎符之制，承安元年制……其符用虎，并五左一右，左者留御前，以待臣亲密者掌侍之，其右付随路统军司、招讨司长官主之，阙则次官主之。"又《金史》卷一〇二《蒙古纲列传》亦记云："邳州从宜经略使纳合六哥、都统金山颜俊率沂州军士百馀人晨入行省，杀纲及僚属于省署，遂据州反。枢密院奏请出空名宣敕，设重赏招诱。……六哥遣人送纲尸及虎符牌印，终不肯出。"可见说李氏此剧是写金人事是有根据的。

《虎头牌》主要写了金国一个高级将领的片断生活，作品从山寿马在处理叔侄、侄婶、夫妻和上下级关系中，揭示了严肃的军法问题。金国天下兵马大元帅山寿马幼失父母，靠叔婶抚养长大成人，他对叔婶非常感恩戴德。可是，当叔父违犯军法被抓到元帅府时，他竟毫不留情地责怪其叔："可怎生不交战，不迎敌，吃的个醉如泥？"叔侄之情、养育之恩的"关亲意"，在严肃的军法面前都不足为道。他毫不迟疑地拿起笔来"判个斩字"，军法战胜了亲情。在场的婶娘、妻子以及元帅府的属官，都先后为之请求宽恕，他或婉言相拒，或厉声斥责，维护了军法的严肃性。

山寿马的叔父银住马则是另外一种类型人物。他的父辈是"开国旧功臣"，本人"从小里一个敢战军"；但是，他已年近六十，又好酒贪杯，很不适合担任职务，可他偏要做"金牌上千户"，领兵"镇守夹山口子"。先是以喝酒失误军机，后又殴打元帅府派来勾取他的公人。他如此玩忽职守和目无法纪，无非是仗恃兵马大元帅是自己的侄儿，同时也有和平麻痹思想。他的所作所为及其受到"杖一百"的惩罚，正好突出了山寿马公而忘私、严格执法的刚正品格。这位女真族作家把一个女真族高级将领的片断生活搬上舞台，对各族人民之间广泛地相互了解、学习与逐渐融合是起了促进作用的。

作品还描写了女真人的一些生活习俗，如老千户银住马的嗜酒如命、妇女亦善骑马、见长辈要"穿了大衣服"、以"孳畜成群"为兴旺发达等；〔阿那忽〕、〔也不啰〕、〔醉也摩娑〕、〔风流体〕、〔忽都白〕、〔唐兀歹〕等女真乐章的运用，使作品增添了浓厚的民族色彩。

第十三章　郑光祖、宫天挺、金仁杰、曾瑞、乔吉和范康

大概从元成宗时代(公元 1295 ~ 1307 年)开始,杂剧由停滞而逐渐走向衰微,这就是元杂剧发展的后期。它的主要表现是作家作品数量大大减少,优秀之作尤其不多。在锺嗣成写《录鬼簿》(公元 1330 年)时,这些作家不管是已死未死,他们都属于“方今”一类。其中已死作家有完整作品传世者尚有郑光祖、宫天挺、金仁杰、范康、曾瑞和乔吉等六人。他们都与锺嗣成“相知”,故《录鬼簿》中的小传也较具体。其中郑光祖、曾瑞和乔吉的成就较大。

第一节　郑光祖的《倩女离魂》和其他杂剧

《录鬼簿》郑光祖小传云:“光祖字德辉,平阳襄陵(今山西襄陵)人。以儒补杭州路吏。为人方直,不妄与人交,故诸公多鄙之,久则见其情厚,而他人莫之及也。病卒,火葬于西湖之灵芝寺,诸公吊送各有诗文。公之所作,不待备述,名香天下,声振闺阁,伶伦辈称‘郑老先生’,皆知其为德辉也。惜乎所作,贪于俳谐,未免多于斧凿,此又别论焉。”所作杂剧十七种,今存《㑳梅香翰林风月》、《醉思乡王粲登楼》、《辅成王周公摄政》、《迷青琐倩女离魂》、《三战吕布》五种;另一种《崔怀宝月夜闻筝》存有残曲;散曲存小令六首,套数二套。以

《倩女离魂》最为有名。为“元曲四大家”之一。

《倩女离魂》取材于流传故事:《太平广记》卷三百五十八《神魂》类《王宙》篇引陈玄祐《离魂记》记其事甚详。杂剧题材基本上采自小说,唯人物关系与个别情节略有出入。小说谓张倩娘乃王宙之表妹,倩娘父张镒曾面许婚姻,二人亦“私感想于寤寐”,后有“宾僚之选者求之”,倩娘之父竟“许焉”。是忘却前言,还是有意悔婚,小说没有明白交代。宙借故离去。倩娘魂逐王,共同生活五年,生二子。张家之倩娘则“病在闺中数年”。后王生夫妇还家,二女合为一体。杂剧则谓张倩女与王文举是双方父母在二人出世前就“指腹成亲”。倩女父死,王生父母双亡,到张家问亲。倩女之母李夫人以“俺家三辈儿不招白衣秀士”为理由,让二人以“兄妹称呼”。王生当面称谢,便上京应考求官。倩女魂逐王生,在京师共同生活三年,生二子。王同时又“状元及第”,官衡州府判。张家之倩女则染病在床。后二人还家,二女合为一体。

一是亲戚关系,一是双方父母有交情;前者面许婚姻,后者指腹为婚,他们都有条件结合,而又都受到挫折。小说中的张镒,对外甥王宙有婚姻之许,而后却又将女另许他人;虽未说明另许原因,但王宙此时尚是白身,而“宾僚之选者”却是官场人物,悔婚目的隐隐含有家世利益的考虑。杂剧中的李夫人对王文举以礼相待,吩咐家人“打扫书房”,要王生“温习经史”,以便求取功名。因此,她虽然暂令二人以“兄妹”之礼相见,但并没有悔却婚约,只是提出了“俺家三辈儿不招白衣女婿”,勉励王文举进京求取功名,“但得一官半职,回来成此亲事”。王闻听此言,不仅没有任何不满或痛苦,而且还很是感激,并当即表示:“既然如此,索是谢了母亲,便索长行去也。”从人物关系、婚约方式及其变化原因等方面看,两者都有不同,很难说它们的社会意义有明显的高下之别;但是,在塑造女主人公形象方面,杂剧却是远远超过了小说。小说中的倩娘闻父另许婚姻“而郁抑”;王宙走后她又魂逐王宙,愿“杀身奉报”;五年后还家与病中之倩娘“翕然而合为一体”,其精诚亦足以感人。但与杂剧中的倩女形象相比较,二者却有明显的差别，杂剧在继承小说传统的基础上有了很大的提高和发展。

杂剧为倩女提供的具体活动环境，是青年男女在有婚姻之约的正常情况下相爱和贪求功名利禄的封建家长的不相容，倩女对爱情的追求不遂和获得所求都具有明确的反封建门阀观念的美学价值。李夫人以“俺家三辈儿不招白衣女婿”为理由，要本有婚约的王文举与女儿“兄妹”之礼相见。倩女当即表示埋怨和不满：“俺娘向阳台路上，高筑起一堵云雨墙。”王寄诗传情，倩女相思成病，为了“成此亲事”，王欣然上京应考。他们在“自愿”的情况下而又是被迫分离。解决矛盾的方式，采取了与《东墙记》颇相同的办法①。

杂剧中的倩女形象比小说中的倩娘形象更加丰满，蕴涵的思想内容也更深邃。她在舞台上是一个演员而具有双重身份：一是作为客观实体的人而存在，一是作为虚幻的精魂而存在，两者紧密交融与有机结合，使倩女形象得到和谐的统一。作为现实生活中的人，她有一般人的正常思想感情，母亲对未婚夫王生提出了“得官成亲”的婚姻条件，使她承担着相思之苦和离别之恨：“他得了官别就新婚，剥落呵羞归故里”，与《西厢记》中崔莺莺所承受的痛苦完全一样。王文举上京应考就意味着爱情的夭折。她卧病在床，母亲前来看视，她大胆地向母亲表达了爱情的要求：

> （夫人云：）孩儿吃些汤粥。（正旦云：）母亲，（唱：）若肯成就了燕尔新婚，强如吃龙肝凤髓。

也许是恃病直言，她的母亲并没有丝毫责怪或劝阻，只是吩咐梅香“休要吵闹，等他歇息”，就离开了。而王生“拜上岳母”的书信，信

---

① 《东墙记》中的马彬与董秀英原有婚约，二人相见，被董母刘夫人撞破，知其原委，也是以“我家三辈不招白衣之人”为理由，令其上京应考求官。马中状元后回来团圆。

中有“待授官之后，文举同小姐一时回家”二语却如晴天霹雳。她误以为王生已另“接丝鞭别娶了新妻室”，怨自己“弃死忘生落来的”。这一切都合情合理。倩女是一个承受着爱情痛苦的不幸者。

作为倩女精魂的魂旦形象，她是现实生活中倩女形象的一个影子，她实现了生活中的倩女所不能实现的追求，她的行为是完整的倩女活动的重要组成部分，两个形象是和谐的统一。有了魂旦形象的出现，杂剧所显现的审美意识才达到了更深的程度。王文举上京应考，她赶上文举，要求“同上京去”，文举还担心“老夫人知道”吃罪不起。她却理直气壮地表示：“他若是赶上咱、待怎么，常言道‘做着不怕’”，对自己的行为充满了自信。与小说中的倩娘向王宙表示“思将杀身奉报，是以亡命来奔”不同，倩娘虽有义无反顾的决心，但是却缺少理性认识的信念。魂旦形象渗透着女主人公对爱情的深刻认识。迂腐的文举又说什么“聘则为妻，奔则为妾”以教训倩女。她对文举先是动之以情，继又喻之以理；既表示担心他高中后“燕尔新婚在他门下”，又表示即使他考试不中，自己也情愿“荆钗裙布，愿同甘苦”。女子担心被遗弃的精神重压，轻功名富贵而要忠贞的爱情品格，因倩娘精魂形象的出现而更充分地显现出来。

杂剧中的王文举与倩女相比较就有点相形见绌。他虽然也爱倩女，但他同时又有一些不那么令人喜欢的言行：他追求状元及第、洞房花烛；他受封建礼教影响较深，在紧要时刻还要喋喋不休地说教。尤其是老夫人以为倩女精魂是“鬼魅”时，他也竟然怀疑与之生活三年、并生二子的人是“妖精”，甚至要“一剑挥之两段”，显得有些无情无义。在一定程度上，王文举形象削弱了倩女形象的思想光辉。

杂剧剧本结构、情节安排、具体描写等方面都表现出作者的才能。从总体上看，楔子、一折为现实生活中的倩女（即剧中的正旦）主唱；二折魂旦主唱；三折病中的倩女主唱；四折魂旦、正旦分别主唱，前十支曲由魂旦主唱，后三支曲由正旦主唱，魂旦唱至第十支曲时与正旦合而为一。两个倩女像交互活动，情节互相推动、契合。具体描写时则是常常在紧要处略作提示，把人物引上合情合理的环境。如二折魂旦上场前就先交代正旦“得其疾病，一卧不起”；三折写“抱病”正旦，而魂旦就不上场；四折是魂旦、正旦分别出现，由正旦最后收场，就让魂旦进入正旦卧房“附正旦体下”。正旦唱的最后一支曲子巧妙地交代事情原委和点出题目：

想当日暂停征棹饮离尊，生恐怕千里关山劳梦频。没揣的灵犀一点潜相引，便一似生个身外身，一般般两个佳人：那一个跟他取应，这一个淹煎病损。母亲，则这是倩女离魂。

从戏曲发展史上看，《倩女离魂》又是王实甫《西厢记》“草桥店梦莺莺”的继承与发展。王实甫把莺莺、张生团聚的希望寄托于梦境，但并未能实现；郑光祖在王作基础上，让女主人公倩女“离魂”与王文举同居三年，把前人描绘的梦境变成了艺术境界中的现实，这是运用浪漫主义创作方法描写男女爱情主题的重大发展。到明代汤显祖写《牡丹亭》时更是让女主人公杜丽娘与意中人柳梦梅在梦中幽会，杜丽娘出死入生，炽热的爱情战胜了死亡，取得了浪漫主义的辉煌成就，《倩女离魂》起了承先启后的作用。明人孟称舜以为此剧兼具《西厢记》和《牡丹亭》二剧“传情”之长，并指出“《牡丹亭》格调原祖此”甚有道理①。王国维也很推崇此剧，累举其曲词以为元曲之“有意境”的证明②。

元代前期作家赵公辅有《栖凤堂倩女离魂》杂剧，明代作家以这个故事为题材的有徐畛的南戏《王文举月夜追倩魂》、佚名的《离魂记》传奇和王骥德的《倩女离魂》杂剧。以上作品皆佚失。

郑氏的另一爱情剧《㑳梅香》，剧中主要人物白敏中、小蛮、樊素、李绛等皆实有其人。敏中乃诗人白居易从祖弟，小蛮、樊素又皆居易之爱妾。新、旧唐书有敏中、李绛列传，故作品取材与关目安排多受

---

① 孟称舜：《古今名剧合选 · 柳枝集》。

② 王国维：《宋元戏曲考 · 元剧之文章》。

到前人批评。《曲海总目提要》对作品有"失检点处"已一一指出；梁廷楠《曲话》又列举作品二十事，说明此剧"前后关目、插科打诨，皆一一照本模拟"《西厢记》，因而讥之为"小西厢"。从上所引材料可以看出，锺嗣成批评郑氏之作"多于斧凿"颇有道理。作为爱情剧，无论从思想或艺术方面看，《㑇梅香》较之《倩女离魂》都远为逊色。明人高儒把此剧和《王粲登楼》、宫天挺的《范张鸡黍》、乔吉的《两世姻缘》并称之为"四段锦"，有点缺乏具体分析①。

作者留存至今的《周公摄政》、《三战吕布》和《王粲登楼》都是历史故事剧，剧中的主要人物也都是历史人物，除基本事实取自史书记载之外，作者广泛地采取民间故事传说。这些作品的主旨并不都是去再现历史，而是透过历史故事表达作者的社会政治理想和发泄世道不平的牢骚。

《周公摄政》主要取材于《史记·鲁周公世家》，写周武王死后周公"抱孤称政"（一折）辅佐成王的故事。作品追溯了周之建国历史，表达了对仁政理想的追求和对贤臣的赞扬。一折〔仙吕·点绛唇〕及〔混江龙〕二曲从"后稷躬耕，帝尧征聘，封姬姓"，追溯到"纣王暴虐"，周武王"会诸侯八百来盟，戊午日孟津师度，甲子日牧野交兵，彼纣王火中燔死"；二折〔三煞〕表达了对远佞亲贤、兴学明礼、省刑罚、薄税敛、济贫困、免差徭等仁政理想的追求；全剧贯穿着对周公忍辱负重、忠心耿耿辅佐成王的称颂。金仁杰有《周公旦抱子设朝》已佚。

《三战吕布》写刘备、关羽、张飞打败吕布的故事，此事《后汉书》、《三国志》等史书皆有记载。杂剧所写虽有史实可本，但其主要材料则是采自《三国志平话》。剧本颂扬张飞兄弟三人英勇无敌、嘲笑孙坚低能可笑。作者还通过主人公张飞之口，抒发了英雄受困的不平之气："每日家仰天长叹，看别人荔枝金带紫罗襕……则俺大哥哥虽不称这绿袍槐简，生熬的他皓首苍颜。"曹操推荐他兄弟三人去破吕布，而长沙太守孙坚却百般刁难，罚令"手捏鞋鼻，打躬施礼"，他

① 高儒：《百川书志》。

气愤已极而又无可奈何:“刘、关、张兄弟三人,破一百万‘黄巾贼’,临了在辕门外与别人打躬。”这都是作者有所感而发。

作品保留了一些有关吕布、董卓、丁建阳等的民间传说。如说丁建阳“左足上有一玄瘤”,吕布为丁“濯足”时以自己“足生双瘤”屈居其下而不忿,乃以“金盆打杀了丁建阳”;又说吕布“足尖点地,有九牛二虎之力”;谓董卓“脐盛七李,卧高三尺,气吹帘凹,坐绰飞熊”等。有些故事传说,还在《三国演义》小说中保存下来。

《王粲登楼》也是一本三国戏,但它没有去描写三国时代各政治、军事集团的矛盾冲突,而只是选取了几个在三国时代并不怎么重要的人物编撰剧情,随意点染。剧中的王粲和蔡邕的翁婿关系,在史书上找不到任何根据。历史上的王粲,的确是投过刘表,依附过曹操,并是“建安七子”中的重要人物,但蔡邕决不是王粲的岳父,曹植也未协助蔡邕激励王粲“涵养他那锐气”,王更没有做天下兵马大元帅。唯一有历史根据者是王粲投刘表时写过《登楼赋》以抒发其壮志莫酬之感。作者凭借这一点因由,极力发泄其不平的牢骚:“如今那有钱人没名的平登省台,那无钱人有名的终淹草莱,如今他可也不论文章只论财。”世事如此不平,难怪王粲感叹万分:“空学成补天才却无度饥寒计,几曾道展眼舒眉。则被你误了人儒冠布衣,熬煞人淡饭黄齑。”剧中谓王粲献上万言长策被“天朝”加为“天下兵马大元帅”,只不过是作者对失意儒生的一种精神慰藉。

第二节　宫天挺的《范张鸡黍》和其他杂剧

《录鬼簿》宫天挺小传云:“天挺字大用,大名开州(今河南濮阳)人。历学官,除钓台书院山长。为权豪所中,事获辨明,亦不见用。卒于常州。先君与之莫逆交,故余常得侍坐,见其吟咏。文章笔力,人莫能敌;乐章歌曲,特馀事耳。”作者与锺氏父亲为“莫逆交”,《录鬼簿》卷下又将其名列“方今已亡名公才人,余相知者之首”,可见其年辈较长和年岁较大。所作杂剧六种,今存《死生交范张鸡黍》和《严子陵垂钓七里滩》二种。从另外留存的《栖会稽越王尝胆》、《济饥民汲黯开仓》、《宋仁宗御览托公书》、《宋上皇御赏凤凰楼》等四种剧目看,作者是很喜欢从历史故事中选取题材的。

《范张鸡黍》也是历史故事剧,主要写东汉范式与张劭的生死友谊故事。剧中的范式、张劭、孔嵩、第五伦等皆是历史人物,范、张的生死友谊亦有史实可考,《后汉书·范式列传》记其事甚详。剧本歌颂友谊部分基本上不出史书所记范围,没有什么创造发展;而王韬其人其事的插入则增添了揭露官场与考场的内容,更多地渗透着作者的生活感受。王韬将孔嵩的万言书“改了头尾”和倚仗做官的岳父而得官,说明官场与考场的黑暗腐败;范式对王韬一段指桑骂槐的谈话则是更加激烈地把矛头指向官场和考场:

> (正末云:)有钱的无才学,有才学的却无钱;有钱的将着金帛干谒那官人每,暗暗的衙门中分付了,到举场中各自去省试殿试,岂论那文才高低。
>
> (王仲略云:)这话伤将我来也。……你则猥慵惰懒,不以功名为念。你这等闲言长语,当的什么?(正末云:)贤弟也,如今人难求仕进。(正末云:)怎么难求仕进?(正末云:)只随朝小小的职名,被这大官人家子弟都占去也。赤紧的又有权豪势要之家,三座衙门,把的水泄不通。

联系到宫氏“为权豪所中,事获辨明,亦不见用”的遭遇,剧中主人公范式的牢骚,几乎完全是作者心中块垒。历史上的范式,仕途生涯还是比较顺利,他先“仕为郡功曹”,后到京师,受业太学,以“营护”未见面之长沙同学陈平子妻儿的义行受到表彰,“三府并辟”。后任荆州刺史、庐江太守等官职①。而杂剧中的范式却是牢骚满腹，指桑骂槐，谴责“权豪势要之家”把持官府，讥讽不学无术的官僚“《周礼》不知如何论……制诏诰怎的行文”，他们“一个个智无四两，肉重千斤”。激愤之情，溢于言表。朱权评宫氏之作“其词锋犀利”如“西风鹏鹗”②，大概就是以其言词尖锐而言的。

《七里滩》的作者历来有二说：一说是张国宾，一说是宫天挺。观其第一折〔仙吕·点绛唇〕、〔混江龙〕与作者的《范张鸡黍》第一折〔仙吕·点绛唇〕、〔混江龙〕、〔油葫芦〕等曲文都是追溯历史、缅怀先圣先王功德，可以说明宫氏是此剧的作者。

《七里滩》主要写东汉隐士严子陵故事，事见《后汉书·严光列传》。作品赞扬严子陵不羡荣华富贵而甘愿过“靠岭偎崖，撒网担柴”的渔樵生活。与《范张鸡黍》颇有些相似，一些见诸史书记载的隐士生涯并未增添什么新的内容，而严子陵的一些即景抒情之曲倒是渗透了作者的政治情感。他恼恨王莽篡汉(一折〔天下乐〕、〔六幺序〕、〔幺篇〕)，歌颂刘秀中兴汉室带来了百姓的安居乐业(三折〔煞〕)，但又轻视这位象征国家政权的皇帝。刘秀派人宣他去朝中做官，他公然拒绝；后以“布衣之交”的关系相“请命”，他才以“朋友相看”，去朝中“一贺”。在酒酣饭饱之馀，他公然向这位中兴皇帝表白：“你也不是我的君，我也不是你的卿，咱两个一尊酒罢先言定。……你则是十年前沽酒刘秀，我则是七里滩垂钓的严陵。”他来朝廷不是承认君臣关系，而是怀念十年前布衣之交的朋友。这里更多地表达了被贾仲名誉为“无比英才”的作者对传统君臣观念的叛逆。

在元人杂剧史上，宫天挺是不入“大家”的后期重要作家，其剧作艺术风格独特，深得研究者赏识。王国维在高度评价关、马、郑、白之后说：“其馀曲家，均在四家范围内。唯宫大用瘦硬通神，独树一帜。”观其现存二剧之犀利言词和尖刻思想，对王氏之誉当之无愧。

---

① 《后汉书·范式列传》。

② 朱权：《太和正音谱》。

第三节　金仁杰的《追韩信》

《录鬼簿》金仁杰小传云："仁杰字志甫，杭州人。余自幼时闻公之名，未得与之见也。公小试钱塘，经由江浙，遂一见如平生欢，交往二十年如一日。天历元年戊辰冬，授建康崇宁务官。明年己巳正月叙别。三月，其二子护柩来杭，知公气中而卒。呜呼惜哉！所述虽不骈丽，而其大概，多有可取焉。"金氏比锺嗣成年岁大，观其记述金氏经历、患何病、卒于何年皆甚具体，证明"交往二十年如一日"之语是可信的。所作杂剧有七种，今存《萧何月夜追韩信》一种。另外从留存的《蔡琰还朝》、《秦太师东窗事犯》、《周公旦抱子设朝》、《长孙皇后鼎镬谏》、《玉津园智斩韩太师》和《苏东坡夜宴西湖梦》等六种剧目看，金氏也是一个喜爱选取历史故事为题材的剧作者。

《追韩信》是一个历史故事剧，事本《史记·淮阴侯列传》。作品从大量史实中选取了韩信未遇时的牢骚不平和总结刘、项相争的历史经验两部分内容。"秦失其鹿，天下逐之"，学成"满腹兵书战策"的韩信却无人赏识："一回家怨天公直恁困英豪，叹良金美玉何人晓，恨高山流水知音少。"他怨天尤人，悔恨自己"空将文业攻，武艺学"；埋怨"满眼儿曹"，无人"识英雄之辈"。想起受恶少胯下之辱，气恼万分而又无可奈何："赤紧在他行投下，子索伏低且做小。向胯下扒步到两三遭，避不的乡人每耻笑。恨难消……痛难熬，儿曹每行霸道。"他先投楚，不为楚用；后又投沛公，亦不为沛公用。他"泪洒西风"，徒唤"奈何"。萧何前来追赶他回去，他对刘邦小看自己而大发牢骚："看承的自家如等闲，我早则没福见刘亭长龙颜。"大概是萧何许其"挂印登坛"，才将韩劝回。

韩信见刘邦，分析刘、项优势和劣势，指出项羽有"酒不饮三，色不侵二，有喑呜叱咤之威，举鼎拔山之力，人有疾病之苦，泣涕衣食而饮”等长处；但他也有烧阿房宫、杀降卒、杀子婴、杀义帝、不讲信用等弱点。特别是对待有功的下属“封官时惜爵刓印”，很不善于用人。而刘邦虽然缺少项羽那些长处，但他却气量宽宏，善于用人，“豁达大度，纳谏如流……有功虽仇必赏，有过虽亲必诛”。杂剧所写，正是史书上韩信评项羽“匹夫之勇”、“妇人之仁”和规劝刘邦“反其道”的历史经验的总结。

韩信故事在元杂剧中也是热门题材之一。前期作家郑廷玉有《汉高祖哭韩信》、武汉臣有《穷韩信登坛拜将》、王仲文有《淮阴县韩信乞食》、李寿卿有《吕太后定计斩韩信》等；后期作家锺嗣成有《韩信泜水斩陈馀》、《汉高祖诈游云梦》。与韩信故事有关的还有佚名的《隋何赚风魔蒯通》等。人们热衷于把韩信故事搬上舞台，可能是出于对这位汉代开国功臣之悲剧的深切怀念吧。

第四节　曾瑞的《留鞋记》

《录鬼簿》曾瑞小传云：“瑞字瑞卿，大兴人（今北京市）。自北来南，喜江浙人才之多，羡钱塘景物之盛，因而家焉。神采卓异，衣冠整肃，优游于市井，洒然如神仙中人。志不屈物，故不愿仕，自号褐夫。江淮之达者，岁时馈送不绝，遂得以徜徉卒岁。临终之日，诣门吊者以千数。余尝接音容，获承言语，勉励之语，润益良多。善丹青，能隐语，小曲有《诗酒馀音》行于世。”锺嗣成记载了曾瑞的原籍、客籍、“自北来南”原因、经济来源、志趣、交游、才艺、著作和去世时景况等。言之凿凿，甚为具体。锺氏是元代戏剧家，《录鬼簿》又是一部当代杂剧史，曾瑞又是他“相知”的“方今已亡名公才人”，其所言必有根据，而不是道听途说。据孙楷第先生考证，他写《录鬼簿》时，曾瑞“年已逾七十，于嗣成为前辈”①。二人关系如此密切，其所记是可信的。

又据元人林景熙《霁山先生集》卷四《孤竹斋记》所记，还可推测曾氏家世简况和本人的交游生活。林氏谓曾“家世平州（今河北省卢县北），祖、父皆学而仕”，后徙于燕（今北京）。不知什么时候和原因到了昆阳（今河南省叶县），与林景熙结识。林赞其言谈“蛟腾虎跃，轩然而异”，“凡有作”又常请教于林，他们也可以称得上是文字交。曾因祖籍平滦为“古孤竹国”之地，故“取而名斋，以示不忘”，并请林为之记以“广之”。

孙楷第先生认为：“此文记瑞卿字里风采性格，皆与《录鬼簿》合。故余断定此以‘孤竹’名斋之曾瑞卿，即曲家曾瑞卿。”又从地名之演变推测林氏撰文时间及二人年岁：“唐之平州，在元为平滦路。大德四年，改称永平路。此文犹谓平滦，知作于大德四年以前，且持论宽博，知作文时去至元丙子已远。以文推之，文似作于至元末元贞初。又观其行文语气，于瑞卿为前辈。景熙卒至大三年，年六十九。元贞初年五十馀。如瑞卿此时为三十馀岁人，则当生于中统初。”②对曾氏生年推测大致可信。

林氏谓曾瑞祖籍平州，后迁燕，与《录鬼簿》谓曾氏“大兴人”并不矛盾，都没有超出北京的大范围。这里要提出的是另外一个问题：《录鬼簿》谓曾氏因喜钱塘人物与景物“自北来南”，林氏却只字未提，更不知道他客死杭州等。是不是曾瑞去杭之前曾在昆阳小住（比如他的父辈曾在昆阳做官等原因）？或者是定居杭州后曾游历昆阳？观其所写《留鞋记》杂剧，其故事背景正是在河南开封，剧中提到的王月英其家开的胭脂铺地址就在“相国寺西”，时令是观灯的元宵佳节，这与开封的寺庙今名和习俗完全相符，他完全有可能从昆阳来到开封。以个人之见，前者的可能性更大，他是去杭州之前在昆阳与林相识的。从这以后，写《孤竹斋记》的林景熙和曾瑞就天各一方，彼此也就毫无所知了。

---

①② 孙楷第：《元曲家考略·曾瑞卿》。

曾瑞的交游，有名字可考者，唯锺嗣成与林景熙二人，其所交往，一是谈论文章，二是请林记其书房取名“孤竹斋”之由来。无论是文事或逸事，又都与功名富贵绝缘。锺氏称其“志不屈物，故不愿仕”；林氏赞其“耿介”为人，都说明他不愿做官，也不愿和做官的人来往。那些对他“岁时馈送不绝”的“江、淮之达者”，或慕其名的“江湖儒士”，或诵其为人的“市井儿童”①，或在他去世时“以千数”的“诣门吊者”，一律都没有名字流传下来。流传至今的酬唱赠答之作，也不过是杂剧艺人喜温柔一个艺名而已②。对于衮衮诸公，他“乐幽闻，不解超承”，回避了。对于生活的追求，他淡泊名利，纵情诗酒，流连山水，有时也去“莺花寨”、“云雨乡”逢场作戏③，逞一逞“浪子风流”。这些都是他的一个重要生活侧面。从一些散曲推测，他似曾游历过福建崇安分水关④，又重返大都小住⑤。锺嗣成 1330 年（至顺元年）写《录鬼簿序》时曾瑞已卒，孙楷第先生推断他此时“年已逾七十，于嗣成犹为前辈”。据此往上推算，他大约生于世祖中统初年（公元 1260 年），卒于文宗至顺元年（公元 1330 年）以前。

曾瑞著有《留鞋记》杂剧一种，散曲则多见于曲选、曲谱之中，隋树森先生辑《全元散曲》最为完备，其中辑有曾瑞小令 95 首，套数 17 套。另据孙楷第先生考证，所画《山水图》至明代犹存⑥。所编《诗酒馀音》及所写隐语等皆不传。

《留鞋记》是曾瑞唯一的一部杂剧著作。因《录鬼簿》著目为《才子佳人误元宵》而不名《留鞋记》曾引起过作者问题的争论，王季思先生《从〈留鞋记〉看曾瑞在元曲家中的地位》一文，结合作者散曲内

---

① 锺嗣成吊曾瑞《凌波仙》挽词。

② 曾瑞：〔商调·梧叶儿〕《赠喜温柔》十首。

③ 曾瑞：〔中吕·快活三过朝天子〕《老风情》。

④ 曾瑞：〔中吕·山坡羊过青哥儿〕《过分水关》。

⑤ 曾瑞〔般涉调·哨遍〕《思乡》似写在大都思念杭州之情。其首曲云：“正宴乐皇都，忽忆吴山，顿思越景。”

⑥ 孙楷第：《元曲家考略·曾瑞卿》。

容，指出“风格跟《留鞋记》的曲词十分接近”；又将曾氏〔黄钟·醉花阴〕《元宵忆旧》套曲内容与《留鞋记》作了对比，指出“他有跟《留鞋记》中人物类似的经历”①。这些论断，有力地说明了《留鞋记》确是曾瑞的作品。另外还可补充一证：表现在《留鞋记》剧中女主人公王月英身上那种蔑视封建礼法、把自己追求自由爱情看做正当行为的“风情事那怕人知”的思想，在曾瑞的散曲中有同样的表现。如〔中吕·快活三过朝天子〕《老风情》有句云：“得遇知心，私情机密，有风声我怕谁。”两相比较，如出一辙，曾瑞对《留鞋记》的著作权是不必怀疑的。

《留鞋记》主要写王月英与郭华的爱情故事。最早记载这个故事的是南朝宋人刘义庆的《幽冥录·买粉儿》。故事主要情节是：青年男女以买卖胡粉而通款曲，女至男方家幽会，男因兴奋过度而“欢踊遂死”。男方父母以胡粉寻得女，女“具以实陈”，并往哭尸，男复活，二人结为夫妇。

故事虽然没有写男女主人公的姓名，但是却肯定了青年男女私相“爱乐”与大胆的结合，这也是一种对封建礼教的挑战行为了。女子哭尸，男子死而复活，双双结成夫妻，表达了爱情战胜死亡的理想。后来的“崔护谒浆”等同类题材作品从中受到启发。

在商品经济十分繁荣的两宋时代，皇都风月主人编《绿窗新话》辑《郭华买脂慕女郎》故事一则，对流传故事有很大发展。大意谓由儒而商的郭华，因买脂粉而与店中女郎通款曲，女约郭次日去后花园小亭相会。“及期”，“华因遇亲友话”误约，女候至二鼓留鞋为记而去，郭悔恨吞鞋，“气噎而绝”。店主人据鞋、粉寻得女。女与郭父同往视郭，郭复活，二人结为夫妇。

从《买粉儿》到《留鞋记》，《郭华买脂慕女郎》是一次重大的突破，男主人公的名字出现了，还增添了一些重要情节，其中最主要的

---

① 中山大学学报哲学社会科学论丛《古代戏曲论丛》第二辑。1985 年中山大学学报编辑部出版。

有以下三点：

1. 二人约定了相会时间、地点之后，郭华误约；

2. 女郎“久候不来”，乃留鞋为记而去；

3. 郭悔恨吞鞋，“气噎而绝”。

有了郭华误约、女郎留鞋、郭华吞鞋等情节，为曾瑞写《留鞋记》奠定了良好的基础。有的研究者指出，它“实为元人杂剧《王月英元夜留鞋记》所本”很有道理①。

可能早于曾瑞杂剧的“宋元旧篇”有《王月英元夜留鞋记》戏文②，作品虽然不传，而女主人公的名字却传了下来；“元夜”的提示，也为曾瑞安排男女主人公约会时间提供了根据。总之，戏文对杂剧的创作是产生了影响的。

和流传故事一样，《留鞋记》剧情也是从郭华因慕胭脂铺女郎“娇色”，就“每推买胭脂粉”而互通款曲开始的。所不同的是，作品写了这位名叫王月英的女郎为什么会坐铺经商和非同一般的生活意趣。王月英是独生女儿，父亲去世，母亲年过五旬，铺中并无伙计帮忙，因此，她不得不抛头露面，坐铺营业。长期的都市生活，又亲自经营生意，耳濡目染，一言一行，也就很容易越出封建礼教道德种种清规戒律，她的生活意趣和社会价值观念也就发生了变化。她坐守胭脂铺，希望买卖通畅，生意兴隆：“这早晚怎不见人买胭脂那！”可见她关心的是生意、是挣钱，她是一个自食其力的市民姑娘。这位市民姑娘在追求爱情方面不仅表现得十分主动和大胆，而且这种主动和大胆还是建立在理性认识基础之上，是带有一定自觉意识的行为。凭着她的观察力，看出“早使过了偌多千”钱财来买脂粉的郭华是“把这脂粉作因由”；她不仅没有回避，相反，她还主动与之搭话，主动为郭买脂粉当参谋，主动以诗柬约会，主动留下罗帕与绣鞋……当然，

---

① 古典文学出版社 1957 年出版《绿窗新话·郭华买脂慕女郎》校补者周夷按语。

② 徐渭：《南词叙录》。

类似这样男方首先向女方表示爱情，女方愿意接受后就十分主动大胆的情节，在其他小说、戏剧中也并非罕见，如孙玉娘之于杨曼卿①，李千金之于裴少俊②，琼莲之于张羽等③。这些作品中的女主人公对爱情的追求也是十分主动、炽热和执著的，但是，如果和《留鞋记》中女主人公王月英相比较，就会发现前者或有一定感情基础，或未能完全摆脱封建礼教的束缚；而后者虽然也生活在封建礼教统治之下的封建社会，也受到一定程度的礼教的约束，如她准备写请柬约郭华相会时还再三对使女梅香叮咛："休得走漏天机"，"你休要等闲泄漏春消息"。但当梅香表示"拼的与你担个罪名儿"也要帮助她时，她就变得比梅香更大胆、更毫无顾忌了。

> （梅香云：）母亲知道呵，可怎了也！（正旦唱：）休怕我母亲知，抵多少姻缘相会：卓文君驾香车归故里，汉相如到他乡发志气；薛琼琼有宿缘仙世期，崔怀宝花园中成匹配；韩彩云芙蓉亭遇故知，崔伯英两团圆直到底。
>
> 这的是佳人有意，都做了年少的夫妻，那会真诗就是我傍州例。便犯出风流罪，暗约下雨云期，常言道"风情事那怕人知"！

不怕封建家长知晓，不管社会舆论指责。在王月英看来，从古至今，风流韵事不仅多得很，而且还传为美谈。卓文君，薛琼琼、韩彩云等都是因为"佳人有意"才"都做了年少的夫妻"。这些人都是自己效法的榜样，没有什么可怕。即使"犯出风流罪"，也要"暗约下雨云期"。这里不仅有"古已如此"的根据，恐怕更重要的还是现实生活中风流韵事的支持。这表明她对自己所追求的爱情有坚定的信念，有不顾一切的勇往直前的进取精神。她主动约郭华相会，并如期赴约。郭华酒醉误约

① 《绿窗新话·杨生私通孙玉娘》。

② 白朴：《墙头马上》杂剧。

③ 李好古：《张生煮海》杂剧。

悔恨吞帕“噎倒”，风月案变成了人命案，母女二人被传讯公堂。而郭华复活，人命案本可撤销，包公或以“背地通书，约人私会”之名对其治罪；或听其择配，从宽发落；或就此下断，促使结合，他完全有权决定。而这位元代人民心目中的清官包公，一位受到市民意识影响的封建政府官员，却没有采取上述任何一种办法，倒是别出心裁地询问王母：“如今那秀才幸得不死，你可肯将女孩儿嫁与那秀才么？”颇有点民主作风。作为一家之长的王母也没有妄作主张，她对女儿的婚事也不包办代替，而是征求女儿本人意见。她回答包公说：“爷爷问我女孩儿肯，便嫁了他吧。”王月英没有羞羞答答不语，也没有谦让推与母亲作主，而是以女儿家特有方式对母亲和包公吐露心事，做到了自己真正做主：“俺娘亲敢自专，待择取英贤匹配婵娟，……问什么鸾胶续断弦，巴不得顺水便推船。呀！谢恩官肯见怜，休拗折并头莲，莫掐杀双飞燕。”听完母女回答，包公才正式宣判说：“既如此，你一行人听老夫下断……”前一句三个字，充分表现了一个封建政府的地方官员对婚姻当事人自主权利的尊重。这桩婚事，家长不包办代替，封建官府支持，当事人真正做主。杂剧反映了元代市民意识在追求自由爱情中的真正觉醒及其所产生的深广影响。

曾瑞生活的杭州，在南宋时就十分繁荣。据时人所记，其“山水明秀，民物康阜”，超过了北宋东京“十倍”①。其他姑且不说，仅以街市点灯之耗费就可见一斑：“庆元（宋宁宗时代，公元1195～1200年）间……巷陌爪札，欢门挂灯，南至龙山，北至北新桥，四十里灯光不绝。……挂灯或用玉珊，或用罗帛，或纸灯，或装故事，你我相赛。”②蒙古灭宋，杭州没有遭到多大破坏，关汉卿〔南吕·一枝花〕《杭州景》就描写了改朝换代后的杭州城，仍然是“满城中绣幕风帘，一哄地人烟凑集”、“百十里街衢整齐，万馀家楼阁参差”的繁荣景象。作者生活在这样一个市民力量比较强大的都市，又与“市井”下层人物联

① 灌圃耐得翁：《都城纪胜序》。

② 西湖老人：《繁胜录·街市点灯》。

系密切，耳濡目染，受到他们的影响，表现他们的愿望与要求，这是很自然之事。具体到《留鞋记》来说，作者还渗透了自己在北方的生活经历。如前面所述，他完全有可能来到宋、金两代建都的开封，观看过开封的元宵灯节，不然《元宵忆旧》套曲和《留鞋记》中的元宵观灯就不可能写得那样逼真和生动：

《元宵忆旧》：

> 冻雪才消腊梅谢，却早击碎泥牛应节。柳眼吐些些，时序相催，斗把鳌山结。
>
> 业缘心肠，那烦恼何时彻？对景伤情，怎挨如年夜。灯火阑珊，似万朵金莲谢；车马阗阗，赛一火鸳鸯社。

《留鞋记》二折：

> 车马践尘埃，罗绮笼烟霭，灯球儿月下高抬。这回偿了鸳鸯债，则愿的今朝赛。
>
> 天澄澄恰二更，人纷纷闹九垓。……你看那月轮呵光满天，灯轮呵红满街，沸春风管弦一派，趁游人拥出蓬莱。莫不是六鳌海上扶山下，莫不是双凤云中驾辇来，直恁的人马相挨。

从套曲首句看，这不是回忆南方的灯节。而是回忆开封的灯节，开封元宵的灯节，在北宋时就十分隆重，上至天子，下至庶民，都争相欣赏。《东京梦华录·元宵》记云：

> 正月十五日元宵，大内前自岁前冬至后，开封府绞缚山棚……奇术异能，歌舞百戏，鳞鳞相切，乐声嘈杂十馀里。……至正月七日，人使朝辞出门，灯山上彩，金碧相射，锦绣交辉。……彩山左右，以彩结文殊、普贤，跨狮子白象，各于手指出水五道，其手摇动。

开封的元宵观灯，历代相传，至今不衰。由此可见，《留鞋记》不仅取材流传故事，而且也确实有作者与剧中人物“类似的经历”，它表现了作者的进步思想，渗透了他一段悖逆礼教的生活体验。就作品矛盾冲突的展开与解决、人物形象的塑造来说，曾瑞对丰富多彩的元杂剧是作出了自己贡献的。

第五节　乔吉的《两世姻缘》和其他杂剧

乔吉一作乔吉甫，《录鬼簿》写其小传云：“吉甫字梦符，太原人。号笙鹤翁，又号惺惺道人。美容仪，能词章。以威严自饬，人敬畏之。居杭州太乙宫前。有题《西湖》〔梧叶儿〕百篇，名公为之序。江湖间四十年，欲刊所作，竟无成事者。至正五年二月，病卒于家。”大概也是属于“门第卑微”的失意文人。所作杂剧 11 种，现存《玉箫女两世姻缘》、《杜牧之诗酒扬州梦》、《李太白匹配金钱记》三种。散曲集有《天风》、《环珮》、《抚掌》等。原集今不存。《全元散曲》辑乔氏小令 209 首，套数 11 套，与张可久同为元代散曲名家。对于散曲创作，他总结出“凤头、猪肚、豹尾”的经验①，为时人所称许。朱权评其曲词“如神鳌鼓浪……波涛汹涌”，有“截断众流之势”②，大约是就其气势而言的。杂剧以《两世姻缘》为代表。世称“元曲六大家”之一。

《两世姻缘》主要写韩玉箫与韦皋两世为夫妻的婚姻故事。剧中的韦皋和张延赏都是历史人物，新、旧《唐书》都有他们的列传。杂剧所写并非根据历史，而是从流传故事选取题材。唐人范摅《云溪友议·玉箫化》记载韦皋与友人姜荆宝之小青衣玉箫相爱，箫死后投

---

① 陶宗仪：《南村辍耕录·作今乐府法》。

② 朱权：《太和正音谱》。

生，又十三年重新与韦皋结合。宋人李昉以《韦皋》标目辑入《太平广记》卷274，个别文字略有出入。两者相比较，杂剧较之流传故事有很大提高与发展。

就女主人公玉箫来说，流传故事谓其为姜荆宝之“小青衣”，年十岁时奉命去侍候主人的亦师亦友韦皋，“年稍长大，因而有情”；而杂剧中的玉箫有了姓氏，她姓韩，是色艺双全的“上厅行首”，与秀才韦皋“缠的火热”。年龄、身份的改变，与韦皋相爱深度的不同描写，杂剧显然更合理、更现实一些。写二人的分别，两者亦有不同：流传故事谓皋叔发书招归，荆宝愿以箫“从往”，而皋却以“违觐既久”加以拒绝，以五至七年为期“取玉箫”相约。其原因是皋的封建思想作梗；而杂剧谓二人之分别，则是箫母嫌皋贫穷的以礼相逐，所以分别时玉箫怨叹不已：“天那！都只为爱钱的娘，阻隔了人也。”其原因则是鸨儿爱钞所造成，男女主人公都没有责任。玉箫死后投生，二人再世结合，两者也作了不同的处理：流传故事谓七年之后，玉箫叹其“不来”，“遂绝食而殒”，韦在四川做官，无意中从三百馀名罪犯中发现荆宝，始知玉箫已殁。后得“有少翁之术”者使与箫相见。箫既许皋十二年后“再为侍妾”，又以“丈夫薄情，令人死生隔矣”相责。后来果得酷似玉箫之歌姬，皋发出“玉箫之言，斯可验矣”的感叹。以上虽未明写韦皋已经娶妻，但从玉箫的“再为侍妾”、“丈夫薄情”云云中却已透露出对韦皋的埋怨和指责。而杂剧写玉箫和韦皋分别后相思成病：“他说道‘三年来到’，到如今五载不回程”，因此病重而死。玉箫之死，韦皋是否有责任呢？他是否丢开了玉箫而另娶呢？杂剧都作了明确的交代。他到京师，一举状元及第，“除为翰林院编修之职。后因吐蕃作乱”，他又奉命“领兵西征……加为镇西大元帅，镇守吐蕃，安制边疆，”回不去了。如此过了十八年，他并未忘记玉箫三年为期之约，只是“以王命远征，无暇寄个音信”；安定之后，他就随即派人“取他母子”。在这长长的十八年，他没有再娶妻室，所以当他和再生玉箫的义父、也是自己的“同学故人”张延赏发生吵闹时就能理直气壮地提出：“令爱既不曾许配于人，末将自亡妻室以来，亦不曾再娶。”

这对玉箫是莫大的精神安慰。韦皋和张延赏闹翻了脸，皇帝已弄清事情原委之后又问玉箫："你原来死后投胎，到今一十八岁。你是青春幼女，韦元帅他是已过中年的人了，你肯与他做夫妻么?"韦皋、玉箫结合，本是出于皇帝旨意，而这时的皇帝却破天荒地表现出一点民主精神，竟然当面征求当事人的意见。忠于爱情的玉箫则毫不犹豫地回答："人命修短不齐，焉知妾不死于元帅之先?"在她的精诚感动下，皇帝才口发圣旨："你既愿意，就配与元帅为夫人者。"这与《留鞋记》写包公审断王月英一案颇有些类似，政权的代表人也不是那么专横武断了。壮大的市民意识已产生了多么深广的影响。"圣恩匹配"，本具有最权威的法定性质，面对生母和义父又相继以"年貌不齐"、"贵戚宰相家"之女"为何嫁此老夫"的阻拦，她又坚决表态：

> 他也年未衰残，……情愿琴瑟和谐，连理双栽，生则同衾，死则同埋。

可以看出，无论是玉箫或是韦皋，他们忠于爱情的情操都是高尚的。

从审美意识上看，杂剧的价值不仅是对男女生死不渝爱情进行了热情的歌颂，而且还有对妓女生涯、乃至妓女制度是否合理的怀疑。韩玉箫是"上厅行首"，色艺双全，据她母亲夸耀："但是见他的郎君，无一个不爱的。"她和具有"锦心绣腹"的秀才韦皋相敬相爱，"缠的火热"；韦皋又当面夸她"玉质花容，清歌妙舞，在这歌妓中可是少也"。她对此感叹万分，不知"这门衣食，几时是了"，只想摆脱这种非人生涯：

> 云鬓花钿，舞裙歌扇，我却也无心恋。怕不道春正芳妍，只落得人轻贱。

关汉卿笔下的名妓杜蕊娘比韩玉箫更先觉悟到妓女生涯低贱，对妓女制度产生过大胆的怀疑。她明确提出："一百二十行，门门都好着衣吃饭,偏俺这一门,却是谁人制下的。忒低微也呵!”韩玉箫也具有和杜蕊娘相同的感受和认识:妓女职业“轻贱”,希望摆脱妓女生涯。以流传故事为题材的爱情剧,《两世姻缘》能够为人赞誉①,是与它反映广阔的进步思想密切相关的。

从文学发展史上看,《两世姻缘》又是前代同类题材剧作的继承与发展,并对后世戏剧、小说产生了明显影响。关汉卿的《金线池》、曾瑞的《留鞋记》等妓女戏和爱情戏,已为《两世姻缘》的出现开导了先路;而《两世姻缘》中韩玉箫生前自画真容留赠韦皋等情节,对《牡丹亭》中杜丽娘生前自画真容留赠梦中情人的描写,韩玉箫死后投生、十八年后与韦皋相见时所产生的“这生我那里也曾见他”的幻觉,对《红楼梦》中宝、黛初次相见,彼此都有“似曾相识”之感的描写,也都明显地看出《两世姻缘》的影响。

《两世姻缘》故事情节多变,曲词富有文采,宾白泼辣而又朴实,曲白相生。它和《倩女离魂》都是爱情戏中浪漫主义色彩很浓的成功之作。

作者留存的另外两种作品也都是爱情剧:《扬州梦》写唐代诗人杜牧与歌姬张好好的爱情故事,主要题材来源于杜牧《张好好诗》及《序》和《遣怀》诗,“作者将此二事参错成文”,关目、曲文都远不如《两世姻缘》;《金钱记》则写唐代另一诗人韩翃与柳眉儿的爱情故事,取材较庞杂,主要内容本许尧佐《柳氏传》(见《太平广记》卷485),又以李白、贺知章等人随意点染,情节比较曲折,曲文亦清丽,不失为一本较好之作。此剧目文译本题为《元曲金钱记》。前期作家石君宝以柳眉儿故事写有《柳眉儿金钱记》,今佚。②

---

① 杨恩寿《词馀丛语》云:“近见《两世姻缘》杂剧,先得我心,词亦迭宕生姿,鲰生当阁笔矣。”(转录自王季思等《中国戏曲选》乔吉《附录》)。

② 《曲海总目提要》。

第六节　范康的《竹叶舟》

《录鬼簿》范康小传云:“康字子安,杭州人。明性理,善讲解,因王伯成有《李太白贬夜郎》,乃编《杜子美游曲江》,一下笔即新奇。盖天资卓异,人不可及也。”《游曲江》已不存,现存《陈季卿误上竹叶舟》一种。

《竹叶舟》主要写吕洞宾度脱落第儒生陈季卿得道成仙的故事。故事主要来源于《太平广记》卷74《陈季卿》小说。与其他度脱剧不完全一样,被度脱的陈季卿没有经历酒、色、财、气四大考验,而只是在梦中经历了一次翻船的风险,梦醒后悟而出家,共赴蟠桃宴。关目尚紧凑,曲文清丽典雅,如第三折写水上风波,陈与其妻共话衷肠、功名富贵与夫妻恩爱矛盾,都写得比较出色,锺氏评其“一下笔即新奇”颇有道理。

第十四章　秦简夫和其他“方今才人”作家

元代杂剧发展到《录鬼簿》中所记“方今才人”作家的“至正时代”（公元 1341～1368 年）①，也和它所依附的社会一样，已成为强弩之末，其景况不用说远不如“前辈已死名公才人”作家的“蒙古时代”，而且和“方今已亡名公才人”的“一统时代”相比也大为逊色。据《录鬼簿》记载，这期共有作家 12 人，作品 30 馀种，其中有完整作品流传者不过秦简夫、萧德祥、朱凯、王晔四人六剧而已。另据《元刊杂剧三十种·霍光鬼谏》题署作者杨梓一人②，又《古名家杂剧》脉望馆钞校本等载杨氏杂种二种。加在一起，也只有五人九剧，从数量上看，是微乎其微的。一些作品充满了封建伦理的说教，艺术上也平庸无奇。总之，元代杂剧至此已到衰微的末期了。

① 王国维《宋元戏曲考·元剧之时地》称“《录鬼簿》所谓‘方今才人’”属于至正时代。为叙述方便而引王说，非同意王之分期。下同。

② 有的研究者将杨梓放在前期，有的放在后期，据其卒年（公元 1327 年），放在后期较合适。

第一节　秦简夫和萧德祥

在未亡的“方今才人”作家中，秦简夫和萧德祥写剧都比较多，又都写过较好的“劝戒”作品和具有相同的艺术风格①。分别介绍如后：

一　秦简夫的《东堂老》和其他杂剧

秦简夫是锺嗣成所谓“方今才人相知者”作家之一，大都人。经常来往于杭州、大都之间，故《录鬼簿》记其小传有“见在都下擅名，近岁来杭回”之句。所作杂剧五种，今存《东堂老劝破家子弟》、《义士死赵礼让肥》（一作《孝义士赵礼让肥》）和《陶贤母剪发待宾》三种，以《老堂老》较有名。

《东堂老》主要写由儒而商的李实受朋友赵国器之托，赵死后帮助其管教不成器的败家儿子，并使其成人的故事。作品所写，或谓出自作者“所创造”；或谓事本元无名氏小令〔越调·柳营曲〕。很可能类似《酷寒亭》，其所写内容就是当时流传的真人真事。

杂剧歌颂了朋友义气，鼓励勤俭经营挣钱，劝诫奢靡腐化，希望浪子回头。李实与赵国器仅为异姓兄弟，而“非服制之亲”，但受赵“托孤”之后却能严格管教赵氏之子扬州奴，终使这个几乎沦为以乞讨为生的败家子弟“临危自省”，卖菜为生，自食其力；最后又把赵国器生前付与之银两所买下的赵家全部基业无代价地归还，真是义气干云，令人称赞。扬州奴则是一个并不怎么坏的纨绔之弟，一个终于

① 青木正儿《元人杂剧概说》云：“德祥的曲辞，是和秦简夫一样的本色。”其说可信。

回头的浪子。他不干正经营生,每日“只伴着那伙狂朋怪友,饮酒非为”。其父去世后,他“把那家缘过活、金银珠翠、古董玩器、田产物业、孳畜牛羊、油磨房、解典库、丫鬟奴仆,典尽卖绝”,衣食无着。其婶母给了他一贯钱做生意,他挑着菜担,沿街叫卖,赚得钱来,省吃俭用,确有悔改表现。最后赢得了李实的信任,李将所买钱财产全部付与。这个纨绔子弟终于浪子回头。与扬州奴交往的柳隆卿,胡子传自称是“读半鉴书的秀才”,实际上是一对既无恒产、又无正当职业的寄生虫。他们“不会做什么营生买卖”,全凭一张嘴哄骗扬州奴过日。这种人不偷不抢,只是施展一些作骗手段骗吃骗喝。他们虽无大害,但也会使受骗者或倾家荡产,或丧失德行。这种具有一定文化素养的寄生虫类型人物,常常出现在商品经济繁荣的城市,元杂剧中反映这种生活现象的作品除《东堂老》之外,尚有萧德祥的《杀狗劝夫》:前者的故事背景在扬州,后者的故事背景在汴梁。在宋金元时代,这两地的商品经济都很繁荣,文学作品也都有所反映。就以《东堂老》为例,剧中就写了留下名字的歌妓宜时景,善唱〔阿孤令〕的撇枝秀、歌妓耿妙莲和未留下名字的“新旦色”等艺人的活动①。一个商人兼地主之家的子弟财力,其游冶生活就涉及了歌舞艺妓和杂剧演员。文化娱乐、声色歌舞如此丰富多彩,从一个侧面反映了元代扬州经济生活的繁荣。

从审美意识上看,杂剧不仅提出了“交友宜慎”的传统社会生活观念,而且还十分成功地宣扬了艰苦经营、挣钱发家的商品意识。扬州奴因结交柳隆卿、胡子传而败家,其父赵国器却因“托孤”李实而使家业恢复。这一观念在封建社会不无历史进步意义。而赵、李发家过程和扬州奴的浪子回头,又莫不是因为他们的艰苦经营所致。赵国器原籍山东东平,“因做商贾”来到江苏扬州,“早起晚眠”,积攒下一份家业。李实与赵同乡,“幼年也曾看几行经书”,后弃儒“做买卖,流落在扬州”,与赵成了紧邻。“结交三十载,并无离间之语”。

① 阿孤令可能是“阿忽令”,属双调。“旦色”是杂剧演员。

为了赚钱,他们什么买卖都做,兼及农业、渔业、林业、煤矿等。尤其是李实,他做买卖特别艰苦,勇往直前。儿子以为"买卖不遂"是"生来命拙",他立即攀今引古教训儿子:"孩儿,你说差了:那做买卖的有一等人肯向前,敢当赌,汤风冒雪,忍寒受冷;有一等人怕风怯雨,门也不出。所以孔子门下三千弟子,只子贡善能货殖,遂成大富。怎做得由命不由人。"他并以自己为例:

> 想着我幼年时血气猛,为蝇头努力去争……使得我到今来一身残病。我去那虎狼窝不顾残生,我可也问甚的是夜甚的是明,甚的是雨甚的是晴……那里也有一日的安宁。投至得十年五载我这般松宽的有,也是我万苦千辛积攒成,往事堪惊。

这完全是一个商业资本家的行径!当他看到扬州奴卖菜虽然赚钱,但自己连油盐酱也不敢吃,而只是"拣那卖不去的菜叶儿"和着小米"吃一碗淡粥"时,才放心地把用友人赵国器"托孤"之银买下的产业如数归还。我们从这位"自号东堂老"的李实身上,看到了一个初期商业资本家的崛起。在挣钱的道路上,他不相信命运,不怕受累吃苦,甚至不顾及个人生命安危,只是拼命地挣钱。《东堂老》杂剧因为塑造了这个形象而增添艺术光辉,秦简夫因为此剧的价值才能在元代杂剧史上占一席地位。

从曲词和宾白方面看,《东堂老》的语言本色当行,很适合于舞台演出。如一折〔那吒令〕,二折〔正宫·端正好〕、〔滚绣球〕、三折〔蔓青菜〕、〔满庭芳〕,四折〔沉醉东风〕、〔雁儿落〕,〔水仙子〕等曲词;柳隆卿、胡子传的说白等。贾仲名评此剧"壮丽无敌",主要是就曲文而言的①。

作者留存的另外两种作品都是历史故事剧。《赵礼让肥》事本《后汉书》赵孝列传,作者据赵孝故事有所增饰与捏合,故《曲海总目

---

① 贾仲名补作挽秦简夫〔凌波仙〕词。

提要》谓此据的马武事“系作者捏造”，赵母代求子死“亦属凭空结撰”。作品最大缺陷是宣扬子孝、兄悌、母慈等封建伦理道德。《剪发待宾》故事亦有所本，主要取材《晋书》陶侃列传，有些情节为作者增饰。关于此剧内容和思想，研究者提出了恰如其分的批评：“故事原无陶侃婚姻事。剧本演出这一情节，并极力宣传‘信’字的重要。说教意识颇为浓厚”①。曲文受到评者赞赏②。

二　萧德祥的《杀狗劝夫》

关于萧德祥其人其作，诸本《录鬼簿》有不同记载，曹楝亭本记其小传云：“德祥，杭州人。以医为业。号复斋。凡古文俱櫽括为南曲，街市盛行。又有南曲戏文等。”并录其剧目五种。天一阁本则记云：“名天瑞，杭州人。以医为业。号复斋。凡古人俱概括有南曲，街市盛行。又有南戏文。”其后无剧目。两个版本相比较，后者有明显的错字。《说集》本与孟称舜本失载萧氏其人，现以曹本为据。有关其人其作的一些问题，《元明北杂剧总目考略》辨析甚详，可供参考。

萧氏所作杂剧共五种，今存《杨氏女杀狗劝夫》一种。

《杀狗劝夫》写商人孙荣之妻杨氏，杀狗后乔妆其尸，以规劝丈夫的故事。剧本本事无考，大概是作者从现实生活中取材写成。

作品肯定了妻贤弟悌，劝诫慎于交友，惩罚无赖寄生虫。孙荣、孙华本是同胞兄弟，由于父母早亡，“铜斗个家私”全被“恃强”的兄长孙荣独占，其弟孙华则被赶往城南破瓦窑，一见面非骂即打；嫂嫂杨氏维护孙华，孙荣之友柳隆卿、胡子转总是从中挑拨孙氏弟兄关系；而孙华受尽饥寒和欺凌之苦，还是克尽悌道，对兄长决不记仇。杨氏巧施“杀狗劝夫”妙计，终使孙荣回心转意，弟兄二人和好如初。

---

①　邵曾祺：《元明北杂剧总目考略》。

②　青木正儿《元人杂剧概说》评秦简夫作品曲文“采用本色”、“曲辞在本色之中，有味道，有情热”。

两个无赖寄生虫，则因妄告不实被“各打九十，为民当差”。

《杀狗劝夫》的曲文亦以本色当行见长。日本汉学家青木正儿、盐谷温皆誉为“杰作”①。

明人徐畛据此作《杨德贤妇杀狗劝夫》（或云此剧是宋元旧本）传奇，今存。

第二节　朱凯、王晔和杨梓

朱凯、王晔和杨梓都写有以历史流传故事为题材的作品，又各自具有独特的艺术风格。他们在未亡的“方今才人”作家中也应占有一席地位。

一　朱凯的《孟良盗骨》

《录鬼簿》记朱凯小传云：“凯字士凯。自幼孑立不俗，与人寡合。小曲极多。所编《升平乐府》及隐语《包罗天地》、《谜韵》，皆余作序。”《录鬼簿·后序》又为朱氏所写，由此可见锺嗣成与朱氏交情是很厚的。又据天一阁《录鬼簿》王日新小传所记，他还与朱合写了题《双渐小卿问答》散曲。所作杂剧二种，今存《孟良盗骨殖》一种。

《孟良盗骨》写杨六郎部下孟良盗回悬吊幽州昊天塔杨业骨殖的故事。剧中的杨令公即历史人物杨业。据《宋史·杨业列传》记载，杨为北宋太宗时名将，“累迁至建雄军节度使，屡立战功，所向克捷，国人号为‘无敌’”。雍熙三年（公元986年）征辽，主将潘美、监军王侁、刘文裕等忌其能而不用其计，后又背约，使杨全军败殁。杨被俘不食，三日而死，子延玉亦阵亡。此次军事失利潘美、王侁、刘文裕负

① 盐谷温《元曲概说·元曲选之解题》谓此剧“为《百种曲》中的杰作”。

有直接责任，太宗对他们进行了应有的惩罚："大将军潘美降三官，监军王侁……刘文裕除名。"业另有六子延郎（后改名延昭）、延浦、延训、延瓌、延贵和延彬，以及孙文广等皆有官职。其中延郎及其子文广又皆以军功受封赏。剧中的孟良、岳胜与番将韩延寿等皆史无其人；杨业撞死李陵碑下，其骨殖被吊幽州昊天寺塔等情节亦无其事。杂剧多采自民间故事传说。写杨业不是兵败被俘、绝食而死，而是兵败被困，"里无粮草，外无救军……不能得脱，撞李陵碑而亡"；又增添了潘美"攒箭射死"七郎延赏、番兵吊射杨业骨殖、六郎下三关、孟良盗骨殖、出家当和尚的五郎杀死番将韩延寿以奠祭其父等情节。史实的改变和人物、情节的增添，更好地表达了对凶残敌人和卑鄙"贼臣"的痛恨，对有功于国而枉死的英雄的敬仰与颂扬。

元代杂剧以杨家将故事为题材的还有关汉卿的《孟良盗骨》、王仲元的《杨六郎私下三关》和佚名的《谢金吾诈拆清风府》等。《谢金吾》尚流传于世。关氏《孟良盗骨》只存两句残曲，王仲元的《私下三关》未流传下来。后来的各种"私下三关"、"五台会兄"等故事多受到朱氏《孟良盗骨》影响。

二　王晔的《桃花女》

《录鬼簿》记王晔小传云："晔字日华，杭州人。体丰肥而善滑稽。能词章乐府。临风对月之际，所制工巧，有与朱士凯题《双渐小卿问答》，人多称赏。"又据元无名氏选辑《类聚名贤乐府群玉·王日华乐府》下注"钱塘南斋"，知王氏又号南斋。他写杂剧，写散曲，还辑录了上"自楚国优孟"，下"至金人玳瑁头"等优人事迹名曰《优语录》。其书虽然不传，无法窥知具体内容，但元人杨维桢所作《优语录序》，称该书是"集历代之优辞，有关于世道者……凡若干条"，可见辑录比较完备。序言最后又谓王氏之辑此书可与司马迁为"滑戏者作传"有同样旨趣①。杨维桢对王氏重视艺人之举是肯定的。优戏、优言,多是优人凭其聪明才智,以滑稽调笑手段干涉时政的行为,常常是针对统治者的过失而发,有时要冒生命危险。《优语录》的辑录表明王氏是"发愤"而作。据今所知,除《优语录》外,王氏作杂剧三种,今存《桃花女破法嫁周公》一种。散曲有小令十六首、套曲一套。其中小令十六首系与朱凯合作,当时就获得好评。

《桃花女》主要写任桃花与周公算卦斗法的故事。本事不可考,大概是取材于民间故事传说。《曲海总目提要》谓其"事本说家所载解禳神煞之法",又谓山东省新泰县的周公庙和桃花女墓,"即所谓周公与桃花女",可供参考。

杂剧通过桃花女与周公一系列的斗法情节,表达了人们战胜命运的决心和力量;在桃花女身上,充满了一种无坚不摧的自信精神。

女主人公桃花女是一个勤劳、善良、富有正义感而又充满神奇色彩的人物。作为现实生活中的农村普通劳动者,她不相信什么命运,她劝慰邻居石婆婆说:"阴阳不可信,信了一肚闷";作为"元是上天之神"的仙人,她又具有超人的智慧和力量,不仅能预测人们的吉凶祸福,而且还有"解禳"之法帮助人们战胜命运的安排。她两次破了周公的"神算",使两个被周公算定应遭横死之人出死入生;又多次识破周公阴谋害己诡计而巧为解脱,最后迫使周公"纳下降筹",承认"后辈超前辈",诚心诚意地娶她为儿媳。

如果从男女婚姻角度去探索作品的价值,《桃》剧也取得了可喜的成就,其主要表现是:桃花女之父任二公对待女儿婚事很民主,决不以封建家长自居去包办女儿婚事。周公不怀好意:"只等问成了亲事时,不怕不断送在我手里"。他派彭祖和媒婆前往任家为儿子求亲,任二公对媒婆说:"等我问女孩儿肯也不肯,我不好自做主。"当他们父女得知求亲是周公派彭祖"使的见识"时就很生气,只是在女儿说出"便许了他,也不妨事"之后,他才正式表态:"既是你肯许了,我

---

① 杨维桢:《东维子文集》卷十一。

也许。”这是其一。其二是桃花女在婚姻大事上的自主意识。她反对周公仗势逼婚:“大纲来为正礼当宜,那里取这不明白强人婚配。”又责备媒婆说假话骗人:“则你这媒人一个个啜人口似蜜钵,都只是随风倒舵……你将那半句话搬调做十分事,一尺水翻腾做百丈波。”并当面表示拒绝媒婆物质享受的引诱:“我我我,不恋您居兰堂住画阁;我我我,不恋您列鼎食重裀卧;我我我,不恋您那雪花银三十个。”其三是对婚姻前景稳操胜算,自己当家做主。总之,在婚姻大事上,她的自主意识得到了多方面的表现。

《桃花女》剧对卜卦算命、婚礼习俗等描写,对研究宋元民俗学很有帮助。

作品曲文本色自然,与前期一些名家相比较也并无逊色。

三　杨梓的《敬德不伏老》和其他杂剧

杨梓其名不见于《录鬼簿》,《元刊杂剧三十种·霍光鬼谏》下题署杨梓其人。据有关资料得知,杨氏生年不可考,卒于元泰定四年(公元 1237 年)①。籍贯海盐(今浙江省海盐县)。至元三十年(公元 1293 年)曾出使爪哇,官至杭州路总管,卒后追封弘郡公农(或谓封弘农郡侯),谥康惠。所作杂剧,除《霍光鬼谏》外,尚有《忠义士豫让吞炭》和《功臣宴敬德不伏老》二种,以《敬德不伏老》成就较大。

《敬德不伏老》主要写唐朝名将尉迟敬德因在功臣宴上争座位打掉皇叔李道宗门牙遭贬和从征高丽故事。其事皆有所本。《新唐书·尉迟敬德列传》有较详记载,唯个别人物与情节与史实略有出入。

历史上的尉迟敬德先从刘武周,后投秦王,是唐初开国功臣:他鞭打单雄信,救秦王李世民于危难中;从秦王东征西讨,功勋累累;玄武门之变,又从秦王,在争位斗争中挫败对手李元吉、李建成。他不仅武艺高强,打仗勇敢,而且对待政敌能宽严结合,决不妄杀,以是

① 杨桐寿:《乐郊私语》。

"论功第一,赐绢万匹……除右武侯大将军,封吴国公,实封三千户"①。正如剧中的敬德所表白:

> 想着咱初降唐时分,事君竭力致其身。凭着俺十八般武艺,定下了六十四处征尘。都是神乌马踏成了唐社稷,只这个水磨鞭打就了李乾坤。

敬德之为人,善待下而不善交上,且"颇以功自负,又廷质大臣得失,与宰相不和",后被"出为襄州都督,累迁同州刺史"②,胸中自有一股不平之气。杂剧中多次出现的"太平年不用俺这老将军"正是表现了这一历史人物的不平之鸣。

功臣筵宴,他怒打皇叔李道宗也有史可查。《新唐书》记其事云:"尝侍宴庆善宫,有班其上者,敬德曰:'尔何功,坐我上',任城王道宗解喻之。敬德勃然,击道宗目几眇。"杂剧写此事略有出入。与敬德争座位者并非道宗,道宗只不过劝解几句,就几乎被敬德把眼打瞎。太宗对此很不满意,并攀今道古,当面批评曰:"朕观汉史,尝怪高祖时功臣少全者。今视卿所为,乃知韩、彭夷戮,非高祖过。国之大事,惟赏与罚,横恩不可数得,勉自修饬,悔可及乎!"杂剧所写"欺负俺老功臣"、"他须是一枝一叶,俺须是四海他人"并不合乎史实。恐怕更多的是表现了这位元代做过大官的作者仕途不得意的思想。

历史上的李道宗,不仅不是像杂剧所写的"小人"或"谗臣",而且也可以称得上是累建奇功的显赫一时的宗室子弟。他十七岁时就从秦王东征西讨,先后官灵州都督、刑部尚书、鄂州刺史、晋州刺史、礼部尚书等。只是在鄂州刺史任上曾犯过"贪赃"罪,被太宗"免官、削封侯",次年又复出仕。高宗时因褚遂良等人构陷而被流放。史家以为,在"国初宗室"中,道宗是"最贤"的宗室子弟之一③。杂剧写他

---

①② 《新唐书·尉迟敬德列传》。

③ 《新唐书·宗室列传》。

颟顸可笑,他去赴功臣筵宴:"走将来上首头坐全无些谦逊。"还说什么:"这酒该我饮,该我戴花"、"一杯酒吃了便罢,什么上首头下首头!"全不懂一点礼数。作者把他写成"一枝一叶"中的"小人",并让他也受到和尉迟敬德同样的"去官罢职"的惩罚。是否和写尉迟敬德一样,在这个人物身上也发泄了作者的愤懑不平之情。要不然,为什么尉迟敬德活捉了高丽大将铁肋金牙之后,还一再要求:"我只愿罢职归农乐残年,向这职田庄耕锄为伴。"对于作者的官场生涯我们还了解不具体,但是整个作品的基调却有相当浓厚的功臣被遗忘、官场不可留恋的牢骚味道。从"太平年不用俺这老将军"、"我老只老呵老了咱些年纪,老只老呵老不了我脑中武艺,老只老呵老不了我龙韬虎略,老只老呵老不了我妙策神机,老只老呵老不了我一片忠心贯日,老只老呵尚兀自万夫难敌"等曲词中,一种老无所用和并不伏老的倔强精神是充满在字里行间的。

作者另外两种作品也都是历史故事剧,其中《豫让吞炭》取材《史记·刺客列传》和《左传》等有关记载,杂剧与历史记载无大出入,关目、曲文皆平平。《霍光鬼谏》则取材《汉书·霍光列传》而有很大改动,主要是增添了霍光生前预料儿子必反和死后鬼魂大义灭亲、告发儿子等情节。两种作品表现了对义士忠臣的讴歌和对封建仁政的宣扬,可取之处不多。或谓《鬼谏》"后半极为壮烈动人"①,不过是欣赏其悲壮气氛的渲染而已。

元杂剧发展到"方今才人"时期,也就是锺嗣成写《录鬼簿序言》时代,其衰微之势已是一蹶不振。据曹楝亭本《录鬼簿》统计,从吴仁卿、秦简夫以下录有剧目的作家不过十一人,作剧三十四种而已。到元末明初,虽然也还有一些较好之作,如我们今天尚能看到的罗贯中的《风云会》和杨景贤的《西游记》等,但从总的发展趋势来说,《琵琶行》、《荆钗记》、《白兔记》、《拜月记》、《杀狗记》等传奇,显然更能适应社会需要,而逐步取代了杂剧的统治地位。这恐怕是无法否认的事实。

---

① 青木正儿:《元人杂剧概说》。

第十五章　佚名作家作品

最早较系统、全面地记载元剧作家作品的《录鬼簿》是以作家为中心立条目的，凡无作家名字的作品皆不著录；朱权《太和正音谱》著录"古今无名氏杂剧一百一十本"；贾仲名的《录鬼簿续编》亦著录《诸公传奇失载名氏》剧目七十八种。朱、贾二氏所录佚名剧目，其中有的作品有作家名字可考者，如《太和正音谱》中之《风云会》、《霍光鬼谏》、《留鞋记》、《勘头巾》、《桃花女》，《录鬼簿续编》中之《盗骨殖》、《杀狗劝夫》以及和《太和正音谱》著录相同之《留鞋记》等。隋树森先生所辑《元曲选外编》所收四十五种无名氏作品多数是元人之作。

佚名作家作品不易考订其时代，为了方便，故皆列在有名字可考的作家之后，并择其有代表性者分别论述。

第一节　公案故事

这类作品主要写各种各样的刑事犯罪和个别民事纠纷。现存作品六种：《鲠直张千替杀妻》、《玎玎珰珰盆儿鬼》、《神奴儿大闹开封府》、《包龙图智赚合同文字》、《包待制陈州粜米》、《十探子大闹延安府》。其中前五种都是包公戏，后一种亦是清官审案断狱。《替杀妻》、《合同文字》和《陈州粜米》更为有名。

《替杀妻》仅存元刊本，科白不全。大意谓“屠家”张千，与“不多近远有个员外”结义为兄弟。员外去浙西索钱。张随嫂嫂祭扫祖坟。嫂嫂将张“搂抱在祭坛边”，张力拒，“诈许”回家再说。嫂嫂“准备酒食”，恰好员外回来。员外酒醉，张千辞出，嫂嫂“拦住”，要张杀员外。张“替哥哥”杀嫂嫂。郑州官将员外解开封府问罪，包待制“引问疑狱不明”。张投案自首，陈述杀人缘由：“因这妇人一心待杀害哥哥，是小人杀了。”张嘱咐员外赡养老母，“若求妻”时不要忘记“丑妇家中宝”。剧末正名作“贤明待制翻疑狱，鲠直张千替杀妻”。张千未死。

这是一个十分感人的故事。或以为此剧本事出自唐人沈亚之的《冯燕传》，可供参考。

剧本题材虽是包公故事，但重点并不是写“贤明待制翻疑狱”，不是写包公为张千翻案平反；而是写“鲠直张千替杀妻”。写人，张千是主角；写事，“替杀妻”是中心事件。全剧围绕这一中心事件描写了张千的“鲠直”，也正是张千的鲠直，才为“贤明待制翻疑狱”提供了翻案的重要根据。

以屠宰为业，“家贫亲老”的张千，他和员外是邻居，员外经常给张以“恩德”，又提出要“结义”他“做兄弟”。二人道义相投：一个是“不敬豪门只敬礼”，一个是“不羡钱财只敬德”。他向员外表示：“你兄弟至死呵不相离。”这里的“离”不只是分开之意，它蕴涵了决不离心离德的道德内容，因此赢得了员外的信任。在荒郊野外，他拒绝了嫂嫂的勾引；员外酒醉，嫂嫂要杀员外，他“赚得他手内刀”，为哥哥“替杀妻”；员外被当做杀人罪犯关进监狱，他主动投案自首……这一切都充分表现了这个以屠宰为业的市井小民崇高的“鲠直”品格。

包待制翻了张千杀人“疑狱”，张千终于不死。“疑狱”是怎样翻的？张千怎得不死？作者并未明白写出，剧本结尾部分恐怕还有佚失的科白甚至还有曲文。包公对这一“疑狱”的翻案，主要不是根据

"杀人偿命"的王法,而是根据"可推"的"人情"。[1] 王国维以此剧为"悲剧"[2],恐怕是没有很重视"翻疑狱"的含义而据一般包公戏进行推理,因为在现存元代包公戏中,还没有发现经过包公判斩的罪犯突然又从刑场放回的实例。

《合同文字》主要写包公运用智慧审断一桩民事纠纷的故事。《清平山堂话本》也有《合同文字记》小说,二者孰先孰后,现在还很难说清楚,小说与杂剧情节略有出入,可供参考。

故事发生的背景是汴梁遭到大灾荒之年。为了度过灾荒,政府规定,各家可以"分房减口,各处趁熟"。允许逃荒,自谋生路。这大概是统治者减轻人民苦难的不得已的办法。关于剧本产生的具体时代,有的研究者认为是金朝之事,作品也应是"金人杂剧"。如已故的戏曲研究专家戴不凡先生,他就引用"金代灾荒时……疏散人口就食"的一段史料为证。该史料见《金史·本纪》第九章宗明昌三年七月,原文记云:

> 敕尚书省曰:饥民如至辽东,恐难遽得食,必有饥死者。其令散粮官问其所欲居止,给以文书,命随处官长计口分散,令富者出粟养之。

戴先生据此提出:"刘家'则为六料不收,奉上司文书,分房减口,各处趁熟'。这不是元代对待灾民的办法,而是金代遇灾荒时的一种疏散人口就食的措施。"[3]加上戴先生所举其他例证,剧本即使不是金人所写,至少也可以说是由金入元的前期作家之作。

剧本写了店房东家张秉彝的乐善好施,济困扶危,收留刘天瑞全家三口,埋葬病死的刘天瑞夫妻,抚养其子刘安住长大成人,表现了

---

① 包公以"人情可推"作为断案根据见李行道《包待制智赚灰阑记》。

② 王国维:《宋元戏曲考》。

③ 《戴不凡戏曲研究论文集》。

我国古代人民的一种美德。

刘安住奉养父张秉彝之命，背着父母遗骨和趁熟时与伯父母共订的家产“不曾分另”的合同文书返回家乡。由于伯娘的贪财和伯父的“朦胧”糊涂，安住埋葬父母骨殖遇到了阻拦。伯娘骗去合同文书，诬安住是企图诈财的“啃子”，还动手打破了安住的头；而伯父又糊里糊涂地说“婆婆说不是，多咎不是”表示支持。一场民事纠纷官司打到包公处要求秉公审断。

富有智慧和审案经验的包公，先从潞州“取到”重要证人张秉彝，又下令要刘安住棒打伯父刘天祥。后面一招确实高明：如安住确系“啃子”，为了诈财，他就会狠狠地棒打；如果天祥确系他的伯父，他就会拒绝打人。事情的发展果不出所料：“俺父亲尚是他的亲兄弟，却教俺乱棒胡敲忍下的！”安住“不肯打”人。包公至此受到启发：“为甚侄儿不将伯父打，可知亲者原来则是亲。”于是略施小计，将安住“下在死囚牢”，又令狱卒诈传他得了“破伤风身死”。“智赚合同文字”计谋一步步展开。他先问安住的伯娘：“兀那婆子，你与安住关亲么？”婆子当然不承认；包公又说：“你若是亲呵，你是大他是小。休道死了一个刘安住，便死了十个，则是误杀子孙，不偿命，则罚些铜纳赎；若是不亲呵，道不的杀人偿命，欠债还钱。”……婆子当然不愿偿命，回说安住是他的“亲侄儿”。包公欲擒故纵，先责备她前后不一，“官府倒由的你那”；又要她拿出“显证”来。婆子为了逃避罪责，只好两次交出了两张合同文字，“智赚”成功了。与《灰阑记》、《替杀妻》有些类似，审清案件不完全根据王法，而更多的看重“人情”。

在蒙古贵族统治者征服战争过程中和元代前期，知识分子没有出路的境遇在剧本中也不时流露出来：灾民刘天瑞本是个“读书的人”，逃荒出去，免不了“冒着风霜天气晓耕田，甘受些饥寒苦楚”。儿子刘安住十八岁时教书为生，发出了时不我遇的感叹：

常则是对青灯黄卷埋身，苦了我也十年窗下无人问，何日得功名进！

我可也为甚的甘受贫，不厌勤，抵多少策顽磨钝，也只为不如人学做儒人。

“万般皆下品，唯有读书高”的价值观念受到了严重的挑战，元初废除科举制度对“儒人”的打击在这个青年知识分子身上投下了阴影，包公下断“刘安住力行孝道，赐进士冠带荣生”给了他很大的精神慰藉。然而，这一点表面的荣华富贵，总是掩盖不了他的“读书的人”的父亲，一个还占有“庄田物件、房廊屋舍”的家里并非一贫如洗的士人，在灾荒之年逃荒在外病饿而死的血的事实。由此推及一般穷苦百姓，他们所受的灾难当然就更深重了。

《陈州粜米》是元代包公戏中的一本优秀剧作，主要写包公下陈州放粮，为民除害的故事。

古代的陈州，就是现在河南的淮阳，还广泛地流传着包公放粮的故事。在元代，河南的天灾比较严重，其中涉及陈州者正史就有如下记载：

世祖至元二十五年五月　河决汴梁，太康、通许、杞三县，陈、颍二州被害。

世祖至元二十七年十一月　河决祥符义唐湾，太康、通许、陈、颍二州大被其患。

以后还有成宗大德八年六月、仁宗皇庆二年六月等记载陈州遭灾文字。再征之元代米价，与杂剧所写亦大致相符合。由此可见《陈州粜米》是元代社会现实生活的典型概括。

作品写陈州灾情严重：“亢旱三年，六料不收，黎民苦楚，几至相食。”朝廷派了赈粮官前往放粮救灾，“钦定”白米每石售银五两。这似乎是统治者在“爱民”和施行“仁政”了。

其实，这种消弭造反的措施在腐败的政治制度下是很难落实的，统治者所设置的“义仓”、“常平仓”本以济民困免生事端为目的，但

“行之既久，名存而实废”，过去的史学家只笼统地说这是“有司之过”①，而不敢直接说出赈灾官员乘机贪克问题。杂剧的作者把这次朝廷派去的赈粮官写成是出身权豪势要之家的刘得中和杨金吾。这两个恶棍倚仗老子和皇帝的庇护既顺利地谋得了赈粮官的肥缺，又从皇帝那里讨来镇压百姓的紫金锤。他们一到陈州，竟然胆大包天地把“钦定”米价提高一倍，又大秤秤银，小斗量米，米内还掺上糠秕和泥土。这就是封建统治者的赈灾放粮！一群灾民自认命中“该受这般磨灭”，忍气吞声地接受了这个现实；而另一个灾民张𢙣古却起来抗争了，他不愿意斗子“秤银子秤得高……量米又量的不平”；责备贪官是“饿狼口里夺脆骨，乞儿碗里觅残羹”，骂他们是“害民的贼”。官府与老百姓的矛盾十分尖锐。张𢙣古终于被御赐紫金锤活活打死。背后得到皇帝支持的贪官占了上风。

然而，张𢙣古真不愧是一个富有反抗精神的劳动者典型，他临死前一再嘱咐儿子去告状：“若要与我陈州百姓除了这害呵，则除是包龙图那个铁面没人情。”穷苦老百姓对包公寄托了审冤报仇的希望与理想。

杂剧中的包公刚正廉明，并很有斗争智慧。他总结了自己做官之艰难和敢于公正执法的情怀：

> 待不要钱呵怕违了众情，待要钱呵又不是咱本谋，只这月俸钱做咱每人情不彀。……我和那权豪每结下些山海也似冤仇：曾把个鲁斋郎斩市曹，曾把个葛监军下狱囚。

他已从小𢙣古处获知陈州赈灾贪官打死灾民等情，却故意欲擒先纵，施放烟幕弹：先是要求“致仕闲居”；继又假意拒绝范仲淹派他去陈州去“粜米”和“勘断”公案。等到刘衙内相劝时他才顺水推舟，立即吩咐张千备马，并讨得势剑金牌，决心要“和那有势力的官人每

① 《元史·食货志》。

卯酉”、“与那陈州百姓每分忧”。刘衙内向他求情，他不理；威胁他，他不怕。真是“铁面没人情”。

去陈州路上，他微服私访，为妓女王粉莲笼驴，获悉了御赐紫金锤去处；又忍受刘得中的吊打，让贪官暴露其罪恶。他先以私赠紫金锤与王粉莲之罪杀了杨金吾，又令小懒古用紫金锤打死刘得中。他预料皇帝将有赦书下达，就以迅雷不及掩耳之势把两个贪官处决了：“赦未来，先杀坏。”连那个纵子做恶、又捧赦书来陈州的使者刘衙内也被“拿下”问罪。这里更多地表达了作者的理想。

《陈州粜米》中的包公不仅是刚正廉明和富有斗争智慧的清官，而且也是一个很有风趣和充满人情味的普通人物。下陈州前，他先和张千一问一答，追述早年做官情景；又对范仲淹等人攀今道古，以历史人物为借鉴，要求“致仕闲居”。在去陈州的路上，他装做没有听见张千要吃要喝的自言自语，提出要用宝剑为张千“厌饫”；他为妓女王粉莲“笼驴”，佯装谈家常，尽得刘得中、杨金吾作恶底细……这一切他都表现得十分自然、得体，和普通人没有两样。在现存元代包公戏中，《陈州粜米》剧的包公形象是别具一格的。

包公下陈州放粮于史无稽，历史上的包拯虽然写过《请免陈州添折见钱》的奏议，但看不出他亲到陈州“访闻”灾情的任何事实。《陈州粜米》剧多半是从民间流传故事取材，后来又对民间流传故事产生了影响。从河南淮阳一带留存的有关包公放粮的遗址遗迹和传闻中，还可以看出二者相互影响的痕迹。①

《陈州粜米》剧对后世产生了很大影响，明成化本说唱词话中的《包龙图陈州粜米记》和以后各地的地方戏“下陈州”，都可以从杂剧中找到渊源。

《神奴儿》和《盆儿鬼》是元代佚名作家留存的另外两个包公戏，它们都掺杂了一些神鬼迷信的内容，都写了罪犯杀人、鬼魂诉冤、包

---

① 见拙文《〈陈州粜米〉与河南淮阳流传的包公放粮故事》，载《河南师范大学学报》1981年第1期；另见本书《元杂剧论稿》第196页。

公审案、杀人犯罪伏法、冤死者得到精神慰藉。《神奴儿》剧写了开封城中的一场家庭财产纠纷,婶子阴谋霸占财产,活活把亲侄儿神奴儿勒死;后者则写开封郊区惯匪盆罐赵劫财害命,把死者尸体丢进瓦窑烧成夜盆儿,后被一个老头要去,引出鬼魂,案情暴露。二剧都是写鬼魂申冤,杀人罪犯伏法的故事。

值得提出来的是,这两种包公戏都是写的恶性杀人,都是谋财害命,都发生在宋、金两朝曾经建都的开封,这表明元代开封社会秩序的混乱、善良人民生命财产得不到保障已到何等地步!元代杂剧写发生在开封杀人害命的作品还有关汉卿的《绯衣梦》、郑廷玉的《后庭花》、武汉臣的《生金阁》和张国宾的《合汗衫》等四种。杀人者或图财、或夺妻、或逼奸、或二者兼有,这说明元代开封的刑事犯罪是个严重的社会问题。因此,尽管两个作品都有鬼魂出现,关目、曲文也都平平,但仍有其重要的史料价值。

《延安府》主要写出身权豪势要之家的葛监军之子葛彪调戏良女、行凶杀人,被廉访使李圭依法处斩的故事。或谓此剧关目与"《陈州粜米》的结构相像"①、或谓"此剧颇似杂凑而成,基本情节是权贵亲属行凶杀人,清官依律法办"②……这些推断,可能都是事实,但这并不能完全掩盖它对元代黑暗社会的揭露意义。

第二节　爱情婚姻故事

爱情婚姻生活是人类家庭生活的一个重要方面,在元代佚名作家中,保存下来的作品还有《玉清庵错送鸳鸯被》、《孟德耀举案齐眉》、《郑月莲秋夜云窗梦》、《逞风流王焕百花亭》、《赵匡义智娶符金

① 严敦易:《元剧斟疑·延安府》。

② 邵曾祺:《元明北杂剧总目考略·十探了大闹延安府》。

锭》和《萨真人夜断碧桃花》等六种。

在这六种作品中,女主角或为官府小姐,或为上厅行首;男主角则多为秀才或官家子弟。他们或自由相爱,或父母做主订婚约,或指腹为婚,或抛绣球……封建社会中的各种婚姻方式,在这些作品几乎都可以找到反映。不管是什么人和以那种方式结亲,他们又都不是一帆风顺,从中作梗者或是金钱,或是功名,或是礼教道德。他们的最终团圆,反映了封建社会中的青年男女对合理爱情的执著追求,表达了作家们的爱情理想。其中《鸳鸯被》、《云窗梦》、《百花亭》等都不失为较好的剧作。

《鸳鸯被》主要写河南府尹李彦实之女李玉英与姑苏秀才张瑞卿的爱情故事。作品写了李府尹遭人谗害、被拿京问罪的政治事件和高利贷剥削,引出了青年男女巧遇结合,喜剧色彩比较浓厚。

李家遭到的打击是政治黑暗所引起,李彦实被捉拿,他发泄了愤愤不平之情:“朝廷上多少滥官污吏,一生享用荣华不尽;只有老夫忠勤廉正。替朝廷干事的,反倒受人弹论。公道安在!”正是由于清廉,连上京的盘缠也得借高利贷。财主刘彦明乘人之危,一年之后硬要强娶他的女儿。正要成亲的夜晚,刘彦明被巡夜当做盗贼抓走,秀才张瑞卿在黑暗中与玉英巧遇结合。因为双方都不认识,这种彼此都表示要忠实于对方的结合带有自由相爱性质。

刘员外强娶刘玉英不成,就逼玉英去酒店卖酒,张瑞卿得官回来打听玉英下落又正好来到酒店,他们彼此已不认识。问起玉英身世,她先是责备“泼书生”“不志诚”;继是说出“真心儿待嫁刘彦明,偶然间却遇张瑞卿”的巧遇;再又埋怨“去了俺那丑生,撞着俺这短命”;最后表白:“我便死呵是张家妇名,怎肯踹刘家门径。”这些充满艺术情趣的描写大大加强了作品的喜剧色彩。

瑞卿得官、与玉英初相遇时诈称是她的兄长,后又故意拿出玉英绣的鸳鸯被相启发,最后才说出“则我便是张瑞卿”……喜剧色彩也同样很浓。

作品曲文本色自然、清丽而富有文采。如玉英、瑞卿问答鸳鸯被来历一段：

> 若问你哥哥休讳，这鸳鸯被委是谁的？（张瑞卿云：）是我的妹子与我的。（正旦唱：）除妹子别无甚妹子，除哥哥别无甚兄弟。我玉英呵世做的所为，这里便跪膝，则鸳鸯被要知根搭底。

说合刘、李亲事的玉清庵刘道姑以为他们已经结合，就向刘道喜索财，刘矢口否认，她就说了一串子市俗口语：

> 你当面立着，抬起头，张开口，吐出舌头来。你说不曾，可怎么湿湿的？

与此剧同题材的还有元人佚名的《玉清庵》南戏和明传奇《鸳鸯被》等。

《百花亭》写风流王焕与上厅行首贺怜怜的爱情故事。王焕故事在宋元间一直很流行。元人刘一清《钱塘遗事》云："贾似道少时佻㒓尤甚，自入相后，犹微服闲行，或饮于妓家。至戊辰、己巳间，《王焕》戏文盛行于都下"……徐渭《南词叙录·宋元旧篇》有《贺怜怜烟花鸳》、《王焕》戏文，《永乐大典》戏文目中亦有《风流王焕贺怜怜》等。由此可见，王焕故事是宋元戏曲中的热门题材之一。

杂剧除了写王焕与贺怜怜的一般风流韵事、缠头花尽，受到鸨儿的白眼，被迫求取功名，得官团圆之外；还写了一个西延边庭将领，军需官高邈的插入。高以两万贯钞强娶了贺怜怜，而王焕求取功名也是在西延边庭，最后由延安府种经略以"盗使官钱，失误边关军务，强娶有夫妻女"之罪将高邈处斩，贺怜怜则"仍还本夫完娶"。题材超出了茶商、士子与妓女之间三角式恋爱的范围，社会腐败已影响到军需部门了。

《云窗梦》写汴梁妓女郑月莲与书生张均卿相爱的故事。大意谓月莲、均卿相爱，"誓结生死"。张钱财用尽，其母逼月莲接待茶商李多,月莲不从,并私赠金银助张上京应考。其母又将其卖到洛阳乐籍张妈妈家。适李多叔父为洛阳府判,遂去洛求叔助成其事。其叔正招新科状元为婿,并以"唤官身"名义唤月莲前往佐酒。状元正好是张均卿,二人相见,眉去眼来,府判问得真情,以"人间天上,方便第一"之名,决定"就着这筵席,与状元两口儿,今日完成夫妇团圆"。

作品写了妓女多情、鸨儿贪财、茶商无赖、正直官员的通情达理。第四折的"巧遇"充满了强烈的喜剧色彩:

> (旦见末,惊科)……(云:)张秀才,你好下的也!(末云:)原来是俺大姐,你怎生到的这里来?教我怎生是好!

接着写了府判及其夫人见状后的大怒,审问;均卿、李多争认妻室;月莲母又打横炮:"出钱的就嫁他。"最后是李多认输:"好没意思,替别人挣了老婆,我去也。"

《碧桃花》主要写潮阳县令徐端之女碧桃与潮阳县县丞张珪之子道南的爱情故事。碧桃与道南本有婚约,因一次偶然机会二人在花园中相遇被其父母撞见,父母大骂她是"辱门败户的小贱人"。碧桃不堪其辱,一气而死。这是封建礼教道德对青年男女"有限爱情"的扼杀。

然而青年男女追求合理爱情毕竟是扼杀不了的。碧桃"一灵真性不散",又私下与道南结合。经过一番曲折,只因她"有二十年阳寿未尽",才让其妹玉兰"食尽禄绝",使其"借尸还魂",与道南团圆。有限的"二十年"渗透了这位没有留下名字的作家对现实无可奈何的悲观情绪。

《符金锭》与《举案齐眉》都是写历史人物的。前剧中的男主角赵匡义(即宋太宗赵光义,曾娶魏王符彦卿之女),有史可考①。彩楼抛球,与韩松争娶符氏则系传闻或作者杜撰。《举案齐眉》剧中的男

---

① 《宋史·后妃列传·懿德符皇后》。

女主角梁鸿、孟光皆东汉人,“举案齐眉”故事亦见《后汉书·逸民列传》。梁、孟生活贫困,受小人之辱,老妈妈资助梁鸿上京应考,梁鸿中状元后不肯认亲等则属子虚乌有。借历史故事宣扬一种贫贱不移、相敬如宾的夫妻关系值得肯定;硬要历史人物富贵团圆则表现了剧作者对功名利禄的追求。

第三节　历史故事

在元代佚名剧作家中,以历史故事为题材的杂剧大致有两种情况:一是写历史人物和事件而略有增饰,但基本上保持历史原貌;一是虽写历史人物,但故事情节则多从民间故事传说中取材或系作者编撰,有时甚至是空中楼阁、子虚乌有。这两方面的作品流传至今者有:《诸葛亮博望烧屯》、《金水桥陈琳抱妆盒》、《关云长千里独行》、《冻苏秦衣锦还乡》、《庞涓夜走马陵道》、《隋何赚风魔蒯通》、《锦云堂暗定连环计》、《苏子瞻醉写赤壁赋》、《刘玄德醉走黄鹤楼》、《狄青复夺衣袄车》、《摩利支飞刀对箭》、《朱太守风雪渔樵记》、《小尉迟将斗将认父归朝》、《谢金吾诈拆清风府》、《两军师隔江斗智》等十五种。人物所属时代上至战国,下迄宋朝。由于两种类型很难严格区分,故下面拟分三个阶段来谈。

一　战国至两汉时代

以这一阶段历史故事为题材的作品,计有《马陵道》、《冻苏秦》、《赚蒯通》和《渔樵记》四种。这些作品或惩罚心术不正之徒,或发泄功名不遂之牢骚,或谴责皇帝诛杀功臣,或同情妇女的不幸遭遇……从总体上表达了剧作家们对人心公正和世道公平的美学追求。

《马陵道》写孙、庞相斗故事。事本《史记·孙子吴起列传》。列传记载:“孙膑尝与庞涓俱学兵法。庞涓既事魏,得为惠王将军,而自以为能不及孙膑,乃阴使召孙膑。膑至,庞涓恐其贤于己,疾之,则以法刑断其两足而黥之,欲隐勿见。”后被齐国使者设计“窃载之与齐”,受到齐国君臣敬重。其后魏与赵攻韩,韩告急于齐。齐君派田忌、孙膑往救。膑定下“添兵减灶”之计,诱使庞涓夜走马陵道。涓果中计,兵败自杀。又宋人罗烨《醉翁谈录·小说开阔》条亦有“说征战刘项争雄,论机谋有孙庞斗智”等语。又元至治年间“建安虞氏、书坊所刊《七国春秋平话》后集”亦叙述孙膑、田忌与魏兵交战,“败其将庞涓于马陵山下”,“其夜,孙子用计,捉了庞涓,就魏国会六国君王,斩了庞涓,报了刖足之仇”。杂剧与平话,不管其孰先孰后,二者情节相同。可见自宋元以来,“孙庞斗智”故事常常被当做小说、戏曲题材。

杂剧与史书所记略同,又从故事传说中增饰了二人从鬼谷子学习兵书,鬼谷子试二人智谋计策,发现庞为人“短见”;孙送庞下山,庞竟要趁过独木桥之机谋害孙。以后又有斗阵法、设计陷害、诬其“有反叛之心”等。

杂剧旨在惩罚心胸狭窄、妒贤嫉能、智术短浅之徒,颇有警诫意义;那些正史之外的故事传说,对人们智慧亦有所启迪。这是一个较成功的剧作。

以孙、庞斗智故事为题材的剧作,明代南戏有佚名的《减灶记》,清传奇则有佚名的《马陵道》等。

《冻苏秦》主要写苏秦在“冰雪堂”受冻,后做六国都元帅衣锦还乡的故事。剧中主要人物苏秦、张仪都是历史人物。苏秦出游未能做官,回到家中,父母不以为子,兄嫂不以为弟,妻子不以为夫;后得官荣归,父母兄嫂妻子前往迎候,“侧目不敢仰视”。① 这些史实,都被杂剧所选取。杂剧写张仪为激发苏秦上进,故意在“冰雪堂”窘辱苏秦,但又暗中吩咐管家陈用资助其银两衣物。这与历史记载全然

---

① 《史记·苏秦列传》。

不同。事实是苏秦先在赵国为相，张仪往见时曾受窘辱，苏秦指使舍人“奉以车马金钱”[①]。剧作家如此颠倒事实，可能是要把不如意之事集中在苏秦身上以倾吐个人之不平。

《冻苏秦》剧写了知识分子功名不遂的满腹牢骚和世态炎凉，揭示了功名富贵对家庭伦理关系的破坏。它不是有意去再现历史，而是要借历史故事以影射作者生活的那个现实。苏秦与父母兄嫂妻子和张仪言归于好后唱出：

> 想当初风尘落落谁怜悯，到今日衣冠楚楚争亲近。畅道威镇诸侯，腰悬六印，也索把世态炎凉，心中暗忖：假使一朝马死黄金尽，可不的依旧苏秦，做陌路看承被人哂。

其感慨愤激之情已经溢于言表了。

《赚蒯通》主要写韩信被诛，蒯为避祸而诈妆风魔，为隋何识破，被收捕入京治罪。蒯慷慨陈词，正话反说，把韩信的十大功劳和对刘邦的忠心耿耿概括为“十罪三愚”。满朝文武皆为之感动，乃奏请高帝，追复韩信官爵，“令有司立墓祭祀”。蒯则“授京兆一官，黄金千两”。

杂剧主要本《史记·淮阴侯列传》和《汉书·蒯通列传》，个别情节与史实略有出入。如汉高帝诈游云梦以袭信本陈平之谋，而此次并未杀信，只是贬齐王为淮阴侯，杂剧谓此计出自樊哙；又有“特取信还朝，权为留守”云云更是随意杜撰。据史籍记载，信之被杀，乃吕后、萧何设计，诈云叛将陈豨已死，“列侯群臣皆贺”。信入，被吕后斩于长乐宫。

杂剧以刘邦诛杀功臣韩信而又株连他人事件为背景，其本身就有对封建专制制度的批判性质。鸟尽弓藏，兔死狗烹，这大概是以私有制为基础的封建帝王们对大臣的惯用伎俩。剧中的萧何，考虑到

---

① 《史记·张仪列传》。

他"举荐"韩信,韩信"日后有事",自己"必然要坐罪",因此要设法将其"翦除",以免他"身后之患"。其用心可谓卑劣之极。剧中的樊哙居功自傲,头脑简单。张良为人正直,不愿助纣为虐,乃"纳下这紫袍象简,随赤松子学道而去"。蒯通足智多谋,能言善辩,他以无可驳辩的事实,说明韩信有功无罪,忠而不反,既使自己化险为夷,也为韩信辩明冤枉。刘邦虽未出场,但最后一折黄门官宣读的"圣旨"却也表现了剧作家的态度。"圣旨"肯定了韩信之功:"朕提三尺起丰沛,不五年间尽取诸侯王,追杀项羽,奄有天下,此非一人之能,皆韩信之力。"他总算比较客观地尊重了事实。韩信为什么被杀呢?刘邦也无法回避这个问题,只好硬着头皮承认自己"谬听人言",枉杀无辜。这一番假惺惺的忏悔怎么也掩盖不了他诛杀功臣的罪恶。蒯通"谢恩"时不就道出:"若是汉天子早把书明降,韩元帅免受人诬罔……只要你个萧丞相自去思量,怎生的屈杀了什大功臣被万民讲!"皇帝偏听偏信,大臣自私自利,刘邦与萧何都不能逃脱历史的罪责。

为此剧故事有关的元杂剧还有李寿卿的《吕太后定计斩韩信》、王仲文的《汉张良辞朝归山》等。

《渔樵记》写朱买臣夫妻离婚而又复合的故事。剧中的朱买臣、严助都是历史人物。买臣家贫、四十馀岁时妻子"求去"。买臣听之。严助推荐买臣做官,曾做会稽太守等皆见于本传。唯王安道受买臣岳父之托助其资斧求官,买臣做官后与妻子复合并无史实可据。据朱氏本传记载,买臣衣锦荣归,妻子已另改嫁,买臣念其前情,"呼令后车载其夫妻,到太守舍,置园中,给食之。居一月,妻自经死,买臣乞其父钱,令葬"。杂剧的作者令二人离而复合,这是一种颇具胆识的翻案。注入了剧作家的一些新意识:一个曾经随丈夫打柴"负载相随"多年,只是不愿意丈夫"歌讴道中"而"离去"的妇女,是不必再去忍受"自经"之悲剧结局的①。

剧作家还凭借朱买臣四十九岁不得功名富贵之事而大发牢骚:

---

① 《汉书·朱买臣列传》。

"我空学成七步才,谩长就六尺躯,人都道'书中自有千钟粟',怎生来偏着我风雪混樵渔。"

《渔樵记》的宾白写得十分出色,市俗生活语言在一些次要人物口中惟妙惟肖,生动异常。如第二折玉天仙和朱买臣的吵闹,第三折张懒古对玉天仙的讥讽等。

以朱买臣故事为题材的杂剧尚有庾吉甫的《会稽山买臣负薪》、南戏有《朱买臣休妻记》,明传奇则有《负薪记》等。

二 三国时代

以这一阶段历史故事为题材的作品,计有《诸葛亮博望烧屯》、《关云长千里独行》、《锦云堂暗定连环计》、《刘玄德醉走黄鹤楼》、《两军师隔江斗智》等五种。这些作品从总体上表现了拥刘汉、贬孙、曹的思想。

《连环计》主要写王允设美人连环计,策反吕布杀董卓的故事。剧中的王允、吕布、董卓、蔡邕、李肃等皆历史人物;另一重要人物貂蝉则系流传故事中所有,见元人《三国志平话》。王允策反吕布诛杀董卓,事见《后汉书》、《三国志》王允、董卓、吕布等人本传,但并无貂蝉参与其事。

杂剧揭露了董卓专横跋扈,野心勃勃;李儒死心塌地,效忠主子;王允忠心耿耿,志复汉室。……还有那个名不见史传的貂蝉,更不惜牺牲色相,协助王允诛杀董卓,在维护摇摇欲坠的东汉政权中,她也作出了一个封建社会下的妇女所能作的贡献。

在塑造人物方面,杂剧有突破历史记载之处:其一是为蔡邕翻案。宋元戏文《赵贞女蔡二郎》写蔡邕"弃亲背妇,为暴雷震死",陆游诗亦有"死后是非谁管得,满村听说蔡中郎"之句,都把蔡当做坏人。杂剧有意为蔡邕翻案,写蔡邕一心匡扶汉室,首先提出"连环计",后又诱骗董卓进宫,出其不意而杀之,为汉家王朝立了功劳,这为高明写《琵琶记》提供了翻案条件。其二是为貂蝉写传记。貂蝉其人在正史中仅有一点影子,或为董卓"侍婢",或为董卓"少妻",不知姓氏名谁。《三国志平话》虽略有记述,但仍很简单,杂剧则具体写了她的籍贯、父名、本名、入宫、貂蝉名之由来,怎样许配吕布及其失散时间、原因等,可以称得上是一篇完整的"貂蝉传"。晚出的《单刀劈四寇》杂剧第二折的貂蝉自白,几乎是抄袭《连环计》写成。这是对流传故事的重要发展。

《博望烧屯》写诸葛亮在博望坡火烧夏侯惇的故事。事本《三国志·先主传》,但与诸葛亮无关。《先主传》谓刘表遣刘备"使拒夏侯惇、于禁等于博望。……先主设伏兵,一旦自烧屯伪遁,惇等追之,为伏兵所破"。《三国志平话》有诸葛亮在辛冶大破夏侯惇等情节。《三国演义》根据杂剧写成《博望坡军师初用兵》一回。

《黄鹤楼》的作者,或谓是朱凯,或谓是无名氏,今从后说。剧本主要写周瑜在武昌黄鹤楼设宴、阴谋暗算刘备,诸葛亮用计,使刘备完全脱险的故事。本事于史无考,《三国志平话》虽记其事,但情节与杂剧不尽相同。杂剧内容更为丰富和生动,旨在歌颂孔明之智、讥讽周瑜之短,与《隔江斗智》是同一基调。

《隔江斗智》主要写周瑜阴谋夺取荆州,劝孙权将妹许嫁刘备;诸葛亮识破阴谋,既娶了夫人、又保全了荆州的故事。

孙、刘结亲,《先主传》记云:"琦病死,群下推先主为荆州牧,治公安。权稍畏之,进妹固好。"孙权出于某种担心而"进妹固好",说明两家联姻是好事,而杂剧把此写成周瑜、孙权搞阴谋,又谓周瑜因失败而气死,显然是受到唐宋以来拥刘汉,贬孙、曹思想的影响。

剧中的女主角——孙权的妹子孙安,明知兄长和刘备的联姻目的是"图取荆州地免兴师",可是她却女生外向,处处向着刘备,而并不帮自己兄长的忙。她夸荆州是"锦绣城池",诸葛亮是"冠世才",张翼德"虎将神威",刘玄德是"帝子真苗裔";埋怨兄长"怎不顾亲生妹,倒着我明为嫁送,暗夺城池"。她暗暗拿定主意:"我只从中儿立着,着他两下里干戈再不起。"这与诸葛亮"隆中对"提出的"联吴抗曹"战略思想一点也不矛盾。在荆州的庆功会上,她高亢地唱出:

他本是汉皇帝室亲支派，少不得将吴魏并做了刘家世界；显得俺卧龙的诸葛十分能，笑杀那短命的周瑜则一时歹。

这更多的表现了剧作家的拥刘思想。

杂剧写张飞坐进孙夫人的翠鸾车，周瑜追来跪陈“赚将之计”，被张飞羞辱一番而气倒……民间色彩比较浓厚。

《千里独行》写关羽冲破曹操集团种种阻拦远投刘备的故事。《三国志·关羽传》记：建安五年，曹操擒关羽，“礼之甚厚……及羽杀颜良，曹公知其必去，重加赏赐。羽尽封其所赐，拜书告辞，而奔先主于袁军，左右欲追之，曹公曰：‘彼各为其主，勿追也’”。《三国志平话》亦记其事。杂剧与《平话》都有降曹前的“约三事”及“斩蔡阳”等情节，基本倾向与前几剧略同，都是要维护刘汉这面旗帜。

三　唐、宋时代

以这一阶段历史故事为题材的作品，计有《摩利支飞刀对箭》、《小尉迟将斗将认父还朝》、《狄青复夺衣袄车》、《苏子瞻醉写赤壁赋》、《谢金吾诈拆清风府》、《金水桥陈琳抱妆盒》六种。在这些作品中，剧作家们旨在维护唐宗宋祖天下，对统治阶级各种内部矛盾的是非表达了一种公正的看法。

《飞刀对箭》写唐代名将薛仁贵三箭定天山，官封天下兵马大元帅，衣锦荣归的故事。新、旧《唐书》薛仁贵本传皆记其事。与张国宾《薛仁贵衣锦还乡》同一题材，关目、曲文皆略逊于张作。

《小尉迟》主要写唐代名将尉迟敬德与其子宝林相认的故事。传说尉迟敬德投唐时，三岁的宝林为院公宇文庆收养，后又归北番刘季真，“唤做刘无敌”。二十年后，季真派无敌攻打唐朝，尉迟敬德在战场上父子相认，宝林捉季真归唐。研究者多认为此剧中的宝林并非尉迟敬德的儿子。《旧唐书·尉迟敬德列传》记载，他的儿子叫“宝琳”,“官至卫尉卿”。

《衣袄车》写宋代名将狄青立功西延的故事。《宋史·狄青列传》谓狄为汾州西河人,善骑射,曾官延州刺史。四年中“大小二十五战,中流矢者八”。战功累累,官至枢密使。押送军衣去西延赏军于史无考。杂剧除颂扬狄青箭射番将昝雄、刀劈番将史牙恰之武勇外,还插入黄轸冒功一节,略与张士贵冒薛仁贵之功同。剧作家不断描写这些政治骗子的鬼蜮伎俩,可能是出于对腐败官场的讽刺。

宋元戏曲小说多有以狄青故事为题材者,《醉翁谈录·小说开辟》条有“《三国志》诸葛亮雄才,《收西夏》说狄青大略”,金院本有《说狄青》,元杂剧有吴昌龄的《狄青扑马》。清代小说《五虎平西》、《五虎平南》等亦写狄青故事。

《赤壁赋》主要写苏轼贬官黄州,七月十五与黄鲁直、佛印夜游赤壁,醉写《赤壁赋》的故事。

“贬黄州”是元杂剧写苏轼故事重要题材,现存三种作品皆以“贬黄州”为背景,如吴昌龄的《花间四友东坡梦》和费唐臣的《苏子瞻的风雪贬黄州》等。

苏轼被贬黄州的背景,费唐臣的《贬黄州》已有较全面的反映,带有政治陷害性质。《赤壁赋》写苏轼被贬则与吴昌龄《东坡梦》略同:一是苏轼续“菊花诗”,讥笑王安石不如菊花不落;一是赋《满庭芳》词,调戏王安石夫人,二者多偏重生活小节问题。但从题目正名为“王安石谗课(疑“谏”字)《满庭》词,苏子瞻醉写《赤壁赋》”看,剧作者还是注意到事件政治性质的。

杂剧旨在表现苏轼豪迈旷达,把一篇五百馀字的《赤壁赋》写入人物的念白中,这不能不说是一种大胆的尝试,只是效果不会太好。第三折艄公所唱“嘲歌”,倒还具有民间俚俗歌谣特色。

《谢金吾》主要写杨家将与王钦若的矛盾斗争。剧中的杨六郎延景与史书所载不合。杨业共七子,曰延玉、延郎(后改名延昭)、延浦、延训、延怀、延贵和延彬,而并无延景字彦明者。又长国姑亦史无其人(见严敦易《元剧斟疑·谢金吾》)。只有王钦若是有史可考的历史人物。据史书记载,宋仁宗曾当着诸臣评其人为“真奸邪”。王曾则随之附和补充:“钦若与丁谓、林特、陈彭年、刘承珪,时谓之‘五鬼’。奸邪险伪,诚如圣谕。”[①]可见不是好人。但杂剧谓王乃辽国萧太后派进宋朝的奸细,原名叫贺驴儿,脚底板上还用朱砂刺有“宁反南朝,不背北番”八字,并要配合萧太后夺取河北之地等,亦不见史传。这些情节多为戏曲小说家言。

全剧冲突是由王钦若私改圣旨、强行拆倒杨家清风无佞楼引起,其目的是要激怒镇守三关的杨六郎私自下关,然后以擅离职守之罪“谋杀杨景”,以便配合辽国萧太后夺取宋朝河北之地。冲突的背景带有民族矛盾性质。

剧中的佘太君对功臣受欺侮甚表愤慨,长国姑对杨家将“辈辈于家为国”念念不忘,王若钦“通反书”被揭发,全剧以“直把宋江山扶持到万万古”作结。

《抱妆盒》写宋仁宗的出生故事。剧中的宋真宗、宋仁宗、李美人、刘皇后等皆历史人物,陈琳、寇承御则为戏曲小说家所增添。李美人即《宋史·李宸妃》中的李妃,刘皇后即《宋史·章献明肃刘皇后》中的刘后。仁宗出生故事就是戏曲小说中的“狸猫换太子”故事。历史上记其事为:“李宸妃生仁宗,后以为己子,与杨淑妃抚视甚至。”(《刘皇后》)宸妃“已而生仁宗……仁宗在襁褓,章献以为己子,使杨淑妃保视之”(《李宸妃》)。并无“狸猫换太子”云云。

杂剧所写的是一场后妃之间的固宠夺权斗争,刘后的凶残,寇承御、陈琳的见义勇为,仁宗的不忘恩德,都写得很有特色,剧作家可能从史书上的刘后妃李宸妃之子“以为己子”受到启发,于是添枝加叶,生出许多故事。

元人作家以此故事为题材的杂剧还有汪元亨的《仁宗认母》,明传奇有《妆盒记》,清杂剧亦有《抱妆盒》。

---

① 《宋史·王钦若列传》。

第四节　其　他

除了上列三类作品外，元代佚名作家作品可以值得一谈者，还有《风雨象生货郎旦》、《海门张仲村乐堂》、《汉钟离度脱蓝采和》、《刘千病打独角牛》、《都孔目风雨还牢末》、《鲁智深喜赏黄花峪》和《争报恩三虎下山》等七种。这些作品或写家庭变故，或写黑暗官场，或写神仙度脱，或写惩罚恶棍，或写水浒英雄，从多方面反映了元代社会生活。

《货郎旦》写开解典铺的李彦和一家人的悲欢离合故事。作品旨在惩罚奸夫淫妇，劝诫世人不要为“匪妓”所迷。第四折所用[九转货郎儿]有很浓厚的民间文学特色。

《村乐堂》写汉族官员张仲和他的女婿完颜女真人王同知的矛盾。身在官场的不同民族男女所建立的婚姻关系，远不如不同民族青年男女的婚姻关系融洽；和《拜月亭》、《紫云庭》相比较，就可以看出它们的明显差别。剧中插入的一桩未遂杀人公案，对官场的黑暗有所揭露。

《蓝采和》写钟离权度脱艺人许坚成仙的故事。杂剧宣扬的道家思想没有超出一般度脱剧的范围，无非要被度脱者戒掉酒、色、财、气，忘记人是我非；而剧中保留的戏曲史料却很有价值：元代杂剧演出班子的组成，一个戏班子人数、演出场所、剧本、演员等，几乎是应有尽有。

《独角牛》写刘千打败欺人恶棍独角牛的故事。邵曾祺先生《元明北杂剧总目考略》引元人杨瑀《山居新话》谓应中甫之武艺“所得乃刘千和尚之派”，认为“刘千似实有其人”。剧中有关的科诨穿插，对社火的描写，刘千打擂胜利就被委任为饶阳县令……都带有浓厚的民间文学色彩。

《还牢末》或谓李致远作,一些研究者考订为元代佚名作家的作品。主要写李逵、阮小五奉宋江之命去东平府招请刘唐、史进,其中又插入奸夫淫妇陷害善良等情节,杂剧从总体上歌颂梁山英雄"替天行道,除暴安良"。

《黄花峪》写李逵、鲁智深、杨雄与权豪势要蔡衙内作斗争的故事。有两点很突出:一是秀才刘庆甫妻子被蔡衙内调戏,刘不去找官府,而是到梁山告状。人民不信赖官府而信赖梁山,说明当时政治的黑暗和梁山英雄深得人心。二是李逵很幽默、机智,他化妆货郎救出刘妻李幼奴。民间色彩很浓厚。

《争报恩》主要写梁山英雄关胜、徐宁、花荣为救护恩人李千娇,下山劫法场的故事。关目不甚合理,几位梁山英雄也表现得很窝囊。关胜、徐宁、花荣都没有必要和李千金认为姐弟。曲文也平淡无奇,从思想到艺术都不如前面二剧。

结　语

综观以上可以看出，作为综合性舞台艺术戏曲的元杂剧，它的渊源可以追溯到上古先秦的歌舞和春秋时代的俳优；而以演员装扮人物表演故事情节，则不能不从在百戏基础上产生出来的汉代角抵“东海黄公”开始，它以简单的化妆、代言和表演故事情节而成为我国戏剧的最早萌芽。从“角才”、“相抵触”的含义去进行推断，它又对唐代的参军戏产生了直接的影响。

唐代是我国戏曲有重要发展的时代，在前代百戏基础上发展起来、并向唱、做、念、打迈出了一大步的歌舞戏“踏谣娘”，和有两个以上固定角色参加表演、从滑稽调笑发展到有歌有舞的参军戏，它们对我国戏曲的形成都产生了不可估量的影响。

宋金时代是我国戏曲发展史上一个极其重要的时代，我国古代戏曲在这个时代形成了。它的重要标志是：出现了有名字的剧作家，有典型剧目的演出盛况，有四至五个固定角色和角色的分工，有280种“官本杂剧”剧目和690种“剧本名目”。虽然，我们目前还没有发现“官目”和“院目”的具体作品流传下来，但是它们对元杂剧产生的直接影响却是无法否认的。

关于元杂剧的前身或脱胎母体是什么的问题，王国维《宋元戏曲考》以为是宋杂剧（这里的杂剧既包括同义的金院本，也包括杂剧中使用的大曲和诸宫调联套方式）。具体地说，元杂剧是在宋金杂剧院本基础上、融合诸宫调等讲唱文学而发展成熟的一种“真戏曲”。尽管目前对这一问题的研究比《宋元戏曲考》深入而具体，如院本说、诸宫调说、院本诸宫调结合说等。但由于没有具体作品作佐证，因此王说仍有不可忽视的开创性的科学价值。

元杂剧一经出现，便以其新颖的思想和迷人的艺术魅力占领文坛，而成为自己时代的代表文学。据《录鬼簿》记载，有元一代，有名字可考的作家就有80馀人之多，作品则有450馀种。经元之后，杂剧难以为继，这一现象说明它的巨大艺术成就和社会价值。

据《录鬼簿》以"前辈"和"方今"为时序分期分类排列作家所贯串的史的线索，元杂剧的发展阶段可以分为前后两个时期：前期主要在世祖时代，那是杂剧的繁荣时期，关汉卿、王实甫、马致远、白朴等50馀位作家和三百馀种剧目都出现在这个时期，他们的一些优秀作品至今仍具有不可抹煞的认识价值和美学价值，如关汉卿的《窦娥冤》、《救风尘》、《拜月亭》、《望江亭》和《单刀会》，王实甫的《西厢记》和《破窑记》，马致远的《汉宫秋》和《荐福碑》，白朴的《梧桐雨》和《墙头马上》，高文秀的《双献功》，石君宝的《秋胡戏妻》，石子章的《竹坞听琴》，杨显之的《潇湘雨》，孟汉卿的《魔合罗》，李潜夫的《灰阑记》，纪君祥的《赵氏孤儿》，张国宾的《薛仁贵》，康进之的《李逵负荆》，费唐臣的《贬黄州》和李直夫的《虎头牌》等。这些作品描写了广阔的社会生活，表现了进步的审美情趣和思想主题。其关目情节则起伏跌宕，艺术风格则百态千姿，语言则丰富多彩……总之，这些作家作品的出现，它标志了一个时代文学的繁荣。成宗以后，是杂剧发展的后期。在这一阶段，杂剧几乎与社会发展进程同步，它们都由停滞不前而逐步走向衰微。著名的作家作品，不过是郑德辉的《倩女离魂》、曾瑞的《留鞋记》、乔吉的《两世姻缘》和王晔的《桃花女》而已。与前期作家作品相比较，确已成为强弩之末了。

还有一些佚名作家之作，因无法考证其所属时代，故放在最后一章，并略按题材和时代分类具述。其中如《合同文字》、《陈州粜米》、《鸳鸯被》、《马陵道》、《赚蒯通》和《隔江斗智》等亦不失为名作。

后　记

两年多前，我为中文系高年级学生和元明清文学研究生开设"元人杂剧史"选修课。当时的主要目的是，拟通过课程讲授，使学生初步了解元杂剧的基本面貌和史的发展轮廓。在备课过程中，阅读了现存的一百几十种元人杂剧和有关文献资料，逐步拟出章节提纲，并根据它写出了简略讲稿。

现在回过头来看过去的提纲和讲稿，发现了不少疏漏。于是又重新阅读有关作品和资料，修改补充提纲和讲稿；有的章节，则是从头写起。

这部稿子反映了个人对元杂剧的一些基本认识和想法，其主要的有以下几点：

1. 我国古代最早成熟的戏剧元杂剧是综合性艺术，它包含了多种审美因素和成分。综合性不是杂凑或拼盘，而是围绕某个中心、吸收多种姐妹艺术的有机结合，它孕育在歌舞、俳优和百戏的土壤之中，它的萌芽应是在各种艺术或伎艺表演中脱离出来而具有独立形式特质为始。因此，探索元杂剧的渊源时，要把因素与萌芽分清楚。无论怎样发展，单纯的因素终归是因素，它只是戏曲的渊源之一；萌芽则是胚胎，它已是戏曲的雏形，二者不是量的差异，而有质的差别。

2. 锺嗣成《录鬼簿》以"前辈"和"方今"为时序分类分期排列作家，全书贯串了一条"史"的线索，这是一部元人写的当代杂剧史。他对元杂剧的分期基本符合元杂剧发展实际，《元杂剧史稿》严格遵循锺氏的“两期”说，把元杂剧划分为前后两个时期；又据《录鬼簿》提供的资料，把前期年代的下限断在世祖至元末年，与学术界的断限略有不同。

3. 元杂剧史要求比较全面、系统地展现元杂剧面貌和史的线索。《元杂剧史稿》在“两期”说的前提下，列目有名字可考的作家40馀人，论及作品90馀种，又佚名作家作品30馀种，几乎囊括了现存有价值的全部元人杂剧。

4. 列目的40馀位作家，有成就、贡献、地位各有不同，研究者的评价也各异，《史稿》既把“元曲四大家”或“元曲六大家”放在重要地位；同时也对论著略提或不提的次要作家如李寿卿、费唐臣、张国宾、王伯成、岳伯川、石子章、狄君厚、孔文卿、张寿卿、朱凯、王晔等人作了充分肯定，其中对艺人作家张国宾等人还列专章进行了较高评价，使他们对元杂剧繁荣的贡献不致磨灭。

由于个人水平有限，错误疏漏一定难免。除感谢学校出版社文史编辑部丘菊贤先生审稿时提出许多宝贵意见外，更希望本书出版后能得到专家、读者指教。

作者

1988年4月于开封

阅读与参考书目

元刊杂剧三十种

脉望馆钞校本古今杂剧

古名家杂剧

杂剧选

阳春奏

元明杂剧

古今名剧合选

(以上皆见商务印书馆 1958 年版《古本戏曲丛刊四集》)

新校订元刊杂剧三十种(徐沁君校订,中华书局 1980 年版)

校订元刊杂剧三十种(郑骞校订,台北世界书局 1962 年版)

元曲选(中华书局 1958 年版)

元曲选外编(隋树森编,中华书局 1959 年版)

孤本元明杂剧(中国戏剧出版社 1958 年版)

元明杂剧(中国戏剧出版社 1958 年版)

关汉卿戏曲集(吴晓铃等编校,中国戏剧出版社 1958 年版)

关汉卿戏剧集(北京大学中文系"关汉卿戏剧集"编写组编校,人民文学出版社 1976 年版)

新刊全相注释西厢记(一名《弘治本西厢记》)

元题本西厢记(一名《题评西厢记》)

张深之正北西厢秘本(一名《北西厢记》)

(以上皆见商务印书馆 1957 年《古本戏曲丛刊初集》)

西厢记(王季思校注,上海古籍出版社 1978 年版)

西厢记(吴晓铃校注,作家出版社 1954 年版)
西厢记新注(张燕瑾、弥松颐注,江西人民出版社 1980 年版)
集评校注西厢记(王季思校注,张人和集评,1987 年上海古籍出版社版)
西厢记通俗注释(祝肇年、蔡长运注,云南人民出版社 1983 年版)
金圣叹批本西厢记(张国光校注,上海古籍出版社 1986 年版)
白朴戏曲集校注(王文才校注,人民文学出版社 1984 年版)
元人杂剧钩沉(赵景深辑,古典文学出版社 1958 年版)
元人杂剧(邵曾祺选注,上海春明出版社 1955 年版)
元人杂剧选(顾肇仓选注,1978 年人民文学出版社版)
元杂剧选注(王季思等,北京出版社 1980 年版)
中国十大古典悲剧集(王季思主编,上海文艺出版社 1982 年版)
中国十大古典喜剧集(王季思主编,上海文艺出版社 1982 年版)
中国戏曲选(王起主编,人民文学出版社 1985 年版)
水浒戏曲集(一集)(傅惜华、杜颖陶编,中华书局 1957 年版)
关汉卿杂剧选(张友鸾、顾肇仓选注,人民文学出版社 1963 年版)
大戏剧家关汉卿杰作集(吴晓铃等选注,中国戏剧出版社 1958 年版)
关汉卿戏曲选(人民文学出版社编辑部选编,1958 年版)
元代戏曲选注(胡忌选注,上海古籍出版社 1983 年版)
元代包公戏选注(李春祥选注,中州书画社 1983 年版)

天一阁蓝格写本正续录鬼簿(中华书局 1960 年版)
录鬼簿(外四种)(元锺嗣成等著,上海古籍出版社 1978 年版)
录鬼簿新校注(马廉校注,文学古籍刊行社 1957 年版)
中国古典戏曲论著集成(中国戏曲研究院编,中国戏剧出版社 1959 年版)
东京梦华录(外四种)(孟元老等著,古典文学出版社 1957 年版)
醉翁谈录(罗烨著,古典文学出版社 1957 年版)
南村辍耕录(陶宗仪著,中华书局 1959 年版)

草木子(叶子奇著,中华书局 1959 年版)
元曲纪事(王文才编著,人民文学出版社 1985 年版)
全元散曲(隋树森编,中华书局 1964 年版)
董解元西厢记(凌景埏校注,人民文学出版社 1978 年版)
诸宫调两种(凌景埏、谢伯阳校注,齐鲁书社 1988 年版)
天宝遗事诸宫调(王伯成原著,朱禧辑,天津古籍出版社 1986 年版)
永乐大典戏文三种(钱南扬校注,中华书局 1979 年版)
宋元戏文辑佚(钱南扬辑录,上海古典文学出版社 1956 年版)
永乐大典(中华书局 1986 年版)
明成化说唱词话丛刊(文物出版社 1973 年版)
元剧联套述例(蔡莹编著,商务印书馆民国 22 年版)
古剧说汇(冯沅君著,作家出版社 1956 年版)
话本与古剧(谭正壁编著,古典文学出版社 1957 年版)
元曲六大家略传(谭正壁编著,古典文学出版社 1957 年版)
元剧斟疑(严敦易著,中华书局社 1962 年版)
元明清戏曲论集(严敦易著,中州书画社 1982 年版)
戏曲小说丛考(叶德均著,中华书局 1979 年版)
元曲家考略(孙楷第著,上海古籍出版社 1981 年版)
中国戏曲初考(赵景深著,中州书画社 1983 年版)
曲海总目提要(董康整理,人民文学出版社 1959 年版)
曲海总目提要续编(北婴编著,人民文学出版社 1959 年版)
元代杂剧全目(傅惜华著,作家出版社 1957 年版)
古典戏曲存目汇考(庄一拂编著,上海古籍出版社 1982 年版)
元明北杂剧总目考略(邵曾祺编著,中州古籍出版社 1985 年版)
宋元戏曲考(王国维著,1912 年)
戏曲考原(王国维著,1909 年)
唐宋大曲考(王国维著,1909 年)
古剧脚色考(王国维著,1911 年)
(以上四种皆见中国戏剧出版社 1957 年版《王国维戏曲论文集》)

中国戏曲概论(吴梅著,上海大东书局民国十五年版)
元剧研究ABC(吴梅著,世界书局民国十八年版)
元曲概论(贺昌群著,商务印书馆民国十九年版)
中国戏剧概论(卢冀野著,世界书局民国廿二年版)
戏曲丛谭(华连圃著,民国廿五年商务印书馆版)
中国戏剧史(徐慕云著,世界书局民国廿七年版)
中国戏剧简史(董每戡著,商务印书馆民国卅八年版)
唐戏弄(任半塘著,作家出版社1958年版)
优语集(任二北编著,上海文艺出版社1981年版)
宋代歌舞剧曲录要(刘永济辑录,古典文学出版社1957年版)
宋金杂剧考(胡忌著,古典文学出版社1957年版)
元人杂剧史(阿英著,《剧本》月刊1954年4~10期连载)
中国戏剧史长编(周贻白著,人民文学出版社1960年版)
中国戏曲发展史纲要(周贻白著,上海古籍出版社1979年版)
中国戏曲通史(张庚、郭汉城主编,中国戏剧出版社1980年版)
中国戏剧文化史述(余秋雨著,湖南文学出版社1985年版)
中国戏剧学史稿(叶长海著,上海文艺出版社1986年版)
中国戏曲史漫话(吴国钦著,上海文艺出版社1980年版)
中国戏曲史话(彭隆兴编著,知识出版社1985年版)
中国戏剧批评的产生和发展(夏写时著,中国戏剧出版社1982年版)
中国古代戏剧史(唐文标著,中国戏剧出版社1985年版)
中国近世戏曲史(青木正儿原著,王古鲁译著,作家出版社1958年版)
元人杂剧概说(青木正儿著,隋树森译,中国戏剧出版社1957年版)
元曲概说(盐谷温著,隋树森译,商务印书馆1958年版)

元明清戏曲研究论文集(作家出版社1957年版)
元明清戏曲研究论文集二集(人民文学出版社1959年版)
元杂剧论集(李修生等编,百花文艺出版社1985年版)
中国古代戏曲论集(王季思等,中国展望出版社1986年版)

元杂剧鉴赏集(人民文学出版社 1983 年版)
戏曲杂记(徐朔方著,古典文学出版社 1957 年版)
关汉卿研究(共二辑)(《戏剧论丛》编辑部编辑,中国戏剧出版社 1958、1959 年版)
玉轮轩曲论(王季思著,中华书局 1980 年版)
玉轮轩曲论新编(王季思著,中国戏剧出版社 1983 年版)
说剧(董每戡著,人民文学出版社 1983 年版)
五大名剧论(董每戡著,人民文学出版社 1984 年版)
戴不凡戏曲研究论文集(浙江人民出版社 1982 年版)
许政扬文存(许政扬著,中华书局 1984 年版)
中国戏曲史钩沉(蒋星煜著,中州书画社 1982 年版)
中国戏曲史探微(蒋星煜著,齐鲁书社 1985 年版)
元代杂剧艺术(徐扶明著,上海文艺出版社 1981 年版)
论元代杂剧(商韬著,齐鲁书社 1986 年版)
元杂剧概论(许金榜著,齐鲁书社 1986 年版)
中国古典戏曲名著简论(钟林斌著,春风文艺出版社 1979 年版)
关汉卿戏剧人物论(黄克著,人民文学出版社 1984 年版)
从莺莺传到西厢记(王季思著,古典文学出版社 1955 年版)
西厢记简说(霍松林著,作家出版社 1957 年版)
论崔莺莺(戴不凡著,上海文艺出版社 1963 年版)
春草集(冯其庸著,上海文艺出版社 1982 年版)
西厢论稿(段启明著,四川人民出版社 1982 年版)
西厢记浅说(张燕瑾著,百花文艺出版社 1986 年版)

附记:

《史稿》为中文系高年级学生和我省高等教育自学考试中文专业四年制本科考生"元人杂剧史"选修课教材,故所列书目兼顾课程学习和进一步研究两个方面;有关史籍和说部书目较常见,皆未列入。由于个人闻见不广,疏漏难免,请读者批评指正。

元明清文学史略

1983 年至 1984 年间，李春祥先生在河南教育出版社(今大象出版社)《文学知识》“文学史讲话”专栏连载发表《元代文学概述》、《明清小说概述》、《明清诗文概述》，影响甚巨；惜英年早逝，未及成书。今辑为《元明清文学史略》，以见先生治史之一斑。

第一章　元代文学概述

元朝（公元 1279～1368 年），是我国历史上第一个以落后的少数民族统治全中国的封建地主阶级政权。由于种种复杂的历史原因，在这将近一个世纪的漫长时期里，国内民族矛盾空前尖锐，阶级矛盾也十分激烈；阶级矛盾往往交织着民族矛盾，民族压迫常常掩盖着阶级压迫。整个社会政治、经济、文化生活，无不表现出这一特点。汉族知识分子在这改朝换代的大动荡中不断分化，少数人受到新主子的重用，多数人被排挤到社会下层，他们与书会文人、民间艺人和新兴的艺术相结合，从而创造出了代表这一时代文学的元曲的繁荣。

元曲，在我国文学史上，它是一个时代文学的代表，与唐诗宋词相提并论。学习元代文学，主要是学习元曲。

元曲的含义有广义狭义之分，就广义的含义来说，它包括了元代的散曲、杂剧和南曲戏文（或称南戏）；就狭义的含义来说，则是专指元代杂剧，因为它的成就最高，完全可以称得上是自己时代文学的代表。此外，元代还有诗歌、散文和小说等，但成就远远不如元曲。下面拟重点谈谈杂剧、散曲和南戏。

第一节　杂　　剧

元代杂剧是一种综合性的艺术，它以歌、舞、科、白等表演一个完整的故事，是代言体。它是继承了宋金杂剧、院本和诸宫调等还不很成熟的戏剧艺术、说唱艺术等而形成的一种新的艺术形式。它的出现，标志着我国古代戏剧发展的成熟，在我国文学史和戏剧史上有着十分重要的地位。

作为一种新兴的艺术形式，杂剧的体制也有不同于其他艺术形式的特点，如每剧以四折为通例；每折用同一宫调的曲牌，一韵到底；演出时一剧虽有几个角色上场，但只有正末或正旦主唱曲文等等，其中一剧四折、一角色主唱是最主要的特点。

元代杂剧作家有名字可考者约为一百人，作品约为七百馀种。现存者约为一百五十种左右。从历史的发展上看，或分为两个时期，或分为三个时期。一般地说，前期成就大，后期成就小。前期代表作家有关汉卿、王实甫、白朴、马致远、高文秀、石君宝、杨显之、李直夫、纪君祥、张国宾、康进之、孟汉卿、李行道等；后期代表作家有郑德辉、曾瑞卿、乔吉、秦简夫、萧德祥、罗贯中、杨景贤等。其中又以关汉卿、王实甫、马致远、白朴最为有名，文学史上有“元曲四大家”（关、马、郑、白）或“六大家”（关、王、马、郑、白、乔）之说。下面拟据其不同成就，重点谈谈关汉卿、王实甫、马致远和其他诸家及其代表作品。

一　关汉卿和他的杂剧

关汉卿是我国伟大的戏剧家，元杂剧的奠基者，1958 年全世界纪念的文化名人。其生平事迹不可确考。据一些零星资料推断，他是大都（今北京）人，号已斋叟（锺嗣成《录鬼簿》）。他经历了金、元两个朝代，没有做官，主要精力是和书会文人、勾阑艺人一起从事编剧和演出活动。杂剧作家杨显之、梁退之、费君祥是他的朋友，杂剧演员朱帘秀和他也有交往。他既是剧作家，又是导演和演员。元代统治者实行文化专制主义政策，关汉卿对此毫不畏惧，他公开申言："一管笔在手，敢搦孙吴兵斗。"并有意识地以杂剧艺术为武器，向黑暗的元代社会作抗争。

据《录鬼簿》、《录鬼簿续编》及《太和正音谱》等书记载，他一生写了六十七种杂剧，现存者十八种（据《关汉卿戏曲集》），其中可以确定为关作的杂剧有十六种。无论从创作数量或流传作品之多来说，他都是元剧作家中第一人。

就现存作品而论，他的剧作涉及元代许多重大社会问题，诸如政治制度、司法制度、娼妓制度、婚姻制度、奴婢制度和高利贷剥削等，可以说触动了元代社会政治、经济、法律、思想、道德的各个方面。

1. 揭露元代社会黑暗、表现被压迫人民反抗斗争精神，是关剧中最有价值的主题。这类作品以《窦娥冤》、《鲁斋郎》、《蝴蝶梦》、《望江亭》等为代表，其中尤以《窦娥冤》剧最为杰出。

《窦娥冤》是"列之于世界大悲剧中，亦无愧色"（王国维语）的著名悲剧。主人公窦娥出身寒儒之家，其父还不起高利贷才被迫将她送与蔡婆作童养媳，结婚不久丈夫又死去。在封建社会加于她种种灾难下，她对生活没有任何过高要求，只是希望尽孝守节，平安了此一生。由于社会秩序的混乱，地痞流氓张驴儿父子借一个偶然机会闯进了她的家门，她不能求助于贪赃枉法的官府，只好听凭张氏父子住在家中。当然，如果仅仅是这样，她也不会遭到冤死的悲剧结局。问题在于贪婪、凶残的张驴儿欲毒死蔡婆以霸占窦娥时误将其父毒死，后却诬陷窦娥，并把她告到官府。这位楚州太守桃杌不听她的申诉，严刑逼供、屈打成招，将她问成死罪。窦娥受到邪恶势力的迫害和含冤而死表明，元代司法吏治的黑暗和社会秩序混乱是十分严重的。窦娥在含冤莫白时不仅怨天恨地，而且还把矛头直接指向官府："这都是官吏每无心正法，使百姓有口难言。"这是元代广大受冤者的强烈控诉。虽然，窦娥死后鬼魂托梦清官，质证公堂，终于使冤仇得到昭雪，不过是对读者（观众）的心灵安慰，对恶人的精神惩罚；但也不能不承认，它同时还表现了受迫害人民的复仇力量，这是不能简单地以宣传迷信思想而轻易否定的。

2.《鲁斋郎》、《蝴蝶梦》和《望江亭》也都是公案戏，它们也和《窦娥冤》一样涉及元代的政治问题。其中前两种是包公戏，是借历史人物反映元代社会现实生活。三剧的共同点是都写了“权豪势要”的逞凶肆虐，迫害善良，或是包公，或是其他清官秉公断案，终使好人得救，恶人伏法。

《鲁斋郎》中的“权豪势要”鲁斋郎是皇帝的亲信。他可以恣意霸人财物，夺人妻女，是一个无恶不作的恶霸。铁面无私、敢于严格执法的包公虽然掌握了他“犯法百端”的材料，也只能巧妙地将罪犯“鲁斋郎”写成“鱼齐即”上奏，待皇帝御笔“亲判斩字”之后再加笔添画，还其真名，并立即将其押赴市曹处斩。所以此剧全名叫做《包待制智斩鲁斋郎》。包公的多智、皇帝的昏庸愚蠢都很突出。

《蝴蝶梦》中的“权豪势要”葛彪是“国戚皇亲”，他无故打死平民王老汉，王的三个儿子也将葛打死。包公审案，先是对王氏母子动用刑法，只是在母子们的“贤孝”行为感动下才李代桃僵，以偷马贼替葛偿命，王家一门也“加官赐赏”。这个戏写得很有特色，包公审断此案没有严格执法，而是既表彰“贤孝”，又不得罪皇亲。从这里可以看到元代“权豪势要”势力之大。

《望江亭》写“权豪势要”杨衙内为抢夺潭州太守白士中之妻，就向皇帝诬告白“贪花恋酒，不理公事”。皇帝就赐杨以势剑金牌和文书前往杀白。虽然白妻谭记儿巧扮渔妇，智赚出文书和牌剑，巡抚湖南都御史李秉中又奉命前来纠偏，但还是掩盖不了“权豪势要”的罪恶和皇帝的昏庸。

3.描写妇女疾苦，表现她们的愿望与理想，是关汉卿剧作中的另一重要主题。在现存的十六种剧作中，就有十三种是以妇女为主角的。属于妇女问题的一是婚姻制度问题，二是娼妓制度问题。《拜月亭》和《调风月》以婚姻问题为中心,同时还涉及奴婢制度问题。

《拜月亭》写金国王尚书之女王瑞兰和穷书生蒋世隆的爱情故事。他们自由相爱、自主结合受到封建家长的横加干涉,王尚书不顾女儿意愿硬把二人活活拆散。作品非常真实而细腻地描写了王瑞兰对父亲的怨恨和对幸福生活的向往,从而暴露了封建婚姻制和封建家长制的不合理,表现了青年男女对合理幸福生活的强烈追求。

《调风月》是另外一种类型的爱情戏,女主角燕燕是一个女真官员家庭的婢女,她在爱情生活中的上当,婚姻问题上的痛苦,以及几乎不顾一切地采取各种手段所进行的反抗斗争,迫使负心的小千户实践"许下的"诺言。这不能完全理解为争取婚姻的合法权利(对奴婢来说,没有"合法"可言);更重要的是,她与小千户的结合就是从良,"不系腰裙",就是摆脱奴婢身份。从这出戏中,我们看到了在阶级社会里各民族下层妇女所受到的相同压迫。

关汉卿还十分关心封建社会最底层妇女——妓女们的命运,他的《救风尘》、《谢天香》等都写了妓女们的不幸生活,赞扬了她们的聪明才智、倔强性格和义气干云;揭露了封建官府和官僚子弟对她们的种种压迫,这一切,矛头都指向了娼妓制度,闪耀着人道主义的思想光辉。

从艺术上看,关汉卿对我国杂剧艺术作出了杰出的贡献。他塑造了众多栩栩如生的人物,不管是主要的或次要的,正面的或反面的,他总是根据其在剧中的地位和作用而给予恰当的描写或刻画,诸如窦娥、张驴儿、赵盼儿、谢天香、燕燕、谭记儿等,这些人物都给读者(观众)留下了深刻的印象。

关汉卿还创造了适合舞台演出的戏剧语言,开创了元剧豪放派的一代文风。王国维在《宋元戏曲考》中对关剧语言成就作了很高评价,他说:"关汉卿一空倚傍,自铸伟词,而其言曲尽人情,字字本色,故当为元人第一。"王氏指出了关剧语言善于表现人物和具有创造性,并形成了本色豪放的风格。总之,不管从关剧数量之多、作品思想性和艺术性成就之高来说,他都无愧于我国古代伟大的戏剧家,元杂剧的奠基者。

二　王实甫的《西厢记》

王实甫是在杂剧艺术方面取得辉煌成就的戏剧家，他的驰名中外的《西厢记》至少在元末明初就已负盛名了。贾仲名在《凌波仙》吊曲中对其人其剧赞语有云："作词章，风韵美，士林中，等辈伏低。新杂剧，旧传奇，《西厢记》，天下夺魁。"

他和关汉卿的遭遇相似：一个对杂剧艺术作出过重大贡献的剧作家，却没有可以确考其生平事迹的资料流传下来。他的散曲《商调集贤宾》退隐套有"想着那红尘黄阁昔年羞"之句，早年可能做过官，晚年退隐林下。据《录鬼簿》记载，仅知他名德信（一作德名信），大都人，所作杂剧十四种。据近人研究，他的时代较早，大约与关汉卿同时，同样经历了金、元两个王朝。流传下来的杂剧有《西厢记》、《破窑记》和《丽春园》三种，其中以《西厢记》最为有名。

《西厢记》揭露封建礼教、门阀婚姻制度的虚伪冷酷，歌颂青年男女自由爱情，表达"愿普天下有情的都成了眷属"的进步理想。这是一个具有反封建意义的主题。这个主题主要是通过崔莺莺和张生自由相爱、自主结合，受到崔母的百般阻拦所产生的矛盾表现出来的。

崔莺莺是一个官僚贵族家庭出身的小姐，是一个叛逆女性。她深沉含蓄，而又具有内在的生活热情。虽然，她受到自己家庭和阶级的教养，身上还有较多的封建礼教道德的烙印，但是，由于封建主义本身的不合理，它桎梏着人们正常的发展和追求。因此，就像莺莺这样的千金小姐，也对自己的生活环境表示不满，对幸福生活与自由爱情强烈追求。在叛逆自己家庭和阶级的过程中，她在一定程度上摆脱了封建礼教的束缚，是我国古典文学作品中一个具有反封建意义的叛逆形象。

莺莺和张生由相爱而结合有其内在的要求。未遇张生之前，她对那窒息人的生活环境就产生了"闲愁万种"的深沉闺怨；佛殿与张生相逢,她是那样精神兴奋,眉目传情;张生月下吟诗挑逗,她又是那样主动酬合。……突然而来的“寺警”促使了她和张生关系的发展,他们由“不合法”的相思相爱关系变成了合法的婚姻关系,而老夫人的悔婚却将她推进痛苦的深渊。张生要走,她要红娘留住张生,又托红娘传书送柬,并在红娘帮助下和张生自主地结合,虽然又几经曲折,但最后终于团圆。痛苦与欢乐,分离与团聚,真是一波未平,一波又起,其间充满了对封建礼教与门阀婚姻制度的强烈不满和对自由爱情的执著追求。

张生也出生在一个官僚贵族家庭,父母早逝,所受的封建主义约束较莺莺小,他的言行就有可能在一定程度上摆脱礼教道德约束。在追求爱情过程中,他执著专一而又有书呆子气,其具体特点是:志诚而近于痴傻,大胆而有点轻佻。是一个具有反封建意义的书生形象。

他去京师应考求官,无意中在普救寺遇见了美丽的莺莺,于是决定“便不往京师应举”,爱情高于富贵功名。他借寓西厢,向红娘“自报家门”,月下吟诗勾引莺莺,自告奋勇解普救寺之围……老夫人悔婚后,他又是寻死觅活、又是好言相请红娘帮助,真是一个“活当钦敬”的“傻角”。老夫人逼他上京应考,在长亭送别的酒席上,他并不全部理解莺莺的痛苦,至少可以说是有点粗心。中状元后没有“停妻再娶”,始终忠于莺莺的爱情。

红娘是崔、张爱情纠葛中的一个重要人物,她在现实生活中几乎成了穿针引线、成全男女婚事、充当说合人的代名词。从这个人物身上,看到了我国古代社会下层妇女热情大胆、见义勇为和富有斗争智慧的优秀品质。

老夫人是封建礼教、门阀婚姻制度的维护者,对莺莺来说,她既是“慈母”,同时又是严酷的封建家长。

《西厢记》取得了可喜的艺术成就,它在突破杂剧体制、结撰戏剧冲突、塑造人物和运用语言等方面都具有自己的特点。

杂剧一般是一剧四折,一个角色主唱到底;《西厢记》为了刻画众多人物和表现复杂丰富的思想内容,它创造了一剧五本二十折的先例,而且剧中的非主角红娘和惠明等人亦主歌曲文,并有对唱、接唱等多种形式。

《西厢记》的戏剧冲突写得非常成功,作者紧紧把握住崔、张自由爱情与封建礼教门阀婚姻制度的矛盾,深刻发掘人物思想性格和内心活动来安排戏剧冲突,使戏剧情节波澜迭起,摇曳生姿。从崔、张一见钟情到老夫人许婚,从老夫人悔婚到二人自主结合,从张生被逼上京应考、郑恒从中造谣挑拨到老夫人第二次悔婚……张生得官返回辩明真相、郑恒撞死,二人团圆。真是一波刚平,一波又起,好事多磨。

《西厢记》成功地塑造了较多个性鲜明的人物,不管是主角莺莺和张生,非主角红娘和老夫人,乃至出场不多的惠明与法本和尚都是栩栩如生,各具特点(二本楔子写惠明下书,四本三折写法本"帮闲"等)。

在语言运用方面,《西厢记》自成一格,是元杂剧婉约派的代表,其特点是浓艳华丽而又性格化,这是与塑造崔、张这样有身份有教养的佳人才子形象,表现爱情主题有密切关系。明初朱权评王氏作品语言"如花间美人,"正好道出了这一特点。

三　马致远的《汉宫秋》

马致远的《汉宫秋》被明人列为元剧之首,明清以来享有很高声誉。它取材于历史上汉、匈之间的和亲事件,主要写汉元帝被迫送出妃子王昭君去和番的故事。

《汉宫秋》通过汉元帝和王昭君的爱情悲剧,突出地描写了民族矛盾与民族压迫。番王呼韩邪单于既是汉元帝"外甥",同时又"称藩汉室"。也就是说,汉、匈之间既是亲属关系,同时又是君臣关系。当他指名道姓索要元帝爱妃王昭君和亲的时候完全是一种最后通牒似的口吻:"若不肯与,不日南侵,江山难保。"元帝既不愿抛舍妃子,又不能指挥群臣出力御侮，哭哭啼啼地忍受了难以忍受的屈辱。在封建社会一般情况下，或者是外敌威胁国家安全的时候，人们总是把皇帝当做国家政权的代表，番王对元帝的凌辱也就远远超出了元帝个人范围，而具有民族压迫性质。

作为反映民族矛盾、反对民族压迫的《汉宫秋》，还十分突出地歌颂了可贵的民族气节和爱国思想，其主要表现是创造性地塑造了昭君形象和改变了昭君和番的故事情节。不管是历史记载或文艺创作的昭君故事，在马致远之前对于昭君的出身和是否去到番邦的结局，都没有从根本上突破传统，而《汉宫秋》却对昭君故事作了创造性的处理，把原来由“良家子”出身改成了“庄农人家”姑娘。《汉宫秋》中的毛延寿向王昭君索取百两黄金就许以“选为第一”，而她却以“家寒无凑”加以拒绝，这里既表现了昭君的高洁耿直，同时也表明她是出身贫苦家庭。不管出于什么原因让这样一个贫家女儿，以正面人物身份登上政治舞台还是难能可贵的。

《汉宫秋》曲辞清丽华美，第一折〔混江龙〕、第三折〔梅花酒〕、〔收江南〕等曲文历来为评曲者所推崇。

马致远的其他几种神仙道化剧等意义不大，《荐福碑》中发泄了元代知识分子政治上无出路的苦闷，有一定现实意义。

四　其他杂剧

除上面三大家之外，其他有名的作品还有白朴的《墙头马上》、李直夫的《虎头牌》、石君宝的《秋胡戏妻》、纪君祥的《赵氏孤儿》、康进之的《李逵负荆》、萧德祥的《杀狗劝夫》、罗贯中的《风云会》，以及无名氏的《陈州粜米》等。它们或写青年男女自由相爱，或写新婚夫妻别后重圆，或写清官良吏审案断狱，或写高级将领严格执法，或写梁山英雄除暴安良等等。这些作品从不同方面抨击了元代黑暗社会，表达了合理、进步的生活理想。从艺术方面看，不少剧中的人物都写得栩栩如生，各具特色，语言风格也多样化，豪放、婉约、清丽，应有尽有。这些作品与关汉卿、王实甫、马致远等人的剧作,都是我国元代流传下来的一笔宝贵文化遗产。

第二节 散　　曲

散曲是一种合乐可歌的新诗体,它源于宋金而盛于元。早在北宋熙宁年间,民间就流传着不成熟的小曲和套数组成的诸宫调。随着宋词的僵化,这些民间小曲也逐渐转到文人手里,金人元好问、杨西庵等就已开始创作散曲。到元代,散曲几乎取代了传统诗词的地位,成为文人抒情咏物的主要文学形式。元代散曲作家社会阶层相当广泛,上至达官显贵,下至倡优艺人都写散曲,当然,其中最多的仍是中层知识分子。

散曲分小令和套数两种,小令是只曲,体制短小,相当于一首绝句诗或一首令词;套数是由两支以上同一宫调的只曲组成,它继承了唐宋以来的大曲、鼓子词和诸宫调等传统。

散曲作家有名字可考者约为二百馀人,流传下来的作品有小令三千八百馀首,套数四百五十馀套(皆据《全元散曲》),前期的著名作家有关汉卿、马致远、张养浩,后期有贯云石、睢景臣、乔吉、张可久、刘致等。从总的倾向看,散曲的成就高于诗文而不如杂剧,但在我国诗歌史上仍然占有重要地位。

关汉卿　留下的散曲不多,有小令五十七首、套数十三套及残套两套,其内容或写男女恋情,或写离别相思,或写自然风景,或写个人怀抱。其中最值得称道的是〔南吕一枝花〕《不伏老》套。他在〔黄钟尾〕一曲中,对自己坚强、倜傥性格的夸耀,对多才多艺才能的赞赏,对各种技艺的热爱都写得非常鲜明、突出:

　　我是个蒸不烂、煮不熟、捶不匾、炒不爆、响当当一粒铜豌豆。……我玩的是梁园月，饮的是东京酒，赏的是洛阳花，攀的是章台柳。我也会围棋，会蹴踘，会打围，会插科，会歌舞，会吹弹，会咽作，会吟诗，会双陆。你便是落了我牙，歪了我嘴，瘸了我腿，折了我手，天赐与我这般儿歹症候，尚兀自不肯休！

马致远 是元代散曲大家，流传下来的小令一一五首，套数十六套，残套七套。他的散曲多写叹世、自然景物、四时节令和男女恋情。其中〔天净沙〕《秋思》小令、〔双调夜行船〕《秋思》套和〔般涉调耍孩儿〕《借马》等最为有名。

《秋思》小令在元代就受到曲家的赞赏，周德清称它是“秋思之祖”(《中原音韵》)：

枯藤老树昏鸦，小桥流水人家。古道西风瘦马。夕阳西下，断肠人在天涯。

全曲五句二十八字，就构成了一幅形象鲜明的秋郊夕照图。前三句九种客观景物不仅点出了季节，而且都富有感情色彩。第四句以具体时间把客观景物与天涯游子的思想感情联系起来，最后一句点明主题，使景与情浑然一体。

《秋思》套也是马致远的代表作之一。这个套曲感叹年华之易逝，功名富贵皆是一场空幻，宣扬杜绝名利是非，及时行乐，思想情调低沉，文字技巧成熟。

《借马》套别具一格。作者描写一个爱马如命的悭吝人穷形尽相，入木三分。“出言要借，对面难推”、“沉吟了半晌语不语”，极写其欲借不肯、不借不能的复杂心理状态；对借马人的叮咛嘱咐，从行路、喂草、饮水、抛粪绰尿等等无不应有尽有。他对马的生活习性简直熟悉得很。马被牵走，他“早两泪双垂”，心情十分痛苦。这个套曲扩大了散曲的表现境界，它成功地塑造了一个悭吝者形象。

张养浩(公元 1269～1329 年) 也是元代前期有名的散曲作家，

字希孟，号云庄，山东济南人。曾任邑堂县尹、监察御史、陕西行台治书侍御史、参议中书省事、礼部尚书等官职。所作散曲今存者有小令一六一首，套数两套。以〔山坡羊〕《潼关怀古》小令最为有名。

元文宗"天历二年(公元1329年)，关中大旱，饥民相食，特荐陕西行台中丞"(《元史·本传》)前往拯灾。到官四月，未尝家居，止宿公署。夜则祷于天，昼则出赈饥民，终日无少怠。每一念至，即抚膺痛哭，遂得疾不起，卒年六十。"(同上)他是因公而死。《潼关怀古》即为赈灾途中所作。

峰峦如聚，波涛如怒，山河表里潼关路。望西都，意踟蹰，伤心秦汉经行处，宫阙万间都做了土。兴，百姓苦；亡，百姓苦。

这支小令写了潼关形势的险要和秦汉兴废的沧桑变化，揭示了历史上的改朝换代都给人民带来苦难的、带有规律性的现象，表达了作者对不顾人民死活的历代统治者的不满和对人民的同情。

睢景臣 (一作舜臣)字嘉贤，江苏扬州人，生平事迹不可考。元成宗大德七年(公元1303年)还在世。所作杂剧《千里投人》、《莺莺牡丹记》和《屈原投江》皆不传。散曲保存下来的也很少，以〔般涉调哨遍〕《高祖还乡》套最为有名。

《高祖还乡》写汉高祖刘邦得天下后衣锦还乡的故事。本事原见《史记·高祖本纪》，《本纪》对刘邦还乡持肯定态度，不但写刘邦还乡后与父老子弟在酒筵中的热闹场面，而且还写了他们与这位新发迹的君王依依不舍之情。这完全是一幅君民同乐的图画，稀世难逢的"盛典"。

睢景臣没有拘泥于历史上对刘邦还乡故事的各种渲染，而是根据自己对刘邦和封建皇帝的认识进行艺术构思，故套曲问世之后就被时人誉为"新奇"之作。

套曲从刘邦故乡的一个"乡民"着眼，写他对刘邦还乡的种种见闻和感受，嘲讽了刘邦的臭威风，揭露了他的无赖历史，表达了作者对封建皇帝的批判精神。

这个套曲形象鲜明，情节完整，很像一首长篇叙事诗或一本讽刺剧，在我国散曲史或诗歌史上，它完全称得上是一篇“新奇”的作品。

张可久　(约为公元 1280 ~ 1330 年) 字小山，是元代散曲的大家，流传下来的小令有八百五十馀首，套数九套，是元代散曲多产作家之一。他的作品题材较狭窄，描写自然风景和抒写个人情怀之作较多，但工于技巧，具有清丽而又自然的艺术风格。〔双调折桂令〕《九日》、〔中吕普天乐〕《西湖即事》、〔越调天净沙〕《江上》等小令和〔南吕一枝花〕《湖上晚归》套等可为代表。

乔吉　(约公元 1280 ~ 1345 年) 字梦符，号笙鹤翁，又号惺惺道人。所作杂剧十一种，今存《两世姻缘》、《扬州梦》和《金钱记》三种，是“元曲六大家”之一。流传下来的散曲有小令二〇九首，套数十一套，是仅次于张可久的多产作家。其作品风格与张可久相近，皆以清丽见长。他总结作乐府的章法是凤头、猪肚、豹尾。大概是说：起要美丽、中要浩荡、结要有力。代表作品有〔双调折桂令〕《荆溪即事》、〔双调清江引〕《有感》、〔双调水仙子〕《寻梅》、〔双调怨风情〕《重观瀑布》等。

第三节　南　　戏

南戏又叫戏文或传奇，是北宋末年或南宋初年产生在浙江温州一带的地方剧种。明人徐渭《南词叙录》云：

> 南戏始于宋光宗朝，永嘉人所作《赵贞女》、《王魁》二种实首之。……或云：“宣和间已滥觞，其盛行则自南渡，号曰‘永嘉杂剧’，又曰‘骨伶声嗽’。”其曲，则宋人词而益以里巷歌谣，不叶宫调，故士大夫罕有留意者。

南戏原来是产生民间的地方戏，“益以里巷歌谣，不叶宫调”正说明早期南戏的特点。

据近人考证，能够确定为宋人作品的有《赵贞女蔡二郎》、《王魁》、《王焕》、《乐昌分镜》、《韫玉传奇》、《张协状元》等六种。除《张协状元》外，其他五种都没有流传下来。

元代虽然是杂剧居于统治地位，但南戏也并没有消失，特别是在后期，南方的书会才人编写南戏和艺人演南戏的材料也散见于书中。锺嗣成《录鬼簿》就记载萧德祥“又有南曲戏文”；夏伯和《青楼集》称戏曲艺人龙楼景、丹墀秀“专工南戏”。据《南词叙录》称：“顺帝朝，忽又亲南而疏北，作者蝟兴，语多鄙下，不若北之有名人题咏也。”可见元代末年，写南戏的不知名作者是相当多的。

由于宋元戏文常常混记在一起，除了前面提及的六种是宋人之作外，要绝对准确无误地完全确指哪些是宋人之作或元人之作都有相当困难。据近人研究，宋元戏文大约有一百六十七种左右，其中流传下来的作品约为十五种，仅存佚曲者一百一十九种，全佚者三十三种（据钱南扬《宋元戏文辑》）。

南戏的体制较为自由，如篇幅长短、角色演唱、宫调曲牌的选用和叶韵等，都比杂剧灵活。其中最主要的是南戏的篇幅一般都较长（一剧可以长达五十出以上，“出”是情节单位），上场角色都可以演唱曲文。这种艺术形式有利于刻画众多人物和表现复杂的思想内容。

宋元南戏流传下来的最早作品是《永乐大曲戏文三种》，其中《张协状元》可以确定为宋人所作，另二种《宦门子弟错立身》、《小孙屠》是元人作品。《张协状元》写张协富贵后负心弃妻、经过一番曲折又团圆的故事。作品调和了不该调和的矛盾，带有浓厚的妥协色彩。《错立身》写一个官员公子和一个剧团女艺人相爱，受到封建家长干涉，他愤而出走，到该剧团当了演员，终于结合。就作者主观思想来说，他并不赞成这位公子的行为，所谓“错立身”者，乃指责其理想、道路错误也。不过，此剧写一个官家子弟爱上一个女艺人，不惜抛弃“宦门子弟”生活，还是非常难能可贵的。《小孙屠》写一桩杀人冤案平反的故事，思想内容平庸，艺术上也较粗糙。

元代南戏值得一提的是被称为“元末四大传奇”的《荆钗记》、《刘知远白兔记》、《拜月亭记》和《杀狗记》。除《杀狗记》宣扬“兄友弟恭”、“妻贤夫祸少”等封建思想外，其馀几种多是描写男女爱情、婚姻方面的纠葛，揭示了封建社会中妇女的不幸遭遇，反映了各种道德观念的矛盾冲突。

《荆钗记》相传为元人柯丹丘作，主要写王十朋富贵不忘糟糠妻的故事。作品从正面树立了忠于爱情的士人形象，表达了进步的爱情理想。

《白兔记》的作者失考，主要写刘知远变泰发迹、其妻李三娘在娘家受兄嫂虐待，中经曲折、二人终于团圆的故事。作品较多地保留了民间故事传说（如写三娘之父见牧马人刘知远睡熟后有小蛇虫入其鼻中，遂招赘为婿；李三娘磨房产子等）。作品通过李洪一夫妇处处迫害刘知远夫妇的情节，暴露了“人情冷暖”的炎凉世态，批判了嫌贫爱富的门阀婚姻观。

南戏《拜月亭记》是根据关汉卿《拜月亭》杂剧改写的，相传作者为元人施惠。惠字君美，浙江杭州人。亦有人认为是无名氏所作。剧本主要情节与人物和杂剧相同，只是作了更多的增饰和铺排。在新的历史条件下，作者继承和接受了杂剧赞扬的自由爱情和自主婚姻的进步思想。在艺术方面，作者把杂剧的“巧合”手法更加具体化，使得戏剧冲突更富于感染力。

《琵琶记》的作者高明，字则诚，元末人。出身书香之家，从小受到封建主义教育，除写《琵琶记》外，还有南戏《闵子骞单衣记》（已佚），诗文集《柔克斋集》二十卷，也多散失（目前还能看到五十馀篇）。从这些作品可以看出，作者比较同情人民疾苦（《题画虎》诗），对统治者有所不满（《乌宝传》）。他的一些诗文常常宣扬节孝等封建伦理道德（《孝义井记》、《王节妇诗》等）。这些思想，在《琵琶记》中都有反映。

《琵琶记》主要写蔡伯喈和妻子赵五娘的离合故事。这个故事在宋金时代曾经广为流传,早期南戏有《赵贞女蔡二郎》,金院本有《蔡伯喈》。在这些戏曲或鼓词中,蔡伯喈一直是个坏人形象,当然,这与历史人物蔡伯喈毫无关系,所谓"传奇家托名寄志,其子虚乌有者,十之七八。千载而下,谁不知有蔡中郎者"(姚燮《今乐考证》)正是此意。

高明的《琵琶记》一反流传故事传统,他为"弃亲背妇"的蔡伯喈翻案,把他写成"全忠全孝"的正面人物。"子孝妻贤"正是作者所要表现的主题。所谓"妻贤",就是五娘在丈夫离家后含辛茹苦地对公婆恪尽孝道。宣传"孝"才是作品主题的核心。

把蔡伯喈写成正面人物,主要是通过他的"三被强"、"三不从"而最后又终于"三从"表现出来的。他的一切行动都是被逼迫的,始终生活在矛盾痛苦之中,是一个软弱善良的书生形象。他的辞试、辞婚、辞官都没有成功,从父亲到牛丞相乃至皇帝,他们以"大孝"、"孝道虽大,终于事君"等封建教义逼其就范。尤其是牛相逼婚,还把皇帝的"圣旨"搬了出来,像蔡伯喈这样的知识分子,当然就没有反抗的馀地了。就这个意义上说,作者的矛头主要是指向了封建统治者中的上层人物,他们才是整个悲剧的主要制造者。

赵五娘是作品中塑造得最成功的人物,她的善良、克己,勇于承担苦难和自我牺牲,这是我国古代普通妇女所具有的优秀品质。灾荒之年,丈夫久出不归,她典当衣衫首饰来供养公婆,自己却背地里以糠充饥;公婆饿死,她祝发卖葬,罗裙包土,自筑坟台;又身背公婆遗像,怀抱琵琶,沿途行乞,上京寻夫……她所承担的苦难,她的自我牺牲精神,对封建社会普通妇女来说都很有典型意义。

《琵琶记》在刻画人物、安排结构、运用语言等方面都取得了很高的成就。剧中主要人物赵五娘、蔡伯喈很真实,富有雄厚的生活基础,他们的言行和心理活动都使人置信不疑。虽然,作者主观上不时硬给人物塞进一些封建教义的台词,但并没有从根本上损害人物形象。剧本以两条线索交错发展来展开情节,对表现复杂的生活风貌和形成强烈的映衬对比艺术效果都起了很好作用。作品的语言具有质朴自然而又细致入微的特点,尤其是描写人物心理活动更是丝丝入扣、委婉尽致。

原载《文学知识》1983年第3期、第4期

第二章　明清小说概述

我国明清时代,是指从1368年朱元璋推翻蒙古贵族统治建立明王朝,至1840年帝国主义侵入我国的鸦片战争这段时期,这是我国封建社会逐步走向末期的时代。

明清时代的文学各体皆备,诗、词、散曲、民歌、弹词、鼓词、散文、长篇章回小说、短篇白话小说、短篇文言小说、杂剧、传奇。其中小说和戏剧成就最大,诗文成就虽不突出,但它反映了人们在这方面的有益探索。下面主要说说小说。

第一节　明代小说

明清小说是前代小说的继承与发展,大致有三个系统:(一)长篇章回小说。如《三国演义》、《水浒传》、《西游记》、《金瓶梅》、《儒林外史》和《红楼梦》等。它们又分两种情况,一是继承宋元的说话艺术如小说、讲史、说经等传统,一是从现实生活中选取题材。(二)短篇白话小说。如"三言二拍"、《西湖二集》等,它是宋元话本的继承与发展。(三)短篇文言小说,如《剪灯馀话》、《剪灯馀话》、《觅灯因话》、《聊斋志异》、《谐铎》、《新齐谐》、《阅微草堂笔记》等,它们是魏晋志怪、唐宋传奇小说的继承与发展。

下面重点谈谈《三国演义》、《水浒传》、《西游记》、“三言二拍”、《聊斋志异》、《儒林外史》和《红楼梦》。

一 罗贯中的《三国演义》

罗贯中，名本，字贯中，或云名贯，字贯中，号湖海散人，山西太原人（一说钱塘人或庐陵人），生卒年代不详。据《录鬼簿续编》推断，大约是元末明初（约为公元 1330～1400 年）年间人。他兼写小说和杂剧，小说除《三国演义》外，尚有《隋唐志传》、《残唐五代史演义》和《平妖传》等；杂剧现存《风云会》一种，以《三国演义》最为有名。还有人说他与元末起义军首领张士诚有交往，曾经“有志图王”。他还不是对现实生活漠不关心的文人。从他的一些作品中也可以看出，他肯定“圣君贤相”，向往“仁政”和统一，在当时的历史条件下，这是一种进步的政治理想。此外，他的正统思想也相当严重，敌视农民起义就是这种思想的具体反映。

《三国演义》取材于重大的历史事件，从东汉末年的黄巾起义、群雄割据、三国鼎立，到西晋统一三国，前后凡九十六年（公元 184～280 年）。这段历史有西晋人陈寿撰的《三国志》，南朝宋人裴松之为《志》作的《注》。隋、唐、宋、元以来，三国故事更是通过杂伎、说话、戏文、院本、杂剧等多种形式广为流传，《演义》就是在陈《志》裴《注》和流传故事基础上写成的一部优秀的历史演义小说。

《三国演义》突出地表现了“拥刘反曹”思想，作品主要通过对三国兴亡历史的描写，揭露了封建统治阶级的奸诈与残暴，歌颂了“圣君贤相”的品德与才能，表达了作者对“仁政”理想的追求。“拥刘反曹”思想既有历史的继承性，同时又有积极的现实意义；它既是两晋以来人们对曹操、刘备所作的历史评价，同时又是作者历史观与政治观的形象概括。曹操奸诈、残暴，是一个极端利己主义者的典型，“宁教我负天下人，休教天下人负我”就是他奉行的人生哲学。刘备则是一个宽仁厚德的“仁君”典型，他做地方官时就“与民秋毫无犯，民皆感化”;他宁肯被敌人追上,也不愿抛弃百姓而轻骑逃走;刘表让荆州,陶谦让徐州,他都不乘人之危而予以接受。……在中原逐鹿的活动中,虽然有人说他是不讲信义的“枭雄”,但更多的人还是称赞他是“仁义之人”。他的丞相诸葛亮不仅是智慧的化身,而且也是一个忠心耿耿为事业献身的人臣典型。作者对“圣君贤相”的歌颂,表现了对“仁政”的向往,不能说与他所经历的元末社会动乱和明初相对稳定的生活现实没有关系。正是从这个角度上,我们说《三国演义》具有积极的现实意义。

《三国演义》也有相当浓厚的封建正统思想,其主要表现有两个方面:一是否定以夺取汉朝天下为目标的黄巾军起义;二是肯定刘备集团打着刘氏“帝室之胄”旗帜、理应继承汉统的一切活动。后面一点可能与元代民族矛盾现实有一定联系。

《三国演义》在艺术上取得了多方面的成就:它以粗线条笔法塑造了众多栩栩如生的人物形象;它的语言是“文不甚深,言不甚俗”(庸愚子《三国志通俗演义》序),具有文白相间、雅俗共赏的特点;战争描写惊心动魄,纷繁多姿,等等。在它的影响下,我国历史演义小说从“开天辟地”写到了“民国”,三国故事也通过戏曲、各种说唱文艺等广为流传,它在我国文学史上占有十分重要的地位。

二　施耐庵的《水浒传》

《水浒传》的作者是谁,是罗贯中或施耐庵?施耐庵是否实有其人?目前学术界有种种不同看法,这里姑且不论;仍从旧说,定为施耐庵。

施耐庵与罗贯中大约同时,亦是元末明初年间人。

《水浒传》的成书大约也在元末明初,它主要写北宋末年宋江领导的一次农民起义的故事。

宋江起义,在《宋史》的《徽宗本纪》、《侯蒙列传》、《张叔夜列传》等正史中和《十朝纲要》、《东都事略》等史籍中皆有记载,以后又通过说话、绘画、戏曲等文艺形式广为流传，施耐庵最后加工写成了长篇章回小说。

《水浒传》有多种不同的版本，现在能看到的最早版本是明嘉靖时武定侯郭勋家所传的百回本《忠义水浒传》，以后又有一百一十五回的同名版本和一百二十回本《忠义水浒传全书》。清人金圣叹自云得七十回古本，乃加以删订行世，此本一出，其他各本就不再广为流传。

施耐庵在流传水浒故事的基础上，综合了宋元以来农民起义斗争的经验教训，描写了以宋江为代表的农民起义的发生、发展和失败结局的全过程，反映了封建社会阶级斗争和农民战争的基本面貌，有深远的社会意义和历史意义。

《水浒》所反映的农民革命是极其深刻和广泛的。首先，它写了"官逼民反"、"乱自上作"，表现了起义的正义性与必然性。从林冲、鲁智深、晁盖、吴用、阮氏三雄、解氏弟兄、武松、宋江、李逵、卢俊义到关胜、张清等，他们或是受到官府迫害，或是受到恶霸欺凌，最后都通过不同道路走上梁山。所谓"无恶不归朝廷，无美不归绿林"（金圣叹语），正好道出了问题的实质。

《水浒》还描写了梁山英雄的智慧和武勇，表现了义军的声势和力量。拳打镇关西、智取生辰纲、醉打蒋门神、好汉劫法场、三打祝家庄、计破连环马、智取大名府、兵打北京城、夜打曾头市、两赢童贯、三败高俅……都十分突出地描写了梁山英雄的智慧和武勇，所谓"宋江以三十六人横行齐魏，官军数万，无敢抗者"（《宋史·侯蒙列传》）是可信的。

《水浒》所写梁山英雄接受朝廷招安及其悲剧结局，一直是学术界争论很大的问题。从作者主观上说，他是肯定这种投降行为的，其主要表现就是对宋江坚持投降行为的肯定和美化。但是，评价作品不能仅凭作者的主观愿望，而应该考虑作品形象的客观效果：投降造成悲剧就表明，作品以最有说服力的方式告诉读者，它否定了投降。这对我们今天仍有认识价值。

《水浒》塑造了众多栩栩如生、个性鲜明的人物:李逵粗直鲁莽,鲁智深粗中有细,武松精细果断,石秀精细心狠,林冲正直、忍让到忍无可忍,宋江动摇妥协,王伦嫉贤妒能,黄文炳诡诈毒狠,郓哥的憨直,何九叔的熟谙世故等,不管是正面英雄人物,或是反面恶人与坏人,或是市井百姓,他们都是形象鲜明,各具特点。

从文学史上看,《水浒》是我国古代第一部描写和歌颂农民起义的长篇章回小说,它的地位是十分重要的。

三 吴承恩的《西游记》

《西游记》是我国古代一部优秀的神魔小说,它的作者吴承恩是明代弘治至万历年间人(约为公元1550~1580年)。据他流传的一些诗文知道,他对黑暗社会不满,对现实采取了批判态度(《**赠卫侯张君夏任序**》、《**二郎搜山图歌**》);他工诗善画,尤喜奇闻异事。《西游记》里能够成功地以神魔世界喻人间社会,是与他具有进步思想和多方面艺术才能分不开的。

《西游记》主要写孙悟空保护唐僧去西天取经的故事。这个故事写成长篇章回小说,经历了一个相当长期的过程。唐僧取经本是历史上的真人真事。唐太宗贞观三年(公元629年),高僧玄奘(俗姓陈)经过艰苦历程,步行几万里至西方天竺(印度古称),投戒贤法师学习佛家经典,历时十七年返回。弟子辩机根据其口述取经故事写了《大唐西域记》,又一弟子慧立写了《大唐慈恩寺三藏法师传》;到宋代则有《大唐三藏取经诗话》;元代有《西游记平话》(《永乐大典》、朝鲜《朴通事谚解》保存部分文字)、《西游记》、《西天取经》杂剧等。作者就是在这些流传故事基础上写成了长篇章回小说。

《西游记》为我们创造了以神魔活动为中心的幻想世界,小说中的天宫、地府、龙宫、魔窟,都是现实社会生活在幻想形式中的典型概括;那些神佛妖魔,也都具有现实生活中人的特点。神佛们对孙悟空的羁縻和镇压、向取经人索要"人事",妖魔要吃唐僧肉、要小儿心肝做药引、阴谋夺人帝位、以风沙水火害人等。这些神或魔，正是现实社会中上至皇帝、下至各种各样的剥削者压迫者及一切邪恶势力、自然灾害等方面的代表；孙悟空等与他们的斗争也就必然闪耀出人世斗争的火花。“讽刺揶揄则取当时世态”（鲁迅《中国小说史略》）十分中肯地指出了神魔活动与人世生活相联系的特点。

作为一部浪漫主义的神魔小说，《西游记》的艺术成就也是很突出的。由于作品深深植根于现实生活，小说中的神魔形象总是具有强烈的现实生活色彩，无论是孙悟空、猪八戒、玉皇大帝、如来佛祖，或是黄风怪、牛魔王、黄眉大王、白骨夫人等，真是“神魔皆有人情，精魅亦通世故”（同上书），和社会中人息息相通。

四　“三言二拍”

明朝末年，冯梦龙（公元 1574 ~ 1643 年）编订的《喻世明言》、《警世通言》、《醒世恒言》和凌濛初（公元 1580 ~ 1644 年）编写的《拍案惊奇》（初刻、二刻共 78 篇）是明代短篇白话小说的代表或集大成者，文学史上习惯地称它们为“三言二拍”。

“三言”共计小说一百二十篇（一篇轶），其中宋元旧篇约占 1/3，其馀则为明代话本或文人拟作，全部都经过冯梦龙的整理、加工，还有一些是冯氏自己的作品。

从总的倾向看，“三言”主要表现了城市市民的生活和思想特点，有鲜明的反封建倾向，但又未能全部摆脱封建思想束缚；有的作品还有因果说教和庸俗描写，封建性糟粕常常和民主性精华掺杂在一起。根据作品题材，大致可以分为以下几个方面：

1. 描写爱情婚姻故事

这是“三言”中写得多和最有市民特色的题材。这些作品中的主人公多是城市下层妇女或其他市民，作品写了她们被侮辱、被损害的不幸遭遇，表达了她们的合理生活理想，对那些封建统治阶级的荒淫残忍和卑劣行为进行了无情的揭露和鞭挞。代表作品有《杜十娘怒沉百宝箱》、《卖油郎独占花魁》、《蒋兴哥重会珍珠衫》、《王娇鸾百年长恨》、《宋小官团圆破毡笠》、《金玉奴棒打薄情郎》、《钱秀才错占凤凰俦》等。

2. 描写统治阶级内部矛盾

这类作品或写统治阶级内部忠奸矛盾、或写地方官府恣意残民，或写官僚家庭内部财产争夺，或写司法吏治的黑暗残酷，代表作品有《沈小霞相会出师表》、《木棉庵郑虎臣报冤》、《滕大尹鬼断家私》、《李玉英狱中讼冤》、《卢太学诗酒傲王侯》等。

3. 其他

"三言"中还有一些描写市民之间友谊和谴责背信弃义之作，代表作品有《施润泽滩阙遇友》、《吕大郎还金完骨肉》、《范巨卿鸡黍生死交》、《桂员外穷途忏悔》等。

凌濛初的"二拍"除少数作品是改写旧作外，其馀大部分作品是直接描写明代社会现实生活。由于作者思想反动，"二拍"中的大多数作品都是封建性糟粕，它们或宣扬封建迷信，或描写男女色情，或诬蔑农民革命，或鼓吹封建伦理道德，这些作品表现了作者反动的政治立场和美学思想。少数作品对明代社会的黑暗腐朽、官场吏治的腐败、社会秩序的混乱，对官僚、地主、豪商巨贾的贪婪狠毒、荒淫无耻和到处都充满了敲诈勒索、拐骗霸占等有所暴露，在今天仍有认识意义。

"二拍"中还有一些描写男女爱情婚姻故事的作品，它们的共同点就是把矛头指向"父母之命，媒妁之言"的封建婚姻制度；还有一些作品写了商人对金钱的强烈追求并获得了成功，说明商人社会地位的提高。上述这些作品更多地表现了市民的思想感情。

从总的方面说，"二拍"成就不如"三言"，但艺术上也都有可取之处。

第二节　清代小说

一　蒲松龄的《聊斋志异》

在我国文学史上,《聊斋志异》是短篇文言小说的高峰。作者蒲松龄,字留仙,号柳泉,山东淄川(今淄博市)人,生于明崇祯十三年,卒于清康熙五十四年(公元1640～1715年)。父亲蒲槃由儒而商,家庭生活比较清贫。作者早年也热衷于科举考试,十九岁时应童子试,在县、府、道三级考试中连得第一,补博士弟子员。以后累试皆不售。几十年的漫长岁月,主要是在农村教书,穷愁潦倒地度过了一生。所作除《聊斋志异》外,尚有诗词一千馀首,文四百馀篇,戏三出,俚曲十四种及杂著多种,《聊斋志异》是他的代表作。

《聊斋志异》计四百九十一篇(据"三会"本),除写现实社会人世生活外,还有大量篇什是写精灵神鬼故事,这些作品具有爱憎鲜明的思想倾向和积极的浪漫主义精神。就其内容来说,可以分为以下三个方面:

1. 揭露清代社会政治黑暗,表现人民反抗斗争精神

这类作品涉及范围较广,矛盾冲突也较复杂。它们或写地主恶霸欺压良善,或写贪官污吏酷害人民,但终于受到"冥报"或其他严厉惩罚,如《刘姓》、《向杲》、《红玉》、《商三官》、《博兴女》、《梅女》、《梦狼》、《王者》、《席方平》等。有的作品通过人变为虫的荒诞离奇情节,还把批判矛头直接指向了不恤"民命"的封建皇帝,从而闪耀出更多的反封建的民主思想光辉(《促织》)。

2. 赞扬青年男女自由幸福爱情,谴责邪恶势力对女性的迫害

这类作品在《聊斋志异》中数量最多,题材范围也最广。无论是花妖狐魅、精灵神鬼，她们和人的相爱与结合，都是人世生活在幻想形式中的典型概括。那些以各种形象出现的女性，她们在追求爱情和建立美满家庭的过程中，都表现得十分大胆和坚贞，终于克服种种困难而得到美满的结局。代表作品有《青凤》、《连琐》、《鸦头》、《婴宁》、《香玉》、《湘裙》、《嫦娥》、《仙人岛》、《寄生》、《阿宝》、《晚霞》、《莲香》、《黄英》、《庚娘》、《窦氏》、《翩翩》等。

3. 抨击八股取士制度，矛头指向试官和科举迷

蒲氏一生久困场屋，对科举制度弊端有深刻的认识，他的抨击矛头，一是指向主持考试的试官，一是指向醉心于科举的知识分子。对试官多嘲讽，对知识分子则多同情。有的试官的文章，瞎子闻了也要“向壁大呕，下气如雷”（《司文郎》）；阴司试官照例要吃秀才股肉，“即父命”亦不可改（《考弊司》）；有的试官因“黜佳才而进凡庸”，以至落第之事与试官“冤冤相报”、“三世不解”（《三生》）。在科举制度下，一些知识分子被弄得神魂颠倒、丑态百出，如《王子安》、《叶生》、《于去恶》、《凤仙》等。

《聊斋志异》的许多篇什都采取了浪漫主义创作方法，“用传奇法，而以志怪”、“使花妖狐魅，多具人情”（鲁迅《中国小说史略》），十分精辟地指出了这一特点。

《聊斋志异》塑造了众多栩栩如生的人物形象。不少作品，故事情节曲折多变，颇能引人入胜。语言继承了我国志怪传奇的优良传统，同时还吸收了一些口语，形成了独特的语言风格，其特点是古雅简练、清新活泼。

二　吴敬梓的《儒林外史》

《儒林外史》是我国古代的优秀讽刺小说。作者吴敬梓（公元1701～1754年），字敏轩、一字文木，号粒民，安徽全椒人。出身于书香门第之家。曾祖、祖辈多是探花、榜眼或进士；父为拔贡，做过赣榆县教谕。其人品格清高，热心教育，曾捐资办学。作者二十三岁时，其父去世。他中秀才后就不再热心科举，以后迁家南京，过着豪放无羁的生活。晚年很贫困，或“以书易米”、或绕城墙“行数十里”以“暖足”（程晋芳《文木先生传》），而不改其乐。在他的生活中，接触了不少官僚豪绅、膏粱子弟、名士清客、秀才举人，对他们的言行和灵魂都有深刻的了解：“独忌时文士如仇，其尤工者，则尤嫉之”（同上文），这是他能够写出《儒林外史》的重要条件。

《儒林外史》对封建制度进行了较为广泛的批判，诸如八股科举制度、官僚制度、礼教道德、世风习俗等，其中心则是描写了八股科举制度下的形形色色的知识分子，它把《聊斋志异》对科举制度的批判推向一个新的阶段，使我国古代讽刺小说达到一个新的高峰。

作品对科举制度的批判是多方面的。首先是通过高士王冕，明确宣布八股取士之法“定的不好”；接着就写了两个受八股文毒害较深而变得精神空虚、迂腐可怜，但还是比较忠厚老实人物的悲喜剧：一个是考到60多岁，连秀才也未考取的周进；一个是考到54岁才中了秀才的范进。他们在追求科举成名的过程中，一个因无条件参加乡试考试而伤心痛苦，一个因意外取得功名而精神失常。尽管他们后来都交了好运，但是怎么也改变不了他们是一个八股取士制度下的可怜虫形象。还有原来比较朴实厚道的匡超人，中秀才前，他在家杀猪、卖豆腐，孝敬瘫痪的父亲；中秀才后，他与官府勾勾搭搭，包揽词讼，代人应考，说谎吹牛，停妻再娶……完全成了一个市井无赖。匡超人的变化，充分暴露了八股取士制度对人们的毒害。此外，作品还写了几个八股迷，这些人并不干什么坏事，就是把八股文捧上了天，如鲁编修精心培养独生女儿读八股文；鲁小姐教育四岁的儿子读《四书》、讲文章；马二先生要匡超人念文章、做举业，说什么“人生世上，除了这事，就没有第二件可以出头”。从他们的言行中，我们看到八股取士制度对人们心灵毒害之深。

《儒林外史》还揭露了由科举出身的豪绅和官吏的丑恶与罪恶。在这些知识分子中，一种人是经过科举考试，有点小功名，但并未做官，由于他们凭着功名身份而常和官府来往，因而就仗势欺压善良，鱼肉乡里，成为地方上的土豪劣绅，如严贡生就是这一类型人物的代表；又一种人是通过科举考试做了官，回到家乡后成了恶霸，如张静斋就是这一类型人物的代表；还有一些知识分子通过科举考试，混迹官场而成为贪官，如南昌太守王惠就是这一类型人物的代表。这些儒林丑类，都是八股取士制度下的产物。

在八股取士制度下，一些知识分子品格下流，行为卑贱，人所不耻，如王仁、王德、权勿用、臧蓼斋等。他们骗吃骗穿，见利忘义，而满口还不离“纲常名教”、“国而忘家”，完全是一些伪君子、假道学。

书中还写了一个受理学毒害很深的、年逾六十的穷秀才王玉辉，他除了醉心于“举业”之外，还特别崇尚理学。他编写的“礼书”就是提倡“事亲之礼，敬长之礼”，根据“礼”的原则，他竟然同意死了丈夫的女儿“跟着丈夫一起去”，支持女儿殉节。王玉辉的言行表明：这些知识分子不仅是以八股文作为入仕的敲门砖，而且他们之中的一些人还把“代圣人立言”——以朱熹注《四书》为理论根据的八股文所宣扬的理学当成了生活信条，作者塑造这一形象表达了对程朱理学“以理杀人”的批判。

值得一提的是，作者还塑造了一些正面人物形象来表达自己的理想，其中有名士杜少卿、女知识分子沈琼枝、书法家季遐年、开小杂货店的王太、开茶馆的盖宽，这些人或蔑视乡绅官府，或唾弃功名富贵，或轻贱世俗礼法，他们自由自在，自食其力，成为作品中有生命力的人物。

《儒林外史》艺术方面的最大特色是杰出的讽刺。讽刺，作为一种艺术，它不能是作者站出来谴责或咒骂，而是让被讽刺对象以自己的言行来暴露、否定自己：“无一贬词，而情伪毕露”(鲁迅《中国小说史略》)就道出了这一特点。作品中写范进“丁忧”时外出“打抽丰”，在酒席上不用“银镶杯箸”，却在燕窝碗里拣大虾丸子；严贡生临终前伸着两个指头不断气，为的是“灯盏里点的是两茎灯草……恐费了油”；还有匡超人自吹人称“先儒匡子”；胡屠户对女婿的前倨后恭等等，他们的假道学、悭吝、说谎、势利等丑态，都暴露无遗。

对《儒林外史》的结构，学术界是有不同看法的，追其根源，主要是对鲁迅先生一段话的不同理解。《中国小说史略》评价作品结构有云："惟全书无主干，仅驱使各种人物，行列而来，事与其来俱起，亦与其去俱讫，虽云长篇，颇同短制。"有的研究者根据后两句，说作品不像长篇或不是长篇。其实，"虽云长篇，颇同短制"正是作品结构的特点和弱点。全书以抨击八股取士制度和描写形形色色知识分子为中心，首尾两回对表达作者的社会理想起了前呼后应作用。书中人物常常是此回为主，下回就过渡到另一人物身上，从而展开故事情节，作为写作手法来说还有借鉴意义。而一部长篇章回小说无主要人物和事件作"主干"，又不能不说是结构上的一大弱点。

三 曹雪芹的《红楼梦》

在我国古代小说史上，曹雪芹的《红楼梦》是一块伟岸瑰丽的里程碑，从它问世以来，就得到了广泛的流传，并产生了很大社会影响。所谓"家家喜阅，处处争购"（**梦痴学人《痴人说梦》**）、"家弦户诵，妇竖皆知"（**缪艮《红楼梦歌》按语**）"闲谈不说《红楼梦》，读尽诗书是枉然"（**得硕亭《草珠一串·时尚》条**）就是流传盛况和影响的部分文字记录。鲁迅先生说："自有《红楼梦》出来以后，传统的思想和写法都打破了。"（**《中国小说的历史变迁》**）他全面而又高度地评价了作品思想和艺术上的创新精神。

然而，这样一部广泛流传、影响深远和具有独创性的小说，在相当长的时期以来，却遭到了一些封建卫道者的攻击诋毁。这些咒骂与攻击，只能说明他们对进步文学的敌视与恐惧，不足以损害作品和作者一根毫毛。

曹雪芹（公元1715～1763年），名霑，字梦阮，号雪芹，又号芹圃、芹溪居士。其先世很早就加入了旗籍（或云满帅正白旗，或云汉军正白旗）。高祖振彦，官至山西大同知府；曾祖玺，任江宁织造，曾祖母孙氏是康熙的保姆；祖寅曾作康熙幼时的伴读，康熙即位后，寅任江宁、苏州织造,两淮盐漕监察御史;康熙六次南巡,有四次驻跸江宁织造府,可见其与皇帝关系之亲密。寅死后,其父辈颙、頫又相继任江宁织造。雍正五年十二月,因帝位争夺牵连、亏空公款和“骚扰驿站”等罪,其父頫被革职抄家。次年,作者也随着待罪之家到了北京,此时大约十三岁。乾隆初年,可能又被卷入一次大的政治事件,其家再次被抄,从此一蹶不振。大约在乾隆十五年(公元1750年),他搬家至北京西郊香山一带农村过着卖诗画、靠朋友周济的贫困生活(见敦诚《赠曹雪芹》、《寄怀曹雪芹》等诗),《红楼梦》的写作,主要是在这里进行的。大约是乾隆二十七年(一说二十八年),他的独生儿子死了,自己也因此“感伤成疾”,于这一年十二月除夕那天去世。从敦诚《挽曹雪芹》诗有“一病无医竟负君”看出,他是在贫病交加、无钱就医的情况下死去的,大约活了四十七八岁。

曹雪芹所经历的一个贵族家庭由盛到衰的过程,对他写作《红楼梦》很有帮助。作品中的主人公贾宝玉和贾府的某些重大事件,都有作者亲身经历的生活作基础,所谓“亲见亲闻”、“不敢稍加穿凿”等申明就正好说明了这一点。当然,这并不是说作品是没有典型意义的“自叙传”小说。

1.《红楼梦》以宝黛悲剧故事为主线,对一个封建贵族家庭衰败过程为中心的广阔社会生活展开了描写,再现了我国封建社会末期错综复杂的阶级矛盾和统治阶级内部的激烈倾轧,预示了地主阶级和他们赖以生存的封建制度没落灭亡的历史趋势。

作品的前五回很像一部宏伟戏剧的序幕,它交代了宝黛悲剧故事来由和产生悲剧的背景。顽石仙草结缘,绛珠还泪报恩,林黛玉、薛宝钗先后踏进贾府大门,“太虚境”薄命司册子和《红楼梦》曲文对书中主要女性性格身世、遭遇结局的形象概括,是全书展开故事情节和矛盾冲突的立足点。特别是〔终身误〕一曲,它尖锐地揭示了“木石前盟”和“金玉良缘”的矛盾,预示了宝黛爱情的不幸结局,表现了悲剧主人公贾宝玉对“金玉良缘”的强烈不满和对“木石前盟”的执著怀念,为全书开展中心情节奏起了一曲深沉的悲歌。

小说描写了各种各样的矛盾冲突，其中最主要的是具有新思想萌芽特色的、贵族阶级叛逆者与封建卫道者的矛盾冲突。从人生理想与生活道路背叛封建贵族阶级的贾宝玉和他的忠实支持者林黛玉是前者的代表，贾政、贾母、王夫人、王熙凤、薛宝钗等是后者的代表。贾宝玉和林黛玉“日则同行同坐，夜则同止同息”、“言和意顺，似漆如胶”、“耳鬓厮磨，心情相对”的思想性格一致的自由爱情是悲剧；而“品格端方”、“行为豁达，随分从时”的封建淑女薛宝钗，在封建家长们的支持、策划与包办之下，却和“本不愿意”与之结合的贾宝玉结成“良缘”。作者怀着极大的悲痛写了腐朽势力得逞，合理自由爱情被扼杀，真是“纵然是齐眉举案，到底意难平”呵！

以晴雯、司棋、鸳鸯、芳官、四儿等为代表的丫环所受到的迫害和她们的抗争，反映了这个贵族家庭的压迫者和被压迫者的矛盾冲突。抄检一次大观园，晴雯、司棋被迫害致死，四儿、芳官被逐。贾赦逼婚，鸳鸯在贾母死后只好上吊，这一切都是血淋淋的阶级压迫。值得一提的是，在封建主子们滥施淫威、迫使丫鬟们屈服的时候，那些社会下层婢女又都进行了各种各样的反抗：鸳鸯不为富贵所淫，不为威武所屈；晴雯宁肯站着死，不肯跪着生。还有那个被王夫人辱骂为“狐狸精”的芳官，竟然敢对这位主子太太当面“强嘴”，而不怕被逐出大观园。这些都说明了这个贵族家庭阶级矛盾的尖锐与激烈。

统治阶级内部争夺财产与权力的矛盾冲突，在这个贵族家庭中也反映得比较强烈。贾政、王夫人、王熙凤、探春等人以及后台贾母为一方，贾赦、邢夫人、赵姨娘、贾环等人为一方，这里交织着母子、婆媳、夫妻、妯娌、弟兄、嫡庶等错综复杂关系，“魇魔法姊弟逢五鬼”、“辱亲女愚妾争闲气”、“苦尤娘赚入大观园”、“惑奸谗抄检大观园”、“开夜宴异兆发悲音”等就集中反映了这种矛盾冲突，探春所说的“乌眼鸡”相斗相吃关系，说明这种矛盾永远无法解决。此外，还有忠顺亲王派人到贾府索要琪官，周太监多次向贾府勒索银子，御史参奏贾家罪状，贾雨村落井下石，贾府被抄家等，这些各种各样的内部矛盾，终于使这个曾经煊赫一时的贵族之家一败涂地，落了个“白茫茫大地真干净”的悲惨结局。

《红楼梦》就是如此多方面地描写了一个贵族家庭的矛盾斗争，揭露了封建地主阶级的腐朽和矛盾重重，肯定了具有新思想萌芽的叛逆者对未来生活的追求和向往，形象地展示了封建社会必然没落的历史趋势。

2.《红楼梦》在塑造人物方面也取得了卓越的成就。书中写了四百多个有名姓可考的人物，就其人物社会地位和身份、职业来说，有皇帝、妃子、王爷、太监、将军、知府、知县、衙役、书办、老爷、公子、太太、奶奶、小姐、丫环、奶妈、管家、和尚、道士、尼姑、道婆、商人、游民、妓女、村姑、农妇，真是三教九流、三姑六婆，应有尽有。其中不少人物如贾宝玉、林黛玉等已成为不朽的艺术典型。

《红楼梦》中的人物之所以塑造得如此成功，除了作者具有深厚的生活基础和文艺修养之外，还在于他在创作实践过程中运用了多种手法：或抓住人物性格特征，反复精雕细刻；或粗线条勾画，略为点染；或描写肖像；或揭示心理；或人物相互陪衬；或景物和谐烘托；或通过一事写一人；或通过一事写多人……我国古代文学中的优秀传统手法，几乎都被作者出神入化地加以运用。

3.《红楼梦》的结构“像生活和自然本身那样丰富，复杂，而且天然浑成”(何其芳《论红楼梦》)。作品以宝黛悲剧故事为中心，把故事产生的背景放在一个逐步走向衰败的贵族家庭里，使那些家常琐碎、儿女私情成为有机的结合，全书就好像一座人工建成的大观园。在情节进展过程中，虽有一些“大故迭起”(鲁迅语)，出现了汹涌的波涛；但是，从总的方面说来，作者主要写的是“亲见亲闻的几个女子”的“离合悲欢，兴衰际遇”，是一个贵族家庭的日常生活，其情节的变化和运转，却很像一条望不断的蜿蜒流水，它是那样顺乎自然地奔流不息。如常山之蛇，首尾呼应，不见中断缝合，没有斧凿痕迹。

4. 文学是语言的艺术。一部称得上伟大的文学作品，它的语言也必然是成功的。《红楼梦》的语言，是我国古典小说中写得最好的。它以当时的北京话为基础，吸收了书本语言和方言俗语，并提炼成为一种新的文学语言，具有准确鲜明、生动形象和个性化特点。王熙凤的刻薄与探春的尖刻；林黛玉的孤高与妙玉的孤僻；晴雯的火炭性子与鸳鸯的“信口儿”（指抗婚事）；薛蟠的混账与贾琏的下流……作者所使用的语言都各具特点而绝不雷同，过去的红学家就高度地评价作者提炼语言的本领，说他“所引俗语，一经运用，罔不入妙，胸中自有铲锤”（诸联《红楼评梦》）。这个评语是很有见地的。

原载《文学知识》1983年第5期、第6期。

第三章　明清诗文概述

我国明、清两代，封建社会逐步走向衰落，封建制度本身越来越腐朽，维护封建制度的精神支柱——儒家思想也越来越遭到人们的非难和反对，以“载道”为务的、一向被视为“文学正宗”的诗文，无论是和前代——特别是和唐、宋诗文相比较，还是和同时代的小说、戏曲相比较，无疑地都大为逊色了。形式主义、复古主义在较长时期统治着文坛。诗文创作缺乏艺术独创性，因而也失去了艺术魅力。值得提出来的是，在那一大群诗文作家中，也有一些人对诗文的命运表示关切，对诗文的发展前途作了有益的探讨：或主张复古，或反对复古，各标门户，自成流派，文艺思想十分活跃。从文学发展史的角度看，虽然这些探讨反映了作家们对当时文坛某些现象的不满，从正面提出了自己的主张，有一定历史进步性；但是，由于他们理论本身有很大局限性，所以，在他们理论指导下的创作，其成就还是比较小，只有少数作品有自己的特色和积极的社会意义。下面将明、清两代诗文分开来谈。

第一节　明代诗文

一　明前期诗文

明代诗文,可以分为明前期诗文和明中叶以后诗文两个部分。先说明前期诗文。

前期诗文代表作家多是经元入明的。他们亲身经历了元末明初的社会动乱,对民生疾苦和治乱兴亡有较深感受,所写作品也能较好地反映现实。这一时期以宋濂、刘基和高启为代表。

宋濂　字景濂。生于元武宗至大三年,卒于明惠帝天元之年(公元 1310 ~ 1381 年),浙江金华人。青少年时代曾师事古文家柳贯、黄溍和吴莱等人。入明后纂修元史,官至翰林学士承旨,被誉为"开国文臣之首"。著作有《宋学士集》七十五卷。

宋濂的散文成就较大,特别长于记叙文。在一些传记文中,他把人物写得栩栩如生,活灵活现。如《王冕传》写王冕勤奋好学和淡泊名利。《记李歌》写李歌虽然生长倡家,但能坚持操守,反对权贵,不惜以死抗拒迫害。《秦士录》写智勇双全的英雄邓弼的超人武艺和惊人学识以及无法报效国家的悲愤。一些写景状物的散文如《桃花涧修禊诗序》、《环翠亭记》、《看松庵记》等也写得相当生动,简练有力。由于作者有相当浓厚的封建道德观念,作品中也常常宣扬一些消极有害的东西。

刘基　字伯温。浙江青田人。生于元武宗至大四年,卒于明太祖洪武八年(公元 1311 ~ 1375 年)。元末中进士,官至浙东行省郎中,因受排挤而归隐。至正二十年被朱元璋邀请出山,与宋濂同为明初开国功臣之一。著作有《诚意伯文集》二十卷。

刘基的诗歌具有古朴、雄放的风格，早期的诗成就较高，如《买马词》、《筑城词》、《畦桑词》、《北上感怀》等。这些诗作，或抒发对重敛伤民和苛繁政令的不满，或表现对时事的忧虑和对人民的同情，有一定现实意义。

刘基的主要成就是散文，尤其是元末写成的散文集《郁离子》可称为代表作。徐一夔在《郁离子序》中指出此书是“矫元室之弊，有激而言”颇为中肯。全集共十八章，一百九十五篇，以寓言形式表达了作者对现实的批判。如《灵丘丈人》写灵丘丈人某以善养蜂而致富，其子继承父业、因“不恤”蜂而蜂尽去，家庭由此穷困的故事，宣扬“其取蜜也，分其赢而已，不竭其力也”的普遍道理，告诫封建统治者不能对人民进行过度剥削。《瞽聩》“楚有养狙以为生者”章，写狙公剥削压迫众狙，强迫众狙为之服役，“使老狙率以之山中求草木之实，赋什一以自奉。或不给，则强鞭箠焉”。群狙虽不堪其苦而又不敢反抗，后一小狙导之以理，“众狙皆寤”，共同起来造反“相与伺狙公之寝，破栅毁柙，取其积相携而入林中，不复归。狙公卒馁而死”。这则寓言在一定程度上揭露了封建阶级的腐朽，表现了阶级矛盾和对立，有积极的社会意义。但也要指出，作者的基本立场还是站在封建地主阶级一边，他的揭露主要也还是劝诫统治者减轻一些剥削和压迫，因而有较大的局限性。作者还写了一些杂文，著名的如《卖柑者言》。它通过卖柑小贩和作者的对话，揭露了元代封建官僚“金玉其外，败絮其中”的腐朽本质。语言犀利生动，有较大艺术感染力。

高启 字季迪，号槎轩，又号青丘子。长洲（今江苏苏州）人。生于元顺帝至元二年，卒于明太祖洪武七年（公元1336～1374年）。为人性格疏放，不拘礼法。洪武二年应召撰修元史，授翰林院编修。次年坚决拒绝接受户部侍郎高位而退隐青丘。朱元璋以其有才而不为己用，借故将他腰斩于南京，死时年仅三十九岁。

高启的诗，众体兼长，模拟取法，不限于一代一家。《四库提要》评其诗作：“拟汉魏如汉魏，拟六朝似六朝，拟唐似唐，拟宋似宋，凡古人之所长，无不兼之。”他是明代最有成就的诗人之一。

高启写了一些反映人民生活与人民疾苦的诗歌,如《养蚕词》、《打麦词》、《采茶词》、《田家行》、《练圻老人农隐》等,或写赋税之重,或写自然灾害之苦,都能真切动人。

高启的诗具有豪迈雄放而又悲壮的风格,《登金陵雨花台望大江》可称为这类诗作的代表。诗人以恣肆不羁的笔触,描绘了祖国山河的壮丽和历史的悠久,最后以“从今四海永为家,不用长江限南北”,表达了对祖国河山统一的喜悦之情。全诗波澜壮阔,气魄宏伟,有一口吸尽三江水之势。

总起来看,高启的诗有明显的拟古倾向,由于他善于模拟,拟谁像谁,故“凡古人之所长,无不兼之”。比其所长,亦其所短,以其“未能熔铸变化,自为一家,故备有古人之格,而反不能名启为何格”(皆见《四库提要》),也就是说,他的诗作还是缺乏艺术上的独创性。

继刘基、高启等人之后,至永乐、成化年间(公元 1403 ~ 1487 年),文坛上出现了以“三杨”为代表的“台阁体”诗文。“三杨”就是杨士奇、杨荣和杨溥。他们都是当时的“台阁重臣”。除为朝廷撰写诏令奏议之外,还写了大量“应制”、“代言”、“圣谕”等粉饰太平和“颂圣”文字,形成一种看似“雍容典雅”、实为呆板平庸的文风。它的出现表明,明朝统治者对人们的思想控制加强了。

在这个时期,能摆脱“台阁体”束缚,诗作有自己特色的就是于谦。

于谦 是封建统治阶级中的一位较好的官吏,一个民族英雄。他字廷益,号节庵,钱塘(今浙江杭州)人。生于明太祖洪武三十一年,卒于明英宗天顺元年(公元 1398 ~ 1457 年)。在任河南、山西、江西巡抚期间,以清廉刚正、不畏豪霸知名于世。英宗正统十四年(公元 1449 年),在土木堡(今河北省怀来县境)与蒙古瓦剌部族军队作战,五十万军队全被消灭,英宗本人也做了俘虏,京师安全受到威胁。于谦率领京师军民打退了瓦剌的侵略,朱祁钰即位,号为代宗。1457 年英宗复辟,以“大逆不道,迎立外藩”之罪将于谦杀害。于谦著作有《于肃愍公集》。

于谦的诗主要可分为两大类:一是关心民生疾苦,揭露残酷剥削的。如《悯农》、《荒村》、《田舍翁》、《村舍耕夫》等;二是反对侵略,关心国家命运的。如《出塞》、《闻甘州等处捷报有喜》、《上太行》等。此外,在他早年的一些诗歌中,还有表现诗人忠贞品质的篇什,如《石灰吟》、《咏煤炭》、《北风吹》等。

二 明中叶以后的诗文

明中叶以后,诗文领域出现了许多集团和流派,文学思想上的复古,创作上的拟古,与反复古反拟古的争论十分激烈。前七子、后七子、唐宋派、公安派、竟陵派等文学集团或流派,各自提出了自己的文学主张,在不同时期对文坛产生了重大影响。

1. 前后七子的文学复古运动

文学复古运动是弘治年间以李梦阳为代表的"前七子"倡导起来的,加上以李攀龙为代表的"后七子"的文学复古运动,前后历时约近百年,复古之风笼罩着整个文坛。

前七子以李梦阳(公元 1472 ~ 1529 年)、何景明(公元 1483 ~ 1521 年)为首,包括徐祯卿、边贡、康海、王九思、王廷相等人。他们树起"复古"旗帜,提出"文必秦汉,诗必盛唐"的口号,反对"台阁体"的形式主义文风,很快就夺取了文坛阵地。

到嘉靖年间,又有李攀龙(公元 1514 ~ 1570 年)、王世贞(公元 1526 ~ 1590 年)为首,包括谢榛、宗臣、梁有誉、徐中行、吴国伦等七人继之而起,世称"后七子"。李攀龙谓"文自西京,诗自天宝而下,俱无足观"(**《明史 · 李攀龙传》**);王世贞则"论文必西汉,诗必盛唐"(**《明史 · 王世贞传》**),与前七子的主张如出一辙。

前后七子的文学复古运动,对扫除"台阁体"形式主义文风具有进步意义;但他们在创作实践上盲目拟古,缺乏艺术独创性。本来就有很大局限性的复古主张,在他们的诗作中就更加暴露无遗了。如李梦阳的《艳歌行》:"晨日出扶桑,照我结绮窗。绮窗不时开,日光但徘徊。”前两句摹拟《陌上桑》的“日出东南隅，照我秦氏楼”；后两句摹拟曹植《七哀》诗：“明月照高楼，流光正徘徊。”这样的作品，当然就没有艺术感染力。《四库提要》评李梦阳等人云：“明自洪武以来，运当开国，多倡明博大之音；成化以后，安享太平，多台阁雍容之作，愈久愈弊，陈陈相因……梦阳振起痿痹，使天下复知有古书，不可谓之无功。……而古体必汉魏，近体必盛唐，句拟字摹，食古不化，亦往往有之。其文则故作聱牙，以艰深文其浅易。”这段评语，颇为中肯。

2. 唐宋派

在前七子倡导文学复古并已取得文坛领导地位的时候，嘉靖年间的王慎中（公元 1509 ~ 1559 年）和唐顺之（公元 1507 ~ 1560 年）等人就提出了与之相对抗的主张。他们针对前七子为文聱牙佶屈的毛病，提出“文从字顺”的要求，主张学习唐宋散文，世称“唐宋派”。以后又有茅坤（公元 1512 ~ 1601 年）、归有光（公元 1506 ~ 1571 年）支持他们的主张。唐宋派反对前后七子的复古、拟古，但自己也没有摆脱复古主义，只是比那些单纯模拟古人略为高明而已。在创作方面，归有光的散文成就较为突出，代表作品如《项脊轩志》、《思子亭记》、《寒花葬志》、《先妣事略》等，或回忆往事，或哀悼亲人，文笔细腻朴实，感情自然真挚。有《震川文集》流传。

3. 李贽和公安派

继唐宋派之后起来反对复古派并取得显著成就的是“公安派”，袁宗道、袁宏道、袁中道弟兄三人皆湖北公安人，故名。他们的思想和文学主张都受到当时进步思想家李贽的影响。

李贽 （公元 1527 ~ 1602 年），字卓吾，又字宏甫，号温陵居士，又号龙湖叟，福建泉州人。他怀疑封建传统思想，反对把孔子当成偶像崇拜，批判程朱理学，揭露假道学的虚伪与丑恶。他的言论，带有强烈的思想解放和人文主义色彩，因此被封建统治者视为“异端”。七十六岁时，明神宗朱翊钧以“敢倡乱道，惑世诬民”之罪将其逮捕入狱，李贽后来死于狱中。主要著作有《焚书》、《续焚书》、《藏书》、《续藏书》等。他还评点过《水浒传》、《三国演义》、《琵琶记》和《幽闺记》等小说和戏剧。他的书在明代两次被焚毁，但仍风行一时。

李贽的"异端"思想表现是多方面的。他反对人们把儒家学说的创始人、封建社会的精神支柱孔子当做偶像崇拜，他说："夫天生一人，自有一人之用，不待取给于孔子而后足也。若必待取足于孔子，则千古以前无孔子，终不得为人乎？"(《焚书·答耿中丞》)他反对理学家以"存天理，去人欲"的说教来扼杀人们正常的生活欲望，他说："穿衣吃饭，即是人伦物理，除却穿衣吃饭，无伦物矣。世间种种皆衣与饭类耳，故举衣与饭而世间种种自然在其中，非衣饭之外更有所谓种种绝与百姓不相同者也。"(《焚书》卷一《答邓石阳》)他反对口是心非的假道学，揭露其言行不一的虚伪性。他在《答耿司寇》中，毫不留情地指出耿"所讲者未必公之所行，所行者又公之所不讲"，说耿"不如市井小夫"，这些人倒是能"身履是事，口便说是事"，能够言行一致。这些"异端"思想归结到一点，就是表现了明代后期新兴市民的个性解放要求，具有历史进步意义。

《童心说》是李贽文学思想的理论基础。所谓"童心"，就是真心，就是真实的思想感情。写出真实思想感情的作品，就是天下之"至文"。正是从这一基本观点出发，他对复古主义者提出了理直气壮的质词："诗何必古选？文何必先秦？"他认为六朝之诗、唐之诗、传奇、院本、杂剧、《西厢》、《水浒》等不同时代不同体裁的作品"皆古今至文，不可得而时势先后论也"。这种文学发展观点从根本上动摇了复古主义，对公安派产生了重大影响。

公安派的代表人物是袁宗道、袁宏道和袁中道，其中以袁宏道最为著名。

袁宗道　(公元1560～1600年)，字伯修，有《白苏斋集》。袁宏道(公元1568～1610年)，字中郎，有《袁中郎全集》。袁中道(公元1575～1630年)，字小修，有《珂雪斋集》。他们对复古派提出了针锋相对的主张，认为诗文都是随时代变化而变化，都是自己时代的产物。袁宏道说："文之不能不古而今也，时使之也。……夫古有古之时，今有今之时，袭古人语言之迹，而冒以为古，是处严冬而袭夏之葛者也。”(《雪涛阁集序》)他以浅近的比喻，说明复古派的愚昧无知。

公安派提出“独抒性灵，不拘格套”(袁宏道《序小修诗》)的口号以指导创作实践。所谓“性灵”，即作者个性，也即真情实感。这种文学主张对打击复古派和假道学都有一定进步意义。

从文学思想的继承方面看，“性灵说”是“童心说”的变化和发展。但三袁没有李贽那种敢于蔑视和攻击传统的激进思想，却把“童心说”中的唯心主义更加神秘化了。袁中道所说的“心灵无涯，搜之愈出”(《中郎先生全集序》)就把“性灵”解释得难以捉摸。他们从根本上违背了文学反映社会生活的原则，而抽象地谈表现“性灵”，从总的倾向上看，他们的创作实践题材十分狭窄，内容也很单薄，思想格调也较平庸。只是一些写山水的文字还清丽流畅，对清代诗文有较大影响。

比公安派略晚或几乎同时，文坛上还出现了一个文学流派。代表人物是锺惺(公元 1572 ~ 1624 年)和谭元春。他们都是湖北竟陵人，被称为“竟陵派”。他们也反对拟古，主张抒写“性灵”，但比公安派还要狭隘得多。他们要求探索“古人真诗所在”，而“真诗者，精神所为也。察其幽情单绪，孤行静寄于喧杂之中；而乃以其虚怀定力，独往冥游于寥廓之外”(锺惺《诗归序》)。所谓“幽情单绪，孤行静寄”就是作家孤僻的情怀，冷漠的人生态度。在创作实践上，他们的作品脱离现实，内容苍白空虚，语言佶屈聱牙，主题意义费解。如锺惺的《西陵峡》、谭元春的《太和庵前坐泉》等。只有个别山水游记尚可一读。

在公安、竟陵文学影响下，晚明出现了一批小品文作家，代表人物有王思任、祁彪佳、张岱等，其中以张岱最为有名，代表作有《陶庵梦忆》、《西湖寻梦》等。

明末，阶级矛盾、统治阶级内部矛盾与民族矛盾都十分尖锐，反映这些矛盾的代表作家有张溥(公元 1601 ~ 1640 年)，代表作有《五人墓碑记》等。陈子龙(公元 1608 ~ 1647 年)，代表作有《小车行》、

《卖儿行》、《都下杂感》四首、《辽事杂诗》八首、《晚秋杂兴》八首等。夏完淳(公元1631～1647年),代表作有《精卫》、《细林夜哭》、《六哀》、《六君咏》、《柬半村先生》等。

第二节　清代诗文

一　清初爱国诗人和诗歌流派

清代诗文,可以分为清前期诗文和清中叶诗文两个部分。

前期诗文作家多是由明入清的,他们经历了明末社会动乱和清人入关后的征服屠杀,进步作家多能面对现实,写出一些反映民生疾苦、歌颂民族气节、表现爱国思想的作品,代表作家有顾炎武、黄宗羲、钱谦益、吴伟业、王士祯、纳兰性德、陈维崧、朱彝尊等。以散文见长的作家则有魏禧、侯方域、戴名世和全祖望等。他们上承"唐宋派"文风,对"桐城派"散文有一定影响。

清初民族矛盾很尖锐,诗歌创作中出现了新的主题。一些进步作家或则参加抗清斗争,或则不与清朝统治者合作,他们的诗文多是对民族气节的歌颂,表现了深厚的爱国主义精神。代表作家有顾炎武、黄宗羲、王夫之、吴嘉纪、屈大均等。

顾炎武　初名绛,字宁人,别号亭林,江苏昆山人。生于明神宗万历四十四年,卒于清康熙二十一年(公元1613～1682年)。他早年参加明末文人进步组织复社,并和归庄等人参与抗清斗争。明亡后北上游历,经山东、河北、山西、陕西等地,考察山川形势,以图恢复明室;不成,就定居华阴,决不为清朝统治者效劳。著有《日知录》、《亭林诗文集》。

顾炎武虽不是文艺理论家,但他的有关文学的见解却是进步的。

他认为“诗主性情，不贵奇巧”，“文须有益于天下”（**皆见《日知录》**）。他的诗作，多以国家民族兴亡大事为题材，作品充满了强烈的民族情感和爱国思想，如《海上》诗：

> 日入空山海气浸，秋光千里自登临。十年天地干戈老，四海苍生痛哭深。水涌神山来白鸟，云浮仙阙见黄金。此中何处无人世，只恐难酬烈士心。

还有《感事》、《京口即事》和《秋山》等都表达了诗人对清朝统治者征服战争造成人民苦难的悲愤、对南方抗清力量的赞扬、对清军屠杀、劫掠人民罪行的揭露。在《精卫》一诗里，诗人以“我愿沉东海，身沉心不改”的诗句，表达了志不可夺的献身精神。

黄宗羲　字太冲，别号梨洲，浙江余姚人。生于明神宗万历三十八年，卒于清康熙三十四年（公元1610～1695年）。他曾较长时间参加抗清斗争，写了一些传记性散文，对当时的抗敌英雄和爱国志士大加歌颂，如《张南垣传》、《柳敬亭传》等。其诗作多抒发故国之思与怀旧之感，代表作有《感旧》、《山居杂咏》等。他的政论文《原君》，猛烈地抨击了封建专制政治，提出了“为天下之大害者，君而已矣”的命题，矛头直指封建最高统治者皇帝，表现了作者激进的民主思想。其著作经整理出版的有《明夷待访录》、《黄梨洲文集》、《黄梨洲诗集》等。

清初的诗歌流派，一是宗唐，一是宗宋。

钱谦益　（公元1582～1664年）是清代开宗宋之风的最早的诗人，明万历进士，官至礼部尚书。入清后又投降清朝统治者，仍做礼部尚书，不久辞归。由于晚节有污，人多鄙之。著有《初学集》和《有学集》，与吴伟业、龚鼎孳二人被称为江左三大家。其文学思想与明代公安派相同，反对前后七子“诗必盛唐”的主张而崇尚苏轼等人。早年之诗颇有牢骚不平之气，如《南归感事》、《雪夜次刘敬仲韵》等。晚年之诗，也曲折地流露了故国之情。如《后秋兴十三》之二云：“海角涯山一线斜，从今也不属中华。更无鱼腹捐躯地，况有龙涎泛海槎。望断关河非汉帜，吹残日月是胡笳。姮娥老大无归处，独倚银轮哭桂花。”

吴伟业 （公元1609~1672年），字骏公，号梅村，江苏太仓人。明末参加复社，崇祯四年进士，为翰林院编修，官至少詹事。与权奸马士英、阮大铖意见不合而归隐。清顺治时被迫出来做国子监祭酒，一年后，以母病辞官归隐，著有《梅村集》等。

吴伟业诗宗唐，以“四杰”和白居易诗为楷模，被称为“娄东派”。他的《圆圆曲》、《琵琶行》、《松山哀》、《临江参军》、《永和宫词》等，多歌咏明清之际的时事，反映了作者的政治思想。其中最为人传诵的《圆圆曲》是一首叙事长诗。它以姑苏名妓陈圆圆的一生遭遇为题材，表达了对封疆大臣吴三桂荒淫无耻、叛国投敌的嘲讽，有一定进步意义。但诗中对李自成农民起义军的敌视，暴露出作者的反动立场，模糊了作品的主题思想。他的《芦洲行》、《直溪吏》、《捉船行》、《马草行》等揭露官吏虐民罪恶，具有进步意义。

王士祯 （公元1634~1711年），字贻上，号阮亭，又号渔阳山人，山东新城（今山东桓台）人。顺治进士，官至刑部尚书。他是继钱谦益、吴伟业之后的文坛领袖。作诗宗唐，推崇王维、孟浩然、韦应物、柳宗元等人。论诗倡“神韵”说。所谓“神韵”就是明丽工稳、清新自然的风格和韵味，淡远的意境和含蓄的语言。他说：“七言律联句，神韵天然，古人亦不多见。如高季迪‘白下有山皆绕郭，清明无客不思家’，曹能始‘春光白下无多日，夜月黄河第几湾’……皆神到不可奏泊。”（《香祖笔记》卷二）他的一些写景诗，就是这种理论指导下的实践。如《青山》诗云：“晨雨过清山，漠漠寒烟织。不见秣陵城，坐爱秋江色。”又如《露筋词》云：“翠羽明珰尚俨然，湖云祠树碧如烟。行人系缆月初堕，门外野风开白莲。”其风格之清新幽邈，自不必说；从内容上看，则是适应了康熙盛世的需要，一派清丽雍容的太平景象被描写得十分动人。

陈维崧（公元1625~1682年）和**朱彝尊**（公元1629~1709年）

都是清初诗词兼长的诗人。陈字其年,号迦陵,江苏宜兴人,是个多产作家,作词一千八百首。其词与朱彝尊合刻,名曰《朱陈村词》,并有《湖海楼诗文集》传世。陈词模仿苏、辛,喜作豪言壮语,微嫌浅露。有的词尚能反映人民疾苦,如〔贺新郎〕《纤夫词》等。朱字锡鬯号竹垞,又号金凤亭长、小长芦钓鱼师,浙江秀水人。康熙时举博学鸿词,授翰林院检讨,不久入直南书房,甚得皇帝信任。后出典江南省试,不久罢归。工诗词,与王士祯为南北两大诗人。著有《日下旧闻》、《经义考》和《曝书亭诗文集》等。又纂辑唐宋金元诸家词为《词综》,为词的研究和创作提供了重要资料。其作词以姜夔、张炎为宗,讲求字句和声律,被尊为浙派词人之祖。他的一些咏物怀古之作有所寄托,如〔长亭怨〕《雁》、〔卖花声〕《雨花台》等都表现对朱明政权的故国之情。他还写了很多艳词,如〔瑶花〕《午梦》、〔东风袅娜〕《游丝》等。

在清初诗人中,**纳兰性德**(公元 1655 ~ 1685 年)是出身贵族家庭、在词的创作上取得较大成就的人。他原名成德,字容若,满洲正白旗(一说正黄旗)人。这位出身贵族的公子对政治并不感兴趣,而是把有限的精力投身于词的创作。他对文坛上的拟古之风甚为不满,他说:"十年前之诗人皆唐之诗人也,必嗤点乎宋;近年来之诗人皆宋之诗人也,皆嗤点乎唐……矮子观场,随人喜怒,而不知自有之面目,宁不悲哉!"(《原诗》)他对文坛风气的批评是正确的,但是,由于作者本人也脱离人民现实生活,其所抒发个人之情也非常狭窄,传世的《饮水词》,多写闲愁幽恨,充满了哀艳之情。如《诉衷情》云:"冷落绣衾谁与伴,倚香篝,春睡起,斜照梳头。欲写两眉愁,休、休!远山残翠收,莫登楼!"又《如梦令》云:"纤月黄昏庭院,密语翻教醉浅。知否那人心,旧恨新欢相伴。谁见?谁见?珊枕泪痕红泫!"陈其年评其词"哀感顽艳,得南唐二主之遗"(转引自《饮水词笺·词评》)。王国维《人间词话》评曰:"纳兰容若以自然之眼观物,以自然之舌言情,此由初入中原,未染汉人风气,故能真切如此,北宋以来,一人而已。""自然"、"真切"道出了《饮水词》的风格,在艺术上,对我们今天仍有借鉴意义。

二　乾嘉时期的诗歌流派

乾嘉时期，清朝统治者继续推行康熙以来对知识分子的高压和笼络并用的政策，他们一方面大兴文字狱以迫害敢于反抗的知识分子；一方面又以完备八股科举考试制度、提倡理学、鼓励考据、编纂类书等手段收买知识分子。这些政策的推行，确实收到了效果：知识分子的对立情绪大大减少了。反映在文学创作上，脱离现实的形式主义和拟古主义又流行起来。与此同时，一些进步的作家在继承前代优良传统的基础上，却能面对现实，提出了进步的文学主张，写出一些反映现实的诗篇。这一时期的著名诗人有沈德潜、郑燮、袁枚、赵翼、翁方纲、蒋士铨、黄景仁、张问陶等。

沈德潜　(公元1673～1769年)，字确士，号归愚，江南长州(今江苏苏州)人。他论诗提倡"格调"说。有关论诗的文字，主要见于《说诗晬语》中。他说："诗贵性情，亦须论法。乱杂而无章，非诗也。"所谓"性情"，就是儒家说教的所谓"论法"，就是学古。他认为："诗不学古，就是野体。"(以上引文皆见《说诗晬语》)他主张古体诗宗汉魏，近体诗宗盛唐。这些主张是前后七子复古主义的继承，在诗歌创作中只能起束缚作家的作用。他选辑的《古诗源》、《唐诗别裁》、《明诗别裁》和《国朝诗别裁》等皆体现了《说诗晬语》中的观点，但对古诗源流辨析、功过得失评价有一定借鉴意义。

袁枚　(公元1716～1798年)，字子才，号简斋，浙江钱塘(今浙江杭州)人。乾隆进士，入翰林，出为江宁等地知县。中年后辞官，定居于南京小仓山的随园，也称随园先生，晚年自号仓山居士或随园老人。著有《小仓山房文集》、《随园诗话》和《随园随笔》等。

袁枚为诗，主张抒写"性灵"，反对盲目拟古。所谓"性灵"，即诗人的个性或真情实感。他说："诗人者，不失其赤子之心者也。"(《答定宇第二书》)又说："诗难其真也，有性情而后真。"(《随园诗话》卷七)他讽刺那些盲目拟古的人是"胸中有已亡之国号，而无自得之性情"

(《**答施兰垞论诗书**》)。对沈德潜的“格调”说批评得十分尖锐,他说:“夫诗宁有定格哉!国风之格不同于雅颂,皋禹之歌不同于三百篇,汉魏六朝之诗不同于三唐。谈格者将奚从。”(《**瓯北集序**》)他还批评了主“神韵”说的王士祯,说王诗表现的思想感情不真实:“阮亭主修饰不主性情,观其每到一处必有诗,诗中必用典,可以想见喜怒哀乐之不真矣。”(《**随园诗话**》)他的诗具有清新自然、雅淡灵巧的风格,如《沙沟》诗云:“沙沟日影渐朦胧,隐隐黄河出树中。刚卷车帘还放下,太阳力薄不胜风。”

袁枚的文学思想受到李贽的“童心说”和公安派的“独抒性灵”的影响,他要求摆脱旧传统束缚,具有进步意义。但他提倡的“性灵”或“性情”,仍然局限于作家个人生活琐事,题材很狭窄,内容也单薄。

和袁枚论诗相近的诗人**赵翼**(公元 1727 ~ 1814 年),字云崧,号瓯北,江苏阳湖(今江苏武进)人。他从发展的观点论诗,反对盲目崇古拟古,其《论诗》绝句云:“李杜诗篇万古传,至今已觉不新鲜;江山代有才人出,各领风骚数百年。”颇为人们传诵。

翁方纲　(公元 1733 ~ 1818 年)字正三,号覃溪,大兴人,著有《复初斋文集》与《石洲诗话》等。论诗倡“肌理”说。认为“诗必研诸肌理,而文必求其实际”(《**延晖阁集序**》);“为学必以考证为准,为诗必以肌理为准”(《**志言集序**》)。什么是肌理?他作了明白的解释:“义理之理,即文理之理,即肌理之理也”(**同上**)。他把作品的思想(义理)、结构(文理)和材料(肌理)看成是统一的东西,他要求作诗不必恪守格调,或空谈神韵和性情,而是要读书、有学问、有方法。他把义理看做是学问,认为“考订训诂之事与词章之事未可判为二途”(《**蛾术篇序**》)。把学问作为诗的题材,他的创作实践也必然脱离社会现实生活,其作品也必然是枯燥无味的“学问诗”。

乾嘉时期还有一些著名诗人,他们也写了一些好的诗篇,如**蒋士铨**(公元 1725 ~ 1784 年)的《京师乐府词》,**黄景仁**(公元 1749 ~ 1783 年)的《观潮行》、《圈虎行》,**张问陶**(公元 1764 ~ 1814 年)的《戊午二月九日出栈宿宝鸡县题壁十八首》等,这些诗都从不同方面表现出它的进步意义。

三　桐城派古文

桐城派古文，是清中叶最著名的一个散文流派。主要作家方苞、刘大櫆、姚鼐都是安徽桐城人，故被称为桐城派。

方苞　（公元1668～1749年）是桐城派古文的创始人。他字凤九，号灵皋，又号望溪。著有《望溪文集》。他论文讲求“义法”。按方氏所云，义指文章思想内容，法指形式技巧，包括材料组织和语言运用等。抛开他宣扬的儒家思想，从总结文章章法经验方面看，还是有积极的借鉴意义。

刘大櫆　（公元1698～1779年），字耕南，一字才甫，号海峰。他对方苞提出的“义法”有补充发展，认为义理是材料，法是神气音节。他在《论文偶记》中说：“行文之道，神为主，气辅之”，并把义理比作建筑所用之“土木材料”，作家则是“大匠”，而“神气音节者，匠人之能事也”，他更多地重视了作家的气质和作文的技巧方法。

姚鼐　（公元1732～1815年），字姬传，号惜抱，著有《惜抱轩集》。他在方、刘的理论基础上，进一步把“义理”、“考据”、“文章”合而为一。他在《述庵文钞序》中说：“鼐尝论学问之事，有三端焉：曰义理也，考证也，文章也。是三者苟善用之，则皆足以相济；苟不善用之，则或至于相害。”又在《复秦小岘书》中说：“鼐尝谓天下学问文章之事，有义理、文章、考据之分，异趋而同为不可废。”这就使桐城派的文论体系更加完善。

桐城派创立的古文“义法”有值得批判和借鉴之处。他们所说的“义”，就是维护封建统治的儒家思想；所说的“法”，则是古代散文创作经验的总结，对学古文者指出了材料取舍、谋篇布局、语言运用等方法。他们的散文如方苞的《狱中杂记》、《左忠毅公遗事》，姚鼐的《登泰山记》等，文字都比较雅洁简练，对当时和以后相当一段时期产生了较大影响。

乾隆后期，以阳湖人**恽敬**（公元 1757～1817 年）、**张惠言**（公元 1761～1802 年）等为首又师承"义法"理论，创作实践较桐城派散文更有气势，也较注意词藻，世称阳湖派。

原载《文学知识》1984 年第 3 期，第 4 期。

明清小说散论

本编收录李春祥先生有关明清小说论文五篇,以为后学纪念。

浅论貂蝉

《三国演义》以东汉末年至西晋初年这一漫长历史阶段重大事件为题材，以不同政治集团的军事、政治和外交等活动为主要内容，前后囊括了九十馀年历史。据《三国演义纵横谈》统计，全书写了九百多个人物。在一部作品中写了如此众多的人物，在中外文学史上也是罕见。然而，在以男性为中心的封建社会，即使一部作品中写了九百多个人物，而其中的妇女形象却是屈指可数；书中出现的一些妇女，在一般情况下，与同时出现的男子相比较，其地位也并不重要。那些皇后、妃子、小姐、夫人，她们或则主动干预政治，或则被动卷入斗争，对某些事件产生过不同影响。但是，这些人的活动与命运又几乎都是和自己的丈夫或其他亲属连在一起，而成为男子的附属物。只是在某些特殊场合，当叱咤沙场的武将、运筹帷幄的谋臣都无能为力的时候，被封建士大夫们视为微不足道的某一女子却能巧思谋智、不动干戈，扭转危局，对历史的进程产生进步作用，这个人物就是貂蝉。

貂蝉是一个什么人？她在小说中怎样参加了政治斗争？起了什么作用？有什么社会意义？问题虽小，却是我们研究《三国演义》中不可缺少的一个课题。

从历史典籍记载看，貂蝉是一个影子似的人物。她若隐若现，似有似无，既无法抹去这个影子，又说不出她的具体形象，如《后汉书·董卓列传》记云：

时王允与吕布及仆射士孙瑞谋诛卓……三年四月，帝疾新愈，大会未央殿。卓朝服升车，既而马惊堕泥，还入更衣。其少妻止之，卓不从，遂行。……

又《三国志·魏书·吕布》传记云：

卓常使布守中阁，布与卓侍婢私通，恐事发觉，心不自安。

根据二书所记，与董卓、吕布有关系的女子，不过是一"少妻"，一"侍婢"，谈不上什么具体形象，仅是一个人物影子而已。

在流传的三国故事中，逐渐出现了貂蝉的名字和一些故事情节，但形象还是比较模糊和显得平庸。《九宫正始》记《貂蝉女》戏文，其剧不传，仅存残曲二支，无法窥测其内容。清人梁章钜《浪迹续谈》记黄右原语云："《开元占经》卷三十三，荧惑犯须女占，注云：'〈汉书通志〉：曹操未得志，先诱董卓，进刁蝉以惑其君。'此事异同不可考，而刁蝉之即貂蝉，则确有其人矣。"据黄氏语推断，是曹操进貂蝉与董卓而非王允。《通志》未能传世，黄说的可靠性颇使人怀疑，梁氏据黄说认为"刁蝉之即貂蝉"也不足为凭。鲁迅先生《小说旧闻钞》引梁文后加按语云："今检《开元占经》卷三十三，注中未尝有《汉书通志》之文。"由此可见，《续谈》所记是不可靠的。

最早也是最明白记载貂蝉故事的应是元无名氏至治年间的《三国志平话》或元无名氏的《连环计》杂剧。《平话》卷上《王允献董卓貂蝉》条记宰相王允，见太师董卓明目张胆欺君，"以言相戏"四位妃子，而心生"不忿"，并自语曰："汉天下无主也。"回到相府，闷闷不乐，乃到后花园小亭闷坐，"忽见一妇人烧香，自言不得归乡故，家长不能见面"。王允问之，其妇人答云：

贱妾本姓任，小字貂蝉。家长是吕布，自临洮府相失，至今不曾见面，因此烧香。丞相大喜："安汉天下，此妇人也！"

于是，乃厚待貂蝉，赐以"金珠缎匹"，视如"亲女"。先请董卓赴筵，将貂蝉许以董卓；再请吕布赴筵，又面许吕布："选吉日良辰，送貂蝉于太师府去，与温侯完聚。"貂蝉被董卓霸为己有，吕布怒而杀卓。

《连环计》杂剧第二折。貂蝉对王允自述身世云：

……您孩儿不是这里人，是忻州木耳村人氏，任昂之女，小字红昌。因汉灵帝刷选宫女，将您孩儿取入宫中，掌貂蝉冠来，因此唤做貂蝉。灵帝将您孩儿赐与丁建阳，当日吕布为丁建阳养子，丁建阳却将您孩儿配与吕布为妻。后来黄巾贼作乱，俺夫妻二人阵上失散……您孩儿幸得落在老爷府中，如亲女一般看待。……昨日与奶奶在看街楼上，见一行步从摆着头踏过来，那赤兔马上可正是吕布，您孩儿因此上烧香祷告，要得夫妇团圆。

这一大段说白并不怎么精彩，却具体交代了貂蝉的籍贯、父名、本名、怎样入宫、貂蝉名之由来、怎样许配吕布及其失散时间和原因等，可以说是一篇相当完整的"貂蝉传"。惜乎情节比较平淡，谈不上有什么艺术魅力。

特别要指出来的是，无论是平话或杂剧，它们都有一个共同点：就是肯定貂蝉与吕布原是夫妻，因战乱失散而流落王允府中；她的焚香祷告主要是为了"要得夫妇团圆"。与《三国演义》中忧国忧民的貂蝉相比较，不能不说是很大的局限。

《三国演义》从根本上改变了貂蝉的身份，她不再是流传故事中的吕布的妻子，而是"自幼选入府中"的歌女。她关心天下大事，主动积极地参与政治斗争，并作出了重大贡献。罗贯中在流传故事的基础上，经过取舍和加工，塑造了貂蝉这个具有卓越胆识和斗争智慧的优美艺术形象，一个在消灭极端残暴的腐朽势力的政治斗争中的重要人物。

平话谓貂蝉是吕布之妻，不大像是来自民间；杂剧谓貂蝉乃灵帝时被选入宫中之宫女，可能是来自民家的女子。小说写貂蝉虽较简略，但其身世却能引起人们种种联想："（貂蝉）自幼选入府中，教以歌舞，年方二八，色伎俱佳，允以亲女待之。"其身份不过是大官僚家中取得主人欢心的歌儿舞女。她家住何处，姓甚名谁、父母何人、怎样被"选入"王允府中……完全是一片空白，她的身世很可能是不幸的。特别值得称道的是，小说的作者大胆地否定了她和吕布的夫妻关系，这不仅保持了人物形象的纯洁无瑕，而且也使她后来的行为更具有鲜明的政治色彩和积极的社会意义。

天下兴亡，匹夫有责，匹妇自然也不例外。貂蝉生活的宰相府，是一个一人之下、万人之上的、与朝廷政治联系极密切的大官僚之家。封建社会政治生活的特殊惯例是：一人得道，鸡犬升天；一人得罪，全家株连。王允的荣辱得失关系着全家亲属及其家人的命运，受到"优礼相待"的貂蝉当然也在其中。这样的生活环境培养了她的政治责任感和敏锐的观察力。东汉末年朝政腐败、社会动乱不已，关系全家命运的王允的言行必然会引起她的注意，王允的政治倾向也必然会对她产生影响，董卓的专横残暴她也必然有所风闻，其中不少暴行是并非可以封锁的秘密。比如董卓在鸩死少帝后及妃之后，还残杀千馀参加"社赛"的村民，"掠妇女财物……悬头千馀颗于车下……扬言杀贼大胜而回；于城门外焚烧人头，以妇女财物分散众军"。迁都长安之前，又派士兵"遍行捉拿洛阳富户，共数千家……尽斩于城外，取其金资"。又"尽取洛阳之民数百万口"，百姓和军队间杂而行，"互相拖押，死于沟壑者，不可胜数"。他还纵容部下"淫人妻女，夺人粮食"，以致"啼哭之声，震动天地"。临行之前，还"焚烧居民房屋……又差吕布发掘先室及后妃陵寝，取其金宝。军士乘势掘官民坟冢殆尽"……这一桩又一桩的暴行，貂蝉和许多老百姓都会知道的。到长安后，其暴行仍是有加无已。他惨无人性地在筵会百官的酒席前，将几百"招安降卒"施以惨不忍睹的酷刑："或断其手足，或凿其眼睛，或割其舌，或以大锅煮之。"百官皆"战栗失色"，而这个豺狼成性的屠伯却“饮食谈笑自若”。又一次，他在省台大筵百官，酒至数巡，吕布就奉命当堂揪下司空张温，“不多时，侍从将一红盘，托张温人头献。百官魂不附体。卓笑曰：‘请公勿惊。张温结连袁术，欲图害我，因使人寄书来，错下在吾儿奉先处。故斩之。’……众官唯唯而散。”其淫威所及，上自皇帝，下至百官及庶民百姓，莫不遭其荼毒，就是在这样政治形势下，貂蝉卷入了消灭董卓的斗争，并扮演了一个极其重要的角色。

王允对董卓的专横残暴早已发指，他坐不安席，食不甘味，深夜不眠，仰天泪垂。貂蝉目睹此情此状，想与王允分忧而又不敢动问，只是在花园中“长吁短叹”，别无他法。一个色艺俱佳的歌女，深夜中来此花园唉声叹气，不能不引起王允的怀疑，他喝问貂蝉：“贱人将有私情耶？”她在王允逼问之下，才说出了“肺腑之言”：

> 妾蒙大人恩养，训习歌舞，优礼相待，妾虽粉身碎骨，莫报万一。近见大人两眉愁锁，必有国家大事，又不敢问。今晚又见行坐不安，因此长叹。不想为大人窥见。倘有用妾之处，万死不辞！

她先说对王允以“恩礼”相待的感激，再说对王允忧闷的猜想与关心，最后表明态度：“倘有用妾之处，万死不辞！”斩钉截铁，大义凛然，情词恳恳，一片肺腑之言，真抵得上一篇《陈情表》！好像绝处逢生一样，王允被她的一番话语感动得以杖击地曰：“谁想汉天下却在汝手中耶！”随即将她引至画阁中，叱出其他妇女，“纳貂蝉于坐，叩头便拜……‘汝可怜汉天下生灵！’言讫，泪如泉涌”。一个宰相之家的歌女，竟然受到主人如此隆重的礼遇，实在有点出人意料，她也慌忙“惊伏于地”再次表明态度：“适间贱妾曾言：但有使令，万死不辞。”王允见其意诚，乃说明事情原委和计谋：

> 百姓有倒悬之危，君臣有累卵之急，非汝不能救也。贼臣董

> 卓,将欲篡位,朝中文武,无计可施。董卓有一义儿,姓吕名布,骁勇异常。我观二人皆好色之徒,今欲用“连环计”:先将汝许嫁吕布,后献与董卓;汝于中取便,谍间他父子反颜,令布杀卓,以绝大恶……

事关百姓生死和东汉政权存亡,她毫不犹豫地回答曰:妾许大人万死不辞!为了消除王允一切疑虑,她还当面发下重誓:“妾若不报大义,死于万刃之下。”所谓“大义”,就是指的拯救百姓与东汉政权,就是为君为民,这是正义的事业。与流传故事中的“要得夫妇团圆”相比较,小说中的貂蝉形象更多地闪耀出舍生取义的思想光辉,蕴涵着一种可贵的献身精神。

貂蝉,一个大官僚之家的歌女,她清楚地认识到自己的言行,关系着百姓生死和国家政权存亡。她的对手董卓、吕布又非良善,董的残暴无情,吕的见利忘义,几乎是人所共知,而她却不顾个人安危,大胆地抛弃了传统的“贞操”观念,巧妙地利用二人皆好色无耻的弱点,随机应变地周旋于二人之间,是那么机智和沉着。她利用吕布来相府打听婚事的机会,故作多种姿态以扰乱其心:或“故蹙双眉,做忧愁不乐之态,复以香罗频拭眼泪”;或“微露半面,以目送情”,致使布“神魂飘荡”,情不自禁;或“探半身望布,以手指心,又以手指卓,挥泪不止”,致使“布心如醉,不可禁持”。这一招果然生效了,好色荒淫的董卓见状大怒,叱布曰:“汝敢戏吾爱姬耶!”随即命人将布逐出,并当众宣布:“今后不许入堂!”离间二人关系获得了初步成功,卓、布矛盾公开激化。

然而,事情的进展也并不是那样顺利,董卓手下谋士李儒虽然未能识破“连环计”的密谋,但凭着他丰富的历史知识和生活经验,他深知吕布对董卓夺取天下的重要作用。当他得知董卓为貂蝉事怒责吕布时,就急忙入见董卓曰:“太师欲取天下,何故以小过见责温侯?”又向卓献计:“来朝唤入,赐以金帛,自然无事。”次日,董卓果然向吕布检讨:“吾前日病中,心神恍惚,误言伤汝,汝勿记心。”并随即赐以金帛和锦缎。见利忘义的吕布也果然不出李儒所料，乃感谢而归。

貂蝉牢牢把握住二人皆好色之徒的弱点，不放过一切机会促使二人矛盾激化，"大闹凤仪亭"就是一场看似谈情说爱，而实质却是激怒吕布杀董卓的精彩表演，她流着眼泪对吕布曰：

> 我虽非王司徒亲女，然待之如己出。自见将军，许侍箕帚，妾已生平愿足，谁想太师起不良之心，将妾淫污。……此身已污，不得复事英雄；愿死于君前，以明妾志。言讫……往荷花池便跳。

她先以慎重之婚事提醒之，又以感情动之，又以道义激怒之，又以投池自杀逼迫之。一番使人不能不相信的话语，配合寻死以明志的行为，使那个见利忘义的"三姓家奴"也被感动得流下泪来。他先是将貂蝉"慌忙抱住"，以阻止寻死；继之则曰："我知汝心久矣，只恨不能共语"，"我今生不能以汝为妻，非英雄也"，一再表白心曲。她见吕布心动，也就不再寻死，并趁机改变口气说："妾度日如年，愿君怜而救之"，促使其早下决心。吕布担心董卓"见疑"准备离去，她就进一步激怒吕布："君如此惧怕老贼，妾身无见天日之期矣！""'妾在深闺，闻将军之名，如雷灌耳……谁想反受他人之制乎！'言讫，泪下如雨。"明褒其长，暗揭其短，以反语激之，以眼泪动之。几句话说得吕布"羞惭满面……回身搂抱貂蝉……两个偎偎倚倚，不忍相离"。她十分清楚，和吕布相聚时间愈长，被董卓发现的机会也就愈多，二人矛盾的激化也就愈快，果然——

> 却说董卓在殿上，不见吕布，心中怀疑……登车回府……径入后堂中……唤貂蝉……侍妾曰："貂蝉在后园看花。"卓寻后园来，正见吕布和貂蝉在凤仪亭下共语……卓怒……掷戟刺布，布打戟落地……

董卓与吕布的矛盾已公开激化：布决心夺取貂蝉，卓掷戟刺布，本来就不牢固的“父子之情”已断，一场白刃见血的冲突不可避免。正在这至关重要的时刻，谋士李儒又为董卓出谋献策了，他举春秋时楚庄王“绝缨会”不罪调戏其王后的蒋雄事例后说：“太师若就此机会，以蝉赐布，布感大恩，必以死报太师。”这一招相当高明，专横跋扈而又好色贪淫的董卓也竟然表示愿意慎重考虑：“汝言亦是，我当思之。”接着就进入后堂，唤出貂蝉问曰：“汝何与吕布私通耶？”如果毫无思想准备，这一诘问也是够厉害的。而貂蝉却不慌不忙，一边流着眼泪，一边向董卓诉苦：“妾在后园看花，吕布突至……妾见其存心不良，恐为所逼，欲投荷池自尽，却被这厮抱住……”本是主动约布，却说是布“突至”；本是主动相偎相倚，却说是欲投河自尽时被抱住。几句话就把自己洗刷得干干净净，她似乎是一个忠实于董卓的受害者。

董卓也并不是窝囊废，他再进一步试探貂蝉：“我今将汝赐与吕布，何如？”这一手是够利害了！董卓不愧被史学家称为“性粗猛有谋”(《后汉书·董卓列传》)的封建军阀。说的是真话，是假话，对貂蝉来说，都将是一场严重的考验：相信是真话，答应了，王允之计就付之东流；是假话，答应了，马上就有杀身之祸。既不能答应，又还必须说出道理。她开始“大惊”，接着就哭着回答说：“妾身已事贵人，今忽欲下赐家奴，妾宁死不辱”，遂掣壁间剑欲自刎。真是像演戏一样，她先以眼泪动其心，又以伦常明其理，终以自杀表其志。她的哭，她的回答，都是如此逼真，使得好色的董卓慌忙“夺剑拥抱”，并对刚才的话作了笨拙的解释：“吾戏汝！”闹了半天，说是和她开玩笑。貂蝉心里有了“底”：董卓完全相信她的话了。于是，她乘机“倒于卓怀，掩面大哭曰：‘此李儒之计也！’”她又是诉说“儒与布交厚，故设此计”，又是诉说李儒“不顾惜太师体面与贱妾性命”，又表明将和李儒势不两立：“妾当生噬其肉！”

李儒是董卓手下诡计多端的“智囊”，是助纣为虐的坏军师。离间董、吕关系，促使吕布杀卓，这是头等任务；离间董、李关系，造成董卓不能用李儒之计，就能更有效地除掉董卓。她的高明之处，就在于能从斗争实际出发，随机应变地打击一切阻碍消灭董卓的势力，而李儒，正好是这一势力的代表。她攻击李儒，说李儒的主意全是为了吕布，而遭到损害的却是董卓和她本人，并表明决心，和李儒决不善罢甘休，这就把矛盾推向逼使董卓表态的边缘。当第二天李儒催问此事时，董卓就非常恼火，说话也不顾体面："汝之妻肯与吕布否？貂蝉之事，再勿多言；言则必斩！"多谋善策的李儒还不知道董卓怎么变了卦，只好仰天长叹，感到败亡的不可避免："吾等皆死于妇人之手也！"后人读书至此，作诗叹之曰：

司徒妙算托红裙，不用干戈不用兵。三战虎牢徒费力，凯歌却奏凤仪亭。

当然，我们还不能如此简单地把消灭董卓之功完全归之于貂蝉，其他力量的配合也必不可少，比如王允的定计与安排，使其能进入董卓之府；吕布表示要杀董卓，但又碍于"父子之情"时又是王允激怒吕布："将军自姓吕，太师自姓董。掷戟之时，岂有父子情耶？"促使其采取断然手段。还有朝廷中的士孙瑞、黄琬等人的策划和李肃的赞助，才比较顺利地将董卓诱至北掖门而杀。

董卓死，"吕布至郿坞，先取了貂蝉"。从此，她从这一个好色之徒又落入另一个好色之徒手中。曹操追击吕布至下邳。陈宫建议吕布引军断操粮道，布妻严氏力阻，貂蝉亦劝布"勿轻身自出"，结果帮了倒忙。毛宗岗谓"西子真心归范蠡，貂蝉假意对温侯"虽是针对凤仪亭等事件而言，其实也颇适用于后来她和吕布的关系。曹操杀了吕布，"将吕布妻女载回许都，"虽未明言是否有貂蝉在内，但观其"欲纳"二乔于铜雀台的幻想、霸占降将张绣之寡婶等事实看，貂蝉是会成为"战利品"被俘走的。毛宗岗对貂蝉的结局如何有一段评语云："吕布去后，貂蝉竟不知下落，何也？曰：成功者退。神龙见首不见尾，正妙在不知下落。"大概是从惋惜之意出发，惜其未敢正视现实:在以男性为中心的封建社会,貂蝉不会有什么好出路。“殉节”自杀吗?不值得;削发出家吗?不容许;自由地重新选择婚配吗?更不可能。她逃不出好色之徒的曹操的魔掌。她只有听人摆布,了此一生!世传“关羽斩貂蝉”虽属子虚乌有,但它确实产生过影响,从元杂剧到清代地方戏都有这个剧目。毛宗岗对此非常不满,认为“关公斩貂蝉之事”全系“讹传”,因为“貂蝉无可斩之罪,而有可嘉之绩”。毛氏的意见十分中肯。试问:一个自幼沦落官僚之家的歌儿舞女,能做出自我牺牲去参与消灭残暴腐朽的封建军阀的活动,难道还不值得表彰吗?那些轻视妇女、顽固维护封建正统、要置貂蝉于死地的人,比起毛宗岗来说是相差太远了。

作为一个优美的妇女形象,貂蝉在小说中的出现是有重要社会意义的。被儒家视为只能与小人并提的女人,不但可以参加重大的政治斗争,而且在斗争中还能发挥其男子所不能发挥的作用,这本身就有力地显示出,在封建社会中长期受轻视的妇女的强大力量。消灭残暴专横的董卓,定计离间董卓与吕布关系的虽然是王允,但是,定计的重要根据或条件却是貂蝉,执行此计的也是貂蝉。她不仅是“色伎俱佳”的歌女,也是妇女中的杰出代表。她关心国家大事,有胆识,有智慧,有为正义事业而不计个人“名节”和安危的献身精神,和男子中的志士仁人相比较,她也毫无愧色。她成功地、甚至是创造性地执行王允定下的“连环计”,较为顺利地除掉董卓,说明妇女参加政治斗争的作用不可低估,毛宗岗谓:“十八路诸侯不能杀董卓,而一貂蝉足以杀之;刘、关、张三人不能胜吕布,而貂蝉一女子能胜之。……女将军真可畏哉!”这些话虽有点过甚其词,但他至少看到了一个普通妇女在重大政治斗争中的作用,这是反对男尊女卑、重视妇女力量的反封建民主思想,是宋元以来我国城市经济繁荣、市民力量壮大,他们要求从多方面冲破封建专制主义束缚在文学作品中反映的产物。

从文学发展过程来看,小说中的貂蝉,是流传貂蝉故事的继承与发展,对后世文学产生了很大影响。不管是平话或杂剧,貂蝉参与消灭董卓的斗争都写得比较简略，其中还有“要得夫妇团圆”的个人目的。小说中的貂蝉故事比较丰富，形象也优美动人，她主动、自觉地参加消灭残暴封建势力的斗争，在这一点上，甚至与流传的西施入吴的历史故事也略有不同，西施入吴前尽管和范蠡有交往（指流传故事），入吴后也确实起到乱吴王之政的作用，但她并不是主动争取参加斗争的。在遇到的对手方面，二人也有所不同，毛宗岗对此曾有过独出心裁的评论，他认为：“为西施易，为貂蝉难；西施只要哄得一个吴王，貂蝉一面要哄董卓，一面又要哄吕布，使出两副心肠，装出两副面孔，大是不易。”这些话虽然有点形而上学，但是要把二人的活动分开来进行评价，也未尝没有一定道理。比小说晚出的《浣纱记》和《桃花扇》，二剧中写了西施和李香君等人的政治活动，这些妇女形象从不同方面受到貂蝉的影响。

诚然，罗贯中的妇女观还是充满了封建正统思想的，比如刘备对关、张等人的“兄弟如手足，妻子如衣服。衣服破，犹可缝；手足断，安可续”的议论，何后等人干政造成种种恶果的描写等，都是这种思想的反映。但是，他思想中的民主性精华并没有被封建思想完全湮没，相反，在塑造貂蝉及其他妇女如孙夫人等形象时，都闪耀着提高女子地位的反封建民主思想光辉，这是应该引起我们重视的。

原载《〈三国演义〉论文集》，中州古籍出版社 1984 年 11 月版。

“大意失荆州”

——谈关羽之死

《三国演义》“王泉山关公显圣”一回，作者违背历史史实，以超越现实的虚幻手法，写了关羽死后英灵显圣，在孙权为吕蒙举行的庆功筵上，责骂吕以“奸计”图害之罪，追夺了用偷袭之计夺取荆州的东吴统帅吕蒙之魂，使其在筵席上“七窍流血而死”。

这一超现实事件的突然发生，登时就吓得孙权惊惶失措，“慌忙率大小将士皆下拜”、“惊讶不已”。谋士张昭从建业赶来江陵，连忙设法弥补其重大失误，建议孙权用“移祸”之计，把关羽之头呈送曹操，要“刘备知是曹操之所使”，从而达到“必痛恨于操”之目的。此计虽不甚高明，却也暴露了东吴已知夺取荆州、杀了关羽将会带来的严重后果。

吕蒙偷袭荆州，曹操夹击关羽，孙、曹两家有过多次密谋，争夺天下的斗争就是如此，其实也不必以“移祸”之计去推卸责任：不管怎么说，荆州是孙权所夺，关羽是孙权所杀，这是铁一般的事实。当然，对曹操来说，关羽死了，也是除去他一心腹大患。想当日，于禁被擒，庞德被斩，曹仁被困于樊城，他甚至“几欲迁都以避其锋”。关羽对他造成了极大的威胁。而今孙权不禁杀了关羽，而且还把关羽之首级送来，他自是十分高兴，并情不自禁地对众人说：“云长已死，吾夜眠贴席矣。”可见关羽之死对天下震动之大。但是且慢，曹操高兴得太早了，也太盲目了，他对这件事将会带来什么后果并不清楚。先是司马懿指出这是东吴的“移祸”之计，他不得不求解救之策；继而是开匣见关羽之首级“口开目动，须发皆张”而受惊跌倒；最后听从了司马懿之建议：“将关公首级，刻一香木之躯以配之，葬以大臣之礼。”曹操完全照办。将关羽“以王侯之礼，葬于洛阳南门外，令大小官员送殡”，并亲自“拜祭，赠为荆王，差官守墓”。这位自称“在戎马之中三十馀年，未尝信怪异之事”的“天下大英雄”，也竟然在死去的关羽首级面前顶礼膜拜。这也是十分悲壮而又感到有些惊恐的一回。

然而，关羽却是错了，争夺天下，既有两阵对圆的刀枪厮杀，同时也有运筹帷幄的谋算斗智。兵不厌诈，虚虚实实，自古而然。既是敌对关系，彼此是不能以“奸计”或“诚实”之类的带有道德色彩的标尺去评价其是非得失的。在今天看来，关羽兵败身死，除了客观上刘备集团实力薄弱，不足以同时和孙、曹抗衡的原因之外；在主观上，他对东吴必争荆州的形势认识不足、坚持“联吴抗曹”的方针不力；军事指挥及用人等方面有误，也是造成悲剧的重要原因。而这一切，又与关羽的“刚而自矜”的性格弱点和随之而来的骄傲自满、麻痹等表现有密切的关系，民间流行的“大意失荆州”一语，十分通俗明白地对关羽的悲剧结局作了最好的概括。这位叱咤风云、纵横天下三十馀年的英雄，竟然在取得一连串的军事胜利之后，却因“大意”而兵败身死。在惋惜英雄人物不幸悲剧的同时，很有必要对他的“大意”作一些思索。

一

关羽“大意”，破坏“联吴抗曹”战略方针，是造成他兵败身死的重要原因之一。

“联吴抗曹”，是诸葛亮出山前为刘备制定的争夺天下的战略方针。刘、关、张三顾茅庐时，诸葛亮当面分析天下形势说：“今操已拥百万之众，挟天子以令诸侯，此诚不可与争锋。孙权握有江东，已历三世，国险而民附，此可用为援而不可图也。”也就是说，曹操“挟天子以令诸侯”，他决不容许诸侯存在，必须抗击；孙权“国险而民附”，与曹操的“令诸侯”有矛盾,“可用为援”,可以联合。这就是诸葛亮未出山时为刘备制定的战略方针。建安十三年,曹操率领五十万大军追击刘备,备与孙权结成联盟,经过赤壁之战,一举打败了曹操,并乘机夺取了南郡、荆州和襄阳,后又陆续夺得零陵、桂阳、武陵和长沙,很有说服力地证明了这一战略方针的正确性。被打败的曹操也深深感到孙、刘联盟对自己的威胁,他“日夜思报赤壁之恨,因恐孙、刘同心,故未敢兴兵”。对刘备集团来说,“联吴抗曹”太重要了。

不幸的是,他们虽然打败了曹操,但双方却因分享胜利果实而发生了矛盾冲突:东吴损兵折将,没有取得一城一地;刘备巧思妙计,却一举而得三城。在联盟过程中就出现的一些裂痕至此愈来愈扩大和加深了。这种形势的变化发展,刘备和诸葛亮都看得很清楚,且采取了硬顶软磨的灵活政策,使这个极不巩固的联盟没有发生公开破裂。在建安二十二年鲁肃去世之前,双方还没有发生过真正兵戎相见的敌对行动,表面上还能维持和平相处。正是如此,刘备才有可能腾出手来西取益州而成霸业。而镇守荆州重镇的主将关羽却对这一重要战略方针认识不足,他的一些骄傲自满言行,还使这一方针遭到严重破坏,对于可能同时来自曹操、孙权的军事威胁,他提出了“分兵拒之”的方针。这个方针看似针锋相对,表现出一个守土大将的无所畏惧的英雄气概。其实,关羽错了,以当时刘备集团之实力,抗击曹操尚感不足,如果还要同时对付孙权,肯定会出现很难预料的后果。他后来兵败身死,正是这种形势造成的。没有“东和孙权”,就不可能“北拒曹操”。他对这一点认识很不清楚,以致连连出现破坏“联吴抗曹”方针的错误。如孙权派诸葛亮之兄诸葛瑾为使去索取荆州,刘备已答应先交还三郡。瑾持信前往,关羽不仅抗命不与,而且还拔剑大声呵斥:“不看在军师面上,教你回不得东吴。”又一次诸葛瑾奉孙权之命,为其子向关羽之女求婚,并明确提出“两家和好,并力破曹”。关羽如果许亲,当然是件好事;如果不许,也可以婉言谢绝。而他却骄傲自大,表现得很不冷静,始则“勃然大怒”,继则骂孙权之子是“犬子”,终则威胁诸葛瑾:“不是看在汝弟之面。定斩汝首。”并立即将瑾“逐出”。两国相争，尚且不斩来使；何况诸葛瑾是求亲而来，关羽是没有理由如此大动肝火的。他不知道这次事件的背景，是曹操派人联络孙权要对刘备集团“首尾夹击”，并许以“破刘之后，共分疆土，誓不相侵”的条件。谋士顾雍力劝孙权答应。还是诸葛瑾提出联姻结盟，“并力破曹”。而关羽却盲目自大，拒婚、骂人、辱使，对友好使者如此不友好，从而激怒了孙权，权立即“唤张昭等文武官员，商议取荆州之策”。又派人去许昌和曹操联系，要“曹仁旱路取荆州”；曹操马上答应。要“孙权领兵水路接应”。荆州处在两路兵马夹击之中。荆州形势的恶化，与关羽的骄傲自大、目中无人有直接关系。“联吴抗曹”的战略方针被破坏了，昔日的盟友成了寇仇，并与过去的共同敌人曹操联合起来，而刘备的主力又在益州，远水救不了近火。羽之败亡，其势必然，究其原因，又是与他的“大意”而破坏了“联吴抗曹”政治战略方针有直接关系的。

二

骄傲自满，藐视东吴，破坏了与东吴的联盟友好；而对东吴必夺荆州，又因“大意”轻敌而丧失警惕，这是造成关羽兵败身死的另一个重要原因。

荆州作为军事上的战略要地，早在“隆中决策”时，诸葛亮不仅就指出它“北拒汉沔，利尽南海，东连吴会，西通巴蜀”，是极好的“用武之地”；而且还为刘备以此为根据地并进而夺取天下作了具体谋划：“先取荆州为家，后即取西川建基业，以成鼎足之势，然后可图中原。”可见荆州对刘备集团之重要。而东吴孙权呢，尽管他已“握有江东”，但他对此并不满足。他的欲望是先要“全握长江”，再进而争夺天下。荆州地处长江上游，还威胁着东吴安全，岂能让他人得手。赤壁之战，孙、刘联盟打败了曹操，刘备用诸葛亮之计，巧妙地从曹操手中夺取了荆州等城，东吴十分气恼。他们认为，曹操下江南，主要是追击刘备，“幸得东吴杀退曹兵”，救了刘备等人，因此，“所有荆襄九郡，合当归于东吴”。而今刘备却“用诡计”夺占,“使江东空费钱粮军马”,刘备却“去图现成,岂不可恨”。当然要千方百计夺回来。他们始则派鲁肃责备刘备于理未顺,尽管这个“理”并不充足,因为荆襄九郡本非东吴之地,而是另一汉室宗室刘表之基业。表死,次子琮投降曹操,荆襄归曹,刘备从曹操手中夺得,此其一;其二,刘备与刘表乃同宗兄弟,表死,次子琮降曹,而长子琦尚在,备以叔辅其侄,亦是名正言顺。鲁肃无可奈何,只好协商,协商结果,刘琦“在一日,守一日;若不在,别有商议”。东吴索要荆州的企图未得逞。接着东吴又用“美人计”,对刘备软硬兼施,夺取荆州,而结果也并不美妙:“赔了夫人又折兵”,兵损人失。最后又用“假途灭虢”之计,妄图乘刘备劳军不备之时杀人夺城。这一计虽狠毒,而失败也更惨。行使此计的主帅周瑜也被活活气死。然而,尽管一次又一次的失败,东吴却并没有放弃夺取荆州的图谋。为了达到这一目的,他们甚至不惜与过去的共同敌人曹操相勾结,要曹兵从旱路进攻荆州,以配合东吴水路的军事行动。

对于这些频繁的侵扰,刘备和诸葛亮采取了有理有利有节的斗争策略:或硬抗,或软磨,软硬兼施,拖延推挡,以不破坏联盟为原则;实在不得已时,也做出一些必要的让步,使联盟不致破裂。如曹操取得东川之后,又欲兴兵西川,“西川百姓……一日之间,数遍惊恐”。为对付曹操可能的军事进攻,刘备立即派伊籍为使,将原来就允许而未兑现的长沙等三郡先还东吴,条件是东吴出兵攻打合肥。这一计不仅阻止了曹操向西川进兵,而且还使孙权和曹操在合肥一带打了一场为时不算很短的消耗战。“联吴抗曹”的方针再一次被证明了它的威力和得到加强。

而首当其冲的荆州守将关羽呢,由于他的骄傲自大和麻痹轻敌,对东吴总是针锋相对,毫不妥协:拒交三郡,威胁使者;拒绝婚姻,辱骂孙权……以致祸根深种,危机潜伏。在单刀会上,他虽然以“劫人质”手段安全脱险,表现了大智大勇的英雄气概;但他在赴会前说的那些“看鲁肃如何近我”、“岂忧江东群鼠”等话语,又何尝不是“刚而自矜”性格弱点的自我暴露！

特别值得一提的是，襄樊战役，关羽本已取得军事上的节节胜利，如果能够冷静下来分析形势，处理好与东吴的关系，巩固这一胜利果实以再图进取，荆州不仅安全，而且还可以在此基础上继续扩大地盘和壮大刘备集团力量。但可惜的是，由于他的“大意”轻敌，对东吴必夺荆州的形势又估计不足，又盲目地把吕蒙的“托疾辞职”当做制定军事行动计划的根据，还讥笑孙权重用有谋略而不出名的“孺子”陆逊为将是“见识短浅”。特别是在看了陆逊用“卑而骄之”之计，故意使用了“极其卑谨”的言词以“骄其心”的书信后，竟然当着送信使者“仰面大笑”，对对手陆逊表现出不屑一顾的傲慢神态，完全解除了防备东吴的思想武器。其骄傲自满，麻痹轻敌，已达到了极其严重的程度。正是在这一思想支配下，他“无复有忧江东之意”，并“撤荆州大半兵赴樊城听调”。于是，大本营空虚了。当他正和曹操派来救援樊城的徐晃鏖战时，东吴吕蒙却用了“攻其无备，出兵不意”之计，暗中“点兵三万，快船八十馀只，选会水者扮作商人，皆穿白衣，在船上摇橹，却将精兵伏于艣艫船中……直抵北岸”。以客商身份瞒过了烽火台上守台军士的盘问，于晚上不动一刀一枪，神不知鬼不觉地袭取了荆州。根据地失守，关羽也终因兵败身死，客观上虽然是东吴搞了阴谋，但究其主观原因，又是与他的“大意”轻敌，对东吴必夺荆州丧失警惕有直接关系的。

三

进攻樊城，对孙、刘联盟与巩固根据地皆失之“大意”，加上用人、指挥等失误，是关羽兵败身死的第三个原因。

建安十六年，刘备率庞统、黄忠、魏延等入川，留诸葛亮、关羽、张飞、赵云、马良等人镇守荆州，可见对荆州十分重视。不久庞统战死，诸葛亮又率张飞、赵云、简雍、蒋琬等文武两万馀人入蜀，荆州兵力大有削弱。建安二十三年至二十四年，刘备和关羽在不同战场上都取得了对曹操作战的胜利，曹、刘矛盾变得日趋尖锐激烈。尤其是刘备自立为汉中王，更使曹操恼怒不已："即时传令，尽起倾国之兵，赴两川与汉中王决雌雄。"矛盾已发展到不可调和的程度。因司马懿建议联吴攻蜀，曹操才未兴兵，但立即派人去东吴，要孙权出兵与之相配合，对刘备集团进行"首尾夹击"：孙取荆州，曹攻汉川。孙权虽当面答应，但对关羽仍采取了先礼后兵的策略，提出与关联姻，"并力破曹"。由于关的骄傲自大，孙、关联姻未成，孙曹联盟成功。而关羽对此并未引起警惕，甚至根本没有觉察。

关羽进攻樊城，是刘备领导集团一次重大失误的战略决策，关羽当然不负主要责任。但问题是他不仅对孙权必夺荆州的形势认识不足，而且对孙、曹可能联合也因"大意"而丧失了警惕。攻打樊城前没有留下足够的兵力设防，只是在随军司马王累提出吕蒙"倘率兵径取荆州"时，才作了一些并不怎么管用的部署，要王去具体安排；在"沿江上下"，每隔二三十里，"选高阜处置一烽火台"，每台派五十军士把守，如吴兵渡江，"夜则明火，昼则举烟"，他将亲往回击。武将关平、周仓、廖化等人全部调走，荆州城内演的是"空城计"。这是指挥部署的很大失策。试问：沿江几百里，就凭几百个士兵瞭望报警能吓住武装敌人和保住城池？后来吕蒙用"奇计"捉了烽火台士兵，"赚开城门"，不折一兵一卒就袭取了荆州，而没有遇到任何军事力量的抵抗，这很足以说明城内的空虚。退一步说，即使烽火台士兵能及时报警，关羽也能及时亲往回击，再试问：樊城的曹仁和赶来援救樊城的徐晃又岂能坐失良机，不乘势追击？很清楚，关羽的这个部署，一开始就把自己摆在了腹背受敌的不利地位。这与他曾提出过的"分兵"拒孙、曹的错误指导思想有密切关系。事实的发展也正是这样：他与徐晃交战不利，在回荆州的路上又遭到东吴多路军马的伏击，"前有吴兵，后有魏兵"，吃到了自己种下的"进退无路"的苦果。

关羽樊城之战的失败和身死敌手，在用人方面的随心所欲和自行其是，也是其中的原因之一，而这一点又与他"刚而自矜"和过分自信弱点有密切关系。先锋糜芳、傅士仁饮酒失火，烧了军器粮草，按军法本应斩首;因费诗劝告,只对二人“各杖四十”。对部下的宽容也无可非议;摘去二人先锋印另调工作,也是对失职部下处理中的常见之事。问题是关羽把二人安排去分守要隘南郡和公安。随军司马王甫曾提醒他说:糜、傅“恐不竭力”,建议“再得一人总督荆州”,并提出了具体人选。但关羽没有采纳,说什么“今既差定,不必更改”。另外,糜、傅失职受责,心情本很沮丧,关羽不仅不加安抚,反而说了一些威胁话:“吾若得胜回来之日,稍有差池,二罪俱罚。”致使二人一直惴惴不安,唯恐罪上加罪。在军事斗争如此尖锐时刻,这样对待部下,部下怎能不离心离德。荆州失守,关羽命二人送粮,又以军法相威胁:“如迟立斩。”在逼得无路可走的情况下,与刘备有郎舅之亲的糜芳,只好跟随先投降东吴的傅士仁背叛投敌。这里既有念旧恶的成分,同时也有担心“被关公所杀”的成分。在很大程度上,这种众叛亲离的恶果是关羽自己造成的,也是与他“大意”于考察和了解部下有密切关系的。

就一般意义上说,“大意”常常与“粗心”联系在一起,多谓某某人考虑或处理问题时的漫不经心或粗枝大叶,是与“细心”相对而言。而关羽的“大意失荆州”的“大意”,则远远不是一般的“粗心”所能完全概括,他的“大意”是“刚而自矜”性格弱点的一种外露形式。在政治、军事和外交等斗争中,他常常不顾全大局、违背军事常识,表现为固执傲慢和麻痹轻敌。就关羽来说,这种性格弱点的形成,既有其特定的社会历史根源,而又有他自己的特殊生活经历和处境:他“自幼读书,粗知礼义”,十分崇信“义不负心,忠不顾死”的政治道德和社会道德。青年时代,他行侠仗义,杀了本地“倚势凌人”的“豪势”而亡命江湖,可谓正气夺人。桃园结义,他与刘备、张飞盟誓:“同心协力,济困扶危,上报国家,下安黎庶,不求同年同月同日生,只愿同年同月同日死。”确定了忠义为终身奋斗目标。在当时,这样的政治方向和为人道德都是堂堂正正,无可指责,所以他很自信。在一些重大的政治、军事斗争中,他表现出来的大义凛然的威武不屈、富贵不淫的崇高品德,更是赢得了人们的敬重:降汉不降曹,秉烛达旦,挂印封金，千里寻兄，过关斩将等一系列忠义武勇行为，受到了当时乃至后世的极高赞誉，曹操当众称之为“天下义士”以勉励其部属；后世还被“累封忠谊神武灵佑仁勇威显护国保民精诚绥靖翊赞宣德关圣大帝”，其人格更被神化。再加上他武艺超群，以及和这个政治集团的领袖刘备是“朋友而兄弟，兄弟而君臣”的特殊关系，并由此而产生的某种潜在的优越感，所以他的“刚而自矜”、骄傲自大弱点总是在自觉或不自觉中表现出来：如听说马超“武艺过人”，就向诸葛亮写信，要求入川与马超“比武”，幸得诸葛亮回书一方面夸耀他“绝伦超群”，马超“虽雄烈过人”亦不能与他相比；另一方面又提醒他“受任守荆州”，责任重大，“若荆州有失，罪莫大焉”。他精神上从两方面得到了满足，才“遂无入川之意”。刘备进位汉中王，他和黄忠等人被封为“五虎大将”，他竟不愿“与老卒为伍”而“不肯受印”。还是费诗善言解释，说汉中王与他“有兄弟之义，视同一体。将军即汉中王，汉中王即将军也”。他才“大悟”，又一次得到精神满足，“即拜受绶”。对战俘于禁，更是以胜利者姿态大加训斥：“吾杀汝，犹杀狗耳，恐污刀斧。”侮辱于禁人格。听说庞德临阵时抬着棺材要与他决战更是怒不可遏：“天下英雄，闻吾之名，无不畏惧；庞德竖子，何敢藐视吾耶？”他的“自尊心”受到伤害，遂不听关平劝阻，与庞德恶战，在第二次交战中终被庞德暗箭射伤左臂。此外，他还轻率地干预刘备不立刘封为嗣等家事，威胁犯了错误而又镇守要隘的糜芳和傅士仁，这些人在紧要时刻或见死不救，或倒戈投降，从而给他带来了兵败身亡的严重后果。

关羽这个悲剧英雄人物死去已经一千七百多年了，他的“大意”造成的惨痛教训会给我们一些什么启示呢？

原载《濮阳教育学院学报》1992 年第 1 期

软弱与反抗的和谐统一

——谈《水浒传》中的林冲

王进和林冲，是《水浒传》中两个很有特色的人物，他们有许多相似之处，但又很不相同：一个似空中浮云，在一阵并不太大的风暴之后便消失了；一个却在乌云浊雾中辗转挣扎，最后终于冲破层层障碍，显示出其英雄形象的思想光辉。

王进和林冲都是出身在武术世家，王父曾作都军教头，林父是提辖，他们又都有一身好武艺，都是八十万禁军教头；他们都受到高俅的迫害，被逼得走投无路。然而，在迫害面前，二人的表现却很不相同：王进退却了，逃避了，原因很简单，王父都军教头王升，在高俅"学使棒"时，不慎将高"一棒打翻"，致使高"三四个月将息不起"，对高似乎"欠了债"。父债子还，高俅很自然地找到王进头上，要收拾这个"贼配军"。"不怕官，只怕管"，王进母子二人只有"抱头而哭"，最后决定逃往边疆避难。作者似乎把他作为一个暴露高俅罪恶的昙花一现的人物，让他在逃难途中引出梁山英雄人物之一史进后就再不提起。而林冲却不同，虽然他在邪恶势力迫害面前也曾表现得相当软弱无能，但最后总是拿起武器反抗了，正是在反抗邪恶这一点上显示出这个英雄人物的特点。

从文献资料上看，《水浒传》里的林冲和许多梁山英雄一样，他的名字既不见于正史，也不见于龚开的《宋江三十六人赞》，现存的元人杂剧也没有林冲其人。最早记载林冲事迹的是宋元说话艺人据以为说话底本的《宣和遗事》前集《杨志等押花石纲违限配卫州》条，其记述有云：

> 先是朱勔运花石纲时分，差着杨志、李进义、林冲……关胜。孙立十二人为指挥使，前往太湖等处，押人搬运花石。……

接着还写了“杨志为等孙立不来，又值雪天，缺少果足，未免将一口宝刀出市货卖”，因与一恶少“交口厮争”怒而杀“恶少”。被“配衡州军城”。孙立、林冲等十一人“往黄河岸上，等待杨志过来，将防送军人杀了，同往太行山落草为寇”。这是最早出现记载林冲名字和事迹的文字资料。又同书《宋江因杀阎婆惜往寻晁盖》条，写晁盖等人“劫了蔡太师生日礼物”，被迫“邀约杨志等十二人……前往太行山梁山泺落草为寇”。这十二人中，林冲自然是其中之一，他从太行山到了梁山。又同书《宋江得天书三十六将名》亦记有“豹子头林冲”，这是第一次出现的林冲的诨名。《水浒传》出现之前，林冲形象是比较模糊的，故事情节也比较粗略和单薄。应该说，他是小说的作者在宋元说话艺人塑造的形象基础上塑造得颇为成功的艺术典型。

《水浒传》里的林冲，是作者着笔最多的英雄人物之一。从东岳庙受辱、阅武房巷口买刀、被诱入白虎节堂、发配沧州、火烧草料场，以及投奔梁山、火并王伦等一系列重要行动中，可以看出他的立身行事和为人。他的表现深受着自己的家庭出身、尤其是深受着他的社会职业及其地位的影响。

林冲的父亲是提辖，一个供大官僚驱使的武官，可能去世较早，书中除了鲁智深对林冲说起：“年幼时也曾到东京，认得令尊林提辖”之外，再没有提过他父亲。书中虽然没有其他任何具体描写，但是，从林冲之为人，也可以想见其为人是没有什么可以指责的。这样的家庭至少培养了林冲对武艺的热爱和喜欢结交江湖朋友。他在相国寺菜园子墙外看见鲁智深舞动禅杖就禁不住喝彩：“这个师父，端的非凡使的好器械”；二人相见略作寒暄，他又主动提出“结义”，拜“鲁智深为兄”。

林冲本人是八十万禁军教头，是军队中的武术教官，是靠本事吃饭，是城市居民中的中层人物。一方面，他依附于封建统治阶级，有一定社会地位，以致高衙内的帮闲爪牙发现被他们调戏的妇女是林冲之妻时，也不得不过来打圆场“解危”：“教头休怪，衙内不认得，多有冲撞。”但是，另一方面，他毕竟没有政治权力，所以高衙内及其帮凶爪牙，高俅及管营、差拨等人就对他一而再、再而三地施加迫害，竟然是那样无所顾忌，随心所欲。由于他是靠本领吃饭，所以他虽然依附封建统治阶级，但又具有相对独立的人格。为了保全既得利益和身家性命，对统治阶级的迫害总是退让和逆来顺受，不到山穷水尽、无路可走，他决不铤而走险，和统治阶级决裂。因此，谨慎、忍让也就成为他立身行事的原则或出发点。未被逼上梁山之前，他几乎是一个空具一身本事、不甘受辱而又不得不受辱的懦夫或弱者。高衙内在岳庙会上当众调戏他的妻子，面对这一般人也忍受不了的凌辱，而他却忍受了。虽然，当他未看清这条恶棍面目时也曾扳住其肩头大声喝问：“调戏良人妻子，当得何罪？”并举起拳头要打，表现了一般男子汉大丈夫的勇气，然而，他的拳头并没有打下去，却“先自软了”。他看清了自己要打的恶棍竟是“本管高太尉螟蛉之子高衙内”。拳头打下，他不能不考虑将会招至什么后果。“不怕官，只怕管。林冲不合吃着他的请受”。他不仅自己不敢抗争，而且还对前来打抱不平的鲁智深进行劝阻。一“怕管”，二要吃“请受”，有顾虑，有干求，他忍受了一般人都难以忍受的屈辱，他不得不考虑得罪顶头上司的严重恶果。明白这一点，所谓“不认得荆妇”、“权且让他一次”云云，不过是畏惧权贵、希图苟安的遁词而已。高衙内的爪牙富安正好抓住了林冲的弱点：“他现在帐下听使唤，大请大受，怎敢恶了太尉？轻则便刺配了他，重则害了他性命。”所以，一再地对他进行迫害而毫不顾及一切。

林冲让了人，而别人却不让他。高衙内及其爪牙们并没有因他的忍让而停止对他的迫害，相反的还在暗中施展阴谋。在势利为重的社会风气下，与林冲“自幼相交”的陆虞侯也不顾什么“朋友交情”,竟然也参加了诱骗林冲的勾当,他先骗林冲去樊楼饮酒,再让富安骗林冲妻去他家让高衙内逼奸。林冲闻讯赶去,高衙内“跳墙”而逃,一怒之下,他不仅“把陆虞侯家打得粉碎”,而且还带着尖刀,一连寻了几天要杀陆虞侯。

林冲恼怒了,反抗了,其精神不能不说不可贵。但仔细一想,他不是去杀主犯,而是去杀帮凶。主犯是顶头上司高太尉“螟蛉之子”,不敢杀,也杀不了,只好找帮凶出气。他对统治阶级仍存在着幻想。“不怕官,只怕管。林冲不合吃着他的请受”,这一条无形的精神锁链,牢牢地捆住了八十万禁军教头的手脚。过了几天,习惯于遇事忍让的林冲“把这件事都放慢了”。

权贵邪恶并没有就此放下屠刀,各种各样的阴谋诡计还在继续。虽然,明火执仗的劫持失败,骗局逼奸也未得逞,但是,一场更为阴险的谋划正在进行。他们先是诱使林冲买刀,继则骗林入白虎节堂,再是刺配沧州,并吩咐押送公人在野猪林对林下毒手。就在这个时候,他还向两个公人求情:“我与二位往日无仇,近日无冤,你二位如何救得小人,生死不忘。”老虎已张开了吃人的血盆大口,他还天真地向老虎求情,岂不可笑可叹!而林冲确实是这样想的:“往日无仇,近日无冤”,何必要杀人结怨!这位八十万禁军教头也太健忘了,董超薛霸下手前就曾明白告诉他:“不是俺要结果你”,而是“高太尉钧旨”。还有什么话好说呢?“可怜豪杰束手就死”,写书人也表现出深深的同情和叹息。就在这千钧一发的时刻,鲁智深飞出的禅杖把他从死神手中夺了过来,并立即要打杀两个公人。而林冲呢,真是“好了伤疤忘了疼”,刚才发生的事他似乎忘得一干二净,他竭力为刽子手求饶:“非干他两个事……你若打杀他两个,也是冤屈。”不敢杀高俅父子,不愿杀高俅父子的爪牙,说明他没有下定决心和统治阶级彻底决裂。

火烧草料场逼得林冲无路可走,在山神庙里,他又亲耳听到三个凶手一番得意忘形的、泄露阴谋的对话:一个说:“林冲今番直吃我们对付了,高衙内这病必然好了。”一个说:“小人直爬入墙里去,四下草堆下，点了十来个火把，待走那里去？”一个说：“便逃得性命时，烧了大军草料场，也得个死罪。”他明白了，这一场大火是高俅父子派遣的爪牙所放，目的是要烧死他，好霸占他的妻子。天下之大，已没有容他安身立命之所。严酷的现实迫使他承认：忍让，保不住妻子，做不成教头；忍让，保不住性命，连囚徒也做不成。东京不能存身，沧州也不能存身，唯一的活路就是造反。所以，当柴进提出推荐他上梁山入伙时，他就毫不犹豫地回答说：“如此顾盼最好。”

逼上梁山的林冲，完全抛弃了对统治阶级的幻想，在这支义军队伍中，真是“一死向前，并无谄佞”。为了梁山的兴旺，能够“拒敌官军，剪除君侧元凶首恶”，他火并了“笑里藏刀，言清行浊”的王伦；又力拒吴用等人推他为“山寨之主”的提议，而扶助“仗义疏财，智勇足备”的晁盖坐了梁山第一把交椅。在多次厮杀中，他出生入死，为梁山义军立下了汗马功劳，而成为人们推崇的英雄。

综观以上可以看出，林冲对权贵邪恶的忍让和他对统治阶级的依附与幻想有密切关系；在走投无路时和统治阶级彻底决裂又表明他具有相对的独立人格，这正是宋元以来城市居民中的中层分子、一个靠本事吃饭的武术教官身上所具有的特点和弱点。由于封建势力还是相对强大，林冲对统治阶级的依赖性也就较深一些，但是，他毕竟是靠技术、凭本领为生。当他从多次血的教训中发现自己所依赖的统治者要置他于死地时，他就会毅然地扭断锁链，起来造反，和他们彻底决裂。封建社会中的中层市民，一个凭自己本事吃饭的技术阶层人员，其软弱与反抗在林冲身上得到了和谐的统一。

原载《十堰大学学报》（综合版）1990 年第 1 期

《水浒》与河南

北宋末年，由于朝政黑暗腐败，社会矛盾尖锐激烈，被压迫人民揭“竿”而起，著名的就有山东宋江和江南方腊所领导的农民起义。其中尤以宋江一股声势更为强盛，统治者无可奈何，资政殿学士侯蒙就上言：“（宋）江以三十六人横行齐、魏，官军数万无敢敌者，其才必过人。今青溪盗起，不若赦江，使讨方腊以自赎。”[①]这个被贬责过、但一直忠心耿耿对待皇帝的“忠臣”侯蒙，他的上书本意是建议皇帝让农民起义军互相残杀，但是从客观叙述中却宣扬了宋江等三十六人“横行齐、魏”的声势，暴露了数万官军“无敢敌”的无能。难怪宋徽宗为了提醒自己时刻都不要忘记这一国家大事，就在“睿思殿”的素面屏风上大书“四大寇”之名，并把“山东宋江”列为“四大寇”之首[②]。由此可见，这支起义队伍对赵宋王朝震动、威胁之大。

从地域上说，山东这块土地曾经诞生过“至圣”和“亚圣”，是具有古老文明的礼义之乡，人杰地灵的宝地。在北宋末年，它不仅为宋江领导的这支起义队伍培育了众多的具有各种本领的英雄人物，而且还为这些英雄人物提供了叱咤风云的广阔活动场所。然而，这支队伍中的英雄人物又并非都是山东人，其活动地点也并非在山东一域。据粗略统计，在梁山的一百零八位英雄好汉中，除籍贯不明的十

---

① 《宋史·侯蒙列传》。

② 《水浒全传》第七十二回。

一人外，有籍贯可考者为九十五人，可以推断为某地者二人。涉及地域则有山东、山西、河南、河北、北京、天津、陕西、四川、江西、广东、海南岛、湖南、湖北、江苏、安徽等十六个省市。除山东籍三十馀人居各地之首外，其次就是河南十五人。英雄头领人物籍贯，河南仅居山东之后；武装斗争活动地域，河南则不仅不如山东，而且也不如河北。但是，河南的个别城市如帝都东京（今开封）与梁山义军的关系却又特别重要，甚至任何其他城市都不能与之相比。

出生河南籍的梁山英雄有多少人？他们是怎样走上梁山的？对梁山义军有什么贡献？河南首府开封与梁山义军关系如何？以上将是本文探讨的主要内容。

河南籍梁山英雄上梁山

1. 河南籍十五位英雄上梁山。初步统计，明白写出出生河南籍的梁山英雄有林冲、曹正、张青、孙二娘、施恩、薛永、陶宗旺、杨雄、杨林、韩滔、彭玘、徐宁和张清十三人，根据有关小说文字材料可以推断为河南籍的还有汤隆和樊瑞二人。以上共计十五人。

在十五人中，出生开封的有林冲、曹正、韩滔、彭玘和徐宁。徐宁是汤隆的"姑舅哥哥"，汤也可能是开封人。以上共计六人。出生孟州（今河南孟县）的有张青、孙二娘和施恩三人，出生彰德（今河南安阳）的有杨林、张清二人；出生洛阳的有杨雄、薛永二人；出生光州（今河南潢川）的有陶宗旺一人。樊瑞出生濮州，是河南濮阳人。从地域分布看，东至开封，南至潢川，西至洛阳，北至安阳，其中以京师开封为最多。如此众多的人被逼造反表明，北宋末年帝都东京社会矛盾的尖锐性。

从英雄人物出身和职业看，这十五人都有一定的代表性。林冲父亲是提辖，本人是八十万禁军教头，即武术教官。徐宁是金枪班教师，有使用某种武器的专长，职业与林冲相同。张清是"虎骑出身"，也是军官。韩滔"曾应过武举"，官陈州团练使；彭玘官颍州团练使，皆是地方官的武职。陶宗旺"庄家田户出身"，是地地道道的农民，后在黄门山落草。张青在孟县“光明寺种菜园子”,是菜农,因事杀了寺僧后就在“大树坡下剪径”,其妻子孙二娘之父“专一剪径”,是绿林家庭。施恩在孟县快活林开赌场、酒店,手里有八九十个拼命囚徒,跑江湖者来此都要先拜他才能在孟县“趁食”,是地方一霸。杨雄从洛阳流落到蓟州城“做两院押役,兼充市曹行刑刽子手”,是公门中人。曹正是操刀屠户,兼营饭店,属生活服务行业。薛永祖父是军官,因不善交际,“不得时用”,“子孙靠使枪棒度日”,跑江湖献技卖药。杨林则“多在绿林中安身”,是地地道道的绿林豪杰。樊瑞幼年作“全真先生”,他“能呼风唤雨,用兵如神”,在芒砀山占山为王,也是绿林好汉。汤隆父曾做过“延安府知案官”,父死后以“打铁度日”,是铁匠。在以上十五人中,出身各类军官五人,绿林好汉五人。由此可见,统治阶级与被统治阶级的矛盾、统治阶级内部矛盾都十分尖锐。

2. 河南籍十五位英雄上梁山的不同道路。这些不同出身和不同职业的人,他们在不同的背景下通过不同道路走上梁山。简单归纳起来有被逼迫和非被逼迫两种。前者情况比较复杂,或再三遭受统治者迫害,逼得无路可走;或因事杀人,畏罪避祸;或交战被俘,感义被迫而降;或受人诱惑,形势逼使就范。后者则多是与政府对立之人。他们与梁山英雄道义相投,主动入伙。不管是哪种情况,又都说明统治者与被统治者、统治者内部的矛盾都十分尖锐激烈。其中如林冲、张清、徐宁、杨林、陶宗旺等的走上梁山又更具有社会意义。

林冲出身武官之家,本人是八十万禁军教头,依靠技术吃饭,颇受人尊敬,有一定社会地位。妻子是张教头之女,美而贤,夫妻和睦,生活幸福,他与统治者没有什么利害冲突。然而,在那黑暗腐朽的北宋末期,这样一个对统治十分有用的人才也再三遭受打击迫害,而这种打击迫害又不是本人有什么过错引起;相反,倒是本人多次受到打击迫害后的一再忍让才使对方得寸进尺,必欲将他置之死地而后快。只是到了走投无路的时候才奋起反抗,选择了上梁山的道路。想当初,他的上司殿帅高太尉纵容其螟蛉之子高衙内在岳庙调戏他的妻子,他忍让了;接着又使人骗出他的妻子欲行逼奸,在爆发出一阵子男子汉应有的血性之后,他又忍让了。然而,林冲让了人,别人却不让他,紧接而来的是高太尉本人亲自出马,设下陷阱，将他诱入白虎节堂，以图谋“刺杀本官”之罪，脊杖发配沧州，他违心地写了休书给妻子，甘愿去沧州服刑，他忍让了；高太尉派押送公人要在路上将他杀死，鲁智深救了他后要打杀公人，他还为公人求情，连帮凶也不让杀，他又忍让了。因有柴进的关照和直接行贿，他到沧州服刑竟然得到了看守大军草料场的差使。祸兮福所倚，福兮祸所伏，叫他看守草料场原来是高太尉派人来置他于死地的诱饵。陆虞侯、富安和差拨放火烧了草料场，他又亲自听到了他们三人的议论，说他即使不被烧死，“便逃得性命时，烧了大军草料场，也得个死罪”。这下子连囚徒也做不成了。在断绝了一切生路的时候，他才一怒之下杀死三人，被逼上梁山。

张清是另外一种类型人物。他原是东昌府带领下的一员猛将，“善会飞石打人，百发百中，人称‘没羽箭’”。与梁山义军头领交战，先后打伤郝思文、项充、徐宁、燕顺、韩滔、彭玘、董平、索超和鲁智深等十五人，后被吴用定计活捉。在众多头领要杀张清以报石子打伤之仇的情况下，宋江坚决制止了众头领的行动，并“折箭为誓：‘众兄弟若要如此报仇，皇天不佑，死于刀箭之下。’”张见宋江如此义气，乃“叩头下拜受降”。这里既有感“义”的一面，同时也有形势所迫的一面。不可想象，张清如果不感宋江的“义气”，而硬要效忠朝廷，恐怕十个张清也将身首异处了。与此略同的还有韩滔和彭玘等。这些吃着皇家俸禄的军官在战败被擒后竟然背叛朝廷，说明封建统治集团的众叛亲离，镇压义军的队伍土崩瓦解。

另一英雄人物徐宁上山则是因为上当和形势所迫。因为他有一手“天下独步”的善使钩镰枪的绝技，梁山义军需要他帮助去破呼延灼的连环马。怎样让这位金枪班教头为梁山义军出力就不能不作出周密安排。汤隆与吴用定计，派时迁盗走他祖宗“留传四代之宝”雁翎甲，汤再以曾在路上见偷甲人为诱饵，诱使徐宁追赶偷甲人而离家，一步一步把徐宁诱上梁山道路。在关键时刻，设法麻翻了徐宁，骗出徐宁妻小，又使人穿着雁翎甲假徐宁之名拦路抢劫，完全堵死了他的退路，最后只好上山坐了交椅。

另外几人上山，除杨雄是杀人避祸外，其馀如曹正、陶宗旺、杨林、张青、孙二娘等人都是久闯江湖的好汉，他们都是自觉地出于义气相投而上山入伙。即使像张青那样，他虽因“一时间争些小事”杀了光明寺僧人，但是却“没对头，官司也不来问”。他的上山，也并非出于被迫。这些人的上山说明社会的种种不公平，引起了一些并未遭受什么迫害的人也铤而走险，统治者也实在太不得人心了。

以上河南籍梁山英雄，其出身、职业及其走上梁山的道路，在整个梁山义军头领中都带有普遍意义。

3. 河南籍梁山英雄对梁山义军的发展奠定了坚实基础。河南籍梁山英雄对梁山义军的贡献。

如果把宋江领导的梁山义军的全部活动，看做一次完整的农民起义过程；那末，河南籍的梁山英雄对这支义军队伍的奠基开创、发展壮大所作出的贡献，可以说是十分重大了。其中个别人物的贡献更是功不可灭。如出生开封的林冲，就是对梁山义军贡献最大的英雄人物之一。

林冲上梁山后干的第一件大事就是火并王伦，尊晁盖为山寨之主。对梁山这支义军队伍来说，这是一次值得大书特书的义举和壮举，它对梁山义军的奠基和发展，都起了不可估量的重大作用。未谈火并之前，还得先从梁山义军的最初开创人王伦谈起。

回顾梁山义军队伍的开创，首先不能不提出第一任英雄头领白衣秀士王伦。作为揭竿而起的人物，他对梁山义军的建立，其功劳决不可全部抹煞，也可算得是一个英雄。但是，作为一个义军首领，特别是在队伍需要不断发展壮大的客观形势要求之下，他又显得很不称职。这种不称职主要还不是他无才干，当然，他确实也说不上以什么才干见长，或者说本事不大；而是由于他的自私狭隘和嫉贤妒能。随着形势的不断变化，统治阶级与被统治阶级的矛盾日益广泛和尖锐，他就成了这支义军队伍发展壮大的绊脚石。想当初，他本是一个落第举子，“因鸟气，合着杜迁来这里落草，”坐了梁山第一把交椅，是他开创了梁山基业。以后又有宋万来入伙，做了梁山第三位头领。这说明王伦还是有一定组织才能。他们“聚集着七八百小喽啰，打家劫舍”，居然也形成了一点气候。林冲、阮氏弟兄、晁盖等人都曾愿意上山入伙，说明梁山对受统治者逼迫或愤恨世事不公的英雄豪杰具有相当吸引力。在王伦等人的精心经营下林冲投奔梁山时，就产生了“果然是个陷人去处”之感。其水势之大，山势之险，设防之严，真令江湖好汉们向往：

> 山排巨浪，水接遥天。乱芦攒万队刀枪，怪树列千层剑戟。濠边鹿角，俱将骸骨攒成；寨内碗瓢，尽使骷髅做就。……阻当官军，有无限断头巷陌；遮拦盗贼，是许多绝径林峦。鹅卵石迭迭如山，苦竹枪森森似雨。断金亭上愁云起，聚义厅前杀气生。

这个去处，吸引着许许多多与官府对抗的英雄好汉来此“共聚大义”，一些犯下“迷天大罪”者也想来此避难躲灾。随着北宋王朝政治的日益腐败和社会矛盾的不断激化，许多被逼得无路可走的人，都把这里当做施展抱负和躲灾避难的最好场所，而王伦却偏偏害怕有本事的人来后“占强”，就千方百计地拒绝强似自己的人入伙，从而成了我国古代“不准革命”的赵太爷。住在梁山附近以打鱼为生的阮氏兄弟，曾经“几遍商量要去入伙”，因听得王伦手下的人都说他“心地狭窄，安不得人”和林冲上山“怄尽他的气”而心灰意冷，“一齐都心懒了”。王伦的嫉贤妒能不仅严重地阻碍了梁山义军队伍发展壮大，而且也造成了他与许多江湖好汉的矛盾，自己也身死名裂，落了个悲剧结局。李卓吾对王伦的嫉贤妒能深表厌恶之情，他写下了一段诛心文字：

> 常笑天下忌才之人狗也不值。彼既有了才了，忌他何益？岂他终为作忌了，适以杀其躯而已矣，何也？有才者定是恩怨分明，既可明珠报德，亦能匕首杀仇。你若不信，王伦便是样子。
>
> 天下秀子，都会嫉贤妒能，安得林教头一一杀之也了。①

---

① 李卓吾：《忠义水浒传》第十一回回评。

晁盖、吴用等人智取生辰纲，劫取了“在北京害民，诈得财物，却把去东京与蔡太师庆生辰”的“不义之财”。事发后几经周折才投奔梁山。身为山寨之主的王伦如果从梁山大局出发，欢迎晁盖等人入伙，根据功劳与本领逐渐调整座次，梁山义军队伍一定会大大加强，自己也可避免杀身之祸。然而王伦没有这样做，他把梁山看成是自己的私有财产，对晁盖等人采取了关门主义政策，借口山寨是“一洼之水，如何安得许多真龙”，拿出五锭大银，就要赶晁盖等人下山。曾经被王伦拒绝入伙的林冲实在忍不住了，他大骂王伦“言清行浊”、“嫉贤妒能”；质问王伦：“这梁山泊便是你的?”最后终于将王伦杀掉，并坚决拒绝了吴用要扶他做“山寨之主”的提议，而推晁盖坐了梁山第一把交椅。

林冲火并王伦，尊晁盖为山寨之主，这是河南籍梁山英雄对梁山义军队伍建设的一次重大贡献，它牢固地奠定了山寨基础和促进了义军队伍的发展，为晁盖死后宋江接班继续壮大义军，对抗官府和朝廷，实现一百零八位英雄在梁山“排座次”提供了绝对不可少的条件。这十一位英雄头领成员，有名孚众望的山寨首领晁盖，足智多谋的吴用，呼风唤雨的公孙胜，武艺高强的林冲和水上英雄阮氏三兄弟，可谓人才济济，呈现出一派兴旺发达态势。尤其是被林冲尊为山寨头领的晁盖更是“仗义疏财，智勇足备”，处理问题很得人心。他当着七八百人都来“厅前参拜”之际，发表了一篇十分得体的施政演说：

> 你等众人在此：今日林教头扶我做山寨之主，吴学究做军师，公孙先生同掌兵权，林教头共管山寨。汝等众人，各依旧职，管领山前山后事务，守备寨栅滩头，休教有失。各人务要竭力同心，共聚大义。

既当众宣布了各主要头领的职责分工，又定了原有任职人员的情绪，还提出了“竭力同心，共聚大义”的团结奋斗口号。这一切都是梁山义军队伍经过一场流血换班之后不可缺少的措施和安排，说明晁盖的确具有雄才大略，林冲很有识人能力和让贤荐贤气魄。不仅如此，晁盖为了进一步团结山寨之人，他还“教取出打劫得的生辰纲——金珠宝贝，——并自家庄上过活的金银财帛，就当厅赏赐众小头目并众多小喽啰”。真是“仗义疏财”名不虚传。接着又与吴用等众头领计议整点仓廒，修理寨栅，打造军器，训练队伍，“准备迎敌官军”。十一位头领“交情浑似股肱，义气如同骨肉”。晁盖把山寨义军团结得像一家人。与气量狭窄、目光短浅、众叛亲离的王伦相比较，晁盖的确不愧是一个“智勇足备”的山寨领袖。梁山义军队伍能够兴旺发展，宋江继承晁盖为山寨首领之后能够取得一个又一个对抗官府和朝廷的胜利，都是与林冲火并王伦、尊晁盖为山寨之主的壮义行为分不开的。以后的历次战斗，林冲也是“一死向前”，为梁山义军立下了汗马功劳。

4. 河南籍梁山英雄带动其他英雄人物上梁山

河南籍梁山英雄对梁山义军的另一贡献是：不仅自己参加这支义军队伍，而且还穿针引线，带动其他英雄好汉上山入伙，对壮大义军队伍起了重要作用。无论是曹正、张青、薛永、杨林还是张清等人，在这方面的贡献都值得一提。

出生开封的曹正和出生孟县的张青，论武艺，在一百零八位英雄头领中，他们都不算高强；论社会地位，又都属于社会下层。但二人在识才荐才、壮大梁山义军队伍方面，却起了不小作用。

曹正是林冲的徒弟，“祖代屠户出身”，宰杀牲口技艺纯熟，人称“操刀鬼”。后来流落到山东郓城。入赘在“庄农人家”，开了个小酒店。因杨志来酒店喝酒后无钱而与之厮打，问起情由，二人结识，并由此引出鲁智深。三人定计率先火并了把山寨当做私人产业、不许他人入伙的邓龙，而在二龙山落草。后来在“三山聚义打青州”时上了梁山。

孟县的张青和妻子孙二娘，夫妻二人在十字坡开了一座黑店，而孙暗算武松反被武松制服而结识。武松本是杀人被发配来到孟县，张青作书介绍他上二龙山入伙，以后施恩也因此上了二龙山。这一伙人和后来的孔明、孔亮、周通、李忠等人又在“三山聚义打青州”后上了梁山。

李卓吾认为，如果“庙堂之上，得有曹正、张青其人者”，像鲁智深、杨志这样的“上将”，决不会“流落不偶”，①可见对二人评价之高。

薛永从老家洛阳流落到浔阳，“靠使枪棒卖药度日”。因未先拜见当地恶霸穆氏弟兄被欺侮。宋江仗义出面干涉，从而结识宋江，再由宋江遇难引出李俊、张横、张顺、童威、童猛等人，他们都在“劫法场”后上了梁山。随同上山的还有薛永的徒弟侯健。

安阳人杨林虽经公孙胜介绍上山入伙，但在上山前却主动结识了梁山英雄戴宗，并引荐给马川山寨头领邓飞、孟康和裴宣三人与戴结识，以后三人带着人马都上了梁山。

洛阳人杨雄流落到蓟州充当行刑刽子手，在一次行刑后得到“许多缎匹”彩物，路上受到地痞无赖张保的无理纠缠厮打，石秀路见不平拔刀相助，二人结为兄弟。杨杀妻后相约时迁一同上了梁山。

时迁武艺并不高强，但他是行窃高手，他智盗徐宁的雁翎甲，终使徐宁参加义军，破了呼延灼的连环马，致使呼延灼被捉，并归顺梁山。呼又赚开青州城门，杀了慕容知府，救出孔明及其叔父孔宾全家老小，大大地挫折了官军的士气。

安阳人张清是最后一位上梁山的河南籍英雄头领。东昌府战役，他“片时连打”梁山义军“十五员大将”，被捉后“叩头下拜受降”，对北宋王朝政府军是一次极沉重的打击。经他的主动举荐，把一位“善能养马，知得头口寒暑、病症、下药用针，无不痊可”的著名兽医皇甫端也请上了梁山，使梁山军马得到及时医治，保证了战斗的顺利进行。

张清归顺梁山，这是一百零八位英雄头领在梁山聚义的最后一次战役。三十六天罡，七十二地煞，忠义堂前，立起“替天行道”杏黄旗。宋江当众宣布英雄头衔和职务分工。属于河南籍的有“马军五虎将”林冲；“马军八虎骑兼先锋使”徐宁和张清；“马军小彪将兼远

---

① 李卓吾：《忠义水浒传》第十七回回评。

探出哨头领”韩滔、彭玘和杨林;“步军头领”杨雄;“步军将校”樊瑞和施恩;“四店打探消息,邀接来宾头领”张青和孙二娘;“掌管监造诸事项头领”汤隆、曹正和陶宗旺。这些简要的头衔和职务分工表明,河南籍的梁山英雄除了参与武装斗争建立军功之外,他们之中的一些人还兼管刺探情报、迎接宾客、修建山寨乃至“监督打造一应军器铁甲”、“屠宰牛马猪羊牲口”等,其贡献也可称得上是重大了。

河南首府开封——北宋帝都东京与梁山义军

就《水浒》所涉及的重要地域而言,除山东梁山之外,就要数河南首府开封——北宋王朝帝都所在地东京最为重要了。在宋之前,这里曾经是战国时的魏,五代时的梁、晋、汉、周的都城。陈桥兵变,赵匡胤继承周统建立政权,仍然建都于此。加上其他六朝,故开封有“七朝古都”之誉。这块宝地被史家称为“华夷辐辏,水陆会通……工商外至,络绎无穷”①。加上宋太祖、太宗、真宗等的长期经营,其繁盛更超过了前朝:“粟帛钱币咸集王畿”、“轻赋薄敛,国用殷实”、“自景德以来”就出现了“四方无事,百姓康乐,户口蕃庶,田野日辟”的繁荣局面。② 至宋江起义的徽宗时代,尽管内外矛盾重重,整个社会已腐败衰朽,而东京因是帝都所在,却仍能保持一种畸形的繁荣,北宋末年人孟元老曾经这样描述当时东京的繁荣情景:

> 以其人烟浩穰,添十数万众不加多,减之不觉少。所谓花阵酒池,香山药海。虽有幽坊小巷,燕馆歌楼,举之万数,不欲繁碎。③

整个帝都,到处都是一派花天酒地,莺歌燕舞,奢侈享乐气象:

---

① 《五代会要》卷二十六《城郭》。

② 《宋史·食货志》。

③ 孟元老:《东京梦华录》卷五《民俗》。

举目则青楼画阁，帘户珠绣，雕车竞于天街，宝马争于御路，金翠耀目，罗绮飘香。新声巧笑于御陌花衢，按管调弦于茶坊酒肆……伎巧则惊人耳目，奢侈则长人精神。①

其奢侈豪华，极尽物质生活与精神生活之享受，都达到了当时条件的最高水平。

如果说孟元老出于怀旧而对北宋末年东京的繁华有夸大描述的话；那末我们还可以对照看看由金入元的关汉卿在《绯衣梦》里对开封的描写。剧本三折茶三婆上词云：

船临汴水休摇棹，马到夷门懒赠鞭。看了大海休夸水，除了梁园总是天。

又唱〔越调·斗鹌鹑〕云：

俺这里锦片似夷门，天宫般帝城。辏集人烟，骈阗市井，丰稔时年，太平光景。你道是风光好，四海宁，休说那四百座军州，不如这八十里汴京。

也就是说，由金入元，开封仍然是繁华似锦绣，富丽如天宫。在宋元流传故事基础上写成的《水浒传》，也必然会保留一些旧时繁荣的描写，这应该说是宋代现实生活的遗存。小说七十二回写柴进、燕青乔妆打扮混入京城“探路”，他们“来到城门下，没人阻当，果然好座东京去处”：

州名汴水，府号开封。……山河形胜，水陆要冲。……金明

① 孟元老：《东京梦华录·序》。

池上三春柳，小苑城边四季花。十万里鱼龙变化之乡，四百座军州辐辏之地。霭霭祥云笼紫阁，融融瑞气照楼台。

已经十分腐朽衰败的北宋朝廷，以宋徽宗为首的统治者还是醉生梦死的寻欢作乐。从正月到十二月四时节令，神灵诞辰忌辰，他们都不放过奢侈享受。从宫廷到御街，从闹市到小巷；从教坊、钧容直（军队文工团）到露台子弟，一片歌舞升平，满目花团锦簇。如正月十五元宵节，大内御街等处之热闹自不待说，你看那马行街就是"家家门前扎缚灯棚，赛悬灯火，照耀如同白日"；樊楼前更是"楼上笙簧聒耳，鼓乐喧天，灯火凝眸，游人似蚁"；宋帝唯恐老百姓不出来捧场凑热闹和领受"皇家恩典"，还命人在显要去处立一大木牌，上书"宣和与民同乐"。晚上灯火"照耀如同白日"，来往"游人似蚁"，不知花了多少民脂民膏才筑成了这一东京游乐园。不言而喻，宋江起义的宋徽宗时代帝都开封的繁荣是建立在残酷剥削压榨广大劳动人民血汗基础上的，小说中白胜所唱"赤日炎炎似火烧，野田禾稻尽枯焦。农夫心内如汤煮，公子王孙把扇摇"就道出了当时的阶级对立。小说的主要矛盾就是统治阶级与被统治阶级的矛盾，而开封又是统治阶级的神经中枢或最高司令部。就这个意义上说，河南首府开封——北宋帝都东京的重要性也就非同一般了。我们且从以下几个方面略作一点概括，以说明开封在小说中的地位。

1. 建都开封的北宋政权与梁山义军的矛盾是《水浒》的主要矛盾

梁山义军打家劫舍、打击土豪劣绅、对抗官府乃至朝廷，其矛盾的实质是被统治者与统治者的矛盾冲突。他们的行动，或直接打击北宋王朝政权，或间接构成对这个政权的威胁。关于这一点，小说第一回"洪太尉误走妖魔"就有暗示性描写。宋仁宗嘉祐三年（公元1058年）瘟疫流行，乃派殿前太尉洪信为天使，前往江西龙虎山请张天师"祈祷瘟疫"，洪信误将"伏魔之殿"镇压的三十六员天罡星，七十二员地煞星全部放出。这就是宋徽宗宣和年间梁山义军一百单八个英雄头领的由来。以上暗示性描写的寓意是：

①洪太尉“误走妖魔”是无意“酿祸”，于史无可确考；而高俅逼反英雄人物则是有意作恶，他本人是徽宗时代有名的“四贼”之一，二回诗曰“高俅奸佞虽堪恨，洪信从今酿祸胎”可证。

②妖魔与梁山义军头领数皆为一百单八个，后者明白写出是三十六员天罡星、七十二员地煞星临凡，这决非偶然巧合。梁山义军造反是“天意”。

③从“老祖大唐洞玄国师封锁魔王”开始至宋徽宗宣和时代，被镇压之妖魔已度过了几百年暗无天日的苦难生活，而被镇妖魔又并无什么罪过，他们身上寓有人间被统治者的苦难历史。

④历代祖师皆加朱印以镇压妖魔，其寓意是政权虽然改朝换代，妖魔苦难仍未解除。“兴，百姓苦；亡，百姓苦”①。神权象征人间政权。

⑤妖魔始出为“一道黑气”，继而“散作百十道金光，望四面八方去了”。作者对妖魔明贬暗褒。

⑥妖魔下世成为梁山义军英雄头领，他们只是打击北宋王朝政权，并非要夺取政权。作者在一回结尾时通过龙虎山上清宫真人回答洪太尉“走了的却是什么妖魔”问话时就说：“一朝皇帝，夜眠不稳，昼食忘餐。直使宛子城中藏虎豹，蓼儿洼内聚神蛟”可证，这也是作者写小说的主要指导思想。

然而，尽管整部小说贯串了作者的意图，但是在具体描写中并未能掩盖矛盾冲突的实质。试看以下的情节安排：林冲与高俅父子、沧州州尹的矛盾冲突；“吴用智取生辰纲”与北京大名府、郓城县、济州府及朝廷蔡太师的矛盾冲突；宋江与青州府、江州府的矛盾冲突；梁山义军与祝家庄、与曾头市、与毛太公父子的矛盾冲突；还有“高太尉大兴三路兵”、“三山聚义打青州”、“宋江兵打北京城”、“宋公明两赢童贯”、“宋公明一败高太尉”、“两败高太尉”、“三败高太尉”等等。梁山义军的矛头不仅指向了土豪恶霸、地方官府，而且还针锋相对地指向朝廷派来的军队及其统率军队的童枢密与高太尉，最后还将高

---

① 张养浩：〔山坡羊〕《潼关怀古》。

太尉活捉。由此可见矛盾冲突的尖锐激烈。

几经周折,梁山义军虽然终于接受招安,但并未得到朝廷任何封赏。不仅如此,还一再受到以童贯为朝廷代表的"四贼"的阴谋暗算。他们先是要"宋江等分开军马,各归原所",以便分而治之;继又请皇帝传旨,将梁山义军头领"赚入京城,将此一百八人,尽数剿除,然后分散他的军马,以绝国家之患",更是恶毒。幸得宿太尉拦阻,童贯等人的阴谋才未能得逞。之后,宋江带领这支义军队伍破辽、征田虎、平王庆、打方腊,为朝廷立下了赫赫战功。当然梁山义军也付出了很大代价。尤其是打方腊一役就阵亡五十九人,伤病而死者十一人,[①]其损失之惨不可为不重。然而,即使如此,受到皇帝重用的以"四贼"为代表的朝廷重臣却并未因此而放松对宋江等人的迫害。受招安、立战功后的梁山义军仍未能改变与北宋王朝政权的矛盾冲突实质,高俅、杨戬、童贯、蔡京等"四贼"先后在皇帝面前说卢俊义、宋江等人"招军买马,积草屯粮,意在造反"、"别生他事",并以赏赐"御膳"、"御酒"名义毒死卢、宋。宋江明知酒中有毒,因担心李逵造反坏了他的"忠义"而诱骗李逵也喝了毒酒。吴用、花荣夜梦宋、李诉说隐由,二人又同时自缢而死。由此可见,梁山义军与北宋朝廷的矛盾是不可调和的矛盾。小说中虽然一再申言:"徽宗天子,至圣至明,不期致被奸臣当道,谗佞专权,屈害忠良,深可悯念。"这不过是逃避"当今"之罪的自相矛盾之语。即云"至圣至明",又何来"奸臣当道"。应该说,"四贼"迫害已受招安并为国立功的梁山英雄,至少是得到徽宗皇帝默许和纵容的。作为"天无二日"的皇帝,他不会淡忘成为自己政权的"四大寇"之首的"山东宋江"这一伙人。这大概也是作者苦心孤诣地埋藏在书中让读者自找的谜底。

---

① 小说一百一十九回列:"于路病故正偏将佐一十员"、"折臂不愿恩赐,六合寺出家正将一员。"其实这些人多是或病或伤而死,并非全是病死,如武松就是在打方腊时被包天师玄元混天剑砍折左臂而出家后病亡的。故总数应为十一人。

2. 开封朝廷重臣是“官逼民反”的罪魁祸首

清人金圣叹对《水浒》一回回评有云：

> 一部大书七十回，将写一百八人也。乃开书未写一百八人，而先写高俅者，盖不写高俅，便写一百八人，则乱自下生也；不写一百八人，先写高俅，则是乱自上作也。乱自下生，不可训也，作者之所必避也；乱自上作，不可长也，作者之所深惧也。一部大书七十回，而开书先写高俅，有以也。

“乱自上作”一针见血地道出了封建剥削制度下“犯上作乱”的根源是“官逼民反”。在小说中，这个“乱自上作”的“上”或“官逼民反”的“官”就是指的殿帅府太尉高俅。这一回写了高俅迫害八十万禁军教头王进的故事。王淡泊名利，遇事忍让，是一个安分守己之人，只因其父王升在高俅未发迹时恶了高俅，高俅做太尉后就把这笔账算在王进身上。“不怕官，只怕管”，母子二人抱头痛哭。王进只好带着母亲，连夜投奔延安种经略处以求活命。他在华阴县结识史进父子后就再也未在小说中出现。史进后去投奔他，也因“寻不着”而流落江湖，这是一个昙花一现的人物。但是，王进的出现，对揭露高俅“官逼民逃”的罪恶和北宋末年朝政腐败，引出史进、鲁智深、林冲等人和发展小说情节却起了重要作用。金圣叹并不多看重“官逼民逃”，而是着眼于“乱自上作”，有意将小说第一回“逼逃”王进与第六回“逼反”林冲之事联系起来。林冲被高俅逼反很具有典型意义：他安分守己，最能忍让，只是在高俅步步紧逼之下，做不成八十万禁军教头，当不了良民，最后连囚徒也做不成，这才手刃仇人，上了梁山。

另一梁山英雄头领鲁智深，因在野猪林救了受高俅陷害的林冲，高俅不仅不准他回开封相国寺，而且还要捉他治罪。他只好流落江湖，先上二龙山落草，后上梁山。

出身“三代将门之后，五侯杨令公之孙”的杨志，年轻时曾应过武举，“做到殿司制使官”。因押运花石纲在黄河“遭风打翻了船”，遂畏罪外逃，后被赦免。他打点了金银财物，“买上告下，再要补殿司府制使职役。把许多东西都使尽了，方才申得文书”，并被引去见高俅。不知是财礼未曾上达，或者是财礼太薄，高俅看了文书后就大怒：指责偏偏只有他失陷了花石纲；失陷花石纲后“又不来首告，倒又在逃”；“今日再要勾当”，重做制使之职，在高俅看来，那是太便宜他了。于是大笔一挥，“把文书一笔都批倒”：“虽经赦宥所犯罪名，难以委用。”并将他“赶出殿帅府”。他气得没法，只抱怨高俅“你忒毒害，恁地刻薄”，但又无可奈何，只好流落江湖，后和鲁智深一道先上二龙山，再上梁山。

高俅迫害打击王进、林冲等四人，其动机并不同：迫害王进是挟私报仇，以求快意；迫害林冲是纵子行恶、助子作恶，其目的是要为其子抢夺林冲之妻，故必欲置林冲于死地；迫害鲁智深是鲁救护林冲而成了林党，故株连及鲁；打击杨志则是利用手中之权，妄作威福。无论是迫害或打击，又都使当事人有一种敢怒而不敢言或无法反抗的封建淫威的压抑感。还值得一提的是，高俅迫害打击别人的时候，其手段是常常因人因事而异：或自恃有权有理，就明目张胆，毫不掩盖，如对王进、鲁智深和杨志；或考虑事件不敢公开，就使用阴谋诡计，暗中陷害，置人于死地，如对林冲的在在迫害就是如此。不管是明是暗，又似都带有东京“浮浪破落子弟”散发的无赖气息。

此外，还有被朝廷纵容庇护的地方官府及官府纵容庇护下的土豪劣绅，他们也仗势欺人，作威作福，逼反了与统治者并没有什么矛盾之人，如史进、花荣、李应、解珍、解宝、柴进、裴宣等。这些英雄人物通过不同道路被逼上梁山，说明封建社会“官逼民反”带有一定的规律性。

3. 开封是具有一技之长的部分梁山英雄的归宿所

在一百零八位梁山英雄头领中，经过打方腊战役，阵亡五十九人，伤病死亡十一人，未回京师出家一人，不愿受封赏，路上借故离去四人，另有皇甫端、金大坚、萧让、乐和四人未随从出征，安道全随军后又中途奉命召回，还有旧在京师还蓟州出家公孙胜一人，平安回到京师受封赏者仅有二十七人，只占全部一百零八位英雄头领 1/4，其结局是很可悲的。

值得一提的是,北宋朝廷对一些身怀一技之长、靠技艺吃饭而又政治色彩并不浓厚的英雄头领的安排使用,他们是安道全、萧让、金大坚、皇甫端、乐和与凌振。

以上六人中,只有那个"聪明伶俐……诸般乐品,尽皆晓得"的铁叫子乐和,曾经策划、参与劫牢搭救解珍、解宝,并铲除恶霸毛太公一家的活动。他算是一个具有多种技艺而又会一些武艺的艺人,故把他安排到驸马王都尉府中"尽老清闲,终身快乐";炮手凌振会造大炮,当然会立军功,但对他的安排,主要还是照顾到他的技艺所长,"仍受火药局御营任用",职业仍是造炮。其馀诸人也不是凭厮杀战功而得官,而是以其技艺所长而受职:神医安道全在"太医院做了金紫医官";兽医皇甫端作了"御马监大使";雕刻家金大坚则"在内府御宝监为官";书法家萧让则"在蔡太师府中受责,作门馆先生"。就一般意义上说,朝廷对这些人的安排大体上还能做到量才使用,能够人尽其才,没有什么歧视、压制或不信任的表现,有理由使人们感到公正合理。如果再加上除对凌振以外的二十六人的封赏及阵亡者的优抚,①我们就更没有什么理由对北宋朝廷说三道四了。

然而,我们还不能对北宋朝廷统治者的这些看似公正的行为歌功颂德。因为正是这些迷人伎俩,才使得吴用、宋江、卢俊义等人丧失了政治警惕性。他们都相信"徽宗天子,至圣至明",高俅、童贯、杨

---

① 小说一百一十九回明白写出对梁山义军的封赏与优抚:"将这已殁于王事者,正将偏将,各授名爵……如有子孙者,就令赴京,照名承袭官爵;如无子孙者,敕赐立庙,所在享祭,惟有张顺显灵有功,敕封金华将军。僧人鲁智深擒获贼寇有功,善终坐化于大刹,加赠义烈照暨禅师。武松对敌有功……见于六合寺出家,封清忠祖师,赐钱十万贯。……已故女将二人:扈三娘加赠花阳郡夫人;孙二娘加赠旌德郡君……除先锋使另封外,正将十员,各授武节将军,诸州统制;偏将十五员,各授武奕郎,诸路都统领;管军管民,省院听调,女将一员顾大嫂,封授东源县君。"此外,对正将偏将,还分别赏赐金银彩缎等财物。以上优抚和封赏,不能说不全面、公正。

戬、蔡京“四贼”已经“放下屠刀，立地成佛”。在毫不怀疑的情况下拜领“御膳”、“御酒”。尤其是宋江，自己明知中毒，也还要骗李逵饮毒酒以成全个人的“忠义”之名。而这一切阴谋诡计，又都出自坐镇北宋朝廷帝都东京的权臣之手。

以上的概括说明："七朝古都"开封，在其最鼎盛的北宋末代统治者统治之时，统治者与被统治者的矛盾冲突十分尖锐激烈，宋江领导的梁山义军，主要活动地域虽然在山东，但是，由于矛盾冲突的实质是义军队伍与朝廷政权的对立，从矛盾的发生、发展、高潮及解决的过程看，总是或明或暗地表现出是这支队伍与朝廷政权的较量。如果研究起因，朝廷政权则是责任承担者。他们倚仗权势、官逼民反；调动军队镇压反民；使用欺骗手段招安反民；暗施阴谋诡计毒死已为朝廷立功的义军头领。而这一切又都是来自坐镇开封的北宋朝廷，因此，开封与梁山义军的关系，任何其他城市都不能与之相比。

一九九二年十月初稿

一九九三年三月修改

原载《诸家汴梁论〈水浒〉》，中州古籍出版社 1993 年 12 月版。

天真的姑娘　复仇的女性

——谈《窦氏》篇的窦氏形象

《窦氏》篇中的窦氏形象，是一个由人而鬼、鬼而为雄、充满了浪漫主义色彩的人物。作为一个现实社会中活生生的人，她是一个天真的农家姑娘；作为一个现实社会中并不存在的鬼，她是一个复仇的女性。一个十六七岁的少女，从她和世家地主南三复一年左右的短暂接触中，我们看到了清代初年阶级迫害的残酷和受迫害者复仇精神的强烈与执著。

这个天真无邪的农家姑娘，从十五六岁才开始接触到家庭以外的人和事，可就在这一年左右的短暂时间里，她却遭受了地主南三复的欺骗、折磨与迫害，最后在走投无路的情况下，怀抱那个象征地主阶级罪恶的私生婴儿"坐僵"而死。

对一般人来说，死，就标志着个人生命的结束，一切未了之事，只能依靠活着的人继续干下去；而窦氏却不是这样，她与许多文学作品中的屈死者相类似，死后的鬼魂以超人的神力，在在缠住迫害自己的仇人算账复仇，直到一命报一命，讨还了血债，她的活动方才结束。就这个意义上来说，窦氏形象既具有揭露封建地主阶级狡猾、残忍本质的一面，同时又具有表现受迫害者强烈复仇精神的一面，天真的姑娘、复仇的女性在她身上得到了和谐的统一。天真使她上当受骗，被迫害致死；复仇，则是她受迫害后的必然行为。这是《聊斋志异》中塑造得很成功的人物形象之一。

一

窦氏，这个连具体名字也没有的农家姑娘，先是以一个天真无邪的少女面貌出现在作品中的。她的家庭“门内宽敞”而又“其舍如斗”，表明其家颇爱清洁而经济并不宽裕；但从她父亲能“泼蜜为茶”、“进酒烹雏”待客来看，大约还说得上是一个小康的庄农人家。

世家地主南三复在一次避雨中闯进了她的家门，这是她灾难生活的开始。虽然，她和自己的父亲都没有意识到这一点，相反，也许还会误认为是“福星临门”哩。由于南有钱有势，“近村人故皆威重南”。她的父亲也就把南当成尊贵的客人来招待：“始操篲，殷勤泛扫。既而泼蜜为茶。……未几，进酒烹雏，给奉周至”，招待得十分热情。甚至可以这样说，一个小康的农户人家，能在仓促之间拿出如此丰美的酒食，也是很不容易了。窦氏的父亲，是不敢怠慢这位世家地主，或是有点爱慕虚荣？在他身上，恐怕是两者兼而有之。天真无邪的窦氏，是否也受到一些影响呢？也恐怕不能完全排除。在端菜送酒过程中，这个荒淫无耻之徒发现了美丽的窦氏，同时就产生了邪念：

有笄女行炙……年十五六，端妙无比。南心动。

短短四个字勾勒了窦氏的美丽，又用三个字概括了南的无耻好色。于是乎，不良勾当也就在“礼尚往来”的名义下接踵发生：“越日，具粟帛往酬，借此阶进。”南开始寻机勾引。“是后常一过窦，时携肴酒，相与留连。”吊膀子的手段一步一步地施展出来，并且收到了一些效果：“女渐稔，不甚避忌，辄奔走其前。睨之，则低鬟微笑。”这个天真的姑娘，不仅不回避一个非亲非故、但又常来常往的客人，而且对这位客人的睨视竟然投之以“微笑”了，她逐渐临近陷阱而不自觉。宋元时代说话人对临危不知的人常常说出这样的话：恨不得拦腰抱住，把臂拖回。我们对这位天真的农家姑娘将被坏人诱入陷阱也同样十分担心。可是，她哪里知道，这个披着人皮的魔鬼正在施展鬼蜮伎俩，而自己的“微笑”，恰好给了魔鬼以可乘之机。从此，南就经常出入其家，“无三日不往者”。

南利用窦氏的年幼无知，一步紧逼一步地存心勾引，寻找一切机会把这位天真的姑娘骗到手：

一日，值窦不在，坐良久，女出应客。南捉臂狎之。

狐狸尾巴终于露了出来，一个文质彬彬的世家地主伸出了他的魔掌。开始，这个天真的农家姑娘出于劳动人民的自尊心，虽对南的无礼行动当即予以拒绝，但是，她并没有从本质上看清南玩弄妇女的狼子野心，因而并不坚决，只是说：“奴虽贫，要嫁。何贵倨凌人也！”这一罅的漏洞，为南进一步施展其欺骗手段打开了方便之门。他对着这位天真的少女，又是打躬作揖，又是信誓旦旦：“倘获怜眷，定不他娶”，并“指矢天日，以坚永约”。她就这样失身于存心不良的世家地主之手。一个是真心，一个是假意，真心者一片痴情，憧憬着“美好未来”；假意者一肚子坏水，只图发泄情欲。“自此为始，瞰窦他出，即过缱绻”，她已深深地堕入灾难的深渊而不能自拔，对南抱着美好的幻想。她一再催促南遣媒说合：“桑中之约，不可长矣。……倘肯赐以姻好，父母必以为荣，当无不谐。宜速为计！”而南根本就没有打算娶一个农家女，但他还是当面答应，以遂其片刻之欢，内心深处想的却是“农家岂堪匹偶”，并选了一个“貌美财丰”的“大家”之女为妻。从此之后，“南遂绝迹不往”。图穷匕见，诱奸和抛弃少女的罪恶也就暴露无遗。

窦父发现女儿不婚而孕，“产一男”，当然不能容忍，一怒之下，对女儿大加责打。她只好以真情相告，并说“南要我矣”。父“使人问南”，而南“立却不承”，根本不承认有此事。父在盛怒之下，“乃弃儿，益扑女”，就在这临近死亡边缘的时刻，她还对南抱着不切实际的幻想：“暗哀邻妇，告南以苦”，想以此打动其心，而南却是“置之”不理。一线希望也行将破灭。在无可奈何的情况下，她找到了活着的"弃儿"，"抱以奔南"，求看门者转述苦情："但得主人一言，我可不死。彼即不念我，宁不念儿耶？"她幻想以"骨肉之情"去暖热南那颗冷酷的心，却哪里知道，这个丧失人性的魔鬼岂肯把骨肉之情放在心上："阍人具以达南"，而南却"戒勿内（纳）"，一线希望也彻底破灭了。她哭天无路，哭地无门，这个世界已断绝了她的一切生路：既不能以理质之官府，又不能以情动之恶人。她"倚户悲啼，五更始不复闻，"可见痛哭了一夜。"质明视之，女抱儿坐僵矣"。她死得多么悲惨呵！

天真的姑娘死了，她是被世家地主南三复欺骗、折磨、迫害而死的，她的死，包含了严重的阶级压迫性质。

二

哪里有迫害，哪里就有报复，迫害愈深，报复也就愈惨烈。这就是生活的逻辑！窦氏被迫害致死，谁去为她申冤报仇？当然是她唯一的亲人父亲。可是，在那贪官污吏充斥官府的社会，穷苦农民与世家地主打官司，又哪能得到公正的判决。她的父亲满腔悲愤，对官府抱着幻想，"讼之上官"，而南却"以千金行赂得免"。衙门自古向南开，有理无钱莫进来。在现实生活中，依靠活着的父亲为之申冤报仇的希望很难实现了，她只有依靠自己的精诚之灵去报仇雪恨。从此，她的鬼魂就以超人的神力，一再对南进行报复。这个复仇的女性，就以若有若无的虚幻形象，扑朔迷离地出现在南的家庭，使南在婚事上累遭果报，直到置南于死地才告终结。

先是，窦氏鬼魂严厉警告许女与南的"大家"："必勿许负心郎；若许，我必杀之。"而"大家贪南富，卒许之"。接着，南完婚后就怪事重重。在窦氏鬼魂的捉弄下，这位虽然"娟好"的"新人"却有一些令人难以理解的表现，她不仅"终日未尝"有"欢容"，而且"枕席之间，时复有涕洟。问之，亦不言"。这些反常表现当然不会给南带来欢乐。“数日”之后，南的岳父来家，突然发现女儿不知什么时候和什么原因“缢死桃树上”，他哭着与南“相将入室”，而女儿却好好地在房里。他骇怪而问曰：“适于后园，见吾女缢死桃树上，今房中谁也？”这一问却揭开了“谜底”：

> 女闻言，色暴变，仆然而死。视之，则窦女。急至后园，新妇果自经死。

窦父闻其事，乃发女冢，而“棺启尸亡”。这一连串的怪事都是窦氏鬼魂所为：她使新娘子自缢，又使自己的尸体入南房中，使南有口难辩。窦父再次诉之官府，而官府又接受南的“赇嘱”，使南又得免罪。

经过窦氏鬼魂的捉弄，南家从此也逐渐衰落，“又以异迹传播，数年无敢字者”，再也没有人敢把女儿许与这个世家地主了。

近处无人敢与南通婚，他不得已，只好“远于百里外聘曹进士女”为妻，“未及成礼”，而民间就讹传“朝廷将选良家女充掖庭”，此语传出，“以故有女者，悉送归夫家”。在这个特殊社会背景下，窦氏鬼魂又再次使南家怪事重重：“一日，有妪导一舆至，自称曹家送女者。扶女入室，谓南曰：‘……仓卒不能如礼，且送小娘子来。’”并且告诉他：“薄有奁妆，相从在后，”说完而去。南“视女亦风致，”并与之“谐笑”，又是一番高兴自不必说。

也许是因为做了亏心事，神经有点紧张，他总感到窦女的影子若隐若现地出现在他的家庭。看见曹女，就觉得她很像窦女，并引起惊惶不安，而又不敢明白说出：

> 女俛颈引带，神情酷类窦女。心中作恶，第未敢言。

不仅如此，天还未黑，这位曹家姑娘就登榻上床，“引被障首而眠”，南以为这是“新人常态”而不在意。可是，当天已黄昏尚不见曹家人到来的时候，他开始怀疑了，揭开被子“问女”，“而女已奄然冰绝”。床上的曹家姑娘，在窦女鬼魂的捉弄下，变成了一具冰冷的女尸。他“惊怪莫知其故，”急忙派人去曹家探问，而曹家“竟无送女之事”，这就越来越使人惶惑莫解。一具无名女尸出现在南家，当然会引起人们的议论，大家都“相传为异”。

好事不出名，恶事千里闻。南家的一具无名女尸很快就传遍了乡里。事情也恰恰凑巧，有个姚孝廉死去的女儿“新葬”，第二天就“为盗所发”，棺木被打开，尸体不见了，于是很自然地就到南家查看：“诣南所征之，果其女。启衾一视，四体裸然。”这一切都是窦氏鬼魂所为：乔扮曹家送女，将姚孝廉新死之女的尸体移到南家，并使其裸体而卧，以加重南的罪恶。一个孝廉之女死后竟遭到如此难堪的侮辱，当然是不能容忍之事，姚乃怒而诉之官府，南又是有口难辩，官府也无法再庇护这个累教不改犯了，对南就作了如下判决：

坐发冢见尸，论死。

一命偿一命，这个迫害少女的世家地主终于为窦氏鬼魂揶揄而死，一个复仇的女性形象的活动也从此终结。

在现实生活中，窦氏是天真的姑娘，是弱者；在幻想世界中，窦氏是复仇的女性，是鬼雄，二者是和谐的统一。当然，她受迫害而死总是血淋淋的生活真实，而死后复仇则是受迫害者快意一时的幻想。最重要的是，使活着的人警惕坏人的甜言蜜语、信誓旦旦，要撕破他们伪装的画皮，和他们进行坚决的斗争，而不要生受其辱，幻想死后复仇。

一九八二年六月于开封

原载《〈聊斋志异〉鉴赏集》，人民文学出版社 1983 年 12 月版。

书序两篇

《书序两篇》收录李春祥先生的两篇序言，以全面表现先生渊博的治学风格。

《孟县戏曲志》序

《孟县戏曲志》是《中国戏曲志·河南卷》所属的县卷志书之一。编纂者不仅掌握了丰富翔实的文献文物资料,而且还对熟悉孟县戏曲活动的老艺人和热心者进行了访问调查,经过去芜取精,去伪存真,积数年之精力,终于写成了《孟县戏曲志》。这是一部对我国戏曲史料的整理和研究都作出了有益贡献的好书。

孟县位于河南省西北部,它南临黄河,东通平原,水陆交通畅达,在宋、金时期,对我国戏曲的传播起了重要作用。北宋帝都东京(今河南开封)是当时全国戏曲活动的中心,重要节日、迎神赛社乃至大赦天下,都有杂剧演出。教坊、钧容直、露台子弟等官办、军办和民间戏班皆争相斗艳。其中尤值得一提的是七月十五中元节,这里演出的《目连救母》杂剧,竟然能连演七八个晚上而“观者增倍”(见《东京梦华录》)。以上很足以说明,我国古代戏曲发展到宋代形成了。然而,正当那位昏庸皇帝徽宗在三门外高挂“宣和与民同乐”(见上书)的时候,征服者的铁蹄却直逼城下,风流天子蒙尘,继承者迁都临安(今浙江杭州)。政治形势的急遽变化,使东京杂剧也四处流散,其中一部分随统治者南移,一部分北上到了彰德(今河南安阳),一部分经西北直达晋南,而孟县(当时的孟州)则扼西北要道,占有地理上的优势。至今发现的文物资料,还可以清楚地看出东京杂剧经荥阳、巩县、孟县而济源等地流向晋南的轨迹。《孟县戏曲志》也为我们提供了翔实可靠的物证。

特别值得提出来的是,《孟县戏曲志》所展示的孟县戏曲活动基本风貌和所勾勒的史的线索,充分说明这里的戏曲活动具有悠久的历史传统。现在留存的元顺帝至正元年(公元1341年)重修“岱岳庙舞楼”、至正十一年(公元1351年)修造的“显圣庙舞楼”,说明从元代到明代孟县的戏曲活动一直不衰。当时流行的曲调,很可能就是后来孟县怀梆的前身。从清代到民国,已知修建的舞楼有39处,现存11处,最早者为清乾隆十二年(公元1747年)重修的“泰山庙舞楼”;流行的主要剧种有三,曰二黄、花鼓和怀梆。其中花鼓戏班多达五十余个,怀梆戏班四十余个,最早者为清咸丰五年(公元1855年)组成的“南庄同乐会”二黄戏班。演出剧目则有《西厢记》、《丁郎认父》、《小姑贤》、《对花枪》、《花打朝》、《桃花庵》、《反徐州》等。剧种、戏班、剧目之多,说明孟县人民喜爱戏曲的优良传统一直在延续着。

建国以来,河南梆子(亦称豫剧)、洛阳曲子(亦称曲剧)相继传入孟县,据《戏曲志》统计,截至1982年12月,全县所建剧团(业余剧团为主)最多的一年竟达八十馀个。它们既演出传统剧目,也演出新编现代戏。这说明,孟县人民的戏曲活动在新的条件下有了长足的发展。

我国有重视修订志书的优良传统,但以戏曲为专志者则是亘古未有。《孟县戏曲志》的编纂完成,也与其他地方戏曲志一样,都是修志史上的一次创举。它将对继承我国戏曲遗产、繁荣社会主义戏曲艺术和建设精神文明产生积极的作用。欣逢社会变革,戏曲志得以编纂,有幸先读佳作,快感何所云似,特书此以志不忘。

一九八八年十二月十日于古汴河南大学

《乐府诗鉴赏词典》前言

一

谈乐府诗，总要先谈乐府。究其本义，它原是汉代主管音乐机关的官署名称。创始于武帝（公元前140～87年）而废置于哀帝（公元前7～2年）。其职责是搜集、整理民间歌谣俗曲及歌辞，以创造新声乐调。《汉书·艺文志》云："自孝武立乐府而采歌谣，于是有代赵之讴，秦楚之风。皆感于哀乐，缘事而发，亦可以观风俗、知薄厚云。"又《礼乐志》亦云："至武帝定郊祀之礼，……乃立乐府，采诗夜诵，有赵、代、秦、楚之讴。以李延年为协律都尉，多举司马相如等数十人造为诗赋，略论律吕，以合八音之调，作十九章之歌。"又《李延年列传》亦云："延年善歌，为新变声。是时上方兴天地诸祠，欲造乐，命司马相如等作诗颂。延年辄承意弦歌所造诗，为之新声曲。"据上引，以是知乐府机关之设置，其任务是以音乐歌曲为主体，采诗入乐，倚调作歌。这是音乐歌曲的一次大变革，它对各民族音乐文化的交流、相互影响与发展提高，对诗歌的发展，都产生了不可忽视的影响。以李延年为代表的音乐大师，他们的贡献是不可抹煞的。宋人郭茂倩《乐府诗集》卷21"横吹曲辞"记云："横吹有双角，即胡乐也。汉博望侯张骞入西域传其法于西京，唯得'摩诃兜勤'一曲。李延年因胡曲更造新声二十八解，采舆以为武乐。"又据《艺文志》记载，当时所采之歌诗，既有民间歌谣，也有帝王贵族和一般文士之作。有的入乐，有的不一定入乐。从魏晋以来,人们统统称这些诗为乐府。这种情况,愈到后来范围也愈扩大,几乎一切文人拟乐府之作,都可以称之为乐府。如略加区别,则大致有以下三种类型:

1. 根据乐府旧曲谱,重新创作新词入乐;

2. 袭用乐府旧题,继承乐府精神,重新写的不入乐之诗;

3. 不袭用旧题而另立新题,并另起新意之诗,或称新乐府,即一切歌行体诗歌都可以包括在内。如《乐府诗集》卷61“杂曲歌辞”所云:“诗之流乃有八:名曰行、曰引、曰歌、曰谣、曰吟、曰咏、曰怨、曰叹。”此外,宋元之词曲亦称乐府,这又当别论了。

二

从武帝创立乐府机关采集歌诗,至哀帝废置乐府官署,以后乐府诗的承传一直是经久不衰。它的发展大致可分为以下几个阶段:两汉乐府、魏晋南北朝乐府、隋唐乐府、宋金元乐府和明清近代乐府。现分别略述如后:

两汉乐府

两汉乐府主要指魏晋以前流行于汉代的乐府歌诗。据《汉书·艺文志》记载有“二十八家,三百一十四篇”(包括两汉以前的“周谣歌辞”)。《乐府诗集》将流传下来的作品分别归入“相和歌辞”、“鼓吹曲辞”、“舞曲歌辞”、“杂曲歌辞”、“杂歌谣辞”等类,总计约为130馀首。其采地则遍及河南、河北、山东、山西、陕西、甘肃、湖南、湖北、江西、安徽、江苏、浙江等省,据有的研究者统计,除去祭祀宗庙、歌颂神灵、周秦旧谣及有作者名字可考之作不计外,流传至今的两汉民间歌谣不过55首。作品或见徐陵《玉台新咏》,或见郭氏《乐府诗集》。代表作有《淮南王歌》、《枯鱼过河泣》、《战城南》、《十五从军征》、《五侯歌》、《公无渡河》、《江南》、《上邪》、《有所思》、《白头吟》、《艳歌行》、《上山采蘼芜》、《妇病行》、《孤儿行》、《东门行》、《饮马长城窟行》、《陌上桑》、《长歌行》、《焦仲卿妻》等。此外,还有一些帝王或文人的制作或拟作乐府亦不乏佳作，如项羽的《力拔山操》、刘邦的《大风歌》、刘彻的《秋风辞》、《瓠子歌》、李延年的《李延年歌》、刘细君的《乌孙公主歌》、班婕妤的《怨歌行》、辛延年的《羽林郎》、宋子侯的《董娇饶》等。

从形式上看，两汉乐府多用三言、四言、五言或杂言，除少数作品外，一般篇幅都较短小，风格质朴。

从内容上看，这个时期的乐府诗，多写爱情婚姻、战争徭役、孤儿病妇和感时伤世。其中不少作品语言清新，感情真挚，具有鲜明的现实性和社会性。一些以男女爱情婚姻生活为题材的作品，或写爱情受阻，抒发相思之愁(《迢迢牵牛星》)；或写真挚相爱，感情永不衰减，如果要断绝关系，除非要"江水为竭，……夏雨雪"(《上邪》)；可是当女方发现男方"有他心"，对爱情不忠贞时，又表现得十分决绝，她竟把原来准备送与男子的"双珠玳瑁簪"要烧毁、扬灰灭迹，与对方断绝关系(《有所思》)。还有一些作品，写女子拒绝官员和豪奴的调戏与勾引，表现了对爱情的忠贞不移，如《陌上桑》与《羽林郎》。还有写女子担心被遗弃(《怨歌行》)；写离弃后夫妻相逢叙旧，情意缠绵(《上山采蘼芜》)；或写女子不堪婆母的精神虐待，走上自我反抗道路，夫妻双双自杀，以换取死后的精神慰藉(《焦仲卿妻》)。以上作品，从不同角度表现了男女爱情婚姻生活的主题。

汉魏之间，战乱频仍，战争和徭役给广大人民带来了深重的灾难。《战城南》与《十五从军征》从不同角度反映了这样的社会现实："野死不葬"，说明战争之酷烈；"十五从军征，八十始得归"则说明服役时间之久，战乱时间之长，人民痛苦之深。《饮马长城窟行》写思妇之怨，仍与战争徭役有直接关系。

《妇病行》与《孤儿行》都写了封建社会的家庭悲剧，一贫一富，而悲剧都不可避免，揭示了封建制度的不合理。

《公无渡河》、《枯鱼过河泣》、《乌生》、《蛱蝶行》等则从不同角度揭示了人世艰险、尔虞我诈、陷阱四伏，一不小心，即遭横祸的社会现实，悲剧色彩十分浓厚。

项羽的《力拔山操》和刘邦的《大风歌》，一写其败亡时对不利于己的“时”的怨叹；一写其胜利后“猛士”叛离和对“猛士”的渴求。这两个曾经叱咤风云的历史人物，在诗歌中都表现了他们和人民的隔膜。篇幅虽短小，但蕴涵的社会意义却十分深刻。

两汉乐府诗是乐府诗之始，所体现的“感于哀乐，缘事而发”的现实主义精神，是上承《诗经》传统、下启魏晋文人拟作乐府诗之源，在乐府诗歌史上占有重要地位。

魏晋南北朝乐府

魏晋时期，留传下来的乐府诗多为文人拟作。曹操父子雅好音乐，大量自制歌辞。《三国志·魏书·武帝纪》注引《魏书》云：“太祖……御军三十馀年，手不舍书……登高必赋，乃造新诗，被之管弦，皆成乐章。”曹植也是“依前曲改作新歌”（《鞞舞歌序》）。曹氏父子和阮瑀、应玚、王粲、陈琳、蔡琰、左延年、傅玄、张华、陆机和陶渊明等人皆有乐府诗传世，他们对乐府诗的发展起了重要作用。

从形式上看，魏晋乐府诗有四言、五言、七言体，篇幅也较长；内容则多能反映现实生活。这是文人拟作乐府诗的第一个兴盛时期。曹氏父子不仅凭其政治地位而团结了一批有文才的诗人，而且还以自己的创作实践，为乐府诗的继承和发展作出了贡献。东汉末年，社会动乱不已，曹操南征北战，驰骋疆场三十馀年，军旅生活的艰苦（《苦寒行》）、战争带给人民的灾难（《蒿里行》）、战乱时念友思才、并表现出老当益壮的昂扬精神（《短歌行》）。这些作品既反映了战乱年代的社会风貌，同时也从诗歌的字里行间流露出诗人的个人感情色彩。操子植有才，却一生怀才不遇，备受压抑，故其作多表现为苦闷抑郁不平之情的倾吐，如《箜篌引》以“欲可求”而表现其有所求；《美女篇》以美女“盛年处房室，中夜起长叹”表现其才识被埋没；《七哀》以思妇之“悲叹”表现其无所依傍的自伤。其馀如《薤露行》、《门有万里客行》等，亦从不同方面渗透着诗人的个人情感。曹丕的《燕歌行》，写思妇怀远，感情极其细腻，被称之为最早的一首完整七言诗。建安七子中成就最高的王粲，其代表作品《七哀》诗“西京乱无首”

篇，以董卓馀党之乱为背景，写了一个“饥妇人”而“抱子弃草间”的人间悲剧。阮瑀的《驾出北郭门行》是一篇后母虐待前妻之子的“孤儿行”。陈琳的《饮马长城窟行》通过写修长城之苦以揭露秦政之暴。

魏晋乐府诗以文人拟作为主，叙事抒情紧密结合，在不少“借古题写时事”的篇什中，常常有诗人主观情感的宣泄。如张华的《轻薄徭》、傅玄的《董逃行》、《秦女休行》和《秋胡行》。此外，还有陆机的《猛虎行》、《君子行》和陶渊明的《挽歌诗》等。

南北朝民歌多为五言四句，或为四言四句，篇幅较短小。从风格上看，南朝民歌较艳丽，北朝民歌较质朴。据《乐府诗集》辑录的乐府诗就将近五百首。它们分别归入“清商曲辞”、“杂曲歌辞”和“杂歌谣辞”中。这些民歌所流行的地域，主要是湖北、江苏等长江中下游及河南邓县一带，重要作品有《子夜歌》（42 首）、《子夜四时歌》（75 首）、《上声歌》（8 首）、《前溪歌》（7 首）、《阿子歌》（3 首）、《懊侬歌》（14 首）、《读曲歌》（89 首）、《黄竹子歌》、《江陵女歌》、《采莲童曲》（2 首）、《同生曲》（2 首）、《石城乐》（5 首）、《乌夜啼》（8 首）、《采桑度》（7 首）、《夜度娘》、《黄督》（2 首）、《长干曲》等。不少组歌中都不乏佳作。此外，还有帝王和女人拟作乐府歌辞，如梁武帝、梁简文帝、梁元帝、陈后主、谢灵运、谢惠连、鲍照、谢朓、沈约和江总等。

从内容上看，南朝乐府民歌几乎全是写男女爱情婚姻生活，故有人称之为“儿女文学”。其中大部分作品思想健康、风格清新；也有一些作品渗入了色情成分（如《碧玉歌》“碧玉破瓜时”首、《长乐佳》“红罗复斗帐”首），这与统治阶级追求声色之乐和社会艺术情趣有紧密关系。一些作品或写男欢女爱，如《子夜歌》“宿昔不梳头”首、《子夜四时歌》“绿荑带长路”首；或写爱情不自由，如《子夜歌》“见娘喜容媚”首；或写离别相思，如《子夜歌》“别后涕流连”首、“自从别欢来”首，《子夜四时歌》“田蚕事已毕”首，《华山畿》“相送劳劳渚”首；或写女子被遗弃，如《子夜歌》“郎为傍人取”首、“常虑有二意”首。在写男女爱情的作品中，最值得一提的是《华山畿》“君既为侬死”

首。它写一个士人因爱一女子慕色而死，临葬时女子呼开其棺而入以殉情，故事凄楚动人。它为以爱情为基调的南朝乐府诗增添了一点异彩。后来的梁山伯、祝英台故事很明显地受到这一悲剧故事的影响。

南朝文人拟作乐府最有成就的是鲍照。他的《代东门行》抒发羁旅行役之苦；《代白头翁》写女子之怨以发泄对统治者疏贤亲佞的不满；《拟行路难》"璇闺玉棉上椒阁"首写贵族女子得不到真心爱情的愁闷。此外，还有谢灵运的《江上曲》、江总的《雨雪曲》亦较有名。

北朝民歌现存60馀首，主要流行在黄河流域广大地区。《乐府诗集》将其归入"梁鼓角横吹曲"中，并引《古今乐录》列其《企喻》、《琅琊王》、《钜鹿公主》、《紫骝马》、《黄淡思》、《地驱乐》、《雀劳利》、《慕容垂》、《陇头水》等篇名及篇数，名之为"胡吹旧曲"。据《旧唐书·音乐志》记载，这些曲调来自鲜卑、吐谷浑、部乐稽三个民族的歌谣。其中有的已经过南方文人的翻译和加工，内容和风格都有一些变化，但总的方面还不失其粗犷、质朴的特色。主要作品有《琅琊王歌辞》(8首)、《紫骝马歌辞》(7首)、《捉搦歌》(4首)、《折杨柳歌辞》(4首)、《陇头歌辞》(3首)、《慕容垂歌》(3首)、《敕勒歌》、《李波小妹歌》和《木兰诗》等。其中以《木兰诗》最为杰出。此外，这一时期拟作乐府诗的文人有温子升、魏收、裴让之、王褒、庾信、徐陵等，庾信成就较大。

北朝民歌内容或写战争悲剧，如《紫骝马歌辞》"烧火烧野田"首、《隔谷歌》"兄在城中弟在外"首等；或写尚武精神，如《琅琊王歌辞》"新买五尺刀"首、《折杨柳歌》"健儿须快马"首和《李波小妹歌》等；或写羁旅行役，如《陇头流水歌辞》"陇头流水，流离西下"首、《陇头歌辞》三首等。还有一些作品写男女爱情婚姻生活，如《黄淡思歌辞》"归归黄谈思"首、《捉搦歌》"谁家女子能行步"首、《折杨柳歌辞》"腹中愁不乐"首和《慕容家自鲁企由谷歌》等。与南朝同类题材作品相比较，北朝情歌表现男女相爱更为直露和大胆而具有豪放刚健风格。在北朝民歌中，最值得一提的还有《木兰诗》。作品主要写木兰女扮男妆代父从军、功成不受封赏而重返家园，全诗洋溢着高昂的巾帼气概的英雄主义精神。

这一时期的文人拟作乐府诗以庾信较为有名。他的《塞下曲》、《怨歌行》和《杨柳歌》等，或写塞外风光，或写思妇怀远，或怀念故园，于绮丽之中犹见刚健之美。此外，还有王褒的《关山月》、徐陵的《长相思》和温子升的《结袜子》等。

隋唐乐府

从隋文帝杨坚建元开皇，中经炀帝、恭帝、越王，至唐高祖李渊建立大唐帝国（公元 581 ~618 年），是为隋代。隋代乐府多为文人拟作，见于《乐府诗集》者 60 馀首，分别归入“鼓吹曲辞”、“横吹曲辞”、“相和歌辞”、“清商曲辞”及“杂歌谣辞”中，代表作家有卢思道、薛道衡、虞世基、辛德源和王胄等 20 馀人。其中以卢思道的《从军行》和《美女篇》、薛道衡的《昔昔盐》、辛德源的《白马篇》等较为有名。或似南朝，或同北风，尚未形成独特风格。需要一提的是，那个历史上颇为有名的荒淫无道皇帝隋炀帝也附庸风雅，《乐府诗集》中就收有他的《春江花月夜》二首、《锦石捣流黄》一首、《喜春游歌》二首、《步虚词》二首、《纪辽车》二首及《江都宫乐歌》一首等。上行下效，在他即位的十馀年，隋代文学虽然没有取得什么成就，但倒也掀起了一阵子“香艳乐歌运动”（罗根泽《乐府文学史》）。在乐府文学史上，也还不失其为不可缺少的一页。

以白居易、元稹为首倡导的新乐府运动，是一场以创作新题乐府诗为主旨的诗歌革新运动。唐宪宗元和四年（公元 809 年），李绅写了《新题乐府》诗二十首送元稹，元稹也随即写了《和李校书新题乐府》诗十二首。后来的白居易又写了《新乐府》五十首，正式标举“新乐府”旗帜。他在《与元九书》中明确提出新乐府运动的理论主张：“文章合为时而著，歌诗合为事而作。”元稹也提出“即事名篇，无复依傍”、“或颇同古意，全创新调”（《乐府古题序》）。这对魏晋以来的一些多借用古题、内容与题目不协调，或虽用新题，内容又并非皆为时事之作来说，无疑是一次从理论到创作实践的突破，是“感于哀乐，缘事而发”的现实主义精神的继承和发展，对后世的乐府诗及历代诗坛都产生了很大影响。

作为一种文学现象，新乐府运动和乐府诗在唐代的勃兴决不是孤立或偶然的，相反，它有着深厚的社会基础和文学基础。社会矛盾的复杂激烈，要求作家正视现实和反映现实；汉魏以来的乐府诗，初盛唐时期自上而下的乐府诗作家群的创作实践，使之出现和蓬勃发展也就成为必然。元、白之前，唐太宗、高宗、中宗、玄宗等人都提倡音乐和喜爱诗歌，太宗李世民还写了《饮马长城窟行》乐府诗。仅据《全唐诗》卷 17 ~ 29 标明“乐府”部分统计，有乐府诗流传的作家就有 230 馀人，作品近 1200 馀首。它们分别属于“鼓吹曲辞”、“横吹曲辞”、“相和歌辞”、“舞曲歌辞”、“琴曲歌辞”、“杂曲歌辞”和“杂歌谣辞”七类。王勃、卢照邻、骆宾王、沈佺期、陈子昂、张若虚、张说、孟浩然、王维、高适、岑参、王昌龄、李白、杜甫、张祜、孟郊、李益、张籍、王建、刘禹锡、李贺、卢仝、陆龟蒙、李群玉、韩愈、柳宗元等人，都有乐府佳作。这些乐府诗都未入乐，是以《乐府诗集·新乐府辞序》云：“新乐府者，皆唐人之新歌也。以其辞实乐府而未尝被于声，故曰新乐府也。”郭茂倩所说的新乐府，包括了唐代所有的自立新题而作的乐府诗。它们完全摆脱了音乐而具有独立的文学价值。元、白之前，李白和杜甫对乐府诗的继承和发展作出了重大的贡献；经元、白在理论上的倡导和创作实践的影响，唐代的乐府诗对后世的一切新题乐府诗起了不可估量的作用。

从现在流存的作品看，以文人创作为主体的唐代乐府诗的内容比前代乐府诗更丰富了，写战争徭役的有李世民的《饮马长城窟行》，陈子昂、王昌龄的《出塞》，卢照邻、李白的《战城南》，张籍、王建的《陇头水》，王维的《陇头吟》，杜甫的前、后《出塞》和《兵车行》，骆宾王的《从军中行路难》，白居易的《新丰折臂翁》等。上列诸人之作，或写壮士立志御边，或写战争残酷，或写征人妻子怀远等，从多方面反映了战争徭役生活。写男女爱情婚姻生活的有张祜的《莫愁乐》，施肩吾的《襄阳曲》，杨巨源的《大堤曲》，李白、王昌龄等人的《采莲曲》，张籍、刘元淑等人的《妾薄命》，张继的《长相思》，聂夷中的《夜夜曲》，孟云卿的《生别离》，刘叉的《怨诗》等。上列诸人之作，或写男欢女爱，儿女情长；或写所爱别离，相思不已；或写女子被遗弃，悲怨无穷等，从多方面反映了世俗男女种种情态。写宫妃生活的有李白、吴少微的《怨歌行》，徐贤妃、岑参的《长门怨》，徐彦伯的《班婕妤》，刘禹锡的《阿娇怨》，陆龟蒙、刘方平的《婕妤怨》，长孙佐辅的《宫怨》，崔国辅、胡曾的《妾薄命》，杜甫的《丽人行》，白居易的《上阳白发人》等。上列诸人之作，多写君恩不定，宫妃、宫女备受精神折磨，揭露了嫔妃制度的罪恶。写世道坎坷、伤时怀古的有孟郊、崔颢的《长安道》，元稹的《董逃行》，李白的《上留田》、《野田黄雀行》、《蜀道难》、《梁甫吟》，杜甫的《苦寒行》、《贫交行》，刘希夷的《白头吟》，白居易的《反白头吟》等。上列诸人之作，或叹世道丧乱，或惧人世险恶，或哀好景不长，或劝洁身自爱等。世俗的尔争我夺、陷阱四伏、祸福难测等人情世态都通过不同方式表现出来。写游侠生活的有李白、王维、王昌龄、张籍、李嶷、杜牧等人的《少年行》，李廓的《长安少年行》，李益的《汉宫少年行》，崔颢的《渭城少年行》，高适的《邯郸少年行》，元稹的《侠客少年行》等。上列诸人之作，或写其慷慨悲歌，意气豪迈；或写其呼朋引类，一掷千金；或写其志得意满，及时行乐。……这是一群官员子弟和宫廷禁卫人员的生活写照。还有一些作品写农民穷苦生活，如白居易的《观刈麦》、《采地黄者》，元稹的《田家词》，张籍的《野老歌》等。此外，很值得一提的是一些写商人生活的作品。封建统治阶级一向重农抑商，商人进入诗歌多为思妇怀人之作。而唐代的乐府诗却一反传统，写了商人们远行不定、跋山涉水、经历种种风险和弃农从商、唯利是图等多方面的生活及思想。如李白、元稹的《估客乐》，张籍的《贾客乐》，刘禹锡、刘驾的《贾客词》等。这些作品写了市民力量的逐渐抬头。与前代乐府诗相对较，唐代乐府诗的题材范围是扩大了，这是新乐府运动及其创作实践的丰硕成果。

宋金元乐府

宋金元时期，词曲盛行，作家们倚声填词，合乐而歌，人们因而常把词集或散曲集称为“乐府”。如《东坡乐府》、《诚斋乐府》、《东篱乐府》、《小山乐府》等。还有一些散曲选集也被称为乐府者，如《太平乐府》、《乐府群珠》、《乐府群玉》等。这些被称作乐府的词曲，主要是它们可以“入乐而歌”的缘故，与传统的“感于哀乐，缘事而发”、“为事而作”的乐府诗还是有区别的。

这一时期，由于词曲成为文人们抒情咏物的主要文学形式，因而对采用旧题或另立新题而写的乐府就注意不够，但一些词曲大家还是写了一些乐府佳作。如宋金的欧阳修、柳永、梅尧臣、王安石、苏轼、黄庭坚、苏辙、杨万里、范成大、陈与义、陆游、刘克庄、陈师道、晁补之、谢枋得、陈造、文天祥、元好问等。元代一些散曲大家亦写乐府诗，如刘因、赵孟頫、贯云石、虞集、萨都剌、杨维桢、倪赞等。诗人戴表元、郝经、许衡、黄溍、王恽、袁桷、马祖常、范梈、迺贤、丁鹤年、吴师道等也写了不少乐府佳作。一些作家有多种体裁的集子也以“乐府”取名，如王恽的《秋涧乐府》和杨维桢的《铁崖乐府》等。由上可见，这一时期的词曲虽然成为文人们抒情咏物的主要文学形式，但植根于现实生活土壤的乐府诗仍具有强大的生命力。

宋代乐府多写农村生活，反映民生疾苦。如柳永的《煮海歌》，文同的《苦寒行》，刘攽的《城南行》，王令的《饿者行》，苏轼的《画鱼歌》，范成大的《冬春行》，尤袤的《淮民谣》，陈造的《田家叹》，王炎的《冬雪行》，刘克庄的《筑城行》等。上列诸人之作，或写盐工之苦（《煮海歌》），或写劳役之悲（《筑城行》），或写天灾为虐（《城南行》、《饿者行》、《田家叹》），或写税赋之重（《画鱼歌》、《冬雪行》）等。还有一些借古喻今、借他事喻此事之作，如王安石的《明妃曲》二首，陈师道的《放歌行》，唐庚的《鸣鹊行》等。上列诸人之作，或以昭君之不幸喻自己之“失意”；或以美人青春被耽误喻人才被埋没；或以鸣噪之喜鹊喻势利小人。此外，写思妇怀远的则有徐照的《征妇思》，高翥的《戍妇叹》；写子死母悲家庭悲剧的则有《谁何笑》等。这些作品多充满了诗人的忧患意识。

金人以诗名者有赵秉文、王若虚、李俊民和元好问等，其中以元好问最为有名。元氏的乐府诗题材范围宽广，或写农家生活（《驱猪行》），或写征戍之苦（《望归吟》），或写少年游侠（《长安少年行》），或伤时叹世（《天门引》、《黄金行》、《南冠行》、《解剑行》），或写男儿立志报国（《征人壮士谣》、《并州少年行》）等。在诗歌史上，元氏诗歌被誉为"诗史"。其成就是突出的。

元代乐府诗，长篇大什较多，数量也不少。刘因、郝经、耶律铸、虞集、王恽、迺贤、萨都剌、袁桷和杨维桢等人，都写了不少乐府佳作。杨维桢的《铁崖先生古乐府》就保存了杨氏四百馀首乐府作品。在乐府文学史上，他可以称得上是高产的文人作家。馀如郝经、王恽等人之作，其数量亦颇可观。有元一代的元人乐府，写民生疾苦的有戴表元的《采藤行》，刘因的《苦雨行》，王恽的《大雹行》、《捕鱼歌》、《汜水行》、《紫藤花歌》，黄溍的《可怜行》，袁桷的《越船行》，马祖常的《缫丝行》、《拾麦女歌》，范梈的《闽州歌》，萨都剌的《鬻女谣》，杨维桢的《贫妇谣》、《皇娲补天谣》，倪赞的《苦雨行》等。那些饱受生活疾苦折磨之人有农民、渔民、船工、缫丝工和刺绣工，其中以农民为最多，受苦也最大。天灾、租税、徭役等都是造成苦难的原因，诗人们对这些受苦者充满了人道主义的同情。还有一些作品写伤时叹世，怀古咏史，如刘因的《白雁行》、《武当野老歌》、《燕歌行》、《塞翁行》，王恽的《汜水行》、《义侠行》，郝经的《江湾行》、《青州山歌》、《入燕行》、《居庸行》、《化城行》，虞集的《白翎雀歌》，王逢的《银瓶娘子引》，迺贤的《三峰山歌》等。上列诸人之作，或伤时忧难，感叹历史兴亡；或借古喻今，规劝统治者；或缅怀义烈女子，或悼念阵亡将士……这些作品，更多地倾注了诗人的个人感情。此外，写世道不公的有戴表元的《招子昂饮歌》，郝经的《贤台行》；写乡国之思的有郝经的《江声行》；写小儿女之情的有丁鹤年的《采莲曲》，迺贤的《塞上五曲》之三；写思妇怀远的有赵孟頫的《有所思》，萨都剌的《征妇怨》，吴师道的《燕子行》；写统治阶级穷奢极欲的有萨都剌的《百禽歌》

等。总之,元代乐府诗反映元代社会现实生活是相当广阔的。

明清近代乐府

明清以来,小说戏曲更为广大读者和观众所喜爱,人们对诗文创作中的不景气现象提出了有针对性的理论探索,如前后七子、唐宋派、公安派、格调说、神韵说和"诗界革命"等,就是这一历史时期诸种流派的代表。他们除了理论上的提倡、并在创作中实践自己的主张外,和其他一些诗人一样,也写了一些旧题、新题乐府诗,如张昱、陶凯、高启、李东阳、何景明、于谦、陈子龙、吴伟业、魏耕、朱彝尊、王士祯、查慎行、郑燮、张维屏、陆嵩、龚自珍、魏源、赵函、宋琦、黄遵宪、林纾、梁启超、秋瑾等。以上表明,从汉代以来的乐府诗,一直到明清近代仍延续不衰。

明代乐府诗写伤时怀古之作的有张昱的《长平戈头歌》,高启的《悲歌》、《塞下曲》、《陇头水》,王桐乡的《荔枝香》,李东阳的《白马河》,何景明的《易水行》等。上列诸人之作,或谴责残暴屠杀,或反对穷兵黩武,或批判冒险行刺。写思夫怀远、游子客愁的有高启的《怀远曲》,何景明的《塘上行》;写民生疾苦的有徐渭的《张家槐》,陈子龙的《小车行》;写女子义烈的有李东阳的《渐台水》;写少年豪气的有高启的《少年行》等。在有明一代,高启的乐府诗又更突出一些。他留存至今的诗约有二千首,其中乐府诗就有一百馀首。

清代乐府诗,写民生疾苦之作特别多。如魏耕的《湖州行》,陆世仪的《钱塘行》,钱澄之的《捕匠行》,龚鼎孳的《岁暮行》,高一麟的《刈麦行》,申涵光的《春雪歌》,倪承茂的《苦寒行》,梁清标的《落日行》,刘义恕的《流民行》,刘廷玑的《劝农行》,朱彝尊的《马草行》、《女耕田行》,王士祯的《蚕租行》,赵执信的《甿入城行》,朱经的《地震行》,张金栋的《摘棉花行》,程含章的《小儿歌》等。上列诸人之作,涉及租税、徭役和天灾人祸,其中不少作品写得十分深刻,如倪承茂《苦寒行》揭露贫富悬殊:"朱门贵客狐白裘,……谁怜路有冻死骨?"刘廷玑《劝农行》讽刺官府劝农扰民:"不来劝农农亦耕,……不劳再劝鸡犬惊。"赵执信《甿入城行》写官逼民反:"官私计尽生路死,不如却就城中死。一呼万应齐挥拳，胥吏奔散如飞烟。”还有一些怀古咏史之作，如杨思圣的《故宫行》，王士祯的《南将军庙行》；写军旅生活的有李必恒的《铙歌六章·从军乐》；写自然景物的有曹寅的《菜花歌》；写羁旅行役的有陶蔚的《苦寒行》；写当代政治大事的有吴伟业的《圆圆曲》等。这些乐府诗，成为清代现实主义诗歌的重要组成部分。

自1840年的鸦片战争，至1919年的五四运动，我国历史进入了近代史时期。由于帝国主义列强的侵略和清廷的日益腐朽，人民大众的反帝爱国、思变图强这一时代主潮，也就构成了这个时期一切进步文学——包括乐府诗歌的基本主题。在诗坛上，黄遵宪、梁启超等人提出了“我手写吾口，古岂能拘牵”（黄遵宪《杂感》）的“诗界革命”主张，对当时的诗歌创作产生了很大影响。这一时期的乐府诗，篇幅都比较长，形式自由，不避各种“流俗语”。主要作家有张维屏、魏源、周凯、龚自珍、赵函、叶兰、陆嵩、朱琦、林昌彝、黄遵宪、康有为、梁启超、夏曾祐、谭嗣同、蒋自由、丘逢甲、秋瑾等。其中以黄遵宪的成就为最大。他们的作品，或写民生疾苦，如陆嵩的《鬻儿行》，曹楙坚的《卖牛行》，叶兰的《五五斛》、《且弥缝》，林昌彝的《市价行》，谭嗣同的《六盘山转饟谣》等；或颂扬抗敌爱国，谴责妥协投降，如张维屏的《三元里》，赵函的《哀虎门》、《哀吴淞》，朱琦的《关将军挽歌》，黄遵宪的《冯将军歌》、《东沟行》、《降将军歌》、《聂将军歌》等；或鼓动从军报国，赞扬武装革命斗争，如马君武的《从军行》，秋瑾的《宝刀歌》等；或谴责残忍屠杀行为，如周凯的《大将行》；或揭露统治阶级内部倾轧，如黄遵宪的《五禽言》；或歌颂侠客义士，如张维屏的《义侠行》；描写自然景物之美的有龚自珍的《西郊落花歌》，魏源的《天台石梁雨后观瀑歌》等。主张教育改革的有林纾的《闽中新乐府·村先生》等。这些作品都具有鲜明的反帝爱国、思变图强的时代色彩。

三

从汉代正式设立官署开始采集“皆感于哀乐，缘事而发”的乐府诗，到后来的旧题或新题乐府，尽管它们有产生的时代条件、民歌与文人创作、短制与长篇、入乐与不入乐、题材内容、艺术风格等方面的不同，但由于它们与社会现实生活有着密切的联系，故而一些思想与艺术都值得肯定之作，多具有鲜明的现实性、社会性、叙事性、抒情性等特点。

从题材上看，乐府诗的内容多涉及爱情婚姻、战争徭役、孤儿游子、农工商贾、离别相思、伤时感怀、咏史怀古、耕织劳作、天灾人祸、世风习俗以及反帝爱国等。这些不同时代的作品，反映了各自时代人们的生活遭遇和社会风貌，表达了他们的喜怒哀乐与追求。

从创作方法上看，乐府诗继承和发展了《诗经》的现实主义优良传统，从“饥者歌其食，劳者歌其事”到“感于哀乐，缘事而发”，至曹操父子又提出“借古题写时事”，至唐代新乐府运动提出“歌诗合为事而作”、“即事名篇，无复依傍”，一直发展到近代“诗界革命”的中坚人物黄遵宪提出的“诗之外有事”(《人境庐诗草序》)而延续不衰，显示了这一创作方法的强大艺术生命力。当然，在现实主义这一主潮中，并非排斥浪漫主义之作出现，《焦仲卿妻》、《华山畿》(“君既为侬死”首)、一部分南朝民歌，曹植、李白等人的部分乐府诗，都充满了较浓厚的浪漫主义色彩。

从表现技巧上看，乐府诗记事写人结合、叙事抒情统一，是艺术上的一大特点。如民歌中的《公无渡河》、《十五从军征》、《陌上桑》、《焦仲卿妻》、《木兰诗》、《李波小妹歌》；文人创作的则有李白《东海有勇妇》，杜甫的《丽人行》，白居易的《上阳白发人》、《新丰折臂翁》，徐绩的《谁何哭》，王令的《饿者行》，元好问的《驱猪行》，刘因的《武当野老歌》，王恽的《义侠行》，袁桷的《越船行》，萨都剌的《鬻女谣》，杨维桢的《杀虎行》，王逢的《银瓶娘子引》，高启的《里巫行》，吴伟业的《圆圆曲》，钱澄之的《捕匠行》，王士祯的《南将军庙行》，张维屏的《侠客行》，陆嵩的《鬻儿行》，赵函的《十哀歌》，朱琦的《关将军挽歌》，黄遵宪的《冯将军歌》、《降将军歌》、《聂将军歌》等。这些作品，故事情节完整，人物形象鲜明，是成功的叙事诗。

善用比喻和将描写非人对象拟人化，是乐府诗艺术上的又一特点。如民歌《乌生》、《悲歌》、《枯鱼过河泣》、《猛虎行》，文人创作的则有曹操的《龟虽寿》，李白的《野田黄雀行》，白居易的《青石》，苏轼的《画鱼歌》，刘因的《白雁行》，王恽的《赵邈龊虎图行》，萨都剌的《百禽歌》、《黯淡滩歌》，杨维桢的《老客妇谣》，吴师道的《燕子行》，张显的《白翎雀歌》等。这些作品比喻恰切，拟人生动。

此外，还有一些乐府诗或极度夸张，如民歌《上邪》，王恽的《大雹行》等；或讽刺幽默，如民歌《陌上桑》，元稹的《胡旋女》，郝经的《白沟行》，刘廷玑的《劝农行》，黄遵宪的《降将军歌》等。文人创作的旧题或新题乐府诗，还常常引经据典，如曹操的《短歌行》，李白的《公无渡河》，元好问的《南冠行》，王恽的《义侠行》、《捕鱼歌》、《平原行》、《紫藤花行》等。这些典故以简练的文字表达了深邃的思想。

乐府诗的语言风格丰富多彩。或质朴雄浑，如汉代部分民歌，北朝民歌，以及曹操、高适、李白、张籍、王建、元好问、王恽、杨维桢、高启、吴伟业、黄遵宪等人之作；或纤秀柔婉，如南朝民歌，以及谢朓、吴迈远、刘希夷、温庭筠等人之作；或清丽自然，如一部分汉民歌，以及辛延年、陶渊明、谢灵运、薛道衡、张若虚、王维、李季兰、元稹、白居易、苏轼、陆游、刘因、赵孟頫、萨都剌、吴师道、耶律铸、马祖常、迺贤、何景明、王士桢、梁启超等人之作。语言风格的多样化，有助于反映社会现实生活的丰富多彩。

从体裁上看，乐府诗的地位和影响也值得重视；萧统《昭明文选》等书在对文学体裁进行分类时就把“诗”、“骚”、“赋”和“乐府”并列，肯定了它独立存在的价值；《焦仲卿妻》和《木兰诗》是我国最早的长篇叙事诗，为后来的长篇叙事诗开拓了先路；曹操父子的《短歌行》、《龟虽寿》、《箜篌引》、《美女篇》、《燕歌行》等拟作乐府诗，对我国四言诗的继承振兴，对五七言诗的形成的影响，其功绩都不可磨灭。

总之，乐府诗作为一种与古体诗、近体诗并列的诗歌体裁，由于它始终植根于现实生活的土壤中，在建设社会主义精神生活文明的今天，它仍将闪耀出民主思想的光辉和保持其强大的生命力。

《鉴赏辞典》的编写工作，对我们还是一次初步的尝试，许多问题考虑很不周到。现将有关情况说明如下：

1. 对乐府诗的认识

乐府诗的思想与艺术、地位与影响已如前述，不赘。前贤时修辑录、编选、研究乐府诗，或断自隋唐五代（郭茂倩《乐府诗集》、罗根泽《乐府文学史》、杨枝生《乐府诗史》等），或断自汉魏六朝（余冠英《乐府诗选》、萧涤非《汉魏六朝乐府文学史》、王运熙《乐府诗论丛》、王运熙等《汉魏六朝乐府诗》、人民文学出版社编辑部《汉魏六朝诗歌鉴赏集》等），或仅及两汉（何权衡《两汉乐府欣赏》）。宋以下的乐府诗，尚未引起研究者的足够重视，更无一本较系统的读本供读者阅读。我们不揣谫陋，编写此"辞典"以献读者。

2. 读者对象

主要读者对象为具有高中文化水平的古典诗歌、古典文学爱好者，以及大专院校文科学生。

3. 选目原则

为了使读者比较全面地了解乐府的起始、发展、演变、成就等情况与获得较多的信息，我们根据以下原则选目：

①思想内容与艺术形式并重；

②民歌与文人创作并重；

③兼顾各种题材与风格流派；

④以作家作品成就大小决定多选或少选；

⑤已见于《汉魏六朝诗歌鉴赏集》、《两汉乐府诗欣赏》、《唐诗鉴赏辞典》、《宋诗鉴赏辞典》的篇目或少选或不选。

《辞典》计选两汉自唐五代 370 馀篇，宋至清近代 220 馀篇，合计为600馀篇。

4. 撰稿人

参加本辞典的撰稿人皆为古典文学研究工作者，共计作者近160人。

我们于去年10月着手选目，11月将篇目与体例寄与撰稿人，今年5月将稿子送交出版社。全部时间约为半年多。其中两汉魏晋南北朝部分由白本松、李博选目并审稿；唐宋部分由葛景春、翟相君选目并对稿子作了初审，后由白本松、李博审隋唐五代稿，李春祥、华锋、李恒义审宋代稿；元明清部分由李春祥、华锋选目并审稿。华锋、李恒义统编全部目录，李恒义、张进德誊写部分文字，最后由李春祥统看全稿。

在整个编写过程中，我们得到了中州古籍出版社孙鑫亭、贾传棠等同志的大力支持，其中贾传棠同志还对本书的编写工作及稿子提出了许多宝贵意见，谨此表示衷心的感谢！

由于时间短促，再加上我们水平有限，尤其是个人主此工作更是力难胜任，其间错误疏漏实所难免，敬祈读者批评指正。

一九八九年六月于河南大学

附录

《附录》收录李春祥先生哲嗣李兵君精心撰写的《李春祥先生年谱》和《先父李春祥先生的元曲研究》,后者以《代后记》方式收录,以真切表达家人对先生的深切缅怀。

李春祥先生年谱

1930 年

10 月 18 日李春祥先生出生于四川省合川县(今合川市)皂桷乡。

1937 年

家住合川县杨柳街,入明达小学读书。

1940 年

家住合川县南津镇代家沟,读私塾。

1941 年

家住合川县沙溪镇石华庙,读小学。

1943 年

入合川县濂溪中学读书。喜好打篮球、拉二胡。

1946 年

入合川县立中学读书。开始阅读《三国演义》、《水浒》、《西游记》、《红楼梦》。

1950 年

9 月考入西南师范学院(今西南大学)中文系读书。

1951 年

1 月加入共青团。之后,任中文系学生会副主席、主席及学校团委军体委员。

1954 年

7 月本科毕业,由国家分配到河南师范学院(今河南大学)中文系现代文选及写作教研室任助教。

1955 年

3 月在《教学业务通讯》1955 年第 3 期发表《〈我的一天〉教材分析》。暑假期间,与同分在河南师范学院(今河南大学)中文系任助教的大学同学冉德服相爱成婚。

1956 年

9 月在中文系任中国古代文学教研室助教。

12 月 25 日长女李宏出生。

1959 年

4 月编写元代文学教材(铅印单行本),并开始讲授元明清文学。

9 月赴北京师范大学中文系进修元明清文学,指导教师王汝弼教授;并在北京大学选修王季思教授“中国戏曲选讲”。

9 月 29 日儿子李兵出生。

1960 年

7 月由北京师范大学中文系结束进修返汴。是年晋升讲师。

1961 年

5 月 8 日幼女李丹出生。

10 月 29 日在《光明日报》“文学遗产”发表《元人杂剧中的舞蹈资料》。是年担任《光明日报·文学遗产》通讯员。

1962 年

1 月在《函授教育通讯》1962 年第 1 期发表《〈送薛存义序〉简析》。2 月 25 日在开封市文联《文艺之窗》发表《〈孔雀胆〉观后》。

1963 年

撰写《试探曹雪芹生年与宝黛爱情悲剧的必然性》(学校科学讨论会刻印稿)。是年编写完成《中国古典文学纲要》元代文学和清代小说。

1964 年

1 月 25 日在《开封日报》发表《做革命事业的可靠接班人——话剧〈年轻的一代〉观后感》(署名举人)。是年撰写《对几个传统鬼戏的初步探索》(学校科学讨论会打印稿)。

9 月由学校派下乡搞“四清”。

1965 年

1 月在《开封师院学报》1965 年第 1 期发表《〈汉宫秋〉评价中的几个问题》。

1966 年

1 月 13 日在《开封日报》发表《苗山人民革命斗争的颂歌》。是年“文革”开始,无暇看书写作。

1969 年

1 月至 7 月随学校到灵宝朱阳山区搞“斗、批、改”。

1970 年

在尉氏县,为中学语文师资训练班讲授古文、政论文。

1971 年

到尉氏校办“五 · 七”农场劳动。

1973 年

在唐河县,为中学语文师资训练班讲授古文、政论文。

1974 年

10 月 16 日与卢永茂合作《船到江心补漏迟——谈〈红楼梦〉探春理家》在《河南日报》发表。

1975 年

2 月在《教学参考资料》1975 年第 2 期发表《今日之中山狼——从〈红楼梦〉中的孙绍祖形象谈起》。

11 月为本校中文系工农兵大学生毕业班讲授《红楼梦》专题。

1977 年

12 月赴山东泰安,参加国内 20 所高校中国古代文学教材编写会议。是年编写《中国古代文学史》元代文学、清代文学部分(铅印本)。

1978 年

4 月在《开封师院学报》1978 年第 2 期发表《一首新奇的政治讽

刺诗——对散曲〈高祖还乡〉套的一点看法》。

9月参加中国古代文学研究生集体指导工作，讲授《关汉卿和他的杂剧》、《曹雪芹和他的〈红楼梦〉》。

10月赴西安，参加20省市区47所高校古典文学学术研讨会暨《中国古代文学作品选》教材审定会议，并担任编审小组副组长，撰写15篇约30万字，该书1982年、1983年先后由陕西人民出版社出版。并先后在延安大学、山西大学中文系作学术报告《〈红楼梦〉的主线和主题》。

1979年

1月在《开封师院学报》1979年第1期发表《〈红楼梦〉的主线和主题》，同年11月被中国人民大学复印资料《红楼梦研究》1979年第1期全文转载。《中国百科年鉴1980年》（中国大百科全书出版社）评述："对《红楼梦》的情节结构的主线问题，现也有三种说法：李春祥的《〈红楼梦〉的主线和主题》等文章都认为宝黛爱情悲剧是小说的主线。"

8月在《开封师院学报》1979年第4期发表《"古怪新奇"、"德业辉光"——评锺嗣成〈录鬼簿〉》。

9月开始指导研究生康保成攻读硕士学位，其1982年9月获文学硕士学位。

1980年

4月在《河南师范大学学报》1980年第2期发表《元人杂剧反映元代民族关系的几个问题》，同年6月被中国人民大学复印资料《中国古代近代文学研究》1980年第6期全文转载。后被李修生编《元杂剧论集》（百花文艺出版社1985年）收录。

5月赴郑州参加河南省第二次文学艺术工作者代表大会，并加入河南作家协会。

7月赴哈尔滨参加全国《红楼梦》学术讨论会，并加入中国《红楼梦》研究学会，提交论文《贾宝玉的叛逆和〈红楼梦〉的思想倾向》。收入《〈红楼梦〉新论》（1980年全国《红楼梦》学术讨论会论文选）

时，改题为《贾宝玉是新人物萌芽的艺术典型》，黑龙江人民出版社1982年版。

10月晋升副教授。

1981年

1月在《河南师范大学学报》1981年第1期发表《〈陈州粜米〉与河南淮阳流传的包公放粮故事》。后收入徐征、张月中主编《元曲通融》（山西古籍出版社1999年8月版）。

4月至5月指导中文系77级本科毕业论文11篇。

4月至5月分别为开封市教师进修学院、开封市师范大专班讲授元明清文学。

5月至6月、9月至12月为本校中文系77级讲授元明清文学。

8月赴郑州参加全国《歧路灯》学术讨论会后，又赴山东济南参加全国红楼梦学术研讨会，提交论文《〈红楼梦〉艺术琐谈》。

1982年

1月在《郑州师专学报》1982年第1期发表《元代水浒戏简论》，后收入李修生主编《元杂剧论集》（百花文艺出版社1985年5月版）和吕薇芬选编《名家解读元曲》（山东人民出版社1999年1月版）。

2月至3月指导中文系78级本科生毕业论文10篇。

4月在《戏曲艺术》（河南）1982年第2期发表《元代的杂剧演员》。

4月至6月为本校中文系78级讲授选修课《元杂剧研究》。

5月赴信阳师范学院、许昌师范专科学校讲学，作《西厢记》、《红楼梦》学术报告。

10月赴上海参加全国《红楼梦》学术研讨会，提交论文《辞约而旨丰　事近而喻远——谈〈红楼梦〉第五回两间住室陈设的描写》（后刊于1983年5—6月号《牡丹》），并当选中国《红楼梦》学会理事。

10月在《河南师范大学学报》1982年第5期发表《试论元剧的繁荣》，同年12月被中国人民大学复印资料《戏曲研究》1982年第5

期、《中国古代近代文学研究》1982年第24期同时转载。10月8日在学校建校70周年科学讨论会中文系分会场，宣读其学术论文《试论元剧的繁荣》。

是年担任中文系古代文学教研室副主任。

1983年

2月至3月指导中文系79级本科生毕业论文8篇。

3月当选河南省第六届人大代表。

4月16日赴郑州出席河南省第六届人民代表大会第一次会议。

4月在《戏曲艺术》（河南）1983年第2期发表《元剧宾白的作者和评价问题》。

4月赴成都参加首届《三国演义》学术研讨会，并当选学会理事兼《〈三国演义〉学刊》编委，提交论文《元代的三国戏及其对〈三国演义〉的影响》。同年12月收入《〈三国演义〉研究集》（四川社会科学出版社）。并在南充师范学院，作学术报告《元代包公戏新探》。后又应周口师范专科学校邀请讲学两天。

4月至6月为本校中文系79级本科生讲授《元杂剧研究》。

5月至6月在《文学知识》1983年3—4期连载《元代文学概述》，10月收入西南师范学院中文系函授教研室编《语文函授辅导》。

6月《简谈孟汉卿的〈智勘魔合罗〉》收入《元杂剧鉴赏集》（人民文学出版社）。

9月至11月在《文学知识》1983年5—6期连载《明代文学概述》。

9月在《中州学刊》1983年第3期发表《元代包公戏新探》，后收入于徐征、张月中主编《元曲通融》（山西古籍出版社1999年版）。

10月在《河南师范大学学报》1983年第5期发表《锺嗣成〈录鬼簿〉划分元杂剧为两期说》。

10月《元代包公戏选注》由中州书画社出版。1984年5月获河南省社联1984年度社会科学优秀论著三等奖。

10月11日在《光明日报》“文学遗产”发表《元杂剧作家人数辨

正》。

11月担任河南省高等教育自学考试指导委员会委员兼中文专业领导组组长。

12月《天真的姑娘　复仇的女性——谈〈窦氏〉篇中的窦氏》收入《〈聊斋志异〉鉴赏集》(人民文学出版社)。

12月《试谈元剧中的权豪势要》发表于《文学论丛》第1辑(河南人民出版社)。

12月列席开封市第七届人民代表大会第五次会议。是年担任中文系古代文学教研室主任。

1984年

2月至3月指导中文系80级本科生毕业论文8篇。

3月赴武汉参加中国小说理论研讨会,并为高校元明清文学讲师班作专题报告《由〈录鬼簿〉论元杂剧的分期》,又应湖北省教育学院、武汉市教育学院联合邀请作学术报告。

4月赴洛阳参加第二届《三国演义》学术研讨会,提交论文《浅论貂蝉》,7月24日《貂蝉的献身精神》发表在《光明日报》"文学遗产"。9月25日《天津日报·报刊文摘》载文《对〈三国演义〉貂蝉形象的不同看法》报道其主要观点。2001年1月《明清小说研究》2001年第1期严明等撰文《论〈三国演义〉女性观的矛盾性》认为:对《三国演义》女性形象的研究,"向来研究者对这个问题重视不够,仅李春祥的《浅论貂蝉》"等"为数不多的文章对此作专门的论述"。

4至6月为本校中文系80级讲授《元杂剧研究》。

5至7月在《文学知识》1984年3—4期连载《明清诗文概述》。

7月加入中国共产党。

9月开始指导研究生徐江、孙震博、李恒义攻读硕士学位,都于1987年9月获文学硕士学位。

9月至11月为本校中文系81级本科生讲授《元杂剧研究》。

10月在《河南大学学报》1984年第5期发表《锺嗣成生卒年辨析》,1987年2月收入《中国古典文学研究1984》(上海古籍出版社）。

10 月在《刊授导报》（山西）第 11 期发表《话说林冲》。

11 月为本校中文系 81 级讲授《红楼梦》、《桃花扇》、《清代诗文》。

11 月至 12 月为本校中文系古代文学研究生、青年教师讲授《元杂剧研究》。

12 月列席开封市第八届人民代表大会第一次会议。是年赴郑州出席河南省第六届人民代表大会第二次会议。

1985 年

1 月为本校中文系古代文学研究生、青年教师讲授《元杂剧研究》；为本校干训班讲授《红楼梦》专题。

2 月至 3 月指导中文系 81 级本科生毕业论文 6 篇。

4 月在郑州参加首届中国古代戏曲学术研讨会，提交论文《锺嗣成的贡献》，并当选学会理事。12 月该文以《锺嗣成〈录鬼簿〉对戏曲史的贡献》在《河北学刊》1985 年第 6 期发表，1986 年 2 月被中国人民大学复印资料《戏曲研究》1986 年第 2 期全文收入。

8 月赴秦皇岛市参加第三届《水浒》学术研讨会。

9 月列席开封市第八届人民代表大会第二次会议。

9 月至 12 月为本校中文系 82 级本科生讲授《元代杂剧史》。

10 月被南阳教育学院聘为兼职教师。

11 月至 12 月为本校中文系古代文学研究生、青年教师讲授《汤显祖》专题。

1986 年

1 月为本校中文系古代文学研究生、青年教师讲授《汤显祖》；为本校中文系 82 级本科生讲授《元代杂剧史》。

1 月 20 日出席中共河南大学第五次代表大会。

4 月 29 日赴郑州出席河南省第六届人民代表大会第四次会议。

4 月赴山西临汾参加第二届中国古代戏曲学术研讨会，并提交论文《略论中州古剧》，后在《河南大学学报》1986 年第 2 期发表。

5月19日晋升教授。

5月在《曲苑》第二辑（江苏古籍出版社出版）发表《黑旋风敷演刘耍和辨析——读〈录鬼簿〉札记》。

6月在《河北学刊》1986年第3期发表《〈录鬼簿〉中的燕赵杂剧作家群》。

7月担任《中国古代文学》顾问（丁绍洛、黄华强主编，河南教育出版社）。

7月15日在《光明日报》“文学遗产”发表《简谈白朴〈墙头马上〉对流传故事的发展》。

8月在《殷都学刊》1986年第3期发表《略论元剧作家笔下的中州社会生活》。

1987年

8月赴杭州大学参加中国古典文学宏观研究讨论会。

10月赴重庆师院参加全国元代文学研讨会。

12月被河南省文艺集成志编纂工作领导小组聘请为《中国戏曲志·河南卷》编委。

是年赴郑州出席河南省第六届人民代表大会第五次会议。

1988年

2月在《河北学刊》1988年第1期发表《论张国宾和他的杂剧创作特色》，5月被中国人民大学复印资料《中国古代近代文学研究》1988年第5期全文转载。

4月在《延安大学学报》1988年第2期发表《曾瑞简论》，9月被中国人民大学复印资料《中国古代近代文学研究》1988年第9期全文转载。

4月《河南大学学报》1988年第2期发表王季思《〈元杂剧论稿〉序》：“我在50年代曾写过一篇关于《录鬼簿》的文章，主要是向读者介绍我国最早的这部戏曲理论著作，也提到对锺嗣成的评价。现在看来，春祥同志在这方面的研究已经大大向前跨进了一步。他不仅考证了锺嗣成的生卒年，论证了《录鬼簿》对元杂剧创作的分期，而且详细论证了锺嗣成的贡献，指出《录鬼簿》是我国第一部具有戏剧史意义的著作。这些结论是新颖的，同时也是有充分根据的。”“春祥同志的研究是全面的、多角度的，也是宏观与微观相结合的。”“这是一本对元杂剧的研究者、爱好者以及高等院校中文系学生都有帮助的论文集。”

5 月《元杂剧论稿》由河南大学出版社出版，同年 11 月《博览群书》1988 年第 11 期刊登书讯，1989 年 9 月获河南大学 1989 年优秀教学成果一等奖。

9 月在《古典文学知识》1989 年第 5 期发表《历史人物与流传故事人物的和谐统一——谈元杂剧中的包公形象》。

9 月开始指导研究生张永春、李征、周燕来攻读硕士学位，其 1991 年 9 月获文学硕士学位。

10 月 10 日在学校参加河南省高校科研成果首次评奖会议。

10 月赴河北安国县参加第三次中国古代戏曲学术研讨会——关汉卿创作 730 周年纪念大会，提交论文《从〈窦娥冤〉看关汉卿的法治思想》，收入《戏曲研究》第三十辑（文化艺术出版社 1989 年 9 月）。

1989 年

5 月赴信阳师院参加建国四十年古代文学研究反思研讨会。

5 月《元杂剧史稿》由河南大学出版社出版，7 月 22 日广州《信息时报》谭瑜撰文：“李春祥的《元杂剧史稿》以史为线索，勾勒了我国古代杂剧的渊源、萌芽、兴衰的脉络，并提出了令人信服的评价。”同年 10 月 19 日《光明日报》、11 月《博览群书》1989 年第 11 期刊登书讯。1990 年 10 月获河南省教委 1990 年科技专著二等奖，1991 年 12 月又获河南省社联优秀成果三等奖。1992 年 3 月再获河南省教委 1986 ~ 1989 年高校教材优秀奖。

6 月在《中国戏曲志 · 河南卷 · 孟县戏曲志》发表《〈孟县戏曲志〉序》。6 月 29 日当选河南省戏曲学会副会长。

9 月开始指导研究生张志合攻读硕士学位，其 1992 年 6 月获文学硕士学位。

11月赴商丘参加首次河南省中国戏曲学术研讨会。

1990年

1月在《十堰大学学报》1990年第1期发表《软弱与反抗的和谐统一——谈〈水浒传〉中的林冲》。

3月在《河南大学学报》1990年第2期发表《〈乐府诗鉴赏辞典〉前言》。主编《乐府诗鉴赏辞典》由中州古籍出版社出版。1991年1月《博览群书》1991年第1期刊登余生撰文《〈乐府诗鉴赏辞典〉选篇有新意》。

9月开始指导研究生余皓明攻读硕士学位,其1993年9月获文学硕士学位。

1991年

6月赴北京师范大学参加全国元代文学学术研讨会。

9月赴扬州参加全国海峡两岸散曲研讨会,提交论文《元人散曲中的讽刺时政主题》,1992年10月收入谢伯阳主编《散曲研究与教学》(浙江出版社)。

12月在《红楼梦学刊》1991年第4期发表《〈红楼梦〉的作者是曹雪芹》。"本期编后"评论说:"河南大学李春祥教授对前一时期发表怀疑曹雪芹是《红楼梦》作者的文章很有看法,为此专门写了文章加以考证和驳斥,我们感到他写的《〈红楼梦〉的作者是曹雪芹》一文是有说服力的,故此全文予以发表。"1992年10月获河南省教委科研成果三等奖。

1992年

1月被河南省教委聘为省高校教师高级职务评审委员会中文学科组成员,赴郑州开会。

3月在《濮阳教育学院学报》1992年第1期发表《大意失荆州——谈关羽之死》。

4月4日赴郑州参加河南省社科研究系列专业技术正高级职务评审会议。

4月在开封参加全国宋代文化研讨会。

5月赴四川绵阳参加《红楼梦》与孙桐生学术研讨会，提交论文《试谈曹学的酝酿与形成——从脂砚批语到胡适〈红楼梦考证〉》，1994年4月发表于《河南大学学报》1994年第2期，被中国人民大学复印资料《中国古代近代文学研究》1994年第5期全文转载。

7月《锺嗣成评传》、《张国宾评传》、《曾瑞评传》被《中国古代戏曲家评传》收入（中州古籍出版）。

9月开始指导研究生赵维国、郑世明、任玲攻读硕士学位。

10月在开封参加中国《水浒》第六届学术研讨会，并提交论文《〈水浒〉与河南》，1993年3月至5月抱病修改此文，1993年12月收入《诸家汴梁论〈水浒〉》（中州古籍出版社）。

11月在开封参加纪念包拯逝世930年全国包公学术研讨会，并在开幕式介绍《包公戏曲研究现状》。

12月为《中国戏曲志·河南卷》（文化艺术出版社）撰写《姚守中》、《李好古》、《赵敬夫》、《陆显之》、《宫天挺》条目。

1993年

2月《中国古代文学元明清文学教学成果及研究生培养》获河南省省级教学成果特等奖。

6月抱病参加中文系1993届中国古代文学硕士研究生论文答辩。

6月在《河北学刊》1993年第3期发表《元代包公戏与中国法文化》，《中国史研究动态》1994年第10期张金铣等《1993年元史研究概述》认为："文化和思想方面，李春祥通过对现存的十一种包公戏内容的分析，认为中国法文化包含着'刑以正邪'、'法出于礼'、'刑不上大夫'等方面的内容"。

10月1日被批准为享受国务院政府特殊津贴专家。

10月14日病逝于开封，遗稿有《红学二百年》、《曾瑞散曲集校注》等。王运熙先生唁电："春祥同志为人诚恳，勤奋好学，多年来著述不倦，成果累累，蜚声于学术界。他的逝世，不仅是河南大学，也是中国古典文学研究领域的一大损失。"张国光先生："春祥教授病逝，实中州暨全国学坛之一大损失。”《河北学刊》编辑部:“李春祥先生的逝世,是元曲及明清文学研究的一个重要损失。”河南省艺术研究所、河南省戏曲学会:“李春祥先生著述甚丰,成就为世所公认。”学术界名流发来唁电的还有:王季思、黄天骥、许逸民、杜景华等。学校领导、生前友好、学生等400多人参加了遗体告别仪式。河南省人大常委会、河南省人大常委会副主任侯志英,河南省政协副主席李润田、河南省原政协副主席任访秋等单位和个人送了花圈。11月11日《光明日报》刊载消息《李春祥教授逝世》、11月15日郑世明在《河南大学报》发表《秋风北曲送师魂——怀念导师李春祥》、11月18日《光明日报》发表该报记者谷文雨采写的《立志、立言、立人——记河南大学教授李春祥》。1996年11月30日谢文学在《开封日报》发表《超越生命》,以表缅怀之情。

李　兵

先父李春祥先生的元曲研究(代后记)

先父李春祥先生(1930～1993),四川省合川县(今合川市)人,1954年毕业于西南师范学院(今西南大学)中文系,生前为河南大学中文系教授、硕士生导师、中国古代文学学科学术带头人,兼任中国古代戏曲学会理事、中国《红楼梦》学会理事、中国《三国演义》学会理事及《三国演义学刊》编委,为享受国务院政府特殊津贴专家。从1978年至1993年,李春祥先生先后撰写、出版了《元代包公戏选注》(中州书画社1983年版)、《元杂剧论稿》(河南大学出版社1988年版)、《元杂剧史稿》(河南大学出版社1989年版)等专著;主编、出版了《乐府诗鉴赏辞典》(中州古籍出版社1990年版);另发表学术论文40多篇。其论文《元人杂剧反映元代民族关系的几个问题》、《试论元剧的繁荣》、《论张国宾和他的杂剧创作特色》、《锺嗣成〈录鬼簿〉对戏剧史的贡献》、《曾瑞简论》、《〈红楼梦〉的主线和主题》、《试谈曹学的酝酿与形成——从脂砚批语到胡适〈红楼梦考证〉》等被《中国人民大学复印报刊资料》全文转载;《锺嗣成生卒年辨析》被《中国古典文学研究》(上海古籍出版社1984年版)收入;《元人杂剧反映元代民族关系的几个问题》、《元代水浒戏简论》被李修生所编的《元杂剧论集》(百花文艺出版社1985年版)收入;《元代水浒戏简论》被吕薇芬所选编的《名家解读元曲》(山东人民出版社1999年版)收入;《浅论貂蝉》被陈其欣所选编的《名家解读〈三国演义〉》(山东人民出版社1999年版)收入;《试论元剧的繁荣》、《元人杂剧反映元代民族关系的几个问题》、《元代包公戏与中国法文化》、《元代包公戏新探》、《元代水浒戏简论》、《元代三国戏简论》、《略论中州古剧》、《锺嗣成〈录鬼簿〉对戏曲史的贡献》、《张国宾简论》、《简谈孟汉卿的〈智勘魔合罗〉》、《〈陈州粜米〉与河南淮阳流传的包公放粮故事》等被张月中主编的《元曲通融》(山西古籍出版社 1999 年版)收入。他的许多学术观点,被《中国百科年鉴 1980 年》、《中国文学研究年鉴 1984 年》、《河南年鉴 1984 年》、《河南年鉴 1985 年》、《河南社会科学年鉴 1987 年》等工具书介绍或称引。他的"中国古代文学元明清文学教学成果"1993 年获河南省省级教学成果特等奖。李春祥先生的元曲研究成就主要体现在以下六个方面。

一、撰写出版我国新时期"第一本元杂剧史"——《元杂剧史稿》

1989 年,李春祥先生的《元杂剧史稿》由河南大学出版社出版。这是我国新时期"第一本元杂剧史",在新时期的元曲研究界起到了开风气之先的作用。它既是其专著《元杂剧论稿》的姊妹篇,也是其理论观点系统化并具体运用与发展的结果。

为元杂剧写专史,在李春祥先生之前有王国维的《宋元戏曲史》(1912 年)、阿英的《元人杂剧史》(1954 年)等。其中前者以丰富的史料钩稽见长,后者以作家作品的分期阐述著称。《元杂剧史稿》在继承前人成果的基础上,另辟门径,自成体系,将该领域的研究大大向前推进了一步。有学者认为,100 年来,戏曲史著作"逐渐重视戏曲文学与其他艺术成分的关系。以元杂剧断代史为例来说,从王国维的《宋元戏曲史》到李春祥的《元杂剧史稿》,对元杂剧剧本文学体制与舞台艺术因素关系的论述,便渐趋明晰和完善"。①

《元杂剧史稿》以史为线索,非常明确地勾勒出我国古代杂剧的

---

① 李玫:《百年来戏曲史著述的发展演变》,《江海学刊》1998 年第 3 期。

渊源、萌芽、兴衰的脉络。在该书第一章“我国戏曲的渊源、形成和元杂剧的兴起”[(一)我国戏曲的诸因素;(二)我国戏曲的萌芽与发展;(三)我国戏曲的形成]中,李先生提出:元杂剧是综合艺术,它包含了很多种审美因素和成分。综合性不是杂凑或拼盘,而是围绕某个中心吸收多种姐妹艺术的有机结合。它孕育在歌舞俳优和百戏的土壤之中。它的萌芽应以从各种艺术或伎艺表演中脱离出来而具有独立形式特质为始。因此,探索元杂剧的渊源时,要把因素与萌芽分清楚。基于这样的认识,他把学术界对我国戏曲起源的种种说法,归纳为“因素”与“萌芽”混同使用问题,并明确提出“因素终归是因素,它只是戏曲的渊源之一;萌芽则是胚胎,它已是戏曲的雏形,二者不是量的差异,而是有着质的差别”。①

《元杂剧史稿》严格按照元人锺嗣成《录鬼簿》以“前辈”和“方今”为时序勾勒元杂剧发展线索,将元杂剧划分为前后两期论列作家作品,从而建立起持之有故、言之成理的“史”的理论体系。前期在世祖时代,那是杂剧的繁荣时期,即该书第五章“关汉卿和他的杂剧”;第六章“王实甫的《西厢记》和其他杂剧”;第七章“马致远《汉宫秋》和其他杂剧”;第八章“白朴、郑廷玉和高文秀”;第九章“石君宝、尚仲贤、戴善甫、李好古”;第十章“杨显之、武汉臣、王仲文、纪君祥、孟汉卿、李行甫和孔文卿”;第十一章“张国宾及其他艺人作家”;第十二章“康进之和其他‘前辈才人’作家”。成宗以后,是杂剧发展的后期,即该书第十三章“郑光祖、宫天挺、金仁杰、曾瑞、乔吉和范康”;第十四章“秦简夫和其他方今才人作家”。还有一些佚名作家之作,因无法考证其所属时代,放在该书第十五章“佚名作家作品”,按题材分类逐一予以评说。

《元杂剧史稿》在“两期说”的前提下,以作家为纲,对现存有价值的全部元人杂剧进行论述,给予令人信服的评价。该书既把“元曲四大家”或“元曲六大家”放在重要地位进行论述,同时也对以前有

---

① 李春祥:《元杂剧史稿》,河南大学出版社 1989 年版。

关论著略提或不提的次要作家如李寿卿、费唐臣、张国宾、王伯成、岳伯川、石子章、狄君厚、孔文卿等人作了较为详尽的介绍，从而将元杂剧创作的全貌展现在世人面前。

李春祥先生勤奋好学，注意吸收前辈和同辈学人的科研成果。他说前人和今人“诸家之作，无疑推动了我国戏曲史（包括元杂剧史）研究的深入和发展”，《元杂剧史稿》“将在前人和今人的基础上，上溯元杂剧的渊源与形成；次及兴起原因、发展阶段及概况；再以作家为纲，遵循锺嗣成《录鬼簿》对元杂剧的分期，把他们放在‘史’的范围内进行论述”。①

二、提出并论证了“《录鬼簿》才是戏曲史领域里的开山之作”

是谁撰写了我国第一部戏曲史？长期以来，学术界一般认为是王国维撰写于1912年的《宋元戏曲史》。李春祥先生不囿于成说，在潜心对锺嗣成《录鬼簿》进行了全方位研究后提出：“《录鬼簿》才是戏曲史领域里的开山之作”，②是“一部元人写的当代杂剧史”。③ 这样，就把我国戏曲史中有关这门学科建设的时间提早了近600年。他从以下三方面进行了具体论述：

（一）“锺嗣成按时序分类排列作家，全书贯串了一条史的线索”；（二）“锺嗣成记载作家作品资料丰富，勾勒出元代杂剧基本轮廓”；（三）“锺嗣成简要地评价作家作品，展现了元代杂剧艺术特色”。④

著名戏曲史家王季思云：“我在50年代曾写过一篇关于《录鬼

---

① 李春祥：《元杂剧史稿》，河南大学出版社1989年版。

② 李春祥：《“古怪新奇”、“德业辉光”——评锺嗣成〈录鬼簿〉》，《开封师院学报》1979年第4期。

③④ 李春祥：《锺嗣成〈录鬼簿〉对戏曲史的贡献》，《河北学刊》1985年第6期。

簿》的文章,主要是向读者介绍我国最早的这部戏曲理论著作,也提到对作者锺嗣成的评价。现在看来,春祥同志在这方面的研究已经大大向前跨了一步。他不仅考证了锺嗣成的生卒年,论证了《录鬼簿》对元杂剧创作的分期,而且详细论证了锺嗣成的卓越贡献,指出《录鬼簿》是我国第一部具有戏剧史意义的著作。这些结论是新颖的,同时也是有充分根据的。"①陆林云:李春祥先生的《锺嗣成〈录鬼簿〉对戏剧史的贡献》创"元代戏曲家写的当代杂剧史"说。②

搞清楚锺嗣成的生卒年,对研究元曲意义重大。李春祥先生十分关注锺氏的生卒年。他认为:锺氏从事戏曲活动的时代是元杂剧开始从繁荣步入衰微的时代,而《录鬼簿》所记又几乎全是"前辈"和"方今"杂剧作品的实录,一字一句多具有史料价值,对于我们探讨元代杂剧的繁荣与衰微很有帮助。他经过翔实考证,推断锺嗣成的生卒年:"生于公元 1275 年,卒于公元 1345 年或略后。"③这一观点,目前已得到李修生、吕薇芬等古代戏曲研究领域知名学者的认同和支持。④

三、对元杂剧进行了"全面的、多角度的,也是宏观与微观相结合的"研究

李春祥先生对元杂剧反映的民族关系、元杂剧的繁荣、元代三国戏、元代水浒戏、元杂剧的舞蹈、元代杂剧演员、元杂剧的宾白、元杂剧有关作家作品等许多学术问题都进行了深入的研究,学术界认为

---

① 王季思:《元杂剧论稿 · 序》,《河南大学学报》1988 年第 2 期。

② 陆林:《叛逆和创新——锺嗣成〈录鬼簿〉剧学思想综论》,《艺术百家》1998 年第 3 期。

③ 李春祥:《锺嗣成生卒年辨析》,《河南大学学报》1984 年第 5 期。

④ 白砚:《宫天挺与其杂剧研究综述》,《周口师范高等专科学校学报》2000 年第 4 期。

这些研究“是全面的、多角度的,也是宏观与微观相结合的”。①

元代是阶级矛盾、民族矛盾都十分尖锐的时代,作为这个时代的代表文学——元杂剧所反映的社会矛盾也具有自己的特点。过去的研究者大多指出元杂剧反映了民族矛盾,而很少甚至未能看到反映民族融合问题。李春祥先生既注意到元剧中反映的民族矛盾,同时也留心到其中的民族融合,把二者作为民族关系的两个方面进行客观全面的研究,并着重论述后者,阐明其社会价值,指出“表现民族融合的作品比较多”,“是历史趋势”,是具有规律性的现象。②

李春祥先生的这一观点,受到学术界重视并得到较高评价。王季思云:“春祥同志较早地指出元杂剧不仅反映了元代的民族矛盾和民族斗争,而且也反映了那一时代民族融合、民族团结的事实。”“春祥同志的论文充分研究了学术界一些互相对立的说法,明确指出,在现存二十几种反映民族关系的元杂剧中,多数是以‘描写少数民族生活,表现民族融合趋势’为主要内容的。”③李修生认为:“关于作家作品的研究”,“古典戏剧一些理论问题的探讨深入了,出现了专门研究元杂剧反映民族关系问题较好的论文”,“李春祥的《元人杂剧反映元代民族关系的几个问题》,是一篇专门研究元杂剧反映元代民族关系的论文。文章就到底有哪些作品反映了元代的民族关系和它们是如何反映的?反映民族关系的作品是否只反映了民族矛盾、表现爱国思想?还有没有反映民族关系的另一个重要方面——民族融合趋势的作品等问题作了较明确的分析和回答。文章认为在现存的二十几种反映民族关系的杂剧中,多数是以描写少数民族生活表现民族融合趋势为主要内容的。文章还分析了出现这种创作情况的原因。总起来说,此文在对元杂剧反映民族关系问题的研究方面是有价值

①③ 王季思:《元杂剧论稿·序》,《河南大学学报》1988年第2期。

② 李春祥:《元人杂剧反映元代民族关系的几个问题》,《河南师范大学学报》1980年第2期。

的”。①

关于元杂剧兴起、发展的原因与元代社会政治、经济、文化等状况的联系，历来为研究者所注意。20世纪80年代初，学术界对元杂剧繁荣的社会原因争论很激烈，观点相互矛盾对立。李春祥先生以作家为中心对各种争论问题进行分析，在元杂剧与元代社会政治、经济、文化方面的关系等问题上，进行了综合考察，特别是提出元朝统治者“在文化领域里执行了一条宽严相济、而又以宽为主的灵活政策”对元杂剧繁荣所起的“重大作用”、“进步剧作家的辛勤创作及书会剧团演员等配合，其中以剧作家的贡献为最大”等观点，②在学术界产生一定影响。③

元杂剧中描写了大量的“权豪势要”，这是一个非常值得探讨的问题。李春祥先生撰文予以关注。他说：“元剧中的权豪势要其社会阶层是相当广泛而又复杂的。他们包括了皇帝的近臣、亲信、大官僚、恶霸地主、皇亲国戚、民族败类、高级军人，以及为非作歹的贵家子弟等。”“这些人就是……邪恶势力的代表，是元代阶级压迫与民族压迫交织的特定社会条件下出现的一个特权阶层。”“他们是统治阶级迫害人民的一群特殊人物。”④

张国宾作为一个艺人作家，学术界以往关注不够。李春祥先生考订了张国宾的名字、剧目、生活经历，指出：张国宾的剧作“无论是历史故事剧或是世俗生活剧，也无论是对故事题材的改造、人物处

---

① 李修生：《元杂剧论集》，百花文艺出版社1985年版。

② 李春祥：《试论元剧的繁荣》，《河南师范大学学报》1982年第5期。

③ 《中国文学研究年鉴1983年》（中国文艺联合出版公司1984年出版）抒义撰文；《文史知识》1986年第8期郭英德撰文；卢兴基主编《建国以来古代文学问题讨论举要》（齐鲁书社1987年出版）吕薇芬撰文；宁宗一、陆林、田桂民编著《元杂剧研究概述》（天津教育出版社1987年出版）等引用、介绍李春祥《试论元剧的繁荣》的观点多处。

④ 李春祥：《试谈元杂剧中的权豪势要》，《文学论丛：第1辑》，河南人民出版社1983年版。

理，以及矛盾冲突的解决，又都表现了作者鲜明的善恶是非观和进步的历史观，两者紧密结合，而后者又服从于前者。总之，这位剧作家又是一个十分热爱现实生活的艺人”。①

关于元杂剧宾白，有一种观点认为：元剧宾白非元剧作者所写。李春祥先生在史料征引与作品辨析的基础上明确提出：“元剧宾白基本上是原作者所写，演出时和后来的明刊本有所增删润饰，但著作权还是原剧作者而不是其他任何人。”②关于穿插在元剧演出过程中的舞蹈，他认为：“元剧中的舞蹈，见于文字记载的大致有两种情况：一是融入科范表演之中，并成为舞台形体动作的一种程式；二是穿插在剧情表演中，多有音乐配合，成为整个舞台艺术的有机组成部分。”③另外，他还探索了元代杂剧演员的名字、生活、技艺专长及其贡献等问题。④

四、对元代包公戏提出新观点

包公戏是元杂剧研究中的热点，李春祥先生在这方面发表了大量文章。

对包公形象进行一分为二的客观评判，是李春祥先生对包公戏的新见解。他认为：“元剧中的包公虽带有理想色彩，但包公也不是时时事事都严格执法的。如《蝴蝶梦》就表彰了‘贤孝’，‘又不得罪皇亲和皇帝，只是枉杀了一个偷马贼’，表现了‘阶级与时代的局限’。”⑤王季思云：“白纸黑字，情况的确如此。”⑥

---

① 李春祥：《论张国宾和他的杂剧创作特色》，《河北学刊》1988 年第 1 期。

② 李春祥：《元剧的宾白和作者评价问题》，《戏曲艺术》1983 年第 2 期。

③ 李春祥：《略谈元剧中的舞蹈》，扬州师院中文系词曲研究室《曲苑》，江苏古籍出版社 1984 年版。

④ 李春祥：《元代的杂剧演员》，《戏曲艺术》1982 年第 2 期。

⑤ 李春祥：《元代包公戏新探》，《中州学刊》1983 年第 3 期。

⑥ 王季思：《元杂剧论稿 · 序》，《河南大学学报》1988 年第 2 期。

李春祥先生结合民间故事研究《陈州粜米》，认为：《陈州粜米》“取材于民间故事”，而又影响“至今尚流传的包公放粮故事”。两个故事对后世的影响，除了在许多地方戏里演出以外，它的影响还表现在以下三方面：（一）“撰修地方志者累书包公放粮故事，并不视之为附会传说”；（二）“淮阳一带不说包公坏话，一片歌功颂德”；（三）“附会解释放粮故事，寄托人民对包公的怀念”。①

关于历史人物包公与流传故事人物包公的关系，李春祥先生认为：“历史人物包公，为人刚直不阿，为官清正廉明；流传故事人物包公，不断被美化和神化。元杂剧作家在此基础上，使二者得到了和谐的统一。”“元杂剧中的包公形象，就是历史人物与流传故事人物在时代精神影响之下的和谐统一的艺术典型。”②

李春祥先生又通过对现存的11种包公戏内容的分析，认为中国法文化包含着“刑以正邪”、“法出于礼”、“刑不上大夫”等方面的内容。③

李春祥先生以敏锐深邃的学术眼光，精心选注的《元代包公戏选注》，涵括了元代包公戏的精华部分，“对研究元代包公戏很有参考价值”。④

五、十分重视对元杂剧地域范畴的研究

李春祥先生在元杂剧研究中，还十分重视对元杂剧地域范畴的研究。

---

① 李春祥：《〈陈州粜米〉与河南淮阳流传的包公放粮故事》，《河南师范大学学报》1981年第1期。

② 李春祥：《历史人物与流传故事人物的和谐统一——谈元杂剧中的包公形象》，《古典文学知识》1989年第5期。

③ 张金铣：《1993年元史研究概述》，《中国史研究动态》1994年第10期。

④ 卫绍生：《河南古代文学研究七十年》，《社会科学述评》1990年第3期。

从地域角度研究元杂剧,《宋元戏曲史》已开其端,王国维根据《录鬼簿》所记作家籍贯资料,指出蒙古时代"其人皆北方",一统时代"其人则南方人为多"。后列表统计为"北人四十九,而南人十三",其他问题则未涉及。李春祥先生从史的角度,对以燕赵和中州为中心的两地作家、作品及社会生活在元杂剧中的反映等问题进行论述。他统计了三十馀位燕赵杂剧作家,指出他们的作品具有"反映了一个时代的戏曲繁荣"的价值。①

李春祥先生又在一组三篇文章中提出:"中州古剧对元杂剧的形成产生了重大影响","中州剧作家为元代杂剧的发展与繁荣作出了多方面的贡献",中州古剧"反映中州社会生活的作品,涉及元代政治、经济、爱情婚姻、世风习俗以及典章制度等生活领域,具有进步的思想倾向性","既是研究我国元代历史的重要文献,也是一笔重要的文化遗产"②等观点。

王季思评价说:"从作家地域看,春祥同志对元杂剧作家中人数最多的两个作家群——燕赵作家群、中州作家群分别进行分析,试图找出其地域特征。"③

六、元人散曲研究富有学术见地

散曲作家,其生平事迹多不可考,一般多根据其留存作品和一些零星资料,去推测其身世和为人。李春祥先生考订曾瑞的家世、籍贯、交游,并评定其剧作。④ 研究者认为:"对曾瑞散曲的创作,自20

---

① 李春祥:《〈录鬼簿〉中的燕赵杂剧作家群》,《河北学刊》1986年第3期。

② 李春祥:《略论中州古剧》,《略论元代中州杂剧作家》,《略论元剧作家笔下的中州社会生活》,皆收于《元杂剧论稿》,河南大学出版社1988年版。

③ 王季思:《元杂剧论稿·序》,《河南大学学报》1988年第2期。

④ 李春祥:《曾瑞简论》,《延安大学学报》1988年第2期。

世纪30年代以来，一些文学史及曲学著作已有简略介绍，到80年代，出现了研究专文，如李春祥《曾瑞简论》。”①

李春祥先生的《元人散曲中的讽刺时政主题》，②被研究者认为，“到了八九十年代，题材内容的研究被广泛关注并取得长足发展。其中有不少富有学术见地的论著，如李春祥的《元人散曲中的讽刺时政主题》”。③

李春祥先生还完成了《曾瑞散曲集校注》（河南大学出版社2008年版）。元、明、清三代无曾瑞散曲专集行世；解放前，已故曲家卢前曾辑曾氏散曲小令10首、套数16首，名曰《诗酒馀音》传世；1958年上海古典文学出版社出版陈乃乾的《元人小令集》辑曾氏小令80馀首，大大超过卢氏所辑，惜体例所限，不及套数；1964年中华书局出版的隋树森的《全元散曲》，其中辑曾氏小令95首，套数17套，是目前所能看到的最为完备的本子，因有校无注，一般读者阅读尚有困难。李春祥先生搜集有关曾瑞的资料，并以《全元散曲》为底本，参照其他本子作了校勘；在此基础上，完成了对作品中用典用事、运用前人成句及罕见词语的注释。该书的出版发行，将为高等院校文科师生、研究工作者和古代文学爱好者提供一部较完备的曾瑞散曲集。

先父李春祥先生一生，辛勤耕耘，著述丰厚，不仅提出了一家之言，而且往往从一个新的视角探讨问题，示人门径，启人思致。他在元曲研究史上留下了深深的学术足迹，为学科建设与学术发展作出了学界公认的成绩与贡献。

李　兵

原载《河南大学学报》2006年第4期，后经作者改动。

---

① 李修生、查洪德：《辽金元文学研究》，北京出版社2001年版。

② 李春祥：《元人散曲中的讽刺时政主题》，谢伯阳《散曲研究与教学——首届海峡两岸散曲研讨会论文集》，浙江教育出版社1992年版。

③ 赵义山：《二十世纪元散曲研究的回顾与思考》，《文学评论》2001年第2期。